U0105389

第三屆竹塹學會前會活動：莊興惠校長與范明煥老師於竹縣文化局
演藝廳專題演講

「第三屆竹塹學國際學術研討會」全體工作人員大合照

蔡榮光秘書長（右三）於開幕式致詞，右一為林佳儀所長，右二周秋堯副局長，左起依序為林事樵校長、林紀慧院長、蔡英俊院長、林聖芬副校長。

與會學者於開幕式結束後合影

第一天專題演講：「華語語系臺灣與帝國間性」，由史書美教授主講，
蔡英俊院長擔任引言人

第一場「琴詩藝文與文人社群」，主持人為廖振富館長

第二場「地誌文史與學術傳播」，主持人為黎湘萍教授

第三場「書畫藝文與綜合藝術」，主持人為林啟屏教授

南大校區國際會議廳現場，與會嘉賓專注聆聽

與會嘉賓翻閱林事樵校長提供展示之林占梅詩文集及竹塹學相關書籍

茶敘時間與交流活動

座談會「台灣各區域地方學發展特色及省思」

與會學者晚宴合照

第二天專題演講：「文學中的地域性與紀錄性」，主講人為徐仁修先生，引言人為李喬先生

與會學者與主講人徐仁修先生和引言人李喬先生合影

第四場「區域地理與在地文藝」，主持人為林淇瀁教授

第五場「地方知識與部落文化」，主持人為史書美教授

第六場「客家族群與地方書寫」，主持人為李瑞騰教授

第七場「客家文學與地方曲藝」，主持人為陳芳明教授

竹塹地方曲藝表演：「客家三腳採茶戲」

閉幕式學者合影

第三天地方文化參訪行程，學者們於新竹市「鄭氏家廟」合照

第三天在地參訪活動，學者們於「新竹縣縣史館」合照

第三天在地參訪行程，於新竹縣關西鎮「羅屋書院」合影

第三天在地參訪行程，吳載堯老師於吳濁流故居導覽與解說

第三天在地參訪行程，學者們於新竹縣「新埔衛味佳柿餅觀光農場」參訪合照

學術論文集叢書

竹塹風華再現

——第三屆竹塹學國際學術研討會論文集

陳惠齡　主編

主編序

竹塹到新竹的風華再現

一　第三屆竹塹學會議宗旨及活動內容

竹塹，素有「北地文學之冠」與「北台書畫巢窟」之雅稱。在清領時期遊宦流寓幕士，及在地藝文人士傾力推動文教活動下，夙為北臺灣文化重鎮。從明鄭、清領階段的「傳統竹塹」，到乙未割臺後的「現代塹城」，以至兼容並蓄的「當代新竹」。「竹塹歷史人文藝術」諸景，諸如文人社群及詩社活動（鄭用錫、林占梅兩大名家及地方詩社、潛園與北郭園文士社群活動等）、當代藝文及民間曲藝（玉隆堂、同樂軒等南北管樂；客家歌謠、採茶戲等地方戲曲、鄧雨賢、楊兆禎等音樂名家，以及現當代地方作家作品）、書畫金石及綜合藝術（李逸樵、鄭蘊石等書畫與收藏；新竹書畫益精會、臺灣麗澤會、詩畸燈謎等詩文書畫社團；陳進、李澤藩、何肇衢等現代畫家；葉宏甲、陳定國、劉興欽等漫畫、玻璃藝術、鄧南光攝影等在地藝術）、客家文化及區域地理（義民祭、伯公信仰、開山隘墾、竹塹社、東興庄、竹東圳、芎林鄉紙寮窩、牌坊家廟、金廣福公館等）、竹塹經學思想與地誌文史（二鄭經學思想、地誌史學、文化資產、民間詩歌文集等）。昔之竹塹，今之新竹，可謂富含深層文化歷史底蘊的人文景致與藝術體現，三百年歷史蛩音中，竹塹風華之最，「人文」與「藝術」當之無愧。

時序進入二〇一七年，原新竹教育大學中國語文學系雖已更名為清華大學中國語文學系，另成立華文文學研究所（南大校區），猶賡續與新竹縣政府文化局合辦第三屆「竹塹學國際學術研討會」，並以「竹塹風華再現：人文、藝術與地方的交響齊奏」作為會議主題，進行竹塹文史藝術研析與討論，期能立足地方，再現竹塹藝文的光燦歷史，發掘在地文化魅力。在正式會議活動前，並邀請在地文史研究者，新竹縣文獻委員莊興惠校長與范明煥老師分別發表專題演說：「新竹縣客家伙房屋」、「歷史、地理、族群到文化」，為研討會揭開序幕。兩天的竹塹學議程，計有二十三位海內外學者發表論文，其中來自日本、中國、韓國、馬來西亞的國際學者七位，並分由美國和臺灣學者主講兩場專題演講，主持與評議學者三十二位，座談與會學者七位，總計國內外與會學者六十四位，聽眾約二百餘人。為展現新竹在地傳統藝文活動，會議活動另安排客家三腳採茶劇團「霓雲社」表演地方曲藝「田頂虫另仔叫連連」；兩天學術議程結束後，第三天並規畫「新埔－關西」地方文化參訪路線，考察吳濁流故居／新竹文學館、豫章堂羅屋書院，參觀在地物產柿餅觀光農場與仙草博物館。藉由實地踏查，進入鮮活的地方現場，也照見區域地方性的獨特意義。所謂地景物產、人文風情與生活經驗，因此不再只是地方知識，而是一種參與、介入與行動的在地實踐。

第三屆竹塹學術會議外部研究和內部研究並重，統攝研討論題概有：一、琴詩藝文與文人社群，二、地誌文史與學術傳播，三、書畫藝文及綜合藝術，四、區域地理與在地文藝，五、地方知識與部落文化，六、客家族群與地方書寫，七、客家文學與地方曲藝等研討論題。在統整性與系統性的會議主題下，海內外與會學者專家分就論題，深入開拓地方學研究領域，並提出卓見，而這些地方知識流動與擴散的交流對話，即輯錄為第三屆會議具體成果──《竹塹風華再現：人文、藝術與地方的交響齊奏──第三屆竹塹學國際學術研討會論文集》。

二　論文輯錄概述：在地藝文與地方文化研究

本論文集收錄與會專家學者佳構鉅作，除了少數學者另有考量，不便收錄外，其餘皆經由外審程序後修訂成稿，總計收錄二十篇論文，包括一篇專題講稿和一篇座談會實錄。史書美教授專題演講實錄〈華語語系臺灣與帝國間性〉，主要立基於華語語系理論的思維角度，藉此反思批判以西歐為中心的後殖民理論，並精彩演繹了亞洲帝國間性的論述。除了引入「海洋東南亞」概念的歷史討論外，如何將華語語系臺灣的現象，納進世界性的話語空間，是重要關照點。在帝國間性與地方性的關係比較中，更攝博歸約地回到華語語系臺灣文學複雜但獨特的歷史性，並渡引出「多元在地性」的巨視性意義——「在地性」是一個動態的文化空間和過程，不僅承接過去，也開創新局，因此是整個世界化的一部分，更是全球化過程的一環。

至於十八篇精彩論文，則依據古今竹塹書畫藝文研究、地方知識、思想義涵與文化傳統而發論。琴詩自有傳統，流風傳衍所及，則以塹城名士林占梅為箇中翹楚。徐慧鈺〈林占梅琴詩探微〉一文，不僅勾繪其人琴韻日常，更藉由系列琴詩，總攬其人琴學詣趣與琴詩意境，間也定調林占梅在臺灣琴詩流脈中的位置。程玉凰〈行吟常伴鶴，坐嘯不離琴——林占梅的琴鶴情緣〉，續以林占梅琴樂生活為焦距，卻是藉此尋溯名士琴鶴情緣底下的的生命歷程及其人生體驗。游騰達〈論張純甫「消極退守」的文化觀與修養論〉，則重探北臺大儒張純甫「消極退守」之論，並將之植入近代中國學術脈絡，以之與梁漱溟哲學書卷比異互勘，而上瞰彼世文化風潮。武麗芳〈不器君子護邦家——黃驤雲與林占梅翁婿的儒行探析〉，以客家族群的儒將黃清泰、進士黃驤雲父子及其孫婿林占梅為觀視對象，考其恢弘儒行及其詩文襟懷，以見人物之典型風範。上述四篇討論竹邑名儒文士的論文，或緣於對地方人物生命境界的感會，卻更多是針對歷史時局背景的理解、辨析與補述。

觀覽往哲遺澤，想見風徽時，必然也會關注其所形塑的地方學風與文化傳統，黎湘萍〈地方知識與文化傳統——從鄭用錫的經學到龍瑛宗的文學看竹塹學之「道」〉，即是下貫上溯，通觀整體的大論文，藉由兩端合攬鄭用錫的經學與龍瑛宗的文學形態，探明「竹塹學」所內涵的「道」，及其「道」作為傳統在不同時期的衍化。張泉〈臺灣日據期精英的跨域流動與地方／世界的新視域——以新竹風雲人物謝介石為中心〉，則考索新竹人謝介石身陷於臺灣／滿洲國／新中國三種共時殖民政體模式間，其人其事跨域流動的複雜樣貌。除了釐清歷史脈絡，也藉此深化東亞殖民地精英的跨域流動研究。

同樣涉及東亞殖民場域比較研究之作，尚有趙洪善〈《亞細亞的孤兒》

和《火山島》之比較〉一文，從比較臺、韓日殖歷史的角度，開展小說人物胡太明與李芳根在抗日精神、脫殖行動等對位式的閱讀與詮釋方法。日本殖民地臺灣景觀，誠然是一種歷史現象，然而「日本意象」，又是如何輾轉糾結於解殖後的臺灣歷史場景？赤松美和子（陳允元翻譯）〈重現一九九〇年代臺灣之校園青春電影中的性別保守日本——以《藍色大門》、《九降風》、《那些年，我們一起追的女孩》及《我的少女時代》為例〉一文，主要討論一九九〇年代臺灣青春校園電影中，日本元素所寓託的懷舊記憶，而其營造異性戀愛情節，間也表徵回望保守的性別意識。

有關新竹文藝活動考察的論題，所採取的是徵文考獻的方法。柯榮三〈黃錫祉的族譜文獻及其文藝活動考論〉一文，除了取用新見資料，考證黃錫祉系出金門汶水黃氏一脈，復就其編寫歌仔冊的稀見版本，總理其人在漢詩、謎學、講古等文藝活動的成就；林佳儀〈新竹北門鄭氏家族與地方音樂戲曲活動考察〉，以音樂戲曲為研究視角，關注點則在於新竹北門鄭家對於新竹音樂戲曲活動的影響性，並兼及在時代演化中，鄭家戲曲活動樂種的穩定與變遷現象。

新竹藝術品類，在音樂戲曲之外，尚有繪畫與漫畫。邱琳婷〈斯土斯景：李澤藩作品中的新竹情懷〉，概分以「創作觀」與「繪畫風」兩個軸線切入李澤藩斯人斯畫，而秩定畫家各階段畫作圖像時，除了突顯畫家生命之實感，歷經「家鄉圖像」到「歷史古蹟」的畫作取材，皆不出故鄉數十里半徑範圍的新竹情懷，則透悉了李澤藩一生創作的活水泉源。洪德麟〈臺灣漫畫的先鋒在新竹〉，幾近是一篇臺灣漫畫小史，其中新竹是個小縮影而別具代表性。新竹出身的漫畫家，葉宏甲、洪晁明、陳家鵬、王超光、劉興欽、陳定國等，可謂臺灣漫畫奇蹟的締造者與急先鋒。吳桂枝〈跨時代女藝術家：從陳進的「文化身分」談起〉，則嘗試取徑臺灣文化與藝術的脈絡，探究「臺灣第一位女畫家」如何汲取殖民帝國的藝術資本，而轉為描繪、呈現「母國」及母國女性樣貌，藉此凸顯陳進在「閨秀畫家」身分之外的特殊性與時代意義。

相較於在跨時代文藝場域的女性形象，樊洛平〈陳秀喜與杜潘芳格的臺灣女性詩歌書寫路向〉一文，則是以新竹女詩人陳秀喜與杜潘芳格其書寫生命意識、婚姻命運和鄉土情懷為立論，進而推衍出島嶼女性詩人的主體性位置及其詩歌境界。跨越語言一代的女性書寫如是，具有鮮明族群情懷的原住民女作家的創作向度，又將如何呈顯邊緣與多重弱勢的敘事？陸卓寧〈在逃離與回歸之間：泰雅族女作家里慕伊・阿紀的《懷鄉》〉，即提供了在出走與歸返之際，原住民女性寫作的一種「問題化」視域：在族群主體性與獨特生命敘事的交會映照下，所隱伏的一種理性體驗與批判精神。從部落到都會，關乎現代女性最尖銳的身體話題與情愛轇轕，則有蔣興立〈世紀末的城市魅影：論《恐怖時代》的身體裂變、幻異時空與邊緣敘事〉，該文聚合觀看的是新竹作家袁瓊瓊極短篇諸作，文本場景卻是世紀末日常封閉空間裡的非日常敘事，諸多怪誕故事下的暗流，皆攸關女性個體如何言說「自我感」的生存情境及其精神圖像。上述諸篇直接瞄準不同世代、不同族群的女性論題，可謂擴大地方學的研究疆界，將性別意識鏈結地方課題的研究面向，令人耳目一新。

上述「城市」，如果是構成暗黑、騷動的「非家園」空間概念，真正的「家園」又應該如何定義與建構？許文榮〈論李喬書寫中的三層家園建構〉一文，幾近總覽李喬諸作，而後規模出李喬所建構與追尋的三種理想家園：土地家園、文化家園及靈性家園，間亦呼應了老作家向來關照生存、生活及生命的完整性與超越性。如何賦予竹塹這塊土地上的人與事，有更多樣性與深廣度的考掘研究，林以衡、黃美娥〈立足本土、放眼世界──林柏燕「四方」小說的移動書寫及其文學／文化意涵〉一文，即以目前學界研究尚嫌不足的林柏燕「四方小說」為關注文本，除了深究其充滿「移動感」與「擴張性」的書寫實踐，也渡引出林柏燕深沈反思「本土」與「世界」、「臺灣意識」與「客家情結」的文學文化意涵。

綜觀上述十八篇論文，以藝術人文為輻輳，所涉論題極博，藉由史料文獻的重新整理與再詮釋，在竹塹學研究視域與方法學上，探明發現者多，而透過「在地問題」所牽連的歷史記憶與文化想像，進行比勘跨國跨界的殖民歷史、文學與文化互動現象，充分展開對應性與交流性論題的討論空間。

本屆座談會以「臺灣各區域地方學發展特色及省思」為論壇命題，特地邀請積極參與臺灣各區域地方學的學者，進行交流與對話，藉此拓展臺灣新竹區域文化文史研究的新方法與大視野。精勤深耕地方學，卓有績效的主持人蔡榮光秘書長開宗明義，直指「地方學」是目前顯學中的顯學，其中不管是歸屬於硬體的文化資產，或是軟體的史料文獻，都是地方知識學的一個輪廓、範疇理念。代表「新竹學」的陳萬益教授，首先提點北埔龍瑛宗紀念館、新埔吳濁流紀念館的文化工程，對於新竹市、新竹縣的地方文學文化的發展，皆具有重大的意義與未來性。地方發展產業，必須加入文化歷史，惟有透過整理遺跡和文學，才能彰顯有特色的地區文化。數十年來推動「彰化學」有成的林明德教授，則是嘗試為地方學尋找一個永續經營的大方向，除了持續啟動總策畫，並出版民俗曲藝、音樂史、民間文學、文學史、飲食文化等多元面向的《彰化學叢書》六十冊的文化大工程外，也呼籲將資源回饋地方，轉化為實際總體營造的活力，才是地方學真正的積極意義。對於「花蓮學」頗有晶明洞見的顏崑陽教授，則是質詰目前地方學還是停滯於「學術理論與行政實務之間的『對話』」，所謂地方學、區域學的功能與目的，以及群體意識的「共生願景」等問題，都還沒有答案。惟有建置常態性的研發單位，學府、公部門與民間文史工作室，彼此密切配合，結合理論與實務，「地方學」才不會距離百姓太遠。

投注嘉義古典文學史頗深的江寶釵教授，則提供了從臺灣文學、地方文學為起點，以人文學關懷為主綱領的地方學研究視野。嘉義學的新趨勢，即是將人文核心深植在地文化，投入論文的研究，經營社區的耕耘，並且用另類的書寫邁向國際，以文學結合地方產業，來發揮地方學的創意加值。代表屏東文學團隊的林秀蓉教授，則強調整合教師社群的專長領域，擴及校內各系特色，建構「屏東學」的課程開設與學術研究。目前主要發展「屏東學」與「屏東文學」兩大主題，執行成效計有舉辦地方學術研討會、錄製屏東作家身影，以及編撰《屏東作家小百科》、《屏東文學青少年讀本》與《屏東文學史》。

座談會透過來自各區域推動地方學的專家學者，對於地方學建構的闡述和探尋，在交流互構與理性激盪下，對於臺灣地方學的新進展，皆有新的視野與新的認識，藉此應可重新思考如何激活創化我城、我縣、我鄉的希望工程。

三　誌謝：往事不盡如煙

小而美的竹大校園裡，沒有太多崢嶸堂皇的壯闊氣象，足以讓任何人震撼心動，但隱伏於綠樹花叢旁的黌舍棟宇，卻別有校史源遠流長的老學校特有的古意和溫馨。閒暇時若蹲坐老樹根幹下，常可看到松鼠爬上爬下，探頭探腦，甚為可愛。除了松鼠，與其他禽鳥和流浪貓犬等校園長期住民的美麗邂逅，物我之間的相親與相悅，已然成為竹大生活的一種質素與標記。

籌辦竹塹學國際學術會議，對於原竹大中文系師生而言，本是一種眼界和氣魄之外的開拓，它不僅體現了竹大中文系突破的需要，也踐履了竹大中文系發展的可能性。邁入第三屆竹塹學會議時，入門處兩排小椰林風景依舊，但校名卻是動人魂膽地變身為清華大學，在交替盈蝕中，竹塹學會議主題定調為「人文與藝術」，即希望能藉由夙負盛名的校園藝術音樂文學名家的許多故事，載記竹師璀燦的歷史風華！

第三屆竹塹學會議曲終幕落了，很快地又將迎來第四屆、第五屆……。地方學，顯然不只是一種在地經驗或攸關地理、歷史的地方知識的創建，而是涉及「人與地方的情感聯繫」，一如人文地理學者所強調地方做為「關照場域」(field of care)，實源於「地方之愛」，以及對地方的依附感。竹塹學國際會議因此不應只是被設定為一種學術或文史議題，對於風城學府師生而言，它是既真實又可貴的地方文化底蘊與在地生活體驗，當踩踏和巡弋所在的風城斯土時，我們將更踏實地根椿於這塊屬於你我的地土上。

二〇一三年伊始，連續籌辦三屆竹塹學研討會，每逢兩年一度竹塹學的啟動，哀怨苦樂之際，也常常反問：為何而辦？為誰而辦？回溯原初的答案，大概是小小系所，總是羨望早日的茁壯長大吧！回首這幾屆竹塹學活動的籌辦過程，倍覺辛苦，卻是有更多的感恩與感動。其中永銘難忘的人與事，如新竹縣府蔡榮光秘書長年深耕在地文化，熱情投入地方文史活動，他對於高教學府參與其事的尊重與贊襄，讓我宛若奠定了房角石，得以如鷹振翅，展開各項作業。此外也渥蒙林占梅嫡裔林事樵校長惠贈多件珍貴史料文獻；沛錦科技公司宋智達總經理連續兩屆的贊助與鼓舞；原新竹教育大學陳惠邦校長、清華大學林紀慧院長和蔡英俊院長的全然信賴與支持，還有始終陪伴我走過哀樂心路的武麗芳處長，颯爽義氣的現代英雌，是我對她的原初印象，迄今未變。

感謝第三屆竹塹學研討會所有與會人士、惠賜鴻文的學者專家，以及協助審查論文的委員！感佩新竹縣邱鏡淳縣長和張宜真局長帶領優質文化局團隊：徐爾美秘書、謝一如機要秘書、張愛倫科長、周菡苓科員等傾力投注竹塹學，可謂最堅強的支柱與推動力。特別感謝華文所林佳儀所長的行政協助，全體同仁的熱忱參與，總幹事楊雨蓉的精勤任事，以及原竹大中文學系可愛學生群的同工協力，品勳、新雅、馨元、俞儒、泰峰、語庭、裕洲、崇桓、圓智……，有你們真好！感謝萬卷樓圖書公司梁錦興總經理、張晏瑞副總經理、陳胤慧執編等協助出版，以及杜姁芸同學等辛苦收稿，使論文集得以順利問世。我更要將所有的讚美與感恩，歸給萬有的造物主！我從前風聞有祢，現在親眼看見祢！

陳惠齡於二〇一九年十月十日新竹絜園

目次

華語語系臺灣與帝國間性

演講人：史書美教授*
引言人：蔡英俊院長**

蔡英俊教授：

史書美史教授，還有在座的各位學術界的同好跟嘉賓，我非常高興能夠在這裡做為這場演講的一個開場，那麼這一個主題各位看起來當然非常有趣而且有點陌生，也就是說，一個文學的問題它如果放到一個新的脈絡裡面來看，那如果從人類的歷史來看，那我們會說文學，尤其是詩歌，其實是跟著人的活動一起產生的，也就是文明的開始，有一部分是來自於人對他的世界的各式各樣的描述，各式各樣的一個感嘆，所以也就是說文學本身它是個非常古老的命題，也就是它是一個普遍的抓住人內在心靈的各種的光影的變化，那為什麼到了二十世紀之後，乃至於到了二十一世紀的時候，我們碰到了一些新的重新要去界定文學的各式各樣的一個概念跟角度，那這時候我們可以看到，所謂的文學原來我們所假設的既有人的一個普遍性的，這樣一個概念開始慢慢受到質疑，所以在這種情況之下，我們可以看到，因為主義的問題，因為文化素養，或者甚至是階級各式各樣不同的時候，我們會發現，原來我們所看到的文學，原來包含了那麼多不同的意義，所以晚近來講，所謂的華語系這樣的一個概念，更清楚的表現出，那麼我們要怎麼從一個角度去看一個所謂的中國文學或臺灣文學，乃至於所謂在各地的漢字書寫的華文文學，所以從這個角度來看，我們知道這一個新的概念的提示其實是代表我

---

* 美國加州大學洛杉磯分校比較文學系教授。
** 清華大學中國文學系教授兼人文社會科學院院長。

們要重新去界定一個文學跟他的生產的整個場域的一個相互的連動性，那麼在這種情況之下，華語語系這個觀念可能包含了他對於中國文學的觀念，跟臺灣文學本身的一個互相激盪的一個狀況，那麼史書美史教授呢讓我們也知道她一直是在華語語系文學研究裡面，非常重要的一個代表學者，所以這樣的一個概念底下，我們今天看到的題目裡面我們可以清楚的看到，華語語系的一個文學研究它到底應該是以什麼樣的議題之下，希望能夠重新對於我們所了解的一般很熟悉的文學的這個主題，重新做一個討論、希望能夠提供一個新的視野，那麼華文文學研究所，是在清華大學人文社會學院，所以在這一場演講裡面那麼更有意義，所以我想我就簡單做這樣的開場，因為史書美史教授其實就是華語語系文學研究一個非常重要的開創者跟推動者，所以我想我這個引言只是用來，襯托出這一個史書美史教授，在建構這個概念底下她最重要她所關懷的一個問題，所以我們在此以掌聲歡迎史教授給我們的專題。

史書美教授：

謝謝，我先謝謝校長還有各位嘉賓，還有各位先進，還有蔡院長這麼美好的介紹，那今天就坐下來，因為我有講詞，坐下講比較方便，請大家包涵，感謝所有老師同學們今天來到這裡，而且非常感謝陳惠齡老師代表大會給予我的邀請，有這樣一個難得的機會來到清大南校和大家分享我的一點研究，我當然是非常榮幸，然後也有點惶恐，因為在座好多先進，都是做過很多相關方面研究有成果卓然的學者們，所以也請大家多多包涵、多多指教。我在美國教授一門課叫做叫「華語語系世界文學」，我在教這門課的時候，第一堂就會先跟學生們說，不管你們來自哪裡，請把你們的民族主義就寄放在門外，就好像我們到博物館的時候，我們帶著背包都要寄到寄物處，然後再進來，放寬心懷，盡情地去從不同的角度，去認識新的東西，你也許是同意的，也許是不同意的一些觀點，所以我希望大家可以把中國式的民族主義，或者是臺灣外省人的民族主義，或者是臺灣漢人臺灣人的民族主義，都寄掛在外面的寄物處，然後進入到這個講堂裡頭。

陳惠齡老師在最早的邀請函提到，竹塹學國際研討會今年剛好是在清大創立的華文文學研究所之後舉行的，那這個剛才蔡院長有提到這個讓我一直我努力思考的，這樣的一個華語語系研究的範圍有關係，因為我看到就是說，華文文學研究所的英文是「Institute of Sinophone Studies」，這 Sinophone 就是華語語系，所以我剛才尤其是高興，在華文系研究所的晚宴上，提到研究所創立的主題之一呢，就是說，將華文書寫提升到華語語系 Sinophone 的層次，達到可置於當代文學與文化市場之世界性流通與對話的研究高度，我也跟大家一起期許，而這裡也提到的世界性流通與對話，也正是我研究的一個企圖，希望可以把世界上的小國的文學，以及弱小的民族文學，如華語語系文學的討論帶入世界性的話語空間。但是這裡很重要的就是說，這個所謂的世界性，這個世界不是西方，這個世界是所有世界，因為西方不能代表世界，因此在方法論的層面上，我這幾年注重的是一個世界史或全球史這樣的一個角度，還有所謂關係比較學的思維角度，意圖打散西方中心論。也就是這個原因，我今年九月在師大的一場會議上，著重講了有關這個比較為關係這樣的一些問題意識，我不知道在座有幾位不知道剛好有沒有去。所以我今天就沒有準備講那個課題，因為今天講的是一個新的題目，所以我那一方面就先放著，以後也許有機會我們也可以繼續討論。

那從這個基礎出發，我今天的報告呢，在最基本的形式上，是企圖從華語語系臺灣和東南亞的角度，報告對於以西歐帝國掛帥的後殖民理論，加以施壓、並以批評，希望可以發展更能代表華語語系社群的歷史經驗的一套理論，而這理論就不一定叫後殖民理論了。所以我今天的報告也許就是以華語語系為理論的一個新的嘗試。當然世界上沒有任何理論是可以涵蓋一切的，但是我們對於我們使用的理論，可以施加壓力，希望它更能對我們關注的現實有批判、與分析的能量，而不是被動地一直來一個橫的挪用。今天要提出的事實上是一個很簡單的概念，是帝國間性的概念，而這個概念因為還有其他相關的一些概念，尤其是這次的主題的在地性的這樣的一個概念有很深的互動。剛才副縣長說，我們這樣的竹塹學，需要有表現得更多是在地的關懷，是接地氣的一個學術研究。為什麼帝國間性和在地性有關係呢，因為帝國間性在不同的時空，有不同的在地展演，那我也希望這樣的觀點呢，對竹塹學有一點點的用處。

我們在新竹這樣一個地方，批判以西歐為中心的後殖民理論，我覺得是有它的意義的。我昨天早上到，然後我就和我妹妹從飯店走到迎曦門，從新竹市政府，也就是新竹廳，步行到迎曦門只有三百五十米的路程，只需五分鐘的時間，但是這兩個建築，代表的是兩個帝國的歷史，日本帝國以及滿清帝國，或中華帝國。雖然歷史上、時間軸上這兩個帝國是延續的，但空間上卻非常地靠近，只要五分鐘的步行就行了，也許我們可以說這三百五十米代表著帝國間的延續、重疊、共存，也代表帝國間的某種親密，畢竟是三百五十米的親密吧。他們曾經互相競爭，如滿清在甲午戰敗後把臺灣割讓給日本，也有共構的親密性。如日本帝國結束之日，由推翻卻繼承滿清帝國的中華民國接收，而不是還給原住民。到底臺灣是誰的？誰有權去割讓它？誰有權去整理它？誰有權去接收它？我們知道這些問題的基礎可能都需要重新從原住民的立場去審視。市政府大樓走到迎曦門，事實上這兩個大樓，這兩個建築物，在現在當下的時空下同時存在，那也許可能就是新竹這個地方的帝國間性的最佳的表徵。雖然竹塹的命名可能跟新竹平原平埔族道卡斯族有關，我看網頁上講的，但是他們又說這個又不確定。新竹地區的原居民，為道卡斯族、泰雅族、賽夏族、阿美族等，但是我們的地標這個迎曦門是一八二七年漢人建的，新竹州廳是一九二六年日本人建的，我對新竹不是很熟，所以我查了一下中華民國文化部文化資產局提供的新竹市文化資產列表，如我預期的，沒有一項和原住民有關的或歷史古蹟和地標，連故事都沒有。

也許我們應該說，這個新竹是以漢人為主宰的新竹，可能新竹的漢人聽我這樣說可能會不大高興，所以我事先和大家報備過了，民族主義或地方主義也好，就請現在還放在外面，而臺灣的漢人不論是福佬人或客家人或外省人，都是中華帝國的後裔，這一點不容質疑，因此他們、我們才可以繼承日本帝國離去之後的所有政經權利。雖然漢人之間也有相互壓迫，但是帝國後裔的漢人，一直都享有身為帝國後裔的優勢，這個新竹，這個臺灣，因此毋庸質疑，是一個定居殖民地。在臺灣這個定居殖民地逐漸形成的過程中，堅定了荷蘭、西班牙、美國等到臺灣的各種野心與企圖，常常都是各種殖民勢力角逐或共謀的計畫，但是臺灣為中華帝國後裔漢人定居殖民地的事實卻一直是延續的或持續的，這種疊型的權力機制和壓迫機制也是一種帝國間性的表現，而這個定居殖民主義，我最近寫的比較多也想的比較多，因為我剛才聽說只有一位九月在臺北聽過我另一場的演講，所以簡單說一下定居殖民主義和一般研究正式的殖民主義不同。

第一個差異就是說定居者從外地來，來到一個地方定居下來，那美其名是開墾，但是這個土地本來是有主人的，他們外來的人來到一個地方定居下來不走，這是第一個要點。第二個要點就是說，他們來了之後變成多數，在整個定居殖民主義行程過程當中，變成人口的多數之後不可能走開、不可能離開，因此定居殖民主義是沒有辦法推翻的，這是定居殖民主義結構性上和一般的殖民主義不一樣的地方。日本人殖民臺灣，殖民主義結束了，他們離開了，英國人殖民印度，他們輸掉了就離開了，但是定居殖民主義永遠不會結束，因此定居殖民主義不是一個事件，不是說有人來侵略然後就結束了這樣，它是一個永遠不會結束的一個結構性的一個殖民狀況，不是一個事件，而是一個結構。

這裡值得我們提起的是說，定居殖民主義基本上是一個三角關係，有原住民、定居殖民者以及殖民母國，而定居者大部分都會想要從殖民母國獲得獨立，如：美國、加拿大、澳洲、紐西蘭等國的定居殖民者從英國獲得獨立，都是和臺灣一樣相近的例子。這個三角關係加上其他外來的殖民者，如：日本等，因此變成了四角關係，而當今的臺灣應該是典型的定居殖民地關係又回到了三角關係，臺灣漢人想要從中國實際上獨立且可以被國際所認可、能夠認可的這樣的國家、現代國家，這個當然非常重要，但是從原住民的立場來看，也許臺灣漢人，也可能被看作是中國人吧。

伊苞的一本她去西藏旅行寫的一本書，叫做《老鷹再見》。大家知道排灣族的作家伊苞，她去西藏碰到了一些西藏的原住民被中國人壓迫。她覺得臺灣的漢人也是中國人，因此他們都被中國人所壓迫。這種三元關係，和一般後殖民理論崇尚的殖民者和被殖民者的二元關係很不一樣，我們這裡就馬上可以看到所謂的主流的後殖民論述的限制。在臺灣的後殖民論述一直以來，大部分是用主流的理論，所以事實上只是某些漢人的後殖民，而不是原住民的後殖民，因此我們必須強調典型的後殖民理論和定居殖民理論的差異。定居殖民理論以去殖民作為目標，而不是推翻殖民或反殖民，而是去殖民，因為定居殖民研究和原住民研究，在世界各地基本上是這樣子的，因為推翻殖民是一個不可能的任務，只能以去殖民為目標，以期達到一種程度上的自主，那世界各地的原住民研究呢，基本上有一些共通的地方，他們的最終訴求是土地權和主權。

在此我想把華語語系東南亞社群的歷史帶入討論，因為我想邀請大家，和我一起思考一點，就是說思考把臺灣看作是東南亞的一部分，大家是不是很驚訝呢？還是覺得本來應該如此呢？我不知道，好像看不到大家的反應。我們如果不把臺灣看作是東亞的一部份，而是東南亞的一部分，大家怎麼想？我這個大膽的建議呢，也許大家都會覺得奇怪，或者有人也覺得差不多啦，也應該這樣啦，我不清楚。假如我們把臺灣看作是東南亞的一部分，那我們新政府的南向政策，事實上就不是南向了，這裡弔詭的地方請容我解釋。

所謂南向意識，我覺得是也是以北方自忖的漢人中心的一個說法，南方北方除了是地理上的概念，事實上是一個相對的價值概念。從臺灣看菲律賓，菲律賓是南方，但是從北京看臺北，臺灣是南方。所以它是一個相對性的概念，那這個相對性的地理概念，事實上也是一種象徵性的一個抽象的概念，有他追隨者的價值觀。將臺灣還原為東南亞的一部分，我認為可能是推翻漢人中心觀的第一步，這個還原是有根據的。臺灣原本就是南島語族的島嶼，南島語族分佈從最東的南太平洋的復活島到最西的印度洋的馬達加斯加島都在南方，南島語族顧名思義臺灣當然也是一個南島。馬來西亞的和印尼的馬來人、菲律賓人、紐西蘭的毛利人等都是南島語族。

我在洛杉磯有一位菲律賓的同事，他就可以用他的 Tagalog 菲律賓語跟臺灣的一些原住民可以直接溝通，他說尤其是和達悟族基本上是直接可以溝通的。這裡事實上還有其他的根據，考古和歷史研究證實臺灣、海南島、香港以及中國的南方，和我們今天以為的東南亞基本上是一體的，包括基因上如南島語族、地質上如火山、氣候上像雨季、語言上如南島語、宗教上、動植物等種類等相近，如海南島上的原住民其實是泰族，就是泰國人的那個泰族，中國南方的那個傣族就是泰族，苗族就是「Hmong」，為了躲避漢人的壓迫，從當今的中國的西南南遷至寮國、越南和泰國也都是東南亞人，更何況以前所謂的百越人和東南亞人都有密切的關係，所以越南的「越」和廣東的「粵」有一些相通的地方，大家這些都聽說過吧。

另外，所謂的「海洋東南亞」（Maritime Southeast Asia），這是研究東南亞研究的人常常去用的一個詞，海洋東南亞，這樣的一個概念是海洋經濟網描述這樣的一個概念，如海洋臺灣。以前海洋東南亞的主要的通用語是馬來語，也就是南島語，其經濟網當然也包括臺灣。研究東南亞的學者們一致指出，今天所謂的東南亞事實上是二戰以後產生的概念，他是一個政治性的定義，而不是地理的、氣候的、宗教的、人種的、語言的定義，而是一個政治性的定義。那我們現在把臺灣放在東南亞之後，會對後殖民理論形成怎麼樣的挑戰呢？所以這個是下面要討論的。

身為學者，我覺得我們對所謂的以美國掛帥的這樣的一個理論，可以從薩依德的經驗去做一個批判，這就是我今天想要做的事情。讀過所謂的後殖民理論的人都知道，這些理論主要的研究對象是英國和法國的殖民地，如英屬印度、非洲、加勒比海以及法屬非洲和加勒比海，有一個明顯的英法中心主義的運作。因此，即使是薩依德，他雖然是黎巴嫩出生的巴勒斯坦人，他的研究主要是英國文學，所以他的理論通常也算進英國帝國研究當中。大家都知道他的名著《文化與帝國主義》（*Culture and Imperialism*）基本上是研究英國文學的。英法等帝國最強盛時期為十九世紀，因此後殖民理論基本上也以十九世紀以後的殖民境況為主要的關注對象。這樣看來，主流的後殖民理論事實上充滿了盲點，無法解釋包括臺灣的、東南亞的後殖民近況。

在東南亞談到殖民主義，也許我們應該開始從中華帝國談起。大家看越南的國家史教科書認為，越南在西元一一一年到九三八年是中國的殖民地，這個不是我講的，看越南政府印的教科書是如此寫的。除了中華帝國之外，也要談起南歐和北歐的殖民主義，而不僅僅是西歐。如西班牙殖民菲律賓、葡萄牙殖民馬六甲、澳門、帝汶、荷蘭殖民臺灣和印尼等，所以殖民史，東南亞的殖民史不僅牽涉十九世紀的西歐，也牽涉更早的南歐和北歐殖民。另外還有日本、美國和俄國都曾在這裡較量、互相抗衡、角力、模仿、共謀、構成一個多元複雜的帝國間性。西歐瓜分非洲的殖民整個歷史，事實上總共只有七十年左右，但是歐洲各帝國和中華帝國在東南亞卻有好幾個世紀。東南亞這樣的殖民境況應該給予後殖民理論更為豐富的研究對象，而事實上恰恰相反，基本上是完全被漠視的。

大家可能都熟悉的班納迪克．安德森（Benedict Anderson）《想像共同體》（*Imagined Communities*），大家在亞洲非常喜歡他這本書，而且他也是頗有名望，大家都聽說過。他生前就常常的很生氣說，你們就是對東南亞沒興趣。他有一次寫到東南亞的這個帝國主義形式的時候，他半開玩笑的說，東南亞的帝國主義形式是一個「Mottled Imperialism」，「Mottled」就是有一點斑駁的、不是可以上殿堂的那種，而且那個用詞也是低俗一點的，Mottled Imperialism 斑駁的帝國主義。他在世的時候也常常抱怨說研究東南亞的人一直被邊緣化。這個故事我以前在別的地方講過。在他的自傳裡他說，他第一本書非常正經的寫了一本有關東南亞的歷史，然後寫完之後他覺得得到了終身職了就可以不管了，他以後就可以寫他要寫的東西。他就經由非大學出版社英國新馬重要的出版社 Verso 出版他這本《想像共同體》。因為 Verso 不是學院機制裡面的，因此他可以完全自己自由發揮，所以我們才有樣的一本經典鉅作《想像共同體》。假如他還是用學院的方式去寫作的話，我們今天就沒這本書了。所以大家在讀這本書的時候，大家可以看到他的那個口氣、語言充滿諷刺和譏智。

這樣看來，如果我們把帝國看作是一些大紙，是不同顏色的，譬如說大英帝國是一張紙，或者是法國，或者是中華帝國，或者是日本等等，那你把這些大紙，因為他們都分布在世界各地，把他剪碎，形成紙屑，那帝國的五彩紙屑到處散發，著地處各自展演著不同的帝國間性。這樣的帝國間性，它的深度、長度以及複雜性在東南亞，遠超過以西歐帝國為主要研究對象的後殖民理論。而這中間亞洲帝國的事實更是需要提出、加以批評。在美國的學術界，如果你研究英國和法國帝國，妳的研究屬於後殖民研究，如果你研究亞洲帝國，如日本和中國，則你的研究屬於區域研究（Area Studies），正是學術分衍上的不平等和偏見所造成的。另外，越南即使是法國殖民地，但是大部分研究法語語系研究（Francophone Studies）的學者，他們的研究對象是非洲和加勒比海，而忽略越南。緬甸雖然是英屬印度的一部分，但是也幾乎沒有人研究，而大部分人只是研究印度。大家都知道最著名的幾位後殖民理論家都是印度人，在美國的印度人，這個很重要因為在美國批評大英帝國對美國真的是無關痛癢。而且不僅如此，美國曾經也是英國殖民地，因此美國人更覺得痛快。因此在美國的後殖民理論，不能形成對美國的任何批判。

不同的是，臺灣和其他東南亞國家歷經了所謂的第一波的現代性，這所謂的第一波的現代性、第二波的現代性這樣的說法是拉美的學者們提出的。第一波就是南歐、北歐和滿清殖民，葡萄牙、西班牙、荷蘭、中國等，第二波現代性是西歐殖民和由西歐殖民中介的日本殖民，我覺得這是典型的東南亞型殖民史，而永續不斷的帝國間性是他的特色之一。那主流的後殖民論述為什麼沒有關注東南亞？它沒有關注東南亞的最大問題，我覺得是有三方面的，第一是由於剛才提到的，由於西歐中心主義，因此北歐和南歐以及亞洲殖民主義都被忽略。我覺得我們需要是全球的視野，因為所有的殖民帝國都在全球的關係網中發生。舉例說如果西班牙沒有殖民美洲，從美洲獵取的資源沒有帶回歐洲，就不會有歐洲資本主義的興起。所以大家在談這個世界體系理論的時候，就說以歐洲為帥的世界體系，事實上就是一四九二年之後才形成的。一四九二年是什麼樣的年代？就是所謂的「發現」新大陸，是殖民新大陸的開始，所以事實上，如果歐洲沒有到美洲，歐洲就沒有這樣的一個強盛的物質基礎，就不會有歐洲資本主義的興起。沒有歐洲資本主義的興起，就是下面我要講的，就不會有歐洲的帝國到亞洲來。所以事實上這是連在一起的歷史，一個互相銜接的歷史。所以以西歐為中心的後殖民理論有這樣一個很大的最基本的盲點。

第二，以十九世紀為中心的斷代史，也是一個問題。因此十九世紀之前以及之後的殖民史，如對當代美國帝國的批判在後殖民論述裡就沒有。所有在美國的學術界裡，批判美國帝國主義的他們是在「美國研究」（American Studies）這個學科裡頭。大家可能不知道，去參加美國研究的年會，百分之八十到九十的論文都是批判美國的帝國主義（American Empire）。這就好像，假如是中文系都主要是批判中華帝國的。在中國，根本不可能吧。在美國是如此，這就是所謂的 American Studies。美國研究，他主要的對象是批判美國，所以這個是它的批判意識，因為美國是一個所謂的民主國家，學術界傾向是左派，批判意識是左派的。那在一個所謂的共產國家，批判意識可能有時候就不是左派的，這個大家清楚。

那第三，它的一個盲點或者一個很重要的缺失就是語言能力的匱乏和對學習新的語言的懶惰。如果你研究某些英屬殖民地和法屬殖民地，那這兩種帝國語言差不多就夠了。但是假如說是要研究其他的殖民地，可能需要一些當地的語言，如緬甸語，只會英文不能夠研究緬甸。只會英文也不能夠研究馬來西亞，還可能需要馬來語或華語。華語語系研究之所以需要創意要求和其他語系研究同在一起，也就是這樣一個語言社區的發言權問題，對如此充滿問題的學科分野這樣一個挑戰。我們希望說經由對華語語系社群的研究可以改寫主流的後殖民理論，如對亞洲帝國的關注，對非西歐語言的關注，更為長久的歷史觀的建立等等。從這樣歷史經驗我們希望可以提出一些不同的理論思維。

那我現在就舉一個概念，後殖民理論裡頭非常流行的、有名的概念，就是「混雜」。大家知道這個概念吧，英文裡頭是 Hybridity、法文裡頭是 Metissage、西班牙語裡頭 Mestisaje，常常這裡翻譯為混雜。這個概念在主流的後殖民理論裡頭，他們講的混雜是歐洲人和所謂的本土人之間的混雜，他完全不顧西歐人到了東南亞之前的混雜。因為事實上西歐人來到東南亞之前，東南亞已經都很混雜了。如你看臺灣漢人的混雜，好像有超過百分之八十都有原住民的血液，是有人這樣說，對不對？從基因學的觀念，我們可以說臺灣的主要人口是漢人，也可以反過來說臺灣的主要人口是南島語族。有人點頭，有人不表示意見。但看你注重哪一種基因、怎麼算。我所有在臺灣的朋友，很多臺灣的朋友他們都有原住民的基因，有些人是願意說有，有些人是不願意說，因為以前對原住民的歧視是非常嚴重，一些人是自己有即使是百分之五十的原住民的血液都不說出來。而在菲律賓，所謂的混雜人群（mestizo），是直接直指菲律賓人和華人混血的才叫（mestizo），所以事實上他是在西班牙人來之前就存在的。混雜過程中產生的這些各種現象，本來就老早就存在，為什麼歐洲人來了才有 mestizo，這個是不對的。反而在東南亞，很多學者們指出在歐洲人來到東南亞之前，事實上華人在東南亞經商或者是移民等等，一般來說並沒有受到特別的排斥。是這些歐洲政權來到東南亞之後，使那邊的華人「再中國化」，而因此他們把華人變成了「中國人」。所謂的海峽華人，如峇峇和娘惹本來就是混雜的，但是現在新的境況是峇峇娘惹都在消失當中。

另外，在〈華語語系的概念〉這篇論文，也就是《反離散》這本書的緒論當中提出的三個歷史過程，事實上也可以補充後殖民理論的不足，而且也都和帝國間性有關。第一，之於華語語系群體為多數人口如臺灣和新加坡等地區，我們需要研究定居殖民主義，這個剛才有提過，又譬如說客家人建立的蘭芳共和國，在東馬的歷史也幾乎是一個定居殖民地的例子，只是沒有持久。二，之於華語語系社群為少數民族，我們需要關注族裔研究和少數民族研究的問題，如中國的少數民族對漢人中心的批判。研究中國也因此不再是中心研究，而是彰顯中國境內的異質性。又如世界各地的華語語系少數社群，學者們就指出了：東南亞的排華可能源自於歐洲殖民政權。歐洲人到達東南亞之前，華人基本上被看做是一般來來去去的一些人，不一定就是「中國人」。但是在歐洲這些政權的管理下、治理下或統治下，他們都被變成「中國人」。他們用了很多將華人作為隔離對象的經濟上、政治上的政策，因此，我們看一下歐洲在東南亞的殖民史，就可以看到接連不斷的排華事件。

在殖民時期的大屠殺，對華人的大屠殺，在馬尼拉就有過至少五次，一五八六、一六〇三、一六三九、一六六二、一六八六年。在雅加達，一七四〇年荷蘭人對華人的大屠殺；在汶萊、柬埔寨、越南、泰國、馬來亞等都有過。二戰結束之後，延續了這樣的一些排華的種族屠殺；在二戰結束這些國家相繼獨立以後，還有過很多次的對華人的排華事件。如印尼一九六五年政變的時候，死了很多人，事實上是華人；因為他們把印尼的華人被說是共產黨。雅加達的屠殺華人事件，一九六九年五月，這個大家也都知道。黎紫書的小說《告別的年代》，是對這事件所寫的一本非常棒的小說。她是用不寫它的方式去寫它。非常後現代的一本小說。印尼最後一次以華人為對象的種族暴動，發生於一九九八年；而越南的排華和越南難民，一九七八、一九七九年的越南難民，很多也都是華人，好幾十萬人。這些西方殖民國家，除了對象式的、選擇性的壓制華人，歐洲殖民者同時也策略性地運用華人去管理原住民等當地人以及利用他們和中國通商。譬如在英屬緬甸、荷屬印尼、英屬馬來亞，都有特意將華人納入管理階層，給予他們官職，譬如 Kapitan，在印尼、在馬來亞，他們都知道 Kapitan Cina（華人甲必丹）導致與當地人的分歧。

第三，華語語系社群為移民全體，那當然我們要關注移民研究。這裡，我覺得要講這個可能是讓我惡名昭彰的反離散的概念，因為移民研究、少數民族研究和離散研究是不一樣的。如果我的看法沒有多大的錯誤，我覺得海外華人、華僑研究以及離散研究的潛在出發點是兩個：一個是以中國為原鄉的本體論，另外一個是在地國不接受華人的種族主義。所以在地國他們可以跟華人說，你們是離散族群，你們不是正統的馬來西亞人。這就是一個海外華人、華僑這樣的概念，和離散的概念的一個問題。不然就是中國為原鄉的本體論，海外華人、華僑，或離散群體之所以為華人、華僑或離散，是因為他們從中國離鄉到海外；而海內既是以中國的內部為地基點往外看，相對於中國原鄉的海內。這個海，具體來說，可能是南中國海或太平洋，但是我們知道，全世界各地從中國看來都是海外，包括和中國大陸連結的中亞、俄國、東南亞等，雖然沒有海，也是海外。所以我這邊的意思就是說，「海外」的概念事實上不只是一個地質的、地理的概念，它也是一個抽象的、象徵的概念，如所有內外之分都隱含某種價值判斷，「海內」與「海外」，也象徵一種價值判斷，是一個階序概念。

「華僑」，顧名思義，係暫時寄居海外的華人，最終以母國為歸為家，即使這個家只是心靈的家，並不是實際居住的家；而僑居即使是永久的，且僑居地才是真正的家，但還是被叫做僑居。另外，「離散」二字，也同樣指從某個原鄉離開、離別、散落、分散、散居，其本體也是那身為母國的中國。「華人」比之華僑，有些許不同的含意：華人，指涉世代在海外定居下來的人，也是他們的自稱；但是我們也都知道，如果你不是漢族，可能到了海外之後，就不一定可以變成或被稱為華人。假如你是穆斯林，你到海外，你還是華人嗎？我不清楚。假如你是維吾爾族，到了海外，還是華人嗎？所以，大家就可以看到華人事實上也是漢人中心的概念。但是身為華人，比之峇峇、娘惹，（馬來語：Baba Nyonya、Peranakan），強調的是一種種族與文化的執著，潛在一種與中國割不斷的關係。所以，這裡我所指的以中國為原鄉的本體論，也毋庸是漢人中心的。

這樣看來，海外華人、華僑、離散等的詞語，不論我們個人對於他們的認知有多少程度上的不同，尤其冠上「海外」兩字之後，我覺得以中國為原鄉的本體論是可以看到的。又，從在地的角度來看，海外華人的認同，也代表在地國對他們的排斥，認為他們永遠都是外國人，即使經過了幾百年之後，也不接受他們是本地人。因此，華語語系的研究立場可以說是一種反離散的立場，主張離散有它的過期日。譬如說在馬來西亞，是不是一個離散中國人，要過了幾百年才能變成本地人？如罐頭的食物過期了就不能食用，當你們已經是本地人時，還怎麼是離散呢？美國的最早白人移民，他們是英國人，他們不會說他們是離散的英國人，沒有人這樣說的，而自覺是正統的美國人。我覺得每個人都有成為本地人的權利，單看這個人對在地的認同和承擔。有了在地認同和承擔的那個時候，離散就到期或過期了。敝人的這些觀點，可能一些人是熟悉的，但是總是不斷地被誤解，所以就稍微再講幾句。

在此，關鍵的觀點是「離散為歷史」，和「離散為價值」的分別。離散為歷史，指的是具體的華人散居世界各地的歷史現象；這個是事實，無可厚非。但是，離散為價值的意思，指兩種人的這種價值觀：第一是，永遠保持僑居者的心態，永遠嚮往中國為原鄉。這種自我的離散的心理狀態，以及這種心態促成的價值觀，所表達出來的可能是：一、不認同在地；二、抱持某種保守的文化優越意識；三、用血統論來分人高低，是不是自己人之分。那第二種人是用離散歧視華人，如英國殖民者對華人的歧視，馬來人覺得華人是外國人等等。離散為價值，對多元民主的社會來說，是有很多問題的；所以，反離散作為價值，就是不認同上面提到的以中國為原鄉的本體論，以及華人被看作外來人的種族歧視。因此我不斷強調，所謂反離散反對的不是離散的歷史，而是離散的價值。這個區別非常重要。

在這裡，假如是我們都同意，每個人都有變成在地人的權利，這裡所指的在地人，並不是原住民，這點還是要講清楚；因為這個差異還是有倫理層次上堅持的理由。如果以這樣的觀點看臺灣，我們會發現，即便是所謂的臺灣人對於外省人有很多的悲情，當外省人對臺灣認同且有所承擔的時候，也應該被接納為本地人。所以這是我覺得：先到者後來者，所謂的臺灣人，他們也不是真正臺灣人而是漢人；臺灣人和外省人之間的很多情感上的糾葛等等，事實上從原住民的角度來看，大家都是定居殖民者，這是第一。第二，外省人也是從臺灣看世界。所以，以臺灣意識為某種中心的這樣的看法，還有簡單的這樣的一些意識的分野和相對，我覺得還有很多討論的空間。外省人也有變成在地人的權利。

既然講到在地性，讓我們回看華語語系臺灣文學：華語語系臺灣文學，以臺灣為依歸。華語語系觀點強調的在地性，指涉臺灣的複雜但獨特的歷史，是華語語系臺灣文學的訴求與認知的對象。對於這種在地性，我覺得應該理解為多元在地性。我需要在此說明一下：一般我們指的在地性，是指一些在地固有的歷史文化或在地特色；在這裡我想表達的是，事實上在地性不是一些永恆不變的一組特色，而是一個動態的文化空間和過程。臺灣在某個層面上，是世界文化交會的據點，有深刻的歷史淵源，也有最新的文化展演；它的在地性承接過去，也有新的創造，因此不是固定不變的。而它的在地性，又是整個世界化、或全球化的一部分，全球化過程的一環。在在地化與世界化的關係當中，華語語系臺灣文學得以有其豐富的存在。

最後，時間快到了，我覺得應該提出帝國間性的最新演繹：也就是，中國崛起之後華語可能成為世界共用語的一種遐想以及其後果。中國崛起對於臺灣文學可能有一些意義。也許研究臺灣文學的學者們，還有研究中國文學的學者們，都也許可以再進一步討論。一種可能的未來，世界上越來越多的人講華語看華文，華語語系文學擁有越來越大的讀者群。這樣的說法，不是要沾中國崛起的好處；而是反過來，會使以離散為價值的意識鼓脹起來。所以剛才提到，馬來西亞的華人，近年來有再漢化的傾向。美國無線電臺前幾年有一個電視劇叫作「螢火蟲」(Firefly)，它想像未來世界是一個兩種共同語共用的世界，是英語與華語；在這個電視劇裡，所有的人都會講英語與華語……事實上都不會講，但是他假裝都會講。然後他們說話都是英華夾雜，就是講話講英文，但其中夾雜有一些詞是華語。它想像的是這樣一個世界。而這兩個語言之間不需要翻譯，他們不翻譯，只有字幕，英文講一下華語講一下，有時一句裏頭兩個語言混合在一起。目前全世界人口有四分之一強的人會說英語，另外四分之一的人會說華語；所以這樣的未來並不完全是一個幻想。如世界各地的英語語系文學在世界各地受到認可，包括加勒比海諸國、非洲諸國，已經有好多諾貝爾獎的得主；當然和英語是世界通用語有關。將來的世界裡，有可能華語語系文學也享有這樣的認可；當然，這個一定和政治經濟有關。中國的崛起對於華語語系臺灣文學的意義，畢竟還需要更認真的思考。東南亞其他各地的華人，越來越有再漢化或再中國化的傾向。臺灣的華人要不要在去中國化還沒完成的時候，再中國化？但看人為。我僅以這句話做結尾。謝謝大家。

蔡英俊教授：

謝謝史教授精彩的演講。我想，我們剛才就講說，文學原來是在描述人的在地經驗，從一個創造的想像出發。文學研究當然是完全是另一個後設反省的角度，所以我們才會說一個觀點會創造它的對象、創造它的材料。也就是說，每一個概念的興起，其實要我們重新去反省，原來的這些現象、原來的這些對象，到底有另外什麼樣的意涵？所以今天的這場演講裡面，我們清楚得看到，就一個我們所熟悉的文學來講，它似乎是一個空間的產物。可是在空間裡面，它因為時間因素的介入，所以先來後來這個問題在空間的擴散上，形成了一個新的問題。那如果以我們最熟悉的中國文學傳統來講，期時我們一直可以看到，從「子守雅言」，那個「雅」字從一開始，形成了所謂中央的概念；離開中央，等於是離開了它的根。所以放逐的想像在中國傳統來講，是一種痛苦的經驗。從這種角度來看，我們如果去省思，一個累積了兩三千年來的歷史的經驗：我們以宋代的蘇軾為例。他具有名望和普遍性，所以他說，「此心安處是吾鄉」，我的故鄉就是我心所安的地方。他一輩子都在被放逐流放的過程，到了惠州、到了海南島，所以他會一直強調，在海南島裡面……我們講一個笑話，他是第一個在中國的文獻上說，吃生蠔是一件多麼美味的事情！這個是蘇軾的書信，寫給他弟弟。可是有一個矛盾的現象：蘇是從來不談他的出生地。可是到了晚年的時，他一直強調自己是眉州人。那樣的生存經驗為什麼會讓他相信，我是在一個空間的流動裡面，我沒有任何一個固定的地方，心安頓的地方就是我的家鄉。可是到了晚年的時候，他的文章開始註記，他是眉州，來自於四川。這樣的一個現象，假如我們從中國的歷史來看，從雅言的系統形成以後，就產生中央跟邊陲的關係了。

所以剛剛史教授有一個有趣的說法，假如把臺灣當作是東南亞的角度，那這時候你會怎麼想像和觀看，就會完全不一樣。所以我一再強調，觀點會重新塑造新的材料出來。我們說從中文系（中國文學系）到臺灣文學系，到這一個清華大學的華文文學所，這樣的名稱擴展其實反映了，我們每一次要重新觀看所有熟悉的事物。華文文學所是一個簡化的名稱，我們在設置這個所時，我想像的是「華語語系文學研究所」，那因為名稱非常複雜，所以就簡稱為華文文學研究所。這樣的意義就是，我們要如何重新去看，那個我們似乎認為，代表一種普遍的放諸四海而皆準的心靈的現象，其實充滿了各式各樣的內在衝突及各式各樣的焦慮？我想，今天史書美教授的演講，可以更清楚地讓我們看到，我們怎麼重新去看，我們新竹原本的文學研究問題，尤其是在清華人文社會學院裡面，既有中國文學，也有臺灣文學，現在還有一個華文文學；那離散作為一種概念，我們要怎麼樣重新去思考及重新去反省？我希望這個年度，華文文學所的正式成立，跟這場專題演講，可以開啟往後更多關於的文學研究的新視野跟他的問題。我想，那我們以掌聲謝謝史書美史教授的這場演講。祝福大家。

林占梅琴詩探微

徐慧鈺*

摘要

琴詩是琴與詩的交會，是音樂（古琴）與文學（詩歌）的結合。古琴在中國不僅是樂器而已，其兼具音樂與文化、政治與思想等的多重意涵。在禮樂治國的周朝，琴瑟象徵士大夫，而撫琴則是士大夫階級的文化象徵。就琴詩而言，《詩經》中有不少以詩寫琴，描述琴瑟是士大夫階層生活中求偶、交際、款客的樂器，而琴詩因而萌生。此後歷朝之琴詩亦因時因人，展現不同風采。琴詩之流風傳至臺灣，文人雅士多為之披靡，紛紛以撫琴吟詠為尚，其中清代臺灣道咸同年間文士林占梅堪為翹楚。

清季竹塹名流林占梅，不但仗義疏財，濟民淑世，功在臺灣；且能詩允武，兼擅絲竹、書畫、騎射諸藝，樹立臺灣文人之典範。林占梅所擅諸藝中，以琴為最，最能展現其高雅之生命情懷。從其詩作《潛園琴餘草》命名觀之，潛園最先，琴列其次，詩則再次，可見琴詩在其生命中的分量，故臺灣道徐宗幹《潛園琴餘草》序：「詩味多琴味」。林占梅愛琴成痴，不但重金求購名琴，更與琴「朝遊共一輿，夜眠共一衾」，並留下琴詩約三百餘首。其琴詩中有橫琴潛園、攜琴行旅的琴韻生活，更蘊含其深厚的琴學詣趣與琴詩意境。筆者希望藉由本文，玩味林占梅從琴韻生活所開展出來琴學詣趣與琴詩意境，以窺其琴詩中清靜高遠之琴境。

關鍵詞：林占梅、潛園琴餘草、琴詩、古琴、萬壑松

* 長庚大學通識中心助理教授。

一　前言

琴詩是琴與詩的交會，是音樂（古琴）與文學（詩歌）的結合。古琴在中國不僅是樂器而已，它兼具音樂與文化、政治與思想等的多重意涵。在禮樂治國的周朝，統治階級用禮樂嚴格區分身分等級，賈誼《新書》云：「禮：天子之樂宮懸，諸侯之樂軒懸，大夫宜懸，士有琴瑟。」《禮記》〈曲禮下〉:「士無故不徹琴瑟。」琴瑟象徵士大夫，而撫琴則是士大夫階級的文化象徵；又《左傳》昭公元年載:「君子之近琴瑟以儀節也，非以韜心也」，說明古琴是士大夫修養心性的器樂。就詩而言，《詩經》中有不少描寫琴瑟之詩，如〈關雎〉之「窈窕淑女，琴瑟友」、〈棠棣〉之「妻子好合，如鼓瑟琴」、〈鹿鳴〉之「我有嘉賓，鼓瑟鼓」、〈雞鳴〉之「琴瑟在御，莫不靜好」等詩句，皆以詩寫琴，描述琴瑟是士大夫階層生活中求偶、交際、款客的樂器，而琴詩也因此萌生。此後歷朝之琴詩亦因時因人，展現不同風采。

迄漢魏六朝，東漢受經學家道德論影響，賦予古琴教化功能，如班固《白虎道德論》:「琴者，禁也。禁止於邪，以正人心也。」[1]大夫撫琴之目的是禁邪、正心；然民間流行的琴歌卻大異其趣，如當時盛行之相合歌[2]，多以琴歌方式呈現，例如以司馬相如與卓文君之情愛而譜之情歌〈文君曲〉、〈鳳求凰〉與〈白頭吟〉等；而文士大夫如蔡邕〈琴賦〉與嵇康〈琴賦〉，皆以賦寫琴，可謂文學與音樂結合的佳作。

流風至唐，中外音樂文化頻仍交流，琴曲、鼓曲、法曲、歌舞及梵唄等百樂爭鳴；然古琴的清微幽遠的意境風格與琵琶、羯鼓等胡樂器大異其趣，且重韻而不重聲之風格，不為唐玄宗等帝王所愛，因此而居於劣勢；但其此風格特色與注重作品內容之思想感情與意境，卻深獲文士大夫之鍾情，並給

1　東漢章帝建初四年（西元79年）效法西漢宣帝石渠閣故事，詔諸王、諸儒趙博、李育等集合於白虎觀講論五經異同，由班固（西元32-92年）纂成《白虎通義》。班固《白虎道德論》認為「琴者，禁也。禁止於邪，以正人心也。」許慎《說文解字》亦云：「琴，禁也。神農所作。」

2　相和歌，據《晉書》〈樂志〉:「漢世街陌謳謠」，即當時的民間歌曲。

予崇高地位。就詩之發展而言，此時期發展之近體詩已蔚為風潮，詩人以詩抒情、寫景、紀事、言志外，也寫琴詩，如李白、白居易與韓愈等人，皆有以撫琴、聽琴為題之琴詩，帶動當代琴詩之發展，且影響後世甚鉅。[3]

降至宋元時期，因民族之衝突與人口之遷徙，造成了南北音樂之交流；也因商業經濟之發達，造就民間世俗音樂之廣為流行。古琴音樂於此風此下，也受到民間俗樂影響；然琴曲藝術在審美心理上，仍強調韻味、意蘊與情境之追求。就琴與文學而言，當時文人寫詞，琴人譜曲，共同創作，亦為風尚，如歐陽修為沈遵創作的琴曲《醉翁吟》，寫《醉翁引》、[4]蘇軾給琴曲《陽關曲》填的歌詞[5]，而宋代琴詩亦隨此風而展現風采。[6]

傳至明清時期，市民的文藝生活多彩，百樣競出，或謂中國之復興時期。古琴音樂趁此流風，發展蓬勃，各個派別紛紛產生；加上琴印譜風氣盛行，古曲得以保存，因而促進了不同流派間之藝術交流。此外，更有古琴美學的專論，例如徐青山的《溪山琴況》共二十四條，系統而詳盡地論述了演奏要求；冷謙《琴声十六法》，對琴聲的要求總結為十六個字；又如朱權主持編印了《神奇秘譜》，可謂現存最早的古琴譜集，歷時十二年，共收琴曲六十二首；皆是關於琴的美學理論著作。而明代琴歌數量很多，僅專集就有十來種存世，如陳大斌《太音希聲》收三十六首琴歌。古琴藝術在此時達到了歷史的高峰；而琴詩之發展，也隨著詩人對古琴之愛好，琴詩之創作亦蔚為風尚。[7]

---

3 參考周虹怜：《唐代古琴詩研究》，輔仁大學中國文學系碩士論文，2000年。

4 《醉翁引》曰：「……太常博士沈遵，好奇之士也，聞而往游焉。愛其山水，歸而以琴寫之，以《醉翁吟》——調，惜不以傳人者五六年矣。去年冬，予奉使契丹，沈君會予恩冀之間。夜闌酒半，出琴而作之。予既嘉君之好尚，又愛其琴聲，乃作歌以贈之。」

5 《湖樓筆談》卷六中說：「東坡集有《陽關曲》三首。一贈張繼願，一答李公擇，一中秋月。」

6 參考張斌：《宋代的古琴文化與文學》，復旦大學博士論文，2006年。

7 參考章華英：《古琴》（人類口頭非物質文化遺產叢書）（杭州市：浙江人民出版社，2008年）。

琴詩之流風移植臺灣，文人雅士多為之披靡，紛紛以撫琴吟詠為尚，如章甫《半崧集》、林占梅《潛園琴餘草》、陳肇興《陶村詩集》、施士洁《後蘇龕詩鈔》、林朝崧《無悶草堂詩存》、許南英《窺園留草》、丘逢甲《柏莊詩草》等，均有琴詩創作。[8]其中清代臺灣道咸同年間文士林占梅堪為翹楚，其詩作《潛園琴餘草》，留下三百多首雋永的琴詩；且《潛園琴餘草》之命名，以潛園為先，次為是琴，彈琴之餘才作詩，可見琴詩在林占梅心中的分量。林占梅研究是筆者多年來的職志，今再以其琴詩為題，則屬個人之趣味。筆者曾在林占梅的詩歌尋找其一段段生命的歷程，完成碩士論文與博士論文。期間也品賞其琴詩的獨特氣息，詩中所營造琴韻生活，結合了琴趣與詩意，頗能引人入勝，讓筆者玩味再三，因此再度走入林占梅的詩歌世界，專篇探索其結合文學與音樂之琴詩。

學者對林占梅研究之著作頗多，舉凡文學、歷史、建築與書畫藝術等皆有豐碩之研究成果[9]；對古琴與琴詩之研究則較少，主要有楊湘玲《清季臺灣竹塹地方士紳的音樂活動——以林、鄭兩大家族為中心》[10]、李美燕之

---

8 據筆者初步統計清代詩人與琴相關的詩作，其中較具代表者：章甫《半崧集》約有二十一題、林占梅《潛園琴餘草》約有三百餘題、陳肇興《陶村詩集》約有五題、丘逢甲《柏莊詩草》約有五題、施士洁《後蘇龕詩鈔》約有六十七題、許南英《窺園留草》約有二十二題、林朝崧《無悶草堂詩存》約有二十九題。筆者將有計畫整理這些詩作，撰寫論文，在未來發表。據筆者初步的研究，他們的創作，大多用與琴相關之典故，如伯牙子期之知音、成連海外移情、蔡邕焦尾琴之典，喻知音難遇之慨，能觸及古琴美學者不多。他們之中能彈琴，且能體悟琴趣者主要有章甫、林占梅、施士洁與許南英；然而對琴詩數量最多，對古琴偏好至深，收藏名琴、專研名曲，對古琴美學領悟至深者，則唯有林占梅。《潛園琴餘草》中蘊藏林占梅對古琴熱愛，充分展現其古琴美學，值得深入探討。因此，本文以此為題加以探討。

9 對林占梅之研究：文學方面，如黃美娥：〈清代竹塹詩人林占梅及其《潛園琴餘草》〉等；歷史方面，如如黃朝進：《代竹塹地區的家族與地域社會——以林鄭二家為中心》等；建築方面，如《新竹市古蹟公園．潛園研究調查》、陳榮村：《竹塹潛園之建築研究》等；書畫藝術方面，如賴明珠：〈林占梅的書畫藝術世界——以《潛園琴餘草》為主要分析依據〉等。

10 楊湘玲：《清季台灣竹塹地方士紳的音樂活動——以林、鄭兩大家族為中心》，臺灣大學音樂研究所碩士論文，2001年。

〈林占梅琴詩中的游藝生活與美感意境〉[11]、程玉凰〈林占梅與「萬壑松」唐琴之謎〉等，她們對林占梅的古琴與琴詩已有精實的詮釋，本論文則在她們研究的基礎上再探其微，玩味林占梅從琴韻生活所開展出來琴學詣趣與琴詩意境，希望能再掀一扇簾幕，以窺其琴詩中清靜高遠之境界。

二　琴韻生活

林占梅情鍾古琴，其詩云：「弱冠嗜音樂，性即嗜嶧陽」[12]，「淵明嗜好嵇生癖，趣味深嘗十六年。盟交願與託終始，一生長伴閒園裡」[13]，大約在道光二十年左右開始習琴，此後彈琴是林占梅生活之一部分，不論身處何處，琴不離身；而橫琴潛園、攜琴行旅則是其琴韻生活的常態。

（一）橫琴潛園

潛園是林占梅安身立命之地，也是其撫琴吟詠的舞臺。潛園興建於道光二十九年，[14]其間亭臺樓閣林立，花團錦簇，李乾朗《臺灣建築史》載其中

11 李美燕：〈林占梅琴詩中的游藝生活與美感意境〉，《中國學術年刊》第24期（2003年6月），頁325-342。

12 〈弔琵吟〉，《全臺詩・潛園琴餘草》第七冊，卷一（1847-1851），頁31。本文所採用林占梅《林占梅潛園琴餘草》之版本，是徐慧鈺、吳東晟校編：《全臺詩・林占梅潛園琴餘草》第七、八冊（臺南市：國立臺灣文學館，2008年）。

13 〈鳴琴曲次朱竹垞先生聽韓七山人彈琴原韻〉，《全臺詩・潛園琴餘草》第八冊，卷五（1858），頁104。題中之朱竹垞，即朱彝尊（1629-1709），字錫鬯，號竹垞，浙江嘉興人，祖籍江蘇吳江，明末清初政治人物，詩人、詞人、經學家。韓七山人，即韓畕（1615-1667），字石耕，宛平人（今北京大興）。以琴名聞江左。擅長演奏《霹靂引》，所傳的《忘機》、《釋談章》收在程雄所編的譜集中（《西湖客話》、《陋軒詩》、《平湖縣誌》）。

14 潛園的興建根據《淡水廳志》所載：「潛園，在廳治西門內，林氏別業，道光二十九年林占梅建。中有水可泛舟，奇石陡立，又有三十六宜梅花書屋，掬月弄香之榭、留客處諸勝。」

有爽吟閣、涵鏡軒、浣霞池、碧棲堂、廬愛草廬、梅花書屋等二十六景。[15] 然據筆者整理《潛園琴餘草》中所載之園中勝景尚有：聽水山房、辨琴書室、雨向小樓、桂子杏花邨、臨池樓等處，亦可能為潛園之景。[16]其中師疆軒、碧棲堂、著花齋、聽水山房、雲香館、琴嘯亭、梅花書屋、浣霞池西曲的琴樓等地，常聞從這些地方傳來的琴聲，應是潛園主人林占梅與其親友撫琴之地。詩中林占梅靜修撫琴之地，則有碧棲堂、琴嘯亭、聽水山房等地，如其詩云：

讀罷南華日尚長，餘情一曲奏瀟湘。[17]
亭前有水琴彌韻，雨後無花竹亦香。[18]
細草含煙薄，修篁得露多。[19]
竹潤恰逢新雨後，荷香多在晚涼時。[20]
吼泉疑急雨，遠火類低星。[21]
泉韻清於磬，花香妙入詩。[22]
牆頭瘦竹篩風急，池上殘荷報雨喧。[23]
山房地僻吟懷警，流水鳴琴添靜境。[24]

碧棲堂是林占梅夏季讀南華經，彈奏瀟湘古曲，修身養心性之地；琴嘯亭是

15 參見李乾朗：《臺灣建築史》，頁145。
16 詳見徐慧鈺，〈林占梅園林生活之研究〉，政治大學中國文學系博士論文，2003年，頁67。
17 〈季夏碧棲堂即事〉，《全臺詩．潛園琴餘草》第七冊，卷一（1847-1851），頁52。
18 〈琴嘯亭乘涼〉，《全臺詩．潛園琴餘草》第七冊，卷四（1855），頁293。
19 〈琴嘯亭即事〉，《全臺詩．潛園琴餘草》第七冊，卷四（1855），頁310。
20 〈琴嘯亭雨後夢醒〉，《全臺詩．潛園琴餘草》第八冊，卷五（1857），頁31。
21 〈聽水山房晚興〉，《全臺詩．潛園琴餘草》第七冊，卷三（1854），頁162。
22 〈山房秋興〉，《全臺詩．潛園琴餘草》第七冊，卷三（1854），頁253。
23 〈雨夜獨臥山房有感〉，《全臺詩．潛園琴餘草》第七冊，卷四（1855），頁306。
24 〈山房〉，《全臺詩．潛園琴餘草》第八冊，卷五（1858），頁67。

林占梅彈琴吟嘯之處，靠近水池邊，屬浣霞池邊建築群之一，此亭是靠近水池邊，可聽到水韻，亦可聞荷香。而且此亭邊種有修竹，雨後可見豐潤之竹葉尚滴著露珠，並飄來陣陣竹香；聽水山房（或稱山房）是較僻遠，遠離塵囂之處，林占梅在此可以獨處，靜靜聆聽各種不同之水聲，時而「吼泉疑急雨」，時而「泉韻清於磬」，有助撫琴、參禪。

師蘊軒是林占梅妻妾所住的地方，林占梅的妻妾多能撫琴，此軒屢屢傳出妻妾撫琴之音，如〈夜醒聞師韞軒操琴〉：

何處來清響，初疑度夜鐘。倚欄傾聽久，幽韻出焦桐。[25]

又如〈師蘊軒即事〉[26]云：

風廊月榭互評吟，久住園齋雅趣深。自摘薔薇薰小種，共調鸚鵡誦多心。玉蟾滴露朝臨帖，金鴨添香夜撫琴。最好湘簾高捲處，梳粧臺恰對遙岑。

林占梅與內眷詩歌互評、琴瑟共鳴的師韞軒依傍在浣霞池邊。前一首詩之琴韻應來自占梅之妾劉姬[27]；後一首之與占梅於風廊月榭評吟、摘花、調鸚鵡、臨帖、撫琴之紅粉知音應是陳夫人[28]。陳夫人能詩擅琴，林占梅與之相知甚深，夫妻曾經同遊連彈，如〈日色將西寒威稍殺偕荊人攜琴領鶴吟彈遊賞於水濱梅下清興悠然即成一律時臘月二十有五日也〉[29]

25 《全臺詩‧潛園琴餘草》第七冊，卷一（1847-1851），頁28。

26 《全臺詩‧潛園琴餘草》第七冊，卷四（1855），頁277。

27 林占梅有三妻（黃氏、陳氏、詹氏）三妾（葉佩鳳、劉姬、杜淑雅），因為林占梅原配黃氏與妾葉佩鳳已逝於道光廿九年，陳氏、詹氏、杜淑雅此時尚未入門。且林占梅於咸豐三年有〈聞姬人理琴〉一詩，可知劉姬擅於彈琴。

28 詳見徐慧鈺等校記：《林占梅資料彙編》（三），〈林占梅先生年譜〉，頁133-135之分析。

29 《全臺詩‧潛園琴餘草》第八冊，卷五（1857），頁66。

瓊樹橫斜映水菲，白如步幛絳如幃。律回香自寒中放，歲閏春從臘底歸。按曲互彈聞疊疊，拈花共詠笑微微。即今幽趣方池畔，領鶴攜琴興不違。

妻妾相伴撫琴，洋溢著「按曲互彈聞疊疊，拈花共詠笑微微」伉儷情深、夫妻琴瑟合鳴之喜悅。

林占梅橫琴潛園的另一番風采，是與詩友琴客的撫琴連彈之情景，而林占梅用來撫琴款客之樓閣，主要有梅花書屋與涵鏡軒等地。〈題梅花書屋壁間〉[30]云：

數株栽向水雲鄉，作伴琴書趣味長。一院好風香絡繹，半簾涼月影昏黃。聳肩笑我詩頻詠，放眼看人事劇忙。我有子猷宵泛癖，漫天寒雪未能忘。

梅花書屋約築於咸豐八年之春，此建築在浣霞池邊。書屋旁水池邊遍栽梅樹，故名梅花書屋。在此書屋中的一院好風、半簾涼月，伴隨潛園主人琴書趣味，可效子猷在漫天寒雪中賞梅；然而此書屋也是潛園主人夜宴款客、雅集詩友之場所[31]。涵鏡軒中之擺設有古鼎、古磁彌勒、金爐、銅漏。其屋頂是採用碧綠之鴛鴦瓦，其宴客所用之杯是鸚鵡盃。此外，林占梅亦在此與三五知心好友撫琴此軒。如其詩云：

琴曲彈秋思，茶經供夜談。[32]

歠茗閒澆慮，鳴琴坐結趺。[33]

---

30 《全臺詩・潛園琴餘草》第八冊，卷五（1858），頁69。

31 從林占梅：〈雨後集梅花書屋夜宴即景〉、〈社中諸君子，知拙著編次已成，除夕各具酒脯，即於梅花書屋，為祭酒之會，作此愧謝〉等與梅花書屋相關之詩，得知梅花書屋是林占梅雅集詩友、設宴款客之處。

32 〈涵鏡軒夜吟〉，《全臺詩・潛園琴餘草》第七冊，卷二（1852），頁89。

33 〈池軒晚吟〉，《全臺詩・潛園琴餘草》第八冊，卷六（1860），頁175。

林占梅常邀其詩酒相陪、亦師亦友之曾籥雲先生與其潛園吟社之三五好友於此軒中雅集、修禊、納涼、賦詩、彈琴與品茗，琴韻時時在此間揚起。

此外，潛園主人與詩騷琴友雅集之地，尚有一些不具名之亭臺樓閣，如〈宜泉太守同諸韻士雨後雅集小園分韻得迷字〉[34]云：

> 花氣繽紛柳影低，幽禽格磔盡情啼。開筵酒數方金谷，分韻詩篇擬玉溪。池上雨昏斜徑沒，竹間雲過小樓迷。晚來霽色添新景，對月鳴琴畫閣西。

〈夜同戴芝軒煮茗彈琴即事〉[35]云：

> 小閣絕纖埃，巖隈際水隈。池波清浴月，林鶴老巡梅。茶煮團名雀，琴彈曲作雷。戴逵高興在，良夜喜同陪。

〈籥雲先生松潭廣文清華若顛上人雅集園齋即事二首之一〉[36]云：

> 陰陰萬綠隱吾家，地僻懷幽靜不譁。滿座春風追北海，一簾秋水讀南華。塵心滌盡琴同撫，舊釀藏多酒不賒。更愛談禪揮玉麈，何須顧曲聽箏琶。

這些雅集之地，未知其確切之名，但確定在潛園中。林占梅的好友琴客如曾籥雲、戴芝軒、葉松潭與若顛上人等，皆曾受邀至潛園，與潛園主人相聚，在月夜下，彈琴煮茗、談禪揮塵，是不同尋常琴會雅集，是一次次心靈與樂聲交響的夜宴。

34 《全臺詩．潛園琴餘草》第八冊，卷六（1860），頁171。

35 《全臺詩．潛園琴餘草》第八冊，卷五（1857），頁2。

36 《全臺詩．潛園琴餘草》第八冊，卷五（1858），頁79。

（二）攜琴行旅

林占梅愛琴成痴，已至「朝遊共一輿，夜眠共一衾」之地步。他不僅在潛園橫琴，行旅中也攜琴同行，如其詩云：

> 花底琴橫榻，欄前酒滿卮。[37]
> 篷窗露浥琴書潤，帆席風微觵棹增。[38]
> 引水通茶室，攜琴上竹樓。悠悠三弄罷，檐際白雲浮。[39]
> 逍遙盤石坐，煮茗復鳴琴。[40]
> 泉鳴石窟琴添韻，煙起林間茗共評。[41]

在竹塹城近郊的土地坑遊賞時，於花叢下設榻橫琴，盡享琴聲與酒香；在關渡行舟時，打開船篷，一面迎來微風，一面也展書撫琴，讓琴書滋潤心懷；在位於今板橋市區一帶之平埔族擺接社的山家宿夜時，亦攜琴上竹樓，撫彈拿手的琴曲〈梅花三弄〉；在雙溪醴泉窟、芝蘭堡（今北投、士林一帶）石閣林泉的盤石上彈琴，增添泉韻與茶香。又其在深山院寺與友人、道人、處士聯彈參禪的詩中，也領悟不少哲思，如其詩云：

> 有客琴同撫，心幽韻自長。[42]
> 閒理素琴調道性，靜參秘籙悟玄機。[43]
> 泠然聽罷戴逵琴，翹首寥空互嘯吟。……。丹崖境靜清塵夢，碧澗泉

37 〈遊土地坑即景〉，《全臺詩・潛園琴餘草》第七冊，卷一（1847-1851），頁54。
38 〈關渡舟行即事〉，《全臺詩・潛園琴餘草》第七冊，卷一（1847-1851），頁20。
39 〈宿擺接山家〉，《全臺詩・潛園琴餘草》第八冊，卷五（1857），頁46。
40 〈雙溪醴泉窟晚興〉，《全臺詩・潛園琴餘草》第八冊，卷八（1864），頁254。
41 〈遊石閣林泉口號〉，《全臺詩・潛園琴餘草》第八冊，卷八（1864），頁255。
42 〈夜宿岩院同友人撫琴〉，《全臺詩・潛園琴餘草》第七冊，卷二（1852），頁104。
43 〈重晤丁鳴皋道人於大仙寺作詩贈之〉，《全臺詩・潛園琴餘草》，卷三（咸豐四年，1854），頁83。

幽證道心。[44]

可人最是松間月，似為聞琴上小樓。[45]

停琴品罷支公茗，又鼓談經廿一章。[46]

道人栖隱處，高在白雲端。竹露滴清籟，松濤生暮寒。靈猿眠石洞，老鶴守香壇。夜靜來明月，瑤琴獨自彈。[47]

窺琴松月下，扇茗竹風迎。[48]

長松無數護吟樓，一派濤聲枕上幽。讀罷黃庭經一卷，橫琴再鼓碧天秋。[49]

林占梅在當時著名的佛寺古剎，如大仙寺、棲雲寺[50]、劍潭寺[51]與內湖祖師巖，皆曾留下足跡、琴韻，以及與高僧、處士撫琴參道的領悟；偶而悠然獨往於山寺水澗，也不忘撫琴自娛，一派閒適。

此外，即便在領兵作戰時也攜琴同往，如咸豐三年臺鳳匪徒滋擾，各處騷動，林占梅帶領團練，揮兵南下，如其詩云：

日日傳聞警報頻，風聲鶴唳半疑真。可憐蕭散琴詩客，也作倉皇甲冑身。[52]

44 〈偕戴山人宿棲雲岩〉,《全臺詩．潛園琴餘草》第八冊，卷五（1857），頁55。

45 〈棲雲寺即事〉,《全臺詩．潛園琴餘草》第八冊，卷五（1858），頁85。

46 〈秋夜宿劍潭寺〉,《全臺詩．潛園琴餘草》第八冊，卷五（1857），頁54。

47 〈宿內湖祖師巖〉,《全臺詩．潛園琴餘草》第八冊，卷五（1857），頁55。

48 〈宿大坪林祖師菴〉,《全臺詩．潛園琴餘草》第八冊，卷五（1858），頁81。

49 〈小住楊山人棲隱處題壁六首〉,《全臺詩．潛園琴餘草》第八冊，卷八（1864），頁258。

50 棲雲寺，即西雲寺，位於臺灣新北市五股區，是建於清乾隆十七年（1752年）的一所寺廟，該寺主祀觀音菩薩、從祀釋迦牟尼佛和關聖帝君等。參見《淡水廳志》卷十。

51 劍潭寺：即「府志」雲觀音亭。在劍潭山麓。乾隆三十八年吳廷詰等捐建。參見《淡水廳志》卷十。

52 〈聞警〉,《全臺詩．潛園琴餘草》第七冊，卷二（1853），頁136。作者註：「時臺鳳匪徒滋擾，各處騷動。」

隨行三尺劍，伴睡七絃琴[53]

在亂世蕭散、倉皇之際，其披上冑甲，捍衛家園之際，也攜琴同往；又如同治二年領兵南征平戴潮春之役時，亦攜琴前往。〈再題鐫漱玉琴〉[54]云：

曾從戎馬幕中行，逸響全無殺氣聲。海甸而今兵燹息，譜將雅頌奏昇平。

占梅所珍藏之「漱玉琴」，音響逸雅平和，因此占梅攜其同往戰場，在戰暇之際，撫琴以平息戰場殺戮之氛，實有其高妙之處。誠如上述諸首撫琴之詩所描繪，可見林占梅對古琴的確有「朝遊共一輿，夜眠共一衾」的痴狂。

三　琴學詣趣

林占梅的琴學詣趣為何？其詩屢屢出現「無絃究竟音誰賞，寡和方知技獨精」[55]「詩到難成心已細，琴能入漫指尤精」[56]等詩句，似乎自評頗高；而其師徐宗幹評其詩《潛園琴餘草・徐宗幹序〉曰：「鶴山善琴，手揮目送，別有會心，故詩味多琴味」[57]、洪毓琛曰「詩情何俊逸，琴韻何悠揚」[58]、廖鴻荃曰「能琴善書，尤精詩學」[59]，皆為林占梅的琴藝與琴詩背書，亦給予高度之肯定。今再次檢視林占梅《潛園琴餘草》，理出其名琴之收藏與鑑賞、名曲之彈奏與音樂思想，並加以論證，以期對林占梅的琴學詣趣有更深刻的理解。

53 〈途次西螺驛口號〉，《全臺詩・潛園琴餘草》第七冊，卷三（1854），頁190。
54 《全臺詩・潛園琴餘草》第八冊，卷七（1863），頁235。
55 〈琴曲〉，《全臺詩・潛園琴餘草》第七冊，卷四（1856），頁317。
56 〈遣興二首〉，》第八冊，卷八（1865），頁283。
57 引自《林占梅資料彙編（一）・潛園琴餘草》，頁1。
58 引自《林占梅資料彙編（一）・潛園琴餘草》，頁3。
59 引自《林占梅資料彙編（一）・潛園琴餘草》，頁7。

（一）名琴收藏與鑑賞

林占梅愛琴成痴，對古琴的收藏不遺餘力，所以收藏了不少名琴。其名琴的來源有二，一是購琴，二是受贈。

誠如其詩所云：「購琴價重甘捐產」[60]、「帆海購琴緣有癖」[61]，林占梅為購名琴，往往不惜重資，甚至帆海購琴；然而在其購琴之過程也非容易，往往需要貴人指點，從〈蓮峰先生代購古琴並惠手書賦詩誌感〉[62]「忽報榕城鳥使還，瑤琴華翰喜雙頒」，得知陳蓮峰即是林占梅古琴的代購人；又從其另一首詩〈寄懷榕城陳蓮峰書動廣文〉[63]「翹首淵源深景仰，賞心何但企絲桐」得知，陳蓮峰是福建榕城人，與林占梅已有十年的交情，俠氣干雲、賢聲貫耳，且與林占梅同好絲桐（古琴），深受林占梅景仰。另外二位貴人是廖鴻荃與宜泉太守興廉，前者曾經在林占梅四十歲生日時贈琴，林占梅有〈四十初度廖玨夫大司空鴻荃以壽文古琴寄贈賦此誌謝〉[64]一詩誌其事，表達謝意；另外一位好友興廉，是其「知交迥塵，諷詠琴樽」的多年好友，由其詩〈宜泉太守回任鹿津由滬尾口登岸遣伻函示一切復以乳酥卷山查膏見饋喜作長篇代柬寄謝並速其來〉[65]：

> 載得名琴有三四，其二彝器不計年。尚有兩琴皆自製，許贈其一逾響泉。此琴云係蕉葉式，龍門半死潛深淵。百十年後解繩墨，大人索得能雙全。

可知這位宜泉太守興廉，在其年輕時曾與林占梅一起騎射。咸豐十年回任鹿

60 〈述癖〉，《全臺詩・潛園琴餘草》第八冊，卷五（1857），頁37。
61 〈閒適〉，《全臺詩・潛園琴餘草》第八冊，卷五（1858），頁80。
62 《全臺詩・潛園琴餘草》第七冊，卷一（1847-1851），頁26。
63 《全臺詩・潛園琴餘草》第七冊，卷一（1847-1851），頁22。
64 《全臺詩・潛園琴餘草》第八冊，卷六（1860），頁170。
65 《全臺詩・潛園琴餘草》第八冊，卷六（1860），頁184。

港，經由滬尾口登岸時，曾贈林占梅一張自製的古琴，而這把琴的音色超過「響泉」[66]。

林占梅收藏的名琴之中，較負盛名的是：「漱玉琴」、和「萬壑松」與「清夜遞」鐘等三琴。〈鳴琴曲次朱竹垞先生聽韓七山人彈琴原韻〉[67]云：

> 我性嗜鳴琴，抱琴夜共宿。琴宜近水與高樓，琴樓構在池西曲。爐香裊裊絃初更，泉水流灘漱玉聲。少時變幻調重轉，萬壑松濤頃刻生。海上移情歷欲遍，蔽魯龜山傷不見。抑揚揮灑神自閒，手揮目送長空雁。雁斷衡陽聲已悲，胡笳一曲倍淒其。我有名琴含太古，斷紋斑剝光陸離。落指按絃吟注撞，清鐘夜遞來遙巷（「齋中存第一吉琴，名清夜遞鐘」）。逸韻悠悠夜未央，幽音嫋嫋霜初降。跌宕中間復寂然，萬籟無聲月在天。淵明嗜好嵇生癖，趣味深嘗十六年。盟交願與託終始，一生長伴閒園裡。晚晴抱向池前鳴，引出波中雙金鯉

此詩提及此三張名琴，詩作寫於咸豐八年（1858），可見這年林占梅已經擁有此三張琴。其中「爐香裊裊絃初更，泉水流灘漱玉聲。」是描寫「漱玉琴」，此琴聲空靈如流泉漱玉，適合在初更十分焚香彈奏，與人平靜安詳之感受。因此，同治二年林占梅領軍南下彰化平戴潮春之役時，即攜帶此琴同往，並作〈再題鐫漱玉琴〉[68]至其事。詩云：「曾從戎馬幕中行，逸響全無殺氣聲」在戎馬之際，此琴之逸響，可平息殺伐之戾氣。

「少時變幻調重轉，萬壑松濤頃刻生。海上移情歷欲遍，蔽魯龜山傷不見。抑揚揮灑神自閒，手揮目送長空雁。雁斷衡陽聲已悲，胡笳一曲倍淒其。」是描寫「萬壑松琴」，言此琴音色可少時變幻，有如頃刻頓生的萬壑松濤。是其遍尋海外，苦覓各地之所獲。音色抑揚，可揮灑自如，適合演奏

66 響泉，古琴名。〔唐〕李綽：《尚書故實》：「李汧公取桐孫之精者，雜綴為之，謂之百納琴，用蝸殼為徽，其間三面尤絕異。通謂之響泉、韻磬，絃一上可十年不斷。」

67 《全臺詩．潛園琴餘草》第八冊，卷五（1858），頁104。

68 《全臺詩．潛園琴餘草》第八冊，卷七（1863），頁235。

〈平沙落雁〉、〈胡笳〉等曲。咸豐三年（1853）林占梅初獲此琴時，欣喜若狂，有〈自題萬壑松古琴歌〉[69]誌其事，詩云：

> 君不見靈光之殿能常峙，獨立崔巍眾翹企。又不見顯慶之輅能久存，任教戎馬來播掀。若非神物常護衛，石泐金寒久應敝。茲有琴名萬壑松，青蓮佳句工形容。質輕如紙堅如玉，漆光幻出雲煙濃。陸離不藉玳瑁飾，斑駁渾同苔蘚封。蛇腹已誇化工妙，牛毛又受斷文重。文士紛紛琴是抱，琴中別有商山皓。三尺絲桐鬼神呵，數點梅花天地老。荒唐何必說鈞天，元音細按出冰絃。斷續隔林傳遠磬，琤琮漱石聽鳴泉。彝是商兮鼎是夏，太古之物豈徒然。鳶飛魚躍天機暢，餘音既歇心尤曠。想見當時運斧功，飭材精庀誠哲匠。嗟予嗜痂生海東，十年大索難遭逢。坐上指南忽有客，不辭航海求真龍。趙璧價昂非所惜，果然得此擬焦桐。腹鐫至德唐年號，邂逅如覯千歲翁。尤欣本為吾家物，次崖二字篆奇崛。後因兵燹歸登瀛，五葉珍藏誰敢乞。我今一旦購得之，登山臨水每攜持。涼月當空一再鼓，如對先生抱膝時。

此詩不僅說明「萬壑松古琴」的傳承歷史與收藏記錄，更有其古琴美學的看法，及其愛琴成癡的個人雅好。此琴是唐肅宗至德年間的名琴，至今已流傳千餘年，期間經過幾代的收藏家之手，其中有篆刻名字的有明代嘉靖間進士林次崖先生、同安的陳姓收藏者，幾經波折後，林占梅重金購得，題詩作記，以誌得琴之喜。在古琴美學方面，此詩對「萬壑松古琴」的形制的描述：質地輕而堅固，漆光呈雲煙狀，琴面出現蛇腹、牛毛與梅花的斷紋，可說是對古琴的形制了解甚深。對此琴的音色的描寫，可發出遠磬聲、琤琮漱石聲等，有如天籟，亦是行家之語，也非常專業。林占梅登山臨水必定攜帶，涼月當空時一再撫琴，則充分呈現林占梅愛琴成癡的本色。[70]此外，這

69 《全臺詩·潛園琴餘草》第七冊，卷二（1853），頁134。

70 參考徐慧鈺選註：《林占梅集》，《臺灣古典作家精選集13》（臺南市：臺灣文學館，2012年12月），頁64-70。

張琴另有一段傳奇，林占梅仙逝後，此琴歷經浮沉，輾轉易主，曾為日治時期首任瀛社社長洪以南收藏。據楊湘玲之說此琴現仍為洪以南之孫洪啟宗所藏。洪先生曾將此琴託給李筠女士整修，其曾透過李楓老師引介，到李筠女士處看過此琴。又據李筠女士的判斷，此琴面版雖仍刻有「至德二年」之字樣，但其製法、樣式與一般所認定的唐琴並不相同，而比較接近明代晚期的製法。[71]程玉凰〈林占梅與「萬壑松」唐琴之謎〉，亦詳述此琴再現與修護的過程。[72]

「我有名琴含太古，斷紋斑剝光陸離。落指按絃吟注撞，清鐘夜遞來遙巷（「齋中存第一吉琴，名清夜遞鐘」）。逸韻悠悠夜未央，幽音嫋嫋霜初降。跌宕中間復寂然，萬籟無聲月在天。」描寫的是「清夜遞鐘琴」，此琴號稱「齋中存第一吉琴」，林占梅另有一詩記載此琴，〈題清夜篪鐘古琴背〉[73]云：「彝器堅玄玉，靈根隱伏龍。數聲深夜響，迢遞儼清鐘。」林占梅是懂得鑑賞名琴的收藏者，此琴之名貴在其斷紋之剝光陸離，音色有如「清鐘夜遞來遙巷」，適合在清夜獨奏，感受萬籟俱寂，皓月當空的氛圍。

「工欲善其事，必先利其器」，林占梅懂得名琴的收藏與鑑賞，所以伴隨身邊的琴，都是為其量身訂做之古琴；因此其可因時、因地、因曲選擇適合的琴，揮灑自如彈奏名曲，優游於琴海中。

（二）名曲彈奏與品賞

明清時期中國音樂進入了一個承舊趨新的時期。古琴藝術的發展因帝王貴族之喜好，導致朝野愛琴成風。不少文士大夫提倡琴學，將古代傳承下來的琴曲，以及民間尚在流傳的曲目，編纂成譜集，流傳至今尚有一百五十餘

71 楊湘玲：《清季台灣竹塹地方士紳的音樂活動——以林、鄭兩大家族為中心》，頁56。

72 程玉凰：〈林占梅與「萬壑松」唐琴之謎〉，《竹塹文獻雜誌》第30卷（2004年7月），頁74-96。

73 《全臺詩・潛園琴餘草》第七冊，卷二（1853），頁136。

種，其中以明代朱權所編的《神奇秘譜》與蔣克謙所編的《琴書大全》最負盛名。譜集中收錄不少至今尚流行之名曲，如〈廣陵散〉、〈高山〉、〈流水〉〈小胡笳〉、〈平沙落雁〉、〈瀟湘水雲〉、〈梅花三弄〉、〈幽蘭〉等古琴名曲。[74]林占梅《潛園琴餘草》所提及古琴曲名頗多，計有：〈水仙曲〉、〈瀟湘古調〉、〈南薰〉、〈秋思〉、〈法曲洞天〉、〈琴曲釋談二十一章〉、〈鳳求凰〉、〈水仙蘭〉、〈佩蘭〉、〈梅花三弄〉、〈碧天秋〉等曲[75]，其中提及較多，且至今仍是琴壇上熱門曲目應屬〈瀟湘水雲〉、〈水仙曲〉與〈梅花三弄〉三曲。

〈瀟湘水雲〉傳為〔南宋〕郭沔所作，〔明〕朱權《神奇秘譜》題解載：「是曲也，楚望先生郭沔所制。先生永嘉人，每欲望九嶷，為瀟湘之雲所蔽，以寓惓惓之意也。然水雲之為曲，有悠揚自得之趣，水光雲影之興；更有滿頭風雨，一蓑江表，扁舟五湖之志。」[76]此曲是首借景抒懷之作，作者雖優游於瀟湘雲水間，有湖光雲影之興；但處於山河變色之際，難免憂懷故國之心；因此興起一蓑江表，江海寄餘生之念。此曲至今仍受古琴名家之親睞，是演奏會熱門之曲目。而林占梅詩集所提及此曲的詩有如下所列：

> 一曲瀟湘古調傳，餘音鏗爾態嫣然。芳容已惹周郎顧，況復蔥尖更拂絃。[77]
>
> 西山斜日落，涼月照空房。空房寒寂寂，無復奏瀟湘。[78]
>
> 讀罷南華日尚長，餘情一曲奏瀟湘。[79]
>
> 揮絃獨奏瀟湘名，煙火茫茫有所思。[80]

---

74 章華英：《古琴》（人類口頭非物質文化遺產叢書）（杭州市：浙江人民出版社，2008年），頁26-29。

75 楊湘玲：《清季台灣竹塹地方士紳的音樂活動——以林、鄭兩大家族為中心》，頁53-54。

76 參考朱權：《臞仙神奇秘譜》www.silkqin.com/02qnpu/07sqmp/07sqchi.htm

77 〈聞姬人理琴〉，《全臺詩・潛園琴餘草》第七冊，卷二（1853），頁134。

78 〈悼瑟吟〉，《全臺詩・潛園琴餘草》第七冊，卷一（1847-1851），頁31。

79 〈季夏碧棲堂即事〉，《全臺詩・潛園琴餘草》第七冊，卷一（1847-1851），頁52。

80 〈秋溪晚泛〉，《全臺詩・潛園琴餘草》第七冊，卷一（1847-1851），頁22。

泠泠水雲曲，再鼓俗塵蠲。[81]

從這些詩作來看，與南宋郭沔〈瀟湘水雲〉原創初衷「優游瀟湘雲水，湖光雲影之興」、「一蓑江表，江海寄餘生」之旨趣，顯然不同。前二首詩句寫閨房之思，第一首詩作於咸豐三年（1853），寫林占梅聽其妾劉姬彈奏瀟湘古調之神態，充滿憐惜讚歎之情。第二首則是追悼之作，約寫於道光廿九年（1849）後，因為是年林占梅之母楊夫人、元配黃氏與妾葉佩鳳相繼過世，令其悲慟不已，而有此作。林占梅用「無復奏瀟湘」，來痛述失去母親與妻妾之悲涼。第三首詩句寫於季夏，是其讀罷南華經（《莊子》），略有所悟之後，以清新愉悅之心情演奏〈瀟湘〉。第四、五首詩句所描繪之情景似乎較貼近創作者之初衷，二首都寫在秋季，前者題為〈秋溪晚泛〉，在秋夜晚泛時分，揮絃獨奏此曲；後者題為〈秋夜宿山家〉，亦在秋夜時分，寄宿山家彈奏此曲。前者泛溪，後者居山，有雲霧縹緲、水色淋漓之情境，與郭沔創作之初衷較為契合。

〈水仙〉即〈水仙操〉。據蔡邕《琴操》：《水仙操》者，伯牙之所作也，撰其學琴悟道之經歷。伯牙先學琴于成連先生，但只能傳曲，不能移情海上；於是成連推薦他至東海，請學於其師方子春，終悟彈琴之道。此曲雖事出漢代蔡邕《琴操》[82]，但今日所見之曲譜始見於清初徐琪等人彙編之《五知齋琴譜》。[83]此曲時聞海水天風之聲，展現一位獨對天地，孤高絕塵的琴人，深處天風海水之際，精神寂寞，愴然感思的形象。而林占梅詩集所

81 〈秋夜宿山家〉，《全臺詩・潛園琴餘草》第八冊，卷五（1857），頁56。

82 《樂府古題要解》亦載此事。其言：伯牙學鼓琴於成連先生，三年不成，至於精神寂寞，情志專一，尚未能也。成連云：「吾師子春在海中，能移人情，與子共事之乎？」乃與伯牙俱往。至蓬萊山，留伯牙曰：「子居習之，吾將迎師」。刺船而去，旬時不返。伯牙延頸四望，寂寞無人，但聞海上汩沒澌澌之聲，山林窅寞，群鳥悲號。愴然歎曰：「先生亦無師矣，蓋將移我情乎！」乃援琴而歌之。曲終，成連刺船迎之以還，伯牙遂為天下妙手。此曲調性變化豐富，曲風沉鬱頓挫，情境浩曠遼遠。

83 參考徐琪等人彙編：《五知齋琴譜》｜琴之界——琴之界｜精工細造的古琴譜庫 https://www.qinzhijie.com/books/48。

提及此曲的詩有如下所列：

> 瑤琴石上清談友，此際猶宜操水仙。[84]
>
> 我奏水仙聊寄興，君如島佛是知音。[85]
>
> 瘦骨驚秋不耐寒，空庭林色黯然看。釵盟七夕相思切，絃斷中年欲續難。寫怨帶褰嵬薜荔，寄秋琴鼓水仙蘭。[86]

此三首詩，前兩首是對知音（清談友、曾籋雲）而彈，面對知音撫瑤琴，是人生難得之事，林占梅在詩中展露難得的愉悅之情；此與蔡邕《琴操》與徐琪編《五知齋琴譜》中所形塑孤高絕塵的琴人，深處天風海水之際，精神寂寞，愴然感思的形象、意境迥異。最後首是藉琴曲追悼亡妻陳氏，「水仙蘭」，疑應是指〈水仙〉與〈佩蘭〉二曲之合稱。〈水仙〉是林占梅擅長之曲；而〈佩蘭〉則是其妻陳氏所善彈之曲。[87]林占梅雖獨立於空庭，孤寂難耐之境，但似乎也非此琴曲之初衷。

〈梅花三弄〉現存最早的琴曲樂譜見於《神奇秘譜》（1425），據其記載此曲原為是晉朝王子猷向桓伊討得的一首笛曲（一說為簫曲），後來改編為古琴曲。樂曲通過梅花的潔白芬芳和耐寒等特徵，借物抒懷，歌頌具有高尚節操的人。全曲共有十個段落，因為主題在琴的不同徽位的泛音上彈奏三次（上准、中准、下准三個部位演奏），故稱「三弄」。88而林占梅詩集所提及此曲的詩有如下所列：

---

84 〈園中消夏十首之六〉，《全臺詩・潛園琴餘草》第七冊，卷二（1852），頁99。

85 〈次曾籋雲先生聽鼓水仙曲原韻奉答〉，《全臺詩・潛園琴餘草》第七冊，卷二（1853），頁144。

86 〈秋夜悼〉，《全臺詩・潛園琴餘草》第八冊，卷六（1859），頁141。

87 林占梅於咸豐十年（1860）哀悼陳氏之作〈感懷〉「追隨尚有清音侶（作者註：亡室善彈佩蘭、梅花弄兩操。）」可知陳氏善彈〈佩蘭〉〈梅花弄〉兩操。

88 參考朱權：《臞仙神奇秘譜》www.silkqin.com/02qnpu/07sqmp/07sqchi.htm。

花間愛我琴三弄，月下欣君賦一篇。[89]

尤欣月夜桓彝笛，攜鶴庭前對弄三。[90]

興至作三弄，趺石坐松林。[91]

悠悠三弄罷，檐際白雲浮。[92]

此四首詩句中，第一首在花下彈奏，第二首在梅花樹下演奏，與題旨頗為契合，但似第二首詩句乎較強調的笛之演奏，然〈梅花三弄〉之演奏經常是笛與古琴合奏；後二首詩句，前者在松林間，後者在擺接山家撫琴，似乎離題旨較遠。

創作者與演奏者所處之時空環境不同，因此林占梅鋪陳於詩中的琴曲情境，往往有違創作者之初衷。今檢視林占梅詩中所載之琴曲，大部分的琴曲至今猶存，尤其是〈瀟湘水雲〉、〈水仙曲〉與〈梅花三弄〉至今仍是琴壇上熱門曲目，且是屬於意境高遠、指法艱深之琴曲。藉由林占梅琴詩所載，我們可以一窺當時演奏之情況，也可探知林占梅的琴藝。

（三）古琴美學之展現

明清時期是市民文藝時期，古琴藝術在此時達到了歷史的高峰。此時期的琴學思潮主要有三：李贄禪琴學、莊臻鳳琴曲器樂化與徐青山之琴況，而此三者皆對林占梅的古琴美學思維或有影響。

明代思想家李贄將漢儒琴學改造為禪琴學，使中國之琴學進到新的時空。琴學與禪學佛理結合，使琴學從狹隘之仁學政治工具，變為個人言說心

89 〈閒吟奉簫雲先生〉，《全臺詩．潛園琴餘草》第七冊，卷一（1847-1851），頁51。

90 〈自江南購回各色佳本梅花，繞閣分栽詩以誌喜〉，《全臺詩．潛園琴餘草》第八冊，卷五（1858），頁67。

91 〈撫琴〉，《全臺詩．潛園琴餘草》第七冊，卷三（1854），頁218。

92 〈宿擺接山家〉，《全臺詩．潛園琴餘草》第八冊，卷五（1857），頁46。

聲，可以抒發個人情懷，心性抒放之器樂。[93]受影風潮之遺風所及，林占梅的琴學思維，業已鬆脫儒家的仁學思維，而較服膺道家之音樂思想，如其詩云：

> 聲希而味淡，俗耳無知音[94]
>
> 音清詩思起，韻遠道心長。[95]
>
> 丹崖境靜清塵夢，碧澗泉幽證道心[96]
>
> 詩畫年來債未清，漫將琴曲博虛名。無絃究竟音誰賞，寡和方知技獨精。靜室焚香堪養德，歌筵顧誤亦多情。可憐古調聽多倦，聞到箏琶耳倍明。[97]

「聲希味淡」之想法應源自於老子「大音希聲」之音樂美學。潛園主人之彈琴有個人之旨趣，為「道心長」、「證道心」而彈。但偶爾也抒發個人情懷，如感嘆技精寡和之無奈；古調聽多倦，不如古箏、琵琶動聽之怨懟。此與〔唐〕白居易〈清夜琴興〉：「入耳淡無味，愜心潛有情。自弄還自罷，亦不要人聽。」[98]的思維頗為接近。

莊臻鳳琴曲器樂化之主張，認為琴樂應該發揮其自身之表現力，而不需要借助文詞才能達到審美價值。他認為器樂化的琴曲是「音出自然」、「妙自入神」。[99]林占梅服膺此說，所以對古琴器樂之選購特別用心，所收藏之名琴也特色講究其音色。他所收藏第三大名琴中，「漱玉琴」的音色空靈如流泉漱玉，適合在初更十分焚香彈奏，也曾在平戴潮春之役時，在戰場上撫慰軍心；「萬壑松琴」音色抑揚變幻瞬變，可在頃刻頓生的萬壑松濤的聲響，

93 參考許健：《琴史初編》（北京市：人民音樂出版社，2009年）。

94 〈撫琴〉，《全臺詩・潛園琴餘草》，卷三（咸豐四年，1854），頁87。

95 〈清夜撫琴口占〉，《全臺詩・潛園琴餘草》第八冊，卷五（1858），頁104。

96 〈偕戴山人宿棲雲岩〉，《全臺詩・潛園琴餘草》第八冊，卷五（1857），頁55。

97 〈琴曲〉，《全臺詩・潛園琴餘草》第七冊，卷四（1856），頁317。

98 〈清夜琴興〉，引自《全唐詩》卷四三〇。

99 參考許健：《琴史初編》。

適合演奏〈平沙落雁〉、〈胡笳〉等曲；「清夜遞鐘」的音色有如「清鐘夜遞來遙巷」，適合在清夜獨奏，感受萬籟俱寂，皓月當空的氛圍。其喜好演奏之曲子〈瀟湘水雲〉、〈梅花三弄〉、〈水仙操〉、〈平沙落雁〉、〈胡笳〉也都是能充分古琴器樂特色之琴曲。此外，他也特別講究演奏的技巧，詩中屢屢出現「琴能入漫指尤精」[100]等句子，可見其對自己的琴技之要求與肯定。

徐青山《谿山琴況》[101]，按照唐司空圖《二十四詩品》，把音樂的主要特性劃分為二十四況：和、靜、清、遠、古、淡、恬、逸、雅、麗、亮、彩、潔、潤、圓、堅、宏、細、溜、健、輕、重、遲、速，系統地闡述彈琴要點和琴學的美學原則。[102]

潛園主人之師臺灣道徐宗幹，聆聽其琴，讀其詩後，深覺林占梅與他同宗的徐青山《谿山琴況》:「和靜清遠，古澹恬逸，琴心也，即詩心也。」的主張相同，所以他對林占梅詩作《琴餘草》的評價是「詩味多琴味」。潛園主人是頗懂得營造彈琴之境況，而清、靜、逸、幽、高、和、平、古、遠、淡、寒、妙則是潛園主人是營造出之琴況。林占梅琴詩中呈現「清」者頗多，例如：

瑤琴一曲添清興，調得花香上七絃。[103]
涼風動七絃，隨意清商發。[104]
撫琴清俗慮，倚枕寄微哦。[105]
人情秋菊淡，琴韻夜泉清。[106]

---

100 〈遣興二首〉《全臺詩．潛園琴餘草》第八冊，卷八（1865），頁283。

101 徐青山《谿山琴況》,「琴況」，即琴（琴音、琴樂）之狀況、意態（形）與況味、情趣（神）。，按照唐司空圖《二十四詩品》，把音樂的主要特性划分為二十四況，系統地闡述彈琴要點和琴學的美學原則。

102 參考許健：《琴史初編》。

103 〈偶成〉,《全臺詩．潛園琴餘草》第七冊，卷一（1847-1851），頁33。

104 〈秋夜玩月〉,《全臺詩．潛園琴餘草》第七冊，卷三（1854），頁255。

105 〈竹樓夜興〉,《全臺詩．潛園琴餘草》第七冊，卷四（1855），頁302。

106 〈秋夜漫興〉,《全臺詩．潛園琴餘草》第八冊，卷五（1858），頁114。

瑤琴一曲可添清興，伴隨涼風的琴聲發出清商之秋意，撫琴以清俗慮，在清境彈奏之琴韻，有如夜泉般的清徹。林占梅琴詩中呈現「靜」者頗多，例如：

琴心靜後調絃易，詩律嚴時覓句難。[107]
茶槍泉韻隨時品，琴榻松聲習靜稽。[108]
山房地僻吟懷警，流水鳴琴添靜境。[109]
琴彈大古心彌靜，松種多年頂始平。[110]
老來讀易心多悟，靜裡鳴琴趣倍真。[111]

林占梅心靜時調撫琴絃，彈奏出平靜之琴聲；在松樹下撫琴，修習平靜之聲；與流泉應和琴聲，更添靜況；彈奏太古之調，讓心靈更加平靜；靜境撫琴，倍感真趣。林占梅琴詩中呈現「逸」者，例如：

琴韻逸宜林下客，詩心苦似定中僧。[112]
泉添琴韻絃聲逸，露沁花陰酒夢蘇。[113]
逸韻悠悠夜未央，幽音嫋嫋霜初降。[114]

在林下撫琴，琴韻飄逸；與泉流相和，讓琴絃發出逸聲；撥動齋中名琴「漱玉琴」，在漫漫長夜發出逸韻，皆寫撫琴之逸況。林占梅琴詩中呈現「幽」者，例如：

---

107 〈漫興〉，《全臺詩．潛園琴餘草》第七冊，卷二（1852），頁97。

108 〈幽居感興〉，《全臺詩．潛園琴餘草》第七冊，卷三（1854），頁223。

109 〈山房〉，《全臺詩．潛園琴餘草》第八冊，卷五（1858），頁67。

110 〈偶成〉，《全臺詩．潛園琴餘草》第八冊，卷六（1860），頁164。

111 〈書室〉，《全臺詩．潛園琴餘草》第八冊，卷六（1860），頁168。

112 〈書感〉，《全臺詩．潛園琴餘草》第七冊，卷一（1847-1851），頁28。

113 〈夜坐〉，《全臺詩．潛園琴餘草》第八冊，卷五（1857），頁36。

114 〈鳴琴曲次朱竹垞先生聽韓七山人彈琴原韻〉，《全臺詩．潛園琴餘草》第八冊，卷五（1858），頁104。

有客琴同撫，心幽韻自長。[115]

即此愜幽懷，孤琴常獨玩。[116]

宿露濡花亞，鳴琴隔樹幽。[117]

夜宿岩院，與同友人撫琴時，心平幽靜，琴韻自然綿長；在溪樓幽境，獨自撫琴玩賞；在樹林幽境處鳴琴，琴境格外清幽。林占梅琴詩中呈現「高」者，例如：

詩思幾同黃菊淡。琴心常託白雲高。[118]

欲領高寒趣，攜琴上小樓[119]

林占梅期望琴境之高遠，所以將心寄託於白雲；為了領會彈琴高寒之趣，因而攜琴上小樓。詩中呈現「和」、「平」者，例如：

領略詩情懷自雅，熟諳琴趣氣常平。[120]

詩情冷澀搜腸出，琴韻和平按指探。[121]

林占梅因為對琴曲之熟稔、指法之精練，所以彈奏琴曲，往往平順，加上心氣之平和，因而演奏之曲調和平。詩中呈現「古」者，例如：

琴尋古調知音少，詩妒前人好句多。[122]

115 〈夜宿岩院同友人撫琴〉，《全臺詩．潛園琴餘草》第七冊，卷二（1852），頁104。

116 〈溪樓獨夜〉，《全臺詩．潛園琴餘草》第七冊，卷二（1852），頁105。

117 〈曉起〉，《全臺詩．潛園琴餘草》第七冊，卷四（1855），頁275。

118 〈秋夜書懷〉，此詩收於『李本』。

119 〈步月〉，《全臺詩．潛園琴餘草》第七冊，卷一（1847-1851），頁23。

120 〈偶成〉，《全臺詩．潛園琴餘草》第七冊，卷四（1855），頁282。

121 〈曉興〉，《全臺詩．潛園琴餘草》第八冊，卷八（1864），頁249。

122 〈午醒漫興〉，《全臺詩．潛園琴餘草》第七冊，卷一（1847-1851），頁43。

可憐古調聽多倦，聞到箏琶耳倍明。

林占梅撫彈之古琴，琴古調亦高古，因而知音者少；故不如當時流行之古箏、琵琶音樂，廣受喜愛，作者在此流露孤芳自賞之高古意境。詩中呈現「遠」者，例如：

音清詩思起，韻遠道心長。奏罷時傾耳，鏗然度碧塘。[123]

臨池小閣琴聲遠，繞竹迴廊鶴步遲。[124]

林占梅於月夜撫琴，營造出音清韻遠，一曲奏罷，尚可聞鏗然餘音遠度碧塘、迢遞遠送，營造出孤高韻遠之境界。「淡」、「寒」與「妙」也是其中之琴況，例如：

聲希而味淡，俗耳無知音[125]

燭落翻凝淚，琴寒任久眠。[126]

覓句得靈機，鳴琴生妙悟。[127]

林占梅在琴聲中領會大音希聲且味淡，在一般俗世難覓知音；偶在寒雨夜晚，與友相聚時撫琴，燭落琴寒之意境油然而生；在撫琴時，亦時有妙悟。

徐青山《谿山琴況》是根據實際演奏之經驗而作的具體結論，但其所提出虛無縹緲之情趣，與當時代的民間音樂好尚有明顯的距離，使琴曲脫離群眾，導致唯美主義之偏向；而潛園主人所營造出清、靜、逸、幽、高、和、

123 〈清夜撫琴口占〉，《全臺詩．潛園琴餘草》第八冊，卷五（1858），頁104。

124 〈遣懷二首〉，《全臺詩．潛園琴餘草》第八冊，卷八（1866），頁305。

125 〈撫琴〉，《全臺詩．潛園琴餘草》，卷三（咸豐四年，1854），頁87。

126 〈寒雨夜諸友人小集園齋即事〉，《全臺詩．潛園琴餘草》第八冊，卷八（1867），頁313。

127 〈曉興〉，《全臺詩．潛園琴餘草》第七冊，卷四（1855），頁278。

平、古、遠、淡、寒、妙琴況，雖說境界高遠，但也常興「曲高和寡」、「過從更有琴詩友，不是吾儕莫漫招」[128]之嘆。

四　琴詩意境

林占梅的琴韻生活日日與琴書為伍，因此「琴書鎮日自摩挲」[129]、「琴書有味堪為伴」[130]、「富有琴書伴我眠」[131]、「滿載琴書任放舟」[132]等詩句充塞詩中，故琴詩展現多種風情，營造各種意境。李美燕認為林占梅琴詩所呈現琴韻之美，乃在詩（主觀的心境）、畫（靜態的園林景觀）與樂（動態的古琴聲）三者融為一體的美感情境中。[133]筆者在此基礎下，再加整理，理出如下的各種琴詩意境。

（一）琴詩對談

「即今託興鋤園外，一曲琴和一卷詩」[134]，林占梅的琴詩以詩寫琴，而琴與詩在其生活中可等量齊觀，並列對談。

詩到難成心已細，琴能入漫指尤精。[135]

排悶無佳句，怡情只素琴。[136]

---

128 〈新莊別館曉興〉,《全臺詩・潛園琴餘草》第八冊，卷五（1858），頁83。

129 〈新莊道中口號〉,《全臺詩・潛園琴餘草》第七冊，卷一（1847-1851），頁15。

130 〈秋感五首〉,《全臺詩・潛園琴餘草》第七冊，卷四（1855），頁303。

131 〈舟中寫興〉,《全臺詩・潛園琴餘草》第七冊，卷四（1856），頁322。

132 〈偶成〉,《全臺詩・潛園琴餘草》第八冊，卷七（1863），頁219。

133 李美燕認為占梅的琴詩所呈現的意境，又超乎修身養性之外，呈現出琴韻之美的會心，乃在詩（主觀的心境）、畫（靜態的園林景觀）與樂（動態的古琴聲）三者融為一體的美感情境中。（見李美燕：〈林占梅琴詩中的游藝生活與美感意境〉，頁331。）

134 〈遣懷〉,《全臺詩・潛園琴餘草》第七冊，卷四（1855），頁306。

135 〈遣興二首〉,《全臺詩・潛園琴餘草》第八冊，卷八（1865），頁283。

琴絃入夜頻加軫，詩句輕秋貯滿囊。[137]

琴對知音撫，詩因遣興留。[138]

琴常獨撫聊排悶，詩每高吟望遣愁。[139]

琴因古調知音少，詩到無題得句工。[140]

詩篇在昔吟之子，琴曲於今聽者誰。[141]

林占梅琴詩中，詩與琴兩者前後並列，藉以彰顯詩已至難成精細、琴已能入漫尤精之境界，皆臻高妙之境；詩與琴在其生活中扮演不同之腳色，往往以詩排悶、遣愁，以琴怡情養性；琴對知音撫，詩因遣興留，說明琴與詩在其生活中的不同功能；琴因古調知音少，詩到無題得句工、詩篇在昔吟之子，琴曲於今聽者誰，則感嘆古調雖好，知音難覓。

（二）琴畫交輝

「琴書以外無他好，詩畫而今且自怡」[142]，除了琴書之外，林占梅的琴詩中常見詩與畫常常並列，以一句寫琴，一句描畫，相互交輝。

琴橫榻上供清賞，畫掛床前作臥遊。[143]

撫琴欣有趣，讀畫悟無言。[144]

136 〈書感〉，《全臺詩．潛園琴餘草》第七冊，卷三（1854），頁220。

137 〈遣興〉，《全臺詩．潛園琴餘草》第七冊，卷三（1854），頁249。

138 〈自覺〉，《全臺詩．潛園琴餘草》第七冊，卷四（1856），頁327。

139 〈遣愁〉，《全臺詩．潛園琴餘草》第八冊，卷五（1858），頁110。

140 〈閒趣〉，《全臺詩．潛園琴餘草》第八冊，卷六（1860），頁178。

141 〈觸目〉，《全臺詩．潛園琴餘草》第八冊，卷八（1864），頁243。

142 〈感懷〉，《全臺詩．潛園琴餘草》第八冊，卷五（1858），頁103。

143 〈夏日偶成〉，《全臺詩．潛園琴餘草》第七冊，卷四（1855），頁294。

144 〈友人詢潛園近景作此答之〉，《全臺詩．潛園琴餘草》第七冊，卷四（1855），頁305。

詩詠輞川兼有畫，琴調彭澤本無絃。[145]
樹色渾如畫，泉聲竊比琴。[146]
不須設色山如畫，卻愛無絃水亦琴。[147]

第一首詩句寫其房中的擺設，橫琴榻上，以供撫奏清賞；掛畫於床前，可伴臥遊入夢。第二、三首詩句寫琴趣與畫境。前聯寫其撫琴之欣趣與讀畫之領悟；後聯則用典描繪琴與詩之意境，前句引王維的輞川詩中「詩中有畫，畫中有詩」之典，比擬詩中的畫境；後句以陶淵明彈撫之無絃琴，以喻琴境之高遠。第四、五首詩句，則謂天地渾然天成，山容樹色是大化天成的巨幅山水畫；水聲泉響是造物者所撫奏之無絃天籟。

（三）鳴琴煮茗

「逍遙盤石坐，煮茗復鳴琴」[148]是林占梅琴詩中有呈現的另一種風情，逍遙於磐石上煮茗鳴琴，讓林占梅的琴聲伴隨著茶香，更帶來營造出各種不同的情境。

茶煮團名雀，琴彈曲作雷。[149]
斷紋琴撫牛毛密，小種茶烹雀舌尖。[150]
玉川自適詩兼茗，清獻相隨鶴與琴。[151]
玉壺春煮茗，石几晝眠琴。[152]

145〈春晴寫興〉,《全臺詩・潛園琴餘草》第八冊，卷六（1860），頁164。
146〈偶成〉,《全臺詩・潛園琴餘草》第八冊，卷五（1858），頁112。
147〈閒趣〉,《全臺詩・潛園琴餘草》第八冊，卷六（1860），頁177。
148〈雙溪醴泉窩晚興〉,《全臺詩・潛園琴餘草》第八冊，卷八（1864），頁254。
149〈夜同戴芝軒煮茗彈琴即事〉,《全臺詩・潛園琴餘草》第八冊，卷五（1857），頁2。
150〈夏齋遣興〉,《全臺詩・潛園琴餘草》第八冊，卷五（1858），頁98。
151〈一春〉,《全臺詩・潛園琴餘草》第八冊，卷五（1858），頁78。
152〈園軒偶興〉,《全臺詩・潛園琴餘草》第八冊，卷五（1858），頁72。

煮茗長松下，跏趺按七絃。[153]

茗熟風過檻，琴調月在天。[154]

茶煙欲歇晨鐘動，撫罷瑤琴又詠詩。[155]

茶槍泉韻隨時品，琴榻松聲習靜稽。[156]

歠茗閒澆慮，鳴琴坐結趺。[157]

由前四首的詩句，可知林占梅的生活品味，對名茶與名琴十分講究。就茶而言，「茶煮團名雀」、「小種茶烹雀舌尖」中所提「團」應是指「龍團茶」，是宋時專供皇帝飲用的上等茶。將茶製成圓餅狀，上印龍鳳圖紋。或稱為「龍鳳茶」；「雀」、「雀舌尖」，是指「雀舌茶」，此茶因形狀小巧似雀舌而得名，是以嫩芽焙制的上等芽茶，產於貴州湄潭。「龍團」與「雀舌」都是十分名貴的茶。「玉川自適詩兼茗」中的玉川，是指唐代詩人兼茶藝家盧仝，他在濟源縣時，經常在「玉川泉」汲水烹茶，所以自號「玉川子」。他的詩〈走筆謝孟諫議寄新茶〉中提「七碗茶」，精彩描述品茶的絕妙感受，流傳千古成為歷代文人品茗時必詠之詩篇。就琴而言，詩中所言「琴彈曲作雷」，一般而言，古琴的音響不大，能發出雷般巨響的琴音，似應是出自名琴。就林占梅所收藏的三大名琴來檢視，「漱玉琴」的音色似泉水流灘漱玉聲、「清夜篪鐘」的音色有如清鐘夜遞來遙巷，兩者的音色聲響似較清秀寧靜；唯「萬壑松」能在少時變幻調重轉，頃刻間發出萬壑松濤之聲響，應該是比較可能的。又詩言「斷紋琴撫牛毛密」，是名琴判斷的要件，三大名琴中的「清夜篪鐘」有著「斷紋斑剝光陸離」[158]的斷紋、「萬壑松」也因具有「蛇腹已誇

153 〈初晴即事〉，《全臺詩．潛園琴餘草》第七冊，卷四（1855），頁285。

154 〈靜處〉，《全臺詩．潛園琴餘草》第八冊，卷五（1858），頁98。

155 〈初秋小亭偶興〉，《全臺詩．潛園琴餘草》第七冊，卷三（1854），頁228。

156 〈幽居感興〉，《全臺詩．潛園琴餘草》第七冊，卷三（1854），頁223。

157 〈池軒午興〉，《全臺詩．潛園琴餘草》第八冊，卷六（1859），頁138。

158 〈鳴琴曲次朱竹垞先生聽韓七山人彈琴原韻〉，《全臺詩．潛園琴餘草》第八冊，卷五（1858），頁104。

化工妙，牛毛又受斷文重」[159]，是「名琴」的特徵。五至七首詩句，則營造煮茗與調琴的時間與空間。「煮茗長松下，跏趺按七絃」，寫松下煮茗、撫琴之氛圍；「茗熟風過檻，琴調月在天」寫插香飄過欄檻，對月彈琴之情境；「茶煙欲歇晨鐘動，撫罷瑤琴又詠詩」，寫徹夜品茶、撫琴又詠詩整夜，陶醉在茶香、琴吟中，直至晨鐘動、天欲曙。八至九首詩句，營造煮茗鳴琴的氣氛，並藉以習靜、澆慮。

（四）琴泉送韻

古琴之樂聲，多仿自然，尤其是流泉之聲。古琴名曲之中，如〈瀟湘水雲〉、〈流水〉等曲目，多仿流泉之聲。林占梅的琴詩中，有不少對琴音與泉聲之描述，有如兩種樂器演奏，合奏共鳴，相得益彰，入詩送韻。

> 瘦石逞奇同畫本，流泉送韻入琴絃。[160]
> 更欣清趣得，泉韻入琴絃。[161]
> 排闥山容似滴，如琴泉韻長流。[162]
> 池前琴韻泉鳴處，花罅書聲月上時。[163]
> 梅影窗前月，泉聲案上琴。[164]
> 曲澗清泉鳴似琴，平林冷淡秋如畫。[165]
> 怪石形如畫，流泉韻擬琴。[166]

159 〈自題萬壑松古琴歌〉，《全臺詩．潛園琴餘草》第七冊，卷二（1853），頁134。
160 〈長夏偶成〉，《全臺詩．潛園琴餘草》第八冊，卷五（1857），頁30。據『李本』。
161 〈靜坐〉，《全臺詩．潛園琴餘草》第八冊，卷五（1857），頁34。
162 〈消夏雜詠六首〉，《全臺詩．潛園琴餘草》第八冊，卷六（1860），頁172。
163 〈家風〉，《全臺詩．潛園琴餘草》第八冊，卷六（1860），頁178。
164 〈清宵〉，《全臺詩．潛園琴餘草》第八冊，卷五（1858），頁70。
165 〈秋遊隙溪飲草亭作〉，《全臺詩．潛園琴餘草》第七冊，卷三（1854），頁234。
166 〈閒中雜詠效白傳體八首〉，《全臺詩．潛園琴餘草》第八冊，卷六（1860），頁171。

流水當琴穿閘響，好花如畫壓檐低。[167]
泉鳴石窟琴添韻，煙起林間茗共評。[168]
靜坐石床調綠綺，泉聲琴韻兩泠泠。[169]

上述詩中，有以泉韻入琴者，如「流泉送韻入琴絃」、「泉韻入琴絃」，皆是將泉韻譜入琴曲中，兩者相得益彰，更添音聲之豐美；有以琴寫泉者，如「如琴泉韻長流」、「池前琴韻泉鳴處」、「泉聲案上琴」、「流水當琴穿閘響」，皆以琴聲來描摹泉流之聲響；有鳴泉擬琴音者，如「曲澗清泉鳴似琴」、「流泉韻擬琴」，將用流泉聲來類比琴音；有泉添琴韻者，如「泉鳴石窟琴添韻」，石窟的流泉聲，讓琴聲增添韻味；有琴泉相得者，如「靜坐石床調綠綺，泉聲琴韻兩泠泠」，靜坐石床撫琴時，可聆享琴泉兩合的悠揚意境。

（五）琴鶴良儔

「行吟常伴鶴，坐嘯不離琴」，琴與鶴是林占梅占梅的園林生活中不可或缺的要素。有了琴鶴的相伴，林占梅的園林生活多姿多采、神情奕奕。

隨鶴行苔徑，鳴琴咽澗泉。[170]
梅松真益友，琴鶴是良儔。[171]
隔竹偶窺新得鶴，焚香靜撫舊時琴。[172]
蒼松偃蓋渾難畫，白鶴登堂為聽琴。[173]

167 〈初晴晚興〉，《全臺詩．潛園琴餘草》第八冊，卷八（1865），頁275。
168 〈遊石閣林泉口號〉，《全臺詩．潛園琴餘草》第八冊，卷八（1864），頁255。
169 〈春晴寫興〉，《全臺詩．潛園琴餘草》第八冊，卷六（1860），頁164。
170 〈夏至日園亭口號〉，《全臺詩．潛園琴餘草》第七冊，卷二（1853），頁128。
171 〈詠竹得幽字三十六韻〉，《全臺詩．潛園琴餘草》第七冊，卷三（1854），頁177。
172 〈閒興〉，《全臺詩．潛園琴餘草》第七冊，卷三（1854），頁180。
173 〈遊漱石山人幽園題壁即贈〉，《全臺詩．潛園琴餘草》第七冊，卷三（1854），頁205。

行吟常伴鶴，坐嘯不離琴。[174]

養琴常抱睡，愛鶴每隨行。[175]

重約攜琴抱鶴來，共住神仙雲水窟。[176]

鶴舞琴橫膝，詩清茗沁脾。[177]

松間引鶴當遊侶，竹裡鳴琴稱懶脾。[178]

行隨老鶴如良友，坐對名琴當古人。[179]

一雙白鶴時飛舞，靜鼓瑤琴對暮霞。[180]

魚遊荇渚時驚釣，鶴守窗松夜聽琴。[181]

琴餘繞檻吟隨鶴，書罷欹床臥看雲。[182]

老梅繞屋鶴常守，涼月當窗琴乍調。[183]

臨池小閣琴聲遠，繞竹迴廊鶴步遲。[184]

琴鶴是林占梅生活中的良儔，當琴聲揚起時，鶴步隨行、凝聽或起舞。其詩有寫琴鶴相隨之情景，如「隨鶴行苔徑，鳴琴咽潤泉」、「行吟常伴鶴，坐嘯不離琴」、「行隨老鶴如良友，坐對名琴當古人」、「老梅繞屋鶴常守，涼月當窗琴乍調」、「隔竹偶窺新得鶴，焚香靜撫舊時琴」；寫鶴為知音，懂得聽琴者，如「蒼松偃蓋渾難畫，白鶴登堂為聽琴」、「蒼松偃蓋渾難畫，白鶴登堂為聽琴」；寫鶴聞琴起舞者，如「鶴舞琴橫膝，詩清茗沁脾」、「一雙白鶴時

174 〈遣興〉,《全臺詩‧潛園琴餘草》第七冊，卷三（1854），頁223。

175 〈閒中自述〉,《全臺詩‧潛園琴餘草》第七冊，卷三（1854），頁239。

176 〈東谷探梅〉,《全臺詩‧潛園琴餘草》第七冊，卷三（1854），頁273。

177 〈園居二十韻〉,《全臺詩‧潛園琴餘草》第七冊，卷四（1855），頁283。

178 〈已愧〉,《全臺詩‧潛園琴餘草》第七冊，卷四（1855），頁287。

179 〈寫懷〉,《全臺詩‧潛園琴餘草》第八冊，卷六（1860），頁169。

180 〈讀姜西銘竹枝詞因次其韻漫題二首〉,《全臺詩‧潛園琴餘草》第八冊，卷六（1860），頁177。

181 〈閒興〉,《全臺詩‧潛園琴餘草》第八冊，卷七（1862），頁209。

182 〈閒趣〉,《全臺詩‧潛園琴餘草》第八冊，卷八（1865），頁281。

183 〈漫成〉,《全臺詩‧潛園琴餘草》第八冊，卷八（1866），頁296。

184 〈遣懷二首〉,《全臺詩‧潛園琴餘草》第八冊，卷八（1866），頁305。

飛舞，靜鼓瑤琴對暮霞」；有琴歇與鶴共遊同修者，如其詩「養琴常抱睡，愛鶴每隨行」、「琴餘繞檻吟隨鶴」、「臨池小閣琴聲遠，繞竹迴廊鶴步遲」等。閱讀此類琴詩，恍如與鶴同聆幽泉般的琴聲，也依稀可見聞琴聲而展的各式鶴姿，鶴步、鶴舞、鶴行的風采躍然詩篇；更可感受林占梅可感受攜琴抱鶴，相守相伴之細膩情感。

（六）琴榻花圃

「花開恰好環琴榻，香夢輕吹到黑甜」，琴榻設於花間，讓林占梅的琴詩多了花的薰香。隨著潛園不同花開，此類琴詩也綻放不同花香。

花開恰好環琴榻，香夢輕吹到黑甜。[185]
鶴鶩歸來月正中，抱琴獨坐梅花下。[186]
閒抱瑤琴花裡去，眾香世界月華多。[187]
罷琴久坐雕欄畔，每為梅花竟向晨。[188]
瑤琴自響人聲寂，知是飛花落石床。[189]
花木成蹊時繞屋，琴書有味日為朋。[190]
琴聲度水清於磬，蘭氣穿窗細若絲。[191]
百笏地開黃菊圃，一張琴伴白雲身。[192]

---

185 〈園中消夏〉，《全臺詩．潛園琴餘草》第七冊，卷二（1852），頁99。

186 〈題自畫梅花月夜鳴琴小照〉，《全臺詩．潛園琴餘草》第七冊，卷三（1854），頁149。

187 〈偶成〉，《全臺詩．潛園琴餘草》第七冊，卷四（1855），頁285。

188 〈良宵〉，《全臺詩．潛園琴餘草》第八冊，卷五（1857），頁2。

189 〈偶成〉，《全臺詩．潛園琴餘草》第八冊，卷五（1857），頁30。

190 〈園居寫興〉，《全臺詩．潛園琴餘草》第八冊，卷五（1858），頁97。

191 〈幽趣〉，《全臺詩．潛園琴餘草》第八冊，卷七（1863），頁223。

192 〈閒中偶成〉，《全臺詩．潛園琴餘草》第八冊，卷八（1867），頁315。

閒抱瑤琴在繁花盛處撫琴，作者感受「香夢輕吹到黑甜」、「眾香世界月華多」的馨香。當琴聲暫歇時，眾聲俱寂，此時放眼望去，乍見「飛花落石床」，又睹「花木成蹊時繞屋」，讓林占梅的琴詩飄逸片片花香。林占梅愛花成癡，但眾芳中最喜歡的是梅花，他曾經自江南購回各色佳本梅花繞閣分栽[193]，潛園建築許多以梅花為名之建築，如梅花書屋、梅塢等。潛園主人常在梅園中撫琴，或攜鶴庭前撫琴一曲〈梅花三弄〉；有時趁月歸來，「抱琴獨坐梅花下」；有時撫琴已歇仍不捨眠，「每為梅花竟向晨」。除了梅花之外，潛園主人也秋天黃菊盛開時，以詩描繪「百笏地開黃菊圃，一張琴伴白雲身」之情景與心緒；在園中蘭花香氣撲鼻之時，提筆寫下「琴聲度水清於磬，蘭氣穿窗細若絲」之詩句，記載當時之琴聲與蘭芳。

（七）涼月窺琴

「最是心清明月夜，橫琴坐嘯竹間樓」，月下撫琴是林占梅最遐意的身影。此時此境林占梅將俗世塵慮、愛恨情仇與功名利祿，盡拋腦後，恍如已入空靈、純粹之境。在月光灑射下，林占梅的琴聲與月影交錯，呈現各種光景。

琴韻窺櫺月，梅香入幕風。[194]
佇月坐焚香，孤琴欣靜境。[195]
侑酒名花真解語，窺琴涼月亦知音。[196]
煮茗臨風坐，攜琴伴月眠。[197]

193 詳見〈自江南購回各色佳本梅花繞閣分栽詩以誌喜〉，《全臺詩．潛園琴餘草》第八冊，卷五（1858），頁67。
194 〈寒夜齋中三首〉，《全臺詩．潛園琴餘草》第七冊，卷二（1852），頁121。
195 〈月下彈琴〉，《全臺詩．潛園琴餘草》第七冊，卷二（1852），頁118。
196 〈漫興〉，《全臺詩．潛園琴餘草》第七冊，卷三（1854），頁173。
197 〈新秋夜坐〉《全臺詩．潛園琴餘草》第七冊，卷三（1854），頁228。

床前留片月，几上臥張琴。[198]

琴橫秋月冷，簾捲暮雲收。[199]

多情尚有深宵月，猶上幽亭伴撫琴。[200]

夜靜來明月，瑤琴獨自彈。[201]

可人最是松間月，似為聞琴上小樓。[202]

招涼更有幽篁裡，膝上橫琴月在天。[203]

記得樓頭看月夜，停琴並立小欄前。[204]

涼月窺琴榻，香風透酒盃。[205]

最是心清明月夜，橫琴坐嘯竹間樓。[206]

最好穿林月，鳴琴坐嘯長。[207]

此類之琴詩，有兩種狀況，一種是以作者為主體，月是陪伴的客體，陪著作者撫琴。月形伴隨琴聲而變幻，有時具象，有時擬與人對話。有月照琴影者，如「最是心清明月夜，橫琴坐嘯竹間樓」、「招涼更有幽篁裡，膝上橫琴月在天」；有床前之月，如「床前留片月，几上臥張琴」；有秋之冷月，如「琴橫秋月冷，簾捲暮雲收」。以擬人化之書寫，則有窺琴月，「侑酒名花真解語，窺琴涼月亦知音」、「涼月窺琴榻，香風透酒盃」；有穿越松林之月，如「可人最是松間月，似為聞琴上小樓」、「最好穿林月，鳴琴坐嘯長」；有多情之月，如「多情尚有深宵月，猶上幽亭伴撫琴」；自來之月，如「夜靜

198 〈清夜偶醒〉，《全臺詩．潛園琴餘草》第七冊，卷三（1854），頁251。

199 〈秋夜竹樓即事〉，《全臺詩．潛園琴餘草》第七冊，卷三（1854），頁258。

200 〈感舊〉，《全臺詩．潛園琴餘草》第七冊，卷四（1855），頁296。

201 〈宿內湖祖師岩〉，《全臺詩．潛園琴餘草》第八冊，卷五（1857），頁55。

202 〈棲雲寺即事〉，《全臺詩．潛園琴餘草》第八冊，卷五（1858），頁85。

203 〈長夏雜興〉，《全臺詩．潛園琴餘草》第八冊，卷五（1858），頁97。

204 〈感賦〉，《全臺詩．潛園琴餘草》第八冊，卷六（1859），頁140。

205 〈閒中雜詠效白傅體八首〉，《全臺詩．潛園琴餘草》第八冊，卷六（1860），頁171。

206 〈遣情〉，《全臺詩．潛園琴餘草》第八冊，卷八（1865），頁278。

207 〈竹林偶題〉，《全臺詩．潛園琴餘草》第八冊，卷八（1866），頁308。

來明月，瑤琴獨自彈」。另一種是相對的描述，以月為主體，作者反而是陪伴的客體。如「煮茗臨風坐，攜琴伴月眠」，謂伴月撫；「琴韻窺櫺月，梅香入幕風」，則作者之琴韻越出窗櫺窺月。此類琴詩所呈現之情境，有寫趣者如「涼月窺琴榻，香風透酒盃」；靜境者如「佇月坐焚香，孤琴欣靜境」，寫出月下撫琴之靜境。

潛園主人琴詩將琴與詩、畫、茗、泉、鶴、花、月之交融，而營造琴詩對談、琴畫交輝、鳴琴煮茗、琴泉送韻、琴鶴良儔、琴榻花圃與涼月窺琴之等繽紛意境。此意境不僅是詩與樂之交會，已匯聚視覺（畫、鶴、花、月）、聽覺（泉）、味覺（茗）等多重感受，聚焦於琴詩中，讓林占梅的琴詩意境氣象萬千，別具一格。

六　結論

林占梅的琴詩，雖源自琴詩之傳統，並受時代風潮之影響，然而實則從其橫琴潛園、攜琴行旅的琴韻生活醞釀而出，充分展現其琴學詣趣與琴詩意境。

琴學詣趣方面，從其收藏之名琴中，獲悉其對古琴之收藏與鑑賞之能力，其收藏之名琴，以「漱玉琴」、「萬壑松琴」與「清夜遞鐘琴」等三張名琴最負盛名。「漱玉琴」的音色空靈如流泉漱玉；「萬壑松琴」的音色可少時變幻，有如萬壑松濤；「清夜遞鐘琴」音色有如「清鐘夜遞來遙巷」，各具特色，充分顯現其收藏鑑賞之品味。從其名曲之彈奏與品賞得知。林占梅能彈〈水仙曲〉、〈瀟湘古調〉、〈南薰〉、〈秋思〉、〈法曲洞天〉、〈琴曲釋談二十一章〉、〈鳳求凰〉、〈水仙蘭〉、〈佩蘭〉、〈梅花三弄〉、〈碧天秋〉諸曲[208]，其中以〈瀟湘水雲〉、〈水仙曲〉與〈梅花三弄〉最為出色。其古琴音樂美學思維方面，源自於老子「大音希聲」之說，響應李贄禪琴學之主張，為「道心

208 參考楊湘玲：《清季台灣竹塹地方士紳的音樂活動──以林、鄭兩大家族為中心》，頁53-54。

長」、「證道心」而撫琴；服膺莊臻鳳琴曲器樂化之主張，對古琴器樂之選購特別用心，收藏之名琴也特色講究其音色；受徐青山《溪山琴況》之琴況美學之影響，營造出清、靜、逸、幽、高、和、平、古、遠、淡、寒、妙等琴況，展現古琴清靜高遠之意趣。

琴詩意境方面，林占梅因日日與琴書為伍，故琴詩豐富而多彩，呈現其人格特質與生活品味，營造出琴詩對談、琴畫交輝、鳴琴煮茗、琴泉送韻、琴鶴良儔、琴榻花圃、涼月窺琴等各種琴詩意境，讓其琴詩有詩、畫、茗、泉、鶴、花、月之交融；也匯聚視覺（畫、鶴、花、月）、聽覺（泉）、味覺（茗）等多重感受，綻放獨特丰采。

林占梅的琴詩中營造的琴學詣趣與琴詩意境，詣趣清遠、意境淡雅，在臺灣的琴詩界引領風騷，堪為翹楚，應享一席之位。

參考書目

一　專書

李乾朗　《臺灣建築史》　臺北市　雄獅圖書公司　1986年

李乾朗　《新竹市古蹟公園・潛園研究調查》　新竹市　新竹市文化中心　1996年

葉明媚　《古琴音樂藝術》　臺北市　臺灣商務出版社　1992年

駱香林　《駱香林全集》　臺北市　龍文出版社　1992年

林占梅著　徐慧鈺等校記　《林占梅資料彙編・潛園琴餘草》　新竹市　新竹文化中心　1994年

陳榮村、洪德豪　《竹塹潛園之建築研究》　臺北市　胡氏圖書出版社　1995年

林占梅著　徐慧鈺、吳東成校編　《全臺詩・林占梅潛園琴餘草》（第七、八冊）　臺南市　臺灣文學館　2008年

章華英　《古琴》《人類口頭非物質文化遺產叢書》　杭州市　浙江人民出版社　2008年1月第3次印刷

許　健　《琴史初編》　北京市　人民音樂出版社　2009年

鄭珉中　《蠡測偶錄集：古琴研究及其他》　北京市　紫禁城出版社　2010年

徐慧鈺　《林占梅集》《臺灣古典作家精選集13》　臺南市　國立臺灣文學館　2012年

徐慧鈺　《鯤島逐華──清領時期臺灣本土詩人與作品》《臺灣文學史長編4》　臺南市　國立臺灣文學館　2013年

二　期刊論文

劉楚華　〈北宋詠琴詩人〉　《人文中國學報》　第2期　1996年1月　頁147-170

黃美娥　〈清代竹塹詩人林占梅及其《潛園琴餘草》〉　《1998塹文學獎得獎作品專輯》　新竹市立文化中心

徐慧鈺　〈豪氣欣長夜　高談達曉天——話潛園詩酒盛會〉　《竹塹文獻雜誌》　第6期　1999年

徐慧鈺　〈構得潛園堪寄居　十年樂趣在林泉——談林占梅之園林生活〉　《竹塹文獻雜誌》　第13期　1999年　頁60-75

賴明珠　〈林占梅的書畫藝術世界——以《潛園琴餘草》為主要分析依據〉　《臺灣史研究》　第7卷第1期　2001年4月　頁27-29

李美燕　〈林占梅琴詩中的游藝生活與美感意境〉　《中國學術年刊》　第24期　2003年6月　頁325-342

程玉凰　〈林占梅與「萬壑松」唐琴之謎〉　《竹塹文獻雜誌》　第30期　2004年7月　頁74-96

徐慧鈺　〈林占梅詠梅詩之研究〉　《第四屆苗栗縣文學——故鄉與他鄉研討會論文集》　2006年　頁79-121

徐慧鈺　〈林占梅潛園雅集及其文化義涵——清中葉臺灣文士生活之一例〉　《兩岸發展史研究》　第4期　2007年　頁1-33

三　學位論文

徐慧鈺　《林占梅年譜》　政治大學中國文學所碩士論文　1991年

周虹伶　《唐代古琴詩研究》　輔仁大學中國文學系碩士論文　2000年

楊湘玲　《清季臺灣竹塹地方士紳的音樂活動——以林、鄭兩大家族為中心》　臺灣大學音樂研究所碩士論文　2001年

徐慧鈺　《林占梅園林生活之研究》　政治大學中國文學所博士論文　2003年

張　斌　《宋代的古琴文化與文學》　復旦大學博士論文　2006年

鄧　婷　《唐代古琴詩研究》　遼寧師範大學碩士論文　2010年

李勁松　《詩性樂教》　南京師範大學博士論文　2012年

四　電子資料

朱　權　《臞仙神奇秘譜》www.silkqin.com/02qnpu/07sqmp/07sqchi.htm

徐琪等人彙編　《五知齋琴譜》｜琴之界——琴之界｜精工細造的古琴譜庫 https://www.qinzhijie.com/books/48

論張純甫「消極退守」的文化觀與修養論[*]

游騰達[**]

摘要

日治時期，北臺大儒張純甫先生（名津梁，號興漢，1888-1941）的著名論點——「是非雙十說」（是左十說與非墨十說），多為學界所熟知，亦多有研究評議，然在此兩議題之外，他還曾與友人魚雁往返討論「積極」與「消極」兩說之是非，則較少為學界所關注。

當時純甫先生力排眾議，堅稱當以「消極退守」說為是，而「積極進取」之說陷求名逐利之弊。學界或以其說近乎道家「無為自然」之主張，於著重人文化成之儒學思想有所不切。然筆者綜覈先生之論，發現其反覆申論：所謂的「消極」，即「進／退」這一對反詞組中的「退」字，進一步言之，當以《中庸》的「君子素其位而行」一概念來加以體會，若採現代的語言詮解之，則是「退至現有地位而行吾素者」，亦即「知止」、「安貧」、「反本」、「克己」的修養論，及其對中國文化的獨特認識。

又將純甫先生上述發生於一九三〇年前後的爭辯論點，取之與時任北京

* 本文初稿曾宣讀於二〇一七年十一月國立清華大學南大校區中國語文學系與新竹縣政府聯合主辦「竹塹風華再現：人文、藝術與地方的交響齊奏——第三屆臺灣竹塹學國際學術研討會」，感謝特約評論人陳逢源教授的講評以及與會專家學者的意見；本文另參酌審查人精闢而確實的修改建議。特此致謝。

** 清華大學華文文學研究所助理教授。

大學教席、當代新儒學的核心開創人物梁漱溟（原名煥鼎，字壽銘，1893-1988）出版於一九二一年的《東西文化及其哲學》相互比觀，正可發現其中頗有相映成趣的精采處。蓋梁著分析中、西、印三方文化言：西方文化以「意欲向前要求」為根本精神，中國文化則以「意欲自為調和、持中」為根本精神，至於印度文化則是以「意欲反身向後」為根本精神。經過此一參照比觀，或可回歸到當時的時空背景，對純甫先生之說得一善解，並給予合適的評議與學術定位。

關鍵詞：張純甫、消極退守、文化觀、梁漱溟、東西文化及其哲學

一　前言

日治時期，北臺大儒張純甫先生（名津梁，號興漢，1888-1941）的著名論點——「是非雙十說」（是左十說與非墨十說），多為學界所熟知，亦多有研究評議，然在此兩議題之外，他還曾與友人魚雁往返討論「積極」與「消極」兩說之是非，則較少為學界所關注。

當時純甫先生力排眾議，堅稱「消極退守」之說為是，而「積極進取」之說陷求名逐利之弊。學界之研究或以其說近於道家「無為自然」之主張，恐使儒學缺乏開闊層面。[1]然筆者綜覈先生之論，發現其說仍是堅守儒學之矩矱，且為求適當的理解其論點，亦時時提醒自己當回歸到三〇年代的時空背景之中，去體會其身為一名堅守傳統文化的舊文人，面對現代化的文明衝擊，他所懷抱的危機意識為何。[2]

又試圖放大研究的視野，將張純甫的論點放到近代中國的學術版圖中，意外地發現其說與梁漱溟（原名煥鼎，字壽銘，1893-1988）先生的名著《東西文化及其哲學》一書，或有可堪相互比較同異之處，藉由這樣的對比，我們可以進一步深化對張純甫之「消極退守」說的理解，也更能體貼他的用心。

以下將由對張純甫的觀點之分析、探討入手，繼而說明梁漱溟先生的東、西文化比較觀點，最終，將兩人之說進行比觀與較論。

1　陳琬琪：《張純甫儒學思想研究》，政治大學中國文學所碩士論文，2004年，頁195、197。

2　案：王曼穎之文，舉張純甫對新風潮的批判與對新式發明的質疑之詩作，以及「非墨」說中對功利思想的批判等為例，對張氏身處新舊文化交接之際，所表現的危機意識多有闡發。見氏著：〈日治時期臺灣舊文人對現代文明的危機意識——以張純甫（1888-1941）對「利」的批判為例〉，《雲漢學刊》第32期（2016年3月），頁1-19。

二 「消極／極積」之論辯

首先說明，這場論辯的開端，肇始於一九三〇年元月（舊曆）張純甫與黃水沛（字春潮，號覆瓿，1884-1959）兩人的一場當面論談，在這次的論談中，黃氏主張積極進取的人生觀點，而張氏認為理當消極退守方是正途，於是兩人各執己見，相持不下。在這場口頭議論之後，不數日，黃春潮便致書張純甫，信中或旁徵博引說明其論據之所在。而就張純甫的回函〈答黃春潮書〉來看，不難發現，其首要論據便是《易經》的〈乾〉卦，蓋乾卦本以「健」為德，且九三爻爻辭有言「君子終日乾乾」，而〈乾‧象傳〉復云「天行健，君子以自強不息」。由此觀之，看似理據堅強，然則卻依舊無法令張純甫信服，所以他回覆黃春潮曰：

> 細繹卦詞，覺弟所持論，兄已自承為得當矣。何也？夫「亢龍有悔」，非原於積極進行而不知止乎？然而知止，難事也。以勇往直前之行，何能知可止之地？人生有限，慾望無窮，進而行之，能十步而止，百步而止乎？抑千步、萬步而後止乎？其不至於有悔者，幾希！[3]

純甫先生採用以己之矛攻己之盾的反詰論辯方法，辯駁黃氏既然舉《易經》〈乾〉卦為憑據，則〈乾〉卦之上九爻不正是強調「亢龍有悔」嗎？其所以招致悔吝，不啻由於只重積極前進，一味勇往直前而不知有所底止所致。再以人生之實況論之，生也有涯，而慾望無窮，若徒求進取，不知克制、約束，將安止於何所？其不至於後悔莫及者，幾希矣。

且針對看似「積極」說之確證的〈乾‧大象傳〉「天行健，君子以自強不息」一語，純甫先生也毫不迴避地提出他的詮釋，對於「天行健」之「行」字，他說：

3 張純甫著，黃美娥主編：《張純甫全集》（新竹市：新竹市文化出版，1998年），第四冊，《守墨樓文稿》，〈答黃春潮書〉，頁61。案：本文凡引用張純甫之文，俱從此書，故不再詳述版本。

若〈大象〉之「天行健，君子以自強不息」，初何嘗示人以直進也，自為一般急進之徒所誤用，竟認行為進。試問進行不息欲至何處而止，豈不行至山窮水盡處乎？且進行何能不息乎？天下豈有有進無退之道乎？豈有謂行為進之理乎？蓋行健不息者，就吾人固有之地位而行所當行者也。素富貴行乎富貴，素貧賤行乎貧賤，以至夷狄患難，亦以行吾素而已。苟謂行為進，豈必貧賤患難而行乎富貴夷狄之道哉？吾之所謂得寸進寸者，即本此意。而以進為行素也，非以進為進也：得而後進者也，非進而後得也，而不虞為兄曲解耳。(《張純甫全集》第四冊，〈答黃春潮書〉，頁61-62。)

張純甫認為「行」字不宜解釋為積極往進之「進」字，若只有一往直前，躁進而不息，則將止於何處？如此一來，必墮入山窮水盡之絕境。且以天地之道言之，豈有往而不返者乎？故釋「行」為進，乃不如理之論。反之，他主張當以《中庸》的「君子素其位而行」[4]來理解「天行健」之「行」字義。也就是說，天所表現的行健不息，乃昭示吾人在現有之境遇中行所當行，於當前之處境下為所當為，而無越位慕外之心，正所謂「素富貴，行乎富貴；素貧賤，行乎貧賤；素夷狄，行乎夷狄；素患難，行乎患難。」如此方可臻至「君子無入而不自得」之境。以俗語言之，便是守著得寸進寸的分際，而非企望得寸進尺，後者便如身處貧賤、患難之境，卻以富貴、夷狄之道處世一般，這是不如理的舉措以及過度的想望奢求。故其主張當以「行素」來詮解「天行健」之「行」字。

同樣地，「天行健」之「健」字與「自強不息」一語，亦當如此理解，他說：

4 案：關於「君子素其位而行，不願乎其外」一語，茲引朱熹《中庸章句》之詮解為例，彼云：「素，猶見在也。言君子但因見在所居之位而為其所當為，無慕乎其外之心也。」見〔宋〕朱熹撰；朱傑人、嚴佐之、劉永翔主編：《朱子全書》(上海市：上海古籍出版社；合肥市：安徽教育出版社，2002年)，第六冊，《四書章句集注》，頁40。

> 且〈乾〉之「自強不息」，玩「自」字之意，亦即行素，其不息者亦行素乃得不息耳。即「天行健」之「健」字，亦非有進意，但循環耳。循環故能不息，不然其不至於進銳退速者乎？（《張純甫全集》第四冊，〈答黃春潮書〉，頁62。）

深體「自強不息」之「自」字義，思考何以要強調吾人自身之「自」字？張純甫以為此與「行吾素」之「吾」字相通，意即宜著眼於當下身之所處之境位而論。其云「不息」者，便是於現有之境況中行其義所當為之不停息。

猶有進者，張純甫還主張「天行健」之「健」字亦非前進之意，而當以循環之意說之，健行不已即是循環不息。否則，徒言進而不知止，恐將陷入《孟子》〈盡心章〉所言「其進銳者，其退速」的窘境。

上面對此信函詳加說解，乃是因為爾後張純甫反覆答辯的諸函多本此意而發，故值得詳加說明與體會其立論之用心。且在此函中，也充分呈現出張純甫的論辯特色，他試圖採用以經解經的經典互證之方法，如以《大學》之「知止」說「亢龍有悔」之含義；以《中庸》「君子素其位而行」來發揮「天行健」之「行」字，以「行吾素」呼應「自強不息」之「自」字義；又引《孟子》「進銳退速」說來反駁對方的「積極進取」之論。實則純甫亦曾著有《四書互注》與《四書引經注》等書，[5]惜今日不得見，但從其書名，亦不難想見其釋經方法的主張。

此外，在上一函中，亦可察覺張純甫將黃春潮的「積極進取」之論推向負面意涵的理解，即將此說理解為逞勇進發而不知節度，慕外逐欲而無窮已。可以想見，張氏之論勢必無法說服對方，果不其然，黃氏再度復書力辯己說，而張純甫也有下一封〈再答黃春潮書〉之作，只是此次論議的重點已不再是經典詮釋的問題，而是關涉到人生價值觀與修養工夫論的觀點，例如張純甫言：

---

5 案：張純甫先生於〈孔子之說孝〉一文中，反覆提及此二書。見《張純甫全集》第四冊，頁16-20。

> 夫烫烫之事尚不知足，而謂人生大慾能知足乎？……蓋不知足，以積極進行，腳力雖疲而山水更好，自不能舍止，必至氣窮力盡無奈何然後已耳。……兄既知天力之大，非人力可企及，又安可以有限之腳力趁無窮之好山水？人亦只宜順其自然，守其固有，而悠然自得，方不至於亢龍之有悔矣。（《張純甫全集》第四冊，〈再答黃春潮書〉，頁62-63。）

先生以觀山水為例，山水之美無有窮已，而人之腳力則有限度，以有限之人力逐無盡之山水，終將陷入氣窮力盡之地。而人之慾望亦然，若不能知足，徒知講求積極進取，將招致貪得無厭之災難。故吾人當順其自然，守其固有，方能悠然自得，而不蹈「亢龍有悔」之覆轍矣。

張純甫在信中，又以春秋時期宋襄公以彈丸小國卻冀望建立王霸之業一事為例，指明此正是講求積極進取之顯明例證，然而其霸業不成，實「正坐循慾貪利進取所致，非仁義之罪也」[6]。同樣地，就修養觀點來說，先生復強調：

> 夫學問之道，所以恢復人之本性也，一而已也，無時勢也。孔子謂顏淵曰：「克己復禮為仁」，吾見其進也，則顏子之進乃進於克己復禮也，循環也，非退亦非進也。孟子曰：「學問之道無他，求其放心而已。」心不可放亦即行不可進也。朱子曰：「以去去外誘之思，而充其本然之善。」去外誘、充本善，亦即行乎循環也，有似乎退也。王陽明曰：「去人慾，存天理，致良知。」所存致乃原有之性，所去即未來之慾，亦即循環，似退而非進矣。凡此皆弟所謂退至現有地位而行吾素者也。（《張純甫全集》第四冊，〈再答黃春潮書〉，頁63。）

學問之道，在於恢復吾人固有之善性，僅此而已，更無他說，亦無所謂與時

6 《張純甫全集》第四冊，〈再答黃春潮書〉，頁63。

推移，權變遞嬗之處。以孔子、孟子、晦翁、陽明之論言之，如孔子告語顏淵「克己復禮」，即著重克去己私，復返禮節之常，此便有循環之意，雖此說不顯退守意，然亦非同意進取也。孟子言「求其放心」，心之所以迷途、放失，乃在進而不止，逐欲而不知返，故是一訓戒積極進取之說。至於朱子的「去外誘之思」，以充擴本然之善、陽明的「存天理，去人欲」以推致吾心之良知，則皆有復返、循環之意，這就近似於退守之論，而非支持往進之言。故總上所述，可歸結為「行素」一說，意即「退至現有地位而行吾素者也」，也就是回歸己身所處之當下境況，而實踐其義所當為，不企慕「求不在我者也」的外在之聲名、利益，或追求無有底止的私欲貪念之滿足、感性之歡愉。

且在前一封黃春潮的來函中，黃氏便曾以「從眾、明大勢、識時務」等語為勸，可是張純甫認為這是「趨時媚世，計較利害者」之論，實無法苟同，惟限於篇幅而未有詳辯。但或許是因為黃春潮的第二函重申此論，或加強詰問，所以純甫先生回函云：

> 孔子之時，春秋也；孟子，戰國也；朱子，宋也；陽明，明也，有時勢乎？蓋人類本知進而不知退，其腫趾然也，其行動然也，其身面所向然也，本不待勉勵者也。故君子必與其退也，諄諄然命其退尚不能退，況可慫慂其進乎？且今之時非競爭激烈有進無退時乎？自命為明大勢、識時務者，正宜唱消極退守之說以救之，安可推波助瀾滔人群於苦海哉？蓋世人方徘徊崖岸，若徒獎借其一意進行，尚復有回頭之岸勒馬之崖乎？（《張純甫全集》第四冊，〈再答黃春潮書〉，頁63-64。）

如上述所提及的孔、孟、朱、王四聖賢，其所生之時代不同，而其論旨卻亙古不易，可見時勢之說，恐有未當。又以人類之自然生命而論，吾人本是知進而不知退者，如人之足趾向前生長，行進方向與臉龐、雙目之所面向，俱顯現出向前進發的趨勢，故前進者本不待勉強，而退守之論方為有待諄諄教誨者也。且以當時之時勢而言，時代的巨輪往往驅策著時人求新求變，以應乎瞬息萬變的時局，故人多講求如何於激烈的競爭中追逐勝利，這是徒知進而略乎退的時代，故自命為明大勢、識時務者，不正應該指出時弊，而暢言消極退守之說嗎？如此，方有助世人見回頭之岸涯、勒懸崖之墜馬。

又從這個討論，可以發現張純甫雖然反對審時度勢以言學之說，但其所主張的「消極退守」之論實具有強烈的現實感與危機意識，也就是面對受西方文化衝擊以來，鼓吹現代化科技文明的主流論述之大纛下，一位傳統漢學出身的知識分子如何堅守其精神價值，挺立其德性生命。關於這點，若能將其所論回歸到其所處的歷史情境、時代氛圍之中，或者藉由與同時代的論說相比觀，當可更加體貼其立論之深刻用心與時代意義。

進一步言之，若細繹張純甫之以「素位而行」、循環之道申說其「消極退守」之論，則此「退」字並非一般字面意義的後退或退縮之意，而是回歸到當下的現實處境中為其所當為。此說在筆者看來，這仍是有條件的「進」，意即在某一限度意義下，仍可說是「積極進取」，換言之，這是於「退」中言「進」，則進、退兩者可有其相容之處。這個觀點，在下面的討論中，我們也可看到他人以此質疑張純甫之說。

張純甫與黃春潮的這場「積極／消極」、「進／退」的論難，很快地在其友人之間傳布流行，持續延燒，因此，又有其他三人參與討論。其中吳夢周之論，正有類於筆者的思考，他認為「消極之『退』字乃積極之『進』字之相形辭」[7]，此即表示「進／退」二字本可相資、互詮，其不必然為兩相對反，不容並立之語詞，正如宋儒所謂「動靜無端，陰陽無始」[8]之說。可是此說不為張純甫所接受，他提出自己的主張：

> 夫「進」、「退」二字，乃兩極端之辭，而「積極」、「消極」即後人演繹之代名詞也，惟其進無止境，而退有止境，故僕所謂退，即退至現有地位也；所謂消極，亦即消至現有地位耳。是於現有地位，行之以

---

7 《張純甫全集》第四冊，〈答夢周書〉，頁64。

8 〔宋〕程顥、程頤著；王孝魚點校：《二程集》（北京市：中華書局，2004年），《經說》，卷一，頁1029。

> 健而自強不息，以自盡行素之工夫，簡言之，即循環二字而已。……此進字，乃極端一偏者也，其說不能成立者也。反是老弟所謂相形辭之「退」字，即古人所謂復初反本者，亦即循環之理無極端，乃中庸之道足以成立也。（《張純甫全集》第四冊，〈答夢周書〉，頁64-65。）

純甫先生以為「進／退」二字乃相對舉的兩極端之字詞，至於「積極／消極」二詞語，只是此二字的現代用語，所以同樣是互斥的。復就其內涵而言，「進」字之意必至無有窮止之境，而「退」字之意則知其所止，且能止所當止，即是退回到現有之地位之意，也就是在現有之境況、職分中，不容已地為所當為，自盡其「行素」之工夫，故實可以「循環」二字當之。

所以做為極端之偏至的「進」，因其無有止境而不能成立；可是相對反的「退」字，則指表循環之理，本無始亦無終。如就修養論言，這是「復初反本」，亦即是中庸之道耳。

不過，此說仍未能折服吳夢周，因此，他直言：張純甫以「行素」言「退」，其中便含有前進之意，故又致函申辯，而張純甫更有〈再答夢周書〉之作，信中一者以數為例，說明有無止境之別，如由數字一進至恆河沙數（指無窮、無限大之數）來譬擬「進」字，即是無有止境；而由恆河沙數返至數字一來曉喻「退」字，則明顯是有所底止，意即以數字一為終點。只不過核實言之，進、退二字雖看似兩相對舉的極端字詞，實在說來，「進是極端，退是中庸耳」[9]，所以千萬不可為字義所拘，而限制了理解的深度。

再者，針對吳夢周「指行素為進」之說，張純甫則回應曰：

> 指行素為進，安得不誤？夫所謂進者，進其行素也，非行素者進也。何則？行素者，現地位之行，亦即退步之行，如復初也，反本也，克己也。古今聖賢君子，千言萬語無非此三者，試問此「復」、「反」、「克」三字，果進乎？抑進於退乎？……時無今古，地無東西，非人

9 《張純甫全集》第四冊，〈再答夢周書〉，頁66。

人鼓勇直前，進越現有地位而起衝突鬥爭乎？不有退至二字，將何用立此所謂主義也乎？退之主義非中庸而何？足下不知進即行素，[10]行素即克己復禮、反本之退字，而誤認行素為進，故不虞其害道耳。（《張純甫全集》第四冊，〈再答夢周書〉，頁66-67。）

純甫先生強調「行素」只能是「退」字義，若要說其有行動、實踐的動態意涵，只能說是退步之行，或回歸現有地位的有節度之行。因為在德性修養上，古聖先賢的千言萬語亦只有復初、反本、克己三者，此復、反、克三字之意只能是「退」字義，何以能言「進」？

在張純甫的理解中，「進」字只能表示鼓勇直前，逕進而越乎現有之處境、職分，而不知自止之意，故古往今來，人類文明發展史上的種種衝突與鬥爭，莫不由此而發。[11]

又從上面的引文中，不難發覺張純甫身處新舊文化交接的時代，其尚未能靈活地運用現代哲學性的語詞來表述其思想觀點，且未能對己說提出嚴格的詞語界定，而只能藉賴於傳統的學術用語，故其所論難免有令人費解之處。因此，接續論辯的陳覺齋便就何謂「現有地位」提出詰難，純甫先生回答道：

夫私欲，前誘衣食、後驅人群之積極進取，恆超過應盡程度，故必須時時退至現有地位也。現有地位者，名物假定之限度也，即有止境處

10 案：依上下文意，此「進即行素」一語恐誤，「進」字疑當作「退」。

11 審查人指出在張純甫的著作中，與其堅稱「消極退守」說相互表裡的是他對號稱「進步」的西方文明所帶來的禍害（尤以歐戰為害最劇）之省察與批判，相關的論述甚夥，堪為本文之輔證，且可見其思想之整體脈絡性。筆者極為同意，如舉〈飛機行〉中詩句對照觀之：「殺人武器破天荒，歐西文明新格致。……文明極度即野蠻，大陸將沉天將醉。」（《張純甫全集》第一冊，頁78-79）確實可見張氏力斥積極進步之說，在當時雖屬異議可怪之論，但在其本身的學問思路中是合理一致的。惟限於本論文的側重方向（著重闡發其「消極」說觀點，並以之與時賢之論相比較），故對相關論述的全面展開與梳理，將另由他文處理。

者也。……有限度乃能知止，是以聖賢千言萬語，只是教人退守、安貧、固窮、克己、復初、反本之道，無一言教人進行、欲富、望達、勝人、趨終、逐末之道，於此可見積極進行超過應盡程度之事，為人人不能免者。則消極退守現有地位之事，為人人不可少矣。主張退字宗旨者，非人生應盡之務，而何？（《張純甫全集》第四冊，〈復覺齋書〉，頁67-68。）

先生曾總結他的「消極退守」說為「退至現有地位而行吾素者也」，所謂的「現有地位」即是「名物假定之限度」，或許我們可以這樣理解，此限度當是吾人發自內心所給出的任一事物其所具有的應然之節度，同時也是吾人待人處事應盡之責任程度，有此限度，即知其止境處，方可止於至善之所在。故以「退」字為宗旨，即是提醒吾人消極退守至「現有地位」，知其所當止之節度與程度，而完成其應盡之務，此即所謂「行素」也。

然人之私欲，其初表現為感官之生理欲求，如食求美味，衣求華美，進而表現為各方各面、越乎其應盡程度之外的汲汲營營，故有欲富、求名、望達、爭勝、趨利等種種「積極進取」之行為，是以聖人教導吾人安貧、固窮、克己、復初、反本之道，此即張純甫「消極退守」之意，正如他在另一封信函中言：「惟其進取之超越應盡程度，是以必須勸其退守也。」[12]

在諸位友朋之中，駱榮基（字香林，號百石室主人，1895-1977）是較為贊同張純甫「消極退守」之論的人，且他更親身嘗試踐履此說，然遭遇到極大的阻力，也就是「為諸子所困」，更嚴重的問題是發現「實行消極有未逮」，故致書向純甫請教，如以飢寒之迫我為例，我當消極地退守、安處於飢寒之交迫中，抑或謀求免除飢寒之方法？若是後者，疑是純甫所反對的「積極進取」之行為，則從其言，是否將永處於飢寒之中而不得免？對於此困惑，張氏有如下之答覆：

12 《張純甫全集》第四冊，〈復香林書〉，頁69。

> 有飢寒之迫我，我乃須消極退守，無飢寒之迫我，我方不必消極退守也。何也？孔子不曰：「君子固窮，小人窮斯濫矣。」飢寒之迫我者，窮也；消極退守者，固窮也；而不消極退守者，窮斯濫也。試問當消極退守乎？不當消極退守乎？然而固窮之難，人盡知之，而孔子不知乎？而孔子言之，亦必不有道矣。蓋免飢寒之方甚簡易，人自不知耳。欲免飢，一簞食、一瓢飲足矣；欲免寒，一敝縕袍足矣。難乎？不難乎？然而顏子之不改其樂，子路之不恥，人又以為難矣。（《張純甫全集》第四冊，〈復香林書〉，頁69。）

這是一個假設性的問題，當真面臨此境況時，方有消極退守的自我要求，否則無需自陷於飢寒交迫之困境中。然而當真遭此困厄之境時，孔子曰：「君子固窮，小人窮斯濫矣」，「固窮」即是勸勉我們當消極退守於現有之地而行吾素，「素貧賤，行乎貧賤」。

復次，亦當知免除飢寒的方法甚易，如滿足生活之最基本的需求（簞食瓢飲，衣蔽縕袍）便已足夠，然進一步地要求達到如顏淵之安貧樂道、子路之不恥與衣狐貉者立，則需要極深切的修養工夫，故此方是「消極退守」說的核心精神與真正難處。

綜上所述，或可總結張純甫的「消極退守」說如下：

（一）此說當由「君子素其位而行」來加以掌握，亦即退守至現有（當前）之處境中，為所當為，盡其所應盡之責任與義務。

（二）此消極退守之說，乃執持儒家聖賢之教誨中的安貧、固窮、克己、復初、反本之修養觀點。

（三）標舉「退」字以立說，旨在面對標舉現代化的新文化衝擊，針砭強調「積極進取」而導致恣欲無窮已的世風時弊。

三　與梁漱溟之說比觀與較論

在上面的討論解析中，筆者曾強調應回歸到張純甫先生當時的時空背景之中，尋求對其「消極退守」之說得一善解，方能給予適切的評議與學術定位。

另一方面，在臺灣當時（三〇年代）的學術氛圍中，其論點堪稱標新立異，特立獨行，故以筆者淺陋之見，尚未發現在面對西方文明的衝擊下，具有同樣的時代關懷，且對傳統文化抱持高度的自覺與危機意識，而可與之相提並論者。於是嘗試擴大觀察的場域與拉高研究之視野，就近代中國而論，便赫然發覺其所論者在臺灣雖屬孤明先發，但衡諸近代中國所謂保守主義的文化思潮，則其關懷與用心亦非絕無僅有、曲高和寡者，其中筆者認為最可以與張純甫先生之說相比觀、較論者則非梁漱溟（原名煥鼎，字壽銘，1893-1988）先生莫屬了。其原因在於：一者，兩人年歲相近，張純甫僅年長梁漱溟五歲；再者，就梁先生之成名著作《東西文化及其哲學》一書言，該書出版於一九二一年與張純甫同友人論辯的時間亦僅有十年之距；三者，最重要的，彼二人對東西文化的比較與省思，頗有相映成趣的精采之處。

底下將先說明梁漱溟《東西文化及其哲學》的具體相關內容，並繼之與張純甫「消極退守」之說進行比較。

梁氏《東西文化及其哲學》一書，是集結他在一九二〇年於北京大學以及應山東省教育廳的邀請所進行的兩次演講之紀錄。

此書之探討重點在於比較東西文化之差異，進而掘發中國文化之內涵與價值，以為人類文明之一助益。其說首先界定何謂「文化」，梁先生認為「生活中呆實的製作品算是文明，生活上抽象的樣法是文化」[13]，兩者實是一體的兩面，而所謂的「生活」，則是「沒盡的意欲和那不斷的滿足與不滿足罷了」[14]，因此，文化的差異，便表現在解決生活中意欲的滿足與否一問題之方法上的不同，所以梁漱溟說明解決此問題的方法有下列三種：

（一）遇到問題，都是對於前面去下手，以求解決問題，這種下手的結果就是改造局面，使其可以滿足我們意欲的要求。

13 梁漱溟：《東西文化及其哲學》（臺北市：臺灣商務印書館，2002年），頁67。案：以下引用此書，均依據此版本，故不在標示版本資料。

14 《東西文化及其哲學》，頁31。

（二）遇到問題，不去要求解決，改造局面，而是回想的隨遇而安。他所抱持的應付問題之方法，只是對自己意欲的調和罷了。

（三）遇到問題，既不像第一條路向的改造局面，也不像第二條路向的變更自己的意思，而是只想從根本上將此問題取消。[15]

這三種不同的路徑方向，可精簡表示為：（一）向前要求的路向、（二）變換要求，表現為調和、持中的路向、（三）轉身向後去除要求的路向三者。

而此三者的差異，其實就代表著西方、中國以及印度（佛教）[16]三種文化的根本特點，故可再進一步說明為：

西方文化是以意欲向前要求為其根本精神。

中國文化是以意欲自為調和、持中為其根本精神。

印度文化是以意欲反身向後要求為其根本精神。

言至此，已可以發現張純甫之說與梁漱溟之論有著饒富趣味的同異之處。

第一點，他們同樣採取「進／退」的這個概念範疇來展開東、西文化的對比與分析。所以，他們兩人一致認為西方文化的特點是向前進發（或要求）的路向，而且是以意欲（欲望）的追求與滿足為其根本目標。

但是他們對西方文化這一特點的評價卻大異其趣，張純甫認為追求慾望的滿足，沒有窮盡之處，甚至會讓人越出自己所處的分位，逾越應有的限度，而去競逐外在的富貴、名聲、利益、地位等，因此，可說是亙古以來，人世間大小衝突、各種欺凌壓迫的根本惡源，故可謂毫無價值可言。然而，梁漱溟則認為西方文化向前的路向，基於對現有處境的不滿足，將會轉化出要求改造現況、解決問題的積極動能，因此表現出征服自然之異彩，創造出燦爛的物質文明；開啟科學方法之異彩，發展出進步的科技文明；提倡德謨克拉西（Democracy，現譯為民主）的異彩，建立起現代化政治制度的模式，[17]所以，可說西方文化具有極高的價值，自有其不為其他文化所能取代

15 此處所論可參看《東西文化及其哲學》，頁67-70。

16 案：梁氏所言的印度文化，指的便是佛教，這一點他在該書中曾有明言。見《東西文化及其哲學》，頁200。

17 《東西文化及其哲學》，頁69。

的殊勝處。

換言之，張、梁二人對於西方文化之特點的掌握，大抵相同，但是他們所理解的西方文化之內涵與意義卻極為不同。張純甫將西方文化所代表的「積極進取」之態度僅視為對慾望無止境的追求與爭勝逐利的負面心態，所以對之強烈批判，大加駁斥。而梁漱溟則從西方文化向前要求的路向中，看到其所具有的獨特異彩（征服自然、科學方法、民主的精神與制度），因而肯定它的正面價值。

不過，還要注意一點，梁氏雖然讚許西方文化所發展出來的科學與民主精神，認為這是當時中國文化所迫切需要學習、效法者，例如他說：「對西方化要『全盤接受』。怎樣引進這兩種精神實在是當今所急的；否則，我們將永此不配談人格，我們將永此不配談學術。」[18]也就是說，梁漱溟鼓勵當時的中國人積極改弦易轍，追隨西方積極向前突破的人生態度。但在此同時，他對於西方文化的極限與缺失也有深刻的省察與思考，所以他說：「我意不過提倡一種奮往向前的風氣，而同時排斥那向外逐物的頹流」[19]，於是他藉《論語》「子曰：棖也欲，焉得剛」一語來說明奮勇向前與縱欲逐利的差別，他說：

> 我今所要求的，不過是要大家往前動作，而此動作最好要發於直接的情感，而非出自欲望的計慮。孔子說：「棖也欲，焉得剛」，大約欲和剛都像是很勇的往前活動；卻是一則內裡充實有力，而一則全是假的─不充實，假有力；一則其動為自內裡發出，一則其動為向外逐去。（《東西文化及其哲學》，頁264。）

梁氏鼓勵當時的中國人因著對於現況的不滿足，一往直前，尋求解決問題，改造局面的具體辦法，但是他強調這股向前行動的力量之源頭，不是來自個

18 《東西文化及其哲學》，頁258。

19 《東西文化及其哲學》，頁265。

人私欲的滿足以及趨利避害的功利考量，而是發自內心、充實飽滿，不容已的生命之躍動，是一種發自內心之真情實感的德性力量。所以，可稱之為「剛」而不是「欲」。也只有依此而來的「這樣向前的動作可以彌補了中國人夙來缺短，解救了中國人現在的痛苦，又避免了西洋的弊害，應付了世界的需要」[20]。

從此處應當可以推斷梁先生較傾向黃春潮的「積極進取」說的，但對於張純甫所擔憂的問題——倡議勇往直進恐淪為循欲、貪利、逐名之弊，他也有所反省，因此，他謹慎地嚴加區隔「剛」與「欲」二者，來防範向前進發之主張若稍有不慎，便下墮為追逐無有底止的私欲之弊端的可能性。故由此可見梁氏之思慮實相當周詳且縝密，甚為精彩。

復次，由梁漱溟之以「剛」字來申述前進之義，也可啟發我們進一步思考張純甫所言的「於現有地位，行之以健而自強不息，以自盡行素之工夫」[21]，此工夫雖以「退」為名，實則退中自有其剛健奮發之意，就此義涵言，則說為「進」，亦無不可。故張純甫曾言「進其行素也」，又再三反覆申明其說若可有動態形象，則唯「循環」二字足以當之；又有以「中庸」言「退」之說等等。凡此數義所透露的前進義涵，筆者以為，或許亦可仿照梁先生另鑄新詞的方法，來嘗試加以說明，以避免語意不清或糾葛攪繞之病。

第二點，在「進／退」這組概念中，退的一方，張純甫認為這是中國傳統文化的核心精神之表現，也是當時所應該大力倡導的文化觀與修養論（即消極退守、素其位而行）；但是梁漱溟以為翻轉向後退的是印度文化的路向，它所表現的是一種追求從現世生活中解脫出來的出世思想或宗教精神，然而以世界未來文化之發展趨勢而言，梁氏堅決反對宣揚屬於這種路向的印度文化（或佛教學說）。[22]

20 《東西文化及其哲學》，頁266。

21 《張純甫全集》第四冊，〈答夢周書〉，頁65。

22 案：梁氏並非否定印度文化或佛教思想之價值，他曾就眾生的生活何以都是相殘與何以都是無常（老病死）這兩個根本無法解決的人生問題，肯定「宗教是有他的必要，並且還是永有他的必要。」（《東西文化及其哲學》，頁133。）而此處之所以特別強調至於對中國文化的理解，上文提到梁先生說它既非向前，也非向後，而是採取調和、持中的態度以求解決問題的一種人生路向，亦即面對生活中意欲之滿足與否一問題，中國文化往往藉由變換自己的意思（意欲、需求或想法等），使之與現實生活的處境覓得一個平衡點，因此可以泯除問題，而達至隨遇而安的境界。梁先生也解釋：

> 中國人的思想是安分、知足、寡欲、攝生，而絕沒有提倡要求物質享樂的；卻亦沒有印度的禁慾思想。不論境遇如何他都可以滿足安受，並不定要求改造一個局面，像我們第二章裡所敘東西人士所觀察，東方文化無征服自然態度而為與自然融洽遊樂的，實在不差。（《東西文化及其哲學》，頁82。）

此處所言，大抵是對中國文化之特點的概括性觀察，即中國人表現出安分守己、清心寡欲、知足常樂與以及重視護持生命的特點，因此無論處於何種境況，他都能處之泰然，安之若命。以面對自然為例，西方文化著重征服自然，改變局面；而中國文化沒有征服自然之意欲，它反倒是期望與自然相處融洽，而得以優遊乎其中。

上述論點，初看似無大問題，然而詳加思考，則有兩點疑問：一者、既言中國文化以調和、折中為基本路向，因而無論遭遇何種處境，它都有辦法自我滿足與安受，則此一特點是否會下滑轉變為對一切逆來順受，苟且鄉愿的人生態度呢？再者，承上所述，於梁漱溟明確肯認西方文化之向前的路向為中國文化所迫切需要學習者一說法下，中國文化是否還有值得吾人正視的價值與意義？

此處先回應第二個問題，梁先生於《東西文化及其哲學》一書的第五章中大費周章地嘗試從事實、見解與態度等三個面向來推論世界未來文化的發

「要排斥印度的態度，絲毫不能容留」（同書，頁253。），則是有鑑於中國當時所面臨到的內憂與外患之亟待有志之士挺身而出，帶領群眾加以面對和解決，故絕不宜倡導一昧教人息止向前爭求之態度的學說觀點。（同書，頁259-261。）

展趨勢，於是他預言：

> 人類文化要有一根本變革，由第一路向改變為第二路向，亦即由西洋態度改變為中國態度。這是為什麼要這個樣子呢？不為別的，這只為他由第一種問題轉入第二種問題了。……以前人類似可說在物質不滿足時代，以後似可說轉入精神不安寧時代；……又以前人類就是以物質生活而說，像是只在取得時代而以後像是轉入享受時代，—不難於取得而難於享受！若問如何取得自須向前要求，若問如何享受，殆非向前要求之謂乎？凡此種種都是使第一路向、西洋態度不能不轉入第二路向、中國態度之重大情勢。(《東西文化及其哲學》，頁210-212。)

梁先生曾列舉人類生活有可滿足、不定得滿足與絕對不能滿足的三種次第相續之問題，此分別是物質生活之滿足的生存問題、精神生活之求滿足的問題以及人生之終極關懷（如生存的競爭與老病死）等無解之問題。[23]而西方文化所針對者即是對自然界要求物質生活之滿足的生存問題，故以工業革命以來的二十世紀之科技文明言，此一生存問題已獲得大致上的解決，所以爾後世界未來文化之發展將由第一種問題轉向第二種問題，即由追求物質生活的滿足進到精神生活的安寧，也就是從向前要求，征服自然以取得生活所需的時代，轉入在自然環境中調和折中，享受融洽游樂的時代，是以世界未來文化之發展趨勢也將由西方文化的稱霸轉到中國文化的復興。

至此可知，梁漱溟雖然強調我國救亡圖存的當務之急「只有趕緊參取西洋態度」[24]，將西方文化中的科學與民主引導進來，納為己身進步的助力。[25]

23 請見《東西文化及其哲學》，頁66、142。

24 《東西文化及其哲學》，頁261。

25 案：於此有必要補充說明，梁漱溟先生並非照單全收、毫無檢擇的同意「全盤西化」之論，他強調：「要引進西方化到中國來，不能單搬運，摹取他的面目，必須根本從他的路向、態度入手。」(《東西文化及其哲學》，頁72。) 且提醒說「如何要鑑於西洋化弊害而知所戒，並預備促進世界第二路文化之實現，就是我們決定應持態度所宜加意的了。」(同書，頁256。)

但他並不因此就對中國文化妄加菲薄，而是站在未來世界文化發展的角度上，聲明「人類文化有三步驟，……此刻正是從近世轉入最近未來的一個過渡時代也。現在的哲學彩色不但是東方的，直截了當就是中國的。」[26]易言之，「在世界最近未來，繼歐美征服自然、利用自然的近代西洋文化之後，將是中國文化的復興。」[27]於是在這個層面上，梁氏顯示其文化保守主義的根本立場，以中國文化為其人生的依歸，著力宣揚和倡導中國文化的價值與復興。

因此，可以說，縱使張純甫與梁漱溟兩人對中國文化的路向體會不同，一主消極退守，一說調和持中，但他們對於中國文化的價值與意義，卻同樣給予高度的讚揚和肯定。

不過，當該特別留意的一點是，梁氏以為雖然「西洋人從來的人生態度到現在已經見出好多弊病，受了嚴重的批評，……而於從來的中國人則適可以救其偏，卻是必要修正過才好。」[28]意即對於有益於挽救西方文化之弊端，堪為世界未來文化之主軸的中國文化之看法，梁漱溟的觀點，並非如同新文化運動期間的守舊派之士僅是基於新派之抨擊舊文化的一種情緒性反動，實則守舊派之士或許並非發自內心意願的服膺與倡導傳統文化，甚至對中國文化的根本精神不曾有所認識。與之相反的，梁氏主張要「批評的把中國原來態度重新拿出來」[29]，他反省說：

> 這就是我所謂剛的態度，我所謂適宜的第二路人生。本來中國人從前就是走這條路，卻是一向總偏陰柔坤靜一邊，近於老子，而不是孔子陽剛乾動的態度；若如孔子之剛的態度，便為適宜的第二路人生。（《東西文化及其哲學》，頁266。）

26 《東西文化及其哲學》，頁222。

27 《東西文化及其哲學》，〈附錄二我對人類心理認識前後轉變不同〉，頁301。

28 《東西文化及其哲學》，頁257。

29 《東西文化及其哲學》，頁253。

「剛」指得是由內心湧現的，表現為意志堅強、情感充沛，而要求不斷地向前創造的精神力量，梁漱溟認為這才是作為中國文化核心的孔子思想之關鍵處，而歷來中國文化不免偏向老子強調陰柔坤靜的一面，因此，今日若要言復興中國文化，便要通過批判的省察，方能將原有的、正確的一面重新掘發出來，以為未來適宜的人生路向。因此梁先生有言：

> 數千年來中國人的生活，除孔家外都沒有走到其恰好的線上。所謂第二路向固是不向前不向後，然並非沒有自己積極的精神，而只為容忍與敷衍者。中國人殆不免於容忍敷衍而已，惟孔子的態度全然不是什麼容忍敷衍，他是無入不自得。惟其自得而後第二條路乃有其積極的面目。亦惟此自得是第二條的唯一的恰好路線。我們說第二條路是意欲自為調和持中，一切容讓忍耐也算自為調和，但惟自得乃真調和耳。(《東西文化及其哲學》，頁192-193。)

這段話回應了前面所提出質疑的第一個問題，即中國文化之採取調和、折中的路向，是否會由隨遇而安淪為苟且怠惰的生命型態？上段引文中，梁漱溟先生便反省到這個路向或可走向對現實情境的容忍退讓與敷衍散漫，得過且過而不求改善現況，然而此並非中國文化之路向的真正精神，亦即孔子的人生態度全然不是如此，孔子實是體現出「無入而不自得」的生命情態，此方為中國文化之路向的積極面貌，也惟有隨其所處而無不自得，才是真正的調和與折中。然孔子何以能如此？此則有待解明孔門之學的根本核心精神。

梁漱溟認為孔子具有兩種生命態度，一是不認定的態度，一是不計較利害的態度。關於前者，乃是承自中國形而上學所表現的，宇宙間沒有絕對的、單一的、極端的、一偏的這一意涵而來，因為其所認識的宇宙不是一個靜止不動的對象，它總是處於變化流行之中，因此，中國的形上學具有無意旨的不表示之特點，且依此而來，孔子便展現為對一切不加以認定的人生態度，故曾謂「無可無不可」，其教人亦曰「毋意、毋必、毋固、毋我」，蓋有所認定，就有所計算、商量，便是拘執一條客觀呆定的道理，就失其中庸而傾欹於外了，故孔子教導我們一任仁心自然之感通，依順「我自己生命自然變化流行之理」[30]。至於後者，也可說是「無所為而為」的生命態度，梁先生稱它「是儒家最注重用力去主張、去教人」[31]的論點，更是「儒家最顯著與人不同的態度，……為中國文化之特異彩色」[32]者。其意義在於說明「其實生活是無所為的，不但全整人生無所為，就是那一時一時的生活亦非為別一時生活而生活的。」[33]也就是每一刻、眼前的當下之生活不為別的，不為另一段生活之附庸或手段，它單以其自身便具有意義。故孔子這種不打量、計算的態度，獲得的是無所謂得失，卻生趣盎然，天機活潑，無入而不自得的一種絕對樂的生活。與此相反，若必待有所得方為樂，則其得樂否全繫於目的物之是否獲得，這是有待於外者；若取不得，則為苦，因此，樂與苦顯為相對待的而非絕對的。[34]

至此，我們可以看到梁漱溟先生在《東西文化及其哲學》一書中對於代表中國文化的儒家精神（以孔子為核心）的基本理解。不過，若我們進一步追問這兩種生命態度之關聯性為何？筆者以為在該書中梁先生似未有完整的說明，或許在他往後的著作中（如《中國文化要義》、《人心與人生》等）會有所處理，此一問題，則僅能留待他日再繼續研討探究了。

又由以上的論述，復可回頭審視張純甫與梁漱溟兩人所同尊的儒家思想之別，張純甫因為主張「消極退守」之說，強調君子素其位而行，因此，嚴於存天理去人欲的工夫，重視儒家所言安貧、固窮、克己、復初、反本的修養論觀點；而梁漱溟認為孔子之真精神在體現「無入而不自得」的生活之樂，這是本於自然流行之「仁」的「生活的恰好」[35]，故所體現的是一與天地同流，生趣盎然的德性生命。借用明代儒者顏山農（名鈞，字子和，又號

30 《東西文化及其哲學》，頁160；又此段所論，本乎《東西文化及其哲學》，頁148-152、154-163。

31 《東西文化及其哲學》，頁169。

32 《東西文化及其哲學》，頁165。

33 《東西文化及其哲學》，頁168。

34 此段所論，本乎《東西文化及其哲學》，頁165-170、173-174。

35 見《東西文化及其哲學》，頁163。

耕樵，1504-1596）告語門人羅近溪（名汝芳，字惟德，號近溪，1515-1588）之教語來說，張純甫與梁漱溟兩人對儒家思想的理解呈現著「制欲」與「體仁」的差異。

四　結語

綜上所述，面對張純甫所力主的「消極退守」說，雖一時看似異議可怪，且未有如「是左十說」與「非墨十說」般是一完整的系統性論述，但從其僅存的六函書信中，筆者詳加闡析，強調此說當以「君子素其位而行」來加以掌握，亦即退守至現有（當前）之處境中，為所當為，盡其所應盡之責任與義務來理解，且其所著重與反覆申述者為儒家的安貧、固窮、克己、復初、反本之修養工夫。更加重要的是，當將其觀點回歸到一九三〇年的歷史情境中來理解，蓋臺灣自二〇年代起便遭遇西方文化的衝擊，在學術界便已展開了新、舊文化論戰，故張純甫的「消極退守」說可說是面對現代化的文化衝擊，以及思考如何維護傳統文化之危機意識下的大聲疾呼，可說具有針砭提倡「積極進取」所導致的恣欲無窮已的世風時弊之效。

再者，將其說法與梁漱溟出版於一九二一年的《東西文化及其哲學》一書相比較，可見他們同樣採用「進／退」的這組範疇來分析東、西文化，這或許是五四新文化運動以來的一種流行於學界的基本論述。他們兩人同樣認為西方文化是以前進為其路向，但評價迥別，張純甫將向前進取追求與私欲的滿足連在一起，所以此路向成了逐欲競利而不知底止的歧途；而梁漱溟則認為西方文化以意欲向前尋求滿足為路向，因此創造了物質文明，開展出科學的方法與民主的精神，故是值得肯定與效法的；至於「退」的一面，張、梁二人的觀點差異較大，張氏以「退」為中國文化所具有的循環與中庸之原則，而梁氏則以為反身向後是印度文化的路向，實不宜為當時所倡導、推廣；而中國文化則是採取調和、持中的態度，這就是孔子所表現出的無所為而為的「自得」之生活態度。由此又可見兩人在肯認儒家思想之價值一論點上的同中之異，張純甫重視克己、返本的「制欲」工夫，而梁漱溟則強調通暢生命之自然流行的「體仁」境界。

說明並比較了他們兩人的說法之內涵及其時代意義，或許下一步我們也可以思考他們的論點在時隔近百年之後，對於我們現代的生活又可以有怎樣的啟示？例如唐君毅（1909-1978）先生曾反省現代人的精神處境為「上不在天，下不在地，外不在人，內不在己」，這種缺乏超越的價值理想，同時也失去可供優游的自然世界，甚至面對現世生活中宗教與種族，乃至人際間的衝突，更可悲的是對於自我的迷失，前輩學者對於傳統文化的理解與掌握或許可以提供更好的資糧，幫助我們面對現代化文明的挑戰與弊病。

──原刊於《當代儒學研究》第24期（2018年6月）

參考書目

〔宋〕程顥、程頤著　王孝魚點校　《二程集》　北京市　中華書局　2004年

〔宋〕朱熹撰　朱傑人、嚴佐之、劉永翔主編　《朱子全書》　上海市　上海古籍出版社　合肥市　安徽教育出版社　2002年。

梁漱溟　《東西文化及其哲學》　臺北市　臺灣商務印書館　2002年

張純甫　《張純甫全集》　新竹市　新竹市立文化中心　1998年

翁聖峰　〈一九三〇年臺灣儒學、墨學論戰〉　《國立臺北教育大學學報·人文藝術類》　第19卷第1期　2006年03月　頁1-21

張素卿　〈張純甫《是左十說》析論〉　《儒學研究論叢》　第1期　2008年12月　頁47-65

楊名龍　〈張純甫《非墨十說》之非墨觀點〉　《儒學研究論叢》　第1期　2008年12月　頁67-87

李建欣　〈評述張純甫之《非墨十說》——以〈非利說〉、〈墨子非兼愛說〉、〈墨子非非攻說〉為例〉　《哲學與文化》　第422期　2009年07月　頁159-179

李威寰　〈論「一九三〇年臺灣儒墨論戰」——前史、論述、殖民地情境〉　《臺灣文學研究》　第8期　2015年06月　頁99＋101-151

王曼穎　〈日治時期臺灣舊文人對現代文明的危機意識——以張純甫（1888-1941）對「利」的批判為例〉　《雲漢學刊》　第32期　2016年03月　頁1-19

陳琬琪　《張純甫儒學思想研究》　政治大學中國文學所碩士論文　2004年

蔡翔任　《張純甫「是左」、「非墨」思想研究：以古史辨運動為背景》　中正大學中國文學所碩士論文　2003年

阮壽德　《中越儒學傳統現代轉化與價值路向之比較研究：以梁漱溟和陳仲金為例》　成功大學中國文學所博士論文　2013年

馬斐力　《新文化運動知識分子的新時間意識與現代性的重新定義：以陳獨秀與梁漱溟為例》　臺灣大學歷史學所碩士論文　2013年

洪婕寧　《張君勱與梁漱溟儒家思想意義之比較研究》　淡江大學中國文學所碩士論文　2015年

行吟常伴鶴，坐嘯不離琴
——林占梅的琴鶴情緣

程玉凰*

摘要

林占梅生平急公好義，雖不習制藝，刻意求取功名，未在朝廷正式任官，然於國家面臨危急時，卻能毀家紓難，親自參加保家衛國的行列，建立軍功，使得以他由恩賞貢生加道銜，尤其平戴潮春之亂，以功升布政使銜，卻也因此遭忌，帶來不少困擾。由於他天性淡泊名利，每每寄情於詩酒，嚮往園林生活，於所建造的潛園中，以種梅、養鶴、彈琴伴其終生，並藉以修身養性，過著與世無爭的生活，且樂在其中。筆者從《潛園琴餘草》，看到他寫琴與鶴相伴的生活詩佔有相當比例，可見他對琴鶴感情之深，令人動容，當他遇到人事不順時，或家遭變故時，琴鶴總是與他形影不離，左右相隨，適時抒發心中憂悶的功能，產生依附關係，呈現「物我相融」、「物我相忘」的境界。本論文旨在從他與琴鶴的相處的角度，探討其情緣所在，進一步了解這位多才多藝文人的內心世界，了解琴鶴如何能讓他度過紛擾坎坷的一生。

* 前臺北醫學大學、世新大學兼任助理教授。

一　前言

林占梅（1821-1868）是清代新竹地區的世家大族名士，生平急公好義，淡泊名利，雖未習制藝，參加科舉考試求取功名，然當國家面臨危急時，卻能毀家紓難，親自加入保家衛國的行列，建立軍功，使他得以由恩賞以貢生加道銜、而以知府不論單雙月選用、賞戴花翎、簡用浙江道、加鹽運使，尤其平戴潮春之亂後，以功恩賞布政使銜，卻也因此遭忌，帶來不少困擾。由於占梅恬淡的個性及對無羈無欲生活的嚮往，乃建造「潛園」，寄情於園林生活，以雅集、蒔花、彈琴為生活的重要部分，還包括作畫、題詞、品茗、養鶴等，他藉這些嗜好以排憂解悶、修身養性，樂在其中，過著悠遊閒逸與世無爭的生活。

這樣一位既不熱衷功名，豪放熱情，多才多藝，能文能武，對國家社會有貢獻又富傳奇色彩的的傳奇人物，自然引起文史學者研究的興趣。目前有關林占梅的研究論文，所包含的層面越來越豐富，涵蓋其生平事蹟、文學創作、家族歷史、潛園建築、詩歌表現形式、書畫藝術以及音樂活動、園林生活、詩集版本……等。然而能對林占梅的情感層面作探討的，則相對較為缺乏，有則僅見李美燕之探討詩中美感意境、徐肇誠的探討林占梅仕隱功名心態、焦慮心理與詩歌創作、家屋意涵等四篇，[1]都各有其特色，而本論文的寫作也正是從占梅的情感層面著手。

筆者在細讀林占梅《潛園琴餘草》詩集時，特別注意到以琴鶴為主題的詩，能特別感受到他和琴與鶴之間的真情，不論是平時的悠遊生活，或是遇到人事不順，或家遭變故，憂煩愁悶時，琴與鶴總是陪伴著他，與他形影不離，故其詩云「行吟常伴鶴，坐嘯不離琴」、[2]「養琴常抱睡，愛鶴每隨

1　參見徐肇誠：〈林占梅詩中仕隱功名心態探微〉，《通識教育學刊》第4期（2005年9月），頁1；徐肇誠：《林占梅詩歌研究——以《潛園琴餘草》為範圍》（臺南市：漢家出版社，2010年），頁2-4。

2　見林占梅著，林事樵編印：《潛園琴餘草》（新竹市：創色印刷公司，2008年），該書第3卷第167首，頁58之〈遣興〉。按此書所採用之版本為李清河約於民國八十年所發

行」，[3]可見他與琴鶴之間感情的深厚，如從琴鶴關係研究著手，正可以探討他內心的感情世界。

林占梅鍾愛古琴，擅長撫琴，彈琴可幫他排悶解憂、消除塵慮，其詩云「琴撫朱弦塵慮滌」、[4]「琴常獨撫聊排悶」；[5]他也把古琴當作清談友，如「七弦琴當清談友」，[6]他對於古琴喜愛的程度，已經到了抱琴而眠、可以終生結盟交的地步，故其詩云「我性嗜鳴琴，抱琴夜共宿……盟交願與託始終」。[7]又將其詩集名曰《潛園琴餘草》，以琴作為詩集的主體。在兩千多首詩中，提到「琴」的琴詩，約三百餘首，為數不算少，又在潛園中興建「琴嘯亭」，凡此足見對琴的喜愛，因此彈奏古琴，幾乎已成了他生活中的不可或缺的一環。

除了酷愛彈琴外，林占梅還喜愛養鶴，在其詩作中同時提到琴與鶴的詩篇約七十首，而單獨詠鶴的詩約有二十首，總計提到琴鶴的詩篇約有九十首，描寫他和琴鶴相處的情形，雖然就全部詩作而言，並不算多，但詩中流露出人與鶴之間的真摯感情，確實令人感動，如「行隨鶴步繞堤長」、[8]「老鶴性已馴，行吟則相隨」、[9]「領鶴相陪樂浩歌」、[10]「翛然雙白鶴，盡日總

現，共有1、3、4、5、6、8卷，共6冊，是清光緒年間的毛筆手抄本（通稱「李清河藏抄本」，簡稱「李本」），民國九十七年林事樵徵得李清河同意，將此一版本重新整理編輯，所欠缺之2、7、9卷，即以中央圖書館臺灣分館（今國立臺灣圖書館）所藏沾水筆抄本「林鶴山遺稿《潛園琴餘草》」（原係日本臺灣總督府圖書館所藏，簡稱「臺本」）補全出版，以下簡稱「林事樵整理本」。按：民國八十三年新竹市立文化中心請徐慧鈺將「臺本」校記出版《林占梅資料彙編（一）──潛園琴餘草》，簡稱「臺彙本」，此一版本與「林事樵整理本」頗多差異，但各有其特色及優缺點，為求推廣學術研究，本論文之引詩特採用「林事樵整理本」作分析之依據，以下引詩不再特別加註。

3 〈閒中自述〉，第3卷第204首，頁72。

4 〈午後即事〉，第4卷第35首，頁10。

5 〈遣愁〉，第5卷第110首，頁86。

6 〈西圃〉，第1卷第99首，頁46。

7 〈鳴琴曲次朱竹垞先生聽韓七山人彈琴原韻〉，第5卷第95首，頁82。

8 〈琴嘯亭乘涼〉，第4卷第51首，頁17。

9 〈曉起偶成〉，第7卷第4首，頁20。

依吾」，[11]與白鶴相依相隨，足見人鶴之間感情之深厚。又從他以「鶴山」、「鶴珊」為其號，在潛園建有「放鶴亭」，可見他對鶴喜愛的程度，和在他心中所佔的份量。

然而占梅何以既愛琴又愛養鶴？觀其琴鶴詩，常以琴鶴並稱，如「琴鶴遣懷聊結伴」，流露出兩者對他的心靈抒解的重要性，「養琴常抱睡，愛鶴每隨行」，則是先提琴再寫鶴，分別說明琴與鶴與他的生活關係是如此的形影不離。單獨與鶴相處的詩篇，如「觀魚憑柳坐，趁鶴繞池行」、[12]「倚松觀舞鶴，枕石聽流泉」，[13]描述與鶴獨處時的情景。綜觀他的琴鶴生活，悠哉自在，令人稱羨，在中國傳統讀書人之中，可謂獨樹一幟，當有其外在與內在的因素，頗值得深入探討。

所謂「情緣」，是指天地萬物之間的人與物，由於因緣具足，彼此相處在一起而產生深厚感情。談到人與人之間的關係，中國人最愛講究「緣」字，有緣才能相遇、相識、相知，但是人與無生命的物——琴，與有生命的動物——鶴，是否談得上「緣」字呢？是否也能產生感情呢？事實上，萬物莫不有情，有其緣，有緣便能相處生情，從林占梅與琴鶴之間的相處關係來看，這個答案是肯定的。因此本文旨在從林占梅與琴、鶴的相處的角度，探討他與琴鶴的情緣，如何呈現他的琴鶴關係。先分析他何以喜愛古琴，和他的琴樂生活情景；接著談他何以愛養鶴、弄鶴？如何與鶴相處？最後一章著重在探討他如何將琴與鶴連結起來，成就他的琴鶴情緣世界？從他所呈現的人生境界，更深入了解這位多才多藝詩人的內心世界，了解琴鶴如何能在他遭到逆境時，充分發揮療癒作用，幫助他排解苦悶，度過紛擾坎坷的一生。

10 〈園中梅花盛開作詩賞之其三〉，第6卷第1首，頁1。

11 〈池軒午興〉，第6卷第28首，頁8。

12 〈池前口號〉，第4卷第78首，頁26。

13 〈青潭山晚歸田舍〉，第5卷第105首，頁85。

二　林占梅生命歷程與人生體驗

（一）成長背景

林占梅，幼名清江，字雪邨，號鶴山（又作鶴珊），又號巢松道人。清臺灣清水廳竹塹城（今新竹市）人，祖籍福建同安。生於道光元年（1821），卒於同治七年（1868），享年四十八歲。

康熙初年，占梅五世祖三光公（1632-1710）渡海來臺定居於臺灣府城樣仔林，為開臺一世祖。六世祖林國燃遷諸羅縣，再遷西螺堡，至七世祖林勳文始定居於竹塹。八世祖林紹賢即占梅祖父，墾田學商，後經理全臺鹽務，商號「恆茂」，因而成為臺灣鉅富，常參與竹塹建設，且視文教，捐建文廟，貢獻地方。占梅自幼天資聰穎，頗受祖父母器重疼愛，道光六年（1826），占梅六歲，父祥瑞去世，母楊氏守節撫孤，祖父亦協助教導，曾延聘碩學鴻儒為私家導師，故能知書達禮。九年祖父又逝，祖母羅氏與母楊氏頗憂心占梅教育問題。道光十年（1830），占梅隨祖母回娘家，得以拜見黃驤雲進士，受到青睞，視為具大才之器，乃將其女黃孝德許配，先行文定之禮。道光十四年黃驤雲北上京師任職，其母欲易子而教，乃委託攜占梅同往，得以定居人文薈萃，藝術氣氛濃厚的京城，出入搢紳之門，受到岳父及碩學通儒之教誨栽培，又隨岳伯黃釗遊遍大江南北，「南遊吳苑，北登燕臺」，並教以作詩、書法、繪畫、琴藝，奠定根基，對占梅日後的藝術成就及建構潛園影響很大。遊歷三年後，年十七返鄉，與黃氏成婚。道光二十六年（1846）占梅五叔祥雲公去世，開始肩挑家計，掌林恒茂號。

占梅的家庭生活看似幸福，卻極為坎坷不幸。其一生先後迎娶三位繼室（黃氏、陳氏、詹氏）三妾（葉佩鳳、劉姬、杜淑雅），皆相處融洽，多能彈古琴，以陳氏最為擅長，可謂琴瑟和鳴，惜與妻妾相處時間都極為短暫。道光二十九年，葉佩鳳於九月去世，十月，母楊氏、原配黃氏先後去世，五十天內嘗盡人間失恃、妻妾相繼亡故之傷痛。咸豐四年（1854），劉姬生兒祖望，六年祖望夭殤，不久其母鬱病而亡。七年娶繼室陳氏，感情恩愛，生子祖期（達夫），正享天倫之樂，九年陳氏因病謝世，占梅悲痛逾恆。十年再娶繼室詹氏，生子祖景（土牛兒、正夫），另於族譜見有四子得義，生於明治四年，疑為領養。同治六年再娶家出納之女杜淑雅。占梅有二女，長女元姑生於咸豐十一年燈節後，七月夭殤。同治三年（1864）生女探花，占梅有詩誌其感。

（二）潛園之緣

道光二十九年（1849），占梅在竹塹西門雅購潛園，約在今新竹市西大路與中山路交接處，俗稱「內公館」，占地兩甲餘（約三十畝），工程費計十八萬兩，可謂費心興建。是依「大厝九包五，三落百廿門」建造。園中勝景，較有名者有：潛園大門、梅花書屋、觀音亭、爽吟閣、涵鏡軒、浣霞池、香石山房、碧棲堂、蘭汀橋、陶愛草廬、師韞軒、琴嘯亭……等，美不勝收。占梅潛居在此園中蒔花、栽梅、種竹、釣魚、養鶴，過著恬淡閑靜的園林生活，陶冶出豁達的胸襟與涵養，深具江南文士之雅風。占梅豪爽好客多禮，在此園中雅集不少騷人墨客，彼此吟詩唱和、品茗賞石、彈琴、作畫、飲酒，可謂風雅之至。當時竹塹文酒之盛，冠於北臺，實多得於他在潛園的提倡。

（三）遭遇際會

占梅天性淡泊名利，少時雖未習制藝，刻意參加科舉考試求取功名，然因個性豪爽，急公好義，對於地方公益事業無不竭力以赴，博施濟眾，「濟困扶危，靡萬金不少惜」，其慷慨任俠之作為，時人稱他有「東漢八廚」[14]之風。尤以國家面臨危難之時，更能毀家紓難，仗義輸財，因此建立不少顯赫事功。先是道光二十一年（1841）英軍侵犯雞籠，占梅捐資一萬元，協助

14 廚者，言能以財救人也。「八廚」指東漢八位黨人度尚、張邈、王考、劉儒、胡母班、秦周、蕃向、王章，因為他們都是樂善好施，仗義輸財，慷慨解囊之士，把自己的財產用在救濟他人，所以被稱為廚。

修砲臺及製造攻防戰具，奉旨獎給御書「尚義可風」，以貢生加道銜。道光二十三年捐銀八千兩防堵八里坌（今臺北縣八里鄉），論功以知府不論單雙月選用。道光二十四年因募鄉勇扼守大甲溪，杜絕嘉義、彰化之漳、泉械鬥蔓延，以供奉旨賞戴花翎（即準知府外加賞戴花翎）。

咸豐三年（1853），發生林恭之變，臺南郡城、鳳山、嘉義俱亂，北路震動，占梅奉旨會同臺灣道辦理全臺團練，又以捐運津米，即捐三千石，奉旨簡用浙江道。咸豐四年會匪黃得美、黃位滋事擾亂，侵犯廈門、金門，官軍斬黃得美，黃位占據雞籠，占梅率團練平定，以克復有功「加鹽運使司銜」。

同治元年（1862）三月八卦會戴潮春變亂，淡水廳同知秋日覲被殺，彰化城淪陷，大甲失守，竹塹城岌岌可危，占梅以保為鄉民為己任，變賣龐大家產，籌備軍餉，毀家紓難。十一月率鄉勇團練，攻擊大甲匪黨，十二月擊潰匪黨，收復大甲，使竹塹轉危為安。同治二年十月親率鄉勇南征，三十日收復葭投（今臺中縣龍井鄉），再移營於大肚，視死如歸，於深夜冒滂沱豪雨，奮勇前進，十一月初三攻破戴潮春匪黨，收復彰化城，撫恤難民及陣亡鄉勇之眷屬。十二月二十四日內閣奉上諭「鹽運使銜道員林占梅著加二品頂戴布政使銜」。同治三年三月十二日，占梅以接移知，獲賞加布政使銜，望北叩謝恩，並賦詩紀事。彰城克復後，占梅原想繼續南進，因轉餉無方，只好告歸。

戴亂平定後，清廷准林占梅徵收「畝捐稅」，以彌補其家產損失，引起鄭家嫉妒，拒絕交稅，因而林、鄭二家衝突乃起，後因佃戶租稅問題，鬧出人命，鄭家告到淡水廳、臺灣府，甚至重賞上京告御狀，從此二家爭訟不息，占梅因不堪訟事纏身，於同治七年（1868）十月二十九日含冤憤恨猝逝，享年四十八歲。[15]

---

15 參考林事樵口述：〈林占梅生平事蹟〉，《潛園琴餘寄詩情——紀念竹塹城鄉賢林占梅一九○歲冥誕展演》，2010年7月3日。林事樵：《潛園琴餘寄詩情——紀念竹塹城鄉賢林占梅一九○歲冥誕．林占梅紀念郵票》，2010年9月9日。徐慧鈺：〈林占梅小傳〉，《林占梅資料彙編（一）——潛園琴餘草》（新竹市：新竹市立文化中心，1994年）。

三　林占梅與古琴

（一）中國文化與古琴意蘊

自古以來，「琴、棋、書、畫」是中國傳統文人對孔子「游於藝」的最佳展現與實踐，這是一種將生活方式藝術化，藝術行為生活場景化的真實寫照。最早是源於一種雅興，或是一種「寓教於樂」的典型方式，以今日而言，就是提倡正當娛樂以達到陶冶性情目的。「琴」列於四藝首位，足見琴的重要性，因其所扮演的角色，不只是一種樂器而已，彈琴的意義亦不止在於演奏，而是使人透過撫琴以練氣養性，以成就自我的生命價值，也就是所謂的「琴道」，[16]甚至把它當作一種德行的修養，因此竹林七賢之一的嵇康就強調「眾器之中，琴德最優」，彈琴於是從一般的「樂教」昇華進入了「琴教」——修道、養德。林占梅是中國傳統的文人，因此「琴、棋、書、畫」自然也是他游於藝所要具備的四大技藝，其中以琴最得他的喜好，最可以反映他的心靈活動，最能牽動他的情緒變化。[17]他一生鍾愛古琴，自弱冠至晚年，以琴為友，以琴相伴，以琴為清友、為生死交，因此他與琴同遊山水，共乘一輛車輿，晚上抱琴共衾而眠，彼此間的親近關係可以想見，其詩如〈鳴琴遊仙曲〉云：「助我山水興，攜去同登臨。朝遊共一輿，夜眠共一衾。頗似李白杓，生死結同枕。」[18]〈途次西螺驛口號〉云：「隨行三尺劍，伴睡七絃琴。」[19]〈新秋夜坐〉云：「其煮茗臨風坐，攜琴伴月眠。」[20]〈村居秋夜漫興〉云：「琴因有癖常為伴，書比良朋每共遊。」[21]均可以證

16 李美燕，〈林占梅琴詩中的遊藝生活及美感意境〉，《中華學術年刊》第24期（2003年6月），頁326。

17 徐肇誠：〈林占梅詩中仕隱功名心態探微〉，頁126。

18 〈鳴琴遊仙曲〉，第3卷第157首，頁54。

19 〈途次西螺驛口號〉，第3卷第98首，頁32。

20 〈新秋夜坐〉，第3卷第178首，頁63。

21 〈村居秋夜漫興〉，第8卷第91首，頁26。

實占梅愛琴的程度，可謂須臾不離，曾云「到處相隨只有琴」，[22]其愛古琴，幾乎已經到了癡迷的地步。因此他一生都在追求名琴，設法託人到處購買，甚至已經到了「購琴價重因捐產」[23]的地步。從詩集中可以知道他所擁有的名琴有：「綠綺」、「萬壑松古琴」、「清夜遞鐘」、「潄玉琴」，還有好友廖鴻荃贈他的古琴，興廉贈他的焦葉式古琴，其中以萬壑松古琴、清夜遞鐘、潄玉古琴為珍貴名琴，而萬壑松古琴更是名貴價重，使他「登山臨水每攜持，涼夜當空一再鼓」，[24]他的癡迷程度，為前人所罕見。甚至同治二年領兵南征平戴潮春之亂時，亦攜潄玉琴前往，以古琴聲來消弭戰場殺戮之聲，作有〈再題鐫潄玉琴〉云：

曾從戎馬募中行，逸響全無殺氣聲。
海甸而今兵燹息，譜將雅頌奏昇平。[25]

林占梅何以如此雅愛古琴，而且可以達到物我兩忘、物我相互契合的境界，茲探討分析如下：

（二）林占梅鍾愛古琴探源

1 家學與環境的薰陶

據林占梅玄孫林事樵先生轉述其祖父林榮初所云：「自幼（占梅）頗受祖父母的器重疼愛，祖父林紹賢行商『財富冠一鄉』，對於地方頗有貢獻，重視文教，捐建文廟，衛護地方的安全，捐款修建竹塹城垣。又以優厚待

22 〈朝朝〉，第6卷第70首，頁78。

23 〈癖好笑述〉，第5卷第93首，頁30。全詩云：「痂嗜天成見古人，難移癖好笑吾身。購琴價重因捐產，養鶴粮多每指囷。」

24 〈自題萬壑松古琴歌〉，第2卷第33首，頁57。

25 〈再題鐫潄玉琴〉，第7卷第61首，頁44。

遇，延聘鴻儒碩學兼善音樂素養的才子為（占梅）私家導師，藉由音樂來陶冶其性格，塑造高尚的情操。占梅公的三叔林祥麟於道光七年，取進淡水廳學的生員，更得以受到琴書情境之陶冶，奠定啟發教育之基礎。」[26]可知林占梅在幼年時，祖父為他請來博學且擅長音樂的老師，藉音樂來陶冶他的性格和培養高尚的情操，至其三叔林祥麟中式生員後，更是受到琴書的陶冶，因此奠定下音樂啟發教育的基礎。

道光十四年（1834），占梅年十四歲，隨岳父黃驤雲進士至北京服職，得以處在人文薈萃藝術氣氛濃厚的京城，受到岳父黃驤雲及碩學通儒之教誨栽培，又隨岳伯黃釗遊遍大江南北，「南遊吳苑，北登燕臺」，並教以作詩、書法、繪畫、琴藝，奠定藝術根基，因此家學與環境，實是使占梅愛上古琴的重要外在因素。其〈南園即景〉詩云：

> 廿載琴書意氣投，吟餘日日事清游。
> 園花似錦春爭繡，野鳥如簧曉更幽。[27]

推測此詩寫作的時間約在道光二十七年，時年約二十七歲，可知占梅二十年來都浸淫在琴書的環境裡，而且十分愉悅契合。

2 天性與古琴高雅淡泊特質相契合

一個人的嗜好，有來自先天秉賦，也有來自後天環境的薰陶與培養，林占梅正是先天與後天因素兼而有之。從其詩集觀之，道光年間約二十九歲時作〈悼瑟吟〉時即回憶道：「憶予自弱冠，性即嗜嶧陽。音節雖未妙，獨彈情悠揚。」[28]嶧陽，又名嶧山，在江蘇省邳縣西南，山多桐樹，製古琴甚佳，後成為古琴代稱。可知占梅在弱冠時即愛上彈奏古琴，自認是天性使然，〈鳴琴曲次朱竹垞先生聽韓七山人彈琴原韻〉亦云：「淵明嗜好嵇生癖，

26 據林事樵先生口述。
27 〈南園即景〉，第1卷第10首，頁15。
28 〈悼瑟吟〉，第1卷第52首，頁30。

趣味深嘗十六年。」說明他與陶淵明、嵇康同樣有喜好彈琴的癖好，深得其趣味已十六年。按此詩作於咸豐八年（1858），占梅時年三十八歲，以此推算他彈古琴的時間約在二十二歲，占梅正式彈古琴的時間在二十歲以後。

占梅甚至把自己酷愛古琴以「嗜痂成癖」作比喻，已經是一種怪僻。咸豐三年（1853）他購得唐肅宗至德年間的萬壑松古琴，欣喜若狂，作〈自題萬壑松古琴歌〉記之：「嗟予嗜痂生海東，十年大索難遭逢。」[29]咸豐七年（1857）作〈癖好笑述〉云：「痂嗜天成見古人，難移癖好笑吾身。」[30]「嗜痂」、「痂嗜」，指的是自己愛古琴有如南朝劉邕的嗜痂怪僻，是先天即有的，一生都無法改變，因此他才會不惜斥巨資，甚至賣家產，託人跨海購置古琴，如「帆海購琴緣有癖」，[31]其〈村居秋夜漫興〉云：「琴因有癖常為伴」。[32]咸豐八年（1858）他已三十八歲猶云：「我性嗜鳴琴，抱琴夜共宿」，[33]表示他之所以愛彈琴，實緣自天性嗜好，確是一位「愛琴成癡」的「琴癡」。

此中所謂的「天性」，實是指他天性淡泊，而古琴之高雅淡泊正與占梅本性相契合。

古琴自古被視為大雅清音，其音色清新淡雅，古意盎然，占梅於詩中曾對古琴琴音的特色作描述。〈鳴琴遊仙曲〉詩有云：

> 泠泠七絃趣，中含山水音。純古而淡泊，不稱世俗心。[34]

「泠泠七弦趣」意指古琴的音色如流水般的清泠，「純古而淡泊」指古琴音調像古調一樣淡遠而不喧嘩。其〈閒趣〉詩云：

29 〈自題萬壑松古琴歌〉，第2卷第33首，頁57。

30 〈癖好笑述〉，第5卷第93首，頁30。

31 〈閒適〉，第5卷35首，頁64。

32 〈村居秋夜漫興〉，第8卷第91首，頁26。

33 〈鳴琴曲次朱竹垞先生聽韓七山人彈琴原韻〉，第5卷第95首，頁82。

34 〈鳴琴遊仙曲〉，第3第157首，頁54。

琴因古調知音少，詩到無題得句工。[35]

其〈撫琴〉詩云：

泠泠七絃趣，山水始同心。聲希而味淡，俗耳無知音。[36]

正因為琴音的接近古調，且清泠、聲希、味淡，很難引起世俗之人彈奏的興趣與共鳴，也因此欲覓得知音更難。唐劉長卿有〈聽彈琴〉詩：「泠泠七絃上，靜聽松風寒。古調雖自愛，今人多不彈。」其所謂的「今人」，實則古今皆如是，就愛好古琴者而言，只是小眾。

那麼喜愛古琴者有何特質？筆者以為，彈琴者非能心靜無法深體其韻味，凡個性輕浮、性情躁動之人，必無法靜下心來細細品味；再更進一步推而言之，凡熱衷功名者，多心高氣傲，無法靜心撫琴，即使勉而為之，琴品也不高尚；反之，天性恬淡者，則能心平氣定，靜心品味琴心，體會琴韻之美。如心性涵養深，沈靜凝斂，則所彈出的琴音，則必韻味深遠，而人的心性涵養亦可透過撫琴而得到昇華，因此二者是相輔相成的。

占梅天性自然恬淡，不好名利，僅從其詩便可觀之。其詩云：「久除利慾無他念，聊藉園林暢此身。」[37]又云：「但得畢生塵鞅外，逍遙何必位公卿」，[38]又云「不趨聲勢不沽名，只愛偷閒度此生」、[39]「素性耽幽隱」，[40]如此淡泊的心性與修為，正與古琴的沈靜、味淡，自然相契合。福建按察使徐宗幹序占梅《潛園琴餘草》讚頌云：「家青山之論琴況也，[41]曰『和靜清遠，古澹恬逸』，琴心也，即詩心也。鶴山善琴，手揮目送，別有會心，故

35 〈閒趣〉，第6第74首，頁50。

36 按「林事樵整理本」未見此詩，「臺彙本」作於咸豐四年，第3卷第153首，頁232。

37 〈樂事〉，第3卷65首，頁19。

38 〈閒述其四〉，第3卷第89首，頁29。

39 〈閒興其二〉，第2第24首，頁10。

40 〈遣興〉，第3第17首，頁5。

41 家青山，指徐青山，名珙，別號青山，清代古琴大師，著有《谿山琴況》。

詩味多琴味。」蓋占梅個性淡泊，表現於琴音，則古澹恬逸，此為琴心，與詩心乃相通也，因此表現於詩則多琴味，實為深知占梅者也。

林占梅的詩集常常提到嵇康，對他有無限的崇敬與嚮往，欣賞他無拘無束的個性及淡泊名利，拒絕出仕。嘗自稱疏懶的個性，崇尚自然，與嵇康近似。〈園居其二〉詩云：「學得嵇生懶，朝朝睡起遲。漢書欹枕夜，戰茗試春旗。」[42]〈潛園適興六十韻〉詩云：「不作封侯想，潛蹤已十年。……阮籍遊而嘯，嵇康懶與眠。……」，[43]〈悲懷〉詩云：

世道人心轉盻殊，半生遭際總堪吁。
抱琴長嘯嵇中散，繞澤悲歌屈左徒。[44]

嵇康熱愛音樂，尤其喜愛古琴，擅長彈「廣陵散」曲，因此占梅彈琴的意境學嵇康，嘗云「琴學嵇康韻自清」，[45]〈幽趣〉詩云：「琴自希中散，書惟法右軍。」[46]「中散」、「嵇中散」指的都是嵇康。嵇康（西元223-262年），叔夜，三國魏汝陰人，因曾官至曹魏中散大夫，故後世又稱嵇中散。他是中國古代著名的文學家、思想家、音樂家，為魏晉時期文人團體「竹林七賢」之一，與阮籍齊名，並稱嵇阮，同為魏末文學界與思想界的代表人物。臨刑前顧視日影，從容彈奏一曲《廣陵散》，曲罷嘆道「廣陵散於今絕矣」，給後人留下了廣陵絕響的典故。

3 彈琴具添趣、怡情養性、抒懷、悟道等多項功能

大凡一個人嗜好的形成，最初始於天性或後天環境的培養，其後能繼續維持這個嗜好，大多緣於長久的相處或練習，逐漸發現它所產生的效果超乎

42 〈園居〉，第4卷第39首，頁12。

43 〈潛園適興六十韻〉，第5卷第55首，頁69、70。

44 〈悲懷〉，第5卷第145首，頁97。

45 〈香石山房煮茗寫興〉，第5卷第159首，頁101。

46 〈幽趣〉，第3卷第153首，頁53。

預期，因此加深對它的喜好，成為不可或缺的生活伴侶。

（1）增添生活趣味、怡情養性兼排悶抒懷

占梅自二十歲即愛上彈奏古琴，詩中提及彈琴可以得到「清宵趣」、「添清興」，使生活趣味盎然，其詩如：「欲得清宵趣，攜琴上小樓」、[47]「瑤琴一曲添清興，飄拂花香上七絃」、[48]「金猊欲盡煙，琴罷趣悠然」，[49]當生活感到平淡無味時，透過彈琴，可以調整枯燥生活，增添情趣，使生活藝術化。同治三年，占梅已四十四歲，仍深深體會彈琴之趣，其〈遣興〉詩有云：

> 嘗徧園林琴咏趣，此生何事不怡然。[50]

占梅認為他一生喜愛古琴，在園林中享盡彈琴吟詠的樂趣，使他感到任何事情都是怡悅順適的，可以忘卻一切煩惱。

由於古琴琴音淡雅，可以使心靈沈靜，占梅長時間的浸潤其中，漸漸地體悟到彈琴還可以調性、養性。其詩如「賴有絲桐調我性，陽春一曲思悠悠」、[51]「處身思雁木，養性賴琴書」、[52]「都將風月供詩料，況有琴書養性真」，[53]彈琴可以涵養其真性情。尤其在心情煩悶時，彈琴更可以排悶解憂，怡養性情，故云「排悶無佳句，怡情只素琴。」[54]

基本上，音樂的功能是可以讓人的喜怒哀樂情緒得到抒發，可以當作精神和心靈的寄託。占梅個性坦率淡泊，不願與世俗同流，又感情豐富，多愁

47 〈步月〉，第1卷第31首，頁25。
48 〈偶成〉，第1卷第55首，頁31。
49 〈深宵即事〉，第2卷第71首，頁32。
50 〈遣興〉，第8卷第18首，頁6。
51 〈地震篇〉，第1卷第63首，頁33。
52 〈雜感其三〉，第3卷第90首，頁30。
53 〈寄興其一〉，第4卷第45首，頁13。
54 〈書感〉，第3卷第162首，頁56。

善感。於家庭方面，親人迭遭不幸，先是妾、生母、妻於五十天內相繼去世，其後與劉姬所生長子祖望夭殤，劉姬傷心過度鬱病而亡。再娶繼室陳氏，於第三年去世，可謂歷盡人間最悲痛的生離死別。於公方面，由於生性急公好義，憂懷國計民生，於國家有難時，出資募勇，不惜毀家紓難，同治三年，因平戴潮春之亂，蒙恩賞布政使銜，然卻因此遭到嫉妒毀謗，甚至陷害訴訟，只有隱身於園林中，彈琴作樂以排遣心中的憂悶愁懷，作心靈的寄托。蓋以人間俗事雖繁雜，然而撫琴卻可以滌除塵世間的俗慮，其詩如：「琴撫朱絃塵慮滌，扇揮白羽薄涼生」、[55]「琴樽清俗慮，山水契閒身」。[56]因此當遇到煩事纏心，占梅排悶遣愁之法仍是撫琴，如：「琴常獨撫聊排悶，詩每高吟賴遣愁」、[57]「求益常開卷，驅愁輙撫琴」、[58]「滿懷幽思無人訴，惟有蕉窓綠綺知。」[59]

同治五年（1866），占梅時年四十六歲，作有〈遣懷〉，詩云：

寥寥生計豈終窮，永晝潛居寂歷中。
累重每違強仕志，氣疲常廢讀書工。
昔時樂事隨流水，此日幽懷託爨桐。
清磬一聲香一炷，蒲團睡著契禪宗。[60]

詩中似乎呈現充滿憂傷寂寞與體衰之氣，「昔時樂事隨流水，此日幽懷託爨桐」，因此只有將幽懷寄託於古琴之中。其所謂「幽懷」指的是什麼呢？是同治三年官司纏身？是同治四年的染病？是五年其師林緬善（印初）及好友徐宗幹相繼過世？回憶過去種種，充滿無奈，只有寄情於彈琴，對琴傾訴，抒發心中的憂懷，而占梅對琴的依賴程度，可見一斑。

55 〈午後即事〉，第4卷第35首，頁10。
56 〈偶述其二〉，第9卷第4首，頁3。
57 〈遣愁〉，第5卷，第110首，頁86。
58 〈秋深夜吟〉，第5卷第136首，頁42。
59 〈偶成〉，第5卷第117首，頁88。
60 〈遣懷〉，第8卷第41首，69頁。

（2）可做清談友、結盟交

占梅彈古琴，與古琴朝夕相處日久，認為可以當他的「清談友」，透過彈琴，無拘無束的傾訴自己的看法，任意高談論說，這是把樂器擬人化了，當成交情深厚的朋友。如〈遣興〉詩：「七絃琴當清談友，一卷書為引睡媒」、[61]〈園中消暑〉詩：「瑤琴石上清談友，此際尤宜操水仙。」[62]

人與人之間的相處，如能彼此真情相待，交情必日漸深厚，當到了可以相互交心之時，便可成為生死之交，而占梅由於日日彈琴，時時與古琴相互為伴，竟能對古琴產生依戀之情，將感情全部投射，願意與古琴結盟託付終生，這份真情實令人動容，如〈鳴琴曲次朱竹垞先生聽韓七山人彈琴原韻〉云：

盟交願與託始終，一生伴我閒園裡。
晚晴抱向池前鳴，引出波中雙金鯉。[63]

尤其〈撫琴〉詩更是描述他與古琴的相處已到了朝夕不離的情狀：

朝遊共一輿，夜眠共一衾。辰夕永不離，生死盟誠忱。[64]

占梅在此詩中，描述自己與古琴出遊必共一車，夜晚入眠時還共一衾被，如此深厚的感情，已經可以相互結生死盟，表達彼此的衷忱。這兩首詩的傾訴，實深深打動讀者的心。

（3）可以悟道參禪

占梅彈琴，由於對於琴道的悟性很高，能用「心」去彈琴，漸漸地能從

61 〈遣興〉，第1卷第99首，頁46。
62 〈園中消暑〉，第2卷第55首，頁27。
63 〈鳴琴曲次朱竹垞先生聽韓七山人彈琴原韻〉，第5卷第95首，頁82。
64 見「臺彙本」第3卷第153首，頁232。

琴音體會出「中庸道」、「參道味」、「生妙悟」，是極為難能可貴的，如〈閒興其三〉：「琴心漸會中庸道，詩學難參上乘禪」、[65]〈曉興〉詩的「覓句得靈機，鳴琴生妙悟」、[66]〈遣興〉詩的「靜撫琴絃參道味，嚴持詩律比僧規。」[67]

以上三首是咸豐二年至咸豐六年所作，時年三十二歲至三十六歲，他已能體會中庸之道和參道味，對道產生高妙的體悟，這是彈琴者的最高境界，足見占梅在中年時已能自我提昇。

綜上所述，占梅之所以愛好古琴除了外在家學與環境影響外，實多緣於內在的因素，如天性即喜愛，淡泊個性與古琴相契合，彈琴的多項功能，在在使他將心靈感情寄託於撫琴中，以得到超越與提昇。

（三）占梅譜成的琴樂生活

林占梅喜愛彈古琴，與古琴意趣相契合，因此他很懂得藉彈琴來譜成特有的琴樂生活，每日浸淫其中，充分享受這份彈琴的樂趣。他更了解情境對彈琴的境界提昇的重要性，因此特別喜愛在清風明月之夜彈琴，所搭配的背景可能是梅花、蘭花、書香，或是竹林、松間、梧桐下，也可能在幽泉、鳴澗旁，配上煮茗、壺酒、爐香；又如果是在晴天朗朗，則樹上有好鳥與琴聲相和鳴，營造出清幽超俗、充滿隱逸閒情的情境氛圍；換言之，每一彈琴之景，都是一幅幅充滿詩意的圖畫，呈現生活藝術之美。

占梅撫琴的時間以在月明之夜為最多，讀其詩篇便可證之。在皎潔明亮的月光陪伴之下，情境顯得更幽靜，人的心情也較能沉靜下來，也最能引人遐思，此時最適合彈奏音調泠泠的古琴。舉例如下：

---

65 〈閒興其三〉，第2卷第24首，頁10。

66 〈曉興〉，第4卷第16首，頁5。

67 〈遣興〉，第4卷第19首，頁5。

1 清風明月煮茗香

占梅的〈月下彈琴〉詩云：

佇月坐焚香，孤琴欣靜境。纖雲淨大虛，露浥冰絃冷。
漱玉濺寒流，鳴鐘遞遙嶺。神曠曲欲終，數聲更清警。[68]

不僅有明月相伴，加上焚香的煙霧繚繞，使情境更靜謐，無論彈任何曲調，都令他有清警之感。

占梅喜愛品茗，常以玉川為例，有詩云「玉川自適詩兼茗，清獻香隨鶴與琴」，[69]又云「平生酷嗜無如茗，到處相隨只有琴」，[70]其〈山房晚興〉：「張琴邀月聽，煮茗倩風吹。」[71]可見品茗也是他生活中的另一不可或缺的嗜好與享受，因此月下彈琴之時，總喜愛煮茗烹茶，以茶香助興。占梅詩中提到一面彈琴，一面煮茗的詩很多，如〈新秋夜作〉：

煮茗臨風坐，攜琴伴月眠。竹根通暗水，松際帶微煙。
戲水魚鱍鰗，巡堤鶴蹁躚。此時思詩美，正值泬漻天。[72]

詩中呈現的是清風明月茶香，以松竹為背景，只見魚戲池中發出鱍鰗水聲，白鶴巡堤，姿態輕盈優美，不禁牽動詩思，美句迭出，此時攜琴伴月而眠，營造出既清幽閑靜及又具動態之美。又如〈己愧〉：

---

68 〈月下彈琴〉，第2卷第101首，頁42。

69 〈一春〉，第5卷第30首，頁62。玉川，指玉川子，即唐朝盧仝，少有才名，早年即隱居嵩山少室山，拒絕為官。詩風奇詭險怪，人稱「盧仝體」，〈月蝕詩〉是其名作，有《玉川子詩集》傳世。好飲茶，其〈走筆謝孟諫議寄新茶〉人稱「玉川茶歌」，與陸羽茶經齊名。盧仝（2007年9月29日）：https://zh.wikipedia.org/zh-tw/%E5%8D%A2%E4%BB%9D

70 〈朝朝〉，第6卷第70首，頁48。

71 〈山房晚興〉，第3卷第243首，頁82。

72 〈新秋夜作〉，第3卷第178首，頁63。

拂檻清風摧煮茗，窺窗皓月伴敲詩。

高情復到幽篁裏，膝上琴調興自怡。[73]

以上二首煮茗詩，都不外乎清風徐來，不僅有助於煮茗，還能幫助吟詩覓句。詩中將明月照窗擬人化，好似月兒在窗外窺探，陪伴他推敲詩句，空氣中飄著淡淡茶香，沁人心脾，此時一面在竹林中彈琴自怡，興味盎然，營造出一片充滿閒情雅趣又幽美的境界。

2 月夜泉聲梅花影

占梅喜愛梅花的孤高澹泊，又受到林逋「梅妻鶴子」的影響，常不惜重資購買梅花，遍植潛園中，且建有梅花書屋。其詩彈琴詠梅篇章頗多，每當月夜人靜之時，一面欣賞梅花，一面鳴琴，如〈月下賞梅〉：

宵深明月來，送上梅花影。……趺坐自鳴琴，雅趣靜中領。[74]

其〈清宵〉詩：

清宵塵跡罕，虛室轉幽深。梅影窓前月，泉聲案上琴。[75]

每當清宵幽深之時，占梅在窗前月下，一面欣賞梅花，一面彈琴，此時和著泉聲淙淙，意境幽雅，兼具靜態與動態之美。

其〈園中梅花盛開作詩賞之其二〉詩：

巡檐鎮日凍頻呵，陣陣風香拂面過。

桃李手姿冰作蕊，虬螭骨格鐵為柯。

---

73 〈清夜池窓即事〉，第5卷第30首，頁9。

74 〈月下賞梅〉，第4卷第6首，頁2。

75 〈清宵〉，第5卷第9首，頁56。

間園竹閣人同品，流水溪橋客獨訛。

自把絲桐三疊弄，宵清偏受月明多。[76]

同樣在清宵月明之時，梅花香氣陣陣吹來，占梅一面賞梅，一面興致正濃，把琴彈弄三疊。

所謂花前月下，乃良宵美景，此時於亭臺樓閣池榭，配上小橋、流水，最適合彈琴，因此占梅〈偶成〉詩云：「閒抱瑤琴花裡去，眾香世界月華多」，[77]〈月夜勝賞〉云：「對月賞名葩，移蘭傍綠綺」，[78]在所欣賞的蘭花旁彈琴。最美的是「池前琴韻泉鳴處，花罅書聲月上時」，[79]當月兒初上時，淡淡的花香、琴聲、泉聲加上朗朗書聲，其音至美，充滿雅趣。

以上所述為占梅在靜謐地月夜中彈琴，享受著清風徐來、煙霧繚繞、茶香撲鼻或梅花疏影，泉聲淙淙，占梅可謂善於營造彈琴的清幽雅靜的情境。

然而在天氣晴朗的白天彈琴，則又有全然不同的情境，潛園中景致幽美，有亭、臺、樓、閣、池、榭、軒，還有小橋、流水、土邱、小舟……等，具有江南庭園的格局，美不勝收，因此在白天的時光彈琴，於視野上自可謂滿眼綠意盎然，姹紫嫣紅，令人賞心悅目，不論是清晨、午後、傍晚時分或春來、夏至、秋涼、臘冬，都各有一番景致。

3 綠蔭冉冉、好鳥和鳴

清晨之時，占梅作〈池樓曉興〉有云：

綠蔭冉冉蔭池樓，坐愛晴窗曉望收。

花氣香涵朝露潤，琴音清帶夜泉幽。[80]

---

76 〈園中梅花盛開作詩賞之其一〉，第6卷第1首，頁1。

77 〈偶成〉，第4卷第38首，頁11。

78 〈月夜勝賞〉，第5卷第125首，頁41。

79 〈家風〉，第6卷第75首，頁50。

80 〈池樓曉興〉，第5卷第44首，頁13。

當春日天氣晴朗，清晨起來，靜坐池樓窗前，只見樓前一片綠蔭，冉冉掩映，美景盡收眼底，空氣中瀰漫著花香，花香涵潤著朝露，此時的琴音如夜泉般的清幽。詩中呈現一片綠意、花香交織的畫面，藉著清幽的琴音點染，別有一番趣致。

此時如有鳥聲與琴聲相和鳴則更佳，其〈新竹篇〉描述云：

> 春風解籜時，翠葉曳蒼莽。秀色如可餐，幽陰漸舒廣。
> 設榻傍猗猗，吟情憑俯仰。好鳥相和鳴，橫琴對欣賞。[81]

新竹方脫筍殼，翠葉搖曳生姿，有如秀色可餐，令人心情舒暢，乃設榻於長得直挺又茂盛的綠竹旁，隨興吟詩，此時鳥聲婉轉，乃撫琴與之相互和鳴，畫面呈現一片綠意盎然，鳥聲琴聲交織和鳴，呈現聽覺與視覺之美，令人悅耳舒爽，占梅真善於藉美景彈琴，享受生活的雅趣。

4 佳景當前琴興起

又當春天已盡，進入初夏之時，午睡乍醒起身，占梅又是如何藉琴排遣？其〈初夏園樓午興〉云：

> 樓頭風好披襟快，城角山高縱目寬。
> 浴鴨戀池知水煖，鳴蟬左樹覺春殘。
> 睡餘斜倚畫欄杆，撐體衣輕愛素紈。
> 坐對神清琴興起，南薰一曲喜頻彈。[82]

占梅在園樓午睡初醒，涼風陣陣吹來，縱目欣賞城角的高山風景，令他眼界一寬，俯瞰只見游鴨浴戲於池中，耳聽蟬鳴左樹，頓覺春天雖已不再，

81 〈新竹篇〉，第1卷62首，頁33。

82 〈初夏園樓午興〉，第2卷第13首，頁50。

然所見景致仍令人心曠神怡，「睡餘斜倚畫欄杆，撐體衣輕愛素紈」，描寫剛睡醒時的情狀，十分生動，此時身著輕衣，斜倚欄杆，此情此景，頓覺神清氣爽，引起彈琴雅興，於是彈奏所喜愛的〈南薰〉曲，一遍又一遍，趣味盎然。占梅自我營造的情境是初夏的好風、所見遠山、浴鴨、聽蟬鳴，足以使他神清氣爽，乃彈奏南薰曲，將這些美景點染，也作一連結、串聯，仿如畫龍點睛，使得彈琴的畫面生動起來。

同樣是午後初醒，占梅也有不同的彈琴情境。其〈池軒午興〉：

瀟灑池軒上，清風午夢蘇。渠迴泉韻遠，雲過樹陰無。
歠茗間澆慮，鳴琴坐結趺。翛然雙白鶴，盡日總依吾。[83]

占梅在池軒上瀟灑自在的午睡，清風吹拂而醒，只見水渠迂迴，泉聲悠遠，白雲飄去無樹陰，一片清朗，乃先品茗澆除一切憂慮，而後趺坐撫琴，此時一對逍遙自在的白鶴，總是整日陪伴在身旁，這是一幅何其溫馨幽美的畫面。

其〈園軒偶興〉云：

高軒對遠岑，四顧豁塵襟。梅花横窓瘦，篁幽繞徑深。
玉壺春煮茗，石几晝鳴琴。坐久生詩思，揮毫復朗吟[84]

當來到園中高軒，面對遠山，舉目四望，使得心情豁然開朗，尤其看到園中梅花橫窗顯瘦，環繞幽竹的小徑顯得深遠，對此美景當前，於是煮壺茗茶，坐在石几上彈琴，詩興頓起，一面揮毫一面朗吟詩句，真乃一大享受。

傍晚時分，時為臘冬，夕陽將西下，占梅與夫人攜琴、領鶴來到浣霞池旁的梅樹下，欣賞梅花，二人相互吟詠彈曲，流露出夫妻間的濃情蜜意，充分享受彈琴與白鶴相陪的樂趣，極富生活雅趣。其詩曰：

83 〈池軒午興〉，第6卷第28首，頁8。

84 〈園軒偶興〉，第5卷第16首，頁58。

瓊樹橫斜映水菲，白如步幛絳如幃。
律回香自寒中放，歲閏春從臘底歸。
按曲互彈聞疊疊，拈花共咏笑微微。
即今幽趣方池畔，領鶴攜琴興不違。[85]

詩中描寫占梅與夫人如何襯著夕陽美景，在池旁欣賞梅樹枝幹橫斜倒影池中，白梅紅梅如步幛、如幕幃般，隨水波浮動，梅花香氣綻放，透露著春日將回，此情此景，夫妻二人按曲互彈，拈花吟詠，領鶴在旁相陪，讓詩人感到興味盎然。

林占梅深愛古琴，彈琴在他的園林生活中，占有極大部分的時間，彈琴與寫詩一樣，需要有幽美的情境，以培養最佳的情緒與靈感，才能達到怡情養性，最終心神合一的移情效果。因此占梅很注意情境的營造，在時間上不論是白天的清晨或午後、傍晚，或是夜晚的月下，或是春、夏、秋、冬四季，他很善於運用潛園的自然情境，如梅花、蘭花、菊花、竹林、松間、山澗、幽泉，搭配煮茗、焚香以及鳥鳴、白鶴相陪，在空間上，可以在幽雅寧靜的別業、樓閣、園池、軒亭、溪畔、山房，藉著彈琴的點染，交織呈現一幅幅幽美閒靜的圖畫，譜成屬於個人風格的潛園琴樂生活，呈現生活藝術之美，使他忘卻人世間的憂煩愁悶，充分享受人生樂趣，因此詩興油然而生，所以能寫出許多可傳頌的好詩。

四　林占梅與養鶴

（一）中國文化中的白鶴意蘊

提到養鶴，不能不提及中國人與鶴的淵源以及中國的養鶴文化。

---

85 〈日色將西，寒威稍殺。偕荊人攜琴領鶴，吟彈遊賞於水濱梅下。清興悠然即成一律，時臘月二十有五日也〉，第5卷第166首，頁52。

鶴在動物分類學上是鳥綱鶴形目的鶴科，多分布於歐亞大陸和非洲大陸。中國書籍最早提到鶴的書，是《詩經》〈小雅・鶴鳴〉:「鶴鳴於九皋，聲聞於野。魚潛在淵，或在于渚。」這是一首招隱納賢的詩，描寫鶴在沼澤深處鳴叫，聲音可以遍及遠郊與天際，藉鶴代表民間賢者的清音，君王應招納用之，以為輔佐。詩中只描寫鶴的聲音高亢宏亮可以傳達很遠，以及其所象徵的意義，對於外表型態並未多做描述。

而中國人養鶴最早的記載是《春秋左傳》閔公二年，約在西元前六六〇年前，記述衛懿公喜好養鶴，出門給鶴坐車，並封有祿位，可知其愛鶴的程度。狄人伐衛，兵士認為鶴有祿位，地位比他們高，應令其出戰，不肯為他賣命，衛懿公終於因好鶴而亡國。這是中國歷史上第一個因養鶴而亡國的記載。而後《西京雜記》記載：約在西元前一五〇年，漢景帝之弟梁孝王喜愛養鶴，在宮中建有雁池，池中有鶴洲鳧渚，常在園中與賓客飲酒作賦，可見早期養鶴都是官宦帝王之家才有能力飼養賞玩。《世說新語》〈言語〉記載晉朝的支遁好鶴而使其飛去的故事。至唐代以後社會養鶴風氣盛行，已經擴散至士大夫階層，文人都愛養鶴，《毛詩義疏》記載：「吳人園中及士大夫家皆養之」，詩人白居易曾養有雙鶴，可知當時養鶴已經成為中國傳統讀書人流行的風尚。

但是中國讀書人愛養那種鶴呢？根據記載，在中國境內有分布有九種鶴，常見的有丹頂鶴、白鶴、灰鶴、白枕鶴、蓑羽鶴，究竟哪一種鶴深得士人喜愛？這是一個有趣又值得探討的問題。其中以丹頂鶴最為有名，據知其身長約一百四十公分，嘴黃色頭頂為朱紅色，額、頰、頸兩側為灰黑色，身體為白色，腿和腳亦是灰黑色。古人對於描述丹頂鶴的書很多，如明代王象晉有：

> 首至尾長三尺，首至足高三尺餘。喙碧綠色，長四寸。丹頂赤目，青頰青腳，修頸高足，……頸黝黑帶。

把丹頂鶴的形態描述十分生動。

復據《西京雜記》記載，漢景帝時的文人路喬如作〈鶴賦〉讚頌梁孝王的鶴，詞藻優美，從其描述鶴的體色「白鳥朱冠」，可以證明梁孝王所養的是丹頂鶴。詩人白居易有詩〈池鶴〉描寫養鶴的外表及姿態：「低頭乍恐丹砂落，曬翅常疑白雪消」，特別提到頭上的紅丹和體色如白雪，可知所養的應是丹頂鶴。當白居易奉召入京任秘書監時，將鶴留在洛陽，裴度乃寫「乞鶴」詩，希望能養他的鶴：「聞君有雙鶴，羈旅洛城東，未放歸仙去，何如乞老翁。」白居易並有〈送鶴與裴相臨別贈詩〉作為送別雙鶴的叮嚀與期望，可見白居易愛鶴之心情。

從古代畫鶴圖中，唐代周昉畫「簪花仕女圖」，描繪貴婦注視丹頂鶴，其長裙也繡有丹頂鶴的圖案，都可證明所養的鶴是丹頂鶴，顯現當時社會養鶴愛鶴的風氣。因而從南北朝至宋明間，發展出一套相鶴經，是教人如何相鶴的書，如王安石修本《浮丘公相鶴經》，談相鶴的標準都是「瘦頭朱頂」、「頂丹頸碧，毛羽瑩潔」，書中指出如欲養鶴，丹頂鶴是最好的品種，更可以推測歷代皇室或士大夫所圈養的鶴，應該都是丹頂鶴，文人詩篇所寫的鶴，都是丹頂鶴，從歷代留下來的圖畫也可得到證明。[86]換言之，只有丹頂鶴受到中國皇室和文人的喜愛，牠已被融入道教、藝術、文化、建築和日常生活中，成為寡欲、高雅、幸福與長壽的象徵，民間則將其圖像作為祝賀與吉祥的禮品，賦予豐富而高雅多采的內涵，因此形成所謂的「丹頂鶴文化」。[87]

丹頂鶴（Grus japonensis）又名仙鶴，屬鶴形目鶴科，是一種涉禽，生活於荒野濕地，分布於中國東北黑龍江、松花江、遼寧省的沼澤濕地，以及江蘇省鹽城。就鶴外型而言，體色除頭頂有一塊丹紅外，黑白分明，分配勻稱，氣宇軒昂，形態美而不媚，體色潔白亮麗，姿態優雅閒適，舉止穩重自如，飛翔時矯健輕盈而美，顯得樸質、高貴、典雅，[88]因此頗得到一般人喜愛，尤其是中國傳統文人雅士。明代開始將朝廷命官一品官服裝的補服圖案規定為丹頂鶴，象徵它的地位與權力，牠受到的尊崇僅次於龍鳳。

86 顏重威：《丹頂鶴》（臺中市：晨星出版公司，2002年），頁137-144。

87 顏重威：《丹頂鶴》，頁136-155。

88 顏重威：《丹頂鶴》，頁168。

由於丹頂鶴自身稟賦高潔的氣質與優雅閒逸的舉止，正符合文人講究修身養性，喜愛以廉潔自詡、以君子自居的特性，因此把牠視為仁人君子，或自身清高、超逸人格的代表，因此寫下大量詩文和繪畫，藉以表達他們的心境與思想，抒情述志，以表達自己高潔、豪情、閒逸、憤慨與哀愁，如唐代詩人就有很多詠鶴、悲鶴詩。因此文人養鶴的目的，不外乎可以觀察牠的形態、神態、舉止，聽鶴鳴、觀鶴舞，或進一步從中得到思想上的啟發，或作為修心養性的一種方式。[89]由此可以推斷林占梅所養的鶴的品種應該也是丹頂鶴，當欣賞他的詩時，自然也會呈現優美閒逸的鶴影形象。

侯迺慧的《詩情與幽靜──唐代文人的園林生活》書中，敘及鶴自古以來就是仙禽的代表，通稱仙鶴，在壽星圖上，必定有仙鶴。文人養鶴之風至唐代最為盛行，唐人喜於園林中養鶴，象徵園林為隱遁之地，為仙人之境，而自己是高人、清士、得道仙人，成為文人心目中自我形象的最高境界。[90]所以宋代有「梅妻鶴子」之稱的林和靖，隱居於西湖孤山園林中，就成為讀書人稱讚羨慕的對象，林占梅當然也深受影響。

林占梅喜愛鶴，他以「鶴珊」、「鶴山」為字，並自號「巢松道人」，即有以鶴自況的意味，並在潛園建有「放鶴亭」，可見他對鶴的喜愛，且情有獨鍾。再從《潛園琴餘草》詩集觀之，約有七十首詩的內容提到琴與鶴，以琴鶴充分營造清雅出世的幽境，有二十餘首詩單獨詠鶴，描寫鶴在潛園中的生活情形，從詩中看到他從買鶴、養鶴，與鶴朝夕相處，漸漸進入觀鶴、調鶴，與鶴密切互動，因而培養出人鶴之間深厚的感情。茲將林占梅喜愛養鶴的淵源，分析如下：

---

89 顏重威：《丹頂鶴》，頁147、168。

90 侯迺慧：《詩情與幽靜──唐代文人的園林生活》（臺北市：東大圖書公司，1991年），頁254。

（二）林占梅愛鶴的淵源

1 中國傳統讀書人愛好的影響

一般人養寵物屬於一種休閒活動，基本上，其目的不外乎在生活上可以供賞玩、作伴，可以調適身心，使生活添增樂趣，如養鳥、貓、狗、魚……等，都具有今日所說的「療癒」功能，也漸漸成為人們感情依附及心靈寄託的對象。事實上林占梅也養貓、養犬、養魚，都是基於這些功能，例如他在〈寒夜病中偶遣其二〉詩提到「守關門外犬，挾纊被中貓」，[91]寫犬守門外，貓則陪他在絲被中睡覺；〈夜臥以一貓暖足戲占〉詩：「臥側更無猜，貓奴容酣睡」，[92]貓可以伴眠幫他暖腳，可見其功能和趣味，並不僅是抓老鼠。但是占梅養鶴的原因則與一般養貓犬大不相同，畢竟鶴是一種珍禽，非一般百姓家所能養，因此他的愛鶴養鶴，實是源自於中國傳統讀書人愛好的影響。如前所述，丹頂鶴氣宇軒昂，姿態優雅閒逸的形象，令人感受到悠閒的情趣，所以受到文人的喜愛。更由於牠高潔的特質，文人把牠視為仁人君子，或用來比喻自身清高、超逸人格。鶴又象徵自由自在，閒逸高雅，因此養鶴成為讀書人的心中理想的投射，而身為傳統讀書人的林占梅，無形中受到中國傳統讀書人愛鶴的影響，鶴的形象特質已深深的潛藏烙印在他的腦海中，一旦遇到機緣，必然會直接去完成理想願望。

2 嚮往林和靖的隱逸情懷

林占梅之所以愛鶴、養鶴，基本上是源自天性和中國傳統讀書人的影響，但是直接的原因是有意效法有「梅妻鶴子」之稱的林和靖。他於咸豐七年（1857）作〈園亭寫興示諸友人二十四韻〉詩，描述潛園中的美景和豐富的興味，就明白表示他是因追隨林和靖而養鶴，因仰慕俞伯牙而彈琴，詩

91 〈寒夜病中偶遣其二〉，咸豐八年，第5卷第149首，頁98。

92 〈夜臥以一貓暖足戲占〉，咸豐八年，第5卷第150首，頁98。

云：「養鶴追和靖，鳴琴慕伯牙」，[93]詩中之「和靖」，即是說明他的養鶴是追隨林和靖。

林和靖（967-1024），名逋，字君復，錢塘人（今浙江杭州）。北宋著名詩人。出生於儒學世家，天性孤高自好，喜恬淡，不趨名利。早年曾遊歷於江淮等地，後隱居於西湖孤山，終身不仕，亦未娶妻，以種植梅花與養鶴自娛相伴，以梅為妻，以鶴為子，人稱「梅妻鶴子」。宋真宗聞其名，賜粟帛，詔長吏歲時勞問，逋答以只宜青山綠水。逝世時，仁宗賜諡「和靖先生」，後世遂以「和靖先生」稱之。[94]後人輯有《林和靖先生詩集》。林逋作有詠梅詩〈山園小梅〉，其中名句「疏影橫斜水清淺，暗香浮動月黃昏」為後世所傳誦。

占梅天性恬淡，不趨好名利，和林逋極為相似，十四歲隨岳父黃驤雲暢遊大陸，走過大江南北，曾遊姑蘇、西湖，尤其喜愛西湖。咸豐三年（1853），因平林恭之亂有功，以道員分發浙江，惜因兵阻未赴任，與西湖有一段因緣。[95]其詩中很多提到「逋仙」、「老逋」、「老梅逋」、「孤山」、「西湖」，都是指林逋，如其詩句如「三生淡泊逋仙宅」、「逋仙有遺鶴」、[96]「橫斜疏影老逋詩」、[97]「吾家況有樓幽處，孤山蹤跡老梅逋」、[98]「携琴抱鶴孤山行，補種梅花三百樹」，[99]屢屢流露出對林逋人品的仰慕和隱逸西湖孤山的情懷與風雅，占梅在青草湖建有別業，取名孤山，可見深受林逋影響。其詩〈讀姜西銘竹枝詞，因次其韻漫題二首〉云：

---

93 〈園亭寫興示諸友人二十四韻〉，咸豐七年，第5卷50首，頁15-16。

94 參見《宋史》〈林逋傳〉，卷457。

95 〈悲歌行〉：「錢塘筮仕為西湖（余以道員分發浙江），前輩風流慕白蘇。吾家況有樓幽處，孤山蹤　跡老梅逋。」第7卷第18首，頁6。

96 〈鳴鶴篇學白傅體〉，第6卷第85首，頁53。

97 〈園中梅花盛開作詩賞之其一〉，第6卷第1首，頁1。

98 〈日色將西，寒威稍殺。偕荊人攜琴領鶴，吟彈遊賞於水濱梅下。清興悠然即成一律，時臘月二十有五日也〉，第5卷第166首，頁52。

99 〈悲歌行〉，第7卷第18首，頁6。

為官我愛古杭州，得向西湖日日遊。
準備奚囊詩百首，孤山勝處快淹留。[100]

又云「無家況有孤山在，終老林泉更合宜」，則[101]有意學林逋在孤山隱居。林逋一生惟喜植梅養鶴，終生不仕不娶，梅花、白鶴都是高潔的象徵，對占梅而言，也是以高潔超俗自許，因此在「潛園」廣植梅花，養白鶴為伴自娛，因此他的養鶴，應是直接受到林逋的影響。咸豐四年（1854）曾寫〈贈鶴〉詩：

園林盡日共翩翔，長唳聲高徹九天。
栖愛蒼官呈畫本，步依青士入詩篇。
佐卿化去身應健，丁令歸來骨已仙。
我是孤山同一脈，歲寒相守實前緣。[102]

此詩特別贈給所喜愛的白鶴，稱讚白鶴「園林盡日共翩翔，長唳聲高徹九天」，可自由翱翔，鳴叫時聲音可以穿徹九霄，何等孤高自在，令他羨慕，「我是孤山同一脈，歲寒相守實前緣」，認為自己和林和靖都具有同樣的心志，同樣愛鶴養鶴，點出他之所以能夠與鶴歲寒相守，實是前生因緣具足。

3 天性恬淡孤高與鶴的特質相契合

林占梅個性恬淡，不慕名利，他將精心興建的亭園命名為「潛園」，可見他欲韜光養晦、潛藏於世的天性。咸豐二年（1852）作〈雙溪觀石竅泉晚歸燈下作示同遊諸友〉中勾勒出人生最終的理想是，有一天能拋棄功名，帶著琴與鶴隱居在如桃花源的山谷中，詩云：

100 〈讀姜西銘竹枝詞，因次其韻漫題二首〉，第6卷第71首，頁49。
101 〈感懷〉，第6卷第45首，頁14。
102 〈贈鶴〉，第3卷第262首，頁89。

雨過月朗空山靜，榻上焦桐慰幽獨。
我思就隱水雲鄉，結契煙霞意味長。
祉因未了顯揚願，尚有黃梁夢一場。
一場塵夢渾如寄，豈甘久作風塵吏。
他年琴鶴谷中來，耕讀為家始心遂。
男婚女嫁向子年，桐帽棕鞋任遊戲。
日暮高歌乘興還，者番淤樂信難攀。
我笑路人輸我閒，君不見桃花流水杳然去，別有天地非人間。[103]

「他年琴鶴谷中來，耕讀為家始心遂。」正是他心中人生理想的歸宿。

咸豐八年（1858）林占梅在潛園的香石山房享受品茗之樂，作〈香石山房煮茗寫興〉，詩云：

掃地聞香俗念輕，翛然時見此心平。
詩宗白傅言多達，琴學嵇康韻自清。
澹泊家風梅與鶴，迴環地勢竹依城。
滿園無限幽奇處，都是騷人結構成。[104]

詩中提到他特別喜愛梅花與鶴，以他們的澹泊精神作為家風，梅花象徵孤高正直，白鶴象徵孤高、優雅、高潔，二者都呈現超凡脫俗、澹泊高風的特質，實際上正代表著自己的個性。由於鶴的特質與林占梅恬淡孤高的個性相契合，藉養鶴可以寄託他淡泊的性情。其〈一春〉詩中甚至將鶴許為知音，詩云：

103 〈雙溪觀石竅泉晚歸燈下作示同遊諸友〉，第2卷第28首，頁12。
104 〈香石山房煮茗寫興〉，第5卷第159首，頁101。

玉川自適詩兼茗，清獻香隨鶴與琴。

莫道長翔孤介癖，人生難得是知音。[105]

林占梅詩常以「清高」稱讚白鶴，云「最愛清高雙白鶴，松間翹足聽鳴琴」，[106]又云「澹宕雲依岫，清高鶴在松。名心消短褐，遊興寄孤筇。」[107]足見在他心目中，白鶴代表人品的「清高」，這正是占梅個人理想的超逸人格特質，亦即鶴所散發的幽雅閒逸的特質，觸動他的內在心靈，由於受到白鶴的感染，使他可以放下俗慮塵心，因此當他看到最喜愛的白鶴，會使他陶然忘機，忘記俗世的玩弄機巧，超然物外，其詩云：「最愛忘機雙白鶴，敲詩隨步竹林間。」[108]又云：「更愛微吟亭外步，忘機老鶴似相陪。」[109]白鶴提高了他的心靈境界。所以占梅不惜花費鉅資買鶴、養鶴，即使是「養鶴粮多每指囷」，[110]對他而言也是一筆不小的開銷，然而鶴所象徵的清高澹泊的特質，與他的天性相合，使他在精神上得到的慰藉與寄託，可以說是無價的。

（三）林占梅的養鶴時間

至於林占梅何時開始養鶴，詩中並未明言，那麼他何時開始養鶴？從《潛園琴餘草》中可以稍作追溯。詩集中最早提到鶴的詩是第一卷，此為卷為道光二十七年至咸豐元年（1847-1851）間的作品，約在占梅二十七歲至三十一歲間，詩中出現「鶴」字有三首，第一首〈蓮峯先生代購古琴並惠手書賦詩誌感〉，對好友蓮峯先生代購古琴表達欣喜感激之情，全詩云：

---

105 〈一春〉，第5卷第30首，頁62。

106 〈清齋即事〉，第3卷第155首，頁53。

107 〈有懷山居友人〉，第4卷第41首，頁12。

108 〈寫興二絕〉，第5卷第149首，頁45。

109 〈園齋即事其二〉，第5卷第60首，頁72。

110 〈癖好笑述〉，第5卷第93首，頁30。

忽報榕城烏使還，瑤琴華翰喜雙頒。
佳言滿幅珠璣燦，彝器橫牀錦繡斑。
白鶴朱霞頻想像，暮雲春樹切追攀。
松牕三弄情無限，夜靜香飄月一灣。[111]

在這首詩中第一次出現白鶴，所云「白鶴朱霞頻想像，暮雲春樹切追攀」，表露他常常期盼擁有古琴，有如對雲中白鶴和半天朱霞高潔超俗特質的嚮往，又如對春天之樹、日暮之雲般的殷切追想。此詩之白鶴僅是對古琴期盼的比喻，雖與占梅養鶴無關，卻也看出白鶴在他心目中的地位。

第二首〈伏後天時漸爽，微雨初過夜氣既清，與籲雲先生露坐庭中，隨筆率成十二韻〉云：

竹影時濃淡，蘭香似有無。攜琴彈落雁，倚枕聽啼蛄。蛙鼓高低奏……露氣浮如霰，星光耀若珠。更深群動息，松鶴對清臞。[112]

詩中提到他與好友曾籲雲（驤）露坐庭園中，由內容的描述有竹影、蘭香、蛙鼓，皆是庭園之景，尤其是「松鶴對清臞」句，可證明在庭園中才可以種植松樹，才能養鶴，與松鶴相對而視。據學者研究考證，潛園的建築，於其先祖紹賢時期即已開始營造，然正式大規模興建，是在道光二十六年（1846）占梅開始掌理主持其祖林恒茂家業以後的道光二十九年，[113]因此占梅開始養鶴可能在道光二十七年至咸豐元年之間。

第三首〈西圃〉詩云：

111 〈蓮峯先生代購古琴並惠手書賦詩誌感〉，第1卷第37首，頁27。

112 〈伏後天時漸爽，微雨初過夜氣既清，與籲雲先生露坐庭中，隨筆率成十二韻〉，第1卷第96首，頁45。

113 徐慧鈺：〈構得潛園堪寄跡，十年樂趣在林泉——談林占梅的園林生活〉，《竹塹文獻雜誌》第13期，1999年11月，頁63。

築圃編籬傍水隈，批襟鎮日自徘徊。
七弦琴當清談友，一卷書為引睡媒。
破悶亭前調鶴去，遣懷池上釣魚來。
吾廬今歲多佳趣，繞屋新添幾束梅。[114]

詩中描述他是如何的充分享受撫琴、調鶴、釣魚悠閒的園林生活。由「調鶴」二字，推測也是在咸豐元年（1851）前，即二十七歲至三十一歲間購買白鶴，完成他擁有琴與鶴的夢想。

綜觀林占梅所寫的琴鶴詩與單寫鶴詩，除前述道光二十七年至咸豐元年第一卷的三首詩提到琴鶴以外，自咸豐二年第二卷以後，至同治五年（1866）都有描述（按占梅逝於同治七年），僅咸豐五年、七年、九年未見鶴詩，可見琴鶴與他朝夕相處，相伴一生，自然培養出既深厚又如君子之交的感情。

占梅一生愛鶴養鶴，在如此漫長時間裡，他們是如何相處？如何產生互動？如何產生深厚的感情？又如何培養出「淡如水」般的君子之交？在占梅的生命歷程中，值得深入探討分析，本應在本章進行研究，然為避免前後重複起見，擬於第五章「林占梅的琴鶴情緣」作詳細探討。

五　林占梅的琴鶴情緣

「古琴」是以良木斲製而成的，它本身屬於是無生命的「物品」，但是透過人的彈奏，發出悅耳動聽的聲音，因而使人對它產生欣喜愉悅之情。因為透過琴音，彈奏者會將他的喜怒哀樂的情緒投射到古琴，藉著琴音得到感情的抒發，與琴產生共鳴，可以怡情養性，使生活增添許多趣味。由於相處日久，與古琴之間漸漸也會產生一種難以言喻的感情，可以把它當作抒懷的朋友，排憂解愁，滌除塵慮，甚至視為知音，當成清談友，最高的境界則可

114 〈西圃〉，第1卷第99首，頁46。

以參禪悟道。這種關係和感情，是彈奏者對古琴單向的感情投射與寄託，也是一種依附作用。

至於「白鶴」，是屬於「動物」中的鳥類，它是有生命的。養鶴有如我們今天的養寵物，只要能每天餵養牠、愛牠，與牠互動，讓牠感受到主人的愛，一旦朝夕相處，也能和主人產生深厚的感情，與主人形成相互依附關係，進而成為主人心靈的寄託。養鶴亦是如此，何況鶴是靈性很高的動物，與人相處所呈現物我之間的關係，更是與一般寵物不同。林占梅因愛鶴而養鶴，在日常生活中，常與鶴互動，或調弄白鶴，或隨牠漫步園中，或放鶴自由飛翔，或對鶴撫琴吟詩，抒懷遣憂，以鶴作伴侶；或月下吟詩等鶴歸來，與鶴伴睡；或倚松觀舞鶴，陶然忘機，白鶴幾乎成了占梅形影不離的友伴，對牠有著很深的感情。雖然他們彼此不能對話，然而他們之間的相處，卻也可以如人與人之間的「君子之交淡如水」，意蘊深長，他們彼此的感情依附是雙向的。這個現象，在歷代文人中極為特殊，頗值得深入玩味探討，或許由此更能了解林占梅的內心世界。

然則如何著手深入了解林占梅與琴鶴之間的關係密切、感情深厚？就今日現存資料而言，惟有從其詩集《潛園琴餘草》去研究探討。在第三章「林占梅與古琴」中，筆者已透過三百首琴詩分析，瞭解到占梅藉彈琴增加生活趣味，怡情養性，譜成其特有的琴樂生活，使他能夠抒憂遣懷，甚至與琴結生死盟交，辰夕永不相離。但是他與琴、鶴三者之間形成的關係，可謂形影不離，密切不可分，從七十餘首的琴鶴詩以及二十首單詠鶴詩中即可以詳細瞭解，讀這些詩篇中，可以感受到他與琴鶴的感情深度，瞭解到他們之間能達到如此「物我相忘」的境界，實是彼此緣份具足之故，這就是所謂的「情緣」。以下將分成兩節詳加分析探討林占梅與琴鶴之間的關係。

（一）林占梅與琴鶴的相處情狀

觀林占梅的琴鶴詩中，有時是「琴鶴」並舉，如「琴鶴是良儔」，[115]有

115 〈詠竹得幽字三十六韻〉，第3卷第75首，頁23。

時是琴鶴對舉，如「隨鶴行苔徑，鳴琴咽澗泉」，[116]可以看出在林占梅園林生活中，與琴、鶴三者之間的相處大多是不相分離。至於單詠鶴詩中，有部分描述他與白鶴互動的情形，如〈池前口號〉的「觀魚憑柳坐，趁鶴繞池行。」[117]，〈園居偶成〉的「亭前養鶴時隨步，枕畔堆書每自溫。」[118]〈重入雙溪〉的「放鶴來亭上，尋梅過隴頭。」[119]從這些詩中可看出占梅與鶴互動行為，有調鶴、放鶴、人隨鶴行、鶴隨人行，或主人領鶴攜琴出遊。茲舉例分析之。

1 調鶴與放鶴

占梅於彈琴之後，常逗弄白鶴作為消遣。其調鶴之詩如〈西圃〉：

> 七弦琴當清談友，一卷書為引睡媒。
> 破悶亭前調鶴去，遣懷池上釣魚來。[120]

有時是在午睡方醒後，到松林間一面調弄白鶴，一面欣賞青山，而後彈琴，〈偶成〉詩云：

> 迴廊十二曲欄杆，寶鴨香消午夢殘。
> 每向松間調白鶴，常從成缺看青山。
> 詩懷超處仙心雜，琴韻和時俗慮寬。
> 若問養生何妙術，牙籤萬軸是靈丹。[121]

這種人對鶴的逗弄，雖然彼此無法用語言的溝通，卻可使占梅心情得到調適

116 〈夏至日園亭口號〉，第2卷第16首，頁51。
117 〈池前口號〉，第4卷第7首，頁26。
118 〈園居偶成〉，第8卷第29首，頁39。
119 〈重入雙溪〉，第4卷第53首，頁53。
120 〈西圃〉，第1卷第99首，頁46。
121 〈偶成〉，第2卷第21首，53頁。

與抒解，而白鶴也能感受到主人的愛，感情相互產生交流，無形中加深彼此的感情。

人們飼養寵物，愛牠的方式，不僅要供給食物和水，也需要常常讓牠到戶外活動，以增強體力，使身體更健康。因此林占梅會常放鶴到戶外飛翔，其放鶴詩如下：

> 十畝芳園逸客家，琴書而外有生涯。……放鶴最宜晴晝朗，垂綸恰待夕陽斜。[122]
>
> 結趺撫古琴，偃仰吟小詩。……放鶴向北亭，觀稼過東菑。[123]

放鶴的動作，也能顯示主人對動物的關愛，動物也能感受到主人的愛，彼此感情因此不斷的增溫加厚。藉著調鶴與放鶴互動的體驗，一方面可幫助調適或舒緩詩人長年焦慮的心情，使心靈得到慰藉，一方面也與鶴享受幽雅閒逸的生活樂趣。

2 隨鶴漫步或愛鶴隨行

占梅平時喜愛在潛園中散步，當他看到白鶴在園中漫步，會隨鶴步行，隨著鶴行苔徑、繞過長堤、池塘，或漫步竹林間、橋南、迴廊、繞過欄檻，這時主人是無目的的、是隨興的、是忘我的，是以白鶴的意志為意志，隨鶴遊遍潛園，情狀各有不同。如：

> 觀魚憑柳坐，趁鶴繞池行。[124]
>
> 撫松凭偃蹇，趁鶴步翩躚。[125]

122 〈友人過訪園中即事分韻〉，第3卷第13首，頁4。

123 〈潛園主人歌〉，第3卷第171首，頁59。

124 〈池前口號〉，第4卷第78首，頁26。

125 〈潛園適興六十韻〉，第5卷第55首，頁69、70。

「趁鶴」的「趁」字，有亦步亦趨的意思，這兩首詩是單純描寫占梅隨鶴鶴繞池而行，隨鶴漫步，白鶴姿態輕盈翩躚，人與鶴之間，自由自在，無拘無束，顯得優雅閒逸，一幅幅「人鶴漫行圖」生動如現眼前。

有時是先隨鶴漫步苔徑，而後彈弄古琴，如「隨鶴行苔徑，鳴琴咽澗泉」、[126]「行隨老鶴如良友，坐對名琴當古人」，[127]占梅隨鶴緩行，猶如同陪老友散步。最常見的是，在園林中彈罷琴後，隨鶴漫步遣興，其詩如：

亭前有水琴彌韻，雨後無花竹亦香。
吟趁蟬鳴憑樹久，行隨鶴步繞隄長。[128]
詩情冷澀搜腸出，琴韻和平按指深。
爇燼一爐香篆後，閒吟隨鶴步橋南。[129]
琴餘繞檻吟隨鶴，書罷欹床臥看雲。[130]

占梅彈琴後隨鶴繞長隄、步過橋南、繞欄檻，由靜態改為動態，一方面與鶴互動，增進情感，一方面可以鬆弛筋骨，邊行邊吟詩，其狀態是輕鬆的，心情是愉悅的，每一幅畫都是饒富悠閒趣致，意境令人稱羨。

不過人隨鶴行，有時人鶴之間也會腳色相互交換，換為鶴隨人行。當白鶴看到主人在園中漫步，便主動跟隨，如「養琴常抱睡，愛鶴每隨行」、[131]「亭前養鶴時隨步，枕畔堆書每自溫」、[132]「最愛忘機雙白鶴，敲詩隨步竹林間」，[133]這是鶴對主人感情的自然依附，與主人產生互動。同治二年（1863），占梅時年四十三歲，就他的人生而言，已步入晚年，白鶴也逐漸

126 〈夏至日園亭口號〉，第2卷第16首頁51。
127 〈寫懷其一〉，第6卷第48首，頁40。
128 〈琴嘯亭乘涼〉，第4卷第51首，頁17。
129 〈曉興〉，第8卷第35首，頁10。
130 〈閒趣〉，第8卷第35首，頁41。
131 〈閒中自述〉，第3卷第204首，頁72。
132 〈園居偶成〉，第8卷第29首，頁39。
133 〈寫興二絕〉，第5卷第149首，頁45。

成長，成為他口中的「老鶴」，稱「老」含有指鶴已長大和對鶴的暱稱，有老友的意味，其詩如「老鶴性已馴，行吟輒相趨」，[134]當占梅行步吟詩時，老鶴仍然會亦步亦趨。更有趣的畫面是，當占梅清晨起床後，白鶴還會「伸頸入虛窗，有如來問訊」，[135]把長頸伸入虛掩的窗中，好像來向主人道早安問好，有如老友的關切，這樣的生動影像，如現在眼前，人鶴之間的感情之深，幾乎已到了物我心靈相通、物我相親的境界。

以上所引述是人和鶴之間相互跟隨，彼此物我相忘的漫步園中，不論是人隨鶴行，或鶴隨人行，人鶴之間可謂「此時無言勝有言」。

3 主人領鶴攜琴遊園

有時主人也會主動「引鶴」、「領鶴」、「攜鶴」，以鶴作為遊伴，陪他於松間漫步，到竹林彈琴。〈已愧〉詩云：

> 松間引鶴當遊侶，竹裡鳴琴稱嬾脾。[136]

有時在月色清明的夜晚，占梅會攜鶴在庭前彈一曲「梅花三弄」，慶賀新買回的梅花，如〈自江南購回各色佳本梅花，繞閣分栽，詩以誌喜〉詩云：

> 林下精魂嘗夢幻，琴中雅操合同參。
> 尤欣月夜桓彝笛，攜鶴庭前對弄三。[137]

有時在黃昏或月夜，占梅帶領著白鶴至園中彈琴、賞花、漫步池塘，或一面撫琴，一面放懷高歌，十分愉悅快樂，如：

---

134 〈曉起偶成〉，第7卷第4首，頁20。

135 〈曉起偶成〉，第7卷第4首，頁20。

136 〈已愧〉，第4卷第44首，頁13。

137 〈自江南購回各色佳本梅花，繞閣分栽，詩以誌喜〉，第5卷第2首，53頁。

茗熟風過檻，琴調月在天。看花兼領鶴，跮踱小池前。[138]

即今幽趣方池畔，領鶴攜琴興不違。[139]

橫琴對撫添香韻，領鶴相陪樂浩歌。[140]

從這三首詩中，可想見主人由於有白鶴陪伴兼彈琴，添增園林賞遊的樂趣，人與琴鶴之間相得益彰，有如摯友般，占梅可謂深得生活品味與雅趣。

以上是人與鶴之間隨意或主動相處的情形。然而有時候，當占梅在整理庭園或欣賞園景、園中散步時，會從倒映在池塘的鶴影、苔徑的鶴爪痕跡，發現白鶴也獨自在附近的橫塘漫步，如：

護花修短檻，繞閣搆迴廊。……急蟲鳴壞甃，獨鶴步橫塘。[141]

園廣行隨意，逍遙聽所之。……波搖魚脫藻，影映鶴臨池。[142]

滿園草木長萋迷，散步扶童當杖藜。……雨餘鶴爪來苔徑，風定蟬吟徧柳隄。[143]

白鶴雖獨自行動，但是活動的地點，仍是在主人附近，使占梅感受到白鶴有意暗中相陪，內心受到感動。又如當主人與客人在潛園飲酒，酒後漫步亭外，一面吟詩，猶能感覺到白鶴就在附近暗中相陪作伴，〈園齋即事其二〉詩云：

更愛微吟亭外步，忘機老鶴似相陪。[144]

138 〈靜處〉，第5卷第79首，頁77。

139 〈日色將西，寒威稍殺。偕荊人攜琴領鶴，吟彈遊賞於水濱梅下。清興悠然即成一律，時臘月二十有五日也〉，第5卷第166首，頁52。

140 〈園中梅花盛開作詩賞之其三〉，第6卷第1首，頁1。

141 〈秋夜偶成〉，第5卷第114首，頁87。

142 〈初晴園中適興即事二十韻〉，第6卷第69首，頁48。

143 〈初晴晚興〉，第8卷第14首，頁35。

144 〈園齋即事其二〉，第5卷第60首，頁72。

老鶴雖因主人待客，不能近身相陪，卻仍在附近相隨。又如當占梅於春日風和日麗時遊玩時，也能看到白鶴的身影，才知道牠暗中和占梅同步行動，如〈春日偶成〉云：

> 草色芊芊柳眼明，春風無恨愜吟晴。
> 遊踪每趁渠頻曲，顧影方知鶴共行。[145]

由以上之引述可知，白鶴雖未得主人相約卻暗中跟隨，可見白鶴對占梅的情感很深，須臾不離，那種心繫主人之情，的確使占梅感到心動。人與鶴間的感情是如此的自然率真，心靈相通，顯得格外珍貴。

4 白鶴喜聽琴聲、能解琴音

白鶴是頗具靈性的動物，占梅平日既是「行吟常伴鶴，坐嘯不離琴」，白鶴天天浸潤於古琴優雅弦樂的環境中，耳濡目染，也喜愛聽占梅彈琴，而且似能解琴音，其詩〈清齋即事其二〉有云：

> 能甘寂寞即知音，塵慮從來累此心。
> 最愛清高雙白鶴，松間翹足聽鳴琴。[146]

此詩說明，當占梅受到俗事煩心時，只有獨自撫琴自我排遣，此時發現一雙白鶴正在松樹間悠閒地翹足聆聽他彈琴，一面陪伴他，使他免於寂寞，一面欣賞琴音，使占梅感動於心，因而把白鶴視為知音，人鶴之間藉琴音取得默契，心神相通。

白鶴聽琴的地點，除了松間以外，有時會主動到窗戶旁，如：

145 〈春日偶成〉，第6卷第20首，頁30。

146 〈清齋即事其二〉，第3卷第155首，53頁。

水迴松菊淨，籬繞竹梅深。躍沼魚驚釣，窺窓鶴聽琴。[147]

魚遊荇渚時驚釣，鶴守牕松夜聽琴。[148]

第一首寫白鶴主動來到窗旁窺探，聆聽主人彈琴，用「窺」字形容極為生動。第二首則是月夜之時，白鶴守在植有松樹的窗戶旁聽彈琴，兩首都是鶴主動去傾聽，可見喜愛上琴音，一方面也是陪伴主人。

占梅見白鶴喜愛聽他彈琴，因此把牠當作知音，彈琴時，也會主動召來白鶴，白鶴成為占梅的基本聽眾，彼此默契十足。如〈園齋雨後其二〉：

洗硯招魚唼，鳴琴召鶴聽。[149]

白鶴不僅喜愛聽彈琴，且能解琴音，聞琴音起舞，這也是鶴與主人之間的自然互動行為。跳舞本是鶴的特性，是鶴的一種情緒宣洩，隨興而起，極為難得一見，可能琴音使白鶴心情愉悅，乃隨之起舞。如：

鶴解聞琴舞，松能避閣欹。[150]

白鶴一雙時飛舞，静鼓瑤琴對暮霞。[151]

總之，以上所寫「松間翹足聽鳴琴」、「窺窗鶴聽琴」、「鶴守牕松夜聽琴」、「鶴解聞琴舞」、「白鶴一雙旋起舞」，描述白鶴聽琴的狀態與反應，十分生動，那種場景，如現眼前，每一首詩都是一幅生動而優美又閑靜的畫，呈現動態與靜態皆美的畫面，又兼具視覺與聽覺之美，令人神往。由此可證實動物也會喜歡音樂的旋律，古人每云「對牛彈琴」，認為動物對音樂無感，不

147 〈漫興〉，第5卷第86首，頁28。

148 〈閒興〉，第7卷第17首，頁16。

149 〈園齋雨後其二〉，第8卷第37首，頁41、42。

150 〈漫興〉，第5卷第56首，頁71。

151 〈讀姜西銘竹枝詞，因次其韻漫題二首〉，第6卷第71首，頁49。

能解樂音，然今人已經科學實驗證明，乳牛聽音樂可以多產，打破古人對動物的誤解；又如臺灣宜蘭明池湖畔的黑天鵝，每聽到樂師吹起黑管，必從彼岸翩翩游來相會，都可以證明動物對音樂的是有感應的。

（二）林占梅與琴鶴的關係

1 為良友、伴侶、知音

林占梅的彈琴與白鶴相處，幾乎佔了日常生活中大部分，他們之間的關係，正如其詩所說的「行吟常伴鶴，坐嘯不離琴」，[152]描述占梅邊行走邊吟詩，常有白鶴隨行相伴，即使坐嘯也必有古琴在旁，琴鶴成了他生活的主體。他與琴鶴之間呈現的事什麼關係？其〈偶興〉即直接指稱琴鶴為朋友，詩云：

> 作伴花兼月，為朋鶴與琴。[153]

〈寫懷〉詩則直指鶴為良友：

> 行隨老鶴如良友，坐對名琴當古人。[154]

又其〈詠竹得幽字三十六韻〉亦直接稱琴鶴是他的「良儔」，是可以長久相處的好伴侶，詩云：

> 梅松真益友，琴鶴是良儔。[155]

---

152 〈遣興〉，第3卷第167首，頁58。

153 〈偶興〉，第5卷第89首，頁81。

154 〈寫懷〉，第6卷第48首，頁40。

155 〈詠竹得幽字三十六韻〉，第3卷第75首，頁23。

不論是朋友、良友、良儔，都是可以相互傾訴、談心的對象，都是遊園時的最佳伴侶，都可增加生活趣味，免於孤單寂寞，其詩如：「松間引鶴當遊侶，竹裡鳴琴稱孏脾。」[156]占梅帶領著鶴遊於松林間，再到竹林裡悠閒的彈琴，生活何等快意。當他撫琴時，有白鶴在旁相陪伴，又可一邊開懷放聲高歌，何其快樂，故其詩云：「橫琴對撫添香韻，領鶴相陪樂浩歌。」[157]。

咸豐九年（1859），占梅三十九歲，回想自道光二十九年（1849）以來橫遭生母、妻、妾、愛子五人相繼離世，今繼室陳夫人又去世，嘗盡人生最悲苦的生離死別，心中憂憤悲傷難以釋懷，加上自己以清流遭謗，有感於命運不濟，惟有退而棲隱園林，以琴鶴為伴，因此作〈感懷〉詩記之云：

> 骨肉頻年痛別離，干戈滿地欲何之。
> 清流本恐名難副，才士由來數總奇。
> 琴鶴遣懷聊結伴，園池藏拙且歌詩。
> 無家況有孤山在，終老林泉更合宜。[158]

「琴鶴遣懷聊結伴，園池藏拙且歌詩。」其「聊」、「且」二字充滿無奈，此時琴鶴對他而言，適時發揮了遣懷解悶的作用，是很好的伴侶。甚至把白鶴當作能解琴音的知音，因為一雙白鶴能在他寂寞時陪伴身旁，其〈清齋即事其二〉詩云：

> 能甘寂寞即知音，塵慮從來累此心。
> 最愛清高雙白鶴，松間翹足聽鳴琴。[159]

詩中描述白鶴在松林間悠閒的翹足傾聽主人撫琴，滌除他心中的俗慮，宣洩

156 〈已愧〉，第4卷第44首，頁13。
157 〈園中梅花盛開作詩賞之其三〉，第6卷第1首，頁1。
158 〈感懷〉，第6卷第45首，頁14。
159 〈清齋即事其二〉，第3卷第155首，頁53。

內心的寂寞，何其貼心動人！其〈一春〉詩亦云：「玉川自適詩兼茗，清獻香隨鶴與琴。莫道長翔孤介癖，人生難得是知音。」[160]認為白鶴雖然個性孤高潔癖，卻是他人生難得的知音。

2 行坐不離琴鶴

誠如前段所述，占梅與琴鶴間的關係是良友，是遊伴，更是知音，在大部分的時間裡，只要是撫琴、行路必有白鶴在旁相伴，二者與他形影不離。占梅詩中對於與琴鶴同行，常用「攜琴」、「抱琴」和「攜鶴」、「抱鶴」、「領鶴」，或「抱鶴攜琴」，或「攜琴抱鶴」，如「何時結屋雙溪畔，抱鶴攜琴擬散仙」、[161]「携琴抱鶴孤山行，補種梅花三百樹」，[162]對琴與鶴皆可使用動詞「抱」、「攜」，幾不可分。其中「抱琴」、「抱鶴」所用的「抱」字，可以充分顯現他與琴鶴的親近關係。因此閒暇時，占梅「抱鶴携琴任徜徉，烹茶覓句供游息。」[163]抱鶴、攜琴在園林中任意行走，真是快意自在、逸趣橫生。

咸豐七年（1857）占梅詩記述與夫人「領鶴攜琴」，吟詩彈琴遊賞於水濱梅下，使他覺得興味盎然，詩云：

> 即今幽趣方池畔，領鶴攜琴興不違。[164]

以上所舉都是琴鶴同行，與琴鶴不可須臾分開。

又如以下兩首詩：

> 攜琴彈落雁，倚枕聽啼鴣。……。更深群動息，松鶴對清矑。[165]

160 〈一春〉，第5卷第30首，頁62。

161 〈內湖道中〉，第7卷第11首，頁24。

162 〈悲歌行〉，第7卷第18首，頁6。

163 〈購花難行〉，第5卷第66首，21頁。

164 〈日色將西，寒威稍殺。偕荊人攜琴領鶴，吟彈遊賞於水濱梅下。清興悠然即成一律，時臘月二十有五日也〉，第5卷第166首，頁52。

林下精魂嘗幻夢，琴中雅操合同參。
尤欣月夜桓彝笛，攜鶴庭前對弄三。[166]

第一首描述主人在夜深時彈奏〈平沙落雁〉曲，白鶴則在松樹旁陪伴，與他相對而視。第二首寫占梅在林下賞梅，撫彈〈梅花三弄〉，攜來的白鶴則在庭前相伴。最令占梅心情愉悅的是，有時白鶴會聞琴起舞，如〈梅隖行樂吟〉云：

石鼎香浮琴靜張，片片飛花落無數。
逸韻悠悠三疊成，白鶴一雙旋起舞。[167]

此詩充分呈現視覺與聽覺之美，飛花片片，琴韻悠悠彈三疊，一對白鶴立刻隨著優雅的琴音起舞，舞姿輕盈。

又如〈讀姜西銘竹枝詞，因次其韻漫題二首其二〉云：

一雙白鶴時飛舞，靜鼓瑤琴對暮霞。[168]

當一雙白鶴愉悅的飛舞，占梅正對著燦爛的晚霞靜靜的鼓琴，似乎在為鶴舞伴奏，呈現動態與靜態之美。〈園居二十韻〉云：

鶴舞琴橫膝，詩清茗沁脾。[169]

165 〈伏後天時漸爽，微雨初過夜氣既清，與篇雲先生露坐庭中，隨筆率成十二韻〉，第1卷第96首，頁45。

166 〈自江南購回各色佳本梅花，繞閣分栽，詩以誌喜〉，第5卷第2首，頁53。

167 〈梅隖行樂吟〉，第5卷第5首，頁54。

168 〈讀姜西銘竹枝詞，因次其韻漫題二首其二〉，第6卷第71首，頁49。

169 〈園居二十韻〉，第4卷第32首，頁8。

亦是一面撫琴，白鶴起舞，可謂享盡園林極致的雅趣生活。無怪乎林占梅很滿足的吟唱：

歠茗間澆處，鳴琴坐結趺。翛然雙白鶴，盡日總依吾。[170]

「盡日總依吾」，占梅每天鳴琴時，一雙白鶴總是依偎在身旁，主人與寵物之間感情深厚，盡在不言中。

3 主人與白鶴各有獨處空間

前述占梅在潛園大部分的生活中，琴鶴多是陪伴在旁，但是部分時候，占梅與鶴仍有各自獨處的空間。

有時占梅明月下獨自撫琴，彈罷後，一面吟詩等待在外翱翔的白鶴歸來，詩云：

尤喜橫琴明月下，清哦坐待鶴歸來。[171]

主人一面彈琴，一面吟詩等待出遊的白鶴歸來，這份對白鶴出遊未歸，心繫等待之情，猶如盼遊子歸來，動人心弦！

有時主人於月下煮茗，清風徐來，乃攜琴伴月而眠，而白鶴卻以輕盈的身姿沿著堤邊巡行，各有各的幽趣。其〈賞梅〉詩云：

煮茗臨風坐，攜琴伴月眠。……戲水魚鱍鰤，巡堤鶴蹁躚。[172]

有時占梅獨自盤坐彈琴，於幽靜中呈現雅趣，而白鶴則獨自在空曠的庭院漫步，境界清空無塵好似仙境，其詩〈月夜賞梅〉云：

170 〈池軒午興〉，第6卷第28首，頁8。
171 〈賞梅〉，第5卷第6首，頁55。
172 〈新秋夜坐〉，第3卷第178首，頁63。

趺坐自鳴琴，雅趣靜中傾。獨鶴步空庭，無塵即仙境。[173]

或是午後在小院彈罷琴後，庭院顯得幽雅寧靜，在此氛圍下，白鶴亦聽琴而眠，「靜」與「閒」二字使整個場景顯得靜謐安閒。其〈午興〉詩云：

興闌小院琴初罷，靜極閒庭鶴亦眠。[174]

同樣是午後，占梅休息臥榻，茶香和燃香繚繞，蟬聲方停歇，而白鶴則在竹影間獨自漫步，主人乃撫琴解俗慮，揮扇狀甚悠閒自在。〈午後即事〉詩云：

茶烟繞榻蟬初歇，竹影當階鶴獨行。
琴撫朱絃塵慮滌，扇揮白羽薄涼生。[175]

又當彈罷古琴，琴聲漸遠時，只見白鶴仍繞著竹林的迴廊緩緩的漫步，〈遣懷其二〉詩云：

臨池小閣琴聲遠，繞竹迴廊鶴步遲。[176]

有時主人午睡初醒，白鶴剛從戶外翱翔歸來：

池館午眠人乍起，園林晝永鶴初歸。[177]

當主人向著東階獨立，獨自感受園林幽居的寂靜，在此氣氛下，卻發現白鶴

173 〈月夜賞梅〉，第4卷第6首，頁2。
174 〈午興〉，第5卷第48首，頁15。
175 〈午後即事〉，第4卷第35首，頁10。
176 〈遣懷其二〉，第8卷第23首，頁64。
177 〈午醒〉，第5卷第71首，頁75。

正抱著雛鳥而眠，〈東階偶成〉詩云：

> 鈎簾獨立向東階，寂寂幽居稱淡懷。
> 白鶴抱雛眠正熟，滿亭風月落松釵。[178]

顯見主人與鶴各有各自的活動，兩不相妨，此一白鶴抱小鶴而眠的母子圖使占梅感到溫馨且饒富趣味。占梅在領鶴攜琴之餘，仍然注意觀察平日獨自活動情形，充分看出他對鶴的關懷。

此外，占梅會在不驚動白鶴的原則下，隔著竹子靜靜地欣賞白鶴，或靠著松樹觀賞白鶴翩翩起舞，感受白鶴所散發的幽雅閒逸氣息，使心靈更為清新沈靜。其詩如：

> 隔竹閒觀新購鶴，焚香靜撫舊名琴。[179]
> 倚松觀舞鶴，枕石聽流泉。[180]

這種靜觀白鶴的各種行為，代表主人對寵物的一種尊重，也是一種極為高雅的品味方式，一種高尚的修為，充分顯示主人的涵養。

由以上列舉各詩中，可以看出林占梅的平日不論是月下或午後，有時會獨自在小院、小閣煮茗彈琴。而白鶴也有自己的獨處方式，或巡堤，或步空庭，或在庭中靜靜聽琴聲而眠，或獨步竹林石階、迴廊，其身影幽雅閒逸，悠閒自在，主人與鶴有各自獨處的空間與時間，這種若即若離的關係，有若人類的「君子之交淡如水」，卻仍彼此相互心繫對方，在整個潛園中，反而呈現出另一種琴聲幽遠、靜謐祥和的氛圍與情境，此為人與寵物之間相處的最高境界，也惟有與鶴相處可以得之。

---

178 〈東階偶成〉，第5卷147首，頁98。

179 〈閒興〉，第3卷第82首，頁23。

180 〈青潭山晚歸田舍〉，第5卷第105首，頁85。

六　結語

林占梅一生，因為愛琴愛鶴，而結下不可解的琴鶴緣。他之所以愛上古琴，是由於天性和中國傳統讀書人的背景環境的影響，以及古琴的音色純古淡泊，與自己個性相契合，又能排憂解悶，怡情養性，所以他隨岳父在北京遊學時，已經浸潤在琴、棋、書、畫的藝術氛圍中，開始學習彈古琴，與他相伴一生。

占梅藉著古琴增添生活情趣，怡情養性，參禪悟道，尤其是在他困頓無依時，可以寄託心靈、排憂解悶，古琴成為他生命中不能或缺的良友、清友、知音，因此與古琴「坐嘯不離琴」、「朝遊共一輿，夜眠共一襟。晨夕永不離，生死盟誠忱」、「滿懷幽思無人訴，惟有蕉窓綠綺知」，可見占梅對古琴的依戀之情與依賴之深，古琴成了林占梅的情感依附的對象，這種感情，就是「情緣」。

而占梅之所以愛鶴，是因為鶴的儀態幽雅，具有孤高澹泊，悠閒超逸的特質，與自己的個性頗為相合，可以寄託自己的情志。而且自唐代以來養鶴已經成為文人雅士的風尚，再加上仰慕林和靖「梅妻鶴子」的隱逸情懷，因而對鶴情有獨鍾，不惜高價購買名琴、養鶴，到了「購琴價重因捐產，養鶴粮多每指囷」的地步，卻無怨無悔，甘之如飴。

林占梅與鶴之間有心靈和行為的互動關係，所以把牠當成良友、伴侶，經常隨牠漫步庭園中，邊行走邊吟詩。占梅外表看似曠達，然而他的內心深處卻是寂寞孤獨、失意落寞的，因此將鬱悶的情懷投射到白鶴身上，把牠當成心儀的對象，理想的化身，這是占梅對白鶴的深情依賴。而白鶴的靈性很高，也對占梅也有情感，常主動隨占梅漫步園中，與他相伴，亦步亦趨，彼此產生情感交流，因此填補占梅心中的空虛，他們的相處已超越物我的界線，建立深厚的情誼。尤其白鶴愛聽占梅撫琴，能解琴音而起舞，更使占梅將牠視為知音，呈現「物我相知相惜」、「物我相融」、「物我相忘」的境界，這種人與鶴之間的感情依附是雙向的，就是一種「情緣」。

若以現代精神分析學家約翰・鮑比（John Bowlby, 1907-1990）的依附理論研究（attachment theory）衍生的意義來看，占梅與琴鶴之間其實是一種依附（attachment）關係。[181]所謂依附關係，是指個人對於特定對象或事物所擁有的一種情感聯繫，而林占梅對古琴和鶴的感情的依賴與投射，也可以如此解釋。林占梅將心靈的抒發，寄託於古琴，他對古琴是一種依附關係，雖是單向的，但是在占梅園林生活中，卻不可或缺的。而占梅與白鶴之間也有依附關係，他將鶴擬人化，視為知音或良友，將內心情懷全力投射，進而產生深厚的感情，占梅對鶴的真情流露，使鶴對他也有感應，似乎鶴也把他成可以相伴的對象，可謂相知相感相惜，彼此之間是「無言勝有言」，都已達到超越物我的最高境界，這種雙向的依附關係，是彌足珍貴的。

本文對於林占梅琴鶴情緣深入探討，最重要的意義，是從琴鶴緣可以探索林占梅的內心世界。他出身世家大族，擁有豐厚的財力和人脈，豐衣足食，看似無可愁煩憂慮之事，然而他是個有抱負有理想，而且才氣縱橫的知識份子，以天下為己任，但是既未能參與科舉考試取得功名，就不能獲得任官經世致用的機會。但他又天性淡泊名利，在理想與現實之間是矛盾的。表面上看，彈琴和養鶴不過是個人良好的嗜好與休閒活動，但是本文分別從詩集中耙梳分析林占梅愛琴和愛鶴的原因與其互動關係，因而推知，原來琴鶴兩者都可以化解他內心世界的苦悶，對林占梅而言，是重要一環的精神食糧和心靈寄託，也就是具有療癒功能，非常符合他的需要，而且在他營造的琴鶴連結的氛圍和情境下，不僅達到抒懷解悶的功能，也因而留下許多美好的詩篇，為後世所傳頌不朽。

——原刊於《東海圖書館館刊》第33期（2018年9月15日）（上）、
《東海圖書館館刊》第34期（2018年10月15日）（下）

181 游婉婷、湯幸芬：〈飼主對寵物的依附關係與寂寞感、憂鬱情緒之探討〉，《旅遊健康學刊》第11卷第1期（2012年12月），頁45-46。最早提出依附理論的學者 Bowlby，指出依附是嬰幼兒時期對父母及主要照顧者所產生的情感，本論文採用依附理論的衍生意義，亦即個人對特定對象或事物所擁有的一種情感聯繫。

參考書目

一　中文專書

林占梅著　徐慧鈺校記　《林占梅資料彙編（一）——潛園琴餘草》　新竹市　新竹市立文化中心　1994年

林占梅著　林事樵編印　《潛園琴餘草》　新竹市　創色印刷公司　2008年

侯迺慧　《詩情與幽靜——唐代文人的園林生活》　臺北市　東大圖書公司　1991年

徐肇誠　《林占梅詩歌研究——以《潛園琴餘草》為範圍》　臺南市　漢家出版社　2010年

顏重威　《丹頂鶴》　臺中市　晨星出版公司　2002年

二　期刊論文

林事樵口述　〈林占梅生平事蹟〉　《潛園琴餘寄詩情——紀念竹塹城鄉賢林占梅一九〇歲冥誕展演》　2010年7月3日

李美燕　〈林占梅琴詩中的遊藝生活及美感意境〉　《中華學術年刊》　第24期　2003年6月

徐慧鈺　〈構得潛園堪寄跡，十年樂趣在林泉——談林占梅的園林生活〉　《竹塹文獻雜誌》　第13期　1999年11月

徐肇誠　〈林占梅詩中仕隱功名心態探微〉　《通識教育學刊》　第4期　2005年9月

游婉婷、湯幸芬　〈飼主對寵物的依附關係與寂寞感、憂鬱情緒之探討〉　《旅遊健康學刊》　第11卷第1期　2012年12月

世紀末的城市魅影：論《恐怖時代》的身體裂變、幻異時空與邊緣敘事*

蔣興立**

摘要

袁瓊瓊在八〇年代初期以〈自己的天空〉獲得聯合報小說獎，成為備受矚目的臺灣女性書寫開創者，停筆多年後，於一九九八年推出《恐怖時代》。文本內容依舊聚焦於城市男女的情愛瑣事，卻與曩昔之作大異其趣，加入「怪誕」元素，藉由大量扭曲變形的身體空間與時空想像，呈現「日常」生活的「非日常化」。透過聖母、賢媛身分的崩解，城市男女情愛轇轕衍生的身體暴力，幻異時空的想像與生存焦慮的勾連，表述舊世紀結束之前，家庭與兩性關係在快速膨脹的城市吞噬下的變異。本文擬以「身體裂變」、「幻異時空」、「邊緣敘事」的切入視角，考掘《恐怖時代》如何以極短篇小說的敘事文體，彷彿玻璃碎片般地映射世紀末光怪陸離的城市變貌，割裂傳統父權文化的線性大敘述史觀，從而揭示個體處於困境的分裂與失序。

關鍵詞：袁瓊瓊、恐怖時代、身體裂變、幻異時空、邊緣敘事

* 感謝與會評論學者鍾正道老師的悉心指正，惠賜諸多寶貴意見，使本論文能更臻完備，特此致謝。

** 清華大學華文文學研究所助理教授。

一　前言

范銘如以為「八、九〇年代堪稱是台灣女性小說的文藝復興時期。」[1]一九七〇年代末，戰後嬰兒潮的女作家群崛起，不僅攻克兩大報的文學獎項，「台灣的文壇幾乎被女作家所獨佔」，[2]學者以「閨秀文學」稱之。[3]細究此一文學現象的生成之因，范銘如認為隨著臺灣經濟和民主的發展，女性在國民教育養成之下，知識、經濟能力提升，個人自由意識高漲，地位與權力獲得長足的提升，亟欲重新定義兩性關係；[4]呂正惠提出國民黨政權為抵制鄉土文學的影響力，暗中授意一些與其有關係的書店大量出版閨秀文學，藉以緩衝一些迫切的現實問題。[5]姑且不論八〇年代女作家群崛起根由的虛實真相為何，九〇年代延續對女性議題的聚焦，女作家群以兩性情愛為敘事主軸的同質性逐漸淡化，各自以性別政治、同志話題、後現代景況、家國族群的身分定位重新出發。綜前所述，欲觀測二十世紀末臺灣文學場域的遞嬗變易，女作家的書寫創作是一關鍵肯綮的探究方向。

「世紀末」的名詞意蘊與西方宗教的勾連密不可分，已有論者提及，[6]針對世紀末的文學現象，劉亮雅嘗回溯西方十九世紀末頹廢男與新女性，比較東西方兩個不同的文化脈絡，思考二十世紀末臺灣小說的性別跨界與頹廢；[7]王德威則以「華麗的世紀末」為標題，探析臺灣女作家如何用世紀末

1 范銘如：《眾裡尋她——台灣女性小說史縱論》（臺北市：麥田出版社，2008年），頁151-166。

2 呂正惠：《戰後台灣文學經驗》（北京市：生活．讀書．新知三聯書店，2010年），頁309。

3 呂正惠將八十年代由女性寫給女性看，以女性讀者為訴求對象的文學作品，定義為「閨秀文學」。詳文參見《戰後台灣文學經驗》，頁309。

4 范銘如：《眾裡尋她——台灣女性小說史縱論》，頁166。

5 呂正惠：《戰後台灣文學經驗》，頁319。

6 南方朔：《世紀末抒情》（臺北市：大田出版社，1998年），頁71-72。

7 劉亮雅：《情色世紀末》（臺北市：九歌出版社，2001年），頁13-47。

的想像，突出被邊緣化的臺灣女性意識及政治地位。[8]在王德威另一篇論述中，則溯源本雅明（Benjamin）對資本主義城市疑幻疑真的描寫、波德里亞（Baudrillard）的海市蜃樓（Simulacrum）論，而後分析臺灣作家與世紀末幽靈共舞的城市文學現象。[9]前述論者提及臺灣世紀末小說的發展方向時，以性別、城市的觀點切入，並分別思索性別書寫的頹廢風貌與城市小說的鬼魅元素。世紀末的臺灣女性作家，從線性敘事的父權歷史中另闢蹊徑，轉而思考空間敘事的可能，攸關身體空間的女性情慾、性別認同、內在創傷，城市空間的商品文化、消費行為、物質迷戀，都成為小說裡的聚焦之處。九〇年代的女作家群泰半逸離了鄉土敘事，而以性別政治與後現代城市的視角，更積極地在文學場域的變遷與競逐中，尋找發聲位置。

王德威認為「袁瓊瓊是八〇年代初期，最具個人特色的女作家之一。」並指出其短篇如〈自己的天空〉、〈滄桑〉「不但因文采斐然，屢獲大獎，也早成為見證女性主義在台興起的重要資料。」[10]張誦聖探討八〇年代臺灣女作家傳承譜系時，提出師承張愛玲的臺灣女作家之中，「袁瓊瓊是這一群新作家最好的代表人物。」[11]袁瓊瓊在八〇年代初期以〈自己的天空〉獲得聯合報小說獎的肯定，也成為備受矚目的臺灣女性書寫開創者；然而八〇年代中期，她的書寫核心轉向電視編劇，從小說領域淡出，其作品裡並不反抗體制的安然淡定，「內容形式流露的傳統氣味，使得她在九〇年代標榜顛覆傳統價值體系的時代，顯得『一無用處』」[12]九〇年代略顯沉寂的袁瓊瓊，停筆近十年，於一九九八年再度推出極短篇作品《恐怖時代》，文本內容依舊聚焦於城市男女的情感瑣事，卻與曩昔之作大異其趣，加入「怪誕」元素，

---

8 王德威：《想像中國的方法》（北京市：生活・讀書・新知三聯書店，2003年），頁270-293。

9 王德威：《如此繁華》（上海市：上海書店出版社，2006年），頁265-270。

10 王德威：《閱讀當代小說》（臺北市：遠流出版公司，1991年），頁109。

11 張誦聖：〈袁瓊瓊與八〇年代台灣女性作家的「張愛玲熱」〉，收入梅家玲編：《性別論述與台灣小說》（臺北市：麥田出版社，2000年），頁95。

12 邱貴芬：〈「西部拓荒史」：評袁瓊瓊《今生緣》〉，《仲介台灣・女人——後殖民女性觀點的台灣閱讀》（臺北市：元尊文化出版，1997年），頁141。

這一轉變受到部分文評者認同，或以為她勾勒出臺北世紀末見怪不怪的慵懶與世故風格；[13]或肯定她掌握住多元、解體、遊戲的九〇年代臺灣社會精髓。[14]作為八〇年代初期臺灣文壇具指標意義的女性作家，袁瓊瓊在九〇年代末期創作出的《恐怖時代》，呈現了城市男女荒誕不經、撲朔迷離的情愛傳奇。此際關於此一文本的深入討論有限，大多將此作置入袁瓊瓊的創作譜系，探討作品裡的死亡與鬼魅書寫，[15]但筆者認為《恐怖時代》對於二十世紀末臺灣都會男女的情愛洞察，卓然可觀，並從而投射出市民的日常生活意識，這一切入點值得進窺深究。

本文以身體空間的角度出發，進而思考個人身體置身於城市時空的感受，最後從邊緣敘事的創作面向分析城市中邊緣族群主體分裂的敘事手法。本文欲進一步探析的是袁瓊瓊的《恐怖時代》如何藉由大量扭曲變形的身體空間與城市時空想像，呈現「日常」生活的「非日常化」？這一表述的目的何在？裂變的身體與幻異時空[16]的描寫被寄寓了何種內涵？對於二十世紀末兩性關係與後現代城市景況的觀察為何？從而反映了何種時代現象？又是否預示了臺灣新型態社會文化關係的發展變化？使用邊緣敘事的手法，又創造了何種敘事效果與形式意義？藉由前述思考，本文欲重新考掘此作品的時代意義，及其深層底蘊。

二　傷病毀壞的身體裂變

身體是一處可能被權力操作的空間，在權力與知識的規訓下，身體溫馴

---

13 王德威：《如此繁華》，頁270。

14 范銘如：《眾裡尋她——台灣女性小說史縱論》，頁182。

15 劉乃慈：〈新「聊」齋誌「異」——論袁瓊瓊的《恐怖時代》〉，《國文天地》第16卷第5期，（2000年10月），頁71-76。王德威：〈女作家的後現代鬼話——評袁瓊瓊《恐怖時代》〉，《眾聲喧嘩以後——點評當代中文小說》（臺北市：麥田出版社，2001年），頁142-145。

16 本文所設定的「幻異時空」為不受科學理性囿限的超現實時空，可能出現超自然現象或不明生物，非理性思維可定義侷限的時空存在。

地接受競逐角力後的權威宰制。過去必須被遮蔽的女性身體，在二十世紀末性別政治的舞臺上被重新觀照審視，被重新定義解讀。隨著各種女性主義論述的興起，曾經被壓迫的女性身體，一面對抗舊有的傳統價值，一面在新興勃發的意識型態裡，試圖找回自主的能力。袁瓊瓊的《恐怖時代》如何反映世紀末的身體觀？其中所隱藏的意涵為何？又投射了何種社會文化現象，值得進一步思考。

（一）世紀末的身體觀

劉亮雅提到「在西方，每個世紀末均引發聖經啟示錄中的天啟（apocalypic）期待，認為世界末日（the end of the world）將至，千禧年（millennium）將來。」[17]王德威指出「作為一個時間概念，『世紀末』頹廢絕望的情調來自於一種盛年不再，事事將休的末世觀點。但在另一方面，『世紀末』這一概念又承認時間的周期性，並急切地盼望新紀元的到來。這兩個觀點都與基督教對時間的解釋有密切關聯。」[18]前述引文提及了世紀末時間的獨特之處，便是瀰漫著世界末日的頹廢與絕望感，而《恐怖時代》亦被一種恍惚黑闇的末世情調所覆蓋，開篇便重新詮釋亞當與夏娃的聖經故事，文中解構自古以來被視為理所當然的母愛天性，將母親懷胎的過程重寫為一齣暴虐病態的血腥驚悚劇。

> 那怪獸開始肆虐，在夏娃腹中瘋狂的鑽來鑽去。
> 它在吃夏娃的身體；想必它已掏空了夏娃的內裡，已經進食了夏娃無數的血液肌肉。
> 亞當用棍棒擊打夏娃的腹部，期望在那怪物得逞之前先擊殺它。……
> 夏娃醒來，看到了在凝結成冰面的血水中躺著凍成了藍紫色的怪物。

---

17 劉亮雅：《情色世紀末》，頁14。

18 王德威：《想像中國的方法》，頁275。

那是史前第一個嬰兒。[19]

書中充斥殺嬰、賣嬰、棄嬰的情節，〈寵物〉將嬰孩視為芻狗。

賣嬰兒的人開著透明的麵包車，停在電影院門口。
因為他實在太吵，唯唯把搖籃放到儲藏室去。
那天進到儲藏室裡，臭氣薰天。籃多日未清洗，小臉發黑；屁股上因為長久浸漬在便溺中，完全潰爛了。替他清除黏著在皮肉上的糞塊時，他也不過像蚊蠅似的，悲慘的嚶嚀了兩聲，不復前些時號啕大哭的猛勁了。[20]

〈妹妹〉描寫雙胞胎女子的糾葛，雙胞胎姊姊懷孕後，先生與模樣相同的妹妹出軌，姊姊因而對妹妹產生殺意，妹妹感知姊姊的意念而病死，姊姊卻懷疑妹妹將轉世為腹中的胎兒，並預知自己將因生產血崩而死。〈養鳥〉中的母親則躊躇著不知是否要留下腹中的孩子，「鳥籠頂上，一根細塑膠繩垂著，而繩子的另一端，正連著小鳥那細弱的小腳，整隻鳥便因此頭下腳上的倒吊著。」「開始把小鳥當機器人玩具玩，顯示了孩子已經過完了他的『蜜月』期。」父子倆按時收看日本臺的笑鬧節目，已然遺忘家裡養過鳥這回事。母親因而尋思，任何家中所豢養的生物：從貓咪到嬰兒，最後都會成為她一個人的責任，多一事不如少一事，自己肚子裡正在成形的那個小生命，還要不要讓他來呢？[21]〈夏娃〉與〈養鳥〉分別是《恐怖時代》的首尾篇章，反覆陳述著殺嬰的情節。父權體制的文化結構，孕育延續家族世系的男性子嗣，使嫡系姓氏的血緣命脈源源不絕，是女性身體的重要功能。《禮記》〈昏義〉：「昏禮者，將合二姓之好，上以事宗廟，而下以繼後世也」[22]此

19 袁瓊瓊：《恐怖時代》（臺北市：時報出版公司，1998年），頁14-16。

20 袁瓊瓊：《恐怖時代》，頁83-89。

21 袁瓊瓊：《恐怖時代》，頁249-251。

22 〔清〕孫希旦撰，沈嘯寰、王星賢點校：《禮記集解》（北京市：中華書局，1989年），卷44，頁1416。

外，亦有「不孝有三，無後為大」及「生命的意義在創造宇宙繼起之生命」等種種強化繁衍價值的說法流傳。前述生生不息的宇宙觀，創造一種無盡循環、圓形系統的時間邏輯，在此邏輯之內，嬰兒象徵著新生的希望，母親的身體經歷如死的疼痛，誕生延續未來的嬰孩，母親與孩子的身體共構著周而復始的生命哲學與時間觀。然而《恐怖時代》顛覆了此一思維，〈夏娃〉將懷孕視為病態，將嬰兒視為吞嗜己身的怪獸；〈妹妹〉的母親則懷疑腹中嬰兒終將謀殺自己，取而代之；〈寵物〉的嬰兒因無人疼愛照護，身體潰爛發黑；〈養鳥〉的母親煩惱己身孕育的另一個即將變成負擔的生命。厭嬰、棄嬰、恐嬰、殺嬰的母親擁有的是排斥嬰兒的母體，與被妖魔化、病體化的嬰兒身體，母子之間不再緊密相連，原本完整共構的身體也產生分裂，破壞了舊時的循環時間觀。夏娃在聖經故事裡，是悖逆上帝諭示的罪愆者，被迫從無生無死，時間無垠的伊甸園離開，進入生老病死、時間有限的人世。夏娃改變了人類的時間結構，因為她的罪咎，框限了人類的個體生命；但繁衍能超越個體的時間限制，以群體生命創造人類未來循環不息的可能。在袁瓊瓊的筆下，夏娃再度打破這樣的發展，以空間解構時間，她叛離了「聖母」、「慈母」的形象，瓦解母親身體的神聖性，斷絕未來時間的存續。倘若將嬰兒的身體視為接續未來時空的組織，厭嬰、棄嬰、恐嬰、殺嬰的母親顯然破壞了此一譜系，阻絕著未來的延展，身體的分裂與時間的不連續性，宛如宣告著世界末日將至。世紀末之後，新紀元到來的時間周期產生裂變，未來的消失，救贖的終止與絕滅，強化了文本名稱所宣告的時代氛圍。

（二）解構身體的日常性

《恐怖時代》以各種繽紛詭異的想像，解構身體的正常狀態：〈蒸發〉充斥著向天空上升蒸發的身體；〈奔跑的人〉夜奔的魅影，群聚於車禍現場，撞摺的車身，露出破碎的白細手臂，與望著窗外的人臉；〈冷〉描寫發冷的身體與鬼魅的勾連；〈斜坡〉中的男子，在競爭奔忙的業務生活裡罹患憂鬱症，對於工作與性愛都提不起勁，妻子勸他以慢跑治療疾病，某個晨跑的日子，他發現世界逐漸傾斜，最終他的身體滑向一個裝滿自己精液的寶特瓶；〈兒戲〉天真殘酷的孩童們將動物擲入水溝，水溝內暗藏一處神秘漩渦，當動物再度浮現，往往穿腸破肚，粉身碎骨。故事末了，逞強的小全也跳入漩渦，而其他孩子則好奇地等待他浮現的身體；〈米〉敘述晨跑的女子，在路上邂逅屍體，從此癡迷於煮飯，半夜她前往便利商店買米，恍惚間再度看見女屍，無數的米從她的眼窩、鼻孔、耳朵、嘴巴……爬出；〈大神繞境〉則勾勒了臉上長瘤的綠臉大神；〈黑髮〉中失去意識的女子，陷入無盡的睡眠，唯有黑髮與宛若死亡的肉身相悖，自顧自地蔓行；〈夢見死亡〉描寫女子在夢境裡，與他人討論即將燒掉自己身體的瑣碎細節；〈神的眼光〉敘事者在飛機上，想像自己擁有神的眼光，俯視人間。文本藉由各種身體與知覺的畸變，呈現「日常」生活的「陌異化」。邱貴芬探討現代主義時期女作家小說中非理性的力量，思索怪誕文學如何打破現實世界的線性時間結構，她提到徘徊於理性現實和不可思議的異類空間的張力，正是所謂「怪誕」文學的特色，怪誕文學和奇幻文學最重要的分野是，後者擺明了是呈現現實世界裡不可能發生的事，而怪誕文學卻是腳踏兩條船，在理性現實和非理性可解的異類空間之中擺盪。[23]《恐怖時代》游移於線性與超線性時間的界線，另闢一方歧出於現實的時空，而在此世界內，身體會向上蒸發、死而復生、傾斜滑落、掉進漩渦後神秘浮現；此外，文本以強化感官迷亂的虛妄想像，使讀者以超脫尋常經驗的非理性思維，重新審視發冷的身軀、長蛆的屍體、神像、植物人之身、肉身焚毀、神的視覺……這些原本從屬於現實時空的人事物，被作者以陌異化的視角重新解讀，剔除身體的日常性，而被賦予詭譎神秘的離奇感。張誦聖曾提及袁瓊瓊小說與現代主義作家的某些相似之處：探討人類行為在正常與不正常交界處擺盪，以人的感知與現實之間的差距為中心主題，企圖點出人類存在處境的荒謬。張誦聖認為撇開表面上的相似，將注意力放在她與現代派作家的差異上，則會發現袁瓊瓊的故事比較

23 邱貴芬：〈落後的時間與台灣歷史敘述：試探現代主義時期女作家創作裡另類時間的救贖可能〉，《後殖民及其外》（臺北市：麥田出版社，2003年），頁91。

欠缺哲學性，太過世俗化，與素材太過接近，因此沒有甚麼象徵層面。[24]《恐怖時代》透過超現實的怪誕內容，跳脫張誦聖論其曩昔之作「太過世俗化，與素材太過接近」的特點。將袁瓊瓊的小說文本與現代主義作品相較，殊異之處在於現代主義對人類生存景況的深切憂慮，對自我的追尋，以及對於永恆價值的渴望，並不是袁瓊瓊的聚焦所在；《恐怖時代》以輕薄短小的書寫體式、荒謬反諷的情節鋪陳，消解對於深沉意義的追求，袁瓊瓊偏重言說都會男女私領域的瑣屑日常，對於國族認同等具崇高價值或神聖使命議題的罔顧，也使此作游移於現代主義之外。

（三）身體與暴力

因情愛糾葛而導致身體的肢解分裂，是《恐怖時代》裡身體產生變異的另一重因素。〈殺人〉出軌的妻子與情人密謀殺害丈夫，情夫對於「這女子在枯萎中復甦」這件事沾沾自喜，自得於自己讓一個在原本婚姻中枯竭的女子如花綻放，「他愛她，更愛自己的這種能力」，[25]這女人在老公的家暴之下，意外地獨自實踐殺夫的計畫，用菜刀切頭，用鹽酸腐蝕，用電鍋狂砸，始終無法斷氣的男人，讓「殺人」無法被完成，也讓情夫冷汗直流，不知所措，甚至萌生殺機……「他為他自己眼下閃過腦海的思想感到一股涼意，他忽然懷疑自己是不是愛她，因為他現在覺得自己很想殺她。」[26]〈箱子與愛〉敘述夜風吹拂的大街，醉漢在路上邂逅了拖不動箱子的女人，玲瓏纖細的女子讓男人一見鍾情，立即上前幫忙，卻意外發現箱裡是具被分解的男屍，於是「他結束了他的愛情。」[27]〈藍鬍子〉描寫參加社區小說班的妻子，為了寫作業開始研究分屍，沉迷於撰寫兇殺小說的妻，讓丈夫感到失控

24 張誦聖：〈袁瓊瓊與八〇年代台灣女性作家的「張愛玲熱」〉，收入梅家玲編：《性別論述與台灣小說》，頁108-109。

25 袁瓊瓊：《恐怖時代》，頁19-20。

26 袁瓊瓊：《恐怖時代》，頁27。

27 袁瓊瓊：《恐怖時代》，頁57。

的不安，竟也萌生對妻子的殺意；〈斷了頭的太太〉講述原本隨著丈夫加官晉爵，必須四處社交的某夫人，為了虛榮減肥過度，頸上項鍊又過於沉重，使頭顱開始習慣性斷裂，卻因此找到主體性，成為比丈夫更出名，更具價值的女人；〈睡〉描寫一個經常在睡夢中驚醒的男人，他的妻子不斷嘗試自殺，而他也因此睡眠不足，最後妻子於家中一躍而下，他輕喟了一聲，感到終於能一覺到底是多麼幸福的事！

呂正惠在論述八〇年代臺灣閨秀文學的問題，提到閨秀文學所塑造與表達的，是一種傳統女性對現代形式愛情的懷想，女性對待男性的態度，仍然是傳統女性依順男性的方式，且為了維持純潔性，排除「不潔」的一面，小說裡只有情，沒有性，只有精神面，而沒有肉體的問題。閨秀文學以其獨特的純潔性，掩蓋了臺灣社會由傳統走向現代所呈現出來的緊張的兩性關係。只有李昂的小說，以一種「暴虐」的姿態，展現與其他閨秀文學不同的風格，但因為她小說「暴虐」性格的新奇，使讀者不會把它當作常態來正視，因而同樣不具「危險性」。[28]《恐怖時代》回應了呂正惠的質疑，雖然作品依舊捨棄對於「性」的正面書寫，[29]但書中以一種隱匿於日常的冷靜殘虐，揭示臺灣兩性之間的衝突。涉及男女情感介面的身體變異情節裡，藉由〈藍鬍子〉與〈斷了頭的太太〉等篇章，反映當時女性渴望擁有主體性，嘗試追尋與建構自我的行為，〈藍鬍子〉進一步呈現男性從主體淪為客體的失能恐懼，以及威脅感所導致的憤怒；〈殺人〉情夫對女主角的殺意，〈箱子與愛〉男主角的愛戀結束，在在突顯男性對失控女性的幻滅，以及九〇年代情感的薄度及兩性關係的不穩定；〈睡〉勾勒了一個絕望尋死的女人，她的丈夫不明所以，也無能為力，此處影射夫妻之間的溝通障礙，伴侶的無法掌控，使男子的身體也無助失衡，時時從睡夢中驚醒，直到妻的死亡確定，丈夫表現

28 呂正惠：《戰後台灣文學經驗》，頁314-317。

29 袁瓊瓊曾於訪談中提及，不大願意在文字上表述「性」，因為覺得可怕，親人的反感與男性讀者的反應，讓她覺得自己是在寫黃色小說，此後寫到「性」也總是遮掩。詳文參見簡瑛瑛、賴慈云：〈性／女性／新女性：袁瓊瓊訪談錄〉，《中外文學》第18卷第10期（1990年），頁106。

出回歸安詳的冷漠，順利入眠。迴異於傳統賢媛對父權與男性依順與隱忍的特質，〈殺人〉、〈箱子與愛〉、〈槍聲〉、〈忘了〉、〈微笑〉、〈口〉等文本中，作者設計肢解、分屍、自戕、自殘、自焚、食屍等暴戾內容，陳述面對外界加諸於己的背叛、輕視、暴力、傷害，女性選擇不再隱忍，以理性喪失的歇斯底里與瘋狂，面對自我與他者，以毀壞身體進行暴力反抗。《恐怖時代》以肉身為鏡，映現世紀末的性別戰場，以輕描淡寫的文字，引領讀者注視日常的荒誕。女性主體的日益膨脹，壓縮著原本男性獨尊的價值體系，袁瓊瓊所刻劃的「日常裡的失常」，恰好反映兩性對於日常認知的分裂，男性習以為常的生活，或許是女性怵目驚心的失常人生，反之亦然。符號化的身體轉變為一處具有煽惑性的犯罪空間，上演各種暴力奇觀，藉由身體舞臺變調的演出，文本試圖顯影臺灣社會兩性間內蘊的矛盾張力，當女性朝著時代的前方奔馳迫進，男性在被女性拋諸腦後的失落裡恐慌憤怒，男性的焦慮與女性的反抗，使得世紀末的兩性關係傾斜失衡，形成了時代破敗的裂痕。

三　城市裂縫中的幻異時空

「空間對群體的形成和意義的凝聚不可或缺」[30]從此一脈絡爬梳，范銘如思索女性為何不書寫鄉土？城鄉比重的失衡是現行女性書寫的特徵，而這一差距的深層原因，是由於都市提供女性的就業機會，使之具備經濟能力與發言權，同時都會的流動特性和對異質文化的包容，提供高度的隱匿感，較鄉村給予女性更大的自由以及主體發展的機會。[31]倘若接受范銘如的觀點，便可理解張愛玲以降，女性書寫與城市敘事之間的勾連，以及女性對於都市的認同，這一認同的意義，涵括了女性居處於城市空間中主體價值的建構，身分秩序的編碼，社會位置的流動等相應行為的接納與認可。從〈自己的天空〉為起點，袁瓊瓊的作品大多聚焦於都會女子的情愛細節，《恐怖時代》

30 范銘如：《空間／文本／政治》（臺北市：麥田出版社，2015年），頁15。

31 范銘如：《空間／文本／政治》，頁58。

除了延續其固有的關注點外，變易之處為融合了關於城市的怪誕想像，超越現實的想像是否或者如何寄寓了袁瓊瓊對於「城市空間」的思考？城市如何改變我們的時空認知？對於時空認知的改變又如何影響了主體價值、身分認同與兩性之間的社會關係？是本文欲進一步探究的重點。

（一）城市裡的剎那感知

《恐怖時代》捕捉發生於城市街道與公寓間的片段即景：〈箱子與愛〉醉漢與纖細女子的邂逅之地為午夜大街，「他說不清時間，因為在他的感覺，那只是一剎那；」[32]女子衣著單薄，身形瘦弱，在無人的街頭搬箱。「他立刻愛上了她。他的愛那樣猛烈突然，使得他自己害怕。」[33]但目睹箱內的殘軀後，他也立刻結束他的愛情。車水馬龍的大街，偶遇的人多半擦肩而過，但時序若移至午夜，寂寥的街道，因故外出的落單男女，在錯身之際，便產生諸多可能。〈箱子與愛〉表述的正是城市裡陌路偶遇，霎時交集的男女聚合，以及瞬間燃生，驟然寂滅的剎那之愛，女子美麗與殘酷的雙面性，也與城市迥異的多重面貌相呼應。〈槍聲〉殺害情人而被處死刑的女子，麻醉後精神渙散，在幻覺中感知肉身的分解裂碎，化為游絲，「她覺得自己被捲進某種高速裡，……被無形的力量帶引著飛速前進，」「這時候，思想變得太慢，來不及想，她看到自己的念頭像砲彈一樣的飛了出來」[34]因為情人輕視的態度而受傷，殺死情人後卻還愛著對方，整篇小說圍繞著女子死前的剎那，注射了麻醉藥後的幻異時空。〈忘了〉是關於女人的丈夫與閨密出軌的故事，發現丈夫外遇後，女子產生記憶空白斷裂的現象，「忘記了。她在做著事，忽然間，腦子裡一片空白。就像突然停電一樣，一切的想法思緒在那一剎那斷了線。」[35]她邀閨密共進晚餐，見面時，對方問起她的

32 袁瓊瓊：《恐怖時代》，頁53。

33 袁瓊瓊：《恐怖時代》，頁54。

34 袁瓊瓊：《恐怖時代》，頁61-62。

35 袁瓊瓊：《恐怖時代》，頁96。

丈夫？「就在那時，那遺忘的思想回來了。她記起世文去了那裡。醬汁染過色的肉塊看不出差別，沈鸝也絕對分不出那是人肉還是豬肉……」[36]〈忘了〉摹寫一段變調的人際關係，以及受害者轉變為加害者後霎那斷裂的空白記憶。《恐怖時代》細膩地敘寫城市生活獨特的「剎那感受」與愛恨矛盾，作者在這部文本思索城市人生剎那之間的雪泥鴻爪，以極短篇小說的敘事文體，放大「剎那」來逆反線性敘事的時間邏輯。

城市創造了與鄉村大相逕庭的時間感，鄉村的時間悠長舒緩，寧靜安詳的節奏日復一日，城市緊湊的生活速度，則把時間軸壓縮成片段拼接的零碎狀態，《恐怖時代》呈現了城市生活不連續的時間斷裂。此外，女性的時間感知也與男性不盡相同，女性的時間脈絡中，心理結構佔據了主要位置，男性價值理念所構築的時間感則以線性邏輯為組織核心。[37]線性時間原是由無數個剎那相互銜接，文本中以人物主觀的情緒感知扭曲時間，放大城市「剎那」拼貼的時間碎屑，割離斷裂原本線性的時間主軸，以非理性的情緒軸重組故事架構，逆反男性以理性思維相互連結的邏輯式線性時間。〈箱子與愛〉醉漢於目睹箱中物的瞬間幻滅清醒，〈槍聲〉敘述女子死前變形的剎那世界，〈忘了〉的妻子在創傷中記憶霎時斷片，短暫的「須臾」時光，在小說敘事裡存在著切中肯綮的意義。文本凸顯了人物內在的時間維度，〈箱子與愛〉的內容隨順著醉漢的感知象限而開展，迷醉狀態使所發生的一切疑幻疑真，〈槍聲〉建構了一處麻醉後的奇異時空，此時空在知覺畸變中，無法辨別世界的真假，〈忘了〉則是穿插在女主角的記憶裂痕間，不穩定的敘事狀態使小說被覆蓋上撲朔迷離的霧化效果。《恐怖時代》放大瑣碎的日常剎那，玻璃碎片般地映射光怪陸離的城市變貌，割裂傳統父權文化的線性大敘述史觀，從而使讀者重新檢視城市裡不穩定的兩性關係，與錯綜複雜的生命困境。

---

36 袁瓊瓊：《恐怖時代》，頁103。

37 Julia Kristeva：〈婦女的時間〉，收入張京媛主編：《當代女性主義文學批評》（北京市：北京大學出版社，1992年），頁347-371。

（二）幻異時空與生存的焦慮

「無聊與神秘是兩種看似矛盾的概念，卻是日常生活的一體兩面，而理性思考則扮演了串起這兩個概念的重要角色。」[38]《日常生活與文化理論》指出「日常生活」的矛盾性：我們一再重複的行為，一再遊歷的旅程，以及我們久住的空間，確實編織了我們的生活，但久而久之，一再遊歷的旅程將變成索然無味的負擔，久住的空間變成監獄，而一再重複的行為，也將變成令人窒息的例行生活。文中以福爾摩斯為例，提到他被沉悶的日子擊潰，飽受精神壓力而委靡不振，他酷愛詭譎與奇特的事物，針對日常生活神秘與稀奇古怪的一面，他以理性的思考迎刃而解，與其說福爾摩斯喜愛的是日常生活中的懸疑之事，不如說他更熱愛的是透過理性的思考克服這些疑難雜症。[39]回歸到現代性的概念與實踐中，重新檢視前述論點，工業革命後的工廠生活，將人們的身心置入時空分離的情境，工廠空間裡機械性重複的行為使時間變得空洞化而失去意義，了無新意的重複使人們失去耐心，當生活中虛妄莫名、難以認知的部分，無法對人們的理性邏輯形成挑戰，就會令人感到無聊難耐與精神空虛。人們渴望新穎與奇詭的陌生事物打破日常的重複，同時又期待以理性智慧駕馭那些非凡的事物。與鄉村對照，城市顯然是更被理性秩序收編的時空結構，與此同時，城市市民們也更常處於身心分離的狀態，對於讓日常秩序發生裂隙的各種奇觀也更加渴望。《恐怖時代》裡，袁瓊瓊假設了一個非理性時空，此一幻異時空宛如寄生於城市理性秩序的裂縫，與現實相映，卻有著分裂時空設定的鏡次元世界；其中生滅著各種死亡暴力、鬼魅漂浮的奇觀，但不同於闡釋現代性的恐怖文本，多半聚焦於現代生活的噩夢與精神困境，袁瓊瓊以一種戲謔嘲諷的眼光，觀看這除魅後又復魅的後現代情境。〈蒸發〉「整個世界，正以靜默的速度，緩緩，緩緩的，向天空上

38 Ben Highmore 著，周群英譯：《日常生活與文化理論》（臺北市：韋伯文化出版，2005年），頁6。

39 Ben Highmore 著，周群英譯：《日常生活與文化理論》，頁1-6。

升。」「她去拉上窗簾。現在，她又回到寂靜中了。至少是她熟悉的寂靜。」[40]〈老大的復活事件〉死而復生的老大，化為一種獨特的存在，肉體逐漸腐壞脫落，頭顱傾倒，眼珠滾落，卻仍然以零碎的狀態繼續存活；「由於一切莫測，眾人於是默默等待，在等待中逐漸習慣。大家用平常心接受了這件事，彷彿人死復生是每天都會發生的事，」[41]〈斷了頭的太太〉創造了一個頭顱斷裂，身體仍舊可以續存生息的世界，「夫人就此出了名，成為大家津津樂道的『斷了頭的太太』。此後她再也不必苦思爭妍鬥麗的方法，在任何場合，她都應無庸議的是排行榜上第一名。」[42]〈屋外的女人〉計程車司機在娶了第二任妻子後，決心讓坐在前座二十年的亡妻魂魄離開，「她是個為他存在的鬼，除了他，沒有任何人看得到她。」「在知道她是個鬼魂之前，他已經習慣了她的存在。」[43]袁瓊瓊創造了一幕幕荒謬可笑的超現實處境，眾人的泰然處之強化了戲劇性的張力與衝突，營造一種戲謔嘲諷的閱讀效果。小說文本所建構的幻異時空裡，眾人對於不可思議的種種荒誕，皆能習以為常，無論是蒸發的世界、死而復活的老大、斷了頭的社交名媛、久居不散的亡魂，大家冷眼旁觀、見怪不怪。

在此幻異時空，存在與現實相悖的奇詭情境：〈斜坡〉的男子於晨跑時會遇到世界傾斜的巨變，而他則陷入了自己的精液；〈口〉被眾人崇拜與仰慕的美女麗滿，愛上了父親選擇的夫婿，但丈夫在婚後卻另結新歡，麗滿吞鹽酸尋死，自殺未遂的她，失去美貌，從此無法進食，卻不可思議地擁有高超的烹飪技術，讓丈夫重返家庭，但麗滿已然對先生失去興趣，反而愛上了食物；二三八五年的〈機器人嘉年華〉，高科技文明引發的毀滅性戰爭，世界一片荒夷，對倖存的人類來說，最可怖的是每年巡迴地表的「機器人嘉年華」，在沒有觀眾的情況下，滾過地表……依戀權力，不願離去的殭屍老大、尋求他者認同的斷頭名媛、對於工作壓力與女性關係都感到疲憊的男

40 袁瓊瓊：《恐怖時代》，頁35-36。

41 袁瓊瓊：《恐怖時代》，頁46-4。

42 袁瓊瓊：《恐怖時代》，頁114。

43 袁瓊瓊：《恐怖時代》，頁211-212。

人、對於愛情絕望的妻子，活在地球毀滅後的人類，幻異時空的奇詭變貌，源自於角色對生存的各種焦慮，無法被消除的焦慮將日常變形為失序荒誕的超驗空間，不再追求嚴肅意義、崇高價值、神聖救贖的二十世紀末，後現代城市的市民以漠然的眼光，注視這處無法被理性秩序囿限的城市裂縫，同時，並不打算以理性駕馭種種無法解釋的現況，任由非理性的情境失控發展，對受困於生存焦慮的城市市民而言，超驗想像成為一種出口，幻異時空化為逃遁現實困境的桃花源。

（三）家庭關係的崩壞

《恐怖時代》將我們日常生活原本溫馨的家屋改寫為殺戮戰場：舊時觀念裡，「廚房」與美味菜餚相勾連，是一處與女性緊相聯屬的空間；對傳統男性而言，母親與妻子在廚房烹調滿足家人味蕾的食物，是習以為常、合情合理的風景。食物是每個人賴以存活的重要元素，將之處理得可口美味，是出於女性對家庭的關愛，因此在廚房料理佳餚，是女性對家庭的付出，在家裡的餐桌上品嘗佳餚，是全家人感受幸福、安頓身心的時刻。〈忘了〉的妻子烹調的卻是出軌的丈夫，〈口〉同樣是一個對出軌丈夫絕望的妻子，將愛戀轉向食物。廚房不再是傳統性別秩序裡，女性對家人付出的歸屬之所，反而成為懲罰背叛者的刑場，以及女人與新愛戀對象－「食物」約會的場所。「客廳」是家人離開封閉式的房間，倚坐沙發，共同欣賞電視影像的共享天倫之地，能容納最多家人，是最能長時間將家人凝聚一起的場所。〈殺人〉卻透過血腥暴力的文字，粉碎讀者對於客廳的美好想像。女主角安美在廚房煮菜時決定殺死剛剛家暴她的丈夫，手持菜刀朝客廳走去，丈夫完全沒意識到妻子的轉變：

> 因為剛發洩了暴力，又沒有受到任何抵抗和阻攔，因之很滿意和自得的坐在沙發裡看電視，同時等待著晚餐。他的妻子從沙發背後走過來，揮動菜刀開始砍他。

> 客廳裡整齊和乾淨得可怕，只除了他那一處。血濺之處都已凝結，像是早已存在的傢俱佈置的設色。
> 她現在仍然用沙發壓住他。他現在不動了，但是她知道他仍然活著，因為他在哭，……他的聲音從覆蓋著臉孔的枕頭和沙發下傳來，像經過了十八層地獄。[44]

小說的整體節奏猶如驚悚劇的開展，整個家屋空間都瀰漫著暴力血腥，唯有在浴室裡，安美洗淨頭髮與身體上的污血時，「感覺自己無辜和純潔。」短暫的休憩後，安美又繼續殺夫的進行式，洗廁所的鹽酸，也成為殺人的凶器「她把整瓶鹽酸倒在他身上，他慘叫了，幾乎把整個沙發翻過來，」[45]〈殺人〉解構了家屋是安頓家人身心靈魂之處的觀點，將家屋徹底翻轉為兇案現場。充滿夫妻閨房之樂、浪漫情趣的臥房，在〈藍鬍子〉中成為構思殺妻的場所：「他回到床上。妻子用仰臥的姿勢熟睡著，那無辜純潔的睡姿令人難以想像她內在的陰暗世界。……他才發現，自己正準備用覆蓋她臉孔的方式來阻斷她的呼吸。他停了手。躺臥回妻子身邊。對於自己差一點出手心跳不已。」[46]《恐怖時代》以城市空間為背景，講述了世紀末家庭秩序崩解、社會關係混亂的兩性實錄：〈殺人〉出軌的妻子殺害家暴的丈夫；〈藍鬍子〉丈夫對失控的妻子產生殺意；〈妹妹〉雙胞胎姊妹間的冷酷妒忌；〈寵物〉裡的父母對嬰兒既無慈愛，亦無耐心；〈養鳥〉雙薪家庭的父母都很忙碌，孩子是鑰匙兒童，從養鳥開始，以殺嬰為終點，顯示家人對新成員的冷漠；〈睡〉丈夫對不斷尋死的妻子的冷漠疲憊……此外，前文嘗提及小說文本對母愛的解構，書中亦有諸多情節描寫夫妻失和的問題，小家庭的基本成員是丈夫與妻子，當丈夫與妻子的關係鬆動裂解，家庭組織的架構自然搖搖欲墜，家庭遂成為一處危殆不安的場所。

---

44 袁瓊瓊：《恐怖時代》，頁22-25。
45 袁瓊瓊：《恐怖時代》，頁26。
46 袁瓊瓊：《恐怖時代》，頁69-70。

林淑蓉從精神病患者實際個案的自述經驗，將個人疾病與生活經驗進行有意義的連結，建構其對於「失序的理解」的詮釋文本。其中兩位女性患者昭治與維芬的疾病歷程，環繞在家庭關係與情感問題的衝突，前者長期被先生施暴，被兒女漠視，後者在情感世界受到背叛，同時在家庭關係方面，處於父親會對母親施暴的情況，兩位患者以聽幻覺、視幻覺、觸幻覺等感官知覺經驗來建構個人對於自我的理解與認同，並賦予想像的與事實的二個世界相互連結的基礎。林淑蓉認為幻聽的內容並不是沒有意義的，而是個人主觀感受其日常生活處境的「投射」，並與妄想內容相結合。幻聽與妄想二者相互影響，共同構築了患者所理解的家庭關係以及對於家人行動的解讀，進而形塑了她的自我以及對生活世界的理解。在林淑蓉的訪談個案中，被先生長期施暴的昭治遷居到新住所後，被丈夫限制外出，與陌生鄰里間不相往來，被邊緣化的孤立感益形惡化，開始沉浸於嚴重的被害妄想，最後終於以一把火燒光屋子，同時是全家唯一未能逃出家屋而喪命的人。[47]從林淑蓉的個案與論點進一步思考，《恐怖時代》以虛構的文本回應林淑蓉的實證論文，小說中非理性的幻異時空與各種暴力死亡的怪誕想像，映射的是故事裡的人物主體，尤其是泰半以女性為主角的人物主體，對於外界現實世界反抗的自我變異。我們日常居住的家屋，不僅只是現實空間，同時也是感性的精神空間，熟悉感與秩序感是延續日常生活空間的核心元素，《恐怖時代》打破了營造安心感的日常生活時空，讓我們在失序與陌異的非常狀態，重新審視世紀末都會男女的處境。剛從農村時空離開的傳統男性，與城市裡獨立自主的新時代女性之間，處於判然有別的世界，截然不同的時空感知、步調節奏與思維模式，形成世紀末的裂痕。袁瓊瓊想像了一處城市裂縫中與日常時間相映的鏡次元，捕捉其中的神祕剎那，無聊的常態與神秘的剎那反襯出文本的張力。焦慮憤怒的男性與失控瘋狂的女性，使得傳統世界由兩性建構的穩定秩序分裂崩解，家屋不再是溫暖靜謐的歸屬，反而成為束縛兩性的籠牢。

47 林淑蓉：〈身體、意象與變異的自我感：精神分裂症患者的主體經驗〉，《臺灣人類學刊》第6卷第2期，(2008年)，頁3-46。

四　邊緣敘事與虛實交錯的世界

劉亮雅嘗以「鬼魅書寫」為題，思考九〇年代以來的臺灣女同性戀小說的創傷與怪胎展演，並提到由於社會的敵視與棄卻，臺灣的女同性戀小說關注於同志被視為鬼魂的現象，或許對這些小說作者而言，在一個女同志被視而不覺的社會脈絡中，女同志創傷構成了一個蘊含個人、群體、政治重要性的恆久主題，而另一個主題是女同志的抗拒和主體性。[48]如前文所述，《恐怖時代》亦採取了類似的寫作手法，以被邊緣化的殭屍亡魂、精神病患、自殘者、反社會者，觀看異性戀帝國父權霸業的鬆動潰解。《邊緣敘事——20世紀中國女性小說個案批評》提到：「女性寫作的社會動力是一個邊緣群體的自我表現。」[49]本文所定義的邊緣敘事便是從此一觀點出發，思索《恐怖時代》的女性與城市裡邊緣性人格患者[50]如何以敘事手法傳達邊緣群體對時代變化的反應？並思考反應背後的深層意涵，是本節的聚焦所在。

（一）怪誕與諷刺的敘事技巧

劉燕萍以「怪誕」與「諷刺」兩項元素詮釋明清通俗小說，「怪誕」的基調是不協調性，這種藝術的主要特徵是反常。怪誕藝術的表現手法可以分為肉體上的反常－變形，與精神上的反常。「諷刺」寓言的作者則往往虛擬一個與現實有相類之處的世界，使讀者領略意在言外的雙重意義。劉燕萍舉

48 劉亮雅：〈鬼魅書寫——台灣女同性戀小說中的創傷與怪胎展演〉，《後現代與後殖民：解嚴以來台灣小說專論》（臺北市：麥田出版社，2006年），頁298。

49 徐岱：《邊緣敘事——20世紀中國女性小說個案批評》（上海市：學林出版社，2002年），頁25。

50 邊緣性人格疾患者為臨床上最常見的人格疾患種類，其中一項明顯的臨床特徵為不良社會互動與人際關係，他們可能因過去的不安全依附關係導致有較多人際關係破裂危機，對人際關係有較多負向解讀，無法避免人際關係中較多的激烈衝突。詳文參見辜靖淳、葉在庭、劉宜釗：〈愛你恨你的背後——邊緣性人格患者的人際親密能力〉，《中華輔導與諮商學報》第41期（2014年），頁123。

《聊齋誌異》為例，〈宅妖〉中呈現了一種半人半異類的變形妖怪；〈劉海石〉則描寫由獸變人、由人變獸的肉體變形；〈姚安〉的男主角懷疑妻子紅杏出牆，殺妻後姚安陷入迷狂與歇斯底里的精神狀態，被妻子的鬼魂戲弄，在幻覺中再度殺人；〈羅剎海市〉藉由虛構的旅行反映現實世界，以隱喻的手法譏刺污濁的人間。劉燕萍認為怪誕與諷刺結合的作品為怪誕變形，其中人獸混和、身體畸形的生物，能形象化得揭露人的獸性與凶險，怪誕技巧雜揉的恐怖及滑稽的形容，既能博君一笑，又能塑造緊張的氛圍，提供娛樂效果，成為通俗文學的賣點。[51]劉乃慈曾以「新『聊』齋誌『異』」為標題討論《恐怖時代》，認為袁瓊瓊利用鬼故事的「超現實」特質、暴露了共通人性裏自私曖昧的本質，進而質疑現實世界的真實性、理性以及科學性。[52]從前述論者的觀點進一步思考，若將《恐怖時代》視為現代版女作家的聊齋故事，並同樣以「怪誕」與「諷刺」兩項元素解析此作的敘事手法，是否可以深化文本意義，值得深入探析。

《恐怖時代》同樣設計了怪誕變形的奇詭情節，〈老大的復活事件〉與〈斷了頭的太太〉的主角皆是身體斷裂後，意識仍然清楚；亦有角色是精神變異後，發生肉體變形的情況，〈米〉女主角在晨跑撞見屍體後受驚，此後經常見到米從屍體孔竅間竄出的異相；〈口〉婚姻與愛情的失敗，使麗滿精神崩潰，企圖尋死，吞服硝鏹水之後，身體再也無法進食，卻仍能繼續存活。傳統志怪小說怪誕變形的設計，角色的肉身往往發生人變獸，或獸變人，半人半異類的反常發展，《恐怖時代》的肉身變形，則是與屍體、殭屍相勾連，人化為殭屍，但保有正常人的意識，或正常人精神崩潰後，身體產生殭屍化的轉變。倘若將傳統志怪小說的怪誕情節設計，視為反映兇殘人性與諷刺污穢俗世的敘事技巧，那袁瓊瓊的此部極短篇創作則透過怪誕情節與幻異時空的設計，諷刺人性的欲望枷鎖，貪婪、虛榮、忌妒、嗔癡將人困在行屍走肉的身體。〈老大的復活事件〉提到：「復活不是恩賜，而是懲

51 劉燕萍：《怪誕與諷刺：明清通俗小說詮釋》（上海市：學林出版社，2003年）。

52 劉乃慈：〈新「聊」齋誌「異」—論袁瓊瓊的《恐怖時代》〉，頁71-76。

罰。」[53]殭屍化的肉身，即便能繼續存活，鎮日遭受精神或肉體的折磨，宛如一種對人性罪咎的詛咒，此文本反映了世紀末臺灣的部分城市化景況，城市競爭刺激了欲望的增生，欲望在有限的身體空間無限膨脹，掏空固有的心智平衡，壓抑精神層面的發展，使個體的內在處於不穩定的失序狀態，愛情挫敗、日常驚懼、需求的匱缺變成引線，個體受困於情緒失衡的身體，線抽傀儡般地處在一觸即發的日常危機裡。《恐怖時代》以怪誕與嘲諷的元素，展示此一與現實相類的幻異時空，此時空如同真實世界的寓言或預言，提醒著我們肉身將被欲望人性腐屍化的危機。

（二）後設敘事與主體的分裂

齊邦媛曾提到「袁瓊瓊的短篇小說幾乎全用暗示的方式把故事情節交代出來，人物的描寫淡淡幾筆，對話都是極簡短的幾個字，餘下的全是動作，是一種極不動感情的寫法，」齊邦媛認為「也許只有這樣努力排除自我才能嘲諷，或單純的呈現書中人物的無情和無奈？」[54]姑且不論「餘下的全是動作」的觀點是否過於武斷，但被齊邦媛提出的「無我」的書寫技巧，在《恐怖時代》的小說敘事裡發生結構性的變化，在每一篇故事的後記裡，作者都現身說法，表述小說的源起或創作理念。這一敘事手法，學者評價不一，梅家玲認為「削減了小說本身所可能具有的震撼性」，[55]王德威以為「她的序及每篇故事後的『後記』，既像自圓其說，又像沒話找話說，看來不足為訓，卻衍生了奇怪的回聲」[56]郝譽翔則認為《恐怖時代》篇篇都要交代小說的源起來歷，「頗似古代中國志怪小說的做法」。[57]傳統志怪小說存有類似的

53 袁瓊瓊：《恐怖時代》，頁51。

54 齊邦媛：〈閨怨之外〉，《千年之淚》（臺北市：爾雅出版社，2015年），頁172-173。

55 梅家玲：〈恐怖時代〉，《聯合報》1998年09月24日，43版。

56 王德威：《眾聲喧嘩以後——點評當代中文小說》，頁145。

57 郝譽翔：〈荒涼虛無的說故事高手——閱讀袁瓊瓊〉，《幼獅文藝》第563期（2000年），頁57。

敘事技巧，已有學者論述，許麗芳於論文中以「後設」的觀點分析此寫作現象，並提到「在後設小說觀念中，讀者不可以全然信賴作者，書寫鬼怪的小說作者所反映的未必是所謂的現實。於此，鬼怪本身已非主要焦點，重點在於對製造或型塑鬼怪小說之主體加以檢視，並思考此一主體之型塑意識與敘事內涵從何而來，由此以凸顯寫作虛構與後天想像的存在。」[58]由後設敘事的寫作手法，觀察袁瓊瓊篇篇註記的書寫策略，創造了何種敘事效果與形式意義？是本文欲進窺之處。

後設小說具有一種虛構性幻象的結構，同時對這種幻象進行展示；既是在進行創作，並且對小說的創作進行陳述，透過此一寫作模式發揮批判、質疑或隱喻的作用。小說作者在創作過程中不斷打破創造與批評的界線，並且把兩者融合到闡釋和解構的概念中。[59]傳統志怪小說的作者透過後設小說的敘事技巧，藉以進行道德教化，或顯現作者個人的價值意志，批判現實、寄託理想、投射情感，「鬼怪」成為作者託寓的載體，實際上憑藉虛設的鬼怪世界，形構寓言，遂行作者個人的情志意念。若同樣以「後設敘事」的觀點探析《恐怖時代》，將作者的主觀想像進行客觀的分析，思考其主體創作的意識建構，或許有助於文本意義的擴散輻射。袁瓊瓊曾對此近似「後設敘事」[60]的寫作手法進行解釋：「同為創作者，我最感興趣的是為什麼這樣寫，遠超過作者希望表現的主題。」同時，「現在年紀大了，比較囉嗦。」[61]作者本身希冀闡述寫作動機而書寫後記，但此一敘事形式，卻使文本產生兩種敘事話語，特別是其中以第一人稱敘事的篇章，使小說建構出一種分裂的主

58 許麗芳：〈日本漢文小說《夜窗鬼談》、《東齊諧》對鬼怪的後設書寫——與《聊齋誌異》、《閱微草堂筆記》的比較分析〉，《漢學研究》第33卷第1期（2015年），頁235-260。

59 Patricia Waugh 著，錢競、劉雁濱譯：《後設小說——自我意識小說的理論與實踐》（臺北市：駱駝出版社，1995年），頁7。

60 袁瓊瓊《恐怖時代》的寫作手法雖與後設敘事有相近之處，但本文並未試圖以「後設敘事」的定義框限此文本，而是以後設敘事作為觀測脈絡與之對照，思索兩者的同異之處。

61 王開平：〈黑暗的深度〉，48版，《聯合報》1998年10月19日。

體聲音。〈奔跑的人〉、〈寵物〉、〈大神〉、〈夢見死亡〉、〈熱狗〉、〈神的眼光〉皆採用第一人稱的敘事觀點，其中僅〈寵物〉為虛構的故事，其餘皆為袁瓊瓊的真實經歷，她也同時在後記中直接闡明該內容為個人的實際體驗，使文本游移於散文與小說的文類界限。若將正文視為作者敘述性的獨白，後記則變成作者現身與正文對話，正文與後記宛如一種文體上的雙身結構，進而使文本分裂為雙聲的話語結構，此作與一般九〇年代後設小說的區隔是，後設小說的雙重敘事聲音在文本中可能是雙生雙滅，同時進行，但《恐怖時代》裡的雙聲結構卻是此起彼落，正文結束後，後記才發聲，且後記往往另闢一頁，在獨立的頁面時空裡表情達意。《恐怖時代》的後記與《聊齋誌異》的異史氏曰有異曲同工之妙，同樣在文章尾聲處自說自話，但相較於後者藉由鬼怪故事寄託理念、批判現實、嚴肅教化的寓意，前者泰半是閒話家常、自述心情。袁瓊瓊喃喃絮語式的後話書寫，近似於表演腹語術者的內在含混之言，消解神聖嚴肅的客觀意義，既不同於線性敘事小說的理性結構，同時顛覆傳統志怪小說的教化內涵。《恐怖時代》呈現出一種主體性分裂的價值形態，包括精神主體、身體空間、敘事文體，從內容到形式的分裂聲音，延續了九〇年代以來臺灣女性文學鬼魅書寫、創傷與怪胎展演的反抗精神，邊緣者的反擊立場，也暗示了後現代觀點對一言堂獨斷價值的不表認同。

（三）日常封閉空間的非日常敘事

王德威評論《恐怖時代》三十則蒐集於日常生活的即興隨想時，提到其敘事特點：「敘述轉折之間，卻每有意外驚慄的結局。」「平常與反常間所造成的落差，應是袁瓊瓊所追逐的效果。」[62]裴海燕也提到：「其作品中的驚悚之處，並非在文本中所描寫的精神畸變、行為怪異、自我毀滅的人物本身」，而是「在這些故事中所營造出來的『平凡』氛圍表層下所沸騰的變數／恐怖

62 王德威：《眾聲喧嘩以後——點評當代中文小說》，頁142。

因子以及其所帶來的潛在威脅和不安全感」[63]《恐怖時代》虛構了一處幻異時空，此時空與理性穩定的世界有所歧異，甚至相悖。在看似平淡的日常表相下，隱藏著諸多情緒失控點，文本往往在如常敘述的下一個轉瞬，推翻之前敘事過程所堆砌的穩定情節結構，正常與反常間，彷彿只有一線之隔。袁瓊瓊的三十則故事，隱喻著每個月每一天我們都有可能被突如其來的恐怖分子，被蠢蠢欲動、無限擴張的人性欲望，破壞原本平凡無奇的生命狀態。

張愛玲與袁瓊瓊之間的文學勾連，已有不少學者分析，[64]張愛玲論及人性時曾提到：「去掉了一切的浮文，剩下的彷彿只有飲食男女這兩項。人類的文明努力要想跳出單純的獸性生活的圈子，幾千年來的努力竟是枉費精神麼？事實是如此。」[65]袁瓊瓊顯然也承繼了張愛玲的觀點，著迷於描寫男女兩性生之欲望的黑暗恐怖，張愛玲〈自己的文章〉提到：「人們只是感覺日常的一切都有點兒不對，不對到恐怖的程度。」那種「鄭重而輕微的騷動，認真而未有名目的鬥爭」具有穿越時代的恆常性，[66]在袁瓊瓊的作品中也能覓得痕跡。不過四○年代的張愛玲所處理的是戰爭中的日常，九○年代袁瓊瓊處理的則是日常中的戰爭，或許可以彼此觀照，相映成趣。〈封鎖〉是張愛玲小說裡頗受關注的短篇，探討的是戰爭時期被日軍封鎖的電車上，一對男女偶然邂逅的情愛轇轕，張愛玲於小說裡捕捉了戰爭所形構的非日常狀態，思考非日常的封閉空間所存在的日常性，探討其中愛情的生滅，解構愛情的穩定性，質疑與嘲諷愛情的虛幻。九○年代與四○年代的差別是，四○年代傳統家族群體對於個體的牽制仍然具備關鍵的影響，九○年代在城市發

63 裴海燕：《從「現實」到「寫實」：一九八○年代兩岸女性寫實小說之比較》（臺北市：秀威資訊出版社，2015年），頁218。

64 張誦聖：〈袁瓊瓊與八○年代台灣女性作家的「張愛玲熱」〉，收入梅家玲編：《性別論述與台灣小說》，頁93-116。王德威：〈從海派到張派——張愛玲小說的淵源與傳承〉，《如此繁華》，頁84。

65 張愛玲：〈餘燼錄〉，《流言》（臺北市：皇冠出版社，1979年），頁53。

66 張愛玲：〈自己的文章〉，《流言》，頁21-22。此處感謝審查委員的寶貴意見，啟發筆者對此觀點進行論析。

展與小家庭型態的崛起後，家族勢力對個體的影響日益下降，個體固然在家庭箝制力削弱後，獲得相對增加的自由，但同時也在歸屬感降低後，情感失衡的情況愈益嚴重。《恐怖時代》探討的是日常狀態裡的兩性戰場，日常封閉空間裡的非日常性，此封閉空間包含了形而下的身體與城市空間，以及形而上的家庭、人際間的扭曲關係，〈殺人〉、〈藍鬍子〉、〈寵物〉、〈忘了〉、〈養鳥〉聚焦於封閉公寓的夫妻愛恨與家庭疏離，〈屋外的女人〉講述一個被困在計程車上，生與死交界的幽魂，〈咳嗽〉探討封閉酒館內男與女的混亂交媾，〈箱子與愛〉、〈奔跑的人〉裡深夜的街道化為一處封閉空間，〈夢見死亡〉的夢境、〈槍聲〉、〈斜坡〉將死之人、精神崩潰者的意識幻境則是一種精神上的封閉空間……凡此種種，或實或虛，袁瓊瓊的小說圍繞著虛實交錯的封閉空間，探討其中的闃暗人性，與張愛玲相同的是，袁瓊瓊也熱衷於推翻兩性愛情的不穩定結構，表面上探討人際情感，潛層之處則是對情感的解構與質疑。

隨著城市發展的進程，男女成長步履的失調，家族制衡力量的弱化，工作競爭壓力所導致的精神耗弱，兩性之間的間隙裂痕愈趨擴大，也使得以兩性為基礎的家庭關係陷入惡性循環的劣化。《恐怖時代》消解了歲月靜好的日常生活童話，而以社會當中邊緣群體的非日常敘事，突顯隱藏於日常封閉空間裡的種種問題，同時以破壞理性特徵的敘事技巧，質疑科學文明社會所宣傳的正常假象，既是一則揭示九〇年代世紀末困境的寓言，也同時是一則警示新世紀問題的預言。

五　結語

《恐怖時代》開篇便重新詮釋亞當與夏娃的聖經故事，解構自古以來被視為理所當然的母愛天性，將母親懷胎的過程重寫為一齣病態的驚悚劇。父權體制的文化結構，孕育延續家族世系的男性子嗣，使嫡系姓氏的血緣命脈源源不絕，是女性身體的重要功能。在此邏輯內，嬰兒象徵著新生的希望，母親與孩子的身體共構著周而復始的生命哲學與時間觀。然而《恐怖時代》

顛覆了此一思維，厭嬰、棄嬰、恐嬰、殺嬰的母親擁有的是排斥嬰兒的母體，與被妖魔化、病體化的嬰兒身體，母子之間不再緊密相連，身體的分裂與時間的不連續性，宛如宣告著世界末日將至。世紀末之後，新紀元到來的時間周期產生裂變，未來的消失，救贖的終止與絕滅，強化了文本名稱所宣告的時代氛圍。

因情愛糾結而導致身體的肢解分裂，是《恐怖時代》裡身體產生變異的另一重因素，作者設計肢解、分屍、自戕、自殘、自焚、食屍等暴戾內容，陳述女性選擇不再隱忍外界加諸於己的背叛、輕視、暴力、傷害，以理性喪失的歇斯底里與瘋狂，面對自我與他者，以毀壞身體進行暴力反抗。小說文本以肉身為鏡，反映世紀末的性別戰場，女性主體的日益膨脹，壓縮著原本男尊女卑的價值體系。袁瓊瓊所刻劃的「日常裡的失常」，恰好反映兩性對於日常認知的分裂，男性習以為常的生活，或許是女性怵目驚心的失常人生，反之亦然。符號化的身體轉變為一處具有煽惑性的犯罪空間，上演各種暴力奇觀，藉由身體舞臺變調的演出，試圖顯影臺灣社會兩性間內蘊的矛盾張力，當女性朝著時代前進時，男性感到被拋諸腦後的憤怒，男性的焦慮與女性的反抗，使得世紀末的兩性關係傾斜失衡。

書中有諸多情節描寫夫妻失和的問題，小家庭的基本成員是丈夫與妻子，當丈夫與妻子的關係鬆動裂解，家庭組織的架構自然搖搖欲墜，家庭遂成為一處危殆不安的場所。小說文本打破了營造安心感的日常生活時空，讓我們在失序與陌異的非常狀態，重新審視世紀末都會男女的處境，並透過怪誕情節的設計，諷刺人性的欲望枷鎖，暗示貪婪、虛榮、忌妒、嗔癡將人困在行屍走肉的身體。《恐怖時代》以怪誕與嘲諷的元素，展示與現實相類的幻異時空，此時空如同真實世界的寓言或預言，提醒著我們肉身將被欲望人性腐屍化的危機。每一篇故事的後記裡，作者都現身說法，表述小說的源起或創作理念，此一敘事形式，使文本產生兩種敘事話語，特別是其中以第一人稱敘事的篇章，使小說由內容到形式建構出一種分裂的主體聲音。《恐怖時代》以被邊緣化的殭屍亡魂、精神病患、自殘者、反社會者，觀看異性戀帝國父權霸業的鬆動潰解。小說文本以社會當中邊緣群體的非日常敘事，突顯隱藏於日常封閉空間裡的種種問題，同時以破壞理性特徵的敘事技巧，質疑科學理性社會所宣傳的正常假象。

由身體空間為起點，延伸至身處其中、切身相關的住居空間，身體傷病毀壞的怪異變貌，與鬼影幢幢、血腥暴戾的幻異時空，極有可能是女性主體對日常生活處境的個人主觀感受的投射。城市為女性提供就業機會，使之具備經濟能力與發言權，從而建構更強勢的主體價值與社會位置，重新編碼其身分秩序，與此同時，男性面對過去獨尊位置的改變，與主體價值優勢漸褪的現實，產生被去勢的危機感。兩性的分裂認同，對於家庭的負面影響，是文本預示的威脅與隱憂。《恐怖時代》文本的重要價值，在於指涉出舊世紀結束與新世紀發端之間，時代在表面如常的平靜之下，內在騷動不安的意義。

——原刊於《東吳中文學報》第35期（2018年5月）

參考書目

一　古籍

〔清〕孫希旦撰　沈嘯寰、王星賢點校　《禮記集解》　北京市　中華書局　1989年

二　近人著作

王德威　《閱讀當代小說》（臺北市　遠流出版公司　1991年）

王德威　《眾聲喧嘩以後——點評當代中文小說》　臺北市　麥田出版社　2001年

王德威　《想像中國的方法》 北京市　生活・讀書・新知三聯書店　2003年

王德威　《如此繁華》　上海市　上海書店出版社　2006年

呂正惠　《戰後台灣文學經驗》　北京市　生活・讀書・新知三聯書店　2010年

邱貴芬　《仲介台灣・女人——後殖民女性觀點的台灣閱讀》　臺北市市　元尊文化出版　1997年

邱貴芬　《後殖民及其外》　臺北市市　麥田出版社　2003年

范銘如　《眾裡尋她——台灣女性小說史縱論》　臺北市　麥田出版社　2008年）

范銘如　《空間／文本／政治》　臺北市　麥田出版社　2015年

南方朔　《世紀末抒情》　臺北市　大田出版社　1998年

袁瓊瓊　《恐怖時代》　臺北市　時報出版公司　1998年

徐　岱　《邊緣敘事——20世紀中國女性小說個案批評》　上海　學林出版社　2002年

梅家玲編　《性別論述與台灣小說》　臺北市　麥田出版社　2000年）

張愛玲　《流言》　臺北市　皇冠出版社　1979年

齊邦媛　《千年之淚》　臺北市　爾雅出版社　2015年

裴海燕　《從「現實」到「寫實」：一九八〇年代兩岸女性寫實小說之比較》　臺北市　秀威資訊出版社　2015年

劉亮雅　《情色世紀末》　臺北市　九歌出版社　2001年

劉燕萍　《怪誕與諷刺——明清通俗小說詮釋》　上海市　學林出版社　2003年

劉亮雅　《後現代與後殖民——解嚴以來台灣小說專論》　臺北市　麥田出版社　2006年

Ben Highmore 著　周群英譯　《日常生活與文化理論》　臺北市　韋伯文化出版　2005年

Julia Kristeva　〈婦女的時間〉　張京媛主編　《當代女性主義文學批評》　北京市　北京大學出版社　1992年

Patricia Waugh 著　錢競、劉雁濱譯　《後設小說——自我意識小說的理論與實踐》　臺北市　駱駝出版社　1995年

三　期刊論文

林淑蓉　〈身體、意象與變異的自我感——精神分裂症患者的主體經驗〉　《臺灣人類學刊》　第6卷第2期　2008年　頁3-46

郝譽翔　〈荒涼虛無的說故事高手－閱讀袁瓊瓊〉　《幼獅文藝》　第563期　2000年　頁56-59

許麗芳　〈日本漢文小說《夜窗鬼談》、《東齊諧》對鬼怪的後設書寫——與《聊齋誌異》、《閱微草堂筆記》的比較分析〉　《漢學研究》　第33卷第1期　2015年　頁235-260

劉乃慈　〈新「聊」齋誌「異」——論袁瓊瓊的《恐怖時代》〉　《國文天地》第16卷第5期　2000年10月　頁71-76

辜靖淳、葉在庭、劉宜釗　〈愛你恨你的背後——邊緣性人格患者的人際親密能力〉　《中華輔導與諮商學報》　第41期　2014年

四　報紙

王開平　〈黑暗的深度〉　《聯合報》　48版　1998年10月19日

梅家玲　〈恐怖時代〉　《聯合報》　43版　1998年09月24日

臺灣日據期精英的跨域流動與地方／世界的新視域

——以新竹風雲人物謝介石為中心*

張泉**

摘要

在近代世界殖民史上，中國被殖民的歷史具有以下四個特點：第一、始於延續四百餘年的世界體制殖民期的後期。第二、一直處於半殖民地狀態。第三、一九三七年之後形成了相對穩定的國統區（中華民國）、共產黨抗日民主根據地、淪陷區三大區劃。第四、日本在佔領區建立起臺灣、「滿洲國」[1]、「新中國」[2]三種殖民地模式。據此建構的四個宏觀維度分別是：

---

* 這是我在臺灣新竹清華大學南大校區舉辦的「竹塹風華再現：人文、藝術與地方的交響齊奏——第三屆臺灣竹塹學國際學術研討會」（2017年11月10-11日）上的報告。本文受惠於邀請人陳惠齡教授、評議人臺灣師範大學國文學系主任許俊雅教授。還有臺灣清華大學臺灣文學研究所徐淑賢和吳文、臺灣大學臺灣文學研究所彭玉萍、臺灣師範大學國文系蔡佳玲等博士生或博士候選人。他們或不吝賜教，或費心費時提供關鍵材料，或願意與我討論相關問題，使我受益匪淺。在這裡一併致謝。

** 北京市社會科學院研究員，主要研究領域為中國現代文學、東亞殖民主義與文學、國外中國學（現代文學）。

1 這裡的「滿洲國」一詞加有引號，旨在表明，中國政府和中國人民對其從未予以承認。為了行文方便和節約篇幅，除引文外，後文中的滿洲國一詞不再加引號。

2 維度四原為：臺灣／滿洲國／淪陷區三種殖民地模式間的共時殖民體制差異維度。現把其中的「淪陷區」改作「新中國」，「統治模式」改作「殖民地模式」。改動的理由，參見張泉：〈東亞現代文學研究的一種區域／國別／全球史方法——從〈中國淪陷區文學大系〉引發的爭論說起〉，《漢語言文學研究》2019年第2期。

一、全球體制殖民／新殖民／後殖民三個殖民階段的歷時演化維度；二、以七七事變為節點的戰前／戰時／戰後三個階段的歷時轉換維度；三、全國抗戰時期國統區／共產黨抗日民主根據地／淪陷區三大區劃間的共時體制差異維度；四、臺灣／滿洲國／「新中國」三種殖民地模式間的共時殖民體制差異維度。這四個維度是研究殖民與中國、特別是東亞殖民與中國的結構性背景。伴隨著近代中國殖民地疆界與國家／區域政權地圖的變遷，臺灣人謝介石在清朝、日本、中華民國、滿洲國、「新中國」（北京淪陷區）間跨域移動，經歷了一系列重大歷史事件。到一九一五年他終於完成國籍變更手續、在法律上成為中華民國公民，也從一名接受臺灣割據地既成事實的新竹地方日語翻譯，一位在傳統詩中嘆服宗主國現代文明的「臺灣土語」教員，轉而躋身重建中國的複雜進程。在後來的中國全民抗戰中，很有可能也曾有所行動。考察謝介石跌宕起伏、褒貶不一的一生時，引入上述與殖民有關的四個宏觀維度，確認不同階段歷時轉換的時代差異，以及不同共時政權間的體制差異，或許有助於形成設身處地的立場或視角，從而能夠較為客觀地還原臺灣日據期精英在東亞、中國、日據區跨域流動的複雜樣貌，以及流動帶來的地方／世界新視域。

關鍵詞：謝介石、跨域流動、東亞殖民史、東亞殖民研究方法在近代日本對外殖民擴張時期，大批臺灣精英在東亞跨域流動。其中的謝介石曾在晚清、民初、滿洲國政壇叱吒風雲。本文主要對他的跨域歷程做一考索，力求厘清歷史脈絡，也試圖藉此對近代東亞殖民研究方法做進一步的探討。

一　「故園東望雲千里」[3]
——從南方外地新竹進入內地中心東京

謝介石（1878-1954）[4]，原名謝海，字介石。號幼安、又安，別號怡庵、怡盦、文俠。曾用名謝愷。新竹縣人。祖籍福建惠安。出身新竹商販家庭。在新竹明志書院接受為期三年的中華傳統文化、古典詩文教育。日本割臺後，在竹城學館（新竹國語傳習所）習日語。半年後，被新竹縣知事櫻井勉（字兒山）聘為新竹辦務署通譯（日語翻譯）。後來，又入讀新竹公學校。畢業後仍任通譯，並兼任新竹公學校教員及校學務委員。

一八九七年底，櫻井知事因公「扶輪東上」，攜「一通國語，一工詩學」的地方紳士鄭鵬雲、國語卒業生謝介石「同舟同行」，以便他們得以將「到處山川文物盡可收入錦囊」[5]。一月一日，抵達東京，一月二十五日啟程離開，二月三日返回臺灣。謝介石很快刊出三首記述「東上之行」的詩作〈游濵離宮即事〉〈登淩雲閣有感〉和〈元旦抵京即事〉，表達對於長官的知遇之恩，以及初次接觸「帝京」美景、東洋文明的興奮與豔羡[6]。這是殖民

3　在東京謝介石：《寄臺陽諸友》，日文《臺灣日日新報》，第1版，1904年12月6日。

4　也有謝介石一八七九年出生之說。參見北京市臺灣同胞聯誼會編著：《番薯仔兩岸留痕‧京華老臺胞口述歷史實錄》（北京市：台海出版社，2016年），頁158。

5　〈召文杜母〉，《臺灣新報》，第1版，1898年1月7日；〈邑侯還轅〉，《臺灣新報》，第1版，1898年2月9日。鄭鵬雲（1862-1915），字毓臣，詳見詹雅能：《竹梅吟社與〈竹梅吟社〉詩抄》（新竹市：新竹市文化局，2011年），頁65-66。

6　參見新竹謝介石：〈游濵離宮即事〉、〈登淩雲閣有感〉，《臺灣新報》，第1版，1898年2月15日；新竹謝介石：〈元旦抵京即事〉，《臺灣新報》，第1版，1898年年2月22日。後者被鄭鵬雲誤作他的詩作收入了《師友風義錄》（出版地不詳：玉禾山房，1979年），頁98。

當局教化割據地知識者的舉措之一。至於對具體個人奏效的程度，可能要放在一個較長的時段裡考察其行動。

六年之後，一九〇四年，經新竹廳廳長里見義正推薦，謝介石前往東京，在東洋協會專門學校擔任臺灣土語科（臺灣語）教員，培訓即將赴臺任職的日人官員[7]。這樣，時年二十六歲的謝介石得以在帝國範圍內從外地邊陲進入內地中央，實現了個人生涯中的第一次跨域流動。他隻身來到東京後，想像故鄉臺灣的朋友往東看向千里之外孤獨的自己，籍〈寄臺陽諸友〉抒發躊躇滿志的心跡：「一肩行李上神京。大地河山共送迎」。對於謝介石此次赴日的意義，櫟社詩人王石鵬在為他送行時有精到的闡說：「吾觀二十世紀之時代。固學問競爭之世界。而亦為言語發達之世界。」只有通一兩種以上的語言，才能夠「觀國風。察民情。而無扞格難伸之患。」他認為，謝介石「賢且能」。如能在教務之餘，「再入專門學校。以吸收開化之智識」，將來返臺，無論是「振興事業」還是「服官臨民」，均「前程遠大」[8]。這可能是日據初期臺灣一代有志知識人的人生理想與志業追求。

在東京教書的同時，謝介石半工半讀，進入明治法律學校[9]。同時兼任日華時報記者，往返於日臺之間。學有所成之後，他沒有返臺，而是經由帝國中央（內地），跨域進入正處在政權政體激進更迭期的近代中國官場政治，從一名接受臺灣割據地既成事實的新竹地方日語翻譯，一位在傳統詩中嘆服宗主國現代文明的「臺灣土語」教員，轉而躋身重建中國的複雜進程。

---

7 鄭鵬雲：《送謝介石之東京》，日文《臺灣日日新報》，第3版，1904年11月8日。該校當年即改稱東京臺灣協會專門學校，而後又升級為東洋協會大學（1922）、拓殖大學（1926）。

8 王石鵬：《送謝介石東上序》，日文《臺灣日日新報》，第1版，1904年10月11日。王石鵬（1877-1942），臺灣新竹人。一九二六年任《臺灣新聞報》漢文部記者、主筆。晚年曾遊大陸。撰有《臺灣三字經》、《箴盤鐵筆》（金石）、《釋迦佛歌》、《清宮遊記》等書，並譯有農學八種。其文采風流與謝介石齊名，有「新竹二石」之稱。兩人又與明志書院同窗洪崇三過從甚密，人稱「竹城三逸」。

9 一九〇三年，明治法律學校改稱明治大學。一九二〇年，進一步由專科學校升格為大學。

在後來的中國全民抗戰中，很有可能也曾有所行動。

至於謝介石在東京工作求學三年之後轉而選擇前往清朝的具體原因，從他的詩作揣測，很可能是他這位從割據地走出來的知識人，對於帝國殖民語境已深感失望。比如，他感歎「人間勢利炎如火」、「處世由來外要圓」[10]。又反復抱怨他在東京所作的工作毫無意義：「自笑為他人作嫁。烏絲日日寫長箋。」[11]、「此行豈果為花累。只為他人作嫁衣。」[12]看來，謝介石認識到，只有回歸母國大清王朝，他才可能有英雄用武之地。

二　「萬里長城萬里天」——從新興殖民帝國首都到衰敗王朝發祥地

目前一般認為，在東京時期，謝介石與張勳[13]之子結同窗之誼，畢業後得以在張勳的介紹下赴中國內地閩浙做官，擔任閩浙總督松濤的法律顧問。清亡之後，轉關外中國東北地區，被聘為吉林政法學堂教習兼吉林都督府政治顧問[14]。其依據主要是《臺灣詩醇》中的有關介紹，以及其中所收謝介石的〈將赴吉林留別臺陽諸友〉。該詩有句云：「華國方歸又吉林。征鞍碌碌感殊深。」[15]

導致這一誤判的史料方面的原因有兩點。

第一，賴子清選編的《臺灣詩醇》（嘉義：自刊本）印行於一九三五年六月九日，而所收該詩實際上首發於一九〇七年。

10 在東京謝介石：〈五龍泉瀑布〉、〈清水寺圓亭〉，第1版，日文《臺灣日日新報》，明治38年（1905）1月8日。

11 在東京謝介石：〈寄舍弟介藩〉，日文《臺灣日日新報》，第1版，1905年2月26日。

12 新竹謝介石：〈留別臺陽諸友〉，漢文《臺灣日日新報》，第1版，1906年年2月2日。

13 張勳（1854-1923），江西人。曾任清朝雲南、甘肅、江南提督。中華民國時期，任長江巡閱使、安徽督軍。一九一七年率兵進入北京。七月一日，與康有為一起擁溥儀復辟。十二日即被皖系軍閥段祺瑞擊敗。

14 參見內尾直昌編：《滿洲國名士錄》（東京：日支問題研究會，1934年），頁88。

15 新竹謝介石：〈將赴吉林留別臺陽諸友〉，漢文《臺灣日日新報》，第1版，1907年2月15日。

第二，在東京期間，謝介石還結識了晚清官場其它人物如趙爾巽之少君。而趙爾巽當時主政東北。查漢文《臺灣日日新報》一九〇七年二月八日第二版的相關報導：

> 新竹謝介石氏久奉職東京政法大學及臺灣協會專門學校此次應清國吉林將軍之聘昨日歸臺豫定一禮拜再往東京與清官同行赴滿洲

又見一九〇七年二月十七日第二版：「謝介石君本日出發經內地赴北滿洲」。以及一九〇七年四月六日第一版：

> 受吉林達將軍招聘之新竹謝介石氏。一到吉林。當地巡警總局。政治考察局。法政館交涉局等處。均欲延致。互爭要請於達將軍……聞達帥內意。乃欲以謝氏承政治考察局提調……蓋因該局乃在將軍府內。直隸於將軍。以檢察地方之政治故也。

謝介石出發當天有詩作發表，其中「萬里長城萬里天」一句[16]，豪氣沖天，是他赴中國北方苦寒之地闖天下的詩宣言。在他兩天前發表的《將赴吉林留別臺陽諸友》中，一句「春風送我赴天涯」，抒發了詩人把握機遇的決心，以及對於跨域之旅的期待與憧憬：

> 廿紀舞臺堪試演。三千世界任高吟。雪來柳往男兒事。朔地嚴寒豈畏侵。

報導中所提達將軍[17]，在一九〇五年七月至一九〇七年三月間擔任吉林

16 謝介石：〈平樂游席上敬呈臺陽諸詞友〉，漢文《臺灣日日新報》，第1版，1907年2月17日。

17 達桂（1860-1926），又稱達軍帥、達帥、達留守，齊齊哈爾漢軍正黃旗人。一九〇六年三月八日，丁憂。一九〇七年一月再調署理吉林將軍。此時，監察禦史趙啟霖上疏

將軍。一九〇七年四月，清政府改革東北地方官制，裁撤盛京、吉林、黑龍江將軍，設立奉天、吉林、黑龍江三個省，各省設巡撫。東三省總督替代原盛京將軍一職，由徐世昌擔任。

兩年半以後，漢文《臺灣日日新報》披露了謝介石得以在滿洲馳騁的人脈：

> 查謝氏業由臺灣協會出身。獲交東都趙爾巽之少君。遂以有今日。此信果確。東三省大舞臺尤添一新角色矣。不誠青年界姣姣哉[18]。

趙爾巽（1844-1927），祖籍奉天鐵嶺，清末漢軍正藍旗人。一九〇五年任盛京將軍（與後來的東三省總督相當）。一九〇七年四月調任湖廣總督，第二年授四川總督兼成都將軍。一九一一年六月任清朝最後一任東三省總督，兼管理東北三省將軍事務的欽差大臣。一九一二年三月，趙而巽與袁世凱內閣達成妥協，被任命為民國東三省都督。

據此，謝介石的中國從政生涯的第一站不是晚清時期的內地閩浙，而是關外的吉林省。也就是說，一九〇七年二月，時年二十九歲的謝介石決定跨域遠赴動盪飄搖中的清王朝北疆苦寒之地，前往吉林求個人發展。未來三十年東亞波譎雲詭的風雲際會表明，這是新竹地方史也是臺灣近代史上的一個事件。

在吉林，謝介石擔任政法學堂教習、都督府政治顧問。他了然世界潮流、中國現勢，以主人翁的態度全身心投入晚清政治。他的〈感時四首〉縱論中外政事、法事，描繪了清朝內外交困、搖搖欲墜的危局。對於前景的絕望（「豈真腐敗獨中華」），其情也真。對於廟堂的建言（「何人建策救邦家」），其意也切。特別是最後一首：

彈劾達桂等人貪污腐化。一九〇七年三月，達桂遭降職，回阿勒楚喀，任副都統。同年八月被革職。

18 〈雜報・青年之傑〉，漢文《臺灣日日新報》，第5版，1909年9月9日。

> 孟德斯鳩是可兒。盧梭民約說猶奇。歷朝專制非心法。兩字自由遍口碑。事事莫憑元老院。人人需重少年時。問誰能喚雄獅起。吾願磬香以祝之。[19]

充滿少年中國在列強的侵擾中奮起的願景。詩評家均予以好評和理解。

蕉評：「慷慨淋漓。令我唾壺擊碎。不徒區區以新字做粉飾詞章也。言為心聲。於斯信之。」

臺溪樵侶曰：「感時四首。能言所欲言。言為心聲。信矣。但謝君雖本隸籍於新竹。而今□幕於吉林。故其立言也。如清國臣民然。此所以餘之有此簽注也。」

身在臺灣的詩友們，一直關注著謝介石，即有厚望、祝願，也有諫言。漢文《臺灣日日新報》上的以詩會友，延綿不絕：

> 吉林今日試風雨。瀛海他年躍錦鱗。
>
> ——謝雪漁：《贈介石宗兄（得真韻）》（1907年2月19日）

> 小謝蓬萊自清發。大東品格暴風流。此行躍馬吉林去。願為親鄰借箸謀。
>
> ——焦麗：《東謝君介石》（1907年2月19日）

> 蓬島鶯花倦遊日。吉林山水壯行時。／／從此縱橫新世界。舞臺躍上好男兒。
>
> ——黃植亭：《春中雅集席上送謝介石之吉林（得支韻）》（1907年2月19日）

19 吉林謝介石：〈感時四首〉，漢文《臺灣日日新報》，第1版，1908年6月21日。

北望燕雲州十六。茫茫大陸戰黃龍。願君此去吉林道。莫把烏孫當塚封。

——同人：《柬謝君介石》（1907年2月21日）

何圖十載憂時志。得遂千秋報國心。博望成功歸冒險。長沙治策豈高吟。劇憐萬里吉林道。薄雪微霜馬背侵。春風一掉赴天涯。擊楫中流趁歲華。知子騰驤將入幕。愧儂隨□自成家。

——同人：《送謝君介石之吉林》（1907年2月21日）

謝介石從此離開臺灣，「縱橫新世界」。他在吉林沒有「瀛海躍錦鱗」，卻在滿洲國登上了人生的巔峰。他的吉林之旅，為他日後的官場生涯累積了行政經驗和社會關係。同時，他感時憂國，開始認同清朝，以「清國臣民」立場認知、行事。這為他日後放棄日本國籍、改籍中國，埋下了伏筆。

三　「復辟功名一夢間」[20]——在清朝與民國之間躊躇徘徊

一九一〇年初，臺灣的媒體披露，謝介石已在一九〇九年底轉往中國內地，任閩都松鶴帥部下：

端督薦士。新竹國語傳習所畢業生謝介石氏。精通中國語言文字。兼長外交。在東三省多年。受達軍帥朱中丞特達之知。洵青年界之特色也。客冬遊歷燕京。道過津門。拜謁端午帥。一見如舊識。其後端午帥入都。謝亦與偕行。方將委以重任。不圖端午帥以隕儀革職。門下客散至四方。以謝家居臺陽。與閩省僅一水之隔。乃薦之閩都崧制

20　岸幘居士：〈懷人詩（有序）．十七．謝介石先生〉（23首），漢文《臺灣日日新報》，第45版，1921年1月1日。

軍。聞已到閩。不久回竹省親云[21]。

在吉林期間，謝介石受到達軍帥、朱中丞的知遇之恩。朱中丞[22]接替達桂，為東北改制後的首任吉林巡撫，與謝介石有詩唱和[23]。

此次謝介石離開東北、轉移關內是否與趙爾巽有關，目前不得而知。但與端方有關。

端方（1861-1911），以端制軍、端午帥名世。滿洲正白旗人。晚清八大重臣之一。曾出洋考察（1905）。政治開明，建議預備立憲，是晚晴新政的積極推動者。一九〇九年，端方移督直隸。以謝介石的履歷才學，很有可能進入了端方的幕僚之列。也許就在謝介石準備追隨端方大顯身手之時，端方因貪腐問題遭到監察禦史胡思敬[24]的彈劾。一九一〇年二月十九日，攝政王載灃將端方革職[25]。謝介石遂被推薦到閩浙總督松制軍壽[26]處任職。後續報導有進一步的佐證：

雪漁接郭廷獻由天津來函。謂竹邑謝介石氏。與前任前直隸總督瑞方氏交甚善。介石前曾任吉林巡撫民政課長。官聲赫濯。近瑞方氏將轉薦於閩都松鶴帥部下。雪漁于介石為同宗。且素有交情。今接悉介石

21 《竹塹郵信（十八日發）》，漢文《臺灣日日新報》，第4版，1910年1月22日。

22 朱家寶（1864-1928），雲南南寧州（今曲靖）人。一九〇八年七月調任安徽巡撫。民國成立後，任直隸民政長兼直隸都督。一九一七年贊助張勳復辟，任民政部尚書。復辟失敗，亡命日本。後寓居天津。見熊月之等編著：《大辭海．中國近現代史卷》（上海市：上海辭書出版社，2013年），頁235。

23 朱家寶：〈介石大兄雨政〉；謝介石：〈和中丞朱公原韻〉，漢文《臺灣日日新報》，第1版，1907年12月27日。

24 胡思敬（1870-1922），歷任遼沈、廣東道監察禦史。氏作：〈劾兩江總督端方折（宣統元年五月初八日上）〉，見上官濤、胡迎建編注：《近代江西文存》（北京市：社會科學文獻出版社，2015年）頁427-431。

25 《清實錄》〈附宣統政紀〉，總第60冊，頁425。

26 松壽（？-1911）字鶴齡，滿洲正白旗人。一九一一年閩浙總督任上對抗革命黨起義失敗後吞金自殺。

喜信。不勝雀躍[27]。

漢文《臺灣日日新報》一九一〇年六月四日的報導稱：謝介石「由前兩江總督端午帥之薦。入福州松制軍壽之幕。現承委派為法政學傳習所長。月俸龍銀二百元。該傳習所即在閩之府縣班。不論現任與候補，皆須入所研究一定期限。故現時在閩之府縣官。視介石為上官。尊而重之。然支那官場。以應酬為重。」雖謝介石有額外收入，仍雙手空空[28]。

一九一一年八月，四川保路運動成星火燎原之勢，朝廷失控，不得不重新啟用端方，委以川漢、粵漢鐵路督辦大臣，率軍入川鎮壓。十一月二十七日，端方在資州被起義的士兵殺死[29]。謝介石曾任督辦川漢鐵路大臣隨員。可見端方對他的賞識。

一九一二年一月一日，中華民國臨時政府在南京成立。謝介石的仕途隨著清朝一起終結。一九一三年，他在天津辦有一期《摘奸日報》，抨擊中華民國政府官員。同年，他回到他的中國仕途的起步之地吉林，與張叔平、細野喜一、兒玉多一等一起，發起成立「中日國民協會」。該會的第二次選舉大會祝賀日本承認中華民國[30]。不知道這是不是謝介石所樂見。早在一九〇九年，謝介石就有意放棄日本國籍[31]。一九一四年八月五日，他在天津日本總領事館提交申請。一九一五年十二月，獲得中華民國國籍。

一九一六年，由升允[32]推薦，謝介石進入中華民國政府官場，任直隸巡按使署外交辦事員。一九一七年擔任直隸交涉公署會辦、安武上將軍張勳的

27 〈編輯日錄（二月八日發）〉，漢文《臺灣日日新報》，第5版，1910年2月9日。

28 〈介石近況〉，漢文《臺灣日日新報》，第5版，1910年6月4日。

29 參見上官濤、胡迎建編注：《近代江西文存》（北京市：社會科學文獻出版社，2015年），頁427-431。

30 《盛京日報》，第7版，1913年5月16日；第6版，1913年10月23日。

31 「新竹謝介石氏。久已就聘於奉天省。近有新竹李某自東京歸。謂據清國留學生所云。謝氏疊經當道保薦後。業由同知班出仕。且聞有意請除臺籍。將移眷前往。」〈雜報．青年之傑〉，漢文《臺灣日日新報》，第5版，1909年9月9日。

32 升允（1858-1931），蒙古鑲黃旗人。清廷重臣。進入民國後，參與圖謀復辟的活動。

秘書長，並在七月一日張勳發動擁戴遜帝溥儀復辟的軍事行動中，任前敵司令官。十二天後復辟失敗，謝介石棄官。三年後，臺灣詩人岸幘居士對謝介石的復辟之舉仍念念不忘：

> 復辟功名一夢間。至今人識謝東山。
> 尚存吾舌猶堪掉。待際風雲放白鷳[33]。

岸幘居士借謝安隱喻謝介石。謝安（西元320-385年），字安石，號東山，浙江紹興人。東晉名士。初次做官僅月餘便辭職歸隱。待朝中謝氏家族成員悉數逝去後，才出山。他東山再起，官至宰相，曾成功挫敗桓溫篡位。並作為總指揮，以區區八萬人，打敗號稱百萬的前秦軍隊，為東晉贏得幾十年的和平。後因功名日隆，受到晉孝武帝的猜忌。遂避居廣陵，直至病逝。〈放白鷳篇〉為初唐詩人宋之問[34]所作，最後句為「玉徽閉匣留為念，六翮開籠任爾飛」。不難想見，隱居與展翅一對矛盾體，在謝介石的胸中對壘、衝撞。這首詩似乎預言了謝介石而後的和身後的運命及口碑。

清朝末期，維新改良思潮深入人心，資產階級革命運動如火如荼。在具備了進入中國的條件的時候，謝介不失時機，渴望在「萬里長城萬里天」裡實現他的抱負。清朝地方政府也開始銳意改革、推行新政。謝介石的跨國視野以及現代國家必備的法政專業知識，正是地方政府急需的。他有幸與達桂、趙爾巽、朱家寶、端方、升允等地方大員、朝廷重臣相遇，並且得到他們的信任、重用。不過，清政府自身遲到的改革已無力回天。一九一二年二月十二日，在北京紫禁城，隆裕太后（1868-1913）代替時年六歲的溥儀皇帝頒佈《退位詔書》，被迫「將統治權公之全國，定為共和立憲國體」。至此，延綿二百六十八年的清王朝退出歷史舞臺。同時，也終結了在中國延續

33 岸幘居士：〈懷人詩（有序）．十七．謝介石先生〉（23首）。

34 宋之問（？-712）與沈佺期並稱「沈宋」。與陳子昂、盧藏用、司馬承禎、王適、畢構、李白、孟浩然、王維、賀知章一起被稱作「仙宗十友」。曾先後諂事張易之、太平公主。

兩千多年的封建帝制。在中華民國時期，謝介石改籍中華民國，但他的立場和情懷仍停留在清王朝時期。只要時機一到，他就會挺身而出。

四 「問誰能喚雄獅起」——從追隨廢帝的復辟夢到躋身滿洲國內閣

一九二四年，軍閥馮玉祥發動北京政變，控制了北京。十一月五日，馮玉祥逼迫廢帝溥儀離開北京紫禁城。幾經輾轉，溥儀最後定居天津日租界。一九二五年，謝介石與後來的滿洲國首任總理大臣鄭孝胥[35]首次見面。此時，他正在直隸總督李景林（1885-1931）的副官李家驥處擔任秘書長。在這段時間的前後，謝介石與溥儀及其所謂的「天津小朝廷」的交往密切[36]。溥儀夢寐不忘復辟清王朝。一九二八年六月，任命謝介石擔任溥儀自設的外務部右丞天津行在御前顧問，職責是秘密籌辦東北三省的軍務事宜，即策動東北地區的前清將領為溥儀效力。

一九三一年九一八事變後，在駐華日本軍隊的操縱下，溥儀於十一月十日傍晚秘密離開天津，十三日到達東北。在這個詭秘的非常時期前後，對於謝介石的行蹤，臺灣媒體一直有跟進：

一九三一年七月一日：「二十年前渡□之新竹市人謝介石。今春臨竹。二十八日上北。□三十日出港之長□丸。□赴天津。」[37]

一九三二年一月十五日：「謝介石氏。言經挈眷。移住吉林。囑向在臺

35 鄭孝胥（1860-1938），號海藏，福建省閩縣人。「同光體」詩人。曾任清朝政府駐日本神戶大阪總領事，廣西邊防大臣，安徽、廣東按察使，湖南布政使。早年宣導維新變法，參與清末預備立憲運動。辛亥革命後，自稱遺民，與民國為敵。一九二三年九月來到北京任溥儀老師一職。一九二五年隨溥儀潛至天津日租界，一九三一年十一月潛赴東北。任滿洲國開國總理大臣兼文教部總長等。在滿洲國新京（長春）病逝。有傳言系被日方所毒殺。著有《蘇戡公最後遺稿》（1938）、《海藏樓詩集》（2003）等。

36 參見見許雪姬：《是勤王還是叛國——「滿洲國」外交部總長謝介石的一生及其認同》，《中央研究院近代史研究所集刊》第57期（2007年9月）。

37 〈人事〉，《漢文臺灣日日新報夕刊》，第4版，1931年7月1日。

各知交道好。」[38]

來到已經淪陷的吉林之後，謝介石先是在熙洽[39]手下任吉林交涉署長[40]，兼任哈爾濱市政籌備處長。並在三月七日至九日間，直接參與了把溥儀從湯崗子迎接到長春的接駕活動[41]。

東北是中國清王朝的發祥地。日本利用歷史資源，把溥儀推上東北新政權的前臺，目的是把滿洲國與中國道統聯繫起來，以欺騙世人也自欺。這與溥儀一直懷抱的復辟夢大相徑庭。一九三二年三月九日，身不由己的溥儀在吉林長春屈就滿洲國「執政」，一個實行所謂「共和體制」的「新國家」的傀儡首腦。一九三四年，日本退讓一步，滿洲國改「帝制」。三月一日，舉行登基典禮，溥儀改稱「大滿洲帝國皇帝」。年號由「大同」改「康德」。改制後的滿洲，仍與復辟清朝無關。殖民者規定：溥儀著日本關東軍陸海空大元帥服，不得穿清朝龍袍；溥儀的皇宮稱作帝宮，以示低於日本天皇的皇宮。顯然，滿洲皇帝是兒皇帝，臣屬日本天皇。

滿洲國成立伊始，謝介石一舉成為外交部總長。改制後，被稱作外交部大臣。還擔任過參議府參議以及滿洲帝國協和會中央事務局事務處長等政治團體類虛職。

在滿洲國研究中，對中國人高官行政作為的高下作評判，其闡釋的空間不大。這是由滿洲國的日本殖民地的性質所決定的。

---

38 〈人事〉，《漢文臺灣日日新報夕刊》，第4版，1932年1月15日。

39 熙洽（1884-1949），遼寧省瀋陽人，姓愛新覺羅氏。一九一一年畢業於日本陸軍士官學校。早年在張作霖東北軍、吉林省任職。九一八事變後，曾寫信勸溥儀「勿失時機，立即到祖宗發祥地，主持大計」。見愛新覺羅．溥儀：《我的前半生》（北京市：群眾出版社，1981年），頁264-268。滿洲國成立後，任財政部總長、吉林省省長、宮內府大臣等職。

40 〈吉林省政府交涉署設置〉，日文《臺灣日日新報》，第7版，1931年12月12日。

41 溥儀交代：「過了不久，日寇一手製造的偽民意代表漢奸馮涵清、趙仲仁、張燕卿、謝介石、淩升等到旅順，對我請願要求當滿洲國執政。」〈愛新覺羅．溥儀筆供（1954年6月1日）〉，中央檔案館編：《偽滿洲國的統治與內幕：偽滿官員供述》（北京市：中華書局，2000年），頁11。

領土、主權、國民是構成現代國民國家的三大要素。滿洲國從立到廢的十三年零五個多月間，一直沒有完遂現代獨立國家應當具備的這三個內部要素。就外部關係而言，現代獨立國家的一個重要指標是國際承認。一九三七年以前，除日本外，只有美洲的薩爾瓦多（1934）承認滿洲國。截止到一九四三年，與滿洲國有外交關係的國家或政權，達到二十三個，仍遠未獲得國際承認的大多數[42]。滿洲國不是獨立主權國家。中國人的職位再高，也是有名位無權利。他們名義上是各級機構的正職，但事無巨細都要聽命於日本人副手、助理。追蹤他們的個人奮鬥、心路歷程與時代的關聯，或許更為真切有意義。

具體到謝介石。他的奮鬥歷程與前清高官鄭孝胥不同。日記滿洲國只不過是以清遺民為幌子，鄭孝胥則以主人自居，一廂情願地稱之為「後清」，出任總理大臣後，躊躇滿志地提出「皇帝為政治之本位」「孔子為文化之本位」的「王道」思想，將其作為建設「王道樂土」的建國精神和建國綱領。但政權運作，與「建國精神」空談，完全是兩回事。掌握實權的日本官員，與滿系（中國人）官員的矛盾不斷。早在一九三三年，鄭孝胥就已理想幻滅，萌生退意。一九三五年五月二十一日，他再次提出辭職後獲准。張景惠（1871-1959）接任。而謝介石自得於他在滿洲國的閣僚的地位。他的去職是被動的。

殖民地無外交。外交大臣任上的謝介石，更多的是與日本方面有關的迎來送往等儀式性的活動，很難在國際舞臺上有作為。借鄭孝胥辭職之機，日本對滿洲國內閣大改組，除司法部大臣留任外，其餘全部易人。外交大臣由張燕卿[43]接替。謝介石轉任由公使升級而來的駐日本大使。兩年後，一九三

42 當時世界上約有八十個獨立國家或政權，包括傀儡政權。詳見張泉：《殖民拓疆與文學離散——「滿洲國」「滿系」作家／文學的跨域流動》（哈爾濱市：北方文藝出版社，2017年），頁9-20。

43 張燕卿（1898-1951），河北人，晚清重臣張之洞之子。日本學習院文科畢業。一九二二年從政。官至吉林實業廳廳長。淪陷後附逆。先後任滿洲國實業部大臣、外交部大臣、協和會理事長等職。一九三七年年底，調偽中華民國臨時政府治下的北京，擔任新民會副會長。戰後逃往日本，客死他鄉。

七年五月六日、九日，滿洲國政府兩度電召謝介石即刻返回，謝介石藉口來不及仍滯留東京。二十日，滿洲國任命了新的駐日大使。謝介石才於同日返回，終止了他的仕途。

此時，正處在東亞大變局的前夜。日軍已劍指中國內地。一九三七年七七事變即將爆發。在三個月滅亡中國的殖民狂熱中，看似固若金湯的滿洲國，已無需清遺族、遺民裝點門面了。隨著滿洲國殖民文化統制日益強化，大批中國人作家（滿系作家）離開東北，也包括遺民群體[44]。謝介石的被解職，除了他的秘密活動引起日方的懷疑外，很可能也與這一變局有關。

五　「劉阮何緣只憶家」[45] ——故鄉情、奮鬥夢中的務實與虛幻

（一）謝介石臺灣故鄉情中的務實

與滿洲國的其它滿系高官相比，謝介石來自被割據的臺灣中下階層，更重鄉情，願意為臺灣做一些實事。比如，一九三五年新竹、臺中地震，謝介石捐兩千。並借訪臺之機，又帶來在滿洲國募集的名人字畫三百餘幅，用於賑災籌款，救護新竹、臺中地震罹災者[46]。而最為深沉的關心，還是臺灣人的發展機會問題。

謝介石深知，有許多鄉親、特別是青年知識人，渴望走出臺島、走進更大的舞臺。一九三二年三月，甫一上任，他立即發表談話，表示「對同文同種臺灣人，務欲拔擢登用人才。」[47]六個月後，臺灣高商的佐藤教授帶領十

44 張泉：《殖民拓疆與文學離散——「滿洲國」「滿系」作家／文學的跨域流動》一書，系統梳理了這一議題。

45 介石：〈和岡田愚山元韻〉，《雅言》1941年第2期。

46 參見〈謝滿洲國外交大臣電送慰問金二千元〉，漢文《臺灣日日新報夕刊》，第4版，1935年4月23日；《滿洲國字畫展示殘品設頒佈會處分》，漢文《臺灣日日新報》，第8版，1935年9月15日。

47 漢文《臺灣日日新報夕刊》，第4版，1932年3月8日。

四名學生作修學旅行，經上海、青島來到東北，面見謝介石，「向之求開拓高商生陡進」的路徑。謝介石回答，滿洲國初建，急需人才。「在自己亦因鄉土關係上」，也想提拔家鄉人才。「奈不得其宜者居多。致得採用者。寥寥無幾。」如果具備以下三條，滿洲國會「一一採用之」：

一、能通北京語。

二、要有漢文素養（讀過唐宋八家文）。

三、有力者之推薦[48]。

三天後，漢文《臺灣日日新報》再次刊文稱，臺灣「經濟不況。上級學校卒業生。就職甚難。臺北帝大亦受影響。欲就職滿洲新國家官吏。」借臺北高商教授佐藤率學生赴南滿洲修學旅行的機會，懇請謝介石幫忙促成臺灣高校畢業生「就職滿洲官吏」。而滿洲的現況是，每有職位空缺，「多採用日本人。有玉石混淆之概。」現在，正值滿洲國整理日本人官吏時期，無法立刻雇傭臺北高商的畢業生。滿洲國今後計畫，每三名官吏中，只「採用日本人一個」。這樣，就擴大了臺灣畢業生的就職機會。故臺北高商要「盡力教授北京官話及漢文。使畢業生具有三條件。以進出滿洲國云。」[49]

截止到一九三二年十月，有三十多名臺灣人到滿洲國求職。謝介石及熱河省駐奉天代表謝呂西為特任，屬高級別官員，其餘為薦任官（相當於臺灣奏任官）、委任官（判任官），以及辦事員、雇員等。還未就職的，亦有十餘人。最後漢文《臺灣日日新報》提示：「全體見用者。多屬日本留學生。及在臺有相當學歷履歷之人。有志渡滿者。必要通日華語。及能和漢文。並帶半年旅費云。」[50]

---

48 〈若具有三條件滿洲國盡可採用——佐藤高商教授談〉，漢文《臺灣日日新報》，第8版，1932年9月2日。

49 〈商科卒業生・進滿洲國・學習漢文官話〉，漢文《臺灣日日新報》，第4版，1932年9月5日。

50 漢文《臺灣日日新報夕刊》，第4版，1932年10月20日。

謝介石提出的滿洲國官場就業的三條件，一時間成為焦點。

值得注意的是第一第二點。

按說，在「大東亞共榮圈」的「自主圈」地理疆域之內做官[51]，日語能力是首要條件，而且統計資料也顯示，求職成功者多為留日人員。這一點謝介石當然清楚。他特意把「能通北京語」排在首位，是在強調，在滿洲國就業，口頭語言的通用與否，至關重要性。

漢民族北方方言的代表是北京話。一四二一年明朝遷都北京，加快了北京話在全國傳播的力度，逐步使其發展成為廣泛使用的「官話」。民國時期，漢民族共同語言改稱「國語」。經過民國初期的「白話文運動」的強推與規範，北京語音進一步成為國語的基礎音。中國地廣人密，素有十裡不同音之說。掌握通用語北京話的人士，無疑在跨域移動日益加快的現代社會中佔有優勢。一九三五年九月二十七日，《臺灣日日新報》就曾以《福建官吏禁用方言·以北京語為標準· 一年後猶不解者免職》為標題，報導海峽對岸的福建省強推北京語：「福建省62縣。有62種言語。」陳儀主席一九三四年主政福建以來，「銳意努力於實業。交通。文化各種建設事業。今以省令。禁止各官公吏。教員。員警。勿用方言。需用國語。」並給與公教人員為期一年的學習北京語的緩衝期。報紙對陳儀此舉大加讚賞：「嚴命已發。先於其它各省厲行。可謂之大英斷也。」

謝介石提出的第二個條件漢文素養，是一個更高的要求。古代文學名家、典籍是中國傳統文化的主要載體。跨域者如果進一步熟悉移動目的地的文化傳統，就有可能在深層次上瞭解和融入移動目的地，加大實現人生理想的概率。

這是謝介石在真心實意地為臺灣鄉親著想。他顯然是以自己的切身經歷，告誡有志於跨域闖世界的臺灣知識青年，提前做好文化準備。

大樹底下好乘涼。借助謝介石對北京語、漢文素養的重視，借助謝介石

---

51 對於「大東亞共榮圈」地理／文化圈的細分，參見張泉：《殖民拓疆與文學離散──「滿洲國」「滿系」作家／文學的跨域流動》，頁21-23。

與日人詩友的唱和，臺灣詩評家大膽對在地日益加速的語言同化發出異議。潤庵的漫評說：「甃石君在臺日久。與謝總長有交誼。賦詩贈答足資日滿人士聯歡之助。漢學廢止論者是誠何心。」[52]

至於第三條「有力者之推薦」，可能是古今中外的通例。謝介石特意把它作為一個條件放在最後，是否有一點成功者的沾沾自喜呢？畢竟，他本人無疑是臺灣鄉親最有力的推薦人。

（二）謝介石個人奮鬥夢中的虛幻

皇權常常與人為的天意、神授有關。睿智、開放如謝介石者，也不能免俗。或許這大概是傳統的信仰文化使然。也可能是一種處世謀略。

一九三四年十二月八日，謝介石乘坐高千穗丸號由基隆港登岸。他以外交大臣身份省親，在臺灣是一件大事。臺北的活動有參拜神社，訪總督、軍司令官等一系列的例行公事。然後是「歸省新竹」。除了親情、友情之外，新竹市官民也在謝總長「錦旋」之際，不失時機地高調發起亞細亞主義政治運動[53]。

在謝介石這次「乞假兩月。將衣錦歸鄉」的前夕，十一月十二日，《臺灣日日新報》駐新京特置員大野廣對他做了採訪。大野歷數謝介石在滿「建設今日王道樂土」的功績，還轉述了謝介石自己披露的「立身出世秘話」：

今回歸鄉。有堪特筆大書之理由。蓋二十四年前第一革命時。非常多

---

52 〈詩壇〉，漢文《臺灣日日新報》，第8版，1934年3月29日。專欄刊有永井甃石：〈滿洲帝政煥發恭賦寄謝外交總長介石閣下〉、謝介石：〈永井先生賜詩依韻奉和〉。永井完久（？-？），號甃石。為日本派駐臺灣新竹辦務署官員。

53 漢文《臺灣日日新報夕刊》，第4版，1934年年12月5日。許雪姬的大作由於成文較早，沒有注意到謝介石曾經在外交部大臣任上回臺的史料。參見許雪姬：《是勤王還是叛國——「滿洲國」外交部總長謝介石的一生及其認同》，頁84。實際上，外交大臣謝介石一行十人因私「展墓來臺」，預定住新竹望族鄭神寶（保）氏宅邸的報導，在他們出發前一個月，就已頻繁出現在《臺灣日日新報》上。

難。欲卜算將來運勢。乃詣鄉里新竹城隍廟。抽籤求神指示。蒙神示「弘宣新運」即神似前知將來大國家必現出。余得此乃益堅固信念。邇來二十四年間。苦心奮鬥。大滿洲國竟能實現。深荷神庥。茲欲叩謝神恩。並祈滿洲國國運隆盛。及皇室攸久安泰。將情奏聞於皇帝陛下。而請賜暇。欲表敬神征念。蒙陛下旨准。且揮宸筆大書「正直聰明」匾額。將以獻納城隍廟。餘深感激而退。今回奉持此匾歸臺[54]。

第二年，一九三五年九月，謝介石再次歸鄉返臺時，通過臺北放送局的無線電臺，自己又親口講述了這個神諭故事的原委。此時他已改任滿洲帝國駐日本帝國特命全權大使。

謝介石口中的所謂「二十四年前第一革命」、「大清國革命」，系指一九一一年的「辛亥革命」。他認為，革命黨沒有遵循「東洋的道德」，也就無法「維持東洋的平和」。在極度失望之下，他「無欲住北京。一下返來新竹。」抱著「扶宣統皇帝。俾清朝更能得可復興」的信念，來到新竹城隍廟，「誠心誠意祈禱。拔筶抽籤。」得籤詩雲：「莫歎年來不如意。喜逢新運稱心田。」在此次廣播演講中，他對籤詩做了這樣的解讀：三年前「宣統皇帝建設滿洲國」，「國都」在新京，皇宮在興運路，宮門稱作興運門，他又做「頭一個的外交總長」，其中的「新」字、「運」字，早在二十多年前「城隍爺的籤詩內已經指示……宣統皇帝建立滿洲國是本來的天命。」皇帝聽聞，便得到了御賜新竹城隍廟的牌匾。在牽強附會的解簽之後，謝介石轉向宣教：中國、滿洲與日本「互相提攜」，「日支親善」，大清國已經把臺灣讓給日本，臺灣人「對日本國應該盡忠報國」[55]。

看來，在更早的一八九八年，年方二十歲的臺灣新竹地方通譯謝介石，懷抱著人生和社會理想。他登高東京淺草淩雲閣時，意氣風發，套用唐代王

54 〈謝大臣欲謝新竹城隍．康得皇帝御賜匾額．歸省後將獻納於城隍廟〉，漢文《臺灣日日新報夕刊》，第4版，1934年11月30日。

55 〈謝介石大使の紀念放送〉，《語苑》第28卷10期（昭和十年1935年），頁66-78。臺語（閩南語）本後附有國語（日本語）譯本，譯者為小野西洲。

之渙的「欲窮千里目，更上一層樓」(《登鸛雀樓》)，抒發走向更廣闊世界的強烈渴望：「欲窮世界三千里更上巍峨十二樓」[56]。青壯年先後在吉林、福建、北京等地做官，風生水起，百折不撓，認同清王朝。到五十六歲、已身居在外人看來能夠呼風喚雨的滿洲國外交大臣高位時，轉而追念起青年時期在家鄉城隍廟的求籤神諭記憶。不過，儘管謝介石在廣播演講稿裡仍在做官樣文章，很可能他此時已經認識到，滿洲國並非前朝復辟。他也感覺到，清朝遺族、遺民在滿洲國的利用價值正在逐步失去。

謝介石退出政壇五年之後，一九四二年九月十七日，家鄉新竹一位匿名的知情人，講述了謝介石的一些鮮為人知的往事：

> 【新竹電話】十五日是光輝的盟國滿洲國建國十周年紀念日，新竹不僅在青果、柑橘或茶的出口與該國相關聯，也養育了建國之初的功臣謝介石，與該國有人員上的關聯。迎接建國十周年，有令新竹市民感慨頗深的一件事。博覽會之時，謝介石作為時任外交部長衣錦還鄉的各樣情景，如今還在人們口中傳頌。據說，作為駐日使臣的謝介石下野後，在新京市西四馬路一五三號建造了謝公館，當上了拓殖關係會社社長。關於留在新竹的家人，去年十月在南門町開籐椅子店的外甥（謝氏妹妹的孩子）張常泰氏在火災中身故後，大約只剩下南門町三之十六看板商尚美堂的紀金寶氏，和州會議員的北園鴻氏（舊姓鄭鴻源）。說到紀氏，謝氏的祖母是紀氏的祖父的填房。相當於表兄弟的北園氏，其妹嫁與了謝氏之子結為姻親。謝氏於三十年前，學完了當時為期六個月的國語傳習課程後，立即渡支，投身於天津、北京、上海和內亂的支那。最終成為滿洲國建國的功臣之一。成為了風雲人物，當時在新竹認識他的人都十分震驚，也十分感慨。曾經在其青年時代為他算卦，對他說「將來會成為大臣級別的人物」的卦師柳陽春仍健在，謝氏歸鄉時還贈與其貳佰元。另外還有秘聞說，在城隍廟又

56 新竹謝介石：〈登淩雲閣有感〉

算了新卦，也是全中，因此又寄贈了銅匾。尚美堂的紀金寶氏如下回憶道：『因為做了已故張常泰的養女的監護人，至今仍偶爾收到謝氏關於善後建議的書信。從在新竹時起就擅長詩文，受到櫻井縣知事的寵愛。我曾在天津也見過他，參與張勳的復辟運動，得到當時被稱為宣統帝的皇帝陛下的御許出入。他是個很重義氣的人，滿洲事變前為整頓家裡而歸鄉時，甚至把自己的衣服都脫了幫助朋友。作為外交部長歸鄉，住在樹林頭的淨業院時，真是糟糕透了。他有兩個義兄弟，其中一個大湖的蔡汝修氏已經亡故，另一個西門町的林榮初氏雖然還健在，歸臺時超出預算花掉了很多錢，向蔡氏借了一萬六千元。』[57]

堂堂外交大臣，回臺沒夠帶夠盤纏。不禁令人噓唏。

這段回憶也有一些誤記。比如，一九三五年十月十日至十一月二十八日，臺灣曾舉辦始政四十周年紀念博覽會，內特設滿洲國館，介紹滿洲的文化與特產。來自滿洲國的視察團一行三十人於十月二十二日抵達臺北[58]。謝介石及隨員、親屬二十一人早在九月二十二日就從東京出發，滯留到十二月十六日才返回日本。可見他在大使任上的公務並不繁忙。十月二十七日，謝介石以滿洲國皇帝代表的身份主持了「滿洲日」。前一日，為長子謝喆生與新竹鄭肇基的第三女舉辦盛大婚禮，宴請一直延續到十一月十四日，公私兼顧。

還在外交大臣任上的謝介石，說是一九三四年十二月將持溥儀欽賜「正直聰明」匾額歸臺。不知何故，此匾額等到十個月後再次回臺時才帶來。

一九三五年十月二十三日，「滿洲國皇帝陛下新竹城隍廟掛匾式」盛大舉行。主祭官謝介石，身著滿洲國大禮服，佩勳一等綬章。增田知事、高京警務部長以及州下官民五十餘人列席。謝介石朗讀祭告文，金框匾額揭幕，

---

57 《「滿洲」建國與「新竹」功臣・謝介石的回憶》，日文《臺灣日日新报》，第4版，1942年9月17日。該文由日本大阪大學博士、北京第二外國語學院講師彭雨新翻譯。謹致謝忱。

58 漢文《臺灣日日新報》，第12版，1935年10月23日。

一眾同向滿洲國皇帝陛下手書的「正直聰明」四字敬禮，奏日本帝國國歌，奏滿洲帝國國歌，焚燒祭告文，謝介石向增田知事致謝，向全體出席者致意。匾額獻納式一氣呵成，用時三十分鐘[59]。在舉行掛匾式的前兩日，新竹州下的城隍廟還舉辦過臨時大祭。獻納者名單中，謝介石氏五百元。他不是捐獻最多的，但名列首位[60]。計畫外的捐贈、應酬過多，可能也是他這次旅行預算虧空的原因之一。看來，謝介石正如新竹鄉親所言，是個重義氣之人。

借臺南縣北門鄉南鯤身廟改建竣工之際，「為感南鯤身廟五府千歲」，謝介石自己也曾寫過「靈光赫濯」匾額，贈懸該廟[61]。匾額至今還在。落款時間是康德二年乙亥冬月穀旦，也就是一九三五年陰曆十一月（西曆十二月）的一個好日子。但《臺灣日日新報》一九三六年六月才加以報導，也拖延了半年[62]。

不過，高懸的「正直聰明」「靈光赫濯」，最終未能護佑謝介石和滿洲國。

一九三七年六月，謝介石卸駐日大使職，立即遭日本關東軍逮捕。是否因其秘密幫助東北抗日聯軍事發，有待查證。但國統區的《國民空軍》雜誌曾揭載：

> 【長春二十七日電】偽滿洲國偽外交部長謝逆介石，突於兩星期前，被日本關東軍司令部下密令拘捕監禁，目下在日軍司令部內部嚴密調查中。被捕真相，雖暫時無從探悉然同時被捕者，尚有謝逆最親信之秘書蘇譚及黨羽二十人，該案內容事關偽國內部醜態，故特別嚴禁一切報紙揭載[63]。

59 見漢文《臺灣日日新報》，第12版，1935年10月24日。

60 日文《臺灣日日新報》，第9版，1935年10月17日。

61 漢文《臺灣日日新報夕刊》，第4版，1936年6月4日。

62 據報，1935年11月28日晨8時，謝介石自阿里山搭乘臺灣鐵路花車經停嘉義站時，站內候車室突然發生炸藥爆炸，無人傷亡。臺灣當局決定禁止報紙刊載謝介石的行跡。1935年1月31日解禁。經查，爆炸案系一發明狂人惡作劇，與謝介石無關。見《申報》1936年2月7日第9版。拖延不知是否與此有關。

63 〈謝逆介石被日拘禁〉，《國民空軍》1937年第4期，頁23。

看來，一九三七年五月滿洲國兩度急電命謝介石立即從東京返滿，很有可能不是例行的人事更迭。如果謝介石案屬實，那麼，是不是意味著他在復辟奮鬥夢破滅後的幡然醒悟呢？

被解除駐日大使職務後，掛職滿洲房產株式會社理事長。不久，謝介石也像許多滿洲國滿系作家一樣移居北京。在北京的竹紙線裝文言雜誌《雅言》[64]上刊出的〈和岡田愚山元韻〉，發出了天上人間、恍若隔世的慨歎，已不復當年的意氣風發：

> 天臺十裡泛桃花。劉阮何緣只憶家。料得人間煙火食。定無滋味勝胡麻[65]。

該詩典出〔南朝宋〕劉義慶《幽明錄》:「漢明帝永平五年，剡縣劉晨、阮肇共入天臺山取穀皮，迷不得返」，望見一桃樹，采桃充饑。後遇二女子，姿質妙絕，見劉、阮兩人，「便呼其姓，如似有舊，乃相見忻喜。問『來何晚邪？』因邀還家。」「至暮，令各就一帳宿，女往就之，言聲清婉，令人忘憂。」其地草木氣候常如春時。二人停半年還鄉，子孫已歷七世。

只有家鄉新竹對謝介石念念不忘。到一九四二年時，他早已寂寂無聞多年，鄉親們仍把他視為家鄉人，並引以為傲。

有關謝介石抗戰勝利後的情況，各家的記述相互抵牾。

有記載說，一九四六年四月十八日，中共東北民主聯軍解放長春。新組建的的長春特別市公安局搜捕了包括謝介石在內的「日偽戰犯、漢奸、員警

64 傅增湘與王什公、安藤栗村、梁眾異、趙坡鄰、林出慕聖、岡田愚山、橋川略廠、夏蔚如、瞿兌之、溥叔明、李彌廠、李廣平、白堅甫等中日人士人結成北京餘園詩社，一九四〇年一月，以北京雅言社的名義發行《雅言》期刊，傅增湘任社長，王會廠為編輯主任。一九四四年十二月停刊。主要欄目有詩錄、詞錄、文錄、遺文、東瀛采風錄等。其它主要撰稿人還有王揖堂、胡先嚇、梁鴻志、張伯駒、夏仁虎、汪精衛等，以及啟功、謝國楨、葉公綽、黃賓虹、王季烈、冒廣生、劉盼遂等。

65 介石：〈和岡田愚山元韻〉，《雅言》1941年第2期。同期《雅言》刊有岡田愚山的〈謝介石先生喜樂亭小飲賦贈〉。

頭子及國民黨特務200多人」[66]。

而據謝介石的兒子謝白倩、外孫謝同生的回憶，謝介石賦閑遷回北京淪陷區之後，曾與中共「八路」有瓜葛。日本人想讓謝介石出任「華北行政委員會主席」，遭到他的回絕。解放戰爭時期，謝介石的女兒為中共北京地下黨的主要負責人之一顏堂送密信，他的二兒子謝結生和三兒子謝津生一九四七年曾隨顏堂去過張家口解放區。國民政府憲兵三團在他們家蹲守時，意外在戶籍上發現謝介石這個名字，遂將其收監。新中國成立後，顏堂擔任北京市公安局一處處長。他把謝介石從監獄中接了出來，禮遇有加。在全國清查漢奸、鎮壓反革命的運動中，謝介石均沒有受到影響。一九五四年十一月，他在東城區船板胡同家中安然病世[67]，得以善終。

謝白倩（1928-）原居天津，一九三八年去長春讀中學。後返回北京淪陷區，入讀私立中國大學。畢業後做小學教師。謝同生退休前擔任全國臺聯文宣部宣傳處處長。他們的證言是瞭解晚年謝介石的重要材料之一。

謝介石享年七十六歲，病逝時正值東西方冷戰時期，兩岸隔絕，沒有人注意到。

一九三六年，謝介石懷著虔誠和敬意為臺南南鯤身廟題寫的「靈光赫濯」匾額，在抗戰勝利之後被摘了下來。這幾年，又從倉庫裡把它找了出來。匾額磨損褪色，反而橫添了滄桑感。現在去踏訪新竹城隍廟，滿洲國皇帝溥儀手書的「正直聰明」，字還在，但「正直」「聰明」兩詞分置兩側牆上，已不見當年的「金框匾額」。

謝介石發表過大量詩作，還未見結集出版。所見留下的著作，是他在満洲国初建期的中日文演讲集《滿洲の真相を語る》(《講述滿洲的真相》，朝日新聞社，1932)、編著《滿洲國協和會會務綱要》(滿洲國協和會中央事務局，1933)。

---

66 吉林省公安廳編：《警事回眸：紀念建國50周年離退休幹警回憶錄》(吉林市：吉林省內部資料性出版物，1999年)，頁5。

67 謝白倩口述：〈謝白倩：闖蕩關東的臺灣人〉，收入北京市臺灣同胞聯誼會編著：《番薯仔兩岸留痕——京華老臺胞口述歷史實錄》(北京市：台海出版社，2016年)，頁161。

很可能到後來謝介石近一步認識到，滿洲國這個新國家，與他在一九三二年時所憧憬的並不一樣。這才有了他晚年的別樣人生。

歷史人物，特別是那些有過持續影響、參與過一系列重大事件的人物，對於他們評價，需要仔細謹慎，也需要拉開足夠的距離。

六　「至今人識謝東山」——結語

「殖民」不是一個跨歷史化的通用概念。在近代世界殖民史上，中國被殖民的歷史，具有四個特點：

第一、始於一八四〇年鴉片戰爭失敗之後，即延續四百餘年的世界體制殖民期的後期。

第二、一直處於半殖民地狀態，即部分領土淪喪、部分主權喪失。主權國家的實體清王朝、中華民國一直存在。

第三，在以一九三七年七七事變為起點的全國抗日戰爭時期，形成了相對穩定的中華民國控制區（國統區）、共產黨抗日民主根據地、日本佔領區（淪陷區）三大各自為政的區劃。

第四，宗主國日本在佔領區建立了三種相互分割的殖民地模式：臺灣、滿洲國、「新中國」。

將中國的這一特點加以分解，可以建構出作為東亞殖民文學場研究方法或背景的四個宏觀維度：

維度一，全球體制殖民（15、16世紀-1945年）／新殖民（戰後至1970年代）／後殖民（1970年代以後）三個殖民階段歷時演化維度。

第二次世界大戰之後，世界體制殖民體系開始瓦解。隨著殖民階段的轉換，體制殖民期作家以及後來的殖民地文學研究者，在再建體制殖民期的文學記憶、文學想像和文學闡釋的時候，他們的立場和視角在不同階段會發生變動和漂移。中國大陸的獨特之處是，在新殖民時期，在美蘇兩極對立的「冷戰」格局中，與西方隔絕，未受到「新殖民」的影響。中國經過二十多年「獨立自主」的新型國家建設和意識形態改造後，消除了殖民地的遺跡。

而在其他許多原殖民地國家、地區，僅就宗主國語言而言，至今仍是官方語言或流通語言，也是文學創作語言。當前流行的西方後殖民理論所描述和依據的物件，是長時期全境被殖民國家和地區的經驗。在這些國家和地區至今依舊在場的殖民宗主國的語言狀況，是當代學術研究的內容之一。而在中國，這種狀況不復存在。因而，在討論中國淪陷區（殖民地）文學時，不宜簡單化地全盤套用西方後殖民術語。深入展開東亞殖民與中國淪陷區文學研究，需要在借鑒西方的基礎上，構建以中國半殖民地經驗為物件的「後殖民」話語。

維度二、七七事變造成的中國近現代史上的戰前／戰時／戰後三個階段的歷時轉換維度。

以一九三七年全國抗戰爆發和一九四五年抗戰勝利造成的這一歷時轉換，深刻影響了日本佔領區的文化／文學政治環境。抗日救亡成了中華民族壓倒一切的頭等大事。日本的東亞殖民在表面上把中國的左翼新文學傳統切斷。這反而打破了單一話語，形成眾生喧嘩，成就了一大批嘗試各種文學實驗的「異數」作家。戰後他們長期被冷落。在新殖民時期之後，他們如出土文物般重新進入當代閱讀，納入民族國家文學譜系，各以其不可替代的新質，豐富了民國時期的中國文學。

維度三、中國全國抗戰時期國統區／共產黨抗日民主根據地／淪陷區三大區劃間的共時體制差異維度。

一九三八年十月武漢會戰失利後，全國抗戰進入戰略相持階段，形成了相對穩定的三大獨立區劃。中國國家認同實體中華民國一直存在，大大增加了淪陷區殖民統治的難度。這是第二次世界大戰時期中國所特有的現象。三大區劃各自的言說語境迥異，需要具體問題具體分析。現在，否定、低估淪陷區文學的觀點依舊存在。僅就方法論而言，重大失誤失誤之一是，絕對化地用一個區劃的政治標準來評判其它區劃，沒有注意到三大區劃間的共時體制差異所制約的各地文學內容和文學形式間的差異。

維度四，日據時期割據地臺灣／滿洲國／「新中國」三種殖民地模式間的共時殖民體制差異維度。

在世界體制殖民期的後期，大英帝國的西方殖民主義霸權式微，軍國主義急速膨脹的日本強勢崛起，很快開啟了獨霸亞洲進而稱霸世界的對外擴張之路。在中國，日本的東方殖民主義夢被打破。日本國小力薄，無法在短時間內滅亡中國，甚至也無力將其中國佔領區全部納入日本本土。日本不得不分別在一八九五年、一九三二年和一九三七年，建立起納入日本本土的臺灣割據地、由清朝遜帝出任傀儡執政（皇帝）的東北滿洲國、啟用附逆官員組成僭越中華民國政府的內地「新中國」三種殖民地模式。三地之間是所謂「國」與「國」的關係。三地殖民統治的內容同中存異，文化統制的強度依次遞減，地方（中國）話語以及抵抗殖民的空間依次遞增。這種狀況深刻地影響了各地的文化政治生態，也為各類人員在不同地區間的流動，提供了契機和界面，促成各地的政壇文壇重組，以及殖民地文化與文學的新樣態。

這四個維度是中國殖民地文化以及殖民地文化研究的結構性背景，也是研究現代文學史上的殖民地文學，特別是在對不同的日本統治區的區域文學作政治評價時，標準差異化的原因或依據。也可將這四個維度運用於東亞殖民場研究，運用於東亞殖民地精英的跨域流動研究。以維度四為例。

在以實施「新中國」殖民地模式的北京淪陷區，日本的殖民文化統制最為薄弱[68]。臺灣、滿洲國大批不堪殖民高壓的各類人員，或被動或主動持續流向北京。通過身體的遷移、語境的轉換，他們很快在日常生存的和精神生產的雙重層面上重拾中華文化認同、中國歸屬感。北京（華北）淪陷期文壇很快形成規模，遠遠超過臺灣、滿洲國。在京滿系和臺灣作家起到了關鍵性的作用。謝介石也應當歸入滿系離散作家之列。經過學術界最近三十多年的撥亂反正，包括滿系離散作家在內的絕大多數淪陷區作家，已經去除了漢奸標簽，納入新編文學史。

那麼，同屬滿系離散作家的謝介石該如何定性？

依據戰時和戰後國民政府、中共抗日根據地的相關法律，僅就官階而言，謝介石身在漢奸之列。引入臺灣／滿洲國／「新中國」三種殖民模式間

68 參見張泉：〈抗日戰爭時期中國淪陷區的言說環境——以北京上海文學為中心〉，《抗日戰爭研究》2001年1期。

的共時殖民政體差異維度，滿洲國的助紂為虐的親日者，不宜簡單化地一概冠以「漢奸」[69]。

十九世紀末，隨著帝國主義列強殖民入侵的力度驟增，「亡國滅種」的危機意識在中國大地蔓延。義和團一改晚清各種民間武裝組織「反清滅洋」的政治訴求，中途變換成「扶清滅洋」。這一轉變與中國在世界體制殖民後期的多舛運命同步，具有昭示中國國內階級矛盾在強烈的外來衝擊下，發生歷史性位移的指標意義。

在晚清以降的內外交困、社會動盪之中，臺灣新竹人士謝介石在清朝、日本、中華民國、滿洲國、中華人民共和國間跨域移動，參與了一系列的歷史重大事件，與中國近代變局和東亞區域政治緊密相連。特別是，對於臺灣來說，作為滿洲國的外交大臣、駐日大使，他推動滿洲與臺灣、與新竹的公私交流，也觸發了臺灣知識人的滿洲想像，形成東亞殖民語境中的「闖關東」時尚。謝介石是幸運的。他等到了抗日戰爭的勝利，進入中華人民共和國得以安享晚年。縱觀謝介石跌宕起伏的一生，我們很難說他一定就是是勤王，或者一定就是叛國。

在分析這樣一位有著多重的跨區域、跨國度、跨時期複雜經歷的歷史人物時，引入上述四個宏觀維度，確認歷時階段轉換的時代差異，以及共時不同政權的體制差異，對於謝介石跨域行旅的制約和影響，或許有助於形成設身處地的立場或視角，從而避免整齊劃一、一概而論，在總體上對謝介石形成更為客觀的認知。進而，進一步準確還原臺灣日據期精英在東亞、中國、日本佔領區跨域流動的複雜樣貌，以及流動帶來的地方／世界新視域。

——原刊於《山東社會科學》

69 滿洲國政權高層裡的中國人，被新中國政府稱作「戰犯」。一九五五年十二月，最高人民檢察院宣佈：對偽滿戰犯中職位較低的十七人決定免予起訴，寬大釋放。對以溥儀為首的一批職級較高的戰犯，著重實施政治思想教育，一律不判刑。一九五九年九月十七日，第二屆全國人民代表大會常務委員會第九次會議通過〈關於特赦確實改惡從善的罪犯的決定〉，其中，包括偽滿州國的戰爭罪犯。在已經「皇民化」的臺灣，情況更為特殊，在界定叛國罪時，顯然更不能套用滿洲國、淪陷區的標準。參見張泉：《殖民拓疆與文學離散——「滿洲國」「滿系」作家／文學的跨域流動》，頁389-397。

在逃離與回歸之間：

泰雅族女作家里慕伊·阿紀的《懷鄉》

陸卓寧*

摘要

泰雅族女作家里慕伊·阿紀的創作，多被認為不具有原住民創作的典型性。認為其在文本訴求上，不以抗爭為標的，不以正面關懷「弱勢族群」為旨向；在文本特質上，亦不以原住民風俗文化為重。其實不然。縱觀里慕伊的創作，尤其是其長篇近作《懷鄉》，僅就原住民女性文學甚或原住民文學視域來看，很顯然，里慕伊是一位有著鮮明的族群主體情懷和極其獨特的創作風格的作家。里慕伊的創作提供給我們的「問題」，應該在於如何處理好作家情理悖論式的糾葛，讓一種豐富的情感體驗與明晰的理性精神相互啟動，從而在獨特的生命敘事過程中豐富自己，深化自己的理性發現及其徹底的批判精神。

關鍵詞：里慕伊·阿紀、《懷鄉》、情理悖論、族群主體情懷、批判精神

* 廣西民族大學文學院教授。

對於出生在臺灣新竹縣尖石鄉葛拉拜部落的泰雅族女作家里慕伊・阿紀（漢名曾修媚），多年前她的隨筆集《山野笛聲》出版時[1]，威朗・馬拉賞（泰雅族詩人，漢名瞿海良）在為其作序時曾這麼說過：「面對原住民文化，里慕伊雖然不是旗手型的作家，但在生命最深層的底部，一份女性獨有的敏感與堅韌，在她的作品中不斷閃爍隱現。這種特質加上清曉的文字與幼教的專業，使我對她有份期待，雖然里慕伊目前可能並沒有這麼強烈的企圖。但如果哪天她瘋起來，又丟給我一本原住民的兒童文學，我也仍然不會有絲毫的驚訝。」[2]對此，筆者亦頗有同感。當然，我們今天要談的並不是里慕伊真的「丟」出了「一本原住民的兒童文學」，而是她的長篇近作《懷鄉》[3]；我也以為，至少在目前，里慕伊還稱不上是一位「旗手型的作家」，但這或許只關涉性情而與才情無關。

我們還注意到，對於里慕伊・阿紀的創作，還有這些相類似的評說，如：巴蘇亞・博伊哲努（鄒族作家、學者，漢名浦忠成）認為：「里慕伊・阿紀溫和浪漫的描寫優遊的生活內容，是相當有別於以抗爭為標的的作家文學，這與她的成長環境有關，認真呈現她所聽所聞以及遭遇的故事、這就是真實深情的文學。」[4]劉秀美也說，「里慕伊・阿紀為典型父系社會的泰雅族，她的作品與其他原住民族作家的不同在於很少正面陳述有關『弱勢族群』的主題」。[5]威朗・馬拉賞還這麼說過，「有些人質疑里慕伊作品中缺少原住民文化質素與基因。這些，可能是因為她的作品很少用激昂的文字，去訴說原住民的情緒與悲懷；或者是說抽離所有背景後，她訴說的可以是任何

1 里慕伊・阿紀：《山野笛聲》（臺中市：晨星出版社出版社，2001年）。

2 威朗・馬拉賞：〈笛聲之外〉（序一），收入於里慕伊・阿紀：《山野笛聲》（臺中市：晨星出版社，2001年），頁5。

3 里慕伊・阿紀：《懷鄉》（臺北市：麥田出版社，2014年）。文中凡引小說原文、標出或未標出頁碼的均出自此著。

4 巴蘇亞・博伊哲努：《台灣原住民族文學史綱（下）》（臺北市：里仁書局，2009年），頁1181。

5 劉秀美：《臺灣原住民族女性書寫中的族群民俗傳統》，《四川大學學報（哲學社會科學版）》，2001年第5期。

一個地方的故事。」[6]

概而觀之，這些說法不外乎是：作為原住民女性作家的里慕伊的創作，不具有原住民創作的典型性，其在文本訴求上，不以抗爭為標的，不以正面關懷「弱勢族群」為旨向；在創作特質上，亦不以原住民風俗文化為重。

審美判斷，當然是見仁見智的。縱觀里慕伊的創作，尤其是在里慕伊「丟」出了長篇新作《懷鄉》之後，上述說法是很可值得討論的。筆者以為，僅就原住民女性文學甚或原住民文學視域來看，很顯然，里慕伊是一位有著鮮明的族群情懷與極其獨特的創作風格的作家，並因此「走出了」葛拉拜泰雅族部落，從而擁有了一片屬於「自己的天空」。

一　原住民文學的崛起與里慕伊的創作

這的確是一個實事。一九八四年十二月二十九日，「臺灣原住民權利促進會」（下稱「原權會」）在臺北成立，正式宣告臺灣原住民文化復興運動開啟了組織化進程，而「沒有文字的原住民，借用漢語，首度以第一人稱主體的身份向主流社會宣洩禁錮在其靈魂深處的話語，這是原住民文學的創世紀。」[7]不容分說的，「控訴與認同」構成了原住民文學崛起的根本訴求。

莫那能（排灣族詩人，漢名曾舜旺）說：「如果有一天／我們拒絕在歷史裡流浪／請先記下我們的神話與傳統／如果有一天／我們要停止在自己的土地上流浪／請先恢復我們的姓名與尊嚴。」[8]

波爾尼特（雅美族作家，漢名郭健平）說：「是誰把曾經是世外桃源，美麗而鳥語花香的島，弄得滿目瘡痍？為什麼同樣流著紅色血液的生命遭受不平的看待，被忽略，被輕視，讓自己有同樣氣息的人類捉弄、欺侮、嘲笑

6　威朗・馬拉賞：〈笛聲之外〉（序一），頁6。

7　孫大川：〈台灣原住民文學創世紀〉（編序），收入孫大川主編：《台灣原住民族漢語文學選集——評論卷（上）》（新北市：INK印刻出版公司，2003年），頁5。

8　莫那能：〈恢復我們的姓名〉，收入莫那能：《美麗的稻穗》（詩集）（臺北市：人間出版社，2010年），頁21。（《美麗的稻穗》初版於臺中市：晨星出版社，1989年。）

和歧視，羞辱與譏諷？為什麼祖先流淚流汗，滴血開墾的產業，我們無權播種？何以我們辛勤開拓的土地與平原變成別人居住的『旅館』？為什麼我們的權益是一堆荊棘和芒草亂石堆，曾幾何時，我們引以為傲的傳說，變成嘲笑與歧視的根源，為何崇高的倫理道德觀念，流為一張恥辱的源頭和虛偽的合約，是從什麼時候，我們樂天知命的族性，成了自卑與自憐的性格，我更不懂一身烏黑結實的胴體被看成是野蠻和落伍的象徵……。」[9]

……誠如浦忠成所言，原權會後來以原住民正名、還我土地、成立自治區、要求將參政權、土地權、自決權等集體民族權利納入憲法等，在頻頻走上街頭抗爭的過程中，也以文學表達的方式進行議題的論述和訴求。[10]

里慕伊可稱之為原住民文學的後起之秀，因而「錯過」了原住民走上街頭為「身份」、為「正名」進行抗爭最群情激奮的初始時期；由於父親是小學教師的原故，里慕伊小學畢業即離開葛拉拜部落，早早地就進入到「漢人世界」而開始了自己平地中學寄宿學校的求學之路；更是後來學前教育的志業，「十數年來接觸與相處的都是全世界最『自然』的人類——幼兒」[11]，讓她始終保有童真、陽光、純然的性情並成為她文字的風格。

如此看來，里慕伊的創作迥異於原住民文學的「典型性」似乎也是順理成章的。其實不然。事實上，正是在於她的不同於部落族人／姐妹的人生之路，讓她過早地體驗到了來自於主流社會的「壓迫」及其對於少數族裔的不公，乃至成為了她創作的動機並貫穿其創作的始終。

譬如，在平地初中的第一堂英文課，她就被全班整齊的「A、B、C、D……」聲所嚇倒，這是她人生最初也是最深刻的挫折感。隨後她是這麼寫的：

我在山上從來沒有接觸這些東西，然而鎮上的孩子幾乎沒有一個不是

9 波爾尼特：〈請聽聽我們的聲音〉，收入吳錦發編：《願嫁山地郎》（臺中市：晨星出版社，1998年），頁15-16。

10 巴蘇亞・博伊哲努：《台灣原住民族文學史綱》（下），頁772。

11 里慕伊・阿紀：《山野笛聲》，頁19。

> 在暑假時，就已經在補習班將這些字母背得滾瓜爛熟了。
>
> 「你沒有補過英文嗎？」老師驚訝的口吻，如同安妮剛剛的話語，刺痛了我的自尊心，我流著眼淚搖搖頭。
>
> 天曉得，國小畢業的暑假，我跟所有山上的孩子一樣，依然是游泳、爬樹、偷鳥蛋，每天在玩。誰知道山下的孩子在幹什麼？
>
> 在家鄉，我那麼優秀，到了這個全校三千多個學生的國中，我立刻消失在人群中，從第一堂的英文課開始，自信心完全瓦解……。[12]

由此，她聯想到了自己的不少童年玩伴。富有繪畫天賦的阿巴特後來也只能在工地上從事釘板模的工作；吼拉．貼木從小就力大如牛，但他是不可成為舉重選手的，小學畢業就得在山上拉竹賺錢，後來還因為喝酒騎車跌落山谷，年紀輕輕就結束了生命；漂亮且能歌善舞的里夢．瓦浪，未及成年便已嫁作他人妻，上演著部落女人永遠的輪迴，生兒育女，日出而作，日落而息……

由此及彼，里慕伊喟歎道：

> 如果漢人的生活文化與方式，是這個島上的現代人無可避免的唯一選擇，試問，這個社會可曾真正地讓原住民有公平競爭的機會？事實上，當原住民想在社會上爭取一席之地，首先就得學會漢人制定的遊戲規則，否則根本就沒有任何機會出頭或安好的生活著。然而可悲的是——這些遊戲規則卻是我們所不熟悉的。[13]

里慕伊的創作，是以散文隨筆的形式，於一九九〇年代中期開始的。上述所引均來自里慕伊於一九九五年榮獲第一屆山海文學獎散文首獎的《山野笛聲》。顯然，從一開始，里慕伊的創作就充溢著鮮明的族群意識與深切的

---

12 里慕伊．阿紀：《山野笛聲》，頁39-40。

13 里慕伊．阿紀：《山野笛聲》，頁43。

民族悲情。

因坐落於如尖筍狀、雄偉挺拔的巨石間而得名的尖石鄉，自然環境亙古如一的險峻和堅韌，鄉內原住民、客家、外省及閩南多族群及其文化的多面向融匯，對於生活在這裡的人們，實際上已完全構成了一種地老天荒的營養。經年累月地依偎著這片雖經惡劣環境侵襲而依然聳立堅挺的大山，經年累月地與這片大山下多族群文化的深刻交融與對話，必然會影響著鄉內不同族群和部落的山野情懷與族群文化性格，更在意識形態文化和無意識文化心理上呈示出來。換言之，生於斯長於斯，那種大山情結與族群品格，甚至無須「啟蒙」，經由地域氣象與文化血脈所呈現出來的屬己的藝術思維都是與生俱來的。不錯，藝術表現是極具個性的審美創作，其審美主體也必然是具體單個的性質，這也表明了主體精神現象的複雜性，並必然帶來審美個性的差異。但是，這並非完全與地域無關，與身份／文化背景無關，本質上它已積澱成為一種集體無意識。里慕伊後來以《山野笛聲》為書名，結集出版了她的第一部散文隨筆集，開篇的〈聽誰在唱歌〉，開門見山的第一句就是：「原住民是一個愛唱歌的民族。而且，唱得好。」[14]隨後由初中同學那些五音不全、唱歌如被掐著脖子貓叫般的怪聲怪調的「歌聲」，聯想到原住民同胞經由現代文化「包裝」後，在電視上參加歌詠比賽的一個情景。她寫道：

> 有一回見到我的同胞在電視上參加歌唱比賽，卻忍不住喉頭打緊、眼眶發熱，竟像是受了什麼委曲似的泫然欲泣。
> 因為，我找不到他們唱「那魯灣」時的豪邁氣魄，聽不到唱「里慕伊斯啦、里慕伊韻」的婉轉柔媚。一逕茫然地唱著太遙遠的長江黃河、喜馬拉雅山；矯揉造作地演唱自己其實也不甚瞭解的都會滄桑，男歡女愛。完美無缺卻沒有靈魂。我在那些我們共有的、深邃的大眼睛裡，讀到了失去文化認知的悲哀……
> ……這在利慾薰心、紙醉金迷的社會，很少人肯去思考什麼民族、文

14 里慕伊・阿紀：〈聽誰在唱歌〉，收入氏著《山野笛聲》（文集），頁29。

化之類的東西……[15]

毫無疑問，特定地域與族群文化體系對於生活於其間的每一個個體的精神秉性都是一個無須言明的「文化場」，並作用於這一特定群體的每一個個體的神經末梢與文化肌理。因此，即便是已經具備了自主意識的審美主體，如里慕伊，由於身處現代與保守、開放與封閉、主流與邊緣二元結構的被動端的宿命，往往在面對來自於主流社會的擠兌與規範時，喚起他們強烈民族情愫與族群記憶的，則往往不是浪漫想像中的山情野趣，而是來自於自然生態與現實社會的險惡與無奈，來自於主體精神結構中的無意識積澱。因此，才有了隨時隨地都可能被觸發的族群情結與憂患，哪怕一堂英文課，哪怕一場電視歌詠比賽、哪怕面對輝煌璀璨的香港夜景[16]……，甚至，「在那個視『山地人』為茹毛飲血的年代，她就開始寫紋面的外婆和一些傳統的故事，硬是讓一些仗著族群優越感的漢人同學望塵莫及。」[17]里慕伊當然是「典型」的，但又是屬於里慕伊自己的。

在散文隨筆之集大成的《山野笛聲》之後，里慕伊出版了泰雅族神話傳說故事集《彩虹橋的審判》（2002）、出版了講述泰雅族墾荒史及其傳揚族人勤勞、勇敢、正直價值觀的長篇小說《山櫻花的故鄉》（2010）[18]，一以貫之的，依然是作者鮮明的民族文化立場和強烈的民族責任感。至長篇近作《懷鄉》出版，某種意義上，或許可以看作是對其所被置疑的「相當有別於以抗爭為標的的作家文學」，「很少正面陳述有關『弱勢族群』的主題」的回應。

15 里慕伊．阿紀：〈聽誰在唱歌〉，收入氏著《山野笛聲》（文集），頁34-35。

16 里慕伊．阿紀在《山野笛聲》的自序〈仰望星空〉裡，談及自己於千禧之年的前夜在香港太平山頂觀景臺上仰望星空的感受，即便面對輝煌璀璨的現代都市的燈海，她「發現自己不論是身在何處，接近自然，尋找自然，已經是個反射動作」。

17 馬紹．阿紀：〈記憶純真年代〉（序二），收入里慕伊．阿紀：《山野笛聲》，頁11。

18 里慕伊．阿紀：《彩虹橋的審判》（臺北市：新自然主義出版社，2002年）；里慕伊．阿紀：《山櫻花的故鄉》（臺北市，麥田出版社，2010年）。

二　山上山下：一個「多重弱勢」泰雅族女子的「生命地圖」

《懷鄉》敘述的是新竹尖石鄉泰雅族拉號部落一個於蒙童之時就「深信自己天生就是個『瑕疵品』對自我感覺糟透了」[19]的泰雅族女子——懷湘「糟透了」的一生。

孫大川認為，《懷鄉》「情節不複雜，也沒有太深的意義指涉，卻仍讓人心痛，因為里慕伊筆下的懷湘和她的遭遇，『真切地』彷彿就像昨天發生在自己部落裡的故事一樣。尤其如果將時間推回到1990年代以前，里慕伊的小說，簡直就是部落的現場直播：早婚、酗酒、暴力、離婚、特種行業和家的崩解……。里慕伊給懷湘的任務，就是努力不懈地嘗試去終止這樣的惡性循環，以一個女孩、女人和母親的身份行動。」[20]確實，「現場直播」似乎是《懷鄉》的一種敘事策略，作者幾乎沒有借用任何外在的形形色色的意識形態來包裝自己的情緒和思維，亦或是孫大川以為的「沒有太深的意義指涉」。唯此如此，小說則顯示出了一種氣質，一種只屬於作者本人的女性敘事的氣質，她只在乎呈現而不在乎解釋說明。以一種完全「個人化」的經驗，極盡可能地呈現出敘事主體在「現場」的痛惜、柔軟、同情和理解，這就使得原住民文學「以抗爭為標的」、「正面關懷『弱勢族群』」的「典型敘事」的宏大意圖在有意無意間來了個「重構」。從而，讓人難以否認這個處於多重弱勢困境中的千瘡百孔的泰雅族女子的「生命地圖」，不能不是原住民女性、原住民族的集體經驗。

（一）支離破碎家庭中的漂零人

懷湘自幼父母離異，與一般離異家庭的孩童「順理成章」地或者跟隨母親或者跟隨父親生活，因此也多少還能夠感受到母愛或父愛，即便這是一種

19 里慕伊．阿紀：《懷鄉》（臺北市：麥田出版社，2014年），頁51。

20 孫大川：〈說〈懷湘〉〉（序），收入里慕伊．阿紀：《懷鄉》，頁5。

殘缺的「愛」的不同，懷湘從一開始就被無情地拋擲在大山裡「放養」。母親哈娜是臺北烏來的「清流園之花」，長相甜美，舞蹈出眾，在眾多身份不菲的觀光客追求者中只鍾情於懷湘的父親，一個帥氣的職業軍人，來自新竹尖石的泰雅同族磊幸。閃電成婚後，卻因新竹尖石遠落後於臺北烏來、丈夫不在身邊的寂寥與清流園眾星捧月的繽紛過於落差、職業軍人微薄的薪水與她在觀光歌舞場跳舞的收入完全不成對比致使婚後生活入不敷出，生下懷湘後便決絕地離婚，繼續她在臺北烏來「清流園之花」的生涯。於是，懷湘「自有記憶以來，她就像遊牧民族一樣，在外婆、大伯、叔叔、表叔家搬過來遷過去。」[21]雖然也因此得到部落族人的疼惜，「這座山的鄰居全都是親人，走到哪裡都可以住下來」[22]。只是，這「在懷湘內心深處卻存在著說不上來是什麼滋味的、一口深不見底的黑洞，總會在某些時刻電波似的發送無聲卻清晰的資訊」[23]，讓她來得敏感、自負而情緒化。然而，即便是這種「放養」式的流浪生活，在父母分別再婚後，甚至都成為了一種奢侈。在生母再嫁後的「那張完整的、圓滿幸福家庭畫面中，完全不可能有她插入的空間，也永遠不可能有屬於她的位置」[24]，乃至連喊媽媽的資格都被剝奪了，媽媽成為了「阿姨」；而父親再娶的繼母到來的那天，「便是她夢魘的開始⋯⋯。便有了永遠做不完的『家事』⋯⋯」；父親常年駐守軍營，更給了繼母的肆無忌憚一種豁免權，「『訓練』懷湘做家事到了令人不忍的地步」，使得懷湘每每聽到繼母「那令人害怕的吼聲，回蕩在山谷間，⋯⋯她總是露出驚恐的眼神迅速趕往家裡去⋯⋯」[25]。

懷湘有家，母親的家、父親的家，外婆的家、叔叔的家，甚至整個部落都是她的家，但是，任何一個「家」都沒有她真正的位置，都能讓她本能的直覺到跟別人的家不一樣，「為什麼？我，就不能有一個⋯⋯像他們這樣的

21 里慕伊・阿紀：《懷鄉》，頁27。
22 里慕伊・阿紀：《懷鄉》，頁27。
23 里慕伊・阿紀：《懷鄉》，頁27。
24 里慕伊・阿紀：《懷鄉》，頁51。
25 里慕伊・阿紀：《懷鄉》，頁61-62。

家呢？」[26]本就在懵懵懂懂中感受到處於一個支離破碎家庭中的不安所產生的隱性創傷，隨著父母各自家庭的「完滿」，懷湘這種不自覺的隱性創傷則演變成了一種「自覺」的「原罪」感，這種原罪感與其說是來自於「家」的支離破碎，來自於父母婚姻的非正常，不如說是對自己存在的貶低和自卑。小說中是這麼描述的：

> 隨著一件件發生在自己生命中無法控制的狀況，這樣的感覺就愈清晰，漸漸轉而深信自己天生就是個「瑕疵品」對自己的感覺糟透了，她潛意識甚至認為父母之所以離婚，一定跟自己「不好」有很大的關係。[27]

於是，每每再遇到「在自己生命中無法控制的狀況」，譬如，同母異父的妹妹問她，「你的媽媽是誰呀？懷湘姐姐，我怎麼沒有看過你的媽媽呢？」[28]；譬如，即便是外婆在神父給的救濟品中給自己挑選了一件漂亮的洋裝，「心想自己終於可以擁有像洋娃娃一樣漂亮的洋裝了」，還是被「阿姨」(媽媽)「擋了下來，硬是要留給現在還不能穿的妹妹」……，[29]等等，懷湘「只是在心底深處再一次驗證了自己的『不好』，『不好』的自己怎麼有資格跟這樣『好』的妹妹爭好東西呢。」[30]

但是，作者「現場直播」式的敘述，並非零度情感式的「冷漠敘事」。相反，它是有溫度的，甚至是有力度的，它讓我們獲得了一份來自於「現場」的感同身受，那是一種能讓我們觸摸到敘述主體對於一個完全超出其纖弱生命的承受力的疼痛感，那是一種對於這個從出生的一開始就被隨意拋擲的生命的命運走向所產生的不可把捉的戰慄感。

26 里慕伊・阿紀：《懷鄉》，頁27。
27 里慕伊・阿紀：《懷鄉》，頁51。
28 里慕伊・阿紀：《懷鄉》，頁51。
29 里慕伊・阿紀：《懷鄉》，頁53。
30 里慕伊・阿紀：《懷鄉》，頁54。

（二）男權話語下的受虐者

懷湘對於「自己的『不好』」的身世的扭曲認知、親情長期缺席造成的情感饑渴，使得她無所依靠的內心，總想找尋到可以停泊的港灣和歸屬。於是，「心底深處那渴望被人緊緊擁抱、呵護的渴望，才是她無法抗拒馬賴三天兩頭邀約的原因，使她不由自主的就來到『秘密基地』與學長激情幽會」[31]。然而，這竟是她的童年惡夢朝向更為慘烈的境遇的開始。「正要展開花樣」的年華，卻要以未婚先孕之身，背著「在部落來說的確是驚世駭俗很不光彩」[32]的罵名，嫁到了同是泰雅族、卻更為貧瘠封閉、人煙罕至的後山葛拉亞部落，匆匆略過還未及真正展開的青蔥少女歲月，便別無選擇地只能聽從命運的擺佈，「竟是把自己一步一步往更險惡的未來推進」[33]。

里慕伊在《懷鄉》自序〈稜線上的冷杉〉一文裡說到，「這故事我在心中默默沉澱了十餘年，始終想要把她說完，獻給在我生命中遇見的各位『懷湘』姐妹，或許她們也在你的身邊，或許就是你自己……。」[34]顯然，在作者隱而未發的敘述中，有著作者寫作《懷鄉》的明確的「性別定位」，這既是作者生命體驗及其情感表達的內在需求，當然也是她再「正面」不過的弱勢族群關懷情結的表現。

泰雅族社會的組織架構沿襲了父系社會的傳統機制，男子是社會和家庭的核心，男主外女主內，婚姻采女從夫居，男人至上、女人為次的一夫一妻制。就在懷湘出嫁的當天早晨，把她視如己出的嬸嬸亞大米內叮嚀她，「你以後就要當人家的『葛內蘭』（妻子）、人家的『以那』（媳婦）了，那個『亞僞』（女婿）的媽媽已經不在了。你當人家的『以拉哈』（嫂嫂），要好好打理家中的事……。」[35]然而，在懷湘陷落的這個「家」裡，「家中的

31 里慕伊・阿紀：《懷鄉》，頁25-26。

32 里慕伊・阿紀：《懷鄉》，頁64。

33 里慕伊・阿紀：《懷鄉》，頁79。

34 里慕伊・阿紀：《懷鄉》，頁19。

35 里慕伊・阿紀：《懷鄉》，頁66。

事」則變成了「家中的一切」；甚至，「男主外女主內」的家庭傳統模式在這個「家」裡也完全被打破了。這當然不是因為這個「家」的進步與開明，恰恰相反，「事實上，馬賴家在葛拉亞部落是不受人尊敬的家庭。」[36]其原由則是馬賴家的「家規」完全違背了基本的部落倫理。

「在泰雅族的社會裡並沒有富與貴的差別，只有勤勞與懶惰的不同」[37]。要命的是，馬賴及公公在部落裡是盡人皆知的懶惰和粗鄙，乃至「家徒四壁」[38]。更有甚者，如小說中的這麼一個情節。懷湘嫁到馬賴家的當晚，幾個年輕親友在鬧酒時竟然當著懷湘的面委瑣地撩撥馬賴：「馬賴，先讓你的老婆喝一點灑」，「好讓她喝醉然後……啊……哈哈哈……」，「喂……馬賴……你等一下可要用力啊你……哇……哈哈哈哈……」。小說接著寫道：

> 整屋的男人都笑得非常大聲，「哈哈哈……」馬賴和懷湘的公公也都一起大笑，公公竟然不避諱的在媳婦面前為這種事情大笑，這讓懷湘非常不舒服。不管她的母親離婚再嫁、父親再娶，但她成長的家庭環境裡，教養她的卻是恪守泰雅 gaga[39]的外婆和標準泰雅族世家的叔叔、嬸嬸。她實在不懂這是怎樣的一個家庭。[40]

這一切都讓懷湘猝不及防。她也曾試圖逃離，不顧有孕在身的危險，不顧大山深夜裡的寒冷和陰森恐怖。但是，「離開葛拉亞她可以去哪裡呢？她還清楚的記得父親那天晚上在她房間說的話，『既然這是你的選擇，以後不管你在那裡的生活怎樣，都不要回來抱怨，也不要後悔！』……那麼，不回拉號她還能回到哪裡去呢？外婆家？媽媽那裡……」[41]且不說她本就無家可回，而不論是傳統社會的倫理規範，還是泰雅族的 gaga，當族人把她送到

36 里慕伊・阿紀：《懷鄉》，頁78。

37 里慕伊・阿紀：《懷鄉》，頁78。

38 里慕伊・阿紀：《懷鄉》，頁71。

39 泰雅族中的gaga（gaya）意思為祖訓或遺言。

40 里慕伊・阿紀：《懷鄉》，頁74-75。

41 里慕伊・阿紀：《懷鄉》，頁86。

這裡的那一天開始，她就只能絕對服從的把自己定位於做一個孝婦與良母的角色，將自己定格在男性的從屬地位，並滿足男性的所有需求甚至奴役。

在隨後的日子裡，喜怒無常的馬賴酗酒、遊手好閒是常態，對她任意拳腳相向更是家常便飯；公公隨意差遣哪怕有孕在身的媳婦最充分的理由就是他身體有恙，一如之前馬賴過世的母親一直都是山上工作的主力；孩子一而再地呱呱墜地，家事農事、包括撫養照顧小叔子，一家六、七口人的一切生計則一樣都不能少的全部傾軋在未及渡過花樣青春便在轉瞬間成為家庭主婦、準確地說是家庭主要勞動力的懷湘的身上。「在這偏遠貧困的深山，每天忍著屈辱為生存而努力。……身心受到的折磨與創傷，就像是一次又一次不斷侵襲她生命的狂風暴雨，使她飽嘗了前所未有的生不如死的痛苦。」[42]然而，回報懷湘的卻是極度無能、狂躁、自卑的丈夫在外尋花問柳和愈發兇殘的虐待。更甚者，在一次聽到鄰人對懷湘的讚美和憐惜，馬賴竟發狂至毫無人性地揚言，「會賺錢了，是嗎？」「什麼了不起！」「看我把你殺了」，[43]吼叫完竟然拿出不知什麼時候備好的獵刀追殺懷湘……。

根本上看，根深蒂固的男權傳統文化致使「女人被當作純粹的類，當作一個非人格性的東西」[44]的同時，同樣也是根深蒂固的男權傳統文化，讓其「弄權者」在專屬的男權意志的揮霍過程中也發生了異化，讓他們在仰仗或享用種種特權中渾然不覺地完全喪失了意志的操縱，在奴役他人的同時也在奴役自己。

對此，小說這樣來描摹懷湘的心理活動：「似乎那天他罵懷湘的話語當中，正是他內心最深的吶喊和恐懼，這些就是令他無力承受而必須透過暴力去紓解的壓力和恐懼吧！」[45]

進而，我們注意到小說中還有這麼些文字：

---

42 里慕伊·阿紀：《懷鄉》，頁89。

43 里慕伊·阿紀：《懷鄉》，頁174。

44 〔德〕西美爾著、顧仁明譯：《金錢、性別、現代生活風格》（上海市：學林出版社，2000年），頁8。

45 里慕伊·阿紀：《懷鄉》，頁172。

> 懷湘從小就經驗了支離破碎的家庭，到處寄居的童年，以及後母冷酷磨練的少年，她對於弱勢的人總是多了一分同情，所以馬賴無業、酗酒、暴戾的性格雖然讓她和孩子吃盡了苦頭，但在她內心最深處卻是同情馬賴的。就像她無怨無悔的為整個家庭、孩子的付出，她照顧馬賴，甚至是配合他生理上的需求，在懷湘看來都是一樣的，是她必須承擔的責任，至於這些為什麼全部都是她一個人的責任？這個她卻從未想過，或者是她根本也不願意認真去想的問題。[46]

很顯然，懷湘這樣的「選擇」，這樣的「回避」，甚至「理解」，除了外部男權話語力量的不可抗拒之外，亦有來自其內心對男權制社會的一種默認、順從與屈服。作者的筆觸是真實的，也是無情的，當然也是猶疑的。

有意味的是，最後竟是馬賴另有相好而主動向懷湘提出離婚，某種意義上這本來就是預料中的事，懷湘並不意外。意外的是，公公竟然向她提出要求賠償五十萬元，說「我們當初娶你的時候，也不是花得很少費用」[47]。真是石破天驚，令人瞠目結舌。但懷湘還是接受了這一苛刻的離婚條件，她是用這五十萬元為自己贖得個自由身。

如此「真實」的場景，男方提出離婚，竟讓女方賠錢給男方，這在傳統父系社會的泰雅族部落來說，實在是驚世駭俗的。透過馬賴父子冠冕堂皇實則寡廉鮮恥的離婚「賠錢」的理由，小說無情的指向男權話語走向極端所表現出來的殘忍和醜惡，「女人」即「工具」，對其精神和肉體，完全無須掩飾地、可以赤裸裸地欺淩與壓榨，直至不剩絲毫可利用的價值。懷湘的第二段婚姻亦如此，阿發以其幽默風趣、英俊浪漫的外表，並一句「我會給你一個溫暖的家，照顧你、疼你……」[48]的套話，就捕獲了自以為已經成熟獨立了的懷湘的芳心。婚後除了沒有打罵行為，但依然是「白吃、白住、白睡老

46 里慕伊・阿紀：《懷鄉》，頁172。

47 里慕伊・阿紀：《懷鄉》，頁203。

48 里慕伊・阿紀：《懷鄉》，頁207。

婆」[49]，還白拿老婆的錢一而再地去進行血本無歸的所謂「投資」，離婚時竟然也與馬賴父子如出一轍，厚顏無恥地提出要分賣得的懷湘辛苦打拼買下的房子的錢。看似懷湘再次遇人不淑，本質則同是男權話語至上所至。如果真有什麼不同，這次離婚倒是懷湘主動提出來的，這是後話。

里慕伊的「現場直播」顯然有著一種內在的節奏感，引而不發卻呼之欲出，每一處聚焦點，每一個「畫面」都來得那麼真切立體。於是，懷湘、哈娜、夢寒……「各位『懷湘』姐妹」的悲劇命運，很大意義上與其說是歷史的，不如說是無法逃脫的性別命定。

（三）邊緣／弱勢處境的宿命

《懷鄉》是懷湘的一生，所有該經受不該經受的一切都殘酷地讓一個無助的泰雅族弱女子經受了，她當然也因此「變得更堅強而勇敢」[50]，甚至在後來看似完全具備了主宰自己的命運包括婚姻的勇氣和能力。但是，作為一種「在場」敘事，作者依然無法回避作為一個特定族群，或者說原住民女性生存處境的現實問題。

懷湘最後獲得的經濟條件的改善乃至由此獲得的「自主」能力，充滿了悖反的諷刺意味，因為完全是來自於一個「難以啟齒」[51]的工作：進入都市從事賣笑陪酒女的生涯。這是否就是一種宿命，不僅僅是屬於懷湘的宿命。女性獲得獨立，首先是經濟能力的獨立，但作為主流社會的邊緣族群，則必然受制於主流社會資源配置的非公正性；進而，作為來自於族群內部沿襲父系社會男尊女卑傳統規則的泰雅族女性，則更多了一層受制於族裔資源配置的非公正性。如小說中的一個場景，懷湘為著改善家庭經濟的窘境，承擔了本該是馬賴承擔的「男主外」的工作，跟隨族人下山去種香菇。一個星期後回到家，還沒有來得及抱孩子，公公見面的第一句話，竟是「他們都把工錢

49 里慕伊・阿紀：《懷鄉》，頁212。

50 里慕伊・阿紀：《懷鄉》，頁90。

51 里慕伊・阿紀：《懷鄉》，頁202。

算給你們了嗎？」緊接著又說「我們什麼菜都沒有了，連鹽巴和炒菜的油也都沒有了。」[52]如此，何談經濟能力的獨立？進而，逃離了部落進入現代化程度不斷發達起來的都市，沒有受過很好的教育，沒有更好的生存技能，又何談生存？剩下的，不外乎只能是進入寄生於現代都市的「特種行業」，於是，賣笑陪酒或許就是懷湘——原住民底層女性唯一的出路了。這麼一來，利革拉樂．阿烏（排灣族女作家，漢名高振蕙）關於「非原住民之於原住民異文化的特殊眼光，雛妓=原住民少女、雛妓=被原住民父母所賣、原住民父母=販賣女兒等等刻板印象再深度化為定論」[53]的揭示，便是一個再度被坐實的確鑿的社會「真相」。在這裡，作者已然把她對於「懷湘」姐妹們的同情上升為強烈的弱勢族群的關懷意識，以及對於這一也包括自己在內的特定族群的生命意識的感佩。面對宿命之網，「懷湘」姐妹們即便已經是傷痕累累，她們依然表現出了頑強的韌勁，不是為了自己，而是為著孩子為著親人為著生存，她們施展了最大的力量，奉獻乃至犧牲了一個女人所能奉獻乃至犧牲的一切，哪怕她們的內心無時不在滴血。誠如作者也不得不承認的，「這是比較尷尬的話題」。[54]小說的結尾，懷湘帶著與阿發生的女兒小竹回歸部落。但是，這段讓她「難以啟齒」的賣笑陪酒女的經歷，「在整個社會的異樣眼光歧視下，心靈的傷痕將永無復原的一天」。[55]

如此種種，作者對處於多重弱勢的懷湘於「山上山下」間逃離與回歸的生命軌跡的逼真描述，即便心懷強烈的族群部落情結，她也無法回避懷湘逃之不可逃的無助。我們注意到，作者在最後還讓懷湘來了個措手不及：回歸到原生部落，父親生前在眾人面前宣佈給予她的應得的一份遺產，繼母竟然

52 里慕伊．阿紀：《懷鄉》，頁115-116。

53 利革拉樂．阿烏：〈樓上樓下——都會區中產階級女性運動與原住民女性運動的矛盾〉，收入於利革拉樂．阿烏《穆莉淡．部落手劄》（臺北市：女書文化，1998年），頁55。

54 里慕伊．阿紀：《懷鄉》，頁23。

55 利革拉樂．阿烏：〈樓上樓下——都會區中產階級女性運動與原住民女性運動的矛盾〉，頁55。

採取偷樑換柱的卑鄙手段，抹去了她的名份，等待她的將是不知所終的與同父異母兄妹的遺產爭奪戰……。這是否喻示著，人生苦難的接踵而至，失控而艱辛的生存處境在此已經超越了現實層面的表現，再次暗示她，原罪般的宿命將與她此生如影隨形，無可逃遁。就象「懷湘」之名的來由：她本就是地地道道的純正的泰雅族的女兒，但卻沒有一個屬於自己的族名。遠在大陸的「湘」與她何干？父親服役時祖籍湖南的中校長官一個信口之為，就成為她永遠都無法去除的「符號」，隱喻著她從來到人世間的那一天開始，她的一生將始終處於一種被任意「命名」的、被割裂的、被主宰的宿命之中？就像作者的自序裡說到的，「懷湘……仿佛山棱上的冷杉，夢想中的美滿家園，就如那綿延不絕氣勢昂揚而美麗的黑森林，是她此生遙不可及的鄉愁」[56]？

逃離與回歸，「懷湘」生命軌跡的兩極所形成的深刻呼應和由此形成的敘事張力，更加強了懷湘逃之不可逃的喻義的擴展與延伸。

三　艱難掘進的權利抗爭與主體建構

顯而易見的，寫作《懷鄉》，里慕伊傾注了全部的感情，過程中表現出了從未有過的勇氣和釋然，她說：「感謝天主賜予我寫作的恩典，借著書寫，能與讀者分享我們泰雅族人的文化風習與生命故事」。[57]然而，作者的這個過程無疑是艱難的，也是糾結猶疑的。歷史與現實的原因，相對於主流社會及其文化形態，少數民族所處的生存地帶、文化教育發展的層次、部落內部的矛盾結構等等多重向度的問題，已經決定了它在根本上的邊緣性與變革的艱巨性。因此，少數民族作家在書寫或曰在面對本民族文化傳統風習與歷史的同時，應該以一種什麼樣的姿態來關注本民族的歷史及其當下的生存現狀？這是一個問題；進而，「現場直播」也好，僅在乎「呈現」也罷，檢視並思考本民族文化的變革與出路是否本就是「題中應有之意」？這又是一個問題。

---

56 里慕伊・阿紀：《懷鄉》，頁19。

57 里慕伊・阿紀：《懷鄉》，頁19。

里慕伊當然深愛自己的民族。她在真實揭示懷湘坎坷多舛的一生中，賦予了懷湘美麗、善良、堅強、隱忍，慈悲……一切女性所應該具備的美好與品格。媽媽哈娜為「保護」再婚家庭的和諧與安穩，不僅向後來的丈夫隱瞞了自己曾經的婚史，還隱瞞了懷湘的存在，並規定懷湘只能稱其為「阿姨」，甚至從不過問這個女兒饑寒交迫的一生。但每到母親節，懷湘依然在心裡感念母親，甚至冒著可能預見的母親的冷落，電話問候媽媽；公公視其為「工具」，先前本都是由公公照看山上的農作物的，但有了懷湘，還是在孕期的懷湘，「今天就由你去除草了吧！媳婦，我的腰在痛呢？」[58]，哪怕剛生完孩子，「你的婆婆呀！她是生產完第二天就會上山除草工作去的」[59]，但懷湘從來都是毫無怨言地給予了最大的尊重與順從，告誡自己「現在是人家的媳婦了」[60]；懷湘在外面為家庭拼搏時，馬賴公然堂而皇之的與一個年輕寡婦在一起，但懷湘得知馬賴跌傷住院後，立即趕赴醫院看望，還留下了一筆治療費用，只是在人後「眼淚不聽使喚的落了下來，然而她清楚的知道這是為自己悲涼孤單的命運而哭」[61]；從來都對她虎視眈眈的繼母病逝，看著四個同父異母的弟弟妹妹不知所措，她以大女兒的身份毅然扛起了處理繼母去世的一切後事，不計較精明的二妹提醒她的「姐姐，收到的奠儀扣掉所有花費，還有十幾萬，就收在我這裡了」（實際上這些奠儀多是她的關係送來的），「還有啊！我媽媽的意外險理賠金，那是我們四個的。」[62]……

同樣，對於族人和友人，里慕伊筆下的懷湘也充滿了熱愛和感恩。在懷湘漂零無愛的童年，部落裡任何一家她都可以「住下來」；童伴間的正常打逗嘻鬧，部落裡的大人總是勸說其他小孩，「你們就讓她一下嘛……，懷湘很可憐，沒有媽媽，爸爸又不在身邊……」[63]；嫁到山上的日子，鄰居看到

58 里慕伊・阿紀：《懷鄉》，頁90。
59 里慕伊・阿紀：《懷鄉》，頁103。
60 里慕伊・阿紀：《懷鄉》，頁73。
61 里慕伊・阿紀：《懷鄉》，頁201。
62 里慕伊・阿紀：《懷鄉》，頁211。
63 里慕伊・阿紀：《懷鄉》，頁27。

她「整天往上山去工作，都非常捨不得」，有的看到她整天日曬雨淋的，「『我這頂斗笠送給你吧！媳婦。』鄰居婦女在半路遇見正要上山的懷湘，心疼的把頭上的斗笠摘下來遞給她」[64]；繼母去世，她在人人更名改姓供各色男人尋歡作樂的燈紅酒綠的場所工作的姐妹們「紛紛訂制罐頭塔、大花圈送來，奠儀更是一個比一個大包」，令懷湘無限感慨，「沒想到煙花紅塵世界的人竟然這麼講義氣」[65]；葛拉亞部落裡熱心開朗又有趣的樸大給予她的最終超越了男女私情的真誠關愛，懷湘心生感動，「看他也沒有比馬賴大幾歲吧！怎麼兩人差那麼多？」[66]；她在山下小飯店打工結識的後來成為了她一生的漢人摯友秀芳，更是古道熱腸，俠肝義膽，給予了懷湘最無私、最徹底的友情和幫助……

苦短人生所有的遭遇在不斷地重複、疊加和鋪陳過程中，伴隨著這些點點滴滴的愛人與被愛，帶給了「懷湘」本真的純樸品質與本能的生活感知力以某種質的昇華，使她最終「已然福禍得失看淡」。[67]

然而，如果說，演繹懷湘飽經磨難的一生，以及將她對於苦難的忍耐和默默承受命運施與她的不公正對待，最終落腳於一種看似是道德的但顯然近乎無力的所謂「已然福禍得失看淡」，固然可以表明個體生命的真實性和複雜性，但卻很難說這是「懷湘」、或者說是現代女性所獲得的對於形而下的真正超越。不錯，事實上，作者在一定的意義上也給予了回應。我們當然注意到了小說中的這些重要情節：

譬如，同部落的篤賴與鄰村一有夫之婦約會，竟來到懷湘暫時居住的父親家會合，馬賴父親誤以為篤賴與自己的媳婦有染並且告訴了兒子馬賴，馬賴不容分說地狂怒起來，「像一頭瘋狂的野獸」，對懷湘「暴風雨般的拳打腳踢」，全然不顧在一旁一邊恐懼的啜泣、一邊顫抖著聲音向爸爸替媽媽求饒的三個孩子。但是，很有意味的是，有陣子懷湘體乏無力病倒在床，家庭主

---

64 里慕伊．阿紀：《懷鄉》，頁91。
65 里慕伊．阿紀：《懷鄉》，頁211。
66 里慕伊．阿紀：《懷鄉》，頁111。
67 里慕伊．阿紀：《懷鄉》，頁239。

要勞動力不能勞作，這可是要影響到了一家老小的食宿溫飽。公公便私下問兒子馬賴是不是在外面「踩過狗屎」[68]，命兒子去買了許多鹹魚和鹽巴分給部落裡同一個祭團[69]的親友以消災祈福。當懷湘身體康復，也知道事情的原委後，拒絕了馬賴的性要求。公公竟然教訓起懷湘，「我們都已經把事情處理過了，你怎麼還可以這樣呢？你這樣做就不對了，gaga 不是那個樣子的」。「再說了，當初是你自己要來我們家的，又不是我們非娶你不可？」接著小說寫道：

> 公公不屑的口氣頓時令懷湘全身血液往頭頂「轟！」的冒上來，但她還是咬著牙，把這怒氣給硬忍下來，默默的讓那憤怒不甘的淚水從眼角下不斷滑落，濕了一整片的枕頭。她好怨恨，gaga？公公說的這是什麼 gaga？犯錯的人是馬賴，半夜被教訓不合 gaga 的卻是自己，面對一個背叛自己，不忠誠的丈夫，做妻子的難道連表示生氣的權利都沒有嗎？幾條鹹魚，一包鹽巴，就能將件事一筆勾銷，從此不准再提，這才是 gaga 嗎？……她未婚懷孕而輟學結婚這件事就是非常不合 gaga 而令父親震怒與她決裂，但懷湘從來沒有像現在這樣痛恨公公說的那個 gaga。[70]

在這裡，作者通過一個個極其「真實」的場景，尤其是懷湘的內心活動，把對於我們而言已經麻木了的、有時還是以社會倫理規範或部落 gaga 的名義將它結構化、合理化、道德化，實則充滿了欺騙性和虛偽性的「歷史」撕裂開來並呈現在了我們的面前，表現出了作者對於部落文化風俗中的陋習及其人性醜惡的一面所具有的質疑與批判態度，並基於少數民族女性經驗的話語形式，明白無誤地提示出：「懷湘」們不得不獨自承受的命運悲

68 按小說裡的解釋是指「男人跑去隨便跟不是自己的老婆的女人睡覺」，頁128。

69 泰雅族的社會組織，成員俱為男性，具共同祭祀、狩獵及犧牲分配的宗教性農業組織。類似漢族人宗親團體。

70 里慕伊・阿紀：《懷鄉》，頁130。

劇，固然有其外在的社會主流話語及其部落文化陋習的原因，但更本質的，她們無疑是男權文化霸權及其族裔男性話語的多重不公正對待的悲劇性產物，以及她們之於歷史與族裔男性沙文主義的渺小和脆弱。這當然是怵目驚心的。

然而，筆者則以為，文本內在的價值理性並沒有獲得徹底推進。

小說的結尾，作者把懷湘交託給了「上主」，讓她在「悠揚的聖樂和著輕柔的歌聲中」，以溫情與堅忍承受一切，了然一切，並化作宗教般的寧靜和超然的寬慰告慰自己「無怨無悔，並充滿盼望，這一生，再無一絲遺憾了」。[71]然而，真的能「再無一絲遺憾」嗎？或許作者也是猶疑的。在臨近結尾處，小說交待了懷湘與馬賴的「三個苦命的孩子，在懷湘為生存奮鬥而自顧不暇的時候，跟酗酒暴力的父親生活在一起，他們靠著自己的本能在困厄的環境中努力成長，終究還是長成這樣令人心疼的模樣。」[72]大女兒夢寒「結了婚也離婚了，目前帶著兒子跟人同居……」[73]，這會不會是又一個「懷湘」的又一個萬劫不復的輪迴呢？

馬紹・阿紀在為姐姐里慕伊寫的序言中，有這麼一段很有意味的表述：

> （懷湘說）「弟弟，你就看看吧！反正……寫的就是一些女人的故事！」這哪是「女人」的故事？明明寫的就是家族史，而且寫的就是她不得不承認編派或虛構的角色其實寫的是誰？誰拋夫棄女、誰尖酸刻薄、誰無情無義？到時書本印刷成冊，我看她還得花心思去解釋「小說人物、情節純屬虛構，如有雷同純屬巧合」……。[74]

顯然，基於與姐姐有著共同的部落經驗，弟弟馬紹・阿紀可以毫無費勁、「對號入座」地一一辯識出《懷鄉》人物或情節與部落裡的人或事相並

71 里慕伊・阿紀：《懷鄉》，頁239。

72 里慕伊・阿紀：《懷鄉》，頁233。

73 里慕伊・阿紀：《懷鄉》，頁232。

74 馬紹・阿紀：〈哪裡是「女人」的故事？〉（序），收入里慕伊・阿紀：《懷鄉》，頁16。

非「純屬巧合」。如此一來，借由馬紹・阿紀這一多少有些調侃意味的表達，實際上無異於給出了我們某種「啟示」：如果作者對於女性的這種宿命般的苦難有著感同身受的體驗，一旦完全進入那種情不自禁的表達情境，就容易疏離作者應有的審美姿態，就難以與個人經驗保持應有的距離；而如果這種情理悖論式的糾葛還釋然於筆下女性對於不公正命運的忍耐或屈從，便有可能在有意無意間降低了對於欺淩與壓制女性權益的整個男權文化的批判性，最終所刻畫的女性形象也將難以獲得真正的超越，意欲張揚的族群女性關懷意識及其民族使命感也將或多或少的受到了局限。

因此，我們以為，里慕伊的創作所提供給我們的「問題」，並非沒有「以抗爭為標的」，並非很少「正面陳述有關『弱勢族群』的主題」，而是如何讓一種豐富的情感體驗與明晰的理性精神相互啟動，從而在獨特的屬己的生命敘事過程中豐富自己，深化自己的理性發現及其徹底的批判精神。而且，更遑論正是在事實上，懷湘這種在逃離與回歸間的生存狀態，這種在欲求與釋然間的徘徊，這種逃之不能的無望感，不僅是只屬於懷湘個體的生存困境，也是生存於現代文明之當下的女性、特別是少數民族女性的困境？

參考書目

一 專書

里慕伊・阿紀 《山野笛聲》 臺中市 晨星出版社 2001年

里慕伊・阿紀 《懷鄉》 臺北市 麥田出版社 2014年

里慕伊・阿紀 《彩虹橋的審判》 臺北市 新自然主義出版社 2002年

里慕伊・阿紀 《山櫻花的故鄉》 臺北市 麥田出版社 2010年

莫那能 《美麗的稻穗》 臺北市 人間出版社 2010年 （初版 《美麗的稻穗》 台中市 晨星出版社 1989年）

吳錦發編 《願嫁山地郎》 臺中市 晨星出版社 1998年

巴蘇亞・博伊哲努 《台灣原住民族文學史綱》（上下） 臺北市 里仁書局 2009年

孫大川主編 《台灣原住民族漢語文學選集——評論卷》（上下） 新北市 INK 印刻出版公司 2003年

利革拉樂・阿𡠄 《穆莉淡・部落手劄》 臺北市 女書文化 1998年

〔德〕西美爾著 顧仁明譯 《金錢、性別、現代生活風格》 上海市 學林出版社 2000年

董麗敏 《性別、語境與書寫的政治》 北京市 人民文學出版社 2012年

董恕明 《山海之內天地之外——原住民漢語文學》 臺南市 臺灣文學館 2013年

二 論文

林慧玲 《「番」婦之眼：里慕伊・阿紀與利革拉樂・阿𡠄的女性書寫》 臺北教育大學台灣文化研究所碩士論文 2010年

劉秀美 〈台灣原住民族女性書寫中的族群民俗傳統〉 《四川大學學報（哲學社會科學版）》 2001年第5期

劉秀美　〈台灣原住民女作家作品試論〉　《陝西師範大學學報（哲學社會科學版）》　2006年第3期

潘超清　〈艱難掘進的女性主體性建構——從三部滿族女作家的家族史小說談起〉　《民族文學研究》　2007年第1期

姚新勇　〈多樣的女性話語——轉型期少數族文學寫作中的女性話語〉　《南方文壇》　2007年第6期

代亞平　〈族群・女性・現代化——里慕伊・阿紀文學創作的幾個關鍵字〉　《昌吉學院學報》　2016年第6期

跨時代女藝術家：從陳進的「文化身分」談起

吳桂枝*

摘要

「臺灣第一位女畫家」陳進（1907-1998），是日治時期臺灣畫家入選首屆「台灣美術展覽」的唯一女性，也是日治時期唯一臺籍美術老師。從畫作題材來看，陳進也是三人當中主要以女性人物為題材的。由美術史來看，現有對陳進的研究賦予她「閨秀畫家」的名號，這個名號指向陳進的女性身份與出身新竹書香門第的背景。然而，赴殖民帝國取得藝術/文化資本，歷經入選多屆「台展」、「帝展」、「省展」乃至「個展」，創作生涯長達七十年的陳進，陳進的「文化身分」如何曲折轉化？本論文擬以「文化身分」為重點，重新觀看與檢視陳進，主要討論學者詩人江文瑜所著的《山地門之女：台灣第一位女畫家陳進和她的女弟子》（2001），輔以現有的兩部畫冊，將原本把陳進畫作為主體的研究轉向以陳進本身為主體，以脈絡化的方式，藉此探究跨越日治、國府與政黨輪替的臺灣畫家創作歷程，試圖凸顯陳進除了女畫家身分之外的特殊性與時代意義。

關鍵詞：「閨秀畫家」、文化資本、文化身分

* 明新科大應外系助理教授。

藝術表現和文化行為是人們用以凸顯自我的方式（Bourdieu; Gombrich）。

她過去從未真正畫過自己，她曾說她覺得自己長得不美，所以要畫美的人、事、物。這次，她要記錄下品嚐生命苦難經驗後的自己。一九六五年終於完成自畫像「思」，素樸的黑色力道龐大地將重量壓下，過去絢爛的色彩變成淡然的黑白對比。[1]

一　前言

初聞畫家陳進（1907-1998）之名很可能會誤以為陳進是男性，而陳進在臺灣美術史上第一次出現的稱號「台展三少年」，[2]也更強化這「美麗」的誤會。事實上，日治時期的臺灣女性，作為題材者與被男性作家書寫對象者眾，但是女性創作者極少。例如與陳進同樣出生在新竹的龍瑛宗（1911-1999）〈植有木瓜樹的小鎮〉中的翠娥，[3]或是呂赫若（1914-1951）筆下的多位女性角色。[4]身為女性的陳進並未因走入婚姻而中斷創作之路，賴明珠曾言：「留日的女畫家只有陳進並未因婚姻而放棄藝術的追求。」[5]也未因戰後的新時代衝擊而隱退，陳進堅持創作，從「少年」[6]而青年而老年，[7]這樣

1　江文瑜：《山地門之女：台灣第一位女畫家陳進和她的女弟子》（臺北市：聯合文學出版，2001年），頁159。

2　日本帝國的官辦美術展，於一九二七年開辦，主事者為旅臺日籍美術教師石川欽一郎、鄉原古統、鹽月桃甫與畫家木下靜涯（47）。陳進以〈朝〉、〈罌粟花〉、〈姿〉，與郭雪湖、林玉山入選首屆台灣美術展覽會東洋畫部，史稱「台展三少年」。

3　一九三七年以故鄉北埔為藍本所寫，為龍瑛宗登上日本文壇的處女作。

4　關於日治時期臺灣文學中的女性可參見陳建忠（2007）；許俊雅（1997）。

5　賴明珠：〈日治時期留日學畫的台灣女性〉，收入林珮淳編：《女／藝／論：台灣女性藝術文化現象》（臺北市：女書文化，1998年）。

6　根據同為「台展三少年」之一的林玉山所言：「三少年」指的是年輕之意，相對於包括郭雪湖的老師蔡雪溪在內的「落選派」，入選時陳進與郭、林皆不滿二十歲。而且除「三少年」外，入選的皆為「內地人」（日本人）。

的堅持若不是唯一，也是獨樹一格，這條藝術之路對陳進而言是孤獨的。

然而要認識陳進，作為文學研究者，筆者著眼的並非單指美術史所呈現的畫作，而是嘗試以脈絡化的方式探究畫框外的陳進，採取的並非美術史而是文化史與社會史的觀點，透過文學所呈現的陳進，參照陳進的畫作與創作歷程，探究以下問題：赴殖民帝國取得藝術資本，回歸「母國」後的陳進如何描繪與呈現「母國」，特別是「母國」的女性？陳進由芳齡十九進入畫壇到高齡九十歲的個人回顧展，期間歷經日治時期、戰後回歸「祖國」到二十世紀末，其創作生涯如何曲折轉化？這不僅是美術史的問題，同時是臺灣文化與藝術的重要脈絡問題。基於上述問題，本論文擬藉著細讀江文瑜的《山地門之女：台灣第一位女畫家陳進和她的女弟子》(2001)，檢視文學世界裡的陳進。正如江文瑜在〈後記〉所言：

> 我也思索著，如何讓這本傳記，不只是陳進個人的生活史，而是為台灣女性繪製群相的嘗試，拼貼出台灣日治時期女性高級知識分子的群相縮影，對比於女權會所策劃的阿媽的故事所著墨較多的勞動階級家庭的女性寫照。[8]

陳進的特殊性與複雜性不僅是「臺灣第一位女畫家」,「女畫家」指向陳進與生俱來的性別身分，筆者更感興趣的是陳進的「文化身分」(Cultural Identity)，[9]若考慮共時群相，將當時社會、族群與歷史因素皆考慮在內，不單一看待，也避免僵化刻板印象的視角，如此一來，我們如何看待陳進？這樣的群像會呈現如何的風景？彼時的美學隨著改朝換代又有何變化？

---

7 陳建忠論及日治時期臺灣女作家較少與不被重視的問題時曾寫道：「與其說這是女性缺乏創作才華，毋寧說，父權社會對女性所提供的寫作條件，實際上是遠遠不夠的」(2007:86)。

8 江文瑜：《山地門之女：台灣第一位女畫家陳進和她的女弟子》，頁274。

9 筆者此處的「文化身分」參考 Homi K, Bhabha, *Location of Culture,* 1994. Bhabha 指出文化差異應避免僵化（fixation）與刻板印象（stereotypes），才能呈現文化的特殊性。「文化身分」的不同層面參考 Stuart Hall（1990）。

二　英雄出「少年」:「三少年」中唯一女性

陳進出生於新竹縣香山庄牛埔（今新竹市香山），父親陳雲如是當地望族，不但是當地仕紳，曾任香山區長、庄長等職務，更積極興學，捐出祖產「靜山居」設立香山公學校（相當於今日之小學），香山公學校也是陳進接受啟蒙教育的所在。[10]陳雲如家族即是臺灣日治時期「國語家庭」的模範，屬於響應日本同化政策的一環。陳雲如不像臺灣傳統家庭的重男輕女，重視對子女的教育，並不相信女子無才便是德，尤有甚者，陳進認為父親對她的嚴厲是因為從小把她當男孩教養，這造就她剛強的性格。[11]

陳進的美術創作生涯是從一九二二年進入臺北第三高女（今中山女中）開始，當時她的美術老師是鄉原古統，[12]鄉原將「寫生」的畫法帶入課堂，鄉原同時也是鼓勵陳進赴日深造的恩師，他親赴陳進新竹家中，遊說陳雲如同意讓愛女留學。於是在一九二五年，陳進高中畢業當天，背負父親與學校師長的期望，陳進負笈日本東京女子美術專門學校習藝。

一九二七年的「台灣美術展覽」（以下稱台展）為第一屆官辦展覽，結果揭曉後，東洋畫部只有「台展三少年」為本島人（臺灣人）：郭雪湖、林玉山和陳進入選，其餘二十五人全是內地人（日本人）。「台展三少年」引發不少爭議，部分輿論將「三少年」說成是「台灣美術進入新時代之始點」，[13]但是，包括郭雪湖的老師在內，一些頗有名氣的畫壇前輩都落選。落選的前輩們忿忿不平，前輩畫家們更以行動表示反「台展三少年」，聯合起來由《臺灣日日新報》舉辦了「落選展」，此為「台展三少年事件」。[14]當年的畫

10 石守謙：〈人世美的記錄者——陳進畫業研究〉，《臺灣美術全集之二：陳進》（臺北市：藝術家出版社，1992年），頁17。

11 江文瑜：《山地門之女：台灣第一位女畫家陳進和她的女弟子》，頁97。

12 鄉原古統於一九一〇年畢業於東京美術學校師範科，他擔任美術老師的重要年代都在臺灣，直到一九三六年離臺。

13 謝里法：《紫色大稻埕》（臺北市：麥田出版社，2009年），頁99。

14 江文瑜：《山地門之女：台灣第一位女畫家陳進和她的女弟子》，頁100。

壇前輩對他們三個入選的「少年仔」頗不以為然。[15]根據林玉山的回憶，「三少年」是年輕之意，[16]「三少年」中的唯一女性陳進也是當中最「不一樣」的，「台展」揭曉前已是朋友的郭、林當時並不認識陳進，郭雪湖甚至還猜測由陳進的畫看來：「年齡應該不小」。

> 「而且，若不是有相當年齡，不可能畫出這種程度的東洋畫，你看，他對材料已經相當熟悉。」
> 「但，如果是一位前輩，怎麼會沒聽過這名字，家父也說不知道有這個人。」
> 「也許因為是女流畫家，所以……。」。[17]

郭雪湖最後這個「也許」指出了部分關鍵，日治時期的臺灣女性位階就如同西蒙波娃（Simone de Beauvoir 1908-1986）所說的「第二性別」（The Second Sex），女性的生活場域被侷限在家庭，所扮演的角色就是相夫教子，就如同陳進的母親蔣市一樣。[18]

蔣市沒有受過任何教育，一生操持家務，對家庭以外的事物沒有意見，更遑論追求藝術。在日治時期男性作家的筆下，女性總是作為題材或是男性保護和拯救的對象，而女性作家人數與作品相對有限，陳建忠曾針對日治時期女作家如此提問：「究竟，女性作家在文學史中的缺席或被低估，是性別的原因或水準的問題？或者是一體兩面的問題？抑或是歷史中的特定原因造成的並不正常但卻有待修正的問題？」（87）。

陳進的女性身份是她所處時代與社會無法也從未忽略的，一九三四年，

---

15 林玉山訪談見《世紀女性・台灣第一之台灣第一位女畫家——陳進》，公視發行。

16 筆者案，「少年」顧名思義即年齡少，臺語發音同形容詞年輕之意，也同名詞年輕男性之意。

17 江文瑜：《山地門之女：台灣第一位女畫家陳進和她的女弟子》，頁98。

18 根據田麗卿，與陳進年齡相仿的女性在十九歲時多已進入家庭。田麗卿：《閨秀・時代：陳進》（臺北市：雄獅美術出版社，1992年），頁12。

陳進以〈合奏〉入選日本第十五屆「帝展」，[19]畫中模特兒是陳進的家姊，當初陳進想找個漂亮酒家女當模特兒，結果酒家女不願意讓女畫家畫，若是男畫家則可以，即使陳進多給錢都不行。[20]〈合奏〉入選「帝展」後陳進聲名大噪，某種程度也因為她是「女畫家」的緣故。

三　「閨秀」女畫家？

從美術史來看，目前已出版的陳進專著有兩部，一是田麗卿的《閨秀．時代：陳進》，以陳進的生命史對照美術史的大事件，順時序搭配陳進的畫作而成，以客觀的語氣描述；[21]另一部是《臺灣美術全集之二：陳進》。[22]後者的標題雖無「閨秀」二字，但書中的第一篇論文作者石守謙，在文中將陳進的家風、筆下人物甚至陳進自己，都以「閨秀氣質」或「閨秀性格」形容，全文共四節裡面，其中兩節的標題是「閨秀的含情之眼」及「由閨秀到慈母」。[23]

石守謙論文中提到「閨秀」不只一次，例如：

> 〈悠閒〉一圖中斜躺在傳統式眠床上的女子，手上特地拿了一本線裝的《詩韻全璧》，**尤其點出了她那個書香門第閨秀之氣質**，這種安排亦為陳進生活經驗之自然流露，非強求可致。[24]

---

19 「帝展」為當時日本文部省的官辦畫展。該屆東洋畫部應徵件數共一八四五件，入選四十七件，陳進是唯一的臺籍女畫家，這件事當時還登上報紙，稱這位臺灣姑娘「吐出萬丈光芒」，是「南海來的變種」。田麗卿：《閨秀．時代：陳進》，頁20。

20 江文瑜：《山地門之女：台灣第一位女畫家陳進和她的女弟子》，頁105。

21 田麗卿：《閨秀．時代：陳進》。一九九三年由當時還是文建會所策劃，雄獅美術出版的前輩美術家系列叢書之一。

22 石守謙：《臺灣美術全集之二：陳進》（臺北市：藝術家出版社，1992年）。

23 石守謙：《臺灣美術全集之二：陳進》，頁20-22。

24 石守謙：《臺灣美術全集之二：陳進》，頁17。粗體字為筆者強調。

另一處石守謙提到陳進畫中常見的服飾或家具裝飾細節，同樣也提到陳進本人的「閨秀性格」[25]。前者意指陳進的家風，指稱陳進乃出身書香門第的「大家閨秀」;後者指的是畫風，「閨秀性格」意指陳進畫中的細膩筆觸與內容細節。

首先「閨秀」一詞顧名思義是大家閨秀，意指家世背景好的未出嫁小姐，陳進之所以得到「閨秀畫家」的稱號，應是身為女性，陳進的表現符合世家出身與教養，作品呈現出美、特別是女性之美，於此陳進自然是當之無愧的，但這個說法卻是去脈絡化，也是去歷史化的，無法涵蓋陳進所屬時代的複雜性與特殊性，也無法清楚描述陳進的「文化身分」，甚至有造成刻板印象的疑慮。這裡面所謂的好家世，就陳家而言是指「國語家庭」，[26]陳家在日治時期即是書香門第。不過陳進並不是閨閣裡的小姐，而是被當男孩教養，並且成年後馬上送往帝國留學的小女兒。「大家閨秀」陳進的「閨秀性格」是否始終如一？是陳進創作逾一甲子的動力？

時任歷史博物館館長的黃光男在訪談中否定這個說法：「閨秀是畫著玩的，陳進並非如此。」[27]黃光男對「閨秀」的看法，類似王昶雄將殖民地女作家的定位為：「寫小眾的、自娛的閨情的文學」（1999），就題材內容而論，以此風格與殖民地男作家具有國家意識的反抗文學區隔。那麼，陳進為同期畫家中的唯一女性，題材又常以女性人物畫作見長，是否就等同於「閨秀」、「閨情」畫家？筆者同意黃光男的看法，認為陳進的確並非畫著玩的，「閨秀」指出陳進的女畫家／性別身分，但並不足以概括陳進的「文化身分」，甚至有忽略陳進的事實上是擁有豐厚文化資本的畫家之嫌。

---

25 石守謙：《臺灣美術全集之二：陳進》，頁19。

26 國語家庭是一九三七年後，日本領臺時期皇民化政策的一環，鼓勵臺人取日本名、說日語，家門懸掛國語家庭的木牌，以日本人自居。https://zh.wikipedia.org/wiki/%E5%9C%8B%E8%AA%9E%E9%81%8B%E5%8B%95#%E6%97%A5%E6%B2%BB%E6%99%82%E6%9C%9F

27 江文瑜：《山地門之女：台灣第一位女畫家陳進和她的女弟子》，頁276。

四　從他的故事（美術史 *his-story*）到她的故事（生命史 *her-story*）[28]

當我們試圖想像百年前女畫家與女畫家所處時代的面貌，回顧歷史，都是由男性主導的「他的」歷史，那麼該如何去想像歷史中女性的面貌？[29]有別於一般的傳記，江文瑜耗時四年的《山地門之女：台灣第一位女畫家陳進和她的女弟子》提供我們一個描述陳進「文化身分」的方式：

> 過去關於陳進的文獻，幾乎都是以「美術史」的觀點書寫，「畫」是主體，而「陳進」是客體，因而讀者看到的陳進是與繪畫相關的陳進，她的故事軌跡主要循著她的畫作或得獎伴隨而出。我嘗試跳脫「美術史」的框架，以「生活史・生命史」（life *her-story*）來呈現她。[30]

看待陳進的重點變成討論陳進畫什麼？為何而畫？而非告訴讀者陳進的畫得多好多美，關鍵是陳進的作畫過程與人生歷程。《山地門之女》全書分八章，除了第七章〈台展三少年〉外，每一章都是陳進的畫作的標題，故事由九十高齡的陳進和她的女弟子聚會展開，女弟子則會帶出不同的故事，全書架構由網絡狀的小故事組成，最後一章仍回到聚會的尾聲，高齡九十的陳進回憶童年故鄉的景物。這樣的說故事方式不僅歷時性的帶出陳進的一生，也共時性地把她身邊的人和所處的時代呈現出來。邱貴芬認為江文瑜完成了一項挑戰：

28　筆者曾為文討論女性歷史的虛構性，也用過 *Herstory* 一詞。見吳桂枝：〈歷史的虛構性與她的故事（Her Story）——讀李昂《自傳の小說》與《漂流之旅》〉，收入《不凋的花季：李昂國際學術研討會論文集》（臺北市：聯合文學出版，2012年），頁231-257。

29　關於視覺文化研究，史書美曾提出歷史性的重要，而且「歷史」包括各式各樣、大大小小的規模。史書美：《視覺與認同：跨太平洋華語語系表述・呈現》（臺北市：聯經出版社，2013年），頁21。

30　江文瑜：《山地門之女：台灣第一位女畫家陳進和她的女弟子》，頁274。

> 陳進的生命史敘述一再被這些其它人物的故事打斷的結果，是生命史的故事性和伴隨故事性而來的情節相對減低，讀者看到的不再是以時代背景作為陪襯的一個焦點人物，反倒是特定時代的群相。[31]

江文瑜如此自詡：「我比較期待一本傳記同時也是一本文學作品，在結構的設計與敘事的方式上，添加文學的技巧與想像。」[32]對「傳記」與「文學」，江文瑜還有個櫻花與月琴的妙喻：

> 對我而言，傳記與文學的差別或許就是櫻花與月琴的對比。櫻花的絕美看得到、摸得到，甚至當她紛紛飄落，落滿一地時，人們可以見證她的淒美。相反地，**孤獨的月琴，矗立某處，也許並不搶眼，一旦當她被手指撥弄，琴音流轉，瞬間穿越悲歡離合，每一個新出現的音符都勾出嶄新的情緒變化，難以預期**。[33]

《日據時代台灣美術運動史》的作者謝里法，在另一部提到陳進的《紫色大稻埕》一開始也提出他筆下人物具有這樣的自主性：

> 每一段落就好比一個舞台，只要把角色請上台，將名字寫進稿紙，他們就自動演起戲來，讀者或以為是我編的對話，其實他們一登台已經在演了，我只是台下的一名場記，迅速寫下所看到的台上動作，不時出現意外驚奇，連我寫的人都為之笑出聲來。[34]

---

31 邱貴芬，〈推薦序：勇於挑戰的靈魂〉，收入於江文瑜：《山地門之女：台灣第一位女畫家陳進和她的女弟子》，頁8。

32 江文瑜：《山地門之女：台灣第一位女畫家陳進和她的女弟子》，頁34-35。

33 江文瑜：〈自序：櫻花與月琴．傳記與文學〉，收入於氏著：《山地門之女：台灣第一位女畫家陳進和她的女弟子》，頁35。粗體字為筆者強調。

34 謝里法：《紫色大稻埕》（臺北市：麥田出版社，2009年），頁7-8。紫色大稻埕是一部以日治時期臺灣畫家為主要人物的長篇歷史小說，陳進也是其中一位登場角色。

五　小結

如石守謙所言，陳進是「人世美的記錄者」[35]：

> 她仍然回到了她性之所近的閨秀風格，她的藝術關懷重心，也因之由社會歸轉到自己家中。就這一點來說，陳進的女性性別可以使她免受許多社會性負擔的制約，在此時提供了其他兩位男性畫家所無的自由空間供其選擇，這或許可以部份地說明陳進與他們所以有不同的發展途徑的原因。[36]

石守謙所看到的陳進是美的，畫中的世界是美的、靜止不動的，但也是脫離歷史、去脈絡的。此處所指的陳進回歸家庭的理由是「國畫」事件，日本戰敗後，大批來自大陸的畫家質疑臺籍畫家的畫是「日本畫」，「三少年」中的郭雪湖表示：

> ……他們沒有半個畫台灣的風景，都是畫牡丹。台灣又沒牡丹，怎麼大家都在畫牡丹？……他們來後，把台灣人的畫說成是日本畫。「東洋」這兩個字，在我看來是「東西洋」，中國大陸也是東洋啊，我覺得很不可思議的是「東洋」竟然是指日本。[37]

專長膠彩畫的陳進被迫要改畫水墨畫，「國語家庭」從說日語變成說北京話，跟戰後臺籍作家必須改寫中文一樣，年紀與陳進相仿的龍瑛宗，也經歷這樣的「轉換」：

---

35 石守謙：《臺灣美術全集之二：陳進》，頁17。

36 石守謙：《臺灣美術全集之二：陳進》，頁36。筆者案，其他兩位所指的應是林玉山與郭雪湖。

37 江文瑜：《山地門之女：台灣第一位女畫家陳進和她的女弟子》，頁179。

> 殖民地轉換國籍與語言因為是非自動的他者或者說是被動的他者，被強迫改造成另一種人，他會經歷一段類似死亡的黑暗時期，而且這段時間相當長，有些人熬過去就能重生，熬不過去只能成為前朝「遺民」，那是另一種死亡。[38]

由龍瑛宗主編的《中華日報》日文版「文藝欄」，自一九四六年三月起，到同年長官公署十月廢止報刊日文版，只維持了七個月：「其時，台灣不過光復一年而已，台灣戰前的日文作家在尚未習得新的文學語言前，就先被語言給跨了過去。」[39]

而陳進也非如石守謙說的，由社會「歸轉」家庭：

> 她執著於美的事物，所以遠離政治的殘酷與血腥，她從未料到，在藝術美的背後，歷史背景攜來的衝突與對立，似乎無法從「美人畫」裡去直接呈現。世事的無常，彷彿也難以記錄在以「美」為主題的繪畫上。[40]

「臺灣第一位女畫家」陳進作畫七十年，歷經日治，國府與政黨輪替，面臨不同世代轉換的創作生涯，從「台展三少年」中的唯一女性，到受聘屏東女高的美術「先生」，美術史家所稱的「閨秀畫家」，她甚至希望大家稱她「陳進先生」，[41]也想要在藝術表現上「不讓鬚眉」，[42]甚至超越男性。筆者認

38 周芬伶：《龍瑛宗傳》（臺北市：印刻文學生活雜誌出版公司，2015年），頁240。

39 關於戰後跨語言的一代，參見陳建忠：《被詛咒的文學：戰後初期台灣文學論集》（臺北市：五南出版社，2007年），頁15。

40 江文瑜：《山地門之女：台灣第一位女畫家陳進和她的女弟子》，頁174。

41 「先生」在日文為老師之意，但陳進是刻意去除女性稱謂，不接受別人叫她「女畫家」或「陳進小姐」（黃光男）。

42 「巾幗不讓鬚眉」是陳進的獨子蕭成家對母親的堅持藝術追求的評價，見蕭成家：〈因為熱愛，所以執著——我的母親〉，收入於江文瑜：《山地門之女：台灣第一位女畫家陳進和她的女弟子》，頁14。

為，陳進一生的努力創作證明了她女性身份的價值，和傳統女性「不一樣」，透過轉化不同的「文化身分」，以畫作並以她的生命故事，見證了臺灣經歷日治、光復、戒嚴與政黨輪替的跨時代歷史記憶。

參考書目

一　外文

Bhabha, Homi K. *Location of Culture*. New York: Routledge, 2004.

Bourdieu, Pierre. *La Distinction: Critique sociale du jugement*. Paris: Minuit, 1979.

Hall, Stuart. "Cultural Identity and Diaspora." Identity: *Community,Culture, Difference*. London: Lawrence and Wishart, 1990. pp.222-237.

二　中文

田麗卿　《閨秀．時代：陳進》　臺北市　雄獅美術出版社　1992年

石守謙　《臺灣美術全集之二：陳進》　臺北市　藝術家出版社　1992年

江文瑜　《山地門之女》　臺北市　聯合文學出版　2001年

史書美　《視覺與認同：跨太平洋華語語系表述．呈現》　臺北市　聯經出版社　2013年

吳桂枝　〈歷史的虛構性與她的故事（Her Story）——讀李昂《自傳の小說》與《漂流之旅》〉　《不凋的花季：李昂國際學術研討會論文集》　臺北市　聯合文學出版　2012年　頁231-257

陳建忠　〈差異的文學現代性經驗——日治時期臺灣小說史論（1895-1945）〉　《臺灣小說史論》　臺北市　麥田出版社　2007年　頁15-110

陳建忠　《被詛咒的文學：戰後初期台灣文學論集》　臺北市　五南出版社　2007年

謝里法　《紫色大稻埕》　臺北市　麥田出版社　2009年

三　多媒體資料

世紀女性．台灣第一之1：台灣第一位女畫家陳進，公共電視發行，2007。

四　網路資料

陳進維基百科　https://zh.wikipedia.org/wiki/%E9%99%B3%E9%80%B2_（%E7%95%AB%E5%AE%B6）

不器君子護邦家
——黃驤雲與林占梅翁婿的儒行探析

武麗芳

摘要

竹塹鄉賢林占梅，與其開臺第一位客家籍進士的岳父黃驤雲，同為文彩光華，能扶人之危周人之急的典型書生；他們守護鄉梓殫精竭慮，不避艱難的事蹟，至今仍為人們所稱道。黃驤雲進士曾以妻為質無懼險阻，親赴粵莊化解閩粵糾紛來團結鄉里，且為官清正公忠體國，鞠躬盡瘁於所司；而其婿林占梅十四歲時，即隨事岳父驤雲進士身邊，受其影響至深，也因岳父在京為官，得以出入搢紳名儒之門，在耳濡目染下，更受到詩書琴畫的藝文薰陶，這也為其日後潛園風華奠下基礎。占梅終其一生也與岳父一樣，為家國鄉梓付出了生命的流光。翁婿兩人書生報國，以君子不器有容乃大的儒者風範來經世、用世，這實在也是今天身為後輩的我們所應學習的，也相信他們的德行，必將如光風霽月照拂大地流傳後世。

關鍵詞：儒行、黃清泰、黃驤雲、林占梅、潛園

一 前言

在漫漫源遠的歷史長河中，「儒家思想」就一直扮演著社會主流文化的角色。即便在魏晉南北朝與隋唐時期，曾經有過佛教和道教多次藉由皇帝的支持，來對「儒家」加以排抑，但卻始終是功敗垂成的。儒家以其深刻的內涵、多變的形式，適合了各朝各代乃至社會變遷的需要，先後統治了中國思想界兩千多年。縱然到了近代西方文化大舉傳入，華人社會仍然是受到儒家思想的影響至今。

什麼是儒？清代段玉裁[1]《說文解字注》記載「儒」:「柔也，以疊韵為訓。鄭目錄云，儒行者，以其記有道德所行。儒之言，優也、柔也。能安人、能服人；又儒者、濡也。以先王之道能濡其身……」。而《禮記》〈儒行〉篇，則早以具體的十六條行為作為準則，即「自立[2]、容貌、備豫、近人、特立、剛毅、自立[3]、為仕、憂思、寬裕、舉賢授能、任舉、特立獨行、規為、交友、尊讓」；此即為古人對於「儒者」的要求，也是兩千多年來的讀書人，立身處世的圭臬。清朝中葉臺灣的黃驤雲進士與林占梅翁婿二人，他們懷德抱仁溫柔敦厚的秉性，與艱苦卓絕寬大為懷的胸襟，為造福鄉梓，鞠躬盡瘁，死而後已的風範，正有如清風明月，拂照大地，他們是真正的儒行實踐者。居濁世而不染，雖眾昏而獨醒，不屈於威武，不淫於富貴，更不移於貧賤。在幾次朝廷無力消弭的重大閩粵衝突事件與民變[4]中，他們不向「鄉里小人低頭」，且無畏於身家與生死，勇於承擔，為地方安寧協助朝廷；甚至毀家抒難而力挽狂瀾；更不計個人毀譽，縱然受到冤屈，依舊是

1 段玉裁（1735-1815），字若膺，號茂堂，江蘇金壇人，乾隆二十四年（1759年），舉人。清朝語言學家，訓詁家、經學家。

2 《禮記》〈儒行〉首項「自立」:「儒有席上之珍……懷忠信以待舉，力行以待取。其自立有如此者。」

3 《禮記》〈儒行〉第七項「自立」:「儒有忠信以為甲冑……雖有暴政，不更其所。其自立有如此者。」

4 清同治元年（1862）戴潮春之亂。

「雖千萬人吾往矣」。他們為的只是一個「信念」，也就是儒家人格中的所謂的「天下興亡，匹夫有責」。

這樣的讀書人，這樣的儒行者，他們平素可以是恬淡自適吟風弄月的文人，逍遙自在的優遊於藝林學海；有事時也可以是武將；心性堅定，千軍不可奪其志，效命疆場馳騁天下。他們氣節浩然，抱負遠大，對社會國家充滿著無私無我的愛；並以「安得廣廈千萬間，大庇天下寒士俱歡顏」[5]憂懷天下，他們念念不忘的就是「蒼生黎民」。誠如曾子所言：「士不可以不弘毅，任重而道遠。仁以為己任，不亦重乎？死而後已，不亦遠乎？」這樣博大的胸懷與如此高遠的志向，也恰恰是臺灣客家族群的科舉先鋒—黃驤雲進士，與其女婿竹塹鄉賢中的潛園主人林占梅，他們翁婿二人，不論是「居廟堂之高」，還是「處江湖之遠」，都時時繫念鄉梓與百姓，此亦正是先天下憂與後天下樂的儒行最佳寫照。

二　客家族群的科舉先鋒——黃驤雲

（一）子承父志克紹其裘

臺灣第一位客家籍進士黃驤雲，祖籍，粵東蕉嶺，其開基祖為「庭政公」[6]，依據《黃氏宗譜》的記載是直至十五世「其席公」始來臺開枝散葉，其三子（兆禮）與五子（兆信）則於美濃竹頭角定居；其中驤雲進士的父親黃清泰（1766-1823）參將，為兆信公所出，後過繼給無子嗣的三伯父兆禮公。黃氏一門，文臣武將多人，從叔伯子甥婿算起，便有「參將一人、千總二人、監生四人、貢士一人、進士二人、舉人五人、貢生一人、邑庠生一人」[7]，這對清朝中葉的臺灣，特別是在科舉金榜有名額限定下的閩客族

5 〔唐〕杜甫：〈茅屋為秋風所破歌〉。

6 黃阿彩：《黃驤雲進士家族》（臺北市：黃阿彩，2014年），頁24。

7 黃阿彩：《黃驤雲進士家族》，頁38。

群來說，是非常不容易的。而驤雲進士的父親黃清泰本是儒生，少年時期即習舉業，卻不意因緣際會成為武將《淡水廳志上》[8]卷九上記載（節錄）：

> 黃清泰，字淡川，一字承伯，鳳山人，後籍淡水，原籍鎮平。性孝友，篤內行，少習舉業，得文譽。乾隆五十一年，值賊警，領勇守城，賞七品銜。以平琅嶠功，補福州城守把總。嘉慶十一年，任竹塹守備，署艋舺都司。艋舺營改遊擊，署遊擊事，調嘉義都司。……道光二年三月，巡洋追賊至山后大海中，鏖戰七日，殲匪船十餘號，身被賊炮傷。事聞，旨擢長福營參將，未赴任卒。……

黃清泰因緣際會書生從戎，其後成為清代出生臺灣客家籍品階最高（正三品），藍布衫下的第一儒將。清泰公他雖是書生習武，但亦雅好吟詠，常以詩紀事，以詩抒情，可惜的是留下的作品並不多；這也可能是清泰公在兵馬倥傯之際調動頻繁之故；而其子黃驤雲子承父志克紹其裘。

黃驤雲（1790-1841）進士，為臺灣府鳳山縣人，生於高雄美濃竹頭角[9]，祖籍廣東嘉應州鎮平縣[10]，出生時譜名定傑，乳名金團，後改名龍光，並以此名應鄉試，故其中舉時榜名為「龍光」，其後又改名驤雲，號雨生。成年後曾移居淡水廳中港頭份莊[11]。黃驤雲的父親黃清泰參將，本是習舉業欲投科考的讀書人，雖時勢所趨因緣際會成為武將，但他仍期望其子孫，能繼其未完成的科舉之志。

黃進士自幼即聰穎非常，品行端正謙和有禮，且好學不倦，其後取進臺灣府學，復因成績優異而食餼，在同儕中可謂頭角崢嶸，出類拔萃。但他並不因此自滿，驤雲常自度與其侷限於臺灣一隅，發展有限；不如渡海訪求名

---

8 〔清〕陳培桂纂修：《淡水廳志》（臺灣文獻叢刊第一七二種）（臺中市：臺灣省文獻委員會，1977年）。

9 位於今高雄市美濃區廣興裡。

10 今廣東梅州市蕉嶺縣。

11 今苗栗縣頭份市。

師宿儒指導，而其父親也鑒於己身曾因此棄文從武而深有同感，並與予強烈支持，送他渡海到福州的「鼇峰書院」[12]就學，十年間驤雲未曾返臺，自是學問大為精進；並於廿九歲時，即清嘉慶廿四年（1819）以第七十四名的成績中式己卯科鄉式舉人；驤雲也成為開臺第一位客家籍的舉人。

道光二年（1822）驤雲進士的父親因戰功獲諭旨擢升長福營參將（正三品武官，臺灣漢人首位），惜未及赴任即因公傷而於道光三年（1823）去世，享年五十七歲，清廷特敕葬於嘉義北社尾[13]，謚號「文穆」且其墓園由官府派兵守護，備極哀榮。道光六年（1826）黃斗乃事件發生[14]，驤雲以黃姓宗親的「舉人」身分，應頭份地區黃姓族人懇請北上，為苗栗中港溪客家人向閩浙總督孫爾準[15]求情，在驤雲的幾番協調與百般折衝下，清廷始免去客家人死罪，改以發配新疆懲處。鄉人對他非常感激，再加上其父曾任福州、北臺的艋舺、淡水、竹塹、彰化、及嘉義等地區守備武將多年；期間又分別於嘉慶十一年（1806）、嘉慶十六年（1811）、嘉慶廿一年（1816）三度駐防竹塹[16]，與地方甚為熟悉且所到有聲，在地緣上對驤雲而言，自有其相當的助益。其後黃驤雲應是常來常往乃至常居於此，直到丁憂期滿返回北京任職為止。此由道光九年（1829）驤雲高中進士時，考官們第一塊致贈的

12 為著名理學家福建巡撫張伯行，於清康熙四十六年（1707）創辦，為清代福州四大書院之首。

13 今嘉義市郊海口寮子，中央氣象局嘉義測候站附近。

14 黃斗乃（1785-1826）本名黃祈英，番名為「斗阿乃」，因此人稱「黃斗乃」。廣東嘉應州人，嘉慶間渡臺，在中港斗煥坪（今頭份）一帶與番人貿易。娶頭目女兒。道光六年（1826）淡水廳分類械鬥，黃斗乃率番人襲擊中港報私仇。閩浙總督孫爾準率兵來臺，搜捕滋事者，被捕處死。參見《臺灣歷史人物小傳——明清暨日據時期》，〈郭啟傳〉（臺北市：國家圖書館，2003年），頁594。

15 孫爾準（1772-1832），字平叔，一字萊甫，號戒庵、戒菴，江蘇金匱（今無錫）人。嘉慶十年（1805年）進士，道光五年（1825年）任閩浙總督，平定彰化盜亂。並致力於臺灣各地邊防，後加太子少保，卒謚文靖，祀福建名宦及鄉賢祠。

16 竹塹為當時淡水廳治所在，由於在此任職期間甚長，故《淡水廳志》、《臺灣省通志稿》〈黃清泰傳〉均稱其為「鳳山人，後籍淡水」。

「會魁」匾額[17]，竟是保存於苗栗頭份，與道光十年將女兒（當時十二歲）許配給竹塹「潛園」主人林占梅（當時十歲）即可識其端倪[18]。

道光九年（1829）黃驤雲在經過十年的準備與努力，終於金榜題名高中己丑科進士，並簽分工部授主事之職，黃驤雲也成為藍布衫下開臺第一位的客家籍進士，且於北京供職，這是何等的榮耀。惟不久，即因母病告假回臺省親，然這一歸省，可謂天搖地動幾遭不測，幸而驤雲進士才識過人，且勇於承擔，機敏的化解閩粵衝突與官民危機，並積極處理且應變得宜，不僅救了地方也救了他自己。

（二）不避艱險捨我其誰

《淡水廳志》〈黃驤雲傳〉中有云：「張丙之亂也，適省親在籍，臺灣道平慶[19]令作書諭莊民勿生事，時閩、粵兩莊構釁，閩人疑有私，詣省門控以主謀，禍叵測，驤雲挈妻子質官，親赴各莊購線緝匪，又捐買谷石，散致貧民，而正兇咸獲，奏得優獎，補都水司主事，洊升營繕司員外郎」。又《臺灣通史》則簡單描繪「張丙之亂，適歸省，巡道平慶令作書勸諭閩粵莊民。及平，補都水司主事，洊升營繕司員外郎。」，而近代《美濃鎮志．下》對張丙事件、阿里港事件中，記載驤雲進士部分為：

> ……一生小心謹慎，而所處多憂患境，最甚者為匪變，張丙、陳伴之作亂事，適驤雲回臺。陳伴之亂，民心動搖，臺南道憲為賊徒所殺，六堆組鄉勇往救臺南府。在里港遇賊徒激戰大破賊兵，時鳳山縣令倖免於難。里港民眾受魚池之殃者誣粵族謀叛，而首領就是黃金團的叔

17 今存於美濃祠堂內的黃驤雲進士「會魁」匾額，應是道光十六年以後兵部尚書韓克均所贈。

18 非於張丙事件（道光十二年，1832）後才移居頭份。

19 平慶，本籍滿洲。他於清道光十年（1830）奉旨擔任按察使銜分巡臺灣兵備道，為臺灣地方當時的統治者。

父黃英伯，具狀告到鳳山縣。金團突陷入苦境，乃自臺南趕回面訴鳳山縣令，謂其叔父原患腳氣病，絕無帶兵之事。雖極力辯明，然而縣令不信，金團不得已帶同叔父乘轎至鳳山以求了解，縣令說：『雖不是你叔父所作，卻確為粵人所殺，只有將叛徒交出纔成。』金團困極萬般無奈，遂回鄉里，商請傭人黃圈定、幸新容二人頂罪。臨行問二人：『此行你等有何希求？』二人答曰：『以我二人能濟此事，情甘意願，有何所求！』二人態度從容，金團感歎地說：『以你二人能蔭六堆部落，化解無事，必不至於犬死，當有所報。』

他們二人死後，眾人於竹頭角的入口，設靈祭祀，永記不忘。此事後為下莊人誤傳作俚謠諷刺，殊為冤枉。俚謠云：「上莊金團真無情，帶起官兵捉粵人；殺了幾多青頭子，害了幾多好漢人。」

張丙的作亂，臺灣道平公素重驤雲，乃令作書告諭莊民息事。時閩、粵兩莊常有糾紛，閩人疑他有私，糾眾詣欽使胡將軍所，控告驤雲謀亂。驤雲不動聲色，以妻子質諸官，親赴各莊購線緝匪，又捐買穀石散佈貧民，經三個月而正兇捕獲，閩粵二莊息事無恙。時驤雲已居母憂，欽使據實入奏，得旨優將，危而能安，困而能亨，斯之謂矣！服闋還朝，特旨引見，以獲賊功儘先補都水師主事。在部數年長官倚重，有劇要事，必令其主持。驤雲以受國恩，思竭盡自效，遇事精詳審慎，不恤勞力。丁酉分校京闈，認真校閱，取士多得人。嘗赴西陵督辦要工，往來寒暑，心力交瘁，七閱月始竣事。官升工部郎中，其子延佑、延祚具登榜成名，彼時文武三代，蓋極一時之盛。[20]

上述有關整個事件之記載，雖有學者認為與史實尚有出入（如以二僕頂罪以平事……），但仍有一定的參考價值。可惜的是某些情節敘述的並不完整，這也可能是有所隱諱的緣故，畢竟閩粵衝突，夾雜著官民間的生存生計與角

20 參見美濃鎮志編纂委員：《美濃鎮志・下》（高雄縣：美濃鎮公所，1997年），頁1022-1023。

力，此長期以來的衝突與誤解，在這當中是相當難說清楚的。

張丙事件爆發時，黃驤雲適歸省在鄉，他受臺灣道平慶[21]之委，勸說六堆粵人約束子弟，不得滋事。此舉雖招致部分鄉民不滿，並也有人蓄意造謠生事，致使驤雲含冤莫白倍受委屈，但為顧全大局，他不惜質押妻子於官府，更不意氣用事，沉穩積極並自行出錢布線民，不避危難親自下鄉深入亂區「說清楚，講明白」，且協助搜捕番割[22]事件匪犯不遺餘力。同時又捐買穀石，發放給顛沛流離的貧民，減緩閩粵之間的結怨仇殺行為，最後終能夠化險為夷，解除危機完成任務且救人無數。驤雲進士護持百姓造福鄉梓；其智其仁其勇，世所罕見；誠可謂是智勇雙全仁心廣被，才堪安邦濟世的儒行者；而其危機處理的能力，實可為後世管理學上的典範。

（三）雪爪鴻泥進士遺詩

閩粵（客）衝突一直是清領臺灣，長期以來一個嚴重的社會問題，其主要原因，實乃為經濟利益的「拔河」；在多次的民變或事件中，以黃驤雲進士無論是被動或是主動介入處裡的閩粵（客）族群衝突事件中，例如：道光六年（1826）黃斗乃事件、道光十二年（1832）張丙事件、阿裡港事件[23]及貓裡無妄之災的故事等，其結果如何？是否皆能符合預期，都是很難預料的。道光十四年（1834）黃驤雲進士舉家遷往北京，並攜十四歲的女婿林占梅同往。道光十六年（1836）九月驤雲進士丁憂期滿，除服還朝，補都水司主事；道光十七年臘月，驤雲女于歸竹城名士林占梅，此就未再有其返回故

21 同註19。

22 清領時期原住民與漢人間的交易行為透過仲介者來進行，仲介者在那個時代被稱為「番割」。

23 今臺灣屏東縣裡港鄉「阿裡港街」，主要以閩籍移民為主，道光十二年（1832年）嘉義縣發生張丙事件期間，有閩南人許成在鳳山縣角宿莊舉事響應，而由於他以「滅粵」為號召，導致鳳山縣境內閩客關係緊張，後來有客家人李受假借六堆義民的名義攻擊今屏東平原的閩人聚落，阿裡港街亦受到攻擊，傷亡慘重。

鄉臺灣的訊息[24]。

黃驤雲允文允武，頗有乃父之風，然其詩作傳於世者，卻寥寥可數。竹塹名士王友竹[25]於其所作之《臺陽詩話》中便曾提到，「黃雨生比部（驤雲），詩筆豪邁，著有成集，當代名公卿敘跋甚多，咸許以可傳；奈身後散失無存，僅得其定軍寨句：『城邊飲馬紅毛井，港外飛帆黑水洋』。又鹿港感事：『楊僕[26]功成沙有骨，孫恩[27]死後海無波』。」黃驤雲的文采學養由此可見，然而最後卻居然是「奈身後散失無存」，怎不令人感到惋惜與遺憾呢！所幸的是今天臺灣各地的名勝、寺廟尚保有許多驤雲進士的題匾題詞與楹聯詩對；而我們所見到的「彰化八景詩」正是驤雲進士所寫，這些等等也早已成為學者們對臺灣古典文學，與彰化地區風土民情研究的珍貴史料了。

鹿港飛帆

太平人唱太平歌，滿港春聲欵乃多。楊僕功成沙有骨，孫恩死後海無波。

官軍錦艦飛如鳥，估客銀帆織似梭。寄語邊防諸將吏，時雖清晏莫投戈。

定寨望洋

此地當年舊戰場，我來拾簇吊斜陽。城邊飲馬紅毛井，港外飛潮黑水洋。

一自雲屯盤鐵甕，遙連天塹固金湯。書生文弱關兵計，賢尹經綸說姓楊。

---

24 黃阿彩，《黃驤雲進士家族》，頁171。

25 王松（1866-1930）又名王國載，字友竹、寄生，自號滄海遺民。出生於臺灣新竹，先祖來自福建晉江。是臺灣清領與日據的知名詩人。未成年就展現文學才能，曾入北郭園吟社，一八九五年乙未戰爭爆發，攜眷回福建祖籍，不料隨即遭盜。一八九六年臺灣局勢穩定後，再回竹塹北郭園吟社繼續漢詩詩文，直至去世為止共長達三十年，對臺灣詩壇貢獻頗力。著作計有《臺陽詩話》、《如此江山樓詩存》、《四香樓餘力草》詩作、《內渡日記》、《餘生記聞》、《草艸草堂隨筆》雜文等。一九二四年中國上海出版商劉承幹曾以上述著作合刊曰《滄海遺民剩稿》。

26 楊僕，西漢將軍，西元前一一二年，率領水軍，與路博德的陸軍一起平定南越國，封將梁侯。

27 孫恩（？－402年），字靈秀[1]，琅邪郡人，西晉中書令孫秀之後，世奉五斗米道。西元三九九年起兵反晉，西元四〇二年敗死，餘眾由孫恩妹夫盧循領導，世稱「孫恩盧循之亂」。

豐亭坐月

琴堂側畔鼓樓邊，亭插雲霄月掛天。三五夜中涼似水，縱橫坐處碧生煙。

能遊吏態當非俗，肯住詩心得不仙。半線山川全幅畫，一時都落酒林前。

其二

亭高百尺插晴空，小住渾疑坐月宮。鏡轉一輪移左右，窗開四面掛玲瓏。

了無渣滓沿心境，覺有清光在眼中。花落庭間人影靜，關情總是望年豐。

碧山曙色

碧山碧色重復重，九十九尖峰間峰。天雞喚醒金烏鳥，玉女擎出青芙蓉。

混沌初開早世界，盤古四顧無人蹤。我來扶杖入煙翠，口嚼飛霞如酒濃。

虎岩聽竹

虎岩最勝虎邱差，岩勢邱緣竹勝花。肖鳳鳴聲開律祖，學龍吟調譜仙家。

淇園春半風初到·湘浦秋深月又斜。玉版參禪參未了，瓶笙入耳索僧茶。

清水春光

到處尋春未見春，原來春在此藏身。山都獻笑齊描黛，溪但範花不著塵。

竹響又喧歸浣女，桃開慣引捕魚人。仙岩清水傳名字，果有香泉白似銀。

龍井觀泉

龍吸三江並五湖，化為泉水似真珠。霖施六合閑仍臥，亦養千家潤不枯。

洗我兩眶詩眼淨，沁人全付熱腸無。分他一勺龍應許，龍目雙睛定識吾。

珠潭浮嶼

潭心突兀嶼如珠，一片青紅兩色殊。並剪倩誰來割截·鴻溝分界不模糊。

奇生溫嶠燃犀想，趣悟濂溪太極圖。笑爾番民忘帝利，浮田自種免輸租。

透過丹青史冊的記載與民間的傳說，我們可以對歷史先賢重新認識。黃驤雲是臺灣第一位客籍進士，與開臺黃甲鄭用錫進士僅差六年，對臺灣的文教、儒學的宣導以及讀書人士子的心，自有其指標性的意義。黃驤雲的中式舉人與進士，乃為臺灣科舉史上的重要大事，更是臺灣客家族群的大事，他除六藝專精篤志力學、熱心地方事務外，驤雲進士的書法更是一絕，在臺灣諸多廟宇、名勝中留有許多他親自書寫的楹聯、題詞，除了代表黃進士的到訪與行腳外，益顯現其文學的涵養及其書法的品味，直至今日這些地方幾已成為尋訪鄉土，深耕在地文化的寶藏了。

黃驤雲有五子，其中長子黃延祜、四子黃延祚皆中式舉人，並於福建為官（教諭），次子黃延祺監生有學名，惜早卒（《淡水廳志》有傳），參子黃延佑查無史料，五子黃延礽亦為監生，其女適文武雙全的新竹名士林占梅，其妹適張瑤[28]，而外甥張維楨為咸豐二年（1852）舉人，另一外甥張維垣[29]為同治六年（1687）舉人，同治十年（1871）進士，曾任浙江知縣，辭官返臺後，並受黃廷祚之邀，北遷定居頭份莊，且作育英才無數，對山城（苗栗）教育貢獻良多。驤雲進士一門多傑，從父、叔、子、婿、甥，武將文臣教育家，無論留於大陸或定居臺灣，於得意失意間，均能安守儒行本分戮力所司於家國桑梓，著實令人感佩、尊敬與效法。

三　東床佳婿林占梅

（一）不是一家人不進一家門

有道是「不是一家人，不進一家門」，自古乘龍快婿人人愛，黃驤雲進士自不例外。這門親事定的巧，不如說是姻緣本是天註定。林占梅六歲喪父，慈母楊氏守節撫孤，畫荻而教；祖父林紹賢也從旁教導。九歲時，最疼愛他的祖父紹賢公也離他而去，所以林占梅的童年，即是由祖母（羅氏）與母親（楊氏）陪伴成長。而祖母羅老太夫人，本是淡水廳轄下竹南保中港地區頭份街莊[30]望族羅惠昌[31]之女，占梅秉性良善，溫和謙恭，時而隨祖母羅

28 張瑤字秀超號次舟，清候選主簿，例封文林郎娶黃氏。屏東長治人，祖先原籍廣東省嘉應州鎮平縣（今廣東蕉嶺），為張維楨舉人與張維垣進士之父。

29 張維垣（1827-1892），字祿興，號星樞，清屏東長治人，辭官回臺後居苗栗頭份。

30 即今稱苗栗縣竹南鎮中港。

31 林恒茂家族譜稿（林事樵校長提供）。

老太夫人回娘家省親；頗得外家長輩讚譽。道光六年（1826）黃斗乃[32]事件發生，黃驤雲以黃姓宗親的「舉人」身分，不避個人生命危險，應頭份地區黃姓族人懇請北上，為苗栗中港溪客家人出力免禍，鄉人對他非常感激，再加上其父黃清泰參將生前常駐北臺的地緣關係，為方便事件的調處，驤雲似乎常來常往而多居於此。林事樵[33]校長追憶其祖父林榮初[34]先生曾說：

> 道光十年農曆春節，占梅的祖母帶占梅回中港娘家拜年，適逢黃驤雲進士返鄉，占梅的祖母帶占梅與表弟，拜訪黃驤雲進士。當黃驤雲進士送壓歲錢及禮物，給這兩位聰穎可愛的孩子時，占梅說：『我年紀較大不該受禮，進士大人盛意賞賜忱悃婉謝，感恩不盡。』黃驤雲進士慧眼明察，占梅虎頭燕領，眉清目秀的相貌，氣宇軒昂之儀態，謙虛遜讓，卑己尊人。具有恬淡適己淡泊名利，疏財重義，蘊含德在人先，利居人後之人格特質，的確大可造就之才。將來必定能為國家社會謀福，公而忘私，犧牲奉獻者。確實姻緣註定，占梅深受黃驤雲進士的青睞，雀屏中選，成了乘龍快婿，占梅於道光十年（占梅十歲）與黃驤雲進士之掌上明珠黃孝德（十二歲），天作之合，行文定之禮。[35]

從林榮初先生上述所言，可信度極高；無論是地緣、親族，林黃兩家也都是門當戶對。在黃進士歸省這段期間，驤雲進士異常忙碌，除侍奉生病的

32 黃斗乃（1785-1826）本名黃祈英，番名為「鬥阿乃」，因此人稱「黃鬥乃」。廣東嘉應州人，嘉慶間渡臺，在中港鬥換坪（今頭份）一帶與番人貿易。娶頭目女兒。道光六年（1826）淡水廳分類械鬥，鬥乃率番人襲擊中港報私仇。閩浙總督孫爾准率兵來臺，搜捕滋事者，被捕處死。參見《臺灣歷史人物小傳——明清暨日據時期》〈郭啟傳〉，頁594。

33 林事樵，新竹人，林占梅嫡裔玄孫。曾任小學校長，後赴美留學，學成歸國終身奉獻教育，並以發揚其高祖父林占梅熱心公益愛護鄉梓為職志。

34 林榮初先生為林占梅次孫，林事樵校長之祖父。

35 林事樵編：《黃清泰・黃驤雲詩文集》（新竹市：林事樵出版，2015年），頁34。

母親外，尚須承辦臺灣道委任他協助官府調處閩粵衝突……等等官事、民事，並應聘兼教於臺南府城的海東書院……。道光十三年（1833）黃驤雲進士母親久病去世，依清廷為官之例，驤雲在籍丁憂（喪假三年）。此時占梅雖有岳父的指導與護佑，然其童年卻是相當依賴祖母與母親的；咸豐十一年（1861）占梅曾以長篇的古體詩〈悲歌行〉來記述他自己的人生閱歷與心境；這是占梅自述其生平最詳盡的七言古風，其詩云：

悲歌行（節錄）

……嗟餘少日性莽魯，六歲伶仃痛失怙；結納少友事嬉游，一班牙爪利如虎。王母（羅老大夫人）、寡母（生母楊太夫人）雙倚閭，幾度呼來複絕裾；暗中痛切淚凝枕，我家生兒破我車。三世伶仃寡弟昆，忍心將毋置之死；易子而教古有方，割將塊肉托舅氏（外舅水部黃雨生先生，適入京供職）。舅氏部曹值北行，餘乃從之遊帝京；……泰山高今祖帳設，蘆溝橋水添嗚咽；但雲勉我弧先行，不道從茲是死別（先嶽旋於二十一年謝世，此別遂成千古）。……鯨波一舸賦歸來。舉家狂喜牽我衣，王母扶姑顫巍巍；低頭下拜天性見，滿門喜極轉嘘欷。北堂擇吉命成婚，賀客盈堂吊在門（予成婚七日，先祖母即棄養吾身）；王母抱孫□抱子，臨終有語願勿諼。三載杜門躬守制，羸叔劬勞持家計（先叔長予七歲，童年即成痼疾）；道光丙午桂之秋，羸叔沉痾旋去世。折薪肯構一肩挑（時予年二十有五），有弟煢煢惜嫩苗（遺腹弟名修梅）；始悟無學難自立，一編三絕暮連朝。昂藏年幾三十歲，妻妾死亡竟相繼；慈闈棄養亦同時，搥胸幾絕痛長逝。天昏地慘日無光，欲向泉臺覓阿娘。攜琴抱鶴孤山行，補種梅花三百樹。

這首〈悲歌行〉前半部由占梅童年寫起，也許是兩代孤寡的祖母與母親，對待占梅失怙，有補償的心理，總覺得溺愛在所難免，是以幼年的占梅也多少會使性任意或嬉戲無度……，最後母親與祖母為了占梅的將來，遂割捨下親情，以易子而教的方式，把占梅託付給其即將赴京任職的岳父黃驤雲進士，帶入京城隨侍在側。而驤雲進士的女兒（占梅的未婚妻）因身弱不堪遠行，遂先送進林家。占梅此次隨其岳父入京，對其後人生來說影響極大；也因岳父的提攜，得以交遊文人雅士，暢覽名山大川，所以也提早熟悉人情世故；曾驤在《潛園琴餘草》序中直言占梅是「慷慨任俠，有東漢八廚風[36]」、且「其抱雅尚而多才思[37]」，從京城的交遊、學習與出入儒門的勵進，以及目之所轄的人文、藝術、湖光山色、水榭亭臺、樓閣花池……等等，在這段近三年旅居外地的日子，不止開闊了占梅的心胸、眼界，也助長其對藝術人文的追求與企盼。

在意猶未盡與家人、長輩的催促中，道光十七年（1837）七月，占梅終於遠遊歸來，回到家中，此時舉家歡慶，特別是祖母、母親與未婚妻。是年十二月在眾人的祝福聲中，占梅與未婚妻（黃孝德）完成終生大事。

（二）功名羞捷徑身世寄吟窩

林占梅（1821-1868），幼名清江，字雪村，號鶴山，又作鶴珊，別號巢松道人。清淡水廳竹塹（今新竹市）人，祖籍福建同安。先祖移居到臺灣之初是先到臺南一帶，祖父紹賢（1761-1829）從事外貿並經辦臺灣鹽務，遂成為竹塹巨富；父祥瑞（1797-1826）早卒。占梅年十四，隨岳父黃驤雲進士北上入京。

占梅他自幼飽讀詩書，加上岳父黃驤雲進士的青眼賞識，十歲即置門牆、在身旁調教，親自課讀，並以儒行志節砥礪，他雖無緣科考功名，卻文

36 東漢士大夫共相標榜，指天下名士為稱號，「上曰三君，次曰八俊，次曰八顧，次曰八及，次曰八廚。」以竇武、陳蕃等為三君，「君」指受世人共同崇敬。以李膺、王暢等為八俊，「俊」指人中英雄。以郭泰、範滂等為八顧，「顧」指品德高尚而及於人。以張儉、劉表等為八及，「及」指能引導人追行受崇者。以度尚、張邈等為八廚；廚者：言能以財救人也。

37 《潛園琴餘草》〈曾驤序〉。見徐慧鈺：《林占梅資料彙編》（一）（新竹市：新竹市立文化中心，1994年），頁4。

武雙全，秉承家風，熱心地方公共事務。曾在英人艦隊侵犯雞籠（今基隆）沿海時，支援清廷，捐巨款建炮臺用以協防。漳泉械鬥時，更招募家將鄉勇扼守大甲溪杜絕其蔓延。尤其是清同治元年（1862）彰化八卦會戴潮春事件，淡水同知秋曰覲等官員被殺，舉臺震動，竹塹境內土匪亦伺機而起，林占梅獨撐大局，變賣田產，組織鄉團維持地方治安。同治二年（1863）十月，他更親率二千精兵，進攻被戴潮春佔據之地，同年十二月戴氏亂平，閩浙等督撫打算重用林占梅，但他卻婉言謝絕；這可能也是受到其岳父黃驤雲進士，協處閩粵衝突張丙等事件後的影響；也可能因樹大招風，令林占梅無意仕途。

林占梅雖出身豪富，但在其家教與岳父黃驤雲進士的影響下，敏而好學又無紈袴子弟之氣息，且其琴、棋、詩、書、畫、騎射，諸藝無不精通。道光二十九年（1849），構築中的「潛園」已初具規模，占梅遂雅集詩騷，其文酒之盛，冠於北臺。後輯有《潛園唱和集》二卷、《潛園琴餘草》八卷，其中《潛園唱和集》已佚。林占梅《潛園琴餘草》中約有詩近二千餘首，寫作年代自其少時道光年間起，迄丁卯同治六、七年（1867）間。內容則多詠骨肉親友、園林生活、外出遊歷、世局時事、與興懷之作。「占梅作品風格多樣，平易曉暢法白居易，感時憂國似陸放翁，傷感興懷如吳梅村」[38]，其詩文時時充滿著感時憂國的人道主義色彩；而與其亦師亦友的臺澎道徐宗幹[39]對其則另有詩評曰：「和靜清遠、古澹恬逸」、「詩味多琴味」，占梅之詩實可謂品類眾多氣象萬千。又占梅平素急公好義，於兵馬倥傯間勞累過度，加上家業龐雜事繁[40]，自戴亂平後其身體健康日益衰微，竟於同治七年（1868）十月廿九日病逝，時年四十八歲。

---

38 施懿琳主編：《全臺詩》第七冊提要（臺南市：國立臺灣文學館，2008年），頁2。徐慧鈺：《林占梅集》（臺南市：國家臺灣文學館，2012年），頁14。

39 徐宗幹（1796-1866），字伯楨，號樹人，江蘇通州（今南通市）人。嘉慶二十五年（1820）進士。道光二十八年（1848）擔任按察使銜分巡臺灣兵備道，其治理臺期間，廣建書院，興辦義學，整頓綠營班兵，變通船政，頗有治績。同治五年（1866）卒。諡「清惠」，入祀福建名宦祠。

40 相傳為林、鄭二家訟事，鬱病。

熱心公益造福鄉梓是林占梅的秉性，也是作為一個讀書人應有的入世態度，林占梅他家大業大，責任在肩無暇科舉，但其胸懷錦繡氣度恢宏，急公好義慷慨捐輸：

一、道光二十一年（1841），因英人來犯捐一萬元以助修築炮臺及製作攻守戰具之用，獲獎以貢生加道銜。

二、道光二十三年（1843），因捐防八裡坌口，獲知府即選。

三、道光二十四年（1844），募勇扼守大甲溪，絕嘉、彰各邑漳泉械鬥蔓延，賞戴花翎。

四、咸豐三年（1853），林恭事變，協辦全臺團練，捐津米三千石，准簡用浙江道

五、咸豐四年（1854），克復艇匪黃位之亂，加鹽運使銜。

六、同治元年（1860），毀家紓難，協助朝廷平戴潮春事件有功，加布政使銜。

上述的官銜看似風光，但在林占梅的內心深處仍有著深深的遺憾，他曾於咸豐六年（1856）曾寫下〈有感〉五言律詩一首：

有感

成文時怒罵，對酒每悲歌。世亂腸空熱，家貧累更多。
功名羞捷徑，身世寄吟窩。未遂封侯志，樽前劍自摩。

上詩所呈現的即是占梅真正的想法，蓋占梅捐贈，本出自肺腑，實為鄉土百姓盡力，別無所求；雖得朝廷給予榮譽功名頭銜，但他終感羞愧，故有此慨也。而身為其父執輩姻親的開臺進士鄭用錫，所寫的一首玩笑詩〈戲贈鶴珊〉，對占梅而言，不可不謂是謔而虐與不可承受的重啊！

戲贈鶴珊〔清朝〕　　　　臺灣　鄭用錫

托跡潛園宇宙寬，故鄉歲月樂盤桓。使君疑是陶宏景，既愛山林更愛官。

在《潛園琴餘草》中，咸豐八年（1858）占梅先生所寫的〈潛園適性六十韻〉就已很清楚的表明自己的人生態度了。

潛園適性六十韻

不作封侯想，潛蹤已十年。……射覆詞壇立，猜枚酒令宣；笙簫分雅部，醽醁醉華筵。釀厭中山困，車乘下澤便；衷懷希魏野，氣概仰張顛。性拙薄戎算，平生輕嶠錢；言狂人竊笑，癖怪我難悛。默默囂塵滅，悠悠俗慮捐；有心追隱逸，無志慕騰騫。況免饑寒逼，猶兼疾痛蠲；**曾聞唐白傅，閒散即神仙**。

占梅在龐大家族與家業的壓力下，他是多麼期盼能夠過著自由自在「閒散即神仙」的逍遙生活啊。

（三）潛園雅集名流匯聚

有關「潛園」興築的時間，雖有不同的說法[41]，但根據日人杉山靖憲在《臺灣名勝舊跡志》[42]有關「潛園」一文中，有字聯一對，「四壁宮花昏宴罷，滿床牙笏早朝回」該聯的落款時間是「歲在丙申」；又爽吟閣匾聯，其上落款為「時丙申之春 雪邨 書」，而丙申年正好是道光十六年（1836），按一般成例都是先有建築物，而後才有題字的常理，如此可知該年的所謂的「潛園」已有部分建築物似乎是已經落成存在的；然而此年的林占梅才十六、七歲，且人尚在大陸遊歷，難不成是占梅在北京書寫好，再遣人送回家鄉也未可知？而從占梅的《潛園琴餘草》編年方式來看，其中第一部分為

41 陳榮村、洪德豪：《竹塹潛園之建築研究》（臺北市：胡氏圖書出版社，1995年），頁22。

42 在安江正直之後，由臺灣總督府派令官吏從事與文化資產相關的調查研究者是杉山靖憲。臺灣總督府於大正五年（1916）任命杉山靖憲為編纂主任，以調查各地的「名勝舊跡」，並編纂成《臺灣名勝舊跡志》。

〈自少時至辛亥〉即他這一部分是從道光至咸豐元年間，其詩計有一四八首詩；而當中多首詩都有提到潛園中的事或物，如：〈咏重臺紅梅花〉、〈師韞軒雜詠二十首〉、〈浣霞池偶成〉、〈與內兄黃偉山延祜孝廉園中夜飲醉歸〉、〈園居偶述〉、〈季夏碧棲堂即事〉、〈諸友人夜集潛園小飲分韻得新字〉、〈邀曾爾雲先生驤偕諸同人涵鏡軒納涼烹茶賞荷分韻得嬌字〉……這當中自也包含了「潛園吟社」的唱酬了。因此我們似可推定，「潛園」是在占梅其長輩主政林氏家業時……或說至遲於道光十六年之前，占梅的家族，就已開始營建，或許當時園林的名字並不叫「潛園」，只是居家的擴建或新建罷了？

直至道光廿九年規模已具，又其後續擴建至同治三年（1864）才屬真正完工。是時的潛園占地二甲餘，時稱為「內公館」[43]，此亦以有別於與當時有「外公館」之稱的「北郭園」[44]。

道光廿九年（1849）對林占梅而言，應是他人生最悲傷的一年，「昂藏年幾三十歲，妻妾死亡竟相繼；慈闈棄養亦同時，搥胸幾絕痛長逝。天昏地慘日無光，欲向泉臺覓阿娘；況複惠連春草恨，死者已矣存者傷」[45]這一年與其情感甚篤的結髮妻子黃孝德（黃驤雲進士的女兒）、生母楊恭人、愛妾葉氏，相繼赴瑤池，至愛的別世，對一個家大業大三十而立的人來說，是何等重大的打擊？但大丈夫並未因此而不振。在此同時「潛園」規模已具，小橋流水樓臺亭閣均備，於是在情境轉移的引導下，占梅廣邀海內外名士以吟詠為是。其中淡水同知秋曰覲、茂才曾驤、林亦圖、葉松譚、舉人林豪，貢生查少白以及與占梅情同手足的妻舅黃偉山等，都先後客寓潛園成為吟侶。占梅更著《潛園琴餘草》八卷傳世。而雅集之初，雖然有聯吟之實，但是似乎沒有結盟的明確社名，後來林亦圖編《潛園唱和集》，後人才推想可能有「潛園吟社」之名，但是迄今仍是無法查證確切的名稱與時間。

潛園名成後，各地騷人墨客聞風踵至，詩酒爭逐，熱鬧非凡；不少文人客寓潛園多年，更受到主人占梅的禮遇。雖然未及孟嘗君食客三千，但也是

43 即今新竹市中山路與西大路西北角，西門市場。

44 由開臺進士鄭用錫於咸豐元年（1851年）所建，歷時四年完成。

45 見《潛園琴餘草》〈悲歌行〉。

賓客如雲，座無虛席。林園美景使人流連忘返；眾賓客與主人論詩唱和；時而風花雪月，時而感興抒懷：

與內兄黃偉山[46]**（延祐）孝廉園中夜飲醉歸　　　林占梅**

把盞懷同放，聯吟月已低；更深頻剪燭，夜靜遠聞雞。
笑我頑如石，憐君醉似泥！相將歸就寢，扶過竹樓西。

寄懷內兄偉山孝廉　　　林占梅

京華昔共鯉庭趨，廿載交真誼李、盧；時譽足當真繡虎，父書能讀即家駒。
多文莫道身非富，大智由來貌若愚。未稔伯倫卮酒興，沉酣得似往年無？

爽吟閣　　　貢生查元鼎（少白）

飛閣淩霄起，山川一望收。翠屏春草合，丹帳夏雲浮。
花與詩篇麗，松將琴韻幽。晉唐遺緒在，千載續風流。

橋亭口占（得月橋釣月亭）　　　舉人　林豪（卓人）

花作鄰居竹作屏，碧欄紅板接煙汀。一竿冷浸橋頭月，萬綠陰垂水上亭。
畫舫輕搖隨蛺舞，釣絲系久立蜻蜓。數聲玉笛來何處，風度歌唇隔岸聽。

花魂　　　浙江山陰人副貢　秋曰覲

花容一霎黯然收，憑弔芳魂到九幽。無影無形空寂寞，和煙和雨悵夷猶。
佩環月下憐卿瘦，風雨宵深惹爾愁。我賴一枝香在手，眾香卻被此勾留。

又《潛園琴餘草》中，也收錄了許多林占梅日常生活記事、唱酬與出遊即興的詩作，從而也可看出潛園主人翁的感性、細膩與豪邁的一面：

師轀軒雜詠（二十首選四）　　　林占梅

綠窗繡罷對敲棋，女伴機鋒亦可兒；回首見儂忙避去，不知儂立已多時。
擘箋窗下學抄書，蔥指纖纖運管徐；寫罷泥郎評甲乙，簪花字格果何如？
生成慧性善傳神，花卉翎毛總逼真；畢竟帶些幽媚態，新篁愛學管夫人。

---

46 黃延祐字偉山，黃驤雲進士長子，道光廿六年（1846）舉人。

荷亭竹榭共乘涼，貪睡嗤儂午夢長；獨自看書消永晝，碧紗櫥內靜焚香。

同友人西城樓憑眺即事（咸豐二年）　　　　林占梅

竹城西北地勢平，田園參錯續海坪；涼秋九月風怒吼，黃沙滾滾海霧騰。
朝來氣暖纖塵淨，睇眄中天極遼敻；群峰縹緲列畫圖，巨海澄泓涵明鏡。
高樓憑眺興欲狂，振衣疑躡千仞崗；大呼奚奴捧鬥墨，露肘顛書十數行。
題罷餘情猶未已，朋輩之中有絕技；龍團一飲潤我喉，客吹羌笛我長謳。
法曲乍聆「梅花落」，名泉又報「魚眼浮」。
但耽雅樂與香茗，何須佳釀共珍饈！
君不見趙嘏有句豔今古，長笛橫吹倚畫樓；
又不見盧仝作經細評騭，七碗風生百慮休？
清音美荈各痂嗜，騷人適意何知愁！我非騷人多坎壈，生平十事九煩憂。
秋前約侶遊榕省，遍海鯨鯢迭聞警；況當海氛迭聞警，積悶縈胸勞引領！
空有低昂七尺軀，才劣終軍敢請纓！自從遊興動中來，意馬心猿常馳騁。
今日登臨懷抱開，高天迴地任徘徊；歸時笑傲閩中友，聊當乘風破浪回。

二月初七日爽吟閣夜飲即席分韻得簾字（咸豐二年）　　林占梅

樓臺燈火景光甜，文酒笙歌樂事兼。入座春風能剪燭，當楣香氣欲鉤簾。
東山樂倩金釵奏，北海樽教玉盞添。醉後聯吟清趣足，花枝笑折代詩簽。

池軒偕友夜坐二首（咸豐四年）　　　　林占梅

其一

草螢時入座，梁燕已歸窩。露氣經秋重，蟲聲入夜多。
牆頭排遠岫，屋角淡明河。危坐桐陰下，高吟當浩歌。

其二

纖塵飛不到，幽館傍漣漪。月上光穿牖，星搖影在池。
汲泉欣戰茗，剪燭共敲詩。笑我年來癖，拈題睡每遲。

這種詩酒唱酬雅士聯吟的愜意日子久了；而所謂詩社的雛型也就自然而然的水到渠成了。時人常謂：「內公館，外公館，詩文若拼館」[47]，當時竹

47 蘇子建：《鄉詩俚諺彩風情》（新竹市：新竹市文化局，2000年），〈鄉音篇〉，頁175。

塹地區林占梅的「潛園」與同時期的鄭家「北郭園」著實引領了北臺風騷。占梅將其林園巨宅的門匾一以「潛園」名之，有人說是取義在「潛龍在田」，但筆者以為占梅先生應不致如此張揚；我們從他的〈友人詢潛園近景作此答〉一詩中「自笑身如蠖，潛居稱此園。在山消遠志，近市隔塵喧。……」又〈潛園適性六十韻〉詩「不作封侯想，潛蹤已十年。……曾聞唐白傅，閒散集神仙。」與〈潛園主人歌〉等，都可見其有著很強烈的「繁華過後盡空寂」的避世思想。再從他的〈悲歌行〉中仔細研讀；即不難發現這位含金湯匙出世的「賽孟嘗」[48]，在祖父母、母親與岳父的調教下，縱使心中是百般無奈，但卻也是能夠情境轉移的調適自我，來勇於承擔大家族的責任，也更能感受到心胸開闊的林占梅，他無私無我為鄉梓付出的壯志豪情了。

（四）書生本色——命止邦家終不悔

林氏家族是清代北臺灣地區舉足輕重的大戶，而林占梅更是當時竹塹地區諸多文士中的翹楚，富裕的家世，加上有進士的岳父（黃驤雲）與進士的姻親[49]（鄭用錫），這對林占梅來說也是個極為沉重的負擔；勿遺先人親長予殞越之羞，是占梅的儒家信念，積極入世保護鄉梓造福人群，不計個人得失，則是他書生儒行的體現。從多次地方不寧事件，與官府無力作為的動亂中；占梅先生總是義無反顧的主動帶頭出錢出力，甚而毀家紓難亦在所不惜[50]。又招募鄉勇親自帶兵南下，扼守大甲溪阻斷賊兵北上[51]，協助清廷平亂，保住了北臺灣的經濟命脈與百姓的身家安全。書生報國，如此大的功勞，奇怪的是陳培桂、楊浚所輯纂的《淡水廳志》竟只是將占梅先生編列記在〈卷十

48 孟嘗君，名田文（？-西元前279年），戰國四公子之一，齊國宗室大臣。其父靖郭君田嬰死後，田文繼位薛公於薛城（今山東滕州東南），故亦稱薛文，號「孟嘗君」，以廣招賓客，食客三千聞名。

49 林占梅的妹妹嫁予鄭用錫進士之次子鄭如梁。

50 於新竹城隍廟拍賣其房地產已籌軍資。

51 清同治元年戴潮春之亂。

六〉的附錄三「志餘」：

> 林占梅，塹城人，字雪，林紹賢之孫也．饒於財，性慷慨，好施予，手建潛園，延賓客處其中．當戴逆之變，臺北危如累卵，淡水同知秋日覲在彰遇害，塹垣無主．各小夫欲為亂，民心惶惶．占梅與北右遊擊會商，挺身以為己任，出資召募，用計遣散，民賴以安．頗有一髮千鈞之力．迨臺灣道丁曰健由臺北登岸，暫住塹城，餉需無幾，占梅多方湊集，藉以保守大甲，克復彰城，功加布政使銜．卒以集資故被控，且叩閽．同治七年身死，家稍中落，士論惜之。

楊浚用短短二百零三個字寫林占梅，顯然是有問題的；楊浚與鄭、林兩家的關係亦啟人生疑[52]，無怪乎首編《淡水廳志》初稿的林豪[53]，看了之後會大怒，且連夜寫了《淡水廳志訂謬》，並在〈自序〉中寫到：

> 著述一道，可易而言哉？古人作史有「三長」之說，非才學兼優，不足以勝任．無識以運其才學，猶游騎泛騖而弗能範以馳驅，其去駑下者幾何！地志為史志之流，其可苟焉已哉？豪於同治六年，……，輯「淡水廳志」……自知學殖久荒，僅據見聞所及者書之；匆匆急就，何堪問世！第其去取之間，不濫不潛，刊落浮詞，……竊謂初心差不負也．……書既成，而方伯歸道山、司馬解官去，余亦退棹里門，與是書相忘久矣。歲癸酉，友人以陳司馬刻本見貽，略閱一過，則是非顛倒、部居錯亂，迥失本來面目．其最可駭

52 楊浚同治八年（1869）遊臺，受淡水同知陳培桂之聘，纂修《淡水廳志》；並應鄭用錫次子鄭如梁之請，編纂《北郭園全集》，首開清代北臺灣文學專著出版之先河。

53 林豪（1831年－1918年），字嘉卓，一字卓人，號次逋，金門後浦人。曾受林占梅之邀到潛園任西席，期間因亦把自己所見證的戴潮春事件寫成《東瀛紀事》一書。其著作尚有《誦清堂詩集》、《誦清堂文集》、《潛園詩選》、《海東隨筆》、《可炬錄》等，並曾纂修《淡水廳志》、《澎湖廳志》，續修其父林焜熿所著之《金門志》，唯除《誦清堂詩集》、《東瀛紀事》、《澎湖廳志》等著作少數外，大多亡佚。

者，莫如「兵燹」一門，紀施侯之攻雞籠，則滿紙皆謬；紀戴逆之亂，則脫誤太多……嗟嗟！豪竭力蒐羅，輯成此編，以存一方掌故．陳司馬既得據為藍本，而又有意歧異，遂至疵謬疊出，貽誤後人，謂非豪與吳、嚴二君子倡修此稿轉遺之戚歟？於是嘆著書之難而史才之不可復睹也！敢乘一夕之暇，摘其甚者為「訂謬」一卷，以俟後之君子有所折衷云。

林豪的震怒是可想而知的，如今這篇《淡水廳志訂謬》，能與陳培桂、楊浚的《淡水廳志》並列，也算是還原了歷史的事實。其後連橫在《臺灣通史》卷三十三〈列傳五〉中的林占梅列傳，以公允宏觀的角度，用了長達一千七百八十一個字來撰寫，此亦成為日後大家在研究這位文武全才的竹塹鄉賢林占梅先生時的重要參考史料了。

書生報國不計得失，林占梅毀家紓難令人動容，在其以詩紀事的《潛園琴餘草》中，也有很多精彩詩章的描述，僅簡錄以下幾首：

戒嚴（團練各鄉義勇，皆沿溪紮營）（同治元年）

誓眾登陴氣若虹，腰間寶劍玉瓏璁；戒嚴已賴成城志，禦敵還憑背水功。
慷慨請纓差可擬，笑談揮羽敢從同。王師指日從天降，會見奇勳著海東。

兵餉支絀，勸輸感作（同治元年）

肉食何人有遠謀？可憐未雨失綢繆！一朝聞警忙擐甲，半夜量沙枉唱籌。
中澤嗷鴻聲倍苦，孤城掘鼠事堪憂！男兒莫作守錢虜，納粟曾聞卜式侯？

聞警戒嚴作（戴匪滋事，彰城失守）（同治元年）

腥風吹海嘯長鯨，小醜跳梁聽橫行！毒霧迷漫沉戰壘，大星黯淡落空營。
甲溪扼險成天塹，丁汛分防衛石城。莫道黃巾氛甚惡，么魔螻蟻不難平。
※（鎮、道官員皆殉難）（淡、彰以大甲溪為界）

其二

揭竿斬木勢張鴟，深慮難圖蔓草滋；四野聞聲多響應，孤城如卵獨支持。
門嚴鎖鑰防私諜，戶奮耰鋤起義師。有備不驚風鶴警，躬擐甲冑日登陴。

再題鐫漱玉琴（同治二年）

曾從戎馬幕中行，逸響全無殺氣聲。海甸而今兵燹息，譜將雅頌奏昇平。

同治元年（1862）戴潮春之亂，聲勢浩大，官兵多人被殺，賊熾猖獗，就連南下支援的淡水同知秋曰覲，也都被害殉職以致舉臺震動；此刻清廷正逢列強欺壓與太平天國之亂而自顧不暇。與此同時臺灣各地官衙與城鎮人心惶惶，占梅與竹城仕紳，為保家鄉百姓，挺身而出……我們從其南征八詠（有序）即可了解，當時的危急與大丈夫的無畏，更可讚者的是，無論如何的兵馬倥傯，林占梅始終是鳴琴共伴文墨相攜，他沉穩優雅的儒將之風，令人由衷佩服。

南征八詠（有序）

臺灣乃漳、泉、粵三籍雜處之區，小醜跳梁，不難撲滅。去春彰邑會匪戴逆等滋亂，震動全臺；節次興師，未能蕩平。稽自內附以來，叛服不常，共二十次。最能久延者莫如林爽文之〔亂〕，然亦未嘗如是之久。予今春兩番出師，均為嫉妒者所阻。前鋒五百軍已克梧棲，絕賊人內通要隘；惜不果行。此次兵備道述安丁公曰健奉命勦辦，余因餉項維艱，至十月十八日始親統一軍直抵山腳莊紮營。二十六日開仗，三十日收復葭投等數十莊；移營大渡，乘雨夜冒險逼攻，隨克復彰城；時十一月初三寅刻也。計開仗至克復，只七日間，誠大幸事。第素耽吟誦，戎馬餘閒，不忘結習。凱旋時，因就途次所得之句，命之曰「南征八詠」，存為記事之篇；至其工拙，所不計也。

以詩紀事，古而有之，《潛園琴餘草》近二千餘首的各體詩，內容豐富面貌多樣，吟風弄月、生活小品、時事記載、人情世味……甚可說是當時整個社會的縮影。林占梅雖出身豪富，但其琴棋書畫騎射諸藝皆無不精通，應說是個典型的讀書人；做為林氏家族的一員，感性的占梅只是盡心扮好主事者的角色；但是做為一名詩人，同時又潛藏著憂時憂國的熱情，這樣的性格更有利於他對藝文的創作。在園林的隱逸生活下，他是一個具備濃厚浪漫藝術家氣息的詩人，然而當國家地方有事，他卻可以捨生忘我不顧一切[54]，頓時化身為毀家紓難的英雄豪傑，這種令人訝異的身份轉換，正是大丈夫本色啊！

四　緣起不滅之翁婿妻舅情

（一）占梅的孺慕之情與鶼鰈情深

如眾所知，占梅先生受其岳父的影響甚多，少年時期即因祖母、母親易子而教的決定，而追隨黃驤雲進士，進而於道光十四年（1834）同赴京師隨侍左右；他與岳父的情感深厚，但他也萬萬沒有想到，這也是他人生最後一次的與岳父相處了。「……泰山高今祖帳設，蘆溝橋水添嗚咽；但雲勉我弧先行，不道從茲是死別（先嶽旋於二十一年謝世，此別遂成千古）……」[55]道光十七年七月占梅先生遠遊歸來，十二月與未婚妻完婚，而鍾愛他的祖母卻在占梅婚後幾天去世；「……七月之秋猶未望，鯨波一舸賦歸來。舉家狂喜牽我衣，王母扶姑顫巍巍；低頭下拜天性見，滿門喜極轉噓欷。北堂擇吉命成婚，賀客盈堂吊在門（予成婚七日，先祖母即棄養吾身）……」[56]成家立業是人生大事，從此占梅更加奮發勵學，然而此後十年間，噩運卻接連而至，先是道光廿一年（1841）占梅最敬愛的岳父黃驤雲進士，盡忠職守累死在北京任上，從此失去一位亦師亦父的長輩。咸豐五年（1858）占梅於其〈歲暮雜感〉中，倍有所感的寫道對岳父、親長、舅兄的懷念，往事如煙，此情依依：

54 戴亂平定之後，林家因過度的出錢出力，而元氣大傷。

55 見《潛園琴餘草》·〈悲歌行〉。

56 見《潛園琴餘草》·〈悲歌行〉。

〈歲暮雜感〉其四

寒風吹林木，蕭蕭不忍聽；昔年親與友，今日半凋零。
我憶陳無已（鳳阿孝廉名維藻），壯歲能窮經；據案探墳典，永晝長掩扃。
秋風欣折桂，鵬方奮南溟；詎期壽不永，齎志歸幽冥！
憶我初定婚，其時始十齡；岳翁黃叔度（雨先先生名驤雲），一面眼垂青。
相隨侍京邸，訓誨時親聆。賢梓更愛我，感之常鐫銘；
泰山忽然頹，慟哭思儀型。別來曾幾時，音訊方欣聆；
豈料溘然逝，身後遺伶仃（內兄偉山孝廉名延祐）。復憶高達夫（揚之司馬名華），玉樹立亭亭；
訓我以正語，如鐘警夢醒。一朝相永訣，延壽無蓤苓。
祗今頑鈍時，誰復為磨硎！古人去已遠，知己如晨星；
夜深思顏色，悲風吹素屏。魂兮不可招，懷舊心愴惻；涕泗流泠泠，楓林青復青（此懷親故也）。

接著幫占梅主持家務的五叔林祥雲去世，家中大小事與家族事業，直接落在他的肩上，「……道光丙午桂之秋，嬴叔沉痾旋去世。折薪肯構一肩挑（時予年二十有五），有弟煢煢惜嫩苗（遺腹弟名修梅）；始悟無學難自立，一編三絕暮連朝。……」[57]最有甚者是道光廿九年母親、元配、愛妾，一年三死，真是情何以堪！咸豐元年（1851）善撫古琴的占梅月夜獨坐，觸景生情不禁悲從中來，遂作〈悼瑟吟〉以慰藉自己對亡妻的思念。

悼瑟吟

弱冠嗜音樂，性即嗜嶧陽；音節雖未妙，獨彈情悠揚。
瑤琴稱雅樂，惟瑟可匹當；龍門有雅製，音清韻自長。
好合時無間，承歡慰北堂。和樂將女載，一旦墜牙床；
墜碎絃齊斷，鸞膠續未遑。西山斜日落，涼月照空房；

57 見《潛園琴餘草》·〈悲歌行〉。

空房寒寂寞，無復奏瀟湘！歲久結習在，孤桐猶自將：
揮手聊解鬱，未鼓先斷腸。一彈風颯颯，再鼓露蒼蒼；
飛雉悲朝日，唬烏驚夜霜。一彈再三嘆，響殫指轉僵；
指僵音節錯，欲續曲茫茫。推琴起太息，四顧徒徬徨！

人說百年修得同船渡，一夜夫妻百世恩，占梅與元配妻子自幼即相識，感情深厚，念念不去，咸豐五年（1858）占梅更於〈歲暮雜感〉詩中，對亡妻想念有相當感人的描述：

〈歲暮雜感〉其三

生離已吞聲，死別長惻惻！寒宵臥空床，悼亡長太息。
憶昔我岳翁，舉家之燕北。因憐道路長，纖弱難遠適；
挈送入我門，母女淚漣洏。其時年十五，釵裙無華飾。
十六余遠行，代我供子職；盡孝事重闈，承歡多順色。
三載余歸來，下機喜停織。十九始成婚，閫儀殊謹飭；
親戚同里閭，齊聲稱婦德。病忽入膏肓，茯苓醫不得；
零落歸山邱，長隔如異域。魂夢空相親，音容忍迴憶；
一燈雨夜寒，淒絕空房黑！

（二）愛屋及烏情誼無價

所謂愛屋及烏，占梅與岳父黃驤雲進士及元配妻子黃孝德情感深厚，而對岳父的其他家人也是一樣，特別是占梅遠遊內地時，與其妻舅黃偉山舉人朝夕相處同學同遊而相知相惜，自偉山生活困頓更是時予接濟，從生前照顧到死後，乃至他的家眷，有情有義，我們從《潛園琴餘草》中占梅寫給黃偉山舉人的詩，即可看出他們之間如手足般的互動情誼，也著實令人感動。

寄懷內兄偉山孝廉（咸豐四年）

京華昔共鯉庭趨，廿載交真誼李、盧；時譽足當真繡虎，父書能讀即家駒。
多文莫道身非富，大智由來貌若愚。未稔伯倫卮酒興，沉酣得似往年無？

望兒彌月述懷，寄內兄黃偉山廣文二首（咸豐四年）

笨車羸馬可為方，稱善毋須去故鄉；但願生兒愚且蠢，肯教對客瘦而狂？
心存濟世談何易，事不欺人意自良。但免饑寒無逼鬱，相承葉葉學劉蒼！

其二

那堪遠處在瀛東，滿目妖氛道未通；寂寂親朋音信外，悠悠國家感懷中。
宦途此際多彈鋏，世事何時早橐弓！但得昇平如舊日，同遊有約到華嵩。
（時海氛大起，信息難通）！

占梅在〈寒夜樓前對月〉（有序）特別寫道：「日來連接三內弟急札，知偉山內兄瘵疾已篤，家中將次斷炊，望濟甚急。際此歲暮天寒，家計支絀；誠進退狼狽時也。愁懷不寐，起立樓前，對月長吟，以寫憂思。」其關懷與憂切溢餘文字不已。

寒夜樓前對月（咸豐四年）

月華如水中庭潔，寒風掃面膚欲裂；危樓立久悄無言，繞樹啼烏聽悲切。
此時卻憶黃叔度，廣文先生寒更絕；體孱已肖衛玠形，病亟復嘔周瑜血。
可憐酒債負尋常，貧病交侵愁鬱結；愧我年來遭轗軻，范舟難補曼卿缺。
那堪屢接阿連書，已知委傾將摧折；呼癸頻頻似燃眉，筆墨慘淡如嗚咽。
與君至戚同李、盧，重洋遙阻腸空熱；此際遙知館已捐，哭望天涯奠空設。
翹首寒空洒淚多，涼月侵人比冰雪。

咸豐四年（1854）占梅聞知妻舅黃偉山舉人病故，哀痛欲絕，腦中浮現的盡是他過去與之相處，把臂論文的點點滴滴，遂寫下長達一千五百餘字的五言古風〈冬杪忽聞內兄偉山廣文訃音，不覺五中如裂，淚沾襟袂；感今憶昔，以歌當哭〉，句中娓娓道來，情真意切，感人肺腑，若非真性情人又豈能為之耶！

哭黃偉山內兄（咸豐四年）

世事滄桑歎不常，死生大矣豈徒傷！酒壚感慨懷中散，琴曲淒涼泣孟嘗。念舊重揮今日淚，招魂幾斷故人腸。素車白馬何由達？營奠空持一瓣香。

其二

閒座寒氈歎也無？樽中常滿不愁沽。死生有命偏憐汝，休戚關情素悉吾。設帳生徒多就馬，連床兄弟久方蘇；他時處仲如相遇，惟見黃公舊酒爐。（君寓書云：『某與妹夫交數十年，素悉妹夫憐孤恤寡，不遺餘力』）

寒夜痛懷偉山內兄

淒淒風雨逼宵寒，愁緒纏綿夢未安；但覺眼前知己少，可憐世上作人難！六年闊別空通柬，一旦長離竟蓋棺！魂隔重洋招未得，「楚騷」歌罷淚頻彈。

偉山內兄歿於榕城，眷屬十餘口渡海遠來相依；安置已定，作詩以誌感傷

寡鵠啼哀哀，孤雛鳴唧唧；相依渡海來，可憐皆弱質！
無食號餒饑，無衣苦寒慄；居住復無廬，何處堪容膝！
舉家十餘人，謀生計安出？睹此懷故人，我心倍愴惻！
葺我南園居，細小藉棲息；分我布帛衣，寒威免侵逼；
指我北莊囷，三餐聊飽食。男課以詩書，女課以紡績；
有井可汲炊，有圃可藝植。半載經營心，聊以盡吾力；
唯稍分潤之，豈能俾充實！但期教有方，諸雛振雲翼；
庶幾入九原，相見無慚色。

古人云：「人情似紙張張薄，世事如棋局局新」，綜觀占梅與岳父、妻子、舅兄一家人的情緣，從上述這些詩來看，實繫於所謂的儒家敦厚的修齊治平，與士君子窮則獨善其身，達則兼善天下的大學之道；對所謂的書香門第儒商富賈而言情誼才是無價的。

五　結語

「唐山過臺灣心肝結歸丸」無論是先來還是後到的移民，為生計早就各有所屬，族群間，因為語言、習俗、信仰的差異、經濟資源的競爭，因而一再爆發閩粵分類械鬥，這也一直是清治臺灣時期的社會問題。臺灣三大民變[58]與各類社會事件，多與閩粵衝突有關。誠如前面所言，說穿了就是為了要「生存」，要爭取更好的經濟利益，以確保「生存」。到了清朝中葉，閩粵紛爭依舊，只是規模的大小而已，官府也常常是三天打魚兩天曬網，以致社會問題依舊層出不窮。

「天下興亡，匹夫有責」。從客籍第一儒將黃清泰守備臺灣鞠躬盡瘁，死而後已開始，到其子開臺第一位客籍進士的黃驤雲，與孫女婿竹塹鄉賢林占梅，他們以儒家思想為宗，以天下興亡為己任，更以書生報國為尚，為守護鄉里不避險阻，他們懷德抱仁勇於任事；從剿「林爽文之亂」到巡洋追擊「海匪」、從「張丙事件」、「阿里港事件」、到「戴潮春之亂」，一連串的「國安」與社會事件，他們無不戮力以赴。所謂不是一家人不進一家門，渠等因緣際會走上歷史的舞臺，揮灑著王者之劍與江淹之筆；無論是居廟堂之高，或是處江湖遠，都能夠盡其所司，無愧無怍於天地。

他們以詩紀事，也以詩紀史，但除了林占梅留下的《潛園琴餘草》存有兩千餘首詩外，黃清泰黃驤雲父子則僅留下少數零星的作品，殊為可惜。但他們為家國鄉梓與百姓的安危，出生入死，不計個人得失，在丹青史冊中自有其定位。

雖說《禮記》中所記載儒者的行為準則，在現代人看來，可能有些人會說：「封建、迂腐、落伍……」。然而，我們試想，為人處世本不就應該是要以仁義為基本，以忠誠信實為美德，不可見利忘義嗎？當威脅和恐嚇來襲時，要能夠勇敢面對；更要敏而好學不斷提升自己。同時，得不得志都必須

58 三大民變：一、康熙年間的朱一貴之亂；二、乾隆期間的林爽文之亂；三、同治年間的戴潮春之亂。

遵行正道；凡事以和為貴，以寬厚為法度，更要能仰賢容人。所以說儒者，即是仁以為己任的人。黃清泰黃驤雲父子與孫婿林占梅，在歷史的洪流中，自有一條命運的儒門鎖鍊將他們緊緊繫在一起，因為他們就是儒行的實踐家啊！

參考書目

一　史誌文獻類（依作者、編者姓名筆畫為序）

王必昌　《重修臺灣縣志》　臺北市　大通書局　1987年

周鍾瑄主修　《諸羅縣志》　臺灣文獻叢刊第一四一種　南投縣　國史館臺灣文獻館　1999年

連雅堂　《臺灣通史》　臺北市　黎明文化事業公司　2001年

陳培桂纂修　《淡水廳志》　臺灣文獻叢刊第一七二種　臺中市　臺灣省文獻委員會　1977年

張谷誠　《新竹叢誌》　新竹市　新竹市立文化中心　1996年

張永堂總編纂　《新竹市志》　卷七　〈人物志〉　新竹市　新竹市政府　1997年

詹雅能編撰　《明志書院沿革志》　新竹市　新竹市政府　2002年

廖一瑾　《臺灣詩史》　臺北市　文史哲出版社　1999年

二　相關專書著作類（依作者、編者姓名筆劃為序）

王　松　《臺陽詩話》　南投縣　臺灣省文獻委員會　1994年

王國璠　《臺灣先賢著作提要》　新竹市　省立新竹社會教育館　1974年

吳俊雄　《竹塹城之沿革考》　新竹市　新竹市立文化中心　1995年

林文龍　《臺灣的書院與科舉》　臺北市　常民文化事業公司　1999年

林事樵編　《黃清泰・黃驤雲詩文集》　新竹市　林事樵出版　2015年

林事樵編　《黃清泰・黃驤雲歷史足跡》　新竹市　林事樵出版　2015年

許雪姬等一四一位　《臺灣歷史辭典》　臺北市　遠流出版公司　2004年

陳榮村、洪德豪　《竹塹潛園之建築研究》　臺北市　胡氏圖書出版社　1995年

黃朝進　《清代竹塹地區的家族與地域社會——以鄭、林兩家為中心》　臺北市　國史館　1995年

黃阿彩　《黃驤雲進士家族》　臺北市　黃阿彩出版　2014年
黃阿彩　《黃驤雲進士研究文集》　臺南市　黃阿彩出版　2015年
鄭藩派　《開臺進士鄭用錫》　金門縣　金門縣文化局　2007年

三　詩文類（依作者姓名筆劃為序）

林占梅著　徐慧鈺編校　《潛園琴餘草》　新竹市　新竹市立文化中心　1994年
陳漢光編　《臺灣詩錄》　臺中市　臺灣省文獻委員會印行　1971年
鄭用錫著　劉芳薇校釋　《北郭園詩鈔校釋》　臺北市　臺灣古籍出版公司　2003年

四　期刊論文類（依作者姓名筆劃為序）

李美燕　〈林占梅琴詩中的遊藝生活及美感意境〉　《中國學術年刊》　第24期　2003年
徐慧鈺　〈高吟四座互飛觴──話潛園詩酒盛會〉　《竹塹文獻》　第6期　1998年1月
黃美娥　《清代竹塹地區傳統文學研究》　輔仁大學中文所博士論文　1999年
蔡淵挈　《清代臺灣社會的領導階層》　臺灣師範大學歷史所碩士論文　1989年

五　其他（依筆劃為序）

臺灣重要史事年表》　國史館臺灣文學館　南投市　南投中興新村
《臺灣歷史年代對照表》　國史館臺灣文學館　南投市　南投中興新村
恠我氏　《百年見聞肚皮集》　新竹市　新竹市立文化中心　1996年
楊雲萍　《臺灣史上的人物》　臺北市　成文出版社　1981年

六　電子資料庫

中央研究院漢籍電子文獻 hanji.sinica.edu.tw/

全臺詩・智慧型全臺詩資料庫 http://www2.nmtl.gov.tw/twp/

臺灣文獻叢刊 http://hanji.sinica.edu.tw/

斯土斯景：李澤藩作品中的新竹情懷

邱琳婷*

摘要

李澤藩曾說，石川欽一郎是自己繪畫的啟蒙老師。然而，兩人筆下的臺灣風景，卻有著不同情感的呈現。本文除了將指出兩人畫風的特色之外，也將對李澤藩不同時期的作品，進行分析討論。簡言之，新竹對於李澤藩而言，是其一生創作的活水泉源。而李澤藩筆下的新竹，也呈現出畫家不同時期的觀看視野與新竹情懷。此處所言的「新竹情懷」，不僅僅只是對於當地風景寫生時的短暫情緒，而應該是一股積澱已久對土地、對居所的感情及體悟。

關鍵詞：李澤藩、石川欽一郎、新竹風景、新竹情懷、臺灣美術

每一幅作品都會喚起當時的回憶，好似掌握了生命的點滴。

——李澤藩

* 東吳大學歷史系兼任助理教授。

一　前言

李澤藩一九〇七年出生於新竹武昌街，六歲時入附近的孔廟就讀。一九二一年進入臺北師範學校，就學期間，受石川欽一郎的啟發至深，立志走向美術之路。有關這段啟蒙的日子，李澤藩如此說到：「在臺北師範讀書時，學校由日本請來自巴黎（按：應是倫敦）回來不久的水彩名家石川欽一郎先生任教美術，看到他佈置在美術教室的作品竟深深地使我著迷，也觸動我對繪畫的興趣，從此以後我改變興趣專心研究繪畫，就此和繪畫結下不解之緣。石川先生過去常到新竹寫生，他喜愛相思樹以及鄉下的純樸景色，想起當年跟隨著他拿畫箱、裱畫紙、撐陽傘、灌水壺的情景，仍歷歷如繪。」[1]一九二六年自臺北師範學校畢業後，李澤藩回到新竹第一公學校任教。期間，誠如上文所述，每當石川欽一郎來到新竹時，李澤藩總是一起與其出外寫生。如此的機會，使得李澤藩得以近距離且直接地觀察石川如何描繪臺灣、尤其是新竹的風光。一九四六年，李澤藩開始任教於新竹師範學校，直到一九六四年退休後，仍回該校繼續兼課。

二　複調的啓蒙：早期的美術教育

李澤藩是臺灣重要的前輩西洋畫家之一，他畢業的臺北師範學校，正是臺灣美術教育現代化的關鍵之地。二〇一二年，國立臺北教育大學的北師美術館以「依然是教育的先鋒．藝術的前衛」作為該館開館的序曲展，該校的前身即是臺北師範學校、臺灣總督府國語學校。在日治時期，培養了許多日後影響臺灣畫壇甚鉅的藝術家，如倪蔣懷、黃土水、陳澄波、廖繼春、李澤藩、張秋海、楊啟東、葉火城等人。其中，李澤藩以畢生的心力，積極地投

1　李澤藩畫冊：〈自序〉，轉引自席慕蓉：〈謝謝您！老師〉，李季眉、蔡長盛編：《李澤藩：一位偉大的父親．藝術家．教育家》（新竹市：李遠昌印，1990年），頁78。

入臺灣的美術教育，可視為是此一脈傳承的最佳典範。[2]

當時日本對臺的美術教育，主要目的乃是強調「實用」的知識與訓練。因此，格外重視用器畫的教學與幾何圖繪的傳授。[3]如李澤藩早期所繪的《蓋碗》與《工具箱》兩作，即可看到畫家掌握「實用圖繪」的功力。一九五五年，李澤藩出版了《怎樣教學美術》，教導如何向學童示範正確描繪物體形象的技法。

除了重視「實用」之外，日治時期的美術教育亦強調「寫生」的重要。如李澤藩的日籍老師石川欽一郎，即留下許多赴臺灣各地寫生的畫作。石川欽一郎第一次來臺（1907-1916）時，曾隨佐久間總督巡視臺北、桃園及新竹等地的山區隘勇線，完成了數幅「兼具地形圖與藝術創作」的番界圖。[4]李澤藩於一九二一年進入臺北師範學校就讀，在學期間，剛好是石川欽一郎第二次來臺（1924-1932）的時期。石川此次來臺，主要是受到當時國語學校的校長志保田鉎吉之邀，擔任該校的美術教師。因此，李澤藩也就成為石川欽一郎的學生，並於一九二七年與同校的校友倪蔣懷、李石樵、藍蔭鼎等人組成臺灣水彩畫會。

李澤藩剛入學時的作品，如《林間小屋》，還有他一九二四年受教於石川欽一郎之後所作的寫生之作，如《師範學校附近》（郊外有廢墟）、《竹東鄉下》、《東門大溝櫻花開》、《角板山》等，皆可看到學習自石川欽一郎的畫風。有趣的是，李澤藩似乎頗自信能理解石川欽一郎的水彩畫風，《老師作品的印象》即是李澤藩所詮釋石川式構圖與色彩的小品之作。此外，《老厝》、《新竹北門外》等作，亦明顯地可以看到石川欽一郎畫風的影響。

其實，石川欽一郎除了留下許多描繪臺灣風光的速寫與水彩作品之外，

2 邱琳婷：〈臺灣美術史中的李澤藩：以1944年之前的作品為例〉，2015年10月31日演講稿。

3 山形寬：《日本美術教育史》（名古屋：黎明書房，1967年），頁175。

4 顏娟英：〈殖民地官方品味的變遷——石川欽一郎與1910年代臺灣的美術活動〉，《李澤藩與臺灣美術學術研討會論文集：慶祝李澤藩美術館創立十週年》（新竹市：新竹師範學院美勞教育學系，2004年），頁5。

他也發表了多篇對於臺灣風景的觀看論述。如〈臺灣的山水〉、〈臺灣風光的回想〉、〈樹木和風景〉等。從石川欽一郎的畫作與文字中，可以大致歸納出其對臺灣的印象，乃具有「自然景觀→人文表現→造型色彩」的系統式認知。這個認知，反映出石川欽一郎對於臺灣的印象，乃是以日本的景觀作為參照。如他認為就自然景觀而言，臺灣的山脈較為雄偉，日本則較為沈鬱；就人文的建築而言，臺灣的廟宇，線條活潑生動，日本則較少變化極大的曲線；因此，石川認為，畫臺灣的風光時，必須表現出造形的靈動與溫暖明亮的色調。如此一來，才能突顯出亞熱帶臺灣不同於日本的特色。

然而，值得注意的是，日籍畫家石川欽一郎對於臺灣風光的體悟，是否也是臺灣畫家對於其生長之地的記憶？臺灣的畫家雖然是透過日本的教育體系，習得繪畫的技法，但臺灣畫家與其所描繪的生活場景之間的情感聯繫，已非制式化的技藝傳承可以左右。因為，在日籍畫家眼中的「異國情調」，實充滿著臺灣畫家的「生活回憶」。如李澤藩所繪《小村溪水》、《芭蕉園》、《舊家》（北郭園門前的回憶）、《秋景》等，其畫風明顯迴異於石川印象式的風景語彙，而是充滿著臺灣畫家李澤藩生活記憶的寫照。因此，考量到臺灣風景在日籍與臺灣畫家筆下的不同詮釋，我們或可將日治時期的美術教育視為是一種「複調的啟蒙」。[5]

三　家鄉的圖像：臺灣特色的風景觀

李澤藩作品的畫風，在一九三〇年代有了很大的轉變。如一九三〇年的《臺銀宿舍》，尚可見到其師石川欽一郎淋漓水彩畫風的影響。但之後，李澤藩的畫風，則在造形與色彩的使用方面，有了新的調整。有關這個調整，我們或可從「官展的角度」及「生活的回憶」兩方面思之。

首先，就「官展的角度」而言，此原因或與一九三二年石川離臺且不再擔任台展西洋畫部審查員有關。石川離臺後，台展西洋畫部在臺的審查員除

5　邱琳婷：《臺灣美術史》（臺北市：五南出版社，2015年），頁321。

了原本的日籍審查員鹽月桃甫之外，又增加了臺籍的廖繼春（1932-1934）與顏水龍（1934），然而到了第九屆起，在台西洋畫部的審查員僅有鹽月桃甫一人。相較於石川欽一郎具有詩意的水彩畫風，鹽月桃甫、廖繼春與顏水龍等人，則展現出另一種強調線條與肌理的油畫風格。因此，當時官展西洋畫審查員的畫風，或許也在臺灣的畫壇造成某種風潮。其中，鹽月桃甫曾贈與李澤藩兩件油畫作品，這兩件以大筆觸及鮮艷色彩揮灑的風景小品，也影響了李澤藩一九三〇年代以後的風格發展。

其次，若從「生活的回憶」思之，李澤藩一九三〇年代的作品，如《後街古厝》、《北郭園門樓》、《望耶穌教堂》、《舊庭園》、《午後》（關帝廟內）、《新竹國小所見》等作，多為李澤藩長年居住的新竹地區之景物，因此它們可視為是畫家對臺灣在地生活場景與文化記憶的記錄。

因為，這些地點，對於畫家而言，並不是旅遊中的驚鴻一見，或者如日籍畫家眼中具有異國情趣的南國風光。相反地，從畫家不斷地描繪相同主題的情形可知，這些畫面描繪著不僅是眼中所見的景象，它們更像是紀錄著畫家長期觀察並與之融合後的「心印」（image of mind）。易言之，臺灣畫家筆下的臺灣風景，並不只是單純地表現「以眼觀之」（image from eye）的寫實技法；李澤藩畫中新竹附近的景物，除了有理性的寫實描繪之外，尚有情感與記憶的抒情表現。而此種描繪臺灣風景的特色，也正是臺灣畫家不同於日籍畫家的獨到體會。

一九四六年李澤藩離開了任教二十年的新竹第一公學校，進入新竹師範學院成為美術教師。這段期間，李澤藩經常帶著學生到各地寫生。不同於日治時期陪著他的老師石川欽一郎時的情景，此時已是師院教師的李澤藩，對於風景的描繪，也逐漸形塑出另一番自我風格的新象。李澤藩的學生蔡長盛曾說：「李澤藩一生凡落腳處必有畫作留下，他的畫作可謂是他行腳各處的紀錄，換句話說，他的行跡幾乎就是他的繪畫歷史。」[6]李澤藩美術館自開

---

6 蔡長盛：〈李澤藩行腳天涯水彩畫特展〉2014年4月。引自 http://www.tzefan.org.tw/c_index.html，2015年9月17。

館以來，已陸續舉辦多次的主題展，如「竹塹情深」、「竹塹寄情」、「竹塹風景」等。[7]從這幾次展出的作品可知，新竹不僅是李澤藩的生活空間，更是其創作空間的主場。

此外，我們也可以發現，李澤藩中期的畫風與早期相比，有了很大的變化。例如，相較於早期對於建築物的興趣，中期的李澤藩對於風景的觀察，有了嶄新的視角與詮釋。他在物象的細節處，下了很大的功夫，縝密但生動的筆觸，將土坡或流水的肌理感，栩栩如生地呈現。如一九五二年的《山間淨池》，畫家有意地將前景左右兩側伸展的樹枝，向中間聚攏，形成引導觀者視線向中景望去的指標。為了突顯池水的清澈，畫家也描繪出水中樹叢的倒影；接著，他更細心地以橘色引領觀者，從前景輕躍過水面、再到對岸的樹木與屋舍。此作中，將樹林的草木華滋、池水的清明如鏡、屋舍的古樸等特質，一一如實地呈現在觀者眼前。

此外，有關李澤藩以「水洗」的技法作畫，蔡長盛有如下清楚地解說：

> 李澤藩的水彩技巧的重要特色，眾所周知，是擦洗的方法，它也可以說是其作品的重要風格特色，此一技巧和風格特色應是在中期完成的。擦洗的方法，可以營造溫厚的量感，使色彩多樣而自然；使物象和物象、形態和形態的前後關係正確而妥當；使整個畫面的前後空間關係順暢的向後推進；使畫面構圖前後左右能夠達到有節奏感的均衡。[8]

一九五四年的《客雅溪畔》，我們可以近距離地看到溪畔景物的細節。畫家先描繪一岸平坦的土坡，潺潺流水從前景向中景處緩緩流去；另一岸地勢較高，前方可見一叢綠色植物，其翠綠的色彩，宛若融入溪中。此岸除了樹林外，尚有一間屋舍。溪畔有正在洗衣的三名婦人，其中一人正起身準備離

---

7 參李澤藩美術館，http://www.tzefan.org.tw/c_index.html。

8 2017年5月蔡長盛教授訪問稿。

去，又有一名婦人正行走於小徑的階梯上，遠方則有一人蹲坐在屋前。畫家對於畫面景物的細膩勾勒，不僅令觀者得以對此中的景物細細品味，同時也顯現出畫家對此處的熟悉感。

再者，李澤藩中期畫面的氛圍感，也比早期之作更顯地細緻與多元。如一九五四年的《萬大水庫》，前景粉紅色及白色的櫻花樹，清楚地點出春天的時序；就連遠處的群山，也感染了春日的氛圍，整幅畫面的景物，清晰地羅列著，觀者彷彿可以嗅到春日清新的空氣呢。一九五六年的《潛園爽吟閣》，以交錯在林中小徑上的樹影，及太陽灑落在建物的亮光，表現出夏日午后炎熱的氛圍。一九六〇年的《海岸秋日》，則以前景成排的白色蘆葦和坐在枯黃岩岸上的孤獨身影，突顯出秋日蕭瑟的氛圍。一九六一年的《日出》，是李澤藩赴日本四國別府海峽的寫生之作。此作，以鮮麗接近原色的紅、黃、藍，表現出猶如馬賽克鑲嵌的日出景象。

四　創作觀的轉變：從「如畫的」（picturesque）到「敘事的」（narrative）

李澤藩的老師石川欽一郎的作品，經常被視為具有十九世紀英國田園牧歌般的特質。李澤藩早期的作品，多少也繼承了其師此種「如畫的」（picturesque）風格。李澤藩曾在畫冊中提到其師石川欽一郎常至新竹寫生，且喜歡畫相思樹及鄉下純樸的景色。然而，李澤藩筆下的新竹風光，畢竟與石川不同，李氏的學生李惠正即如此比較過：

> 李氏水彩早年承襲石川之畫風，經常與石川出入新竹、竹東、苗栗一帶的丘陵坡地與小村落。石川獨鍾於北中部山地濃密密的相思林。南國風土，枝葉特殊，而且經年被有名的「竹風」吹拂，姿態古雅而多變化。有時他也加入墨色作畫。據石川個人的解釋是水彩容易褪色，如果用東方特有的墨色打下明暗的底子，萬一日久顏色變化，則起碼尚可維持原畫的一些風貌。……李氏是畫山名手，石川畫山則是飄逸

> 輕鬆；石川畫古厝只是逸筆草草，李氏則追求體積與重量，有厚與笨拙的氣味。……觀看李氏所作山水，雲山交輝、水石相映。尤其是山頂與雲光之融匯，色澤穩健而美。[9]

此外，一九三〇年以後，我們也發現，李澤藩的作品中，畫家對於臺灣景物的關注視角，有了新的轉變。此種轉變，表現在對於畫面的細節更加重視，同時畫中人與物的關係，也有了進一步的聯結。此種新畫風的轉變，可以「敘事的」（narrative）角度闡釋之。如《新竹火車站前貨場》、《玻璃工廠》、《送出征》等作。

一九三七年的《新竹火車站前貨場》可見畫家描繪堆積如山的貨物、搬運車、勞動者等，這些畫中所出現的人與物，清楚地說明了這幅畫的主旨，乃為貨場工作時的情景。此外，畫家也特別畫出新竹火車站的特色，如高聳的鐘塔、山型牆、圓窗等。新竹火車站是一九一三年留德的日人松ケ崎萬長所設計，亦是日治時期臺灣少見具有哥德式風格的建築。一九四五年曾遭轟炸。李澤藩此作，為我們留下了當時許多珍貴的景物細節。

一九三八年的《送出征》，同樣是以新竹火車站為景場。然而，不同於前幅《新竹火車站前貨場》，以描寫貨場日常忙碌景象為主；《送出征》卻選擇在同一個舞臺上，刻畫另一種不同類型的臺灣風情。一九三七年九月，日本因戰爭之故，開始召募臺籍軍屬。被召募的年輕男子，地方居民會舉辦「壯行會」為他們送行。李澤藩此作，所描繪的即是此景場。畫中可見到寫有即將出征男子名字的長條旗幟，與盛裝前來、手中揮舞著日本國旗的男女老少。新式的火車站、時髦的汽車、熱鬧的場面，反映出日治後期一股複雜又難以清楚言說的氛圍。

一九四二年的《玻璃工廠》，除了可見散置於地上的玻璃瓶罐之外，李澤藩也仔細地呈現出玻璃製作過程中的融製、成型等工序，如畫面中央描繪

9　李惠正：〈山水清音畫中隱者〉，李季眉、蔡長盛編：《李澤藩：一位偉大的父親．藝術家．教育家》，頁93-94。

正在窯床上加熱且冒著藍色濃煙的坩堝窯，及其旁因玻璃製造過程的高溫而打赤膊的男子，以此說明製作玻璃時的熔融程序。前景中另有一打赤膊的男子，則以鎳鉻合金的吹管，進行玻璃的成型吹製工作。同樣描寫在地產業或工作場景的作品，尚有一九四一年的《陋屋樂業》、一九五二年的《土窯工人》、一九五三年的《大橋邊》、一九五九年的《廟口》等作。

一九五六年的《香茅油工廠》，描繪臺灣傳統香茅油產業的製作情景。一九一一年日人岩元引進香茅草栽植，到了一九五〇年代，臺灣的香茅油產量已居世界之冠，苗栗縣的產量更占全省的百分之八十。[10]香茅草收割後，需先進行曝曬，直到呈萎凋狀後才能放入窯炊中，進行加熱萃取。李澤藩此作，可看到已曬至萎凋的香茅草放置於一旁，窯炊的火正在燒著，大量的白煙四處飄散。工廠裡的工人，正辛勤地工作著，穿著白衣的人，其旁還有一隻黑狗正專注地看其工作。

五　人與人之間：抒情的意象

一九四六年日治時代結束，國民政府來臺後，在臺灣開辦了「臺灣省全省美術展覽會」（簡稱「省展」），李澤藩以作品《適園》入選第一屆省展。此後，他的作品亦多次在歷屆的省展中獲得極高的肯定。如獲得第五屆（1950）省展文化財團獎的《李小姐》、第六屆省展主席獎的《煙斗》、第七屆省展免審查的《清秋》、《農家樂》、第十一屆（1956）省展主席獎第二名的《小憩》等。一九四六年臺灣的畫壇進入了一個新的時代；同年，李澤藩的藝術生涯也因從小學校轉到師範學院而有了新的轉變。大時代的變化與個人心境的轉換，也使得李澤藩的作品展現出另一番新的氣象。這段時期，李澤藩除了畫風景之外，也畫了許多人物、花卉等作品；另外，擅長工藝製作的他，也開始對畫面的結構產生興趣，而開始嘗試半抽象半具象的畫風。以下將分別述之。

10 引自苗栗縣政府觀光局資料。http://www.mlc.gov.tw/。

一九四六年的《內庭日斜》（省8）和一九五六年的《小憩》（省11）、一九五七年的《小妹》等作，分別是以女兒和兒子為模特兒所繪。不同於早期為家人所繪的畫像，如一九三一年畫妻子的《李夫人像》及一九四〇年畫留日二哥的《病房》等作，一九五〇年代左右以親友為題的作品，可以感受到畫家此時期家居生活的平靜與自在。如《內庭日斜》的場景，稍顯繁多的物件之中，小女孩的站姿與畫家對物象精準的描繪，使得這件好似不經意瞥見的家居空間，有種井然有序之感。另兩件作品《小憩》與《小妹》，則是以室內場景為主，兩件同是描繪坐在椅子上的孩童，但男孩淘氣的坐姿與女孩較為拘謹的坐法，則分別呼應了籐椅與太師椅予人的不同感受。

一九四七年的《香木扇》、一九五〇年的《李小姐》、一九五七年的《黃衣少女》、一九五八年的《蔡小姐》等作，則是以朋友或親友的子女為模特兒的作品。一九四七年的《香木扇》，以披掛在椅側的厚重衣布，突顯出畫中女子輕盈持扇的坐姿。李澤藩的人物畫，除了捕捉畫中人物的情緒外，室內的擺設，也是其關注的焦點，如一九五〇年的《李小姐》，從背景的畫作及石膏像可知，此處為美術教室；一九五〇年的《蔡小姐》，其後則清楚可見一架鋼琴的陳列；一九五七年的《黃衣少女》，則以真空管收音機為背景。[11]

此外，李澤藩人物畫以原住民為題材的數量也不少，如一九四三年的《汶水山地青年》、一九五一年的《馬武督山胞》（盛裝老人）、一九五一年的《狩獵》、一九六一年的《紡紗》（泰安鄉）、一九六四年的《紅艷》等作。一九四一年的《汶水山地青年》，雖是一幅人物畫，但畫家對於人物所處景象的描繪，十分細緻。此作除了畫出山地青年所站立的前景之外，中景的流水、峽谷、山嵐，遠景陵線銳利的遠山，也毫不馬虎地勾勒其氛圍。背著竹簍的人物，其若有所思的神情，也融入整幅山景之中。相較之下，一九五一年《狩獵》中黔面且穿著傳統服飾手持長槍腰繫短刀的中年、其旁裸身的男孩和正望向前方的黑狗，畫家對這些人物形象的一一交待，暗示著人物

11 參李澤藩美術館「人物贊賞水彩畫特展」，http://www.tzefan.org.tw/Oldpage/people/1.html。

即將進行的狩獵行動。此時，風景則成為配角，迷霧瀰漫的景象，增添了狩獵行動的未知感與挑戰性。

李澤藩以原住民為主的人物畫，亦突顯出男女主角在日常生活中所扮演角色的不同。一九五一年的《馬武督山胞》（盛裝老人）和一九六一年的《紡紗》，是以女性的原住民為主要對象。其中，一九五一年的《馬武督山胞》（盛裝老人）不禁令人想起一九二七年第一屆台展鹽月桃甫的《山地姑娘》。兩作同樣是以盛裝的女性原住民為主，雖然一老一少，鹽月桃甫畫的是少女，李澤藩畫的是老婦，但兩人同樣是坐在舂米的臼上。據說，鹽月此作是在畫室完成，構思的過程之中，鹽月一度想以原住民的陶壺作為前景的點綴，後來為了呈現出自然的感受，而改以植物為前景。[12]至於李澤藩此作的人物，極有可能是他的學生陳樹業為他在當地原住民部落中所找的模特兒。[13]值得注意的是，此作背景以原住民文化中（尤其是魯凱族）象徵聖潔的百合花為主，這種將女性原住民與百合花結合的作法，也可見於一九六四年的《紅艷》一作之中。一九六一年的《紡紗》，相較於以舂米之臼暗示女性原住民的日常工作，《紡紗》中的人物，則清楚地紀錄著工作中的女子形象。

最後，在李澤藩的人物畫中，也有以社會事件為題材的作品，如一九六〇年《斷我心腸》（舊港翻船）即是。該作是以發生在一九六〇年新竹舊港大橋的船難事件為主，一艘跨越頭前溪載有南寮國小學生的渡船，因翻覆而造成近二十名小學生不幸溺斃。李澤藩以令人望之沈重的藍黑色調為畫面主調，一方面客觀地突顯船難發生的場景，另一方面也表達出主觀的傷感情緒。然而，從畫家刻意選擇描繪翻船瞬間，孩童們相互協助的景象，我們不難感受到畫家所流露出的關懷與不捨之情。

12 參〈台展畫室巡禮〉，收入邱琳婷：《1927年「台展」研究──以《台灣日日新報》前後資料為主》，臺北藝術大學美術史研究所碩士論文，2009年。

13 陳樹業曾憶及李澤藩到大湖寫生的一段小故事，據說獲得第六屆省展「主席獎」的《煙斗》中的婦女，便在李澤藩師生走訪泰安山地部落時，陳樹業為李澤藩所找來的模特兒。參見李季眉、蔡長盛編：《李澤藩：一位偉大的父親‧藝術家‧教育家》，頁134。

六　抽象與具象：畫面結構的興趣

一九五〇年代以後，李澤藩對於畫面結構的興趣，逐漸透過畫作展露無遺。即使是以花卉為主的作品，除了寫實之外，尚可見到畫家對於畫面結構的用心經營。例如一九五五年的《曇花》，五朵白色盛開的曇花從左下方向右上方伸展，對角線式傾斜的姿態，將畫面切割成兩個三角形，後方白色垂直的格欄，則平衡了曇花的傾斜感。一九五六年的《春色》（屋內一隅），則是將充滿記憶的物品，井然有序地安排在一個舒適的空間裡。畫中黑色的臉盆架是其妻的嫁妝，裝著盛開花卉的西式花瓶，是以將近一錢黃金的價錢，向即將歸國的日人購買的。[14]這兩件充滿回憶的物件，靜靜地靠在屋內一隅的牆面，偌大的沙發與其旁窗簾半開的透光格窗。如此的場景，雖是室內實際一角的寫照，但由於畫家對於重點物品的細緻描繪與畫面結構的細心安置，頗有邀請觀者坐在綠色的沙發上，走進回憶時光隧道裡的意味。

一九五九年的《百合初開》，是一件十分有趣的花卉作品。這件以原住民聖花百合為主的畫作，畫家刻意選用有著黑色花紋的白色瓷瓶，及突顯出背景花布的幾何紋飾，除了畫面紋飾結構的考量之外，不知是否也有將花瓶上的花紋與原住民的「黥面」，背景花布的幾何紋與原住民的「服飾」相比擬的意圖？

此外，以風景為題卻刻意突顯畫面結構安排的作品，則有一九六〇年的《柏油車》，主角柏油車以黑色的搶眼造形占據畫面的中央，其旁則以如粉彩般的色塊，拼貼組合。一九六〇年的《街道樹》，可以看到畫家對風景結構的興趣。此作也令人不禁想到二十世紀初的荷蘭畫家蒙德里安（Piet Cornelies Mondrian, 1872-1944），然而，蒙德里安感興趣的是將眼中所見具象的樹及街景，逐漸抽象化，最後簡化成垂直與平行的畫面結構。至於李澤藩的《街道樹》，看似抽象的表現手法，但仍保留樹木及街景的可辨識性。因此，我們可以發現，「抽象化」並非李澤藩關心的焦點；以「幾何化」來

14 參李澤藩美術館「庭園與花卉」展覽網頁，http://www.tzefan.org.tw/c_index.html。

重新認識樹木與街景，或許才是他此作的重點。此種以「幾何性」的角度來描繪物象的作法，也可見於以下的幾件作品中，如一九五九年《天主堂遠望》前景的芭蕉葉。至於一九六〇年的《九份》，遠觀時，可對此地如通向村落的路徑、兩側的石塊與紅牆、遠方的群山等景物，一覽無遺。然而，近觀後卻可發現，這些景物，竟是以最基本的造形元素所組成的。一九六一的《城煌廟前》（光復當初），雖參考實景，但卻是以三角形為畫面構圖的主要元素。一九六二年的《木屐店口》（武昌街口），則以直線的垂直構圖，搭配排列整齊的木屐為視覺焦點。

以人物畫為題的半抽象作品，如一九六一年的《天鵝湖之舞》，據說是畫家實際參考了「天鵝湖」一劇的影像而作。儘管如此，在清晰可辨的舞蹈動作中，畫家仍嘗試以簡化的造形，重新表現出此幕的戲劇張力。一九六六年的《群星會》，以解構與重組的方式，巧妙地運用色彩與筆觸，重新詮釋芭蕾舞者的律動舞姿。另有以靜物為主的半具象半抽象作品，如一九六五年的《壺內》，畫家捨棄此壺的具體輪廓，而將重點放在如天旋地轉的壺內景象。畫家也別具巧思地以幾個水點暈染，稍稍緩和這股令人頭昏目炫的緊張感。一九六五的《壺中魚影》（水中魚），以單純的黑色筆觸，勾畫出壺的輪廓與魚的身影。

一九五六年的《花燈》，描繪的是大型的元宵節燈籠，從此作中，可以看到畫家對於燈籠的結構，交待地十分清楚，由此結構所延伸出來的線條動勢，也成為此作令人耳目一新的印象。其實，李澤藩有著一雙巧手，他也常為學生和親人製作精巧的手工藝品。因此，不難想像將立體的花燈轉換成平面的繪畫題材時，李澤藩會特別著眼於花燈的造型結構。而此種對於結構的興趣，正好與當時臺灣畫壇對於西方表現風格的流行，相互呼應。

七　歷史古蹟：從近觀到遠望

新竹，對於李澤藩而言，與其師石川欽一郎「旅遊式」的寫生不同；因為長年居住與活動於此的李澤藩，對於新竹景象的感受是浸潤與深刻的。以新竹景物為題的畫作，李澤藩在人生中不同的階段，皆以各異的視角描繪之。我們或可從以下幾件不同時期相同地點的畫作，分析其風景畫從早期到晚期的變化。

李澤藩以古蹟為題的畫作，其畫風可大致區分為早期與晚期。早期的作品，如一九三五年《北郭園門樓》、《北郭園客廳》，一九三七年《舊家（北郭園門前的回憶）》、《北郭園小池（一）》，一九三八年《北郭園小池（二）》等作。這些早期的作品，多為近距離觀看景物的描繪。此種近距離的視角，或從室內向戶外延伸，如一九三五年的《北廓園客廳》；或從近處畫下庭園中的人物，如一九三五年的《北廓園小亭》等。另外，一九三八年的《午後（關帝廟內）》也屬此類。如此近距離的描繪，除了清楚地說明畫家所在的位置之外，也因邀請觀者走入室內，從建物內觀看戶外的風景，而產生一種近距離的親和感。此種近距離的親和感，也可視為李澤藩早期作品的特色。

潛園，也是李澤藩常畫的題材。此園是清朝詩人林占梅於新竹所建的庭園，李澤藩在不同時期皆可見描繪此地的畫作。如一九三六年的《潛園住宅內庭》、一九三八年的《潛園後樓（一）》、一九四〇年的《潛園後樓（二）》、一九五六年的《爽吟閣》、一九七六年的《潛園懷古》、一九八三年的《潛園》和一九八五年的《潛園》等。一九三六年《潛園住宅內庭》，前景以左右的柱子框出水井、曬衣架、盆栽等內庭景物，一九三八年《潛園後院》的前景，以籐架暗示由內向外觀看的視角。一九五六年的《爽吟閣》，則走出室內，站在草地上，靜靜地欣賞著午後的爽吟閣。一九七六年的《潛園懷古》，觀看建物的距離被拉遠了。也因此得以看到池水、小橋、廊道、爽吟閣等較多的景物。此作以簽字筆提點景物的技法，也是李澤藩此時期作畫的特色。一九八五年的《潛園》，畫家以鳥瞰的視角，描繪出此地的全貌，遠方的山脈與天空，也清晰地入畫。

值得注意的是，李澤藩晚期的作品，似乎有意地勾勒出歷史古蹟清晰的面目。例如，若比較同樣是描繪櫻花盛開時的景致，如一九二五年的《東門大溝櫻花開》及一九八三年的《東門城櫻花盛開》兩作，我們可以發現，兩作描繪景象的重點明顯不同，一九二五年的作品，以渲染的粉紅色筆調，突顯出此地櫻花盛開時的氣氛。一九八三年的作品，則以井然有序的方式，和相近的比重，描繪出櫻花與城門。如此的現象，反映出晚年的李澤藩對於歷史古蹟的某種特別情愫。此種特殊的情愫，並非是經過寫生之後的直觀感受，從晚期作品所顯現的遠距離、全景式的描寫、靜謐、少人物等特徵可知，此時李澤藩筆下的歷史古蹟，已從描繪眼睛所見之物，轉化為腦海中的記憶。為了使得這個記憶能完整呈現，李澤藩於是選擇以遠觀的全景式視角描繪。遠觀的描繪，一方面保存了目之所及的景物之全象，另一方面也重現心之所思的完整記憶。一九七八年所繪兩幅《口琴橋》之作，亦是如此。

八　小結

李欽賢曾說：「李澤藩有如臺灣畫壇的隱士，畢生守著新竹，即使在創作的盛年，也不出故鄉數十里半徑範圍。」[15]李澤藩另一位學生尤增輝，更提到自己對新竹客雅山的記憶，是來自李澤藩的畫作。他說：「新竹眾多的山，留給我如許美好的影象，我想您（李澤藩）是主要的酵素。尤其那座相看兩不厭的客雅山，永矗我心。在那青春的歲月裡，我經常邀約二三知己，背負畫架，與客雅山、口琴橋、青草湖、靈隱寺為伍：有時竟日讀山、讀橋、讀湖、讀寺，而未抹一筆；黃昏下山時，畫紙雖然空白無物，心裡卻洋溢著愉悅。」[16]

的確，新竹對於李澤藩而言，是其一生創作的活水泉源。而李澤藩筆下的新竹，也呈現出畫家不同時期的觀看視野與新竹情懷。此處所言的「新竹情懷」，不僅僅只是對於當地風景寫生時的短暫情緒，而應該是一股積澱已久對土地、對居所的感情及體悟。此情懷所具有的「抒情」，反映出李澤藩筆下的新竹風光及人文景物，充滿著畫家長年居住於此，而與這塊土地上的

15 李欽賢：〈彩墨鄉野好歌頌——李澤藩筆下的苗竹山川〉，李季眉、蔡長盛編：《李澤藩：一位偉大的父親・藝術家・教育家》，頁134-135。

16 尤增輝：〈夢縈客雅山〉，李季眉、蔡長盛編：《李澤藩：一位偉大的父親・藝術家・教育家》，頁73。

人、景、物發生關連之後的感受。此情感的連繫，不只是個人際遇的投射，更是畫家對家人、學生關愛之情的流露。

李澤藩教授作品一覽

《蓋碗》1921

《工具箱》1923

《東門大溝櫻花開》1925

《老師作品的印象》1924

《芭蕉園》1933

《臺銀宿舍》1930

《角板山》1926

《北郭園客廳》1935

《北郭園門樓》1935

《望耶穌教堂》1937

《午後》（關帝廟內）1938

《新竹國小所見》1939

《山間淨池》1952

《客雅溪畔》1954

《萬大水庫》1954

《海岸秋日》1960

《新竹火車站前貨場》1937

《送出征》1938

 《玻璃工廠》1942	 《香茅油工廠》1956
 《李小姐》1950 第五屆省展文化財團獎	 《小憩》1956 第十一屆省展主席獎第二名
 《內庭日斜》1946	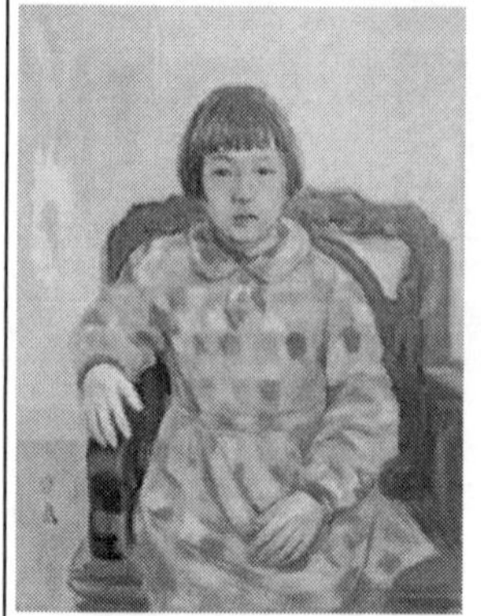 《小妹》1957

《李夫人像》1931	《病房》1940
《香木扇》1947	《黄衣少女》1957
《汶水山地青年》1943	《馬武督山胞》（盛裝老人）1951

<table>
<tr><td>
《狩獵》1951</td><td>
《紡紗》（泰安鄉）1961</td></tr>
<tr><td>
《紅艷》1964</td><td>
《斷我心腸》（舊港翻船）1960</td></tr>
<tr><td>
《曇花》1955</td><td>
《春色》（屋內一隅）1956</td></tr>
</table>

《百合初開》1959

《柏油車》1960

《街道樹》1960

《天主堂遠望》1959

《城煌廟前》（光復當初）1961

《木屐店口》（武昌街口）1962

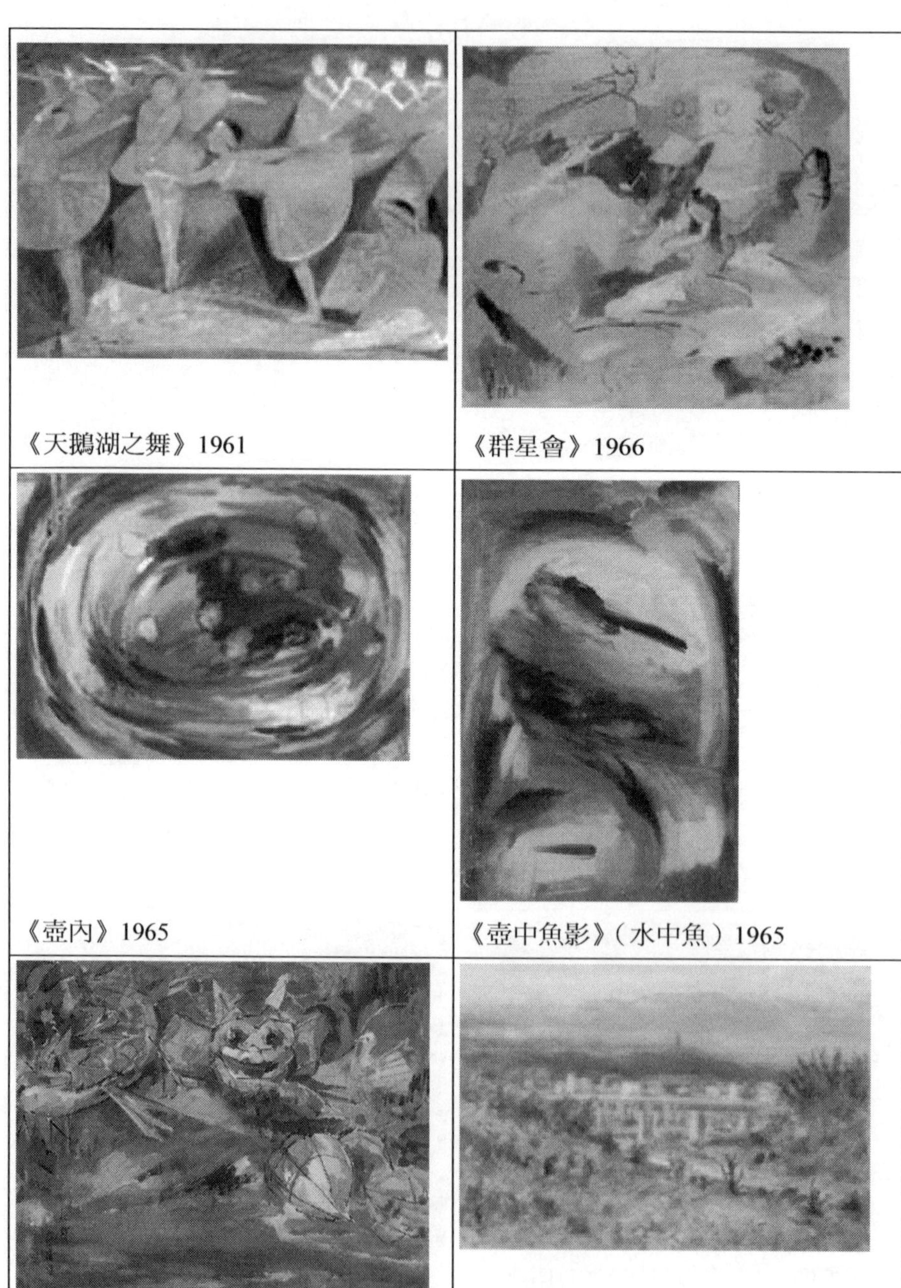

《天鵝湖之舞》1961

《群星會》1966

《壺內》1965

《壺中魚影》（水中魚）1965

《花燈》1956

《口琴橋》1978

《爽吟閣》1956

《潛園懷古》1976

《潛園》1983

《潛園》1985

《東門大溝櫻花開》1925

《東門城櫻花盛開》1983

參考書目

山形寬　《日本美術教育史》　名古屋　黎明書房　1967年

尤增輝　〈夢縈客雅山〉　李季眉、蔡長盛編　《李澤藩：一位偉大的父親·藝術家·教育家》　新竹市　李遠昌印　1990年

李澤藩　〈自序〉　轉引自席慕蓉　〈謝謝您！老師〉　李季眉、蔡長盛編《李澤藩：一位偉大的父親·藝術家·教育家》　新竹市　李遠昌印　1990年

李欽賢　〈彩墨鄉野好歌頌──李澤藩筆下的苗竹山川〉　李季眉、蔡長盛編　《李澤藩：一位偉大的父親·藝術家·教育家》　新竹市　李遠昌印　1990年

李惠正　〈山水清音畫中隱者〉　李季眉、蔡長盛編　《李澤藩：一位偉大的父親·藝術家·教育家》　新竹市　李遠昌印　1990年

邱琳婷　《臺灣美術史》　臺北市　五南出版社　2015年

邱琳婷　〈1927《臺灣日日新報》「臺展畫室巡禮系列」資料（稿）〉　《藝術學報》　第19期　1998年

邱琳婷　〈臺灣美術史中的李澤藩：以1944年之前的作品為例〉　2015年10月31日演講稿

顏娟英　〈殖民地官方品味的變遷──石川欽一郎與1910年代臺灣的美術活動〉　《李澤藩與臺灣美術學術研討會論文集：慶祝李澤藩美術館創立十週年》　新竹市　新竹師範學院美勞教育學系　2004年

蔡長盛〈李澤藩行腳天涯水彩畫特展〉　2014年4月　引自 http://www.tzefan.org.tw/c_index.html　2015年9月17日

中央研究院臺灣史研究所《臺灣總督府職員錄系統》　http://who.ith.sinica.edu.tw/

苗栗縣政府觀光局資料　http://www.mlc.gov.tw/。

黃錫祉的族譜文獻及其文藝活動考論

柯榮三*

摘要

黃錫祉（1866-1938），名福，錫祉其字，臺灣新竹人，係一九三〇年代號為臺灣「兩大說部」之一《征交趾》的編著者，善於「講古」，人稱「講古福先」。關於其人其事，新竹地區的方志早有記載，可惜截至目前為止僅有少數研究者注意過，本文將在前人既有的研究基礎上，首先根據最新發現的族譜文獻，爬梳黃氏家族從金門後水頭遷居臺灣新竹的來龍去脈，考證黃錫祉乃金門汶水黃氏派下第十七世裔孫，發現黃錫祉除了「福」、「壽甫」以外，尚有「奕祿」、「伯福」等名號。其次，在黃錫祉童蒙讀物著作及小說的成就以外，本文討論了其在編寫歌仔冊、漢詩書寫、製謎猜謎等前人甚少述及的文藝活動，並根據報刊文獻所載，指出黃錫祉乃一九三〇年代臺灣名氣最為響亮的「講古先」。

關鍵詞：黃錫祉、黃福、黃壽甫、講古福先、金門黃氏

* 雲林科技大學漢學應用研究所副教授。

一　前言

黃錫祉（1866-1938），名福，錫祉其字，係一九三〇年代號稱臺灣「兩大說部」之一《征交趾》的編著者[1]。二〇一六年五月，筆者曾在〈編小說，講善書——「講古福先」黃錫祉及其《大唐征交趾演義》初探〉一文中，針對黃氏生平事蹟及《征交趾》（全稱《大唐征交趾演義》）這部小說的內容進行過初步探討，該文主要從《臺灣省新竹縣志稿》卷十一〈藝文志〉（1957，詳見本文附錄一）、《新竹市志》卷七〈人物志〉（1997，詳見本文附錄二）所載長期未被學界注意過的黃氏生平資料，發現原來一九三一年為李天祿（1910-1998）戲班取名為「亦宛然」的「講古福先」，正是黃錫祉。此外，又勾稽出黃氏在一九三〇年五月曾自署「壽甫黃錫祉」，於《臺灣日日新報》發表〈李謙一先生古稀榮壽〉一詩，得知原來黃氏尚有一別號為「壽甫」；復據竹塹文人葉文樞（1876-1944）一九三八年十月載於《詩報》的〈弔黃壽甫先生〉，考訂黃錫祉卒年當為一九三八年。在黃氏的文藝活動方面，以筆者新發現的《征交趾》小說，析論其在《征交趾》這部小說中蘊

1　「吾臺有《征交趾》及《金魁星》兩大說部在。《征交趾》一書，則專談神怪，雖合《西遊》、《封神》為一編，未能媲其毫末；小闢芥子之天地，奇現藕孔之樓臺，亦不足染其虛無怪誕之筆端也。」，語見洪鐵濤：〈弁言〉，載於《三六九小報》第28號，第2版，1930年12月09日。按，《征交趾》，全名「大唐征交趾演義」（另有題為「新編薛葵征交趾」），今可見有臺中瑞成書局鉛字排印本，出版年代不詳，推測或在一九六〇年代左右，現存初集、二集，就目前所知，國家圖書館、筆者各有藏本。據國家圖書館藏本封底鈐印，可知該本係於「中華民國壹零參年拾月拾柒日購買」（2014），筆者藏本則係於二〇一五年覓得，在此之前，《征交趾》小說曾在一九三〇年代被東華皮影戲團（德興班）團主張德成（1920-1995）改編為皮影戲劇本（1933-1934年間抄本），該皮影戲抄本卷末特別標注「二集未出下回不知候也」，也就是說張德成將《征交趾》小說改編為皮影戲劇本時，小說之二集仍「未出」，長期以來，《征交趾》小說可謂處於幾近失傳的狀態。值得一提的是，在布袋戲大師李天祿留下的布袋戲劇本中，可見有〈征交趾之東西拼〉、〈征交趾之東西和〉二種，內容主要以孫悟空奉釋迦牟尼法旨，下凡為大唐薛葵陣營助戰，欲破交趾國佈下五毒金沙陣的過程，就初步比較的結果，李天祿布袋戲劇本內容並未見於小說，筆者將另撰他文討論，特此說明。

藏講善、勸善理念的手法[2]。

關於黃錫祉及《征交趾》雖然筆者已有初步的研究，但事實上我們對於其人事的認識仍有不少空白有待填補，例如目前所見《征交趾》初集卷首的署名是「閩省泉同金門紫雲氏著／閩侯黃錫祉編輯」[3]，黃錫祉與金門黃氏（紫雲氏）的關係是什麼？本文首先根據美國猶他州家譜圖書館（Family History Library）所藏金門汶水黃氏族譜資料，披露諸多與黃錫祉有關的重要文獻。再者，「講古福先」黃錫祉既被譽為「有文墨，善堆塑，更長於口才」[4]，所謂「有文墨」，其在童蒙著作及小說的成就以外，其編寫歌仔冊、漢詩書寫、製謎猜謎等方面的文藝活動情況是如何？實在值得我們進一步予以析論；再者，既是「更長於口才」，他的「講古」到底有多受歡迎？當然也有待我們一探究竟。是以本文將在前人既有的研究基礎上，針對黃錫祉這位集蒙書編撰者、小說家、歌仔先、漢詩人、謎學家、講古先、堆塑藝術家、正鸞生於一身之新竹文人展開考論，尚祈方家，不吝指正。

二　黃錫祉的族譜文獻新考

黃錫祉與金門黃氏的關係是什麼呢？按，金門黃氏以「紫雲衍派」為門榜，可上溯至〔唐〕垂拱二年（西元686年），泉州黃守恭捨宅建開元寺時，有紫雲蓋地祥瑞之兆的傳說。金門黃氏有六系：前水頭（金水）黃、汶水（後水頭，一作文水）黃、西園黃、東店黃、後埔黃，另有於清中葉來自南安溪尾者[5]。筆者很幸運地在美國猶他州家譜圖書館（Family History

---

2 柯榮三：〈編小說，講善書——「講古福先」黃錫祉及其《大唐征交趾演義》初探〉，「2016『民俗與文學』海峽兩岸學術研討會」（嘉義縣：南華大學文學系，2016年05月13-14日），頁1-22。

3 紫雲氏著，黃錫祉編輯：《大唐征交趾演義》初集（臺中市：瑞成書局，年代不詳），頁1。

4 黃旺成纂修：《臺灣省新竹縣志稿》（新竹縣：新竹縣文獻委員會，1957年），卷十一，〈藝文志〉，頁29。

5 「唐垂拱二年，有黃守恭者，夢僧欲化其宅為寺，辭曰：『待桑開白蓮乃可』。不數

Library）所藏的族譜微卷資料中，找到一批由臺中后里黃思明提供的黃氏族譜資料，其中有「汶水黃氏族譜抄本」（1922？）一種[6]，在卷首抄錄黃宗旦（973-1030）〈黃氏世系〉文後，有一篇〈附考〉，茲迻錄如下：

> 按，上段世系出自惠安房錦田榜眼黃宗旦公續編。攷本房汶水私譜內載，始祖道隆公傳守恭公，此事恐公譜迄唐至今，相去千有餘歲，或遺失或抄訛，亦未可定。復考道隆公係東漢末避亂，守恭公係唐時捨宅為寺，大唐至東漢相去亦數百年，則守恭公與道隆公相去已遠，其論理又可知矣。福不敏，攷於史鑑之別，非藉宗旦公之官聲也，凡吾宗伯叔諸父兄兄弟姪孫諸上下輩能知書者，不可不究，倘有同安金炳公譜或本水頭鄉有私譜，宜查尋對妥，補此譜之闕，亦修宗敬祖之誼，有畧知書各抄一本族譜，俾流傳眾多不至湮沒，豈但福之幸，亦祖宗之更幸也云爾。
>
> 大清光緒壬寅年（1902）清和月（四月），汶水十七世孫福字奕祿號錫祉盥手拜誌[7]

這篇寫於「大清光緒壬寅年（1902）清和月（四月）」〈附考〉的作者，正是黃錫祉（福）！從其文末自署，可知黃錫祉乃是金門黃氏汶水派下第十七世裔孫，「字奕祿，號錫祉」（按，亦有自言「錫祉」為其字之說，詳見下文）。

在這篇〈附考〉之後，又可見有黃錫祉所撰〈先代神箐有靈附誌〉一篇：

日，桑樹盡開蓮花，即捨宅為寺，當蓋大殿時，有紫雲蓋地之瑞，即今泉州開元寺（見《泉州府志》），故守恭之裔即以『紫雲衍派』為識。」金門縣文獻委員會：《金門縣志》（金門縣：金門縣政府，1979年），卷三，〈人民志〉第二篇「氏族」，頁364-365。

6 「汶水黃氏族譜抄本」，一九八四年一月由黃思明提供予美國猶他家譜學會、中華學術院譜系學研究所複製成微卷（微卷編號：1392273），原調查者將其擬題為「黃氏世系」，然「黃氏世系」實為卷首抄錄之黃氏譜系文。

7 黃錫祉：〈(黃氏世系) 附考〉，「汶水黃氏族譜抄本」，頁2a-2b。

渡臺始祖汝悟公，原充汶水私房族長，於渡臺時欲攜私譜來臺，乃商諸族人，不肯。汝悟公求曰：「後人外出，正宜攜族譜，他日子孫發達，方知祖鄉。」族人仍不肯，汝悟公乃以祖祠求筶卜可否？眾曰：「善。」同至祖祠，焚香頂祝，果連許三聖筶，隨攜譜來臺，數世歷遭世亂，遷居靡定，幸此譜猶存。迨光緒壬寅（1902）福回泉州刊印善文，乃託族人禮臣重抄二本，四月終，同堂兄奕吉親送新舊兩譜回金門後水頭鄉，適逢私譜遺失，族眾見新舊譜，喜而不勝，方知祖宗之靈，神筶之驗。福幼而讀，少而耕，長而工，壯而商，後而司宣講入鸞堂，究以版築為工，居多碌碌無能，尚補三世之不及抄族譜送回故鄉，謁廟拜祖坟，畧盡後人之禮，愿我後裔繼志述事，族譜抄傳，勿廢為幸，附此並歿也。[8]

在〈先代神筶有靈附誌〉之後，復有〈譜序〉一篇：

嘗謂瓜之緜，蕃之衍，彼先祖尚思垂裕後昆，而木有本，水有源，爾後人又宜纘戎祖考，知繩繩繼繼，傳家克紹以學箕，子子孫孫顯祖端，資夫銘鼎。然本支經百世高曾之手澤，云遙累葉歷數傳子孫，為耳聞未及，此族譜之設所由來也。夫譜者普也，所以普告爾後也。抑譜者，布也，所以布揚其先也。吾族江夏遺封，紫雲末裔，自吾祖汝悟公及先父景洗挾一譜以來，於今已歷三世，雖無文章之貽，厥幸有譜牒之堪稽，則葉派分支，咸屬螽斯之蟄，何年湮代遠半消蠹字之魚。福恐日久而日亡，亦愈傳而愈廢，遂覺補葺有志，其奈遺亡之緒難尋，若必絕筆空悲，轉慮繼述之心，有忝於是，就闕文而為輯錄，庶免昭穆之盡湮，即舊本以與維新，竊冀淵源之可接，述乎前以貽乎後，凡閱者勿以予為鮮，終保其存而闕其亡，待知者更用心以續始，願我公族抄存勿替，各盡敬宗敬祖之心，俾諸後生統緒相延，得承肯

8 黃錫祉：〈先代神筶有靈附誌〉，「汶水黃氏族譜抄本」，頁2b。

構肯堂之美，爰誌俚詞於篇首，聊表敦本之微忱也已，是為序。

明治卅四年（1901）七月臺灣新竹十七世孫名福字錫祉序

光緒辛丑（1901）荔月溫陵宗裔孫禮臣書[9]

據〈先代神筶有靈附誌〉所記，原來黃錫祉家族在從金門渡臺過程中，還有過一段黃氏祖先護祐族譜傳承的靈驗故事，蓋黃錫祉父親「黃景洗」，祖父「黃汝悟」，當年黃汝悟為汶水族長，渡臺時原有意攜帶族譜同行，不料竟遭族人反對，後至黃氏祖祠求得三聖筶獲允，才得攜譜渡臺。後水頭（汶水）黃氏族譜一度遺失，幸賴當年黃汝悟處仍存舊譜。黃錫祉另趁一九〇二年回泉州刊印善書之便，託宗親「黃禮臣」抄寫泉州（溫陵）黃氏的新譜，於當年農曆四月與堂兄「黃奕吉」，共同將新舊族譜送回金門後水頭，是以「方知祖宗之靈，神筶之驗」。黃錫祉自謙言道「幼而讀，少而耕，長而工，壯而商，後而司宣講入鸞堂，究以版築為工，居多碌碌無能，尚補三世之不及抄族譜送回故鄉」，在〈譜序〉中呼籲後人當要延續族譜抄傳工作（願我公族抄存勿替），藉以「各盡敬宗敬祖之心」；有趣的是，〈譜序〉的作者黃錫祉在紀年時用的是日本年號「明治卅四年七月」，抄寫人黃禮臣用的則是清國年號「光緒辛丑」，兩者紀年年號明顯有所差異，是否可以反映兩人認同的差異[10]？有待將來發現更多資料後繼續討論。但或許可以這麼說：黃錫祉已經意識到自己當年身處的時空（明治／臺灣），明顯有別於宗親黃禮臣（光緒／泉州）。

黃錫祉另曾為同安金柄黃氏（按，汶水黃氏始祖黃佛宗，係於明永樂年間由同安金柄遷居金門後水頭[11]）新編派行詩（字行）：

貽汝景奕尚思克，懋德維紹古世傳，

美名珠玉國家寶，毓子聯登步金鑾。

---

9 黃錫祉：〈譜序〉，「汶水黃氏族譜抄本」，頁3a。

10 按，承蒙匿名審查人指出兩者紀年年號差異與兩人認同差異之思考問題，特申謝忱。

11 金門縣文獻委員會：《金門縣志》，卷三，〈人民志〉第二篇「氏族」，頁365。

肇慶衍明左右振，鴻嘉天錫文武全，
漢江培瑞如雲錦，晉水延祥大有寬。
春永蘭芳添桂馥，秋來俊秀守丹翰，
益謙奎璋年壽廣，乾元享利貞高官。[12]

據筆者所見「汶水黃氏族譜抄本」微卷，該頁所記上述八十四字的派行詩前原應有幾行文字，可惜該處被紙條遮蔽無法得見，幸運的是，黃英傑主編的《黃氏大宗譜》（1974）中也收錄了此派行詩，詩前注明「同安金柄字行，由『貽』字接下，裔孫伯福字錫祉編」[13]，這一段紀錄很有可能就是「汶水黃氏族譜抄本」微卷被遮蔽的文字，換言之，黃錫祉還有一名為「伯福」。

美國猶他州家譜圖書館的族譜資料中，正好又藏有一九七五年所編《永坑・檗谷・文水黃氏族譜》一部，經筆者查考，在文水黃氏部份有族譜表（舊表）十四張，新補表二張，令人驚喜的是，在族譜表前刊有「於七十五年前由大陸祖厝抄回文水派族譜運臺之人，故黃伯福先生遺照」一幀（圖1）[14]！從此譜編輯時間逆推，所謂「七十五年前」，與黃錫祉於光緒壬寅年（1902）回泉州祖厝抄回族譜的年代十分接近，當年黃錫祉請黃禮臣抄寫二本泉州的族譜，一者送回金門後水頭，另一本理應是攜回臺灣。

此外，筆者另找到一張金門後水頭黃氏遷臺後裔的「黃氏系統表」，其十七世有黃伯在、黃伯福兩兄弟；黃伯福為「同治丙寅年（1866）十月十日

12 按，「汶水黃氏族譜抄本」在此派行詩後，又抄有「大正十一年，承祖鄉尚字行坤火，字耀南，來信所列金門本族新字行，是接『貽汝景奕尚思克懋德維紹』。八句三十二字，紹字接下：『清芬可誦，遠大長承，安心為善，高步連登，春華秋實，祥瑞呈榮，守實保富，學士用銘』」，此三十二字係金門後水頭黃氏所用字行，頁3b。又按，此八十四字派行詩最後一句「乾元享利貞高官」，疑當作「乾元亨利貞高官」為是，待考。

13 黃英傑：《黃氏大宗譜》（臺北市：臺北黃氏宗親會，1974年），頁B16。

14 黃江龍：《永坑・檗谷・文水黃氏族譜》（1975年，其餘出版項不詳），於一九八〇年一月由何兆欽提供予美國猶他家譜學會、中華學術院譜系學研究所複製成微卷（微卷編號：1213032），頁「文水人4」。

生，壽七十三歲」[15]，「壽七十三歲」與《臺灣省新竹縣志稿》卷11〈藝文志〉所云相符[16]。「黃氏系統表」載黃伯福之父親為「黃洗」，祖父為「黃悟」，若對應「貽汝景奕尚思克」之字行，黃錫祉為「奕」字輩（奕祿，17世），則「黃洗」即為「黃景洗」（16世），黃悟即為「黃汝悟」（15世）。綜合上述，可知《永坑・櫟谷・文水黃氏族譜》文水黃氏表前所刊照片中的「黃伯福」，當係黃錫祉也。

然而，據《臺灣省新竹縣志稿》卷十一〈藝文志〉（1957）指出，黃錫祉有手足「兄弟三人，友愛情篤」[17]，經考一九一三年七月二十日《臺灣日日新報》，也看到一則消息報導說：

> 夫妻生則同居，死則同穴。兄弟同氣連枝，未見死後不可同葬一處。竹人黃在榮、黃錫茲、黃錫祉昆季也，在榮先逝，錫茲、錫祉為之築馬鬣之封，旁列二墳，左書「錫茲生坟」，右書「錫祉生坟」，屬工刻於石，云百歲後於生字再加一豎一橫，變成「佳坟」，似此之敦篤于友者亦寥寥不數覯云。（可風）[18]

也就是說，黃錫祉應有兄弟二人，分別為「黃在榮」、「黃錫茲」，但目前所見族譜資料卻顯示黃錫祉僅有一位兄長黃伯在，推測黃在榮、黃錫茲其中一人當即為黃伯在，另一人可能為黃錫祉的堂兄弟[19]，礙於文獻無徵，姑繫於此，以俟後考。

---

15 「黃氏系統表」，一九八四年二月由黃思明提供予美國猶他家譜學會、中華學術院譜系學研究所複製成微卷（微卷編號：1213032），單張。

16 黃旺成纂修：《臺灣省新竹縣志稿》（新竹縣：新竹縣文獻委員會，1957年），卷十一，〈藝文志〉，頁30。

17 黃旺成纂修：《臺灣省新竹縣志稿》，卷十一，〈藝文志〉，頁29。

18 「竹風槐日」，《臺灣日日新報》第4714號，第6版，1913年07月20日。

19 按，據黃江龍所編《永坑・櫟谷・文水黃氏族譜》（1975）中所載〈文水七表〉（頁B35），黃悟有三子黃籠（黃錫祉伯父）、黃洗、黃清潘（黃錫祉叔父）。〈文水新補第1表〉（頁「文說8」）載，黃籠有五子：伯秋、伯榮、伯堅、伯霖、伯柳；黃清潘未見載有子嗣。黃在榮、黃錫茲或即為黃籠五子（黃伯福堂兄弟）其中之一。

三　黃錫祉的文藝活動新論

根據《臺灣省新竹縣志稿》卷十一〈藝文志〉(1957)、《新竹市志》卷七〈人物志〉(1997)所載,可知黃錫祉出生於後壠外埔(今苗栗縣後龍鎮),後遷居新竹北門外水田(約在今新竹市北區水田里,以及東區文華、復興、復中里一帶),後又遷居臺北大稻埕(今臺北大同區西南一帶)。黃氏胸有文墨,擅於建築裝修的花鳥人物堆塑,更長於「講古」、「講善書」,人稱「講古福先」(有文墨,善堆塑,更長於口才)。其中,「堆塑」藝術方面的成就,礙於資料難尋,暫時無法展開進一步的述評[20]。

在文藝活動方面,黃錫祉在童蒙讀物方面的著述,是較早為學者所關注的成就,主要有《千家姓註解》、〈訓蒙集格言〉兩種。吳福助、黃震南主編《臺灣漢語傳統文學書目新編》著錄有黃錫祉《千家姓註解》[21]。據筆者所見,國家圖書館藏有一九三六年六月臺中瑞成書局刊本,封面題為「繪圖千家姓」,正文前有魏清德(1887-1964)、黃錫祉兩人於一九三五年所撰,同題為的〈千家姓序言〉各一篇,該本正文首行題「千家姓註解/瑞成書局發行」,次行題「臺灣新竹壽甫黃錫祉輯」。黃震南家藏有嘉義蘭記書局一九三六年五月刊行之《千家姓註解》[22],嘉義蘭記書局刊本係目前所知刊行時間

20 黃錫祉在「堆塑」這方面的成就,雖然目前所見資料僅有寥寥數語之記載,但也正因為如此,具有繼續著力創發之研究空間,筆者當另外透過田野調查蒐集足夠資料後再進行討論,承蒙匿名審查委員提供寶貴意見,特申謝忱。

21 吳福助、黃震南主編:《臺灣漢語傳統文學書目新編(上)》(臺南市:國立臺灣文學館,2013年),頁223。另據筆者研究,除了《千家姓註解》(1936)、〈訓蒙集格言〉(1921)兩種以外,黃錫祉早在一九一三年即曾刊印過《閨訓格言》(按,報刊原文誤作「閨房格言」)數千部「分送四方」,希望「可以矯正近世女子之弊」(「竹風槐日」,《臺灣日日新報》第4755號,第6版,1913年08月31日。),柯榮三:〈編小說,講善書——「講古福先」黃錫祉及其《大唐征交趾演義》初探〉,「2016『民俗與文學』海峽兩岸學術研討會」,頁17。值得一提的是,《閨訓格言》(臺北:黃塗活版所,1913年)今知有財團法人半線文教基金會劉峯松董事長珍藏,承蒙國立中正大學中國文學系楊玉君教授惠告此訊息,特申謝忱。

22 按,《臺灣漢語傳統文學書目新編(上)》著錄國家圖書館藏臺中瑞成書局刊本為一九

最早的版本。根據黃震南的研究，黃錫祉作《千家姓註解》是以「實用」為出發點，有別於傳統《百家姓》只是堆疊姓氏，《千家姓註解》的優點，在於內容文字係由作者黃錫祉用心編排，將各家姓氏，以每字不重複的原則，組合編寫成有意義的文句，希望讀者不僅能知曉姓氏，更能從中吸收到其他知識。黃震南家藏有一份一九五四年的私塾蒙書抄本，抄寫內容即有《千家姓註解》在內，是《千家姓註解》曾經在臺灣民間私塾流傳過的實證。至於〈訓蒙集格言〉，係於一九二一年十一月間，分上、中、下，依序連載於《臺灣日日新報》[23]，黃震南指出，〈訓蒙集格言〉的結構為五字一句，隔句押韻，四句一首，共一百首，二千字。內容除序言、總論、結語以外，含括用餐禮儀、語言禮節、起居規範、學習態度、身體衣著、休閒娛樂、家事須知、訓練技藝、交友應對、戒色節慾等面向，其特點為語言文字淺白、使用臺灣話文、巧妙引用格言、注重援引實例。黃震南家藏一份三峽知名人物劉鉅篆（1902-1993）的手抄筆記，其中抄錄有〈訓蒙集格言〉全帙，可見

三五年出版，恐有誤植，因為該版本正文前由魏清德、黃錫祉所撰的兩篇序文，時間雖然都在一九三五年（魏氏〈千家姓序言〉作於「昭和十年燈節」，黃氏〈千家姓序言〉作於「昭和十年太歲乙亥上元節」），但書後版權頁實乃作「昭和十一年六月十九日印刷／昭和十一年六月廿三日發行」，故正式的刊行時間當在一九三六年六月為是。又，據黃哲永老師二〇一八年十月二十一日來電表示，《臺灣漢語傳統文學書目新編（上）》著錄《千家姓註解》有「收入黃哲永編校《讀冊識臺灣》（嘉義：自印，2002年）」的版本（頁223），係為誤植。筆者查考黃哲永標音、黃震南譯注：《讀冊識臺灣》（嘉義：黃哲永自印本，2002年），該書上卷收錄王石鵬《臺灣三字經》（頁1-74）；中卷收錄周士奎《臺灣采風百詠》（頁75-174）；下卷（一）收錄周興嗣《千字文》（頁175-180）、下卷（二）收錄《新改良三字經》（頁181-190）、下卷（三）收錄《弟子規》（頁191-200）、下卷（四）收錄《朱柏廬治家格言》（頁201-204）、下卷（五）收錄《人生必讀》（頁205-215），並未收錄《千家姓註解》。嘉義蘭記書局《千家姓註解》刊本（1936.05）係以原書影印的方式，收錄於黃哲永編校《臺灣三字經》（嘉義：黃哲永自印本，1997年），頁65-82，特此說明。

23 黃錫祉：〈訓蒙集格言〉上、中、下，依序連載於《臺灣日日新報》第7708號，第6版，1921年11月16日；《臺灣日日新報》第7717號，第6版，1921年11月25日；《臺灣日日新報》第7720號，第3版，1921年11月28日。

民間確實曾將其視為一種蒙學教材流通使用[24]。

黃錫祉的小說《征交趾》，現存初集第一至三十六回、二集第三十七至七十二回，是一部講述薛葵（主帥）、徐孝思（軍師）率領大唐將士南征交趾的「神怪史話小說」[25]，係以大唐、交趾雙方陣營攻關奪寨、各顯神通、施展法寶、佈陣鬥法為故事主軸。小說在敘述大唐、交趾雙方交戰的熱鬧情節之餘，還穿插不少講述「人間苦難，災厄冤屈」、「事甚新奇，且可勸世」等小說故事主軸幾乎無關的內容。這樣的安排，與黃錫祉身為宣化堂正鸞生之背景，以及其生命歷程一直圍繞著勸善、講善而行有關[26]。此外，黃錫祉尚有一部內容為仿《草木春秋》所作的小說，這部小說當為《百草圖》[27]，

---

24 黃震南：《取書包，上學校——臺灣傳統啟蒙教材》（臺北市：獨立作家出版社，2014年），頁146-151。

25 林辰將《封神演義》定位為「神怪史話小說」，林氏認為「《封神演義》以虛寫實——它以《武王伐紂書》的歷史為由頭，寫興周史，這是實的，因為殷替周興是歷史的實事。至於周是怎樣興國的，作者虛構了妖助邪、神扶正的殷周戰爭，演義了殷替周興的歷史進程。就虛無的神怪人和神怪事占全書的主體而言，《封神演義》屬於神怪小說，孫楷第《中國通俗小說書目》和魯迅《中國小說史略》都是這樣分類的。但從作品思想主旨來看，它還是屬於演義歷史的。這裡反映出中國古小說分類的複雜性和混亂狀況。若說《封神演義》虛構特多而不宜入史，那麼《鋒劍春秋》、《楊家府通俗演義》、《天門陣演義》、《薛丁山征西樊梨花全傳》之類，史無其人、又無其事，如何入於『講史』小說之中呢？所以本書入於神怪史話類中。」林辰：《神怪小說史》（杭州市：浙江古籍出版社，1998年），頁309。《征交趾》書中敘玉皇大帝命神聖仙佛四教或助南交趾或扶大唐，以完劫運，無疑是《封神演義》中截教助商，闡教扶周的翻版；攻關奪寨、擺陣破陣、陣前招親等情節內容，分明是《說唐三傳》（即《新刻異說後唐傳三集薛丁山征西樊梨花全傳》）等這類通俗小說慣見的敘事模式，詳見同註21，柯榮三：〈編小說，講善書——「講古福先」黃錫祉及其《大唐征交趾演義》初探〉，頁9-10。

26 柯榮三：〈編小說，講善書——「講古福先」黃錫祉及其《大唐征交趾演義》初探〉，頁19。

27 著名舊書店「百城堂」主人林漢章先生，「曾賣出一本黃錫祉仿《草木春秋》所作的小說」，黃震南：《取書包，上學校——臺灣傳統啟蒙教材》，頁3。按，《草木春秋》，全名《草木春秋演義》。題「雲間子集撰」，「樂山人纂修」，又題「江湛撰」，存五卷三十二回，內容係講述「漢仁君劉寄奴」時代，「番邦胡椒國國王巴豆大黃」興兵欲

惜今未見。

以上是過去所知黃錫祉在蒙書、通俗小說方面的著述概況。以下筆者將就新發現黃錫祉編寫歌仔冊的稀見版本，以及日治時期報刊新見黃錫祉在漢詩、謎學、「講古」方面的活動與成就進行討論。

（一）歌仔冊《最新人之初全歌》及其稀見版本

黃震南曾著錄黃錫祉編寫之歌仔冊《新編廿四孝歌》[28]，事實上，黃錫祉編寫的歌仔冊不僅有《新編廿四孝歌》，他還曾以「黃福」、「黃奕福」之名，編寫了由廈門會文堂刊行的歌仔冊《最新人之初全歌》。《最新人之初全

奪漢室天下，漢廷亞相「杜仲」保舉長安總督「金石斛」掛帥征討，宰相「管仲」薦單州常山卦士「決明子」為軍師，漢軍陣營主要人物有「金櫻子」（金石斛長子）、「金鈴子」（金石斛三子）、「黃蓍」、「覆盆子」、「薯蕷真人」等。胡椒國陣營主要人物有元帥「天雄」、軍師「高良姜」、「伏雞子」、「鬼督郵」等，雙方交戰，各顯神通，最後番王落敗，於「防風關」豎降旗，稱臣納貢，《草木春秋》提要詳見江蘇省社會科學院明清小說研究中心文學研究所編：《中國通俗小說總目提要》（北京：中國文聯出版公司，[1990]1997年），頁570-572。《草木春秋》現存最早為博古堂嘉慶二十三年（1818）年刊本，詳見習斌，《中國繡像小說經眼錄（下）》（上海市：上海遠東出版社，2016年），頁1115。上舉劉寄奴、杜仲、金石斛、管仲、決明子、金櫻子、金鈴子、黃蓍、覆盆子、薯蕷、八豆大黃、天雄、高良姜、伏雞子、鬼督郵等人名，乃至於關隘名防風，皆為中醫藥用植物。據《新竹市志》卷7〈人物志〉所記，黃錫祉「開講之書，除一般之《三國》、《水滸》外，尚有敘說各姓氏由來之《千家姓》，以水草形容帝王將相，以至販夫走卒之《百草圖》」（張永堂總編纂：《新竹市志》（新竹市：新竹市政府，1997年），卷七，張德南：〈人物志〉，第一篇「人物傳（稿）」第五章「學藝」，頁128。）。兩相對照，所謂「以水草形容帝王將相，以至販夫走卒之《百草圖》」，或許當即林漢章所謂「仿《草木春秋》所作的小說」。

28 黃震南：《取書包，上學校——臺灣傳統啟蒙教材》，頁96。按，黃震南所記未述及《新編廿四孝歌》的版本，據筆者查考，今可見有《新編廿四孝歌》上本（高雄市：三成堂美術石版部，1929年）；《新編廿四孝歌》下本（臺北市：黃塗活版所，1927年），版權頁載「編輯者：新竹黃錫祉」。《新編廿四孝歌》上、下本，收入中央研究院歷史語言研究所俗文學叢刊編輯小組編：《俗文學叢刊》（臺北市：中央研究院歷史語言研究所、新文豐出版公司，2004年），第365冊，頁137-163。

歌》卷末兩葩（「葩」音 pha，歌仔冊七言一句，四句自成一個單位之稱）云：

> 麟吐玉書春秋作，昔仲尼兮師項橐，
> 新竹故居若親目，黃福編來始可讀。
> 聖賢專是講道德，中不偏兮庸不易，
> 凡事當知戲無益，戒之哉兮宜勉力。

卷末版權頁復可見載：

> 民國廿一年五月出版（另有各種歌曲詳細目錄函索即奉）
> 著作者台灣黃奕福編輯者廈門林谷聲
> 印刷者廈門會文堂發行者廈門會文堂
> 注意新歌通告
> 新編八仙過海歌　新編薛葵征交趾小說二集
> 新增英台廿四拜　十九路軍抗日大戰歌二本
> 抗日救國歌二本　新編封神十二門人歌全本
> 火燒紅蓮寺初集　新編探新娘鬧洞房歌全本[29]

前引歌仔唱詞，黃錫祉化用了「麟吐玉書，天生孔子之瑞」[30]，故《春秋》又別稱「麟經」[31]；同時又化用了《三字經》中「孟子者，七篇止，講道

29 以上歌仔唱詞、版權頁資料，見黃奕福（黃福）：《新編人之初歌》（廈門市：會文堂書局，1932年），收入中央研究院歷史語言研究所俗文學叢刊編輯小組編：《俗文學叢刊》（臺北市：中央研究院歷史語言研究所、新文豐出版公司，2004年），第365冊，頁12。

30 蔡東藩增訂：《繪圖重增幼學故事瓊林》（臺北市：文化圖書公司，[1913]1981年再版）卷二，頁50。

31 清人賀思興在對《三字經》「詩既亡，春秋作，寓褒貶，別善惡」所作的註解中云：「孔子作《春秋》，以寓王法，筆則筆，削則削，游夏不能讚一詞。因獲麟絕筆，故

德，說仁義」、「作中庸，子思筆，中不偏，庸不易」、「昔仲尼，師項橐，古聖賢，尚勤學」、「勤有功，戲無益，戒之哉，宜勉力」等文句[32]。「新竹故居若親目，黃福編來始可讀」兩句，則清楚表明作者為「黃福（黃奕福）」。有趣的是，版權頁上廣告「注意新歌通告」中的八筆書目，唯獨「新編薛葵征交趾小說二集」並非「新歌」（歌仔冊）而是小說，原因應當在於黃錫祉有意藉此機會，順帶宣傳自己的小說《征交趾》，據此我們也可以知道，《征交趾》可能另有一題名為「新編薛葵征交趾」。

關於黃錫祉的《最新人之初全歌》，尚有一個前人從未知見的版本。知名漢學家龍彼得（Piet van der Loon, 1920-2002），身後遺留的歌仔冊文獻目前為英國牛津大學博德利（Bodleian）圖書館所收藏[33]，無獨有偶，筆者在這批歌仔冊文獻中，也發現了黃錫祉所編寫的《最新人之初全歌》（館藏編號：Sinica 4124），不過該本乃是一個相當稀見的版本。按，博德利圖書館藏《最新人之初全歌》（Sinica 4124），鉛印本，封面雖然分三行直書「民國廿一年／最新人之初全歌／會文堂書局發行」，然而正文首行所題的卻是：

> 新編人之初歌，廣州市光復中路華興書局印行

卷末版權頁所書出版者，亦非廈門會文堂而是：

> 民國廿一年五月出版（另有各種歌曲詳細目錄函索即奉）
> 著作者臺灣黃奕福編輯者廈門林谷聲
> 印刷者廣州華興書局發行者廣州華興書局[34]

《春秋》稱曰『麟經』，通計一萬八千字。」〔宋〕王應麟著，〔清〕賀思興註解：《三字經註解備要》（嘉義市：蘭記書局，1945年），頁53。

32 〔宋〕王應麟著，〔清〕賀思興註解：《三字經註解備要》，頁44、89、101。

33 潘培忠、徐巧越：〈龍彼得教授舊藏閩南語歌仔冊之概況與價值〉，《漢學研究通訊》第37卷第2期（2018年05月），頁9-18。

34 以上正文首行、版權頁資料，詳見黃奕福（黃福）：《新編人之初歌》，頁1a、3b。

原來，《最新人之初全歌》這部歌仔冊，不單單僅有廈門會文堂刊印於一九三二年五月的版本，廈門會文堂尚曾在同一時間，委託廣州華興書局印行過另一個版本，華興書局乃是二十世紀初期廣州重要的出版單位之一[35]。這部歌仔冊的發現，串連起了廈門、廣州、臺灣三地在歌仔冊出版方面的關係，改寫了過去學界認為歌仔冊刊印、出版商概位於福建（主要是廈門）、上海、臺灣等三地之說[36]，值得我們再以此為線索進行深入研究[37]。

35 一九二九至一九三三年間，廣州的出版機構由八十二家增加為一〇三家，這些機構集中在永漢北路、文德路、十八甫和光復中路；其中，位於光復中路者主要有永華書局、華興書局、大新書局、以文堂、崇德堂、六經堂、醉經書局、五桂堂、大興印務局等，方志欽、蔣祖緣主編：《廣東通史（現代上冊）》（廣州市：廣東高等教育出版社，2014年），頁1128。廣州華興書局以出版通俗文學讀物（例如通俗小說、木魚書、潮州歌冊、南音、粵劇劇本等）為主，李仲偉、林子雄、倪俊明編：《廣州文獻書目提要》（廣州市：廣東人民出版社，2000年），頁219-227。又可參見黃仕忠、李繼明、關瑾華、周丹杰：〈現存廣東木魚書、龍舟歌、南音、解心敘錄〉，收入程煥文、沈津、王蕾主編：《2014年中文古籍整理與版本目錄學國際學術研討會論文集：「廣州大典」與廣州歷史文化研究（上）》（南寧市：廣西師範大學出版社，2015年），頁76-163。值得一提的是，博德利圖書館本身亦藏有多種由廣州華興書局刊印之木魚書、粵劇劇本。

36 「除了廈門一地以外，泉州的清源齋、見古堂、琦文堂等書店也曾刊行過歌仔冊。還有，當時全中國印刷業中心的上海市一些書局，如：開文書局、點石齋、文寶書局也曾以石印或鉛字活版印製了許多的閩南語歌仔冊。」語見王順隆：〈談臺閩「歌仔冊」的出版概況〉，《臺灣風物》第43卷第3期（1993年9月），頁114。又，「『歌仔冊』的商機，讓福建、上海、臺灣等三地書商都感興趣，因此三地的出版業者都共襄盛舉。」語見陳兆南：〈歌仔冊的版式變化及其意義──論歌仔冊的流通版式、規格與體製〉，收入梅豪方、周樑楷、唐一安主編，《文物、文化遺產與文化認同》（南投縣：國史館臺灣文獻館，2009年），頁188-189。

37 筆者目前正在執行科技部專題研究計畫「英國牛津大學博德利（Bodleian）圖書館新見之歌仔冊文獻的調查、整理與研究」（107-2410-H-224-023-），擬另撰專文發表。

（二）發表於報刊的漢詩作品

就目前所知，黃錫祉發表於報刊的漢詩僅見十四題二十首[38]，表列如下：

序號	詩題	發表時間及報刊
1	恭輓魏篤生芸兄暨繼配潘夫人	1917年4月4日，《臺灣日日新報》，3版
2	次答晴川君寄懷原韵	1920年6月19日，《新臺灣》第56號，頁55
3	明妃出塞（三首）	1920年9月20日，《新臺灣》第59號，頁54
4	重陽	1926年10月28日，《臺灣日日新報》，第9版
5	臺北重陽	1927年10月9日，《臺灣日日新報》，第4版
6	守錢虜（二首）	1927年10月16日，《臺灣日日新報》，第4版
7	輓張息六先生（二首）	1928年12月02日，《臺灣日日新報》，第4版
8	李謙一先生古稀榮壽（三首）	1930年5月10日，《臺灣日日新報》，第4版
9	外埔莊	1932年10月28日，《臺灣日日新報》，第8版
10	輓張麟書李廉一二先生	1933年5月5日，《臺灣日日新報》，第8版
11	七十書懷	1935年12月28日，《臺灣日日新報》，第12版
12	回鄉口占	1936年8月7日，《臺灣日日新報》，第8版
13	哭亡兄	1937年3月12日，《臺灣日日新報》，第8版
14	勸善壇	1937年4月20日，《詩報》第151號，頁18

〈重陽〉（1926）、〈臺北重陽〉（1927）詩題雖為「重陽」，實乃黃錫祉在臺北感時遙念兄長的作品，〈重陽〉（1926）有「夜來欲飲茱萸酒，還念家兄在

38 按，經筆者向《全臺詩》主編施懿琳教授請益（2018年10月12日 email），施教授表示目前《全臺詩》尚未收錄黃錫祉詩作。承蒙匿名審查委員提供黃錫祉散見報刊詩作之電子檔，特申謝忱。又，筆者自請擔任《全臺詩》收錄黃錫祉詩作之編校撰稿人，預計將於二〇一八年一二月完成編校初稿。

竹城」之句[39]；〈臺北重陽〉(1927)則有「菊園閒遊還故我，竹城遙望憶家兄」之吟[40]。黃錫祉詩中的兄弟情深，還可見於〈七十書懷〉(1935)「鶴髮胞兄欣對話，雞皮室婦樂和衷」、〈回鄉口占〉(1936)「骨肉團欒新晤對，親友聚會樂周旋」，尤其〈哭亡兄〉(1937)一首，尾聯以「若再相逢惟夢裡，追思感歎淚縱橫」作結，最是令人動容。

〈守錢虜〉(1927)、〈外埔莊〉(1932)、〈勸善壇〉(1937)，則體現出黃錫祉以勸善教化為人生理想的價值觀。〈守錢虜〉(1927)云：

其一

世有雞鳴起，孳孳為利先。只知存意刻，未肯破囊慳。
翁乃豪稱富，虜因號守錢。甘任牛馬役，反累子孫愆。

其二

可嘆痴頑輩，畢生為利纏。一毛堅不拔。萬貫積相連。
見義恒居後，爭財每向前。誰知棺蓋日，撒手赴黃泉。

本詩之後有魏清德評為「可以勸世。第二首即陶詩『客養千金軀，臨化銷其寶』義」[41]。〈外埔莊〉(1932)一首則被魏清德評為「蓋一篇有心世道，足以懲薄俗而美醇風之韻言也」[42]。〈勸善壇〉(1937)曰：

壇開勸善仰芳名，第一全憑宣講生。
正己化人知猛省，良言苦口闡分明。
褒忠獎孝聞興起，戒惡懲奸聽戰驚。
設處常移傳普遍，也須大眾助貲成。[43]

---

39 黃錫祉：〈重陽〉，《臺灣日日新報》第9515號，第3版，1926年10月28日。

40 黃錫祉：〈臺北重陽〉，《臺灣日日新報》第9861號，第4版，1927年10月09日。

41 〈守錢虜〉詩引文及魏清德評語，見黃壽甫（錫祉）：〈守錢虜〉，《臺灣日日新報》第9868號，第4版，1927年10月16日。

42 黃錫祉：〈外埔莊〉，《臺灣日日新報》第11694號，第8版，1932年10月28日。

43 黃錫祉：〈勸善壇〉，《詩報》151號，1937年04月20日，頁18。

黃錫祉係於一九三八年溘然長逝，從後世的角度回過頭去看，〈勸善壇〉這首發表於他逝世前一年（1937）的詩作，正好為具有宣化堂正鸞生背景的黃氏從事勸善、講善志業之生命歷程，留下最好的注解[44]。

現存黃錫祉詩作中，又有與友人祝賀、哀輓、唱和者，諸如〈恭輓魏篤生芸兄暨繼配潘夫人〉（1917）、〈次答晴川君寄懷原韵〉（1920）、〈明妃出塞〉（1920）、〈輓張息六先生（二首）〉（1928）、〈李謙一先生古稀榮壽（三首）〉（1930）、〈輓張麟書李廉一二先生〉（1933）等，從這些詩作可知，黃錫祉與新竹地區的文人詩家魏篤生（紹南，1862-1917，魏清德之父）、張息六（鵬，1865-1928）、張麟書（仁閣，1856-1933）、李謙一（1861-1933）皆有往來。上舉四人中，魏篤生、張息六、李謙一與黃錫祉年紀相近，即使張麟書亦僅較黃錫祉年長十歲。黃錫祉言與魏篤生係「總角交情契合深」[45]，云與張息六是「通家交誼情何切」[46]，另尊張麟書、李謙一兩人為新竹地區的「魯殿靈光」[47]。至於〈次答晴川君寄懷原韵〉（1920）一詩，則是黃錫祉與臺北瀛社詩人張晴川（芳洲，1901-？）的唱和應答之作[48]，兩人稱得上是「忘年相友歡同道」[49]。〈明妃出塞〉發表於《新臺灣》第五十九號（1920）「詞林」專欄，該專欄另同時刊出張晴川〈同題依壽甫先生瑤韻〉、邵福日（生卒年不詳）〈同題步黃張二先生原韻〉和作，邵福日亦為臺北瀛社成員[50]，可見黃錫祉不僅與故鄉新竹的文人有所來往，亦結交了臺北地區

---

44 按，黃錫祉〈七十書懷〉尾聯云：「絕少殺生酬祝賀，惟存善念答蒼穹」，亦可窺見其時刻不忘心存善念的人生理想價值觀。黃錫祉：〈七十書懷〉，《臺灣日日新報》第12841號，第12版，1935年12月28日。

45 黃錫祉：〈恭輓魏篤生芸兄暨繼配潘夫人〉，《臺灣日日新報》第6021號，第3版，1917年04月04日。

46 黃錫祉：〈輓張息六先生〉，《臺灣日日新報》第10280號，第4版，1928年12月02日。

47 黃錫祉：〈輓張麟書李廉一二先生〉，《臺灣日日新報》第11881號，第8版，1933年5月5日。

48 按，該專欄另同時刊出邵福日：〈晴川君以壽甫先生詩見示，余深抱憾，昔日惜未受教，謹依瑤韵賦此以呈〉和作。

49 黃錫祉：〈次答晴川君寄懷原韵〉，《新臺灣》第56號（1920年06月19日），頁55。

50 林正三：《續修臺灣瀛社志（印刷稿校勘本）》（2017年），第五章〈社友小傳〉，頁

的詩家。事實上，黃錫祉與這些文人詩家的交集，還不僅止在漢詩書寫上，例如李謙一、張息六、黃錫祉，以及魏篤生的三子魏清壬（澄川，1891-1964，魏清德之弟）等人，在新竹地區燈謎界有「虎將」美稱[51]，以下另再從黃錫祉燈謎方面的活動與成就展開討論。

（三）製謎猜謎的能手

大約在一九一〇年左右，黃錫祉開始在臺北大稻埕地區，以善於「講古」成為著名的「說古者」（講談師）[52]。在此同時，他也於新竹、臺北兩地，陸續以主辦燈謎或參與猜謎活動，登上報紙版面，例如一九一一年十月三日《漢文臺灣日日新報》載：

> 灯謎固文人樂事中之有趣者，改隸以來，亦屢行於新竹。今次舊曆八月十四、十五、十六三夜，即中秋夜及中秋前後兩夜，南門外竹蓮寺局內，擬開設灯謎，現經貼出，聞主謎者為李謙一、張息六、黃錫祉三氏，屆時當必有一番盛況也。[53]

413。該書取自臺灣瀛社詩學會「瀛社」網站，網址：http://www.tpps.org.tw/forum/forum.php?mod=viewthread&tid=4870&fbclid=IwAR0dZmpUgWXx_YooZrCAuvZJ45LEpxcTFPNEmIwpkYdZMr8aitq2aDBXzUc（檢索日期：2018.10.31）

51 「臺灣謎學似以在唐景崧任官臺灣以後為最盛。唐著有《謎拾》一卷，內容甚豐。新竹謎學之盛，應以咸同間林占梅禮賢下士之時為起源。林占梅每逢佳節，輒寓獎於燈謎，邀賓客製燈謎，懸於各書塾，俾學子等射覆得獎，以資鼓勵。惜潛園謎稿大多佚失。迨光緒中年，新竹謎學大家胡揚先，共尊為『虎帥』；如李謙一、張息六、黃壽甫、黃潛淵、張純甫、鄭省甫、魏澄川等，則皆稱『虎將』；每逢燈節，各寺廟為猜燈謎，老少咸集，熱鬧異常。」黃旺成纂修：《臺灣省新竹縣志稿》，卷十一，〈藝文志〉，頁7-8。

52 「法主公街說古者黃錫祉，本竹色（邑）人，口舌便利，學頗有得，近在該街講演說部，娓娓動聽，聞者無不為之神移，其善于形容發揮也可想矣（賣言者）」。「蟬琴蛙鼓」，《漢文臺灣日日新報》第3656號，第5版，1910年07月05號。

53 〈竹城灯謎〉，《漢文臺灣日日新報》第4008號，第3版，1911年10月03日。

這是當年中秋節前後新竹竹蓮寺開設燈謎的消息，主謎者李謙一、張息六、黃錫祉，在新竹地區燈謎界有「虎將」之稱[54]。一九一二年三月十日《臺灣日日新報》另有一則新聞：

> 元宵日稻江設灯謎，猜者如堵，極一時興高采烈之盛。法主公街講談師黃錫祉，且揭之盈把，其餘妙能的中者，亦自不少，文風不振之今日，猶喜斯文未盡頹墜，則提倡者之勞，可足多也（賞心樂事）。[55]

由此可見黃錫祉不僅擅長製作燈謎，在猜燈謎方面的成績也相當不錯（揭之盈把）。

一九一三年的中秋節前後，黃錫祉在大稻埕法主公街（今臺北市南京西路三四四巷）設置燈謎：

> 舊曆八月十四、十五、十六三夜，稻江法主公邊，聞有灯謎之設，主筆者講談師黃錫祉氏，打中者各有多少之賞格。看花走馬、飲酒嘯歌，比比皆是，極繁華之都合，得此提倡風雅，頗強人意。[56]

此次的燈謎活動，除了以傳統的四書五經為謎底之外，也有較為貼近臺灣生活者，例如「芳齡十六，姿容綽約。打地名一」，猜的乃是彰化二水的舊稱

---

54 「臺灣謎學似以在唐景崧任官臺灣以後為最盛。唐著有《謎拾》一卷，內容甚豐。新竹謎學之盛，應以咸同間林占梅禮賢下士之時為起源。林占梅每逢佳節，輒寓獎於燈謎，邀賓客製燈謎，懸於各書塾，俾學子等射覆得獎，以資鼓勵。惜潛園謎稿大多佚失。迨光緒中年，新竹謎學大家胡揚先，共尊為『虎帥』；如李謙一、張息六、黃壽甫、黃潛淵、張純甫、鄭省甫、魏澄川等，則皆稱『虎將』；每逢燈節，各寺廟為猜燈謎，老少咸集，熱鬧異常。」詳見黃旺成纂修：《臺灣省新竹縣志稿》，卷十一〈藝文志〉，頁7-8。

55 「鶯啼燕語」，《臺灣日日新報》第4231號，第5版，1912年03月10日。

56 〈稻江灯謎〉，《臺灣日日新報》第4768號，第6版，1913年09月14日。

「二八水」(Jī-pat-tsuí)[57]。

一九三〇年七月，魏清德在〈島人士趣味一斑（四）：詩畸灯謎之消遣〉中提到：

> 燈謎自昔即已盛行本島，足以發人神智，然非多熟讀書，具有巧思者，則不能如養叔為射，發必確中。此中有人，稻江則劉育英、杜冠文、林述三、張純甫、黃錫祉、謝尊五、鄭天鑒諸氏；艋舺則林摶秋、陳萬居、顏芴山、倪炳煌、王自新、黃黨、黃福林諸氏。而高山文社員中能人孔多，近且組織成社，於約三星期前在三仙樓旗亭舉開會式矣。新竹能手，現推李謙一、黃潛淵諸氏。中南部方面，遺憾筆者素少留意，不能遍舉。[58]

從新竹移居臺北的黃錫祉，此時已成為稻江地區謎學的代表人物之一。值得一提的是，黃錫祉曾在一九一七年六月，與劉育英（得三，？-1938）、張純甫（漢，1888-1941）、鄭天鑒（省甫，生卒年不詳）共同在艋舺主辦燈謎活動[59]，巧合的是，張純甫、鄭天鑒本籍都在新竹。至於魏清德本人同樣出身於新竹，魏氏謙虛地自稱「中南部方面，遺憾筆者素少留意，不能遍舉」，但他對於北臺灣燈謎界顯然是相當嫻熟的，因為魏清德、魏清壬兄弟二人，在北臺灣燈謎領域乃是佔有一席之地的「矯矯」者[60]。

---

57 「稻江法主公街黃錫祉等氏，於中秋及中秋前後兩夜所倡之灯謎，已如前報，茲摘錄佳者彙集如左」，以四書為謎面者，有如「安得醉鄉終日臥，酩然直到太平時。打四書句一」，謎底是「惟酒無量不及亂」。以五經為謎面者，有如「造角車何用。打書經句一」，謎底是「作奇技淫巧以悅婦人」，詳見〈稻江灯謎彙集〉，《臺灣日日新報》第4775號，第6版，1913年09月21日。

58 魏清德：〈島人士趣味一斑（四）：詩畸灯謎之消遣〉，《臺灣日日新報》第10867號，第4版，1930年07月17日。

59 〈艋舺懸賞燈謎〉，《臺灣日日新報》第6094號，第5版，1917年06月16日。

60 「本島善謎，各處都有能人，記者囿於見聞，未能枚舉，若九曲堂鄭坤五，臺南趙雲石、謝星樓，嘉義蘇孝德，新竹張純甫、鄭天鑒、魏清德、魏清壬，臺北劉得三、林

（四）從宣講到「講古」

根據王見川的研究，一八九九年宜蘭喚醒堂鸞生吳炳珠、盧廷翰、呂啟迪等到新竹地區宣講善書，倡建鸞堂，向竹邑士子傳授鸞法。吳炳珠等人後來南下，由鄭冠三、黃錫祉繼續練鸞，並於農曆六月十一日成立新竹宣化堂[61]。從現存宣化堂刊印的善書《濟世仙舟》（1900）來看，鄭冠三為該堂堂主，黃錫祉為正鸞生兼參校堂內事[62]。一九〇〇年農曆七月初十，黃錫祉、陳子貞（宣化堂副鸞生）到基隆推廣鸞務，協助基隆正心堂開堂[63]。

對照前文所敘黃錫祉在〈先代神筶有靈附誌〉（1902？）文中嘗自言：「福幼而讀，少而耕，長而工，壯而商，後而司宣講入鸞堂」，可知此時黃錫祉頗為積極參與鸞務。一九一〇年左右，黃錫祉開始以「說古者」（講談師）名聞臺北，同時經常受邀在新竹登臺宣講，例如一九一一年七月二十一日《漢文臺灣日日新報》載：

> 新竹街宣講之風，向稱極盛，有公、同、鼎、集、福五社設總局於城

述三、杜冠文、王自新、謝尊五諸先生，俱斯界之矯矯。」詳見黃文虎：〈臺灣謎學文集序〉（1934），收入黃哲永、吳福助主編：《全臺文》（臺中市：文听閣圖書公司，2007年），第39冊，頁259-260。

61 王見川：〈臺灣鸞堂的起源及其開展──兼論儒宗神教的形成〉，收入李豐楙、朱榮貴主編：《儀式、廟會與社區──道教、民間信仰與民間文化》（臺北市：中央研究院中國文哲研究所，〔1996〕2007年9月二刷），頁139-141。又宣化堂編：《啟蒙寶訓》（新竹市：宣化堂，1900年），頁3a、33b-34a，收入王見川、李世偉編：《民間私藏臺灣宗教資料彙編：民間信仰．民間文化第一輯》（臺北市：博揚文化事業公司，2009年），第13冊，頁427、486-487。

62 宣化堂編：《濟世仙舟》（新竹市：宣化堂，1900年序刊本），卷一「文部」，頁18a-18b，收入王見川、李世偉編，《民間私藏臺灣宗教資料彙編：民間信仰．民間文化第一輯》，第13冊，頁145-146。

63 正心堂編：《挽世金篇》（基隆市：正心堂，1900年），天部卷之一，頁68a-68b，收入王見川、李世偉編，《民間私藏臺灣宗教資料彙編：民間信仰．民間文化第一輯》，第12冊，頁532-533。

> 隍廟，按日輪講，其主倡者為澎湖許聿閏先生。改隸之初，倉皇戎馬，遂形廢墜，後得同志者繼起出為鼓舞，漸次復興，至近年益見發達。每值盛暑之時，通衢僻巷，多設臺宣講，舉古今善惡果報，歷歷演說，以警凶頑，而挽頹風。客月，南門外巡司埔庄諸善信，又醵出緣金，雇黃錫祉氏在竹蓮寺夜講，已閱數旬，而北門外水田街保正鄭鏗甫、西門街保正周萱堂，亦相繼踵起，逐夜於門首設臺，邀請文人學士登臺講演，娓娓動人，際此世道凌夷，人心大壞之秋，誠不可無此當頭棒以喝醒云。[64]

黃錫祉受雇於竹蓮寺宣講善書，當與其具備宣化堂正鸞生的身分有關。一九一九年至一九二〇年間，黃錫祉仍有受雇於竹蓮寺宣講，同時還擔任周家修（祖蔭，1878-1953）府上家庭教師的紀錄[65]。

魏清德指出，一九三〇年代臺灣的「宣講」，所講概為勸善懲惡的事證，是一種思想的正向引導：

> 結壇勸善，奉太上感應真君牌位，宣講之人，衣冠登壇，向神前焚香頂禮後從容就座，所講皆勸善懲惡……勸善所講，非必出於乩壇之著書，善講者傍通曲引，援古證今，雜以詼諧，使人聽之，娓娓忘倦，故不獨思想善導，亦足以資知識之啟發，供大眾之娛樂焉。若夫「講古」，則純乎大眾娛樂機關，聽一回投以一錢，且聽下回分解時，則再投一錢。「講古」講小說，語雖不經，然皆勸善懲惡之教訓，其荒誕則《封神傳》、《鋒劍春秋》、《征交趾》、《西遊記》等；歷史則《列國》、《三國》、《反唐》、《說岳》等；武俠則《水滸傳》、《七俠五義》、《七劍十三俠》等；美文則《西廂記》、《桃花扇》、《紅樓夢》

64 〈新竹通信：善氣迎人〉，《漢文臺灣日日新報》第4008號，第3版，1911年07月21日。

65 〈新竹短訊：宣講善書〉，《臺灣日日新報》第6991號，第6版，1919年11月30日。〈新竹特訊：重開宣講〉，《臺灣日日新報》第7141號，第6版，1920年04月28日。

> 等；偵探則《包公案》、《施公案》、《彭公案》等。「講古」即日本之講談師，須口舌伶俐，無贅詞、無複句，聲音明晰，聽之者大抵為目不多識字之人。[66]

如上所述，「宣講」內容未必一定要從扶乩降鸞之書而來，善講者往往能「援古證今，雜以詼諧，使人聽之，娓娓忘倦」，在思想善導、知識啟發之外，兼有「供大眾之娛樂」的作用；至於「講古」則是一種專供大眾娛樂的口語藝術。換言之，「宣講」、「講古」都有娛樂大眾的作用，惟「講古」更偏向以娛樂為主，「勸善懲惡」則是「宣講」與「講古」的共通之處。我們可以注意到，魏清德所舉諸多「講古」小說中，唯一不屬於中國傳統通俗小說戲曲者，僅有黃錫祉編著的《征交趾》！在魏清德的眼中，《征交趾》能與其他中國傳統通俗小說戲曲並列的原因，想必是由於黃錫祉「口舌伶俐，無贅詞、無複句，聲音明晰」的動人「講古」，為這部小說增色不少。

黃錫祉的「講古」究竟有什麼魅力呢？一九三二年六月二十二日，《臺灣日日新報》與《臺南新報》的ラヂオ欄（廣播節目表）上分別載有：

1932年6月22日 《臺灣日日新報》ラヂオ	1932年6月22日 《臺南新報》ラヂオ
夜間の部 【八・○○】支那音樂（臺北のみ） 一、小放牛，沈繼源、萬少棠 二、四郎見母，范冠群、韓惠珍 伴奏：上海群芳會音樂團。 【八・○○】臺灣講古（臺南のみ） 《三國誌》（第一席），黃福[67]	JFAK 【八、○○】支那音樂 （一）小放牛，沈繼源、萬少棠 （二）四郎見母，范冠群、韓惠珍 伴奏：上海群芳會音樂團 JFBK 【八、○○】臺灣講古 《三國誌》（第一席），黃福[68]

66 魏清德，〈島人士趣味一斑（廿四）：戲劇及勸善講古〉，《臺灣日日新報》第10901號，第4版，1930年08月20日。

67 「ラヂオ，今日の番組」，《臺灣日日新報》第11567號，第6版，1932年06月22日。

JFAK、JFBK 為「臺北放送局」與「臺南放送局」的臺號。一九三二年六月二十二日晚上八點，由臺南放送局播放黃錫祉的「講古」《三國誌》，《臺南新報》更以「罕見的民間藝人表演」（珍しい大道藝術）來形容黃錫祉「講古」的首度登場，同時還附載一幀珍貴的照片（圖2）[69]！就目前所見的資料，從六月二十二日至十一月四日，黃錫祉至少陸續講了十八席《三國誌》[70]；一九三二年十二月四日至一九三三年一月二十九日間，則是至少陸續講了六席《包公案》[71]。藉由報紙出刊及廣播放送，可以說黃錫祉已經躍升為臺灣南、北兩地皆有盛名的「講古先」了。

一九三四年七月二十三、二十四日，《臺灣日日新報》「夏の話題」，以「講古問答」為題，分兩次介紹了臺灣「講古」，記者「野村生」在臺北某「講古場」內採訪，請在場的「講古先」推舉當時「講古」界最優秀者，得到的答案是「新竹的黃福與對岸的襲六」（今は新竹產の黃福、對岸產の襲六あたりはうめえもんだ）[72]。「襲六」何許人也？尚有待考[73]。此處值得注意的是，黃錫祉已經成為一九三〇年代臺灣最具知名度的「講古先」矣。

68 「JFBK ラヂオ」，《臺南新報》第10933號，第5版，1932年06月22日。

69 〈罕見的民間藝人表演，臺灣講古「三國誌」第一席〉（珍しい大道藝術，臺灣講古「三國誌」第一席），《臺南新報》第10933號，第5版，1932年06月22日。

70 18席「講古」《三國誌》係統計自6月22、23、24、25日，7月27、28、29日，8月28、29、30日，9月1、29、30日，10月1日、2日，11月1、2、4日之《臺灣日日新報》「ラヂオ，今日の番組」。按，《臺南新報》1932年7月至12月已佚，無從查考。

71 6席「講古」《包公案》係統計自1932年12月2、3、4日，1933年1月27、28、29日之《臺灣日日新報》「ラヂオ，今日の番組」。

72 野村生，〈夏之話題（四）：講古問答（上），身為講古先，我們只能算第三流〉（夏の話題（四）：講古問答（上），話手としては俺サマは三番目），《臺灣日日新報》第12322號，第7版，1934年07月23日。

73 按，目前僅知1930年1月19日，臺北放送局晚間八點四十五分，「臺灣講古：三國誌第二十一回，曹操煮酒論英雄」的「講古先」為「襲六」，詳見「JFAK ラヂオ」，《臺灣日日新報》第10689號，第6版，1930年01月19日。

四　結語

本文從新見的「汶水黃氏族譜抄本」（1922？）中所錄黃錫祉〈(黃氏世系）附考〉、〈先代神箁有靈附誌〉、〈譜序〉三篇文章，以及其為同安金柄黃氏所編八十四字派行詩、黃江龍《永坑・檗谷・文水黃氏族譜》、「黃氏系統表」(原臺中后里黃思明藏）等金門汶水黃氏派下族譜文獻，耙梳黃氏家族從金門後水頭遷居臺灣新竹的來龍去脈，考證出黃錫祉乃金門汶水黃氏派下第十七世裔孫，另發現黃錫祉除了「福」、「壽甫」以外，尚有「奕祿」、「伯福」等名號。小說《征交趾》初集卷首署名為「閩省泉同金門紫雲氏著／閩侯黃錫祉編輯」，引發黃錫祉與金門黃氏關係為何的問題，可謂得到了解答。

黃錫祉除了兼具蒙書編撰者、小說家、歌仔先、漢詩人、謎學家、講古先、堆塑藝術家、正鸞生於一身以外，從上述的族譜文獻看來，他還是一位有心保存並致力於延續黃氏宗族記憶的族譜傳承人，藉由《永坑・檗谷・文水黃氏族譜》文水黃氏族譜表前所刊照片，讓我們有幸可以一睹黃錫祉的面貌。

在文藝活動方面，在蒙書、通俗小說方面的著述以外，本文就新發現黃錫祉編寫歌仔冊的稀見版本，以及日治時期報刊新見黃錫祉在漢詩、謎學、「講古」方面的活動與成就進行了討論。

英國牛津大學博德利（Bodleian）圖書館所藏，由黃錫祉以「黃奕福（黃福）」之名編著，廈門會文堂委託廣州華興書局刊行《最新人之初全歌》此一版本的發現，改寫了過去學界認為歌仔冊刊印、出版商位於廈門、上海、臺灣等三地之說。另就黃錫祉目前存世之十四題二十首漢詩來看，可以看出黃錫祉兄弟手足情深，亦體現了其以勸善教化為人生理想的價值觀，據此我們還觀察到黃錫祉與新竹、臺北兩地文人詩家的往來概況。

根據《漢文臺灣日日新報》、《臺灣日日新報》的報導，黃錫祉堪稱是製謎猜謎的能手，在臺北著名的幾位燈謎專家當中，張純甫、鄭天鑒、魏清德、魏清壬同樣都是出身於新竹的文士，日後值得繼續再以這層地緣關係為接合點，從其燈謎遊藝、詩文往來，甚至宗教結社等[74]，進一步展開新竹文士之人際網絡的全面性研究。

黃錫祉在一八九九年以後積極參與新竹宣化堂的鸞務，擔任正鸞生，一九一〇年左右黃氏開始以「說古者」（講談師）名聞臺北，同時經常受邀於新竹登臺宣講勸善[75]，宣講與「講古」，其共通處在於「勸善懲惡」，兩者都具有娛樂大眾的作用，但「講古」更偏向以娛樂為主。口才便給的黃錫祉，在一九三〇年代獲邀登上廣播節目，「講古」的範圍從北臺灣擴大到臺南，在發行量廣大的《臺灣日日新報》、《臺南新報》的推波助瀾下，遂躍升為當時臺灣名氣最為響亮的「講古先」！

附誌：就筆者所見族譜資料，黃錫祉之孫為繪畫「新竹電影看板第一人」黃思杰，黃思杰之弟黃思耀亦從事電影看板繪製工作；黃思杰有子黃正一繼承父業，亦是新竹地區著名電影看板畫師（詳見林瑞珠：〈繼承父業的看板畫師──黃正一〉，收入周素娟、劉嘉雯、陳怡君編：《串起記憶的珍珠：國民戲院暨新竹電影業口述歷史訪談錄》（新竹市：新竹市文化局，2008年），頁152-156。）黃錫祉在泥塑藝術上的天份，可謂後繼有人。遺憾的是，黃正一先生於二〇一七辭世（1943-2017）。承蒙林瑞珠女士、楊菊女士提供相關資訊，特申謝忱。

74 例如，鄭天鑒乃是新竹宣化堂的「恭迎生」，詳見《濟世仙舟》卷一「文部」（新竹市：宣化堂，1900年序刊本），頁31a，收入王見川、李世偉編，《民間私藏臺灣宗教資料彙編：民間信仰·民間文化第一輯》第13冊，頁151。

75 承蒙匿名審查委員指出，黃錫祉的「講古」如何從「勸善」、「飛鸞」發展到「講古」之轉變過程？如何從新竹的「宣講」出發到其他地區的「講古」？似乎可有聯結並加以觀察之必要性。相關問題為筆者提供了思考日後進一步深入研究的方向，特申謝忱。

【附錄一】《臺灣省新竹縣志稿》卷十一〈藝文志〉（1957）載黃錫祉事蹟

另有一堪稱天才之堆塑能手黃福，字錫祉，於民國前後時期，從後壠外埔遷往新竹者。兄弟三人，友愛情篤；生前在牛埔山之黃金洞，營建生壙三穴共一墳，人咸稱奇。福少時讀書，聰慧過人，十四五歲即能為其塾師代教。福兄乃泥水匠，唯工於建築，堆塑一途，固未之學。福雖無師承而獨出心裁，練成一手堆塑藝術；堆鳳、雕龍、裝塑花鳥、人物，無一而不迫肖；其作品帶有書香氣味，較之蔡泉、林蔭有過之而無不及。竹蓮寺之建築及孔子廟、城隍廟之重修，均參與堆塑工事。黃福不特有文墨，善堆塑，更長於口才。久年在臺北大稻埕六館街，開場「講古」，當時人稱曰「講古福先」；福所講既大博觀眾喝采，固亦頗有收入，後乃業此為生。每逢年始年終或四時佳節，常應故鄉父老敦聘回竹，設壇於各大寺廟，演講勸善故事，稱之曰「講善書」。黃福亦能編小說，輯有《大唐征交趾演義》一冊，現時坊間尚可購得。民國二十六（七）年九月，卒於故鄉新竹北門外水田，享年七十有三。

【附錄二】《新竹市志》卷七〈人物志〉（1997）黃錫祉小傳

黃福（1866-1938）

黃福，字錫奕（祉），一八六六年（同治五年），出生於後壠外埔，後遷至竹塹北門外水田，少時讀書即以敏慧著稱。十四、五歲時，常為其塾師代教學童。早年從事「幼土」（泥土堆塑），雖無師承，頗能獨出心裁，自有創意，其堆塑技藝，無論在雕鳳堆龍、裝飾花、鳥、人物等各方面，唯妙唯肖外，深具書卷氣息。竹蓮寺、孔廟、城隍廟等修建時，均參與堆塑工作[76]。

76 《新竹縣志》，卷11，〈藝文志〉。

黃氏特有文墨，口才尤佳，中年在臺北大稻埕開場「講古」，由於講說生動，深受聽眾喜愛，遂以「講古福仙（先）」名聞大稻埕。開講之書，除一般之《三國》、《水滸》外，尚有敘說各姓氏由來之《千家姓》，以水草形容帝王將相，以至販夫走卒之《百草圖》。講古生涯中，最受歡迎者則是《大唐征交阯》，一度欲將稿本送至上海刊行，後因往來不便，改於新竹刊印。每年歲末佳節或四時節慶，常應竹塹父老之邀，回鄉開講善書《百忍堂》等等，設場於各大寺廟，以短戲形式，表達勸善懲惡之意[77]。每遇開講善書時，先期齋戒禮天，莊嚴肅穆，令人動容。黃氏個性敦厚，敬天敬尊長，每遇寓北鄉親落魄失意時，常不吝援助，或贈車資，或濟三餐，或代人書寫文書，歷久不疲。晚年退居北門水田，一九三七（八）年卒。享壽七十二（三）。

77 黃福說書內容均由黃思杰先生告知。

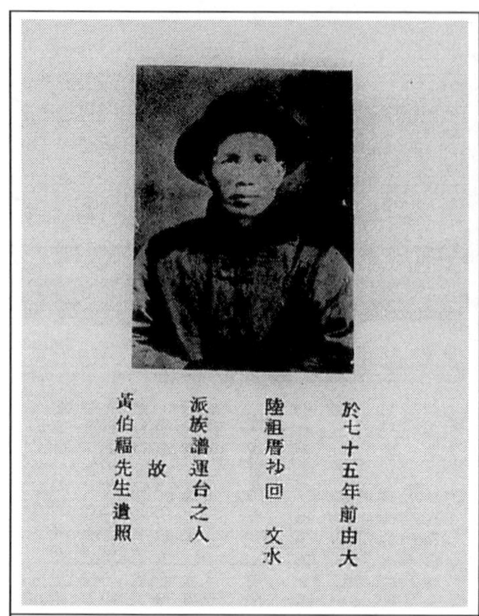	 珍しい大道藝術 臺灣講古「三國誌」第一部 支那音樂
【圖1】黃錫祉照片一，載黃江龍，《永坑・櫟谷・文水黃氏族譜》（1975，其餘出版項不詳），頁「文水人4」。	【圖2】黃錫祉照片二，載《臺南新報》第10933號，第5版，1932年06月22日

——原刊於《台灣文學研究學報》第28期（2019年4月）

參考資料

一　專書

不題撰人　〈黃氏系統表〉　黃思明提供予美國猶他家譜學會　微卷編號：1213032

方志欽、蔣祖緣主編　《廣東通史（現代上冊）》　廣州市　廣東高等教育出版社　2014年

〔宋〕王應麟著　〔清〕賀思興註解　《三字經註解備要》　嘉義市　蘭記書局　1945年

正心堂編　《挽世金篇》　〈天部卷之一〉　基隆市　正心堂　1900年　收入王見川、李世偉編　《民間私藏臺灣宗教資料彙編：民間信仰．民間文化第一輯》第12冊　臺北市　博揚文化事業公司　2009年　頁397-600

江蘇省社會科學院明清小說研究中心文學研究所編　《中國通俗小說總目提要》　北京市　中國文聯出版公司　〔1990〕1997年

吳福助、黃震南主編　《臺灣漢語傳統文學書目新編（上）》　臺南市　臺灣文學館　2013年

李仲偉、林子雄、倪俊明編　《廣州文獻書目提要》　廣州市　廣東人民出版社2000年

林　辰　《神怪小說史》　杭州市　浙江古籍出版社　1998年

金門縣文獻委員會　《金門縣志》　金門縣　金門縣政府　1979年

宣化堂編　《啟蒙寶訓》卷一　新竹市　宣化堂　1899年　收入王見川、李世偉編　《民間私藏臺灣宗教資料彙編：民間信仰．民間文化第一輯》　第13冊　臺北市　博揚文化事業公司　2009年　頁422-546

宣化堂編　《濟世仙舟》卷一　新竹市　宣化堂　1900年序刊本　收入王見川、李世偉編　《民間私藏臺灣宗教資料彙編：民間信仰．民間文化第一輯》第13冊　臺北市　博揚文化事業公司　2009年　頁98-211

張永堂總編纂　《新竹市志》　新竹市　新竹市政府　1997年

習　斌　《中國繡像小說經眼錄（下）》　上海市　上海遠東出版社　2016年

紫雲氏著，黃錫祉編輯　《大唐征交趾演義》初集　臺中市　瑞成書局　年代不詳

黃江龍　《永坑・櫟谷・文水黃氏族譜》　1975年　其餘出版項不詳　何兆欽提供予美國猶他家譜學會　微卷編號：1213032

黃旺成纂修　《臺灣省新竹縣志稿》　新竹縣　新竹縣文獻委員會　1957年

黃奕福（黃福）　《新編人之初歌》　廈門市　會文堂書局　1932年　收入中央研究院歷史語言研究所俗文學叢刊編輯小組編　《俗文學叢刊》　第365冊　臺北市　中央研究院歷史語言研究所、新文豐出版公司　2004年　頁1-12。

黃奕福（黃福）　《新編人之初歌》　廈門市　會文堂書局　廣州市　華興書局　1932年　英國牛津大學博德利（Bodleian）圖書館藏

黃英傑　《黃氏大宗譜》　臺北市　臺北黃氏宗親會，1974年

黃哲永標音、黃震南譯注　《讀冊識臺灣》　嘉義縣　黃哲永自印本　2002年

黃震南　《取書包，上學校——臺灣傳統啟蒙教材》　臺北市　獨立作家　2014年

黃錫祉　《千家姓註解》刊本　嘉義市　蘭記書局　1936年　收入黃哲永編校《臺灣三字經》　嘉義縣　黃哲永自印本　1997年　頁65-82

黃錫祉　《千家姓註解》　臺中市　瑞成書局　1936年　國家圖書館藏

黃錫祉　《新編廿四孝歌》上本　高雄市　三成堂美術石版部　1929年　收入中央研究院歷史語言研究所俗文學叢刊編輯小組編　《俗文學叢刊》　第365冊　臺北市　中央研究院歷史語言研究所、新文豐出版公司　2004年　頁137-150

黃錫祉　《新編廿四孝歌》下本　臺北市　黃塗活版所　1927年　收入中央研究院歷史語言研究所俗文學叢刊編輯小組編　《俗文學叢刊》第365冊　臺北市　中央研究院歷史語言研究所、新文豐出版公司　2004年　頁151-163

黃錫祉　〈汶水黃氏族譜抄本〉（1922？）　黃思明先生提供予美國猶他家譜學會　微卷編號：1392273

蔡東藩增訂　《繪圖重增幼學故事瓊林》　臺北市　文化圖書公司　〔1913〕1981年再版

二　論文

（一）期刊論文

潘培忠、徐巧越　〈龍彼得教授舊藏閩南語歌仔冊之概況與價值〉，《漢學研究通訊》　第37卷第2期　2018年5月　頁9-18

王順隆　〈談臺閩「歌仔冊」的出版概況〉　《臺灣風物》　第43卷第3期　1993年9月　頁109-131

（二）研討會論文

柯榮三　〈編小說，講善書——「講古福先」黃錫祉及其《大唐征交趾演義》初探〉　「2016『民俗與文學』海峽兩岸學術研討會」　嘉義縣　南華大學文學系　2016年05月13-14日　頁1-22

（三）其他單篇

林瑞珠　〈繼承父業的看板畫師——黃正一〉　收入周素娟、劉嘉雯、陳怡君編　《串起記憶的珍珠：國民戲院暨新竹電影業口述歷史訪談錄》　新竹市　新竹市文化局　2008年　頁152-156

黃仕忠、李繼明、關瑾華、周丹杰　〈現存廣東木魚書、龍舟歌、南音、解心敘錄〉　收入程煥文、沈津、王蕾主編　《2014年中文古籍整理與版本目錄學國際學術研討會論文集：「廣州大典」與廣州歷史文化研究（上）》　南寧市　廣西師範大學出版社　2015年　頁76-163

陳兆南　〈歌仔冊的版式變化及其意義——論歌仔冊的流通版式、規格與體製〉　收入梅豪方、周樑楷、唐一安主編　《文物、文化遺產與文化認同》　南投縣　國史館臺灣文獻館　2009年　頁179-208

黃文虎　〈臺灣謎學文集序〉（1934）　收入黃哲永、吳福助主編　《全臺文》第39冊　臺中市　文听閣圖書公司　2007年　頁259-260

王見川　〈臺灣鸞堂的起源及其開展——兼論儒宗神教的形成〉　收入李豐楙、朱榮貴主編　《儀式、廟會與社區——道教、民間信仰與民間文化》　臺北市　中央研究院中國文哲研究所　〔1996〕2007年二刷　頁125-156

三　報紙文章

不題撰人　「蟬琴蛙鼓」　漢文《臺灣日日新報》　第5版　第3656號　1910年07年05日

不題撰人　〈新竹通信：善氣迎人〉　漢文《臺灣日日新報》　第3版　第4008號　1911年07月21日

不題撰人　〈竹城燈謎〉　漢文《臺灣日日新報》　第3版　第4008號　1911年10月03日

不題撰人　「鶯啼燕語」　《臺灣日日新報》　第5版　第4231號　1912年03月10日

不題撰人　「竹風槐日」　《臺灣日日新報》　第6版　第4714號　1913年07月20日

不題撰人　〈稻江燈謎〉　《臺灣日日新報》　第6版　第4768號　1913年09月14日

不題撰人　〈稻江燈謎彙集〉　《臺灣日日新報》　第6版　第4775號　1913年09月21日

不題撰人　〈艋舺懸賞燈謎〉　《臺灣日日新報》　第5版　第6094號　1917年06月16日

不題撰人　〈新竹短訊：宣講善書〉　《臺灣日日新報》　第6版　第6991號　1919年11月30日

不題撰人　〈新竹特訊：重開宣講〉　《臺灣日日新報》　第6版　第7141號　1920年04月28日

不題撰人　「JFAK ラヂオ」　《臺灣日日新報》　第6版　第10689號　1930年01月19日

不題撰人　〈珍しい大道藝術　臺灣講古「三國誌」第一席〉　《臺南新報》　第5版　第10933號　1932年06月22日

不題撰人　「JFBK ラヂオ」　《臺南新報》　第5版　第10933號　1932年06月22日

不題撰人　「ラヂオ　今日の番組」　《臺灣日日新報》　第6版　第11567號　1932年06月22日

洪鐵濤　〈弁言〉　《三六九小報》　第2版　第28號　1930年12月09日

野村生　〈夏の話題（四）：講古問答（上）　話手としては俺サマは三番目〉　《臺灣日日新報》　第7版　第12322號　1934年07月23日

黃壽甫　〈守錢虜〉　《臺灣日日新報》　第4版　第9868號　1927年10月16日

黃錫祉　〈恭輓魏篤生芸兄暨繼配潘夫人〉　《臺灣日日新報》　第3版　第6021號　1917年04月04日

黃錫祉　〈次答晴川君寄懷原韵〉　《新臺灣》　第56號　1920年06月19日　頁55

黃錫祉　〈訓蒙集格言〉上　《臺灣日日新報》　第6版　第7708號　1921年11用16日

黃錫祉　〈訓蒙集格言〉中　《臺灣日日新報》　第6版　第7717號　1921年11月25日

黃錫祉　〈訓蒙集格言〉下　《臺灣日日新報》　第3版　第7720號　1921年11月28日

黃錫祉　〈重陽〉　《臺灣日日新報》　第3版　第9515號　1926年10月28日

黃錫祉　〈台北重陽〉　《臺灣日日新報》　第4版　第9861號　1927年10月09日

黃錫祉　〈輓張息六先生〉　《臺灣日日新報》　第4版　第10280號　1928年12月02日

黃錫祉　〈外埔莊〉　《臺灣日日新報》　第8版　第11694號　1932年10月28日

黃錫祉　〈輓張麟書李廉一二先生〉　《臺灣日日新報》　第8版　第11881號　1933年05月05日

黃錫祉　〈七十書懷〉　《臺灣日日新報》　第12版　第12841號　1935年12月28日

黃錫祉　〈勸善壇〉　《詩報》　151號　1937年04月20日　頁18

魏清德　〈島人士趣味一斑（四）：詩畸燈謎之消遣〉　《臺灣日日新報》　第4版　第10867號　1930年07月17日

魏清德　〈島人士趣味一斑（廿四）：戲劇及勸善講古〉　《臺灣日日新報》　第4版　第10901號　1930年08月20日

四　電子媒體

林正三　《續修臺灣瀛社志（印刷稿校勘本）》（2017）　取自臺灣瀛社詩學會「瀛社」網站　網址：http://www.tpps.org.tw/forum/forum.php?mod=viewthread&tid=4870&fbclid=IwAR0dZmpUgWXx_YooZrCAuvZJ45LEpxcTFPNEmIwpkYdZMr8aitq2aDBXzUc（檢索日期：2018.10.31）

地方知識與文化傳統
——從鄭用錫的經學到龍瑛宗的文學看竹塹學之「道」

黎湘萍*

摘要

本文根據《北郭園文集》及《龍瑛宗全集》的資料，討論清代臺灣鄭用錫的詩文與日本殖民時期龍瑛宗小說的一些相關問題，探討「竹塹經學」與「竹塹文學」對於「竹塹學」的意義。從「竹塹學」的角度，也可以看到不同時代的兩位作家的詩文與小說所具有的特徵與內在的關聯，藉此展開文學史敘事可能的空間。

> 魯雞伏鵠卵，未可強越雞。豈力有優絀，物性自不齊。我家雙孔雀，能生不能伏。安得氣成形，此理殊反復。有雞來相親，煦煦何其仁！如何世間人，一體分越秦？
>
> ——鄭用錫《觀物》

> 文學不是輕而易舉的，要鏤心刻骨的不只是技藝，要更加鏤心刻骨的是成為一個作家，成為一個真正的人。
>
> ——龍瑛宗：《雜記》(1941)

* 中國社會科學院文學研究所。

一　「竹塹學」的「道」：地方知識與文化傳統

「竹塹學」這個概念，首先與「地方知識」有關。「學」意為「學問」、「知識」、「學科」，用洋文構詞法，竹塹學應該是 Zhuqianology，末尾的-ology，意為「知識、科學」，其詞根即希臘文的「邏各斯」（λογοσ），原意為說出來的話，即言語、詞，在《新約．約翰福音》裡引申為「道」。如此看來，竹塹這樣一個地理空間若成為「竹塹學」，就不再只是單純的地理意義上的，而且被賦予了與這一地理環境相關的天象（氣候、）、人文（與人相關的歷史、文化、社會、政經、軍事乃至宗教信仰等）等豐富的內涵，這些內涵不僅僅是「文字」或「記憶」的「碎片」，偶然的經驗的聚合，更是經過了理性梳理的系統性「知識」，如此則又必然與更為恒久的基礎性的思想與文化傳統相關。因此，構成「竹塹學」的核心或基礎的，可能就是某種屬於或近乎「道」（λογος 或-logos/-ology）的東西，否則它就只是具體經驗的彙聚，類似地方風光旅遊資料的介紹，而稱不上是真正有學理的學問或學科。因此，竹塹學這一概念必然內在地包涵著以「道」（學理）為基礎的天（氣象）、地（地理）、人（人文歷史）三方面的系統知識，否則就容易淪為宣傳的噱頭和空洞的概念。

那麼，什麼是構成「竹塹學」的理論基礎的「道」呢？《約翰福音》說的「太初有道，道與上帝同在。道就是上帝。」（εν αρχη ην ο λογος και ο λογος ην προς τον θεον και θεον ην ο λογος）對「竹塹學」而言，「道」意味著什麼？是否意味著天地洪荒開闢之初，竹塹就作為創造物之一體而存在了，不管人是否意識到它的存在，它都是天地二維世界中屬於「地」的一維。作為創造物之一的人對它的發現，則賦予了它多一層的意義，即生活於這塊土地之上的人的意義。起初，人與天地之間可能處於一種「無明」的狀態；人通過觀察與效法天地自然來安排自己的活動；之後，人逐步建立與天地自然相處的法則（例如「禮」文化在各民族生活中的興起與發展）。以此反觀「竹塹學」也是如此：最早在此地居住生活的原住民，已然在部落內部形成不成文的禮法習俗，這是原住民通過其禮法來建立自己與竹塹地方的關係的最早的實踐。漢人到竹塹地方開墾之後，也將漢文化引入，因此，也許可以說，奠定「竹塹學」**成文法**基礎的，應該就是清代竹塹開闢為淡水廳的管轄區之後制定的政治、社會、禮法制度，換言之，竹塹一旦成為淡水廳的管轄區，與它相關的政治意識便產生了，而這政治意識顯然源於中國古老的政治文化傳統。

與「竹塹」相關的記載，不得不提及鄭用錫最早編纂的《淡水廳志初稿》，這部書刊行後似乎未見風行，但它的整體框架已被陳培桂編纂於同治十年刊行的《淡水廳志》所吸取，因此陳志是在鄭志的基礎上修訂的。早在康熙二十三年臺灣歸入清朝版圖之後第二年，蔣毓英編纂的《臺灣府志》就作為作為福建轄區內的臺灣第一部地方志的問世了，它的體例、結構以及內在的理路都為後來的「府志」「縣志」「廳志」等奠定了基礎。首先，《臺灣府志》是以《禹貢》的傳統為指導思想編纂的，其「分野」一章稱「古十二州之域，所以紀地；而十二次之躔，所以紀天。二十八宿周天分佈，角亢始於卯，翼軫終於寅，各有定位，後人因地占星，即因星辨地，遂有分野之說。以十二次定十二州，而以齊、晉、燕、楚、秦諸國實之；揚州之域，東南至海，屬於牛女，為吳越之分，先賢之論詳矣。八閩界在甌越之間，原非古揚州境，而地盡東南，遂屬隸揚州。……至於臺灣，遠隔大海，番彝荒島，不入職方，分野之辨，未有定指。然晉《天文志》十二次始角亢，以東方蒼龍為之首也。唐十二次始女虛，以十二支子為之首也。按考臺灣地勢，極於南而迤於東；記其道裡，當在女虛之交，為南紀之極，亦當附於揚州之境，以彰一統之盛焉。」[1]此處的「揚州」依據的是《禹貢》「揚州」的概念；而「因星辨地」的分野觀，雖說不一定合乎客觀真實的地理經緯，卻契合《禹貢》以來的九州分類範疇，可「彰一統之盛焉」。其次，《臺灣府志》的基本結構為日後的府、縣、廳志做了「示範」。全書共十卷，每卷分述「沿革」、「分野」、「氣候」、「風信」、「封隅」、「敘山」、「敘川」、「物產」、「風俗」（包括土番風俗）、「歲時」、「規制」、「學校」（附社學）、「廟宇」

1　蔣毓英：《臺灣府志》（康熙二十四年刊行），卷一，〈分野〉。

（附養濟院）、「市廛」（附渡橋）、「戶口」、「田土」、「賦稅」、「祀典」、「官制」、「武衛」、「人物」、「古跡」等項。這些構成了地方志的基本內容與結構。

現在流傳下來的較早的《淡水廳志》是陳培桂於同治九年開始編纂、同治十年刊印的。作者自序說「臺灣，海外荒服耳」，用的是《禹貢》「五服」之概念，時任按察使、署分巡臺灣兵備道兼提督學政的黎兆堂為《淡水廳志》作序時寫道：「易象設險，而天險、地險與人險均焉。臺灣為海外不治之天、不賦之地，盤薄鬱積，日亭毒乎萬匯百產：我朝始扼險而郡縣之，非天開而地辟也。孰開闢之？曰人。……國家不患無天地之險，而患無人險；不城府而固，不匡岸而峻，不疆界而別，不畛域而明，事至有所執而逆折之，無所怵於中，乃不為虛疑恫喝之所撓，斯屹然人險哉。」[2]黎氏強調的是「人」對於「荒服」的開闢，以及「人險」對於國家、地區的重要作用。《淡水廳志》的總體結構，仍然是對「天地人」三險的記敘，只是在內容細節上更具當地色彩。該書共十六卷：卷一是地圖，卷二是〈封域志〉，包括「星野」、「疆界」、「山川」、「形勝」；卷三是〈建置志〉，包括「城池」、「隘寮」、「廨署」、「倉廒」、「鋪遞」、「街裡」、「橋渡」、「義塚」、「水利」、「番社」（其中「義塚」和「番社」很有特色）；卷四是〈賦役志〉，包括戶口、田賦、官莊、屯租、叛產、餉稅、經費、鹽課、關權、蠲政、卹政；卷五是〈學校志〉，包括規制、學宮、祀事、學額、書院、義塾、社學；卷六是〈典禮志〉，包括慶賀、接詔、迎春、耕耤、祭社稷、厲祭、救護日月、鄉飲酒、鄉約、祠祀、祠廟；卷七是〈武備志〉，包括兵制、海防、船政；卷八是〈職官表〉和〈選舉表〉，卷九和卷十是列傳，包括〈名宦〉、〈先正〉、〈義民〉、〈列女〉；卷十一至十四是包括〈風俗考〉、〈物產考〉、〈古跡考〉、〈祥異考〉；卷十五是〈附錄〉，以「文征」為名，收入地方代表性的詩文，實際就是地方「藝文志」；最後一卷是〈志餘〉。

不論是《臺灣府志》還是《淡水廳志》，都屬於地方志體系，這個體系

2 陳培桂纂輯：《淡水廳志》〈黎序〉（同治十年），收入於《臺灣文獻叢刊》第172種（臺北市：大通書局，1963），頁3。

繼承的乃是《禹貢》開創的傳統，它不單純是科學意義上的「地理書」，更是具有政治意味的「貢法」和特殊的「禮書」，與《山海經》、《漢書・地理志》的內在理路一脈相承。據《尚書・堯典》記載，舜即帝位之後請伯夷典掌「三禮」，這三禮就是天、地、人之禮[3]。我們在《禹貢》中看到大禹「敷土，隨山刊木，奠高山大川」，就包括了治水之後的重新調查、規劃土地山川，根據地方風土物產，制定五服貢法，在這些措施的背後，還有一個非常重要的目的是「奠高山大川」。古人解釋「奠」字為「定」，「禮定器於地，通名為奠」（孔穎達正義），猶如《周官》云「奠地守」，因此奠高山大川，是為了「使各州之官，帥民意趨事也。」[4]。

從《禹貢》的基本結構及其政治意識出發來看中國地方志的編纂，才能瞭解地方志背後的「道」實際上暗含了的天地人「三禮」的意涵。換言之，客觀的地理空間經由地方志的書寫，而被賦予了「道」的意涵，這既是是政治的，也是文化的。具體的地理空間的存在，經由「分野」式的書寫而被「普遍化」了。表面上看到的「地方志」是經驗的，具體的，歷史的，分散的，個體化的（與正史相比），但實際上它內在於一個更為抽象的、演繹的思想政治傳統。在堯舜禹三代，這種思想政治傳統同時關係著天地人三維的關係，也可以說是「祭政」的統一，隨著時代的發展，這種傳統逐漸演化，祭政分開，「人」的一維趨於中心，後人漸漸只看到人的「經驗」的部分，而忽視甚至捨棄具有普遍性意義的「道」的部分。例如，編撰於同治九年、十年間的《淡水廳志》卷十四〈志四・祥異考〉下有一則「附錄」，記錄了一八七〇年前後淡水廳屬地之內的「人瑞」共十五人，除了有位陳氏（艋舺人）是因為一產三男被收入「人瑞」名錄，其餘諸人的年齡均在百歲以上，其中高壽女性高達七人。臺灣的府志幾乎看不到這類記載，但在比《淡水廳

3 《尚書》〈堯典〉：「帝曰：諮，四嶽！有能典朕三禮？」僉曰：「伯夷。」帝曰：「俞諮！伯，汝作秩宗。夙夜惟寅，直哉惟清。」伯拜稽首，讓于夔、龍。帝曰：「俞，往欽哉！」

4 參見〔清〕胡渭：《禹貢錐指》（上海市：上海古籍出版社，2006年），頁10。其詮釋部分引用了董鼎的解釋。

志》早的《續修臺灣縣志》（薛志亮初刻本，刊於清嘉慶十二年）的卷三〈學志〉下發現有一條「耆耇」，記錄的也是八十九以上的「人瑞」十五人；《彰化縣志》也有「耆壽」的記錄，收錄七人，有意思的是《續修臺灣縣志》和《彰化縣志》在「耆耇」或「耆壽」條前都有一個短序，強調所謂「憲乞之禮」這一傳統源於夏商周的「養老於學」之禮（《禮記》〈王制〉），「貴老，所以教弟也。」[5]《淡水廳志》雖然沒有類似這樣的理路說明，但貫穿其中的「道」應該是一致的吧。

顯然，地理空間的開闢以及把它納入建置之後相關的地方志書寫，如《淡水廳志》，或許是形成「竹塹學」及其早期形態的動力之一；由於這種開闢與書寫的行為實際上並非私人的經驗與行為，而是貫穿著一條使之「合法化」的「道」的傳統，因此，作為「地方知識」的「竹塹學」所內涵的「道」及其「道」作為傳統在不同時期中的衍化，或許是我們討論這門學問不可不察的核心問題，它也與其他地方志所涉及的同類問題一樣，成為我們思考「地方知識」與「文化傳統」之關係的較好的切入點。

二　竹塹學的「人」：鄭用錫的經學形態與龍瑛宗文學形態

與「竹塹學」這一概念密切相關的第二個問題，應該就是「人」的問題。正如清人黎兆堂在《淡水廳志》作序時所指出的那樣，國家的安危與「天地人」三險有關，而最重要的乃是「人險」。臺灣之開闢，無論在物質上，還是在人文上，端賴於人。那麼，誰是「竹塹」人文的開拓者、播種者、創造者與詮釋者呢？我想到的是兩個不同時代的代表人物，一個是生活於滿清乾隆中後期至咸豐初期的鄭用錫（1788-1858），一個是活躍在二十世紀三〇年代至八〇年代的的龍瑛宗（1911-1999）。這兩位的出生日期相隔一

5　薛志亮編修：《續修臺灣縣志》（刊於清嘉慶十二年），收入於《臺灣文獻叢刊》第140種（臺北市：大通書局，1962年），頁24。

百二十三年，前者是留著辮子身穿清代長袍的士紳，後者是身穿西裝的現代作家；前者講的是閩南語，一個說的是客家話；前者終生用漢字寫作，後者前半生以日文創作，後半生用中文書寫。這兩人的文化觀念、政治立場、文學趣味乃至生活習慣等，都不會相同，而且看起來毫不相干，不要說鄭用錫永遠想不到的龍瑛宗的存在，身為後輩的龍瑛宗似乎也很少提及鄭用錫這位家鄉「先正」。然而他們同是竹塹人，而且同樣為竹塹文化、文學做出了無可替代的貢獻。這是橫亙在他們之間的一百多年的時間，讓他們各自所「創造」的文學與文化染上了不同的時代色彩，構成「竹塹學」中的「人文學」中很不一樣的部分，也從而使得所謂「竹塹學」成為豐富的、複數的學術礦藏。鄭用錫是開臺以來第一位進士，在臺灣早已家喻戶曉；龍瑛宗早年創作的日文小說刊發於東京《改造》雜誌，成為三十年代在東京文壇亮相的臺灣作家之一，也是日本文壇藉以關注殖民地臺灣的重要媒介，文名顯赫，與呂赫若、楊逵、張文環等齊名。作為竹塹地方乃至全臺灣的重要的「文化財」，鄭用錫與龍瑛宗可視為臺灣文化．文學從傳統向現代轉化的重要象徵。然而，在現有的文學史敘事之中，他們似乎僅代表各自的「文化．文學形態」，彼此之間幾乎沒有什麼內在的聯繫，更構不成任何對話關係，譬如在劉登翰主編的《臺灣文學史》上卷（1991）中，這兩位是分別放在「近代文學」（鴉片戰爭以後）與「現代文學」（五四運動以後）分述，近代文學部分第二章「咸豐至光緒初年的文學創作」專設了一節「鄭用錫、林占梅與新竹作家群」，這也是唯一以地方為標誌來命名詩人群體的一節，大概也是「新竹作家群」這樣的名稱首次出現在文學史上。文學史家分析了鄭、林等詩人的詩作特色，不同意連橫關於鄭氏《北郭園集》「多試貼制義，而詩未佳」的評判，認為鄭詩「老成練達，別具一格，其成就不亞於同時期的任何一位臺灣詩人」[6]，允為恰切公正而知味。關於龍瑛宗，則與張文環一起放在現代文學編的第五章「臺灣新文學運動的重挫」來論述，具體小說文本的

6 劉登翰主編：《臺灣文學史》（福州市：福建海峽文藝出版社，1991年），上卷，頁226。

分析可算允當[7]。然而，當四十年代戰爭與皇民化運動並起，呂赫若、張文環和龍瑛宗的小說創作都沒有停止，反而呈活躍狀態，可以看作是作家以文學與日本殖民當局進行「博弈」的某種方式，未必是「重挫」。以龍瑛宗而論，他這個時期的作品呈現更複雜的狀況，也恰在此時，他有機會來重新反省臺灣文學如何介入臺灣文化的再造的問題，也因此而與臺灣的「文化傳統」是否斷裂產生了內在的關聯。如果我們借用「竹塹學」的視野去觀照，被當代的文學敘事所割裂的鄭用錫與龍瑛宗，反而在歷史發展的脈絡中有了不可思議的接合的可能。這是怎麼回事呢？我們不妨再回溯一下兩位眾所周知的文化人物的行止與文字功業，就可以看到他們如何成為「竹塹學」不可或缺、相互聯繫的「樞紐」了。

（一）鄭用錫的經學：代聖人立言與實踐的詩學

鄭用錫生於滿清乾隆五十三年（1788），於嘉慶二十三年（1818）戊寅科鄉試中舉人，道光三年（1823）癸未科中進士，被看做是開臺以來第一位登科進士。鄭用錫出生的一七八八年，也是英國大詩人拜倫、德國哲學家叔本華誕生的年頭。拜倫寫詩，遠遊東方（南歐與西亞），嚮往希臘人反抗土耳其殖民統治的解放鬥爭；叔本華在其盛年也在鑽研東方哲學（印度），就在鄭用錫準備鄉試和殿試的那幾年，拜倫寫出了他的《恰爾德．哈羅爾德遊記》（Childe Harold's Pilgrimage, 1809-11818）、《唐璜》（Don Juan, 1818-1823），而叔本華也完成了他最重要的哲學著作《作為意志和表像的世界》（Die Welt als Wille und Vorstellung, 1814-1819）。鄭用錫中進士一年之後，拜倫去世；叔本華在柏林大學了幾年書之後，於一八三三年移居法蘭克福，以著述為業，一八六〇年孤獨終老。鄭用錫的詩歌成就遠不如拜倫，他也沒有像叔本華那樣有系統的哲學論述，但他的人生似乎比他們「平凡」一些：他見證了乾隆中後期到咸豐初期由盛漸衰的國運，卻沒有遇上清王朝徹底敗

7 參見劉登翰主編：《臺灣文學史》上卷，頁565-576。

亡的時期。因此，在他所留下的所有詩文中，偶或有感時憂國的吟詠，卻沒有國破家亡的悲憤。基本上，他是承平時期的鄉村經師，國運漸衰時代的田園詩人。他的經學轉化在主持明志書院的教育實踐之中，那些被後人所忽視甚至鄙夷的「制藝」文章，現在看來，恰是他作為臺灣第一位進士所留下來的十分重要的讀經體驗，這既是為其生徒所寫的範文，也是他代聖人立言的方式，無論從其文體（八股文）還是所繼承的思想、文化傳統上，都是非常寶貴的清代臺灣的教育學、文章學和經學資料。譬如《述穀堂》所收「制藝」文章，與《論語》、《大學》、《中庸》相關的多與「修齊治平」之道有關，〈我對曰無違〉論儒家最重要的倫理觀之一「孝道」；〈發憤忘食〉、〈子曰君子和而不同〉、〈切問而近思〉等，論讀書做人的精神與方法等；其中也有與儒家的政治理論即「治平」之策相關，如〈百姓足〉、〈無為而治〉等；而與《孟子》有關的，則涉及為政、歷史評價、知人論世、批判性思維的培養等，如〈周公之過不亦宜乎〉、〈今之域楊墨辯者如追放豚既入其苙〉等。

討論鄭用錫的經學，除了那些「制藝」文章，可用的材料不多，因為他的專門的經學著作《欽定周易折中衍義》已遺失。有關他傳記資料都提及這本書，需要注明，這本書應該是當時流行的清代官方教科書、時任大學士兼吏部尚書李光地編的《禦纂周易折中》的詮釋之作。據朱材哲所撰的〈鄭君墓誌銘〉稱：「少穎異，能讀父書，淹貫經史百家，尤精於易，言理而不言數，嘗採各說著《欽定周易折中衍義》一書，凡數十萬言。性好吟詠，不釋卷。主明志講席前後八年，汲引後進多聞人。課日每自擬文詩為諸生式，試驚一秉至公。複製折卷以書法授來學者。先是淡學隸彰化，未設學校，君請大府，以彰學司訓分駐之。淡自開闢，志乘無書，君集弟友纂稿藏為後法，俾典章文物昭昭可考，為功獨偉。」[8]因此，除了首開淡水廳志的撰寫之風居功獨偉之外，其思想傳統究竟如何就泰半需要借助收入《述穀堂》的「制藝」文章來瞭解了，這些「制藝」，相對於臺灣教育史和儒學史而言，別有

8 鄭用錫：《北郭園詩鈔》〈附錄〉，收入於《臺灣文獻叢刊》第41種（臺北市：大通書局，1959年），頁87。

價值，顯然不能低估。讀了那些「制藝」之後，我們對於鄭用錫那篇著名的〈勸和論〉的內在理路，也就不會陌生了。

鄭用錫的另外一種「經學形態」是他的詩賦。他留下的「賦」體不多，卻有一篇很獨特的〈謙受益賦〉，以謙卦六爻皆吉為韻逐層展開，讚頌「謙虛」的美德，陳述其體用於己於人於國之大益。這篇獨特的說理性質的賦，確實證實了鄭用錫「尤精於易」的說法真實可信。鄭氏還喜歡用詩體談經學，如〈警世〉:「人當入世初，便作呱呱哭。可知此一身，都為憂患伏。貧富雖不同，名利紛相逐。何人悟大造，有剝必有複。滄海變桑田，高岸成深谷。勞勞複奚為？天地如轉轂。」[9]詩人感歎人生是苦，變化無常，儘管如此，「有剝必有複」，勸人「悟大造」，不必孜孜於爭名奪利。他的長詩〈讀易示諸兒〉，類似一篇簡明的易理解說；〈觀物〉一詩，談的也是物性不齊，天然自成，不必強分「越秦」，這義理與〈勸和論〉力圖破除漳泉之間、閩粵之間的強分畛域、以四海之內皆兄弟的精神「親其所親，亦親其所」，強調「天地有好生之德」同出一脈。這類說理詩，確實有宋人邵堯夫之風。

雖然清代為《北郭園詩鈔》作序的楊雪滄稱鄭氏詩「蓋發於性情，深得三百篇之遺旨。其品格在晉為陶靖節，在唐為白樂天，在宋為邵堯夫，間有逼肖元遺山者」，但近代的連橫卻對他的詩評價很低，只說他「好吟詠」，築北郭園自娛，且引來眾多士大夫「傾尊酬唱，風靡一時，至今文學尤為北地之冠」[10]，然而連橫選《臺灣詩抄》時，鄭詩一首也不錄入。說他的詩文「多制藝，詩亦平淡」。其實鄭氏體裁多變，題材多樣，他的五言、七言古詩，卻有白樂天之遺風，如〈感遇〉、〈即事〉、〈感時〉、〈感歎〉諸作。

鄭用錫之精於易學，不徒見諸詩文，更付諸實踐。他捐了京官，但覺官場不如意，便退隱江湖:「我生本不才，庸庸何所見？一官歸去來，幸侍寢門膳。倏忽廿餘年，流光如掣電。到處皆巉巇，人情多幻變。軒冕似泥塗，

9 鄭用錫:《北郭園詩鈔》，卷一，〈五言古詩〉，收入於《臺灣文獻叢刊》第41種（臺北市：大通書局，1959年），頁6。以下引用均用此本。

10 連橫:《臺灣通史》，〈鄉賢列傳．鄭用錫傳〉。

昔貴今亦賤。不如收桑榆，行樂且安便。」[11]回到臺灣新竹過陶淵明式的生活，建造北郭園，主持明治書院，課徒授業，編纂方志，吟詩作賦，留下許多陶淵明式的田園詩，譬如他的〈賞菊〉、〈偶詠〉、〈新擬北郭園八景〉等。他經歷了滿清由盛而衰的過程，看到了鴉片戰爭、中法戰爭的爆發和太平天國的崛起，雖處江湖之遠而心存魏闕，感時憂國，率先招募鄉勇抵抗英軍進犯大安口，立功受賞。晚年撰寫〈勸和論〉（咸豐三年，1853），並踐行勸和的天道，身體力行消除閩粵畛域隔閡，消除分類械鬥的惡習。

鄭用錫卒於一八五八年，比叔本華早兩年往生。他沒有叔本華那種皇皇巨著，但他的哲學融入他的詩文與日常生活之中，他服膺的是儒道釋兼而有之而以儒家思想為主導的思想與文化傳統。他去世後三十七年，甲午戰敗，臺灣割讓日本。臺灣淪為日本殖民地之後又十六年，滿清滅亡。

（二）龍瑛宗的文學：現代小說的個人性及其創造新文化的使命

日本殖民臺灣後的第十六年，即清宣統三年，日本明治四十四年，西元一九一一年，辛亥革命爆發，民國創立，而龍瑛宗（劉榮宗）生焉。自鄭用錫出生到龍瑛宗問世，相距一百二十三年（1788-1911）。這期間中國改朝換代，從君主專制王朝走向民主共和國，由剝而復；而日本從尊王攘夷到廢藩置縣，維新成功，稱霸東亞；臺灣從隸屬福建的「府」、「縣」轉為臺灣省（1885），又從臺灣省變為隸屬於新興現代日本帝國的殖民地。龍瑛宗出世之後，生長於客家人環境之中，自述他八歲時曾被父親送去彭家祠上私塾，念傳統的「三字經」、「四言雜事」、「百家姓」之類，然而，「村裡的土皇帝日本員警大人，將著仁丹鬚出現於彭家祠。不知道講什麼，嘰裡咕嚕數聲；彭老師低著頭說：『是、是。』然後，日本土皇帝揚長而去了。下課時，彭老師告訴學童們說：『你們，明天起不必上課。』這是我於祖國文永別之日。長大以後讀了法國作家都德的《最後的一課》，才感覺到亡國民的悲哀

11 鄭用錫：〈感作〉，《北郭園詩鈔》，頁3。

越深。」此後的教育完全日本化了：「九歲上公學校，臺灣人老師教『哈那（花）』、『哈達（旗）』，根本不是我們所說的言語，而是未曾聽過的異國言語。從此以後，一直讀著統治者的言語，說也奇怪，統治者的文章裡，竟以很多中國文學而構成著，而讀音與我們的有異。到了五年級，日本人當了老師。他是九州熊本縣人，是個喜歡文學的青年。他把日本古代短歌《萬葉集》油印給我們念。這，對我的文學開眼，大有作用。從此喜歡作文，我的〈暴風雨〉一篇短文，刊載於《全島學童作文集》。另外，我也投稿於東京發行的全國少年雜誌。」[12]這已是一種完全不同於鄭用錫時代的環境與教育：除了那短暫的「最後一課」般的私塾教育，龍瑛宗關於漢文學及其文化傳統的瞭解，就僅限於從父輩那裡聽來的三國水滸故事和口耳相傳的祖輩移民臺灣的悲壯故事了。對鄭用錫那一代人而言非常重要的漢文化傳統，已幾乎消失於歷史的地平線，淹沒在一片黑暗之中。

如果龍瑛宗沒有在一九三六1936年寫〈植有木瓜樹的小鎮〉，並於次年投稿成功將小說發表在1919年創刊的日本綜合刊物《改造》上，他很可能只是臺灣銀行貌不驚人的小職員，關於他的身世可能就不太為公眾所知。然而《改造》雜誌將一位默默無名的臺灣青年用日文寫作的作品刊出了，這對於日本文壇也許只是一個平常的事件，但對於殖民地臺灣而言，卻意味深長。從此，這位銀行職員，同時也一躍而進了三十年代中期以後的臺灣文壇，成為日語教育下成長起來的一代，也成為使用日文寫作的臺灣作家，這一代臺灣作家使用非母語的日文寫作，創造出一批臺灣文學史上有待深入研究與評估的德勒茲意義上的「小文學」。

一九四一年三月出版的《文藝臺灣》發表了龍瑛宗的短篇小說《邂逅》[13]，這篇小說開篇便寫到：

12 龍瑛宗：〈一個望鄉族的告白——我的寫作生活〉，刊於《聯合報》，1982年12月16日。後收入於龍瑛宗：《龍瑛宗全集》（臺南市：臺灣文學館籌備處，2006年）第7冊，《隨筆集2》，頁28-29。

13 龍瑛宗：〈邂逅〉，原文為日文，刊載於《文藝臺灣》第2卷第1期（1941年3月）。中譯者為陳千武。收入文集之前，似未在中文刊物上刊載。

> 紀元二六〇一年元旦，臺北車站的月臺，旅客排成數列，正在等上午九點三十分的南下南下快車。這是配合「旅客請依序排隊」的主旨，為了因應新體制，公平而嶄新的交通道德的情景。

這似乎是龍瑛宗小說唯一在開篇就使用日本皇紀紀年的，這一年是一九四一年，也就是皇民化運動正如火如荼在臺灣全島推展的年頭，臺灣人被要求改姓名、穿和服、踐行「八紘一宇」的精神，這就是故事開篇所說的「新體制」（皇民同化運動的別稱）在全島鋪開的「高峰時刻」。而「新道德」的張揚乃是以「交通道德」的養成這樣的小事來實現的。然而，緩慢移動的旅客隊伍很快就騷動起來了，火車一到，幾乎所有的人都不再顧忌所謂的「交通道德」了，爭先恐後地撲上火車，「其中幾個男人抱著皮包等脫離了排列隊伍，跑去火車窗邊把東西擲進車裡去。眼看原本整齊的旅客人群，像潰堤的濁水氾濫出去，卷著雜音，有如颱風般快速被吸進火車裡去」。[14]小說接著描寫了作家劉石虎在火車上邂逅了紳士楊名聲的細節，這位三十五、六歲的紳士，跟他的夫人一起匆匆忙忙趕上了這趟火車，他像那幫不顧「交通道德」的男人一樣，硬擠著要穿到車廂裡面去，然後，楊名聲認出了劉石虎，久別重逢，原來是老鄉！這位穿著講究的紳士，是村裡首富之子，從日本大學畢業以後回臺，擔任莊裡的信用公會會長，又是某有限公司的董事長。有地位，有學識，有金錢，有權勢，有面子。但就是這位紳士，言談粗俗，見識淺薄，對待他的太太非常冷漠而且粗暴。他之所以跟作家打招呼，是因為作家在日本發表了小說《鳳梨村》，而且見過日本的文豪。小說寫了受過日本良好大學教育的楊名聲的傲慢、自私，誇誇其談。他居高臨下，要作家劉石虎多寫些「讓大眾感到快樂的」小說，但他自己心裡其實很看不起小說家，認為小說家不外就是泡在酒家花天酒地，尤其是臺灣的小說家，只能寫些幼稚的作品，這些人或許只比殺豬的和理髮師好一點吧。但劉石虎關於小說的看法完全不同，於是有了以下的對話：

---

14 龍瑛宗：〈邂逅〉，《龍瑛宗全集》第1冊，頁203。

> 「我不是想寫通俗小說才寫的，是以更認真的心情想為臺灣的文化而寫的。」
> 楊名聲沒有想到他會說出頂撞自己的話，這至少是對身為村內名士的自己提出反對，他認為自己受到了侮辱。
> 「文化？臺灣的文化？你，哪兒有臺灣的文化？你是說正經的嗎？低劣、卑俗，這不就是臺灣的現狀嗎？」
> ……
> 「正是這樣，臺灣到現在沒有文化，這一點我也承認。可是，問題不是在臺灣有或沒有文化，而是正因為沒有文化，才要我們來創造文化。」
> 楊名聲看著這個奇妙的男人，很奇怪地笑了。
> 「哈哈哈哈，你好像一個人要背負著臺灣的文化似的，真是辛苦了！」
> ……
> 劉石虎感覺到憤怒和莫名其妙的羞恥。自己以豐富的手勢說著文化、文化一類高尚的話，但是自己的作品稱得上是文化的產品嗎？自己只是為了粗俗的名聲和金錢而寫小說的吧？

小說接著通過楊名聲自述其戀愛故事進一步刻畫了他務實而殘忍自私的性格。這應該是龍瑛宗較早的自傳性的小說之一，小說人物劉石虎就是他自己的投影。他同意臺灣「沒有文化」的說法，因此認為嚴肅的作家可以通過小說創作來「創造文化」，但受到諷刺挖苦的反駁之後，他也反過來做了自我反省與批判了。這一期的《文藝臺灣》還刊登了龍瑛宗的一篇短論〈新體制與文化〉，文章認為「使文化人教養紮根的舊體制意識，深深地浸潤於性格或氣質中，不是一朝可變革之物。此時，文化人必須各自先行殘酷地自我批判──反省與揭發。培育文化財產一路過來的舊時代精神，以及非政治性、專門化或少數獨佔話等的文化性格等，我們面前正橫亙著的是必須徹底奮戰的叢林。」[15]這篇短論是對這篇小說的背景說明與理論詮釋，而小說則

15 龍瑛宗：〈新體制與文化〉，《龍瑛宗全集》第5冊，頁82。

是該短論的形象化。

在四十年代皇民化運動中出現的小說中，直接討論「新體制」建立的「新人」舊病的作品，這是較早的一篇。根據我的閱讀所限，關於這部自傳性作品的分析解讀，似乎較少。但它意義重大：一是揭示龍瑛宗小說「自傳性」的作品寫作的從一九三六年創作、一九三七年發表的〈植有木瓜樹的小鎮〉就開始了，這一「自傳」性暗藏著的是抹不掉的家族與個人的歷史記憶；那種刻骨銘心的「文化荒漠感」來源於這種綿延不斷的歷史記憶以及變化動盪的現實所給以人的壓迫感。二是提供了皇民化運動中的新的諷刺小說的類型，此文與呂赫若的《清秋》（1943）、周金波的《志願兵》（《文藝臺灣》第2卷6期1941年9月）、王昶雄的《奔流》（1943）都要早，寫法也不一樣。三是小說令人思考何以小說人物劉某會認為臺灣沒有文化？是什麼樣的文化缺失？是什麼樣的「新人」擔任這文化創造的使命？創造什麼樣的新文化？而這個問題正是四十年代臺灣小說的重要主題。從龍瑛宗個人的寫作和言論看，這也是困擾著他的重要問題（他當時發表的論文或座談會上的發言可以為證）。

這篇小說的意義還還在於，它透露出龍瑛宗改造文化的念想主要通過新小說的形式來實現的。當然這種小說寫作對於他個人而言也是很重要的生活方式，甚至是精神治療的方式。而如果我們注意到他使用的語言文字載體，就會發現，那是遠遠迥異於他的母語的日語（文）。事實上，龍瑛宗的中文寫作直到七十年代末才開始，在《斷雲》（1979）、《杜甫在長安》（1980）之前，用的一直是日語和日文。這是文言一體的系統，但在他的生活環境中，日文只在日人圈子裡才真正是文言一體的，對龍瑛宗而言，而無論身處日人圈，客家人內部還是與閩南河洛族群在一起，他所遭遇的都是「言文不一致」的問題。這種文化多元且分裂的狀況，可以舉兩篇文章為證。在〈我的足跡〉（1984）一文中，他首先提及讀臺灣商工時主持校務的佐藤主事，佐藤先生教經濟學原理，因了他的介紹，龍瑛宗才有機會進了臺灣銀行工作，面試時龍瑛宗被問了許多關於一九〇七年十一月新竹北埔客家人蔡清琳反日事件的詳細情形，而北埔事件發生時龍瑛宗還沒有出生，此事在龍氏心裡留下了抹不去的陰影；其次是進臺銀之後，臺人與日人的薪水待遇不同。作者後來被分派到南投支店時，與佐藤先生再度相聚。他寫道：

> 在南投服務的時候，佐藤先生蒞臨該鎮。畢業生一同上館子，設宴歡迎。紅露酒三巡的時候，佐藤先生以低聲，向校友們道：日本對你們有差別，實在不應該哪！我吃了一驚，看看他的臉龐，而他的眼鏡底流了一絲眼淚。時經五十年後，我還記得出來，有如昨日。[16]

同工不同酬，「同文」不同語，日本殖民統治者所謂的「現代化」管理，製造著臺人與日人之間的族群與階級差異。而在臺人之間，除了共同感受到的殖民地的苦悶之外，彼此之間也存在著複雜而微妙的社會關係。他在〈《文藝臺灣》與《臺灣文藝》〉（1981）中寫道：

> 我曾於昭和十二年在日比穀的美松遇到新劇的佐佐木孝丸先生。佐佐木先生告訴我：「法國政府禁止越南人閱讀雨果的《悲慘世界》。」這句話使我想起殖民地人民的悲哀。當時是知識份子集團的本島人教職員們，無法公然閱讀《改造》或《中央公論》。因為如果讀了這些高水準的綜合性雜誌，或許就會變成不受當局歡迎的人物。
>
> 我想至少可以憑藉在文字領域中自由地幻想與飛翔來治療殖民地生活的苦悶。現實越悲慘，幻想就益加華麗。
>
> 同樣的情形，在殖民地安居的日本人希望在粗俗的臺灣也能看到開出日本文學變種的花。日本的殖民地政策是同化政策。我也被視為不認識日本精神，故 H 特意借我幼稚園孩童們看的日本神話故事書。並忠告我要閱讀日本的古典作品。
>
> 這樣的空氣是不能令人滿意的。不久後，張文環跳出《文藝臺灣》，

16 龍瑛宗：〈我的足跡〉，原載於《開南校友通訊》，1984年7月1日。後收入於龍瑛宗：《龍瑛宗全集》第7冊，《隨筆集2》，頁97。。

> 創立《臺灣文學》。不過，我並不知道張文環跳出《文藝臺灣》且重新創辦文學雜誌的事。
>
> 有一天，微醺的藤野氏來到我家，略微憤慨地說「張氏說你是賤民。這真不像是張氏所說的話。」終於被歸為差別民族的部落子民了，我不禁憮然失笑。頓覺尚殘留著滿清時代分類械鬥的尾巴。
>
> 我是客家人，在臺灣屬於少數民族。我模仿且尊敬德國青年海涅。戰後才知道，客家人在元兵入寇時，擁護宋室，南遷後潦倒於山中。他們散居江西、福建、廣東、湖南、四川等地。
>
> 當時我不會說閩南話。在只有他們那群人的聚會中，都是閩南語和日語交雜使用。因此，我總是一頭霧水。而且我非常內向，說話又結巴，在人前往往說不出話來。「不愛說話的客人仔靠不住」。因此他們才不讓我參與洽談雜誌的事吧。既然張氏對我有偏見，在對方沒有開口之前，我絕對不為他的雜誌寫些東西。[17]

雖然後來龍氏與張氏在參加大東亞者大會時冰釋前嫌，成為了好朋友，但這段文字仍留下了當年閩粵（客家）之間因語言不通而產生的誤會甚至隔膜。龍瑛宗文章中不僅提及知識份子群中夾雜使用閩南話與日語的「言文不一」的狀況，而且特別提到了閩南人與客家人之間溝通的困難，有趣的是，他從這種隔閡中，看到了滿清時代在臺灣的閩粵「分類械鬥」的「尾巴」。新時代新知識份子群體的日常生活中因言語差異而造成的隔膜，竟讓龍瑛宗聯想到了臺灣民間「分類械鬥」的惡習。這種貌似不經意的對於百年多前「習氣」的記述，透露出一時「習氣」被潛移默化為「傳統」之後的鬱結所在，足見人與人之間的畛域並未因「新時代」的到來被破除瓦解，反而在「新時代」的社會條件下具有了新的觀念與形態。在龍瑛宗論及歷史與傳統以及自述其家史的文章中，例如〈清代的祖先們〉（1991），〈我的足跡〉

17 〈《文藝臺灣》與《臺灣文藝》〉，原刊於《臺灣近代史研究》第3期（1981年1月），林至潔譯。後收入龍瑛宗：《龍瑛宗全集》第7冊，《隨筆集2》，第8-9頁。

等，不斷地浮現了他記憶中的不安感，而這些情緒與那些沉沒在黑暗之中的歷史與文化多多少少都有些關聯。

深受日本文化影響的龍瑛宗感受到的「文化沙漠」事實上是因為他從小就與這種傳統的文化有所隔絕。他在自述中曾提到曾有一小段時間在私塾裡學習這種傳統文化，但日本人來了之後，私塾裡就被禁止教授中文了。多年以後他寫《杜甫在長安》（1980），所引用的資料仍然是日文的資料，因而他最喜歡的杜甫的形象也多少留下了日本的痕跡。譬如在日文資料中比較重視杜甫與佛教的相遇，這是通常所見的中文杜甫資料較少提及的，龍瑛宗筆下的杜甫在長安看到大雁塔後與玄奘的關聯，杜甫遇到了入唐的日本僧的情節，都留下了其歷史想像的日式特徵，然而這一切，又都投射在他所敬佩崇拜的地地道道的中國詩人杜甫形象的刻畫上了。

從以上所談龍瑛宗的寫作與生命經驗，我們可以看到兩個很關鍵的連接點：一是連結於其當代生活的小說、散文乃至文學評論，其使用的日語日文及其創造新「文化」之念想，連結於日本的「現代文明」而落實於臺灣的「新人」族群（這族群包括了他年輕時代的自己），二是連結於傳統的歷史的文化，這方面表面上貌似斷裂，但實質上又存在於生活和記憶之中。正是這兩個連接點，讓我們看到了鄭用錫與龍瑛宗彼此的相關性：鄭用錫在〈勸和論〉中的呼喚，在龍瑛宗以小說來創造「新文化」的念想中有了微弱的回聲。

在文化傳承中「被斷裂」的部分事實上存在於日常生活與記憶之中。自鄭用錫的時代建立起來的文明的傳統，落地生根於臺灣，也構成「竹塹學」的核心價值。這既是傳統經學的實踐形態，也是傳統詩文的再現形態。對於鄭用錫時代的人們而言，他的經學的實踐與開新應用，既是文學的（詩與文），也是文化的，而且是致力於化民成俗的、在地的「新文化」的。然而，對龍瑛宗時代那些接受日式「現代教育」的人們而言，這些在地的「新文化」即使不陷入黑暗之中不為他們所見所知，恐怕也被看做是「老古董」了吧。

總括鄭用錫的經學與龍瑛宗的文學這兩個部分所留下的思考，也許可以斷定鄭用錫的一輩子的功德就在「用」字上。這包括文字的應用即漢字的書寫及其文體所體現的個性與傳統；也包括生命的實踐，即把經學的理想應用於建立新的族群文化之中，最著名的例子當然就是〈勸和論〉所建立起來的跨越族群畛域的理論和以「謙卦」為基礎奠定的倫理學。雖然直到龍瑛宗時代，「分類械鬥」仍以新的觀念和新的形態存在，但並不意味著《勸和論》的思想和理論過時，它只是因時代的隔絕而被「遺忘」了。我比較了《續修臺灣縣志》、《彰化縣志》和《淡水廳志》所記載的「人瑞」數量，發現新竹地方的「人瑞」人數最多。這讓人不由得想到鄭用錫的〈勸和論〉，他所致力於建設的消除族群畛域隔閡的和諧社會，不就是為了無數人瑞的養成嗎？如今我們來討論竹塹學，它所包涵的天文地理知識，特別是它作為「人文知識」的構成，作為「道」的意義，或許就在這裡吧。

——原刊於《世界華文文學論壇》2019年第1期（2019年1月）

《亞細亞的孤兒》和《火山島》之比較

趙洪善*

一 緒論

《亞細亞的孤兒》和《火山島》這兩部作品有一個共同的特點，就是創作環境都比較特殊。吳濁流透露《亞細亞的孤兒》的創作過程非常乖蹇。《亞細亞的孤兒》是一部於日本即將敗亡的一九四三年開始創作，一九四五年寫完的作品。他的寫作環境就像作家在回顧中所陳述的那樣「當時誰都不敢以這些歷史的事實為背景寫小說，以防萬一每次寫完一段就藏在廚房裡的木炭籃子底下。有些部分呢，甚至放在鄉村的老家裡。」因為「萬一被發現了，就會不問是非曲直當作叛徒或反戰主義者而處罰。如果被發現了，我現在恐怕無法活下來。」由此可見當時的創作環境是極為危險的。[1]

《火山島》是一部每頁二百餘字，共計兩萬兩千餘頁的大作，一九六五年以「海嘯」為題目開始在日朝鮮文學藝術家同盟的期刊《文學藝術》二月號上發表，這期間大概連載了五年半，一直連載到一九八一年八月，一九八三年把題目改寫為《火山島》以後出版了全三卷。一九八六年在《文學界》六月號上發表其續編之後一直持續到一九九六年九月，一九九七年九月以單行本的形式最後出版了全部七卷。在韓國由實踐文學社一九八八年曾經翻譯出版過第一部，當時的譯者為金碩禧，二〇一五年十月才翻譯出版了十二卷

---

* 韓國國立濟州大學。

1 吳濁流著，宋承碩譯：《亞細亞的孤兒》〈日語版序文〉（首爾市：圖書出版亞細亞，2012年），頁5。

整套。[2]值得一提的是作家創作這部作品的地方不是韓國而是日本。作家曾經說「如果我在南韓或者北韓生活的話，我不可能還活著，也不能寫。因為我在仇敵的國家日本，所以能寫完《火山島》。」[3]他的說法讓人感到很意外，那可能是歷史的諷刺吧。

《亞細亞的孤兒》和《火山島》都是由於其政治性的內容（不管多少）而嚴重受到政治環境影響的作品。《亞細亞的孤兒》以描寫日本敗亡之前胡太明的人生為主，《火山島》則以日本敗亡之後在濟州發生的四．三事件為主，可因為《火山島》也足夠給讀者提示主人公李芳根日本敗亡之前的人生，所以本人認為對兩者的比較是可行的。在兩個人物的人生軌跡中留下的歷史烙印還明顯地留在現在的臺灣和濟州，經過兩者的比較試圖拉近兩者之間的距離就是本稿的目的。

二　胡太明和李芳根

（一）為胡太明的辯護

對於胡太明的評價一般都在陳映眞的影響之內。[4]陳映眞對於胡太明的評價如下：

> 胡太明的一生，是一個失落了認同的人的一生。在他的後面，他失落了他所自來的淵源；在他的前程，他看不到他將去、應去的道路。在

2　金煥基、金鶴東共譯：《火山島》（坡州：寶庫社，2015年）。

3　〈《火山島》的金石範，提前寫的「續韓國行」〉，《韓民族日報》，2017年9月23日。http://www.hani.co.kr/arti/culture/book/812210.html

4　陳映眞：〈試評《亞細亞的孤兒》〉，收入於吳濁流：《亞細亞的孤兒》（臺北市：遠景出版社，2009年）。劉紅林：《「孤兒意識」論──吳濁流《亞細亞的孤兒》分析》，《華文文學》（2005年3月）。馮曉娟：〈自我認同危機下的「孤兒意識」──透析吳濁流的《亞細亞的孤兒》〉，《湖南人文科技學院學報》（2015年6月）等文章裡對於胡太明的評價都是差不多的。

> 歷史的深山中，他迷失了自己，孤獨、寂寞、因循、冷漠、懦弱、自遣……。他的歎息，成了向他悽楚地呼叫重重疊疊的回聲：「孤兒！孤兒！孤兒！」
>
> 當然，胡太明在日本、在中國大陸所體驗的「孤兒」感，是這種堅不介入的態度的重要原因之一吧。但是，這種近於歇斯底里的拒絕，也在說明他正在與懦弱、優柔、中庸、因循的自我做著最激烈的鬥爭，預告著胡太明最後的勝利。[5]

陳映真雖然最後給予胡太明積極的評價：「預告著胡太明最後的勝利」，可對於胡太明的分析是「懦弱、優柔、中庸、因循」。但是本稿認為評價胡太明的時候應該考慮的因素當中一個就是作家吳濁流創作《亞細亞的孤兒》時作家所處的情況。如前面所提，當時是日本即將敗亡之前，因為光靠《亞細亞的孤兒》的內容，「當作叛徒或反戰主義者而處罰」，所以作家不得已調整作品的內容。這也就是作家不把藍、曾、詹選為主人公，而把胡太明設為主人公進行創作的原因吧。

而且仔細分析胡太明，我們就能發現他性格中不僅有「孤獨、寂寞、因循、冷漠、懦弱、自遣」等消極的一面，而且能發現他性格中還有積極的一面。首先我們把胡太明和他在師範學校時代的藍姓同窗藍進行比較吧。

跟日本女教師內藤久子的戀愛失敗了之後，胡太明決定從日本留學中尋求新的出路並付諸實施，這也絕對不是一件容易的事情。留日時期，胡太明去找在師範學校時代的藍姓同窗藍。藍曾經在快要畢業時，因為一點小細故和教師發生衝突，被學校中途退學。以這個為契機他選擇到日本留學。在明治大學的法學系讀書，夢想不久的將來當律師或高等文官。

藍勸胡太明的第一件事情就是隱瞞胡太明是臺灣人的身份。根據這時胡太明的內心反應我們就能發現他是自尊感很強的一個人。

5 陳映真：〈試評《亞細亞的孤兒》〉，頁51。

> 藍對太明說：
> 「無論怎麼說，臺灣總是鄉村，你的思想在這兒是不合適的，希望你從頭學起！」
> 這話的意思原是很好的，誰知他又接著壓低聲音勸告太明說：
> 「你在這兒最好不要承認自己是臺灣人，臺灣人的日本話很像九州的口音，你就說自己是福岡或熊本地方的人好了。」
> 這幾句不中聽的話，使太明覺得很不愉快，他最討厭這種自卑感。[6]

接著胡太明發現藍向別人介紹自己時，說自己是福岡出身，是藍的同鄉的時候，「太明因為覺得難為情與屈辱感，臉上癢癢的湧上血液。若是能夠，他真想實話實說自己是臺灣人。」[7]當他搬到日本人的家的時候，他理直氣壯地聲稱自己是臺灣人。這些就是證明胡太明作為知識份子毫無遜色的節操的實例。過了幾天之後，胡太明在參加由中國在日同學總會主辦的演講會上，給一個中國留學生介紹自己是臺灣人，藍批評他說「笨蛋！你不知道日本的特務政策，以一部分臺灣人做為爪牙，在廈門一帶為非做歹嗎？」，「豎子！」，兩個人之間的距離就拉開了。

對於藍執拗地勸誘太明加入《臺灣青年》雜誌為同人，太明則藉口忙於準備考試，沒有時間，未答應加入。這也因為胡太明感到自己和藍之間存在無可奈何的鴻溝，評價胡太明優柔寡斷的只不過是藍和詹而已。

回國後，胡太明重逢藍。藍因為從事政治運動，坐過監獄，歷盡種種遭遇，如今安定下來，開業當律師。藍邊批評日本的「統制」經濟和皇民派的抬頭，邊歎息「實在是面臨滅亡的民族，悲哀的一個側面」，可胡太明卻有如下的看法。

> 但是，太明卻另有一種看法：他認為「皇民化運動」固然是臺灣人的

6 吳濁流：《亞細亞的孤兒》，頁69。
7 吳濁流：《亞細亞的孤兒》，頁69。

> 致命傷，表面上看起來，臺灣人也許會因此而遭受閹割，但是事實上並不如此，因為中了這種政策毒素的，畢竟只有一小部份利令智昏的臺灣人，其餘絕大多數的臺灣同胞，尤其在廣大農民之間，依然保存著未受毒害的健全民族精神。[8]

藍雖然曾經參加過抗日運動，還坐過牢，可現在只不過是作為律師過著穩定的生活而已。在批評皇民派、統制經濟的理論方面，他比胡太明瞭解，可對於農民的認識胡太明比藍瞭解得多。簡單地說就是藍是務虛的，胡太明是務實的，從更深層面上我們可以說藍是沒有希望的，而胡太明能看到希望。更進一步我們可以說胡太明沒有墮落的可能性，可藍隨時都有可能墮落或者妥協，因為藍覺得當時是「實在是面臨滅亡的民族，悲哀的一個側面」，這就是藍找不到希望的原因。那天晚上胡太明感到「目前的黑暗，正是黎明前的黑暗，那表示不久要天亮了」[9]，是他首先發現希望就決不是偶然。

經過跟胡太明的哥志剛的比較，我們還能發現胡太明是一個多麼有節操的人。哥哥志剛仍然熱衷於「新體制」，不停地改善生活。但他的新體制，是建造一間新浴室，置著一個有木頭香的檜木製大浴槽用來燒熱水泡澡。他又認為紅色是中國式的，因此家中的色彩也粉刷成日本式的顏色，連廁所也完全改造成和式的。[10]甚至也把胡姓分解為二，改為「古月」的日本式之姓，還勸胡太明改姓。[11]

胡太明覺得哥哥志剛「淺薄」，內心對其感到「無限憐憫」。[12]這也是證明胡太明有節操的另一個例子吧。還有對於「聖戰」的看法我們能看出他是個覺醒的人。哥哥的兒子認為「臺灣人現在正面臨著是否能成為『皇民』的考驗，只有同心協力效忠於眼下的聖戰（他的表述是聖戰），才能由這種考

8 吳濁流：《亞細亞的孤兒》，頁229。
9 吳濁流：《亞細亞的孤兒》，頁230。
10 吳濁流：《亞細亞的孤兒》，頁197。
11 吳濁流：《亞細亞的孤兒》，頁211。
12 吳濁流：《亞細亞的孤兒》，頁198。

驗中獲得勝利，青年人應該立志為十億東亞人民的解放作中流砥柱。」[13]，胡太明聽到了他的志願之後如下說服他：

> 他們不是一面要本省人變成「皇民」，另一面卻實施強迫統制，把本省人控制得動彈不得嗎?你現在準備去效命疆場，試問究竟是為誰效命？為什麼效命？你不妨仔細地考慮考慮！[14]

這表明胡太明已經覺醒了，看穿了當時的形勢和局勢。

（二）李芳根的抗日行為分析

《火山島》以在濟州一九四八年發生的4・3事件的原因、過程為主。現在這裡不妨借翻譯者的看法來簡單介紹一下吧：

> 以1948年韓國戰爭以後解放政局的激動時期為背景，還有以濟州島—木浦—光州—大田—首爾—釜山的陸路和海路，日本的北海道—東京—京都—大阪—神戶等地為空間。在這些地方互相反目的南北韓左右翼的葛藤、對立，全面提出圍繞「濟州4・3事件」的軍警—美軍—武裝遊擊隊—濟州島民之間思想、武力衝突，同時還有國際聯合的南韓單方選舉決定和南部分段、李承晚政權的出現、日帝強佔期親日派勢力的復活、麗水順天的叛亂等極限的對立也形象化了。非但如此當時歷史地、文化地在韓半島持續的封建家長制、海外留學、年輕一代的結婚觀念、自由戀愛、濟州的生態學的文化地理也融入在作品裡頭。《火山島》超越浮雕解放政局的政治經濟現實的水準，把當時韓半島社會歷史、民俗宗教、通信交通、衣食住、教育等當時政治、歷史、

---

13 吳濁流：《亞細亞的孤兒》，頁272。

14 吳濁流：《亞細亞的孤兒》，頁273。

社會文化全面藝術地形象化的傑作。[15]

《火山島》總體上給我們呈現四〇年代後半期的韓國社會和韓日關係，說它從整體上來看是以濟州島為中心也絲毫不誇張。本稿認為《火山島》抒寫的是一九四八年前後在全國解放的政局下在濟州這個狹小的地區，主人公李芳根進行的尋路歷程和其最終把自己獻給濟州的過程。在當時所有的人被強迫地選擇左或者右的政治環境下，主人公向左翼提問關於是否應該發起4.3、有多高的成功可能性、以及抗戰指導部的責任。他會竭盡所能提供經濟方面的援助，可極力拒絕跟他們一起參與抗爭。對右翼呢，他把他們當作日帝親日派的復活和當今所有問題的原因，選擇跟他們徹底斷絕關係。跟左右翼的所有勢力維持一定的距離是主人公進行的尋路過程，也可以說是整部作品的主題，他最後的選擇是悲劇性的，同時也是崇高的。

主人公李芳根的抗日精神跟胡太明相比是明顯的而且是強烈的。他在小學五年級的時候向奉安殿（二次大戰前的日本用來保存天皇與皇后的照片以及『教育敕語』的建築）的牆上撒尿，恰巧給校長發現，被迫離校。長大了之後在東京留學途中還是被當做死刑犯逮捕，被調到首爾刑務所。坐了一年的牢之後由於肺結核被釋放，交出轉向書。李芳根顯然跟胡太明不同，他從小就積極參與抗日活動，可仔細看，那也是憑藉濟州偏僻的地理位置和父親的經濟能力才可能實現的。且看作中話者的口述：

> 對於李芳根出獄了之後還不參與親日活動而還能稀裡糊塗地活下去的原因，我不得已提兩個原因。其一是濟州是離本土很遠的偏僻的地方。其二是他的父親作為親日派的有力人士當了他的盾牌。他把親日行為托給自己的父親，就是說藏在父親的後面的。而且他不工作也能維持生活。說實話在朝鮮國內生活的人當中誰能毫不親日而能生活

15 金煥基：〈金石範·《火山島》·「濟州4·3」──《火山島》的歷史的文化的意義〉，《日本學》第41期（2015年11月），頁2。

啊……。[16]

參考「朝鮮國內生活的人當中誰能毫不親日而能生活啊」的話者的敘述，在比朝鮮還挾小的臺灣的情況更不用說吧。

除此之外，評價李芳根的抗日行為的時候我們還得考慮作品的創作環境。作家創作《火山島》的一九六〇年代日本的政治的環境如作品裡敘述的那樣，比當時的韓國更自由。把濟州的4．3事件形象化的第一部作品玄基榮的「順伊叔叔」一九八七年才發表，光看這個，我們能知道韓國的政治情況比日本更糟糕。從作品裡頭的敘述中我們就可以知道這些情況從一九四〇年代已經開始了：

> 訪問首爾的 INS 特派記者理查先生關於朝鮮的問題報導如下。直到最近美國的敵人日本人比協助美國的朝鮮人受著更理智的、更好的待遇。朝鮮不幸變成美蘇兩國列強的政治舞臺，美國國務省當局認為朝鮮人受著刻苦的個人限制。這些現狀跟把日本人從來沒有享受過的自由賦予給日本人的日常生活，讓他們感到民主主義的優點的麥克亞瑟元帥的對日政策，構成鮮明的對比。[17]

跟敗亡國日本不同，在朝鮮由於受被強迫的左右翼政治路線的影響一九四五年之後個人的政治自由就受到限制，這些情況一直持續到一九八〇年代。如金石範口述的那樣日本雖然是「仇敵的國家」，可日本的政治自由能夠提供一個寫出《火山島》的環境。就是說《亞細亞的孤兒》是在臺灣一九四〇年代受到極為嚴重政治的限制的情況下寫出來的，《火山島》卻是在比臺灣更自由的日本創作的，而這些情況也極大地影響到主人公的政治傾向。總而言之，光靠《亞細亞的孤兒》裡頭敘述的內容去評價胡太明是過於忽略其政治環境的一種看法。

---

16 《火山島》，第9卷，頁184。

17 《火山島》，第4卷，頁145-146。

三　殖民和脫殖民

殖民的意思簡單來講是「支配國把自國民移植到殖民地」。殖民主義則是「強國用武力征服比自己弱小的國家掠奪物質性的、人的資源，把國民調到和支配弱小國的行為和理念。」殖民主義在意識方面「給自國民給予勝利的光榮，而給被殖民人卻敗北的屈辱。」在政治經濟方面則「失去政治的主權遭到經濟的剝削，還喪失語言、文化、傳統等一連侮辱的過程。」[18]與此相比，脫殖民主義就是「以解體或者推翻造成壓抑和榨取的支配意識形態為目標。[19]

（一）外部勢力強迫的殖民

臺灣和濟州的歷史說是殖民的歷史並非言過其實。臺灣的名稱歷來有很多變化，臺灣名稱的變遷史說成是殖民史也毫不誇張。過去臺灣的名稱是東鯷（《漢書》·〈地理志〉）；夷州、流求（《三國志》）；琉球（〔元〕《島夷誌略》）；小琉球、東番（《明實錄》——〔明〕萬曆二年，1574年）；雞籠、北港（大員）、雞籠淡水（《明實錄》——〔明〕萬曆四十四年，1616年）等。臺灣這個名稱第一次出現的是一六一六年《明史稿》〈琉球傳〉』。[20]可這些名稱都是大陸的中國人稱呼臺灣的名稱，臺灣人怎麼稱呼自己的無法找到。

濟州原來的名稱是耽羅、耽牟羅國（《三國史記》）；涉羅（《高句麗本紀》）；乇羅（《三國遺史．馬韓》）等。耽羅變成濟州的時期被認為是高麗高宗十年，一二二三年。[21]要緊的是名稱的變化裡隱藏的意義。濟州一般的名

---

18 朴鐘聖：《對於脫殖民的省察——福柯、法農、巴巴、斯皮瓦克》（坡州：生活，2013年），頁4-5。

19 朴鐘聖：《對於脫殖民的省察——福柯、法農、巴巴、斯皮瓦克》，頁7。

20 高明士主編：《臺灣史》（臺北市：五南圖書出版，2012年），頁61-63。「萬曆四十四年（1616），日本有取雞籠山之謀，其地名臺灣……。」

21 李英權：《重寫的濟州史》（首爾市：人道主義者，2005年），頁70。

稱「耽羅」、「耽牟羅國」、「涉羅」、「乇羅」的前面的字「耽（tam－以下是韓語的發音）、「耽牟（tammo）」、「涉（sub）」、「乇（tag）」等是表音文字，代表島嶼（sum），後面共同的字「羅（ra）」代表 nara（國）。所以濟州過去的名稱的意思是「島國」。[22]還有「濟州」的「濟」代表「過大水」，「州」則是像原州、尚州、慶州、全州、羅州等韓半島的別的地名那樣意味大的邑或著重要的行政單位。因此，「濟州」代表與韓半島隔海遠處的重要的行政單位。也就是說，「耽羅」變成「濟州」表示「從國家降級到一個重要的行政單位」。[23]這意味著自治的國家淪落為殖民地，還有濟州的歷史對濟州人來說是殖民的歷史。

在《亞細亞的孤兒》中胡太明爺爺如下的發言給我們如實地展現了日本的臺灣殖民政策。

> 「太明，現在是日本人的天下了，在日本人統治的社會裡，強盜、土匪都減少了，道路也拓寬了，這固然有很多便利的地方，可是你們已經不能再考秀才和舉人了，而且捐稅又這麼重，怎麼得了啊！」[24]

日本通過殖民政策雖然讓臺灣嘗到了「盜賊、土匪都減少了」、「道路也拓寬了」等近代化甜蜜的果實，可也讓臺灣付出了與傳統斷絕和從傳統中剝離出來的代價。這種殖民母國日本和被殖民國臺灣的關係在作品當中通過胡太明和胡太明喜歡過的日本女教師內藤九子的關係得到了具體展現。就是說，內藤九子和胡太明之間的關係是日本和臺灣之間關係的縮小版。且看胡太明愛上了內藤九子之後，他經歷的戀愛過程。

---

22 樸趾源（1737-1805）的《燕巖集》第6卷別集裡，下面的句子被認為是其最初的根據：「按此皆耽羅也。東國方言。島謂之剡。而國謂之羅羅。耽涉澹三音，並與剡相類。蓋雲島國也。」

23 李英權：《重寫的濟州史》，頁72。

24 吳濁流：《亞細亞的孤兒》，頁10。

一

太明張開眼睛，久子依然漫不經心地在跳舞，可是太明卻覺得正視她是件痛苦的事。他的感情越衝動，越使他感到自己和久子之間的距離——她是日本人，我是臺灣人——顯得遙遠，這種無法填補的距離使他感到異常空虛。[25]

二

「她是日本人，我是臺灣人，這是任何人無法改變的事實！」

他想到這裡，胸間不覺引起一陣隱痛。

假如自己能和九子結婚，以後的生活將怎麼樣？自己這種低微的生活能力，怎麼能供養日本女人久子所需求的生活享受呢？[26]

三

自己的血液是污濁的，自己的身體內，正迴圈著以無知淫蕩的女人作妾的父親的污濁血液，這種罪孽必須由自己設法洗刷……[27]

四

經過片刻的沉默——但那時間卻像無限地久長，太明抑制不住怦怦跳動的心，只聽見斷斷續續地，但很清晰地說：

「我很高興，不過，那是不可能的，因為，我跟你……是不同的。」

什麼不同？這是顯而易見的，她當然是指彼此民族之間的不同而言的。[28]

根據上面的引文，胡太明和內藤九子之間的關係很難說是單純的、正常的男女關係。與其說胡太明只不過單純地愛上了一個女人，不如說是原封不動地隱含著被殖民人從殖民人身上感到的憧憬、羨慕、劣等意識。九子表露

---

25 吳濁流：《亞細亞的孤兒》，頁34。

26 吳濁流：《亞細亞的孤兒》，頁35。

27 吳濁流：《亞細亞的孤兒》，頁36。

28 吳濁流：《亞細亞的孤兒》，頁60。

的離譜的優越意識是殖民主義「給自國民給予勝利的光榮」的結果而已，胡太明過於的負罪感和劣等意識則是殖民主義「給被殖民人卻敗北的屈辱」的具體表現罷了。比這些還嚴重的是胡太明對待瑞娥的態度。胡太明的學生獲得好成績之後，瑞娥衷心祝賀他的時候，胡太明的反應是如下的：

> 太明對於瑞娥這種過分想討好別人的樣子，心裡著實有些煩膩，一時竟不知怎樣回答才好。也由於對瑞娥的煩膩，益發覺得九子值得思慕和景仰。[29]

引文裡頭胡太明的態度絕不是正常的。這也可能是一個例子，就是說他因為已經愛上了一個殖民母國的女人，所以產生了一種自己的身份也自然比被殖民人提高了的錯覺。弗朗茲・法農（Frantz Fanon）在《黑皮膚，白面具》中把作為白人而不是黑人的非洲被殖民人的心理表現為「只有經過愛我的白人女性，我能變成白人」。胡太明愛上殖民母國的女人而陷入自己也成了殖民母國的男人的錯覺，他對瑞娥所表露出的反應等於是殖民母國的男性展現給被殖民女人的反應。簡單說就是他把自己從九子那兒受到的待遇反過來還給了瑞娥而已。

《火山島》的開頭給我們展現日本戰敗之後濟州的情況，展現了由美國開始的新的殖民。在《火山島》中一直貫穿了淪為新的殖民地是導致4・3發生的一種觀點。通過作品中的人物南承志在公共汽車裡與一位老農夫的對話和南承志本人的思考突出美國的存在。

> 「現在這世上，雖然這次美國人進來了，日子更難過了，但是我覺得人還是要長久活下去的。」[30]

---

29 吳濁流：《亞細亞的孤兒》，頁41。

30 《火山島》，第1卷，頁19。

> 道廳樓頂上的星條旗威風凜凜的迎風飄揚著。……
>
> 太陽旗則在過去36年間懸掛在「國旗升旗臺」上。現實仍在繼續而已，難道說有什麼本質的區別嗎？[31]

接著濟州人直接目睹登陸濟州的美軍的時候，其實體現得更清楚了。

> 9月28日，美軍終於湧進來了。第一隊是輸送機，在城內西邊近郊從前日本軍的飛機場（現在是美軍軍用飛機場和營地）降落。……
>
> 他們毫不理睬地從列隊站在觀德亭廣場上的幾十位有名之士面前走過去。不，他們的眼神充滿敵意，他們的態度跟在戰爭中進入敵國的軍隊毫無兩樣之處。.......所有的人都說不出話來。舉著歡迎彩旗和條幅呼喊「萬歲！」的手也無所適從了。[32]

我認為最能代表美軍態度的就是這個句子吧──「他們的眼神充滿敵意，他們的態度跟在戰爭中進入敵國的軍隊毫無兩樣之處」。把美軍當作解放軍熱烈歡迎的濟州人和作為佔領軍在濟州登陸的美軍之間的認識之差異就是4.3悲劇的根因。

《火山島》裡對於濟州的殖民情況的告發一直持續著。尤其是美國的親日派登用和反共政策是4．3事件爆發的根因，這一點在作品中也一直被提出來。

> 「這傢伙那傢伙不都是日帝一夥兒的嘛！到底是怎麼回事啊。這個國家成了日帝一夥人的天堂了。」[33]
>
> 「追根揭底的話，我認為濟州道事件也是親日派支配下發生的。」

31 《火山島》，第1卷，頁36、38。

32 《火山島》，第1卷，頁164。

33 《火山島》，第5卷，頁175。

「……美軍和親日派撒下的可怕的種子造成了這樣的結果。直到三年前還是日帝搶佔期的親日派，現在高喊反共愛國搖身變成親美派的人，以及偷樑換柱把『「親日』改成『反共愛國』的親日派支配下的政府強迫人們接受『反共立國』、『共愛國』的國家。……」[34]

作品再三控告雖然日本的殖民支配已經結束了，可新的支配國美國的殖民支配開始了，由於新的殖民支配國跟過去殖民支配國聯合，共同維護過去效力於殖民支配國的人的權力，那就是4．3事件爆發的根本原因。

（二）內部殖民臺灣和濟州

殖民被殖民的問題看起來是在國家和國家之間發生，而這個問題在一個民族內部也可能發生，就是說殖民的問題是通用在所謂強者和弱者並存的所有勢力之間。如果這些問題發生在一個民族內部的話，人們受到的打擊會更嚴重。

如前面所提的那樣，胡太明在日留學途中通過在跟大陸來的留學生的交流中感受到了臺灣所處的客觀位置。可在其過程中胡太明也覺醒了自己作為臺灣人的身份，而且恢復了作為臺灣人的自信。藍把自己作為同鄉福岡出身介紹給別的留學生的時候，他心裡的「因為覺得難為情與屈辱感，臉上癢癢的湧上血液。若是能夠，他真想實話實說自己是臺灣人」的想法，和他搬到日本人家以後就理直氣壯地表露自己是臺灣人，這兩個事件就是胡太明人生歷程中一個異常重要的轉捩點。

胡太明在大陸受到的待遇也給他帶來新的認識。他好不容易越獄了之後聽到的勸告是如下的：

「歷史的動力會把所有的一切捲入它的旋渦中去的。」某一天晚上，

34 《火山島》，第11卷，頁166。

> 幽香的姐夫半帶戲謔地揶揄道：「你一個人袖手旁觀恐怕很無聊吧？我很同情你。對於歷史的動向，任何一方面你都無以為力，縱使你抱著某種信念，願意為某方面盡點力量，但是別人卻不一定會信任你，甚至還會懷疑你是間諜，這樣看起來，你是一個孤兒。」[35]

對他來說大陸就是他的祖國，可他在大陸不管搞什麼，他們不但不信任他，而且還會懷疑他是一個間諜。他發現自己是無法找到寄託之處的孤兒。他曾經把希望寄託在大陸同胞身上，而大陸同胞卻把他當作日本殖民地的間諜。對大陸的人們來說臺灣與其說是同胞的另外的一個領土，不如說是在日本殖民支配下的日本的領土。所以他們認為臺灣和臺灣人等於是日本和日本人。這個事實讓他徹底感到作為被殖民人的身份和孤兒意識。

在《火山島》內部殖民的問題上首先表現為對濟州的地域歧視或者差別。李芳根認為濟州歷來是嚴重受到差別的內部的殖民地。且看李芳根的內心吧：

> 「從濟州島遠道而來的貴賓」……。從濟州島就出現在首爾中心的土包子吧。濟州島……。
> 自古以來被中央政府拋棄的，給「地瘦民貧」的虐政受折磨的老百姓的土地，謫客（政治犯）從首爾出發花幾個月的時間越過嚴峻的山和水路好不容易到的流配地。曾經是被詛咒的天刑地，被本土人受到的蔑視和差別重疊的土地。現在呢，遊擊隊起義的「革命的土地」，啊不是，就是被「暴徒」起義的造反的土地。[36]

對內部差別這麼敏感的李芳根來說，對妹妹宥媛未來的丈夫崔容學的首爾腔表現出的敏感反映是理所當然的了。下面是李芳根和崔容學第一次見面

---

35 吳濁流：《亞細亞的孤兒》，第181頁。

36 《火山島》，第6卷，頁184-185。

時候的情景。

> 「您說首爾話說得很好啊，住首爾久嗎……?」
> 「不算太久，可能3、4年吧。首爾話呢，一努力就熟練了。」[37]
> 「……還有，李兄說我是當地人，可是我最近把我的原籍改成光州，從法律的觀點來將我不再是本地人。」
> 住在本土的濟州人當中改寫原籍的人不少。很久以來在本土地域差別極為嚴重，某個人只要是濟州人，他的前途就受到影響。[38]

民族的概念是「想像為本來受限制、具有主權的政治共同體」。[39]「民族是共同體」這句話所強調的是「無論何時都靠水準的夥伴意識形成夥伴關係的集團」，這就是樂意接受犧牲的兄弟愛產生的原因。可是在上面引文中能看出崔容學的態度展現對殖民母國的文化憧憬和嚮往的被殖民人態度的代表。李芳根雖然跟崔容學初次見面，但卻做出了歇斯底里的反應並過激地要趕走崔容學。後來李芳根對在首爾宥媛的住處碰見的崔容學吼道：「回去！你這個日帝的走狗。」[40]這就是作家對於內部殖民的憤怒的直白表露。《火山島》裡內部殖民的具體的例子還有4.3事件發生當時討伐隊隊長在演講中說「為了這個國家殺掉三十萬整個島民也沒關係」[41]，對討伐隊的殘暴行動李芳根有如下苦悶。

> 這一令人作嘔之舉從10月至11月與「冬期討伐大作戰」一起開始受到注目，疏散令下達了，緊接著在放火的村落裡很多連遊擊隊都不是的

---

37 《火山島》，第2卷，頁305。

38 《火山島》，第2卷，頁307。

39 本尼迪克·安德森（Benedict Richard O'Gorman Anderson），尹亨淑譯：《想像的共同體》（首爾市：那南，2002年），頁25。

40 《火山島》，第6卷，頁219。

41 《火山島》，第7卷，頁67。

> 村民被屠殺，為了領取賞金割頭割耳。
>
> 為了功名割耳朵……從哪兒聽說過吧。李芳根知道附近的日本古都京都有耳塚，又叫鼻墓的地方……
>
> 但是割耳鼻是渡海過來的倭寇對朝鮮人施加的劣行，並沒有針對同樣的日本人。在這座小島上竟然模仿無比殘忍的朝鮮侵略者豐臣秀吉來對待同族人。不久島上就到處躺著被淩遲被斷四肢的屍體。[42]

在小島上模仿豐臣秀吉比國外的侵略者更殘暴地屠殺同族人的情況讓李芳根苦惱民族的意義和濟州的未來、4.3的原因等，這也驅使李芳根做出了極端性的選擇。

四　結論——臺灣和濟州的脫殖民主義

脫殖民主義是「以解構或者顛覆產生壓制和剝削的統治意識形態為其目標。為此讓人知道支持殖民化的人種差別的不妥當，掣肘支配權力的横暴，消除殖民母國和被殖民國之間發生的多種不平等。」

胡太明擺脫殖民主義的困境的脫殖民的方法是什麼？筆者認為「孤兒意識」解決不了這個問題。因為孤兒意味著父母的存在，就是說依靠、依託之處的存在。依靠、依託之處的存在就容易讓人在外邊尋找出路，而給予胡太明覺醒和希望的則是無花果和臺灣連翹。

> 某日，太明正佇立在庭前遐想，突然發現無花果已經結了果實，那些疏疏落落的豐碩的果實，隱蔽在大葉之背後，不留神便不容易發現。他摘了一個剖開來看看，那熟得的通紅的果實，果肉已長得非常豐滿。他一面凝視著果實，一面心裡發生無限的感慨。他認為一切生物都有兩種生活方式：例如佛桑花雖然美麗，但花謝以後卻不結果；又

42 《火山島》，第11卷，頁205-206。

> 如無花果雖無悅目的花朵，卻能在人們不知不覺間，悄悄地結起果實。這對於現時的太明，不啻是一種意味深長的啟示。他對於無花果的生存方式，不禁感慨系之。[43]
>
> 他一面賞玩著著無花果，一面漫步踱到籬邊，那兒的「臺灣連翹」修剪得非常整齊，初生的嫩葉築成一道青蔥的花牆，他向樹根邊看看，粗壯的樹枝正穿過籬笆的縫隙，舒暢地伸展在外面。他不禁用驚奇的目光，呆呆地望著那樹枝，心想：那些向上或向旁邊伸展的樹枝都已經被剪去，唯獨這一枝能避免被剪的厄運，而依照她自己的意志發展她的生命。他觸景生情，不覺深為感動。[44]

無花果和臺灣連翹的生存方式就是胡太明的生存方式。像無花果和臺灣連翹那樣「又如無花果雖無悅目的花朵，卻能在人們不知不覺間，悄悄地結起果實」就是胡太明堅持自己的個性活下來的生存方式，也就是往後的生存方式，也是脫殖民的方法。

李芳根的脫殖民行為是用自己所有的財產轉移遊擊隊隊員們到日本。還有他認為引起4.3這個悲劇的根本人物就是主動破壞國防警備隊和遊擊隊之間的和平協議的員警幹部鄭世容。所以以自己的生命為代價，處決了鄭世容。他想要的是把濟州還原到原來的樣子，還原到發生悲劇之前的狀態。

殖民和脫殖民的問題常常連接到那兒的主人是誰的問題。可筆者不認為誰先到誰就是那兒的主人。那麼真正的主人到底是誰呢？李芳根的朋友金東鎮的如下發言值得參考吧。

> 「……你要知道那是個很美的地方，碧藍的大海掀起白色泡沫，珍珠項鍊般的波浪擁著單調的海岸線搖動著，在那不食人間煙火的地方，有大海和陸地的幽會之地。在海邊看不見的，在這裡可以看得很清

---

43 吳濁流：《亞細亞的孤兒》，第233-234頁。

44 吳濁流：《亞細亞的孤兒》，第234頁。

楚。大海和陸地相擁著，大海不停地潤濕著陸地，輕柔地舔舐著陸地。偉大的自然！」[45]

45 《火山島》，第2卷，頁52。

立足本土、放眼世界
——林柏燕「四方」小說的移動書寫及其文學／文化意涵*

林以衡、黃美娥**

摘要

林柏燕是新竹重量級客家作家，畢生創作數量可觀，因為同時投入文學創作、歷史文獻編纂、客家文化的鑽研，故號稱「三棲」作家；而其中，在文學方面，「小說」是作者耕耘重點，不僅從早期到晚期均戮力於此，且長篇、短篇皆有，尤有所謂「放眼四方」的小說系列（《西線戰事》、《南方夜車》、《北國之秋》、《東城檔案》）之作。四部作品，特別以「西」、「南」、「北」、「東」四方入題，顯示作者有意形構一完整小說創作體系的企圖。而更值得一提的是，由於小說筆下人物移動頻繁，基於各種原因、背景，穿梭於世界各地空間、地域和國家之中，包括臺灣、中國、日本、美國、加拿大、中東地區等，故李喬曾加推許：「林柏燕的文學視野大概是臺灣作家同輩中最為寬廣的。很顯然，在臺灣當代文學的『景觀』上，林柏燕將是佔據特殊『位置』的一人」。上述的肯定，說明了林氏小說，藉由人物移動而得以不斷擴大臺灣文學視野的特色。事實上，林柏燕也曾自剖：「由於臺灣進步的節拍很快，相對的也縮短了國際距離；立足本土，放眼世界，常常是個

* 本文是一〇五年度客委會計畫〈從「三棲」到「四方」：新竹客籍作家林柏燕作品蒐集與研究〉（主持人臺灣大學臺灣文學研究所黃美娥教授、共同主持人佛光大學中國文學與應用學系林以衡副教授）之部分研究成果，承蒙補助，謹致謝忱。

** 林以衡，佛光大學中國文學與應用學系副教授。
黃美娥，國立臺灣大學臺灣文學研究所教授兼所長。

人極想擴張的領域」，足見作者自身的確注意到「從本土到世界」力求擴大視域的問題。因此，本文擬參考移動理論，考察「四方」小說中的人物移動軌跡和衍生出的諸多問題，進以闡發林柏燕「放眼世界、立足本土」的書寫實踐情形及其文學／文化意義。

關鍵詞：林柏燕、新竹、客家作家、四方小說、移動書寫

一　前言

近十餘年來，臺灣文學作為一門新興學科，其重要性、豐富性與多元性已被學界所肯定。其中，有關豐富性與多元性的面貌，不只體現在作品類型上，包括有口傳文學、古典文學、白話文學，實際也展現在由多族群所創作出來的族群文學，例如客籍作家龍瑛宗、吳濁流、鍾理和、李喬、杜潘芳格等，他們的文學成就有目共睹，這也促成了客籍作家成為臺灣文學中極為璀璨亮眼的創作群體。

而關於新竹地區，除了出現過上述吳濁流、龍瑛宗知名客籍作家之外，備受李喬高度肯定的林柏燕，亦是值得敬重的文學前輩。林氏（1936-2009），新埔人，在臺灣師範大學國文系畢業後，曾任空軍幼校教官、新埔初中與內思高工教師，後來教職退休，又應聘擔任新竹縣縣史館籌備處主任，是新竹縣史館得以成立的重要推手。他一生都與文史為伍，將自己的光和熱，時間與精力都投入文學創作、評論，曾獲「中國語文獎章」、「中國文藝獎章」和「中國時報文學獎」，[1]另在編輯地方志書、文學史料上，也留下豐富可觀的著述成果。[2]其次，他徹底發揮客家族群吃苦耐勞的硬頸精神，且不因政黨的更迭，片刻遺忘對於文藝的深情，因此贏得後人尊敬。[3]二〇

1　關於更詳細的林柏燕生平介紹，可以參見黃秋芳編：〈林柏燕老師年表簡編〉，收錄於《快意人生——林柏燕》（無出版項），頁9-12。案，此文係由新竹縣立文化局彭懷逸小姐贈送給筆者，另尚提供影印與林柏燕有關的大量剪報，裨益本計畫案之進行，十分感謝。

2　有關林柏燕之著作，筆者有進行比對，除發現過去學界所列作品名稱資訊之些許錯誤外，另從前述剪報中，找出散失佚稿〈那一片蘆花〉。

3　林柏燕生前或過世後，數任不同黨籍的縣長如林光華、傅學鵬、鄭永金與邱鏡淳等，都對其文學貢獻讚譽有加，而由作品序言和紀念文集悼文來看，可知林柏燕實以文學超越政治的精神，獲得時人敬重。另，在真實生活裡，黃秋芳也曾說：「他不悲觀，不抱怨，只是熱烈昂揚地生活著。他有一個極為親近的好友，到中央做官了，一想到好友握有這麼龐大的預算，他可以為客家、為文化、為自己的文化志業做多少事，他就天真豪邁地和我分享：『這一上任啊！真的我想做什麼就做什麼啦！』事實證明，好友到了中央，他們並不曾再相見。」縱使沒有獲得龐大經費支持，林柏燕仍然按照自己

○九年林氏病逝，綜觀其人畢生文學表現可謂多采多姿，相信對於林柏燕的研究正要展開。[4]

至於本文，在閱讀林柏燕的相關著作後發現，林氏除熱衷於文學創作外，亦長於歷史文獻編纂和客家文化的鑽研，故有「三棲」雅號。此「三棲」在顯示其人博學多聞之餘，其實也是他與其他專事寫作的作家最為不同的特點，況且他在創作之際，也往往會將三種知識視野或書寫意識相互融滲，因此更加形構作品的殊異性。當然，他最值得為人所注意的，則是其「放眼四方」的書寫策略，林氏中年在完成《東城檔案》後，有意地將其一系列文學作品冠以或更改為「南」、「北」、「西」、「東」方位之名刊行，故成就《南方夜車》（1994年6月出版）、《北國之秋》（1999年6月出版）、《西線戰事》（2002年12月出版）[5]和《東城檔案》（2007年10月出版）四部作品。這

規劃逐步實踐客家志業，以上參見黃秋芳：〈林柏燕老師——快意人生〉，收錄於《快意人生——林柏燕》，頁1-2。

4 關於林柏燕的研究，目前已獲若干關注，如林政華：〈多方位而以小說著稱的客籍小說家——林柏燕〉，《臺灣新聞報》，9版，2002年12月3日；陳依雯：〈踩在歷史的影子上——我讀《東城檔案》〉，《東城檔案》（新竹縣：新竹縣文化局，2007年），頁219-232；黃恆秋：〈客家文學的類型．鄉土文學時期——林柏燕〉，《臺灣客家文學史概論》（臺北縣：客家臺灣文史工作室，1998年），頁133-135；黃錦珠：〈世紀末的浮、空與放逐——讀《北國之秋》〉，《文訊》第167期（1999年9月），頁18-19；楊全瑛：〈六○年代臺灣小說死亡主題研究〉，南華大學文學研究所碩士論文，2002年，頁154，亦論及了林柏燕作品。

5 四方之作中，本以原名「策馬渡河」的《西線戰事》為最早的作品，但因作者在中年時有意成就以「四方」為特色的作品，故在完成《南方夜車》、《北國之秋》後，將其改為現名。相關情形，林柏燕在《西線戰事》完成後曾自言：「取名『西線戰事』主要是配合我其他兩部小說：南方夜車、北國之秋，也許還有東的什麼，如此則可統照四方、宏觀八紘。」，參見林柏燕：《策馬渡河》（臺北市：聯經出版社，1988年）；《西線戰事》（苗栗縣：苗栗縣文化局，2002年），頁9。在完成《東城檔案》後，林氏更在〈自序〉中為此「四方」正式定名。林柏燕：《東城檔案》，頁7。而黃秋芳亦曾於林柏燕逝世後，懷念他道：「2003年，我曾經半是尊敬、半是遊戲地選擇『東南西北人』來總結林柏燕的文字人生，對於他接下來的小說集不斷影射、暗喻的人物，我們也透過討論改了又改；2007年，糾纏他數年的《東城檔案》終於集結出版。」語見〈向林柏燕說再見——快意人生〉，頁2。本文因以林氏四方之作為研究重點，故優先選擇《西線戰事》為探討的文本，除非必要時才會輔以《策馬渡河》內容配合論述。

些以空間方位為標誌的文學作品，代表了林柏燕在作品中所發揮的強烈空間感知，小說中的人物因為戰爭、謀生、工作、感情、避難等因素，而產生了跨界移動，遷徙四方的現象，乃至跨國、跨語、跨文化的情形，且在移動過程中，又往往牽絆著故鄉意緒與國家情懷，甚而是臺灣在地意識和客家情結，因此頗具豐富糾葛之文化意涵，進而深化了箇中的文學意義。

是故，本文擬以最足以代表林柏燕文學成就的「四方」小說為分析材料，透過文本細讀，並參酌林柏燕自述要點、他人評論意見和「移動」理論旨趣[6]，進以剖析小說中的「移動書寫」情形及其文學／文化意涵。此處所謂「移動書寫」的討論，不只會針對林柏燕「四方」小說中「空間」移動狀態加以闡述，同時也會關注造成「空間」或人事物產生「移動」結果的「時間」因素。[7]換言之，「移動性」的形成或變化，與空間、時間實際相疊，故本文在討論移動書寫時，將會同時涉及空間、時間敘事問題。而若從小說實際內容來看，關於「空間」部份，小說寫及臺灣、加拿大、美國、中國東北等地，這展示了作者從臺灣遙看世界的移動視野，又由於兼具臺灣人／客家人的雙重身份，故當作品人物穿梭在異國、異地空間時，衍生出的人生、家國、世界思索，自是耐人玩味。至於，具有醞釀出「移動性」意義的「時間」方面，例如《西線戰事》和《東城檔案》，站在當下去回溯中國抗戰、剿匪的歷史，或將竹塹歷史打碎後，以想像手法重新倒流回清朝、日治新竹一地義民挺身保衛家園的時刻，得為讀者營造出穿梭不同歷史時間下的移動

---

6 筆者選擇以移動理論探究林柏燕小說，主要是考量到「四方」小說的內容，原本就充滿了移動於各地的軌跡，頗能相應於彼得．艾迪（Peter Adey）所說：「沒有移動性，我們既無法去工作或抵達最近的食物來源，也無法保持身體健康。我們無法建立並維繫社會關係，我們也無法抵達遠方或近旁。」參見彼得．艾迪（Peter Adey）著，徐苔玲、王志弘譯：《移動（mobility）》（臺北市：群學出版社，2013年），頁2，而本文有關移動理論要點，主要便參考自此書。

7 彼得．艾迪說：「移動性是根本而重要的過程，支撐許多運作於當今及過往世界的物質、社會、政治、經濟和文化過程。……對我們來說，移動性肯定就跟環繞空間、時間和權力觀念而展開的概念與爭辯一樣重要」。參見彼得．艾迪著，徐苔玲、王志弘譯：《移動（mobility）》，頁43。

感，同樣值得細加咀嚼。

李喬曾經讚許：「在臺灣當代文學的『景觀』上，林柏燕將是佔據特殊『位置』的一人」，[8]那麼，林柏燕作品的特殊景觀何在？其所佔據位置為何？林氏曾經自剖：「立足本土，放眼世界，常常是個人極想擴張的領域」，[9]從「距離」到「領域」，從「本土」到「世界」，這個充滿「擴張」性和「移動」感的過程，無疑會是林氏小說最富魅力之處。是故，本文特加考察四方小說中的人物移動軌跡、相關現象及其筆下空間、時間感知意義，進而闡發林柏燕「立足本土、放眼世界」的書寫實踐情形。

二　從「空間」視角看走向四方的人物移動景觀與心境

林柏燕「四方」小說的成書過程，是按《西線戰事》、《南方夜車》、《北國之秋》和《東城檔案》的順序而成，書名中的西、南、北、東，本身就標誌出方位性與空間性，足見作者在創作開始，就已經有意經營四種不同位置、座標的空間地圖。由於四本書，展現了作者一體而有系統的寫作規劃，因此四者之間的空間書寫，不單在個別作品中有著自我的移動描述，單以西、南、北、東的位移，也呈顯出林氏四方小說極為鮮明的「移動」景觀。而他筆下的空間，是由臺灣出發，次而描述中國東北，於回歸本土陳述己身對各地的思索之後，接著再與北方的加拿大扣聯，最後又重新回到臺灣在地，然後結束於描述新竹、新埔一帶，想像力極強、融合客語和華語的《東城檔案》。在上述作品裡，林柏燕突出了他能夠駕馭遙遠遼闊跨境移動書寫的能力，且在讀者面前展現其人廣闊視域之餘，又透過虛實相間的巧妙筆觸，彰顯了作者對於外在世界的想像，使得「移動」狀態的文學性表現和文化性內涵更為豐富。

8　黃秋芳：〈向林柏燕說再見——快意人生〉，頁7

9　林柏燕：《南方夜車》（新竹縣：新竹縣立文化中心，1997年），頁9。

以《西線戰事》為例，林柏燕自言此書為其最得意的長篇之一。[10]小說中的主角「江建亞」於中國東北轉戰千里，他的足跡遍佈寧安、牡丹江、穆陵、二道河子等地，經由小說內容，林氏在讀者的腦海中勾勒、複製了一幅哈爾濱地圖，隨著小說情節次第前進，讀者彷彿置身哈爾濱，並對此地愈發感到熟悉。但，林柏燕表示，他自己親身到中國去，卻是很晚的事：

> 當年，原籍哈爾濱的同事，乍讀《策馬渡河》非常驚訝：「你怎麼對哈爾濱這麼熟悉，好像你真的到過。」事實卻是：第一次到陸，還是近年的事。甚至有讀者，經《新生報》轉函，向我打聽他的弟弟……，但正如羅貫中寫赤壁之戰，實際並未參戰。[11]

足見林氏的描摹能力，竟使讀者誤以為是現地書寫。而，恰恰有別於一般旅行散文較著重於現地參訪與游目所寓情景的描述，故能散發某種親身經歷與寫實色彩，此處林柏燕的「移動」書寫，則是藉由戰爭小說虛實相間的特性，烘托出寒冷廣闊、充滿異國情調和戰爭仍頻哈爾濱的荒野空間感：

> 山頭已飄著白雪，江建亞仍然半大襖，老虎頭、湯頭馬鞋，一副出遠門的裝束。南門手槍在他的半大襖裡，三八步槍也用毛毯裹，斜插馬鞍。……土房已遠遠被拋在後頭。那些山中的墨杉、白樺、榆樹，都被裝扮得銀花團簇。轉個彎，沿著山谷，開始下坡。不久，走上一塊高原，晨曦照在幸子臉上。[12]

山頭、白雪、墨杉、白樺、榆樹，這些大自然景觀，建構出冬季裡的哈爾濱山區的獨特空間性。而隨著小說裡的「戰爭」的發生，一幕幕景色不斷穿梭

10 林柏燕自言：「《西線戰事》原名『策馬渡河』，……《策馬渡河》已經絕版，卻是生平最自得的長篇之一」，參見《西線戰事》，頁8。

11 林柏燕：《西線戰事》，頁8。

12 林柏燕：《西線戰事》，頁28。

移動，人所處空間也持續產生位移，讀者眼睛視野就在文字世界中，走過了哈爾濱各地。

大抵，在《西線戰事》裡，林柏燕構思了「戰爭」這個元素，引領出他對未曾踏查過的中國東北空間的精彩想像。尤其，「戰爭」，原就與「移動」密不可分，彼得・愛迪《移動》一書提到：

> 移動性總是戰爭中的基本戰略工具。沒有移動性，戰事無從發生。對於軍隊的部署，……輕裝戰術性陸軍的敏捷移動而言，移動性都不可或缺。……戰爭意謂著掌控多重的移動序列，軍隊的交通控管，以及槍彈、燃料和食物的補給。……戰爭是由錯綜複雜的各種移動性組成，它們對其他人移動性有重大影響。[13]

對於四方小說中的首部作品，林柏燕選擇以「戰爭」來展現「空間移動」狀態，有其合宜性。其次，要附加說明的是，有關哈爾濱轉戰路線的規劃，或是對東北場景的描寫，林柏燕雖非親身移動至東北現場，但他透過對史料研析的熱愛，運用史學知識[14]，故能鮮明刻畫出一位最後在臺終老的戰鬥英雄戎馬倥傯的前半生，並在紙上藉由移動書寫，勾勒起自我想像中的那場戰爭。事實上，林柏燕曾說：「書中主角江建亞（化名），至今仍是我繫念的人。曾有意追尋他當年轉戰千里的步伐，二站、福來屯、刁翎、二道河子，實際走一趟。但談何容易，這些廣大的戰野是旅行團不會涉足的，自助獨行，人生路不熟，沒有江建亞那份膽量。」[15]可見作者在創作前，就對「野戰」、「轉戰千里」的「空間」和「移動」感到興趣。另，林氏特別設計主角後來到了臺灣，因此串連起中國東北與臺灣，於是與東北人、俄羅斯人、日本人發生過不同互動關係的江建亞，最終落腳臺灣成了省外人士，則如此的

13 彼得・艾迪著，徐苔玲、王志弘譯：《移動（mobility）》，頁163-164。

14 林柏燕：《西線戰事》，頁8。

15 林柏燕：《西線戰事》，頁8。

千里移動，就別具特殊意義。於是，小說遂成了一位省外來臺人士的故事，移動的終點，在最後進入了臺灣的疆界之中才停了下來。

另一篇同樣有著移動情節，與上篇一樣關注小說主角起點和終點的作品是《北國之秋》。相較於寒風凜冽、烽火漫天的中國東北，由作者所化身的「劉雨田」在此篇作品裡則是徘徊於加拿大，不僅流露出異國懷鄉的抒懷，更藉由異國遊子的身份，表達己身對國家歸屬的茫然與無奈，並在迥異於臺灣的空間裡，去審視臺灣意識與客家精神如何覺醒的可能？小說出現以下情景：

> 一九八一年一月，劉雨田第一次踏上加拿大的土地，在蒙特婁多瓦爾 DOVAL 機場登機。下了飛機，所有的白人旅客很快過關，劉雨田是唯一的東方面孔，被特別請到移民局。……他在對面坐下來，看看劉雨田填報的表格，問了些問題，突然在表格上刷了一聲，把 ROC 劃掉了，改成 TAIWAN。……
> 護照裡，劉雨田的出生地是「中國」。事實劉雨田出生於臺灣。臺灣的政府，一向帶頭偽造文書。於是，已被荒謬傳染不堪的移民官，彷彿意味的是：歡迎你來！但你的國名五花八門，莫測高深，知道你來自臺灣，這就行了。[16]

臺灣／中華民國／中華人民共和國的糾結，不只是林柏燕在出國時所遇到的誤解，而且不少臺灣人都有此類似的經驗，臺灣往往在「中國」的指稱下被忽略，呈現名實不符的荒謬。此篇作品，書寫出臺灣人在離開臺灣，前往其他國家可能會遇到的困難，以及無法名正言順以「臺灣」之名於世界各地移動的悲哀。再者，移民到海外的臺灣人，也要面對是否被當地人「認同」的考驗，〈過客〉單元就將從臺灣移民至加拿大的臺人感受描寫出來：

16 林柏燕：《北國之秋》（新竹縣：新竹縣立文化中心，1999年），頁14。

> 記得蒙特婁的移民官，曾對來自台中的老何說：「你剛來兩個月，又要回臺灣，到底為什麼？你增加我們的困擾，也增加你自己的麻煩，你大可不必申請移民，臺灣人申請觀光，我們隨時歡迎。」……「來加拿大幹嗎？你們以為這兒是天堂呀！」李仁棟道。……「不過，既然移民，就該定下來認同加拿大，但這又談何容易。我來加拿大十八年，不是我不認同，而是他們不認同我。……」[17]

只要不是在自己的國家，在異國就不易得到他國人應有的尊重與認同，李仁棟道出了移民者的困境。換言之，雖然移民是自願移動的選擇，但終究還須承受無法立足於自己土地所帶來的陌生、歧異與思鄉之情。以上，可知《北國之秋》所寫的空間移動及其心靈變化，是由「移民者」這樣的身份著眼。

而臺灣人之所以想要移民，也是林柏燕小說中亟欲深刻檢討的部份。他一邊描述劉雨田在加拿大的所見所聞，另一方面也描述劉雨田時常不自覺地陷入反思，人雖在加拿大，但思考的卻是臺灣待改進的醜陋。〈選戰〉是篇政治寫實的小說，描述臺灣風起雲湧的抗議、罷工事件，在小說中抨擊資本主義在臺灣根深蒂固外，對於臺灣的賄選行為，更透過三組人馬爭取鎮長寶座的選舉事件，做了深刻且見骨的描述。[18]小說主角劉雨田在加拿大回想過去選舉的激情與醜惡，場景並未設定在臺灣而是在國外空間裡，如此遂寄寓了林柏燕在國外，亦即移動至遙遠的地方時，反而得以冷靜且較客觀的角度，去描述其在協助小說候選人林俊杰參選時，各方派系如何在賄選上心懷鬼胎，最終最有金援、最有勢力者，理所當然獲得了勝選，失敗者則掉入萬劫不復的深淵。作者對政治關心，卻又深惡痛絕：「政治是一種病，有時是癌症，有時是狂犬病，兩眼發直，口水欄杆，一路狂奔。」[19]如此形容，發人省思。

耐人玩味的是，從臺灣移動至加拿大，臺灣選舉的醜惡固然讓林柏燕感

17 林柏燕：《北國之秋》，頁132-133。

18 林柏燕：《北國之秋》，頁149-169。

19 林柏燕：《北國之秋》，頁151。

到痛苦，族群的操控更讓其感到不滿，故他在小說裡為客家族群在臺灣不被重視的地位鳴冤：

> 然而，那天晚上劉雨田卻是愈聽愈坐不住，幾度站起來，又勉強坐下，想多聽一點，但熱度已急速下降，下降！最後到達冰點！怎麼？從頭到尾，已經是第八個演講了，都在用福佬話呀！劉雨田能聽懂他們所謂的「台語」，但講得不夠流暢。他想到更多桃竹苗屏東的鄉親，根本聽不懂所謂的「台語」。……我可以不講「國語」。問題是：我也可以講日語、英語，你們那些咬檳榔的黨員聽得懂嗎？莫說我用客家話，你們全會死。[20]

透過倒敘式的寫法，人在蒙特婁的劉雨田，回想過去在臺灣所參與的每一場政黨活動帶給他的希望與失望。他看到臺灣民主政治的希望火苗正被點燃，但卻也失望地發現，雖然時代在進步、政治氛圍在改變，客家族群依然是失落的一群。小說主角劉雨田喜歡蒙特婁的美，但作者林柏燕卻在這個美的空間中，包夾了他對臺灣政治的檢討。離開臺灣來到蒙特婁，透過所處位置的轉換，作者更能冷靜思考臺灣問題。

除了臺灣政治是林柏燕厭惡和關心的議題，對臺灣因仿冒而在國際上得到的惡名，一樣是林柏燕要針砭之處。〈美女〉中敘述劉雨田到頗富盛名的道森學院修讀企業管理的課程，在上課過程中，入耳的是外國教授對臺灣的責備：

> 第一週大致講些如何做企業計畫，向銀行貸款，尋找企業伙伴等，突然話鋒一轉，罵臺灣是仿冒王國、海盜。……「沒有。」劉雨田頓了頓，……劉雨田隨便講個年代：「就開始整頓仿冒。現在應該沒有了。臺灣政府跟布朗先生一樣痛恨仿冒。」……第二週，布朗教授帶

20 林柏燕：《北國之秋》，頁48。

> 了一大堆資料。他居然有辦法把蒙特婁市來自臺灣的仿冒品列出清單，洋洋灑灑，整整三大頁，並複印了三十五份給全班同學。一時，劉雨田看傻了眼。[21]

在國外看到自己的國家被視為仿冒之國，而又無法辯白時，林柏燕透過劉雨田的啞口無言與羞慚，描述那個時代臺灣因仿冒醜名而在國外無法立足的窘境。當外國人看臺灣是如此時，臺灣應當痛定思痛的檢討，才不會使惡名張揚於外。這是由外國人的視角看臺灣後，臺灣應該自我警惕的地方。

林柏燕的移動書寫，不但帶領讀者於閱讀中遊歷不少國家，也反映其所身處的年代，臺灣在國際間的地位，或是外國人眼中的角色。當然，臺灣的缺失之外，在經濟起飛後臺灣對國外的協助與投資，亦成為林氏小說中有關空間移動書寫的關注面向。《南方夜車》中的短篇〈沙丘之男〉，內容中有一首打油詩，將過去臺人前往沙烏地阿拉伯協助建設、技術分享的情況描述於紙上：「聞道沙國遍地金，遂逐狂沙把命拼。日月流汗波斯灣，喜見美鈔入臺灣。」[22]另外，針對「沙烏地阿拉伯」這個遠在世界另一端的國度空間，林柏燕在小說黃沙漫漫的沙漠景象中，安排主角不停地尋找一名失踪者，從失踪到最後被遣返的過程裡，林氏興起了對人生虛無的思考：

> 我開始慢慢了解到魯布阿魯哈里沙漠，為什麼叫「偉大的虛無」了。它除了表面上意味著：沙漠空無一物之外，實際上，它讓你從心底、從腦海、從身軀感到徹頭徹尾的虛無。[23]

小說裡不停上演失踪戲碼的江煥成，就是一個虛無的人。他厭煩了工作，人生卻也找不到更好的目標，只有走入虛無的沙漠，他才能感受到他自我存在的價值。但人最大的價值，不就是回到自己的家鄉嗎？江煥成後來被送回臺

21 林柏燕：《北國之秋》，頁223。

22 林柏燕：《南方夜車》，頁131。

23 林柏燕：《南方夜車》，頁145。

灣，並在臺灣意外身亡，但對他來說，他的心靈將不再是要依靠大漠作為掩蔽，而是回到家鄉後，終而能真正得到思鄉情緒上的慰藉。

正因為家鄉如此重要，故在環遊中國東北、加拿大、沙烏地阿拉伯沙漠或是南洋地區之後[24]，林柏燕的思考重新回到對本土書寫的原點，而到了作為四方之書的最後一本《東城檔案》時，他就選擇以臺灣中的故鄉新埔為背景，在不停地移動講古的過程中，追述過去一百年的情況，於此可以看到作為四方之作的最後一部，林柏燕在寫作上掀起開闊的視域後，最後仍以回歸本土、故鄉為依歸的寫作理想。

至此，不難發現，上述小說中的人物，都和臺灣存有密切關聯，只是他們或漂泊異鄉，或是在臺灣安渡餘生，或者始終沒有離開過。於是，移動於「南北西東」眼觀四方的書寫，就不是毫無目的的漫遊行旅，或是隨意鋪陳的各地空間，這一切其實都有一個起點與終點，此即「臺灣」。臺灣是小說展開想像移動的開始，但更是作者心中最終選擇安身立命之處，而這既能表現林氏以臺灣為出發點的寫作堅持外，亦能代表林柏燕不會被臺灣本身的範疇限制住，而是站在臺灣、理解四方存在的重要性，並於移動的過程與書寫中，寄寓對他對權力的剖析和政治黑暗的描寫，以及對臺灣故鄉的眷戀。但不諱言，林柏燕移動書寫的構思，多少與政治決策和意識形態攸關，彼得．艾迪便認為：「移動是政治性的。移動因為政治決策各和意識形態意義而凸顯出來。」[25]對此，後續會有更多說明，當有助於此一觀點的體認。

三　以「時間」激活空間位移的書寫表現及其意義

林柏燕的四方小說，喜歡透過筆下人物移動於各處不同的空間裡，書寫出臺灣以外的國家、地區風貌，並在移動中興發各種感觸，將作者見聞、想像寄託其中，建構出作者自我的世界觀。針對上述情形，筆者在前面單元，

24 林柏燕：《南方夜車》，頁243-259。

25 彼得．艾迪著，徐苔玲、王志弘譯：《移動（mobility）》，頁179。

已經分析了作者放眼四方的「空間移動」書寫情形及其相關意義，以下則要留心其在空間移動的刻畫之外，如何同時善用有協助激活空間作用的「時間」元素，以之做為另一種裨益空間表述的書寫策略[26]，此即以時間去激活空間位移的面向。

身為小說家，林柏燕對小說時間的駕馭極為純熟，無論是從現在到過去歷史的回溯，或由過去到現在當下時間的穿插式書寫，都曾在其作品中出現。以《北國之秋》為例，黃錦珠就注意到林柏燕在時空處理手法的巧妙：

> 「北國之秋」的寫作手法其實是傾向傳統和中規中矩的，但是作品整體的氣氛，卻營造得靈動又迭有新意。這不能不歸功於作者對整體結構充份掌握，以及對各種及事件、現象敏銳細膩的觀察、描述與反思。主角思潮澎湃、馳騁萬里所造成的時空交錯、跳躍，也是藝術形式上，加強複雜、荒謬之感。[27]

點出了時空交錯與跳躍，但卻能份外營造出作品的複雜性和荒謬感，得以顯現林柏燕對於小說藝術形式的用心經營。

除《北國之秋》外，以新埔義民廟為開端、綜合各個歷史傳說的《東城檔案》，亦有其可取之處。文中以義民廟為中心，作者先用回顧手法，敘說新竹一地百年來遭遇的變亂：

> 聽上輩人講：一百一十年前，林爽文的部下，打到新埔庄。
>
> 又，三十三年前，新埔庄的義民軍，先發制人，戰戴潮春，打到八卦山。

26 彼得．艾迪引用克利（Klee）的說法認為：「『空間也是時間的概念』。將空間視為時間，意味了以一種前所未見的方式激活了空間。」彼得．艾迪著，徐苔玲、王志弘譯，《移動（mobility）》，頁8。

27 黃錦珠：〈世紀末的浮空與放逐——讀《北國之秋》〉，《文訊》第167期（1999年9月），頁19。

> 臺灣三年一小反，五年一大反，沒反沒生趣。新埔人好走反。啊哈！莫非又愛走反，歷史重演嗎？[28]

以上所述就是與新埔有關的幾次戰爭歷史，包括與林爽文、戴潮春的對抗，從一百一十一年前到三十三年前的兩個時間點，新埔人的義民軍經驗或走反經驗，就被勾勒出來，而新埔和新埔人所形構出的勇於對抗、愛走反的空間、群體性格，也就表露無遺。林柏燕在《東城檔案》中，曾自剖試圖要創作一部以客語對白、且能發揚新竹客家精神的長篇歷史小說[29]，既是歷史小說，就必須著墨於敘事時間的移動，故文中處處可見時間性，以及因之而起的空間位移現象。茲以林氏之言為證：

> 東城檔案，定時在1895，林爽文反清在1786，相隔百年，小說可用夢幻回溯的方式，在小說求時間的一致性，不致發生問題。最後幾章，我請孫悟空到高雄追殺豬八戒，這個時間約在2003年左右，因此任務完成後，又不得不請他趕緊回頭，穿過時空隧道，回到1895的新埔茶室。這種寫法很少，但並無不妥。[30]

林柏燕在寫作的當下回到了一八九五年，又由一八九五年到了百年前的一七八六年，而為情節安排的需要，又跳躍時空來到二○○三年，最後結束於一八九五年的新埔茶室。整本小說空間，因而在臺灣多地移動，但其間出現的多次時間移動，同樣讓人印象深刻。而要在時間中有所移動、跳躍，除了作者本身的想像力之外，透過夢境書寫，是讓小說人物方便穿越數百年的方便方式：

---

28 林柏燕：《東城檔案》，頁28。

29 林柏燕說：「東城檔案是筆者初次用漢文和客語寫的長篇小說。……東城檔案有意予以歷史重現，把雙方概括承受，以其代表人物林爽文與陳資雲，深夜在義民廟對質。」參見氏著：《東城檔案》，頁5。

30 林柏燕：《東城檔案》，頁6。

「梁仙台，我知道你來了。此乃汝多年修持之果，若凡夫俗子，很難見我。今夜，本菩薩與如來佛、大勢至菩薩，來到義民廟，另有任務。要了斷義民軍此千古奇案。汝可靜坐牆角，看我等夜審義民軍，靜觀其詳，不得出聲。」……。「傳林爽文」之高口分貝呼喚，遠傳廟內外。……「傳乾隆皇帝！」……瞬間，義民廟外，又是一陣雷聲電光。「大將軍福康安到！」[31]

為了回到歷史發生的現場，林柏燕以夢迴過往的方式為臺灣民變翻案，作者同情的對象如遭福康安陷害的柴大紀、義軍代表林爽文、陳資雲等，各有各的不平與痛苦，最後歸結於對掌權者乾隆的處罰。其後，時間又跳回到現在，梁仙台穿越時間後由夢中驚醒：

言畢，只見義民廟裡，狂風大作。黑煙滾滾，直衝廟外。瞬間，義民廟恢復原狀，「敕封粵東義民神位」，高高在上，神桌孤燈熒熒，一片死寂。

梁仙台有如大病一場，從床上跳起來，渾身冒汗。猛敲腦袋。冷靜！冷靜！[32]

通過一夜夢境的描述，林柏燕安排梁仙台移動了百年時光，並藉由歷史人物的想像重組，為當時不平者鳴冤。於此，透過義民廟的神聖性，林柏燕在小說中懲罰貪婪的主政者，這是在民變發生的時代無法達成的願望。

是故，小說人物可以透過時間移動的方式回到較早的過去，或是往前進到未來，由不同的觀點出發去看陌生當下的變化，並製造出更多的省思，而這種敘事時間的掌握，是一位小說家所必須熟練掌握的，林柏燕自然具有此等能力。要更深入說明的是，林柏燕的四方小說，還善於以「時間激活空

31 林柏燕：《東城檔案》，頁49-52。

32 林柏燕：《東城檔案》，頁66。

間」，使空間面目別具新姿。例如風格陰森恐懼的〈紐約式接觸〉，便以異時空的情節創造出懸疑吊詭的氣氛：

> 「我每天來，每天晚上都來。」
> 「我不懂你的意思。」
> 「我每天從江西到紐約來。」
> 「我更不懂了，你沒有喝醉吧？」
> 「老實告訴你吧，我不是一九八二這個年代的人。我是南唐時代的江西人。南唐，你知道嗎？你對中國歷史熟不熟？」
> 「你是說，你死在一千多年前？」這下，我相信我自已喝醉了。我睜大了眼，面對這千年怪物，再問一句：「你的意思──是說，你──是來自古代中國的亡魂？」……。
> 「慢著，別忘了這是一九八二年，即使你是高貴的亡魂，我也沒有多大興趣。……」[33]

亡魂穿越數千年的歷史來到現代，出現的地點不是臺灣，也非中國，而是西方的紐約，時空的隔閡，造成鬼魂與「我」在對話上的隔隔不入，甚至展開爭吵：

> 可是，我沒想到你這位老爺的陰魂還不散。我可以告訴你，我對你這類人物的歷史並沒有多大興趣，包括你之前的一千年，之後的一千年，那只是中國的一部帝王史，中國人的受苦受難史。除了你們這一批人，把官服換來換去，搶來搶去之外，你們對中國的實際進步毫無幫助。不啻，為了你臉上的皺紋，我想我該叫你一聲先生，先生姓──。[34]

33 林柏燕：《東城檔案》，頁19。

34 林柏燕：《東城檔案》，頁19-20，透過時間的演變與追溯，林柏燕由歷史的殘酷與紛亂出發，藉著與鬼魂的交談，批評政治害苦黎民百姓，爭權奪利者只為一已之私，終究造成中國的混亂，但多數人卻仍活在醉生夢死之中不知覺醒。而明明是中國鬼魂，卻出現在遙遠的紐約，這裡既是時間的移動，也是空間的跨越。如同作者本人身為臺灣人，卻離家鄉臺灣千里之遙，於是小說就不只是敘事時間上的移動，而是串發了空間上的錯置與改變，穿越千年歷史而來到異域之境的鬼魂，正有如離鄉背井的主角，掉落在層層異質的位移空間之中。

林柏燕不選擇臺灣、中國或是他印象最深刻的加拿大做為他「撞鬼」的空間，是因為紐約作為公認的國際大都會，它是現代的象徵，且是與東方迷信「遇鬼」這件事最難以劃上等號的地方：

> 這個世界，只有人本身是最可怕的，然而，今夜我竟然遇上千年老鬼，而且在這世界上最大最現代的，既無豆棚，也沒有瓜架的紐約。無論如何，這個紐約亡魂，來得太荒謬。我並不怕他，但他顯然纏著我不放。[35]

在當下的現代世界遇到從千年而來的鬼魂，種種不合理的解釋，讓主角開始產生對鬼的懷疑。不過，經由時間移動而出現的鬼，卻讓主角省思人性的可怕尤勝於鬼的存在，如此既是對人性的檢討，也是對歷史發展的反省，在異鄉空間的襯托中更顯強烈。

此外，收錄在同書中的同名小說〈南方夜車〉也是林柏燕以「時間」激活空間最好的例子。小說情節雖是以陳明雄、趙黃河兩人展開，但卻透過他們對周遭長輩如仁煥叔、立州叔的倒敘式回憶，描述戰爭的殘忍，以及戰爭結束後對人性所造成的陰影。陳明雄、趙黃河不但以時間的倒敘對自我成長予以追憶，也在回憶的當下，敘述曾經受到戰火荼毒長輩們的種種不堪經歷。從陳明雄、趙黃河所在的臺灣南方屏東一帶，時間帶領讀者回溯到北方

35 林柏燕：《南方夜車》，頁25。

的華中，最後歸結於更南方的海南島三亞、菲律賓一帶。敘述過程中，充斥被日本強徵作為軍伕長輩們的痛苦，文中充滿深刻的後殖民省思：

> 昭和十九年，我們已支持不住，離開海南島，進入雷州半島……。我們瞬間成了俘虜，被送到雷州半島，兩個月後，被送回海南島……。[36] 我們突出重圍，開始沿山走。本想沿海岸線逃到呂宋，……但已不可能，我們始終被逼在山上。[37]

透過一連串今昔相間與各個南方空間的穿插，小說結尾安排思緒錯置於不同時空、他人與自我的兩人，準備搭上夜班列車回到屏東、準備開啟未知的未來：

> 兩人同時站起來，拍拍屁股，慢條斯理地走出月台。也許等得太久，對於火車的光臨，他們已經沒有多少興奮。陳明雄心想，不過是寂寞旅程的重新開始，相信到了屏東，夜一定很深很深了。[38]

在等火車的過程中，兩人已經由現實進入回想，再由回想回到現實中。林柏燕透過兩人等火車這個在現實中短暫的敘事時間，緊湊地刻畫出一幕幕戰爭時或結束後臺灣人的心靈創傷，與其一貫追求和平、反對戰爭的立場相符合。而在兩位小說主角的對話中，讀者也會看到小說空間由臺灣到中國、由華中到華南、再到南洋後回到本土的書寫，隨著時間遞進出現了各地不同的空間景況。

茲再舉另一部作品來看，《北國之秋》是作者在異國對本土進行縝密思索的作品，此作最耐人尋思處，乃在於作者當下處於異國空間，所想卻是己身尚在臺灣的過往，其間無論是對政治的思考、文化的耽憂或是客家精神的

36 林柏燕：《南方夜車》，頁259。

37 林柏燕：《南方夜車》，頁262-263。

38 林柏燕：《南方夜車》，頁279。

闡發，皆是議論的題材。例如書中〈怖懼〉一節，劉雨田一邊回想過去臺灣由白色恐佈到民主自由的政局發展，又一面描述他由臺灣到蒙特婁，以及在蒙特婁每個場景的見聞，小說穿插了臺灣與加拿大的空間轉變，也將生命記憶與異國經驗交相描述。[39]而〈過客〉也使用了類似的手法：

> 人影幢幢，腳步聲刷刷地急步而來。前面有兩部哈雷警車在開道。後面大群男女，幾乎佔滿大街。原來是抗議社會福利。未因物價而調整。……在中國，旦有了運動，總是要出人命的。……在臺灣，早期的運動、警棍、木棍、拒馬、鐵網、鎮暴車、催淚彈一再出動，至於二二八的清鄉，用的是步槍、機槍。[40]

從蒙特婁到中國、再到臺灣；從當下所見到過往記憶，透過「遊行」這件事的聯想，不同空間的「遊行」，實是由時間的反思所串聯而起，這見證了林柏燕化身為劉雨田後，於異鄉參訪之際，卻仍對故鄉事物難以忘懷，於是或適時的將兩者並置思考，或是依照時間的倒敘、順敘，刻畫臺灣和加拿大不同空間中的人、事、物故事，使得讀者也必須隨著作家忽而時間、忽而空間，交替、轉換狀態下的移動式思考而配合閱讀。

他如，頗受好評的短篇小說〈江建亞〉[41]，這是《西線戰事》的最末篇，其實也是整部小說中，運用「時間」元素去帶動「空間」移動敘寫最完整的一篇作品。小說裡著重描寫江建亞到了臺灣，隨著歲月凋零而對過去輾轉流離經驗的回想，他同時還必須接受人生舞臺即將謝幕的事實：

> 窗外透進慘白的月光，在晦暗炙悶的房間裡，流竄著虛實難分的恍惚。江建亞寧願躺在梨樹鎮，或雙河屯的雪野，仰望燦爛的星光，傾

39 林柏燕：《北國之秋》，頁54-68。

40 林柏燕：《北國之秋》，頁130-131。

41 林柏燕自言：「書中最後一篇『江建亞』，曾獲中國時報文學獎，……」林柏燕：《西線戰事》，頁9。

> 聽無邊無際的大地傳來的風聲；也不願侷促於這斗室，逐日眼見自己荒謬的結束。[42]
>
> 多少孤寂之夜，他咀嚼這份獨對時空的孤獨，一切顯得麼虛幻。多少夢醒之後，他猶意有未盡地，讓自己繼續馳騁在北國的雪野、叢林、以及一片血紅的麥田裡。然而梨樹鎮、馬橋河、雙河屯、穆陵、牡丹江、哈爾濱、瀋陽、…………就這樣，一個接一個死去。是時空的驟然中斷？抑是千年的孤寂？[43]

時空並進式的描述，在這兩段文字中表現淋漓盡致，幾筆間就將江建亞的一生做了總述。但若非有時間將空間串連起來，也就無法表現出興衰起落的人生惆悵，也未能傳達出已垂垂老耄、病體纏身，正等待死亡的江建亞對於過去的懷念，以及對未來時刻都會終結生命的擔憂。[44]其後，整篇小說時而敘述舊事，時而回到現實中於病榻上的江建亞，透過片斷跳躍式的回想，補足前述小說情節中未提及的部份，為閱讀者做了其人生命史的總體鳥瞰，彷彿走遍了、經歷了江建亞曾經移動過的空間和時間。

綜上，透過對時間移動的掌握，無論是本土色彩極為強烈的《東城檔案》或是其他諸篇，都讓閱讀者在作者精心設計下，得以對過去歷史進行檢視，或對未來命運進行展望。猶如緯度的空間建構出小說的場景，作者使用移動的手法帶領讀者跳躍其間；譬若經度的時間，在作者精心移動下，則可拼接每個事件的起落，加以重構事件的因果關係。於是，林柏燕的四方小說，就在層層疊疊的時空交錯設計中，為讀者展示頗具巧思的藝術表現技

---

42 林柏燕：《西線戰事》，頁290。

43 林柏燕：《西線戰事》，頁291。

44 瑞士地理學家哈格斯傳認為：「任何空間移動，也是時間中的移動。」彼得．艾迪解釋：「哈格斯傳試圖理解，個人移動模式及活動並非發生於真空，而是取決於他們空間和地方環境的互動方式。……人穿行而過的空間與時間，造成了他所界定的對移動能力及所從事計畫的『限制』。」彼得．艾迪著，徐苔玲、王志弘譯，《移動（mobility）》，頁68。

巧，同時也在蘊含著空間性與時間性意義的四方移動書寫中，道出其人對於個人、臺灣、世界的諸多看法。

四　「立足本土，放眼世界」的創作胸懷和文化意涵

以上分析了林柏燕四方小說中的移動書寫，以及如何藉由空間、時間兩個重要元素，去展現小說中極為明顯的移動特點。在此，則要再另加剖析移動書寫背後，其實蘊含著作者特殊的創作「位置」和「胸懷」，尤其是作者自身強調的，想要擴張到「立足本土，放眼世界」的領域感，究竟在其作品中是否已經予以落實？又是如何進行實踐？

而在面對林柏燕寫作上的雄心壯志之前，於此稍就其人創作面向略做補充，這有助於掌握其人創作視野和企圖。他是新竹重量級客家作家，如同前述，因為著述多元而豐富，故時人許為「三棲」作家。有關其作品發表、出版情形，會依照作品性質而發表在不同的刊物上。倘以文學評論來看，大抵集中在《幼獅文藝》、《書評書目》、《中華文藝》、《出版與研究》和《文訊》等，其評論範疇包括西方文學、日本文學、臺灣文學、中國文學，甚至電影，涉獵極廣，如於《書評書目》中，就能發現林柏燕既探討中國古典詩歌之美，又評介日本芥川龍之介的文學特色，甚至是引介柴田鍊三郎對宮本武藏的觀察等。[45]至於林柏燕極為熱衷編輯的地方志書和文學史料，這些類型的文章，主要發表在他所催生的《新竹文獻》內，或是以關懷客家事務為目標的《客家》雜誌上。若以《新竹文獻》來看，林柏燕之作，時常流露出對家鄉的濃烈情感，例如剖析龍瑛宗、吳濁流的文學成就，或說明古典詩社陶社的作品與創建過程，關西古蹟的介紹，以及原住民文化與日本殖民的戰爭傷痕等。又，刊於《客家》文章，則多數在討論其故鄉新埔的客家文化，最後更進一步統整編纂為《新埔鎮志》，故為客家史料整理與發揚地方文化留

45 林柏燕：〈從民歌到史詩——評介李辰冬著《詩經通釋》〉，《書評書目》第37期（1976年5月），頁152-163；〈宮本武藏的風貌（評柴田鍊三郎之《決鬥者宮本武藏》與小山勝清之《嚴流島後的宮本武藏》）〉，《書評書目》第57期（1978年1月），頁79-82。

下不少貢獻。

再者，在文學寫作方面，至少有兩個特點值得一提。其一、由於兼具史料蒐集、整理與考證能力，加上長期投入地方志書編撰工作，故而能援引地方特色進入小說，使其作品自然而然具有本土特色；其二，小說的經營是林柏燕創作重點所在，他不僅從早期到晚期均戮力於此，且長篇、短篇皆有，可謂多產作家。因此，本土色彩、小說書寫成了概括其人文學創作面向的重要指標。不過，林柏燕並不以立足本土為限，[46]他還有著要擴張到放眼世界的領域感。

那麼，如同本文前面所言，「放眼四方」的小說系列既是林氏寫作之精華，則想要以創作達成「立足本土，放眼世界」領域感的林柏燕，又該如何從這些作品入手與嘗試？這可從林氏所寫四方小說第一本作品《西線戰事》（即前著《策馬渡河》），略窺一二。他在文中寫及：

> 回想五十年來國共水火不容，在荒謬的歷史中，個人像是被命運擺弄的芻狗。如今兩岸關係雖有緩和，卻又如此劍拔弩張令人隱憂。兩岸應該有更高的智慧，避免重蹈這段不幸的荒謬。雷馬克寫過「西線無戰事」，事實這個世界無年不戰，不戰於東、則戰於西。……如此則可統照四方、宏觀八垓。[47]

從早年國共相抗的衝突，想到當前兩岸對峙，且進一步連結了《西線無戰事》反戰小說，足見心中對兩岸關係確實存有隱憂，且同時回應對於世界和平、戰爭止息的企求。對此，王拓也有所感應，他精要掌握了林柏燕創作用意：

46 不以本土為限的指涉意義，除了具有想要放眼世界的胸懷之外，另外尚有林柏燕對於臺灣本土性的辯證思考，這可由《北國之秋》中男主角在選擇回到臺灣故鄉之後，〈「北國之秋」後記〉出現的「一來對臺灣徹底失望的自我島內放逐，又無法捨棄相濡以沫的宿命」敘述可見一斑，頁279。

47 林柏燕：《西線戰事》，頁9。

> 例如寫江建亞與高子玉這一對在當年激烈戰爭中曾經共同出生入死的弟兄，經過十幾二十年後在台北的街頭意外重逢時，共同回憶當年驚濤駭浪的生活，有一段時期，由於高的被俘而成為對方的戰士，雙方是敵是友，竟不是他們個人所能決定；再如寫江建亞與年輕時代的戀人余潔容的故事，也是身不由已地被命運、被歷史所擺佈。這些，不禁使我想起蕭若霍夫所寫的「靜靜的頓河」中的若干情節。[48]

在無情戰爭洗禮中，小說中的人物深深受到命運、歷史擺佈，這些讓人傷感人的情節和心緒刻畫，王拓認為與俄國著名小說《靜靜的頓河》近似。換言之，無論是林氏所引德國作家雷馬克《西線無戰事》，或是王拓聯想的俄國作家蕭若霍夫《靜靜的頓河》，可以讓人體會到林氏小說內涵與主題思想，或其創作方法，實與世界名著有所呼應，尤見散發出能夠「放眼世界」的作品風采。此外，小說最後主角江建亞與其他逃來臺灣同伴有家歸不得，令人唏噓不已的晚年生活，暗喻了戰爭與移動帶來的悲慘人生。代表角色「江建亞」，堪稱亂世下不幸時代人物的縮影；而放大來看，《西線戰事》無疑在控訴政治人物為一已私慾，卻導致生靈塗碳，從中可顯林柏燕悲天憫人的寫作關懷。

不僅於上述而已，相同的書寫心境，也出現在《北國之秋》裡。作者總在思索許多攸關人性、文化、政治和情感方面的議題，故時任新竹縣文化局長的蔡榮光，在為本篇撰寫序文時有如下表述：

> 生命的歷程是可以與分享的，一粒沙看世界，從本土文史作家林柏燕的筆下，我們彷佛走入地球北端的楓紅，目睹了蒙特婁的蒼茫、落寞、貪婪，猶如深秋之際總發人省思。[49]

48 王拓：〈歷史的夢境〉，收於林柏燕：《策馬渡河》，頁332。

49 林柏燕：《北國之秋》，頁6。

正因為異國的孤寂，更能讓林氏冷靜思考在他的人生中所遇、所見與所聞。因為來到異鄉，才能突顯他對家鄉的想念與關愛，並透過寫作尋找存在的意義，此即上引序文裡所看重者：

> 一個來自家鄉的作家，背負了民族感情、客家意識、無以名知的理想，遠走幾千里遠的異國，不是把他鄉當故里情懷而已，而是一趟非常複雜的心路歷程，或政治生態、或歷史批判、或文化視野、或身份定位……悠遊在臺灣、大陸與北國的時空中，這樣多變詭譎的時代，如同人心的忽起忽落，為尋求肯定存在的意義。[50]

蔡榮光無論是因為常有機會接近作者而能理解，或是身為擅長臆測林氏心境的讀者，於此寫下的評論文字極為深刻，值得重視與參考，他提醒我們去注意徘徊在故鄉和異國之間的作家，如何在臺灣、大陸和北國的寬廣空間和詭譎時代中，去尋找人生存在的意義。

回到林柏燕《北國之秋》的小說世界裡，其中的時空移動書寫，並非僅是創作小說時的想像技巧，更多是在融合個人的行旅見聞之後，由臺灣視角出發、將所目睹的世界現象做為參照，進以針砭臺灣問題的思考實踐。他提到：

> 北國之秋，不是早期的留學生文學。留學文學大多側重在鄉愁，異國黃金夢的破碎醉，但以今日臺灣的經濟實力，以及交通的便捷，鄉愁可以隨時化解，黃金夢也不是非需在外國做不可。然而，從政治、歷史、文化的角度，臺灣卻是一個令人又愛又恨，可以高歌，也可以唏噓；可以使人振奮、歡樂，也可以使人惋惜，哀傷的，非常複雜的島嶼。[51]

---

50 林柏燕：《北國之秋》，頁6。

51 林柏燕：《北國之秋》，頁278-279。

正是因為覺得所生長的島嶼多變而複雜，培育出林柏燕關懷本土，卻又不忘將本土與世界相連的志向，故而影響他的作品多元而廣博，閱讀他的小說，就有如從臺灣出發，穿越時空到達不同的地域或時代。黃秋芳說：

> 和《西線戰事》那種縱橫磅礴的時空變化相較，《北國之秋》靈巧地運用各種不露痕跡的過場，把一個格局龐大的敘事架構放進二十四小時的框限裡，更顯出林柏燕小說技巧的圓熟，也是一次精采的小說藝術的示範。[52]

兩本小說或許顯示了不同的寫作技巧，但運用時空變化、時空移動的部份是相同，且其視野都是開闊的，李喬說：

> 林柏燕的文學視野大概是臺灣作家同輩中最為寬廣的。很顯然，在臺灣當代文學的『景觀』上，林柏燕將是佔據特殊『位置』的一人。」[53]

李喬之言，正是深刻理解林氏作品之言，也指出林柏燕的小說因人物移動而不斷而不斷擴大文學視野的特色。林柏燕自己也說：

> 由於臺灣進步的節拍很快，相對的也縮短了國際距離；立足本土，放眼世界，常常是個人極想擴張的領域。[54]

足見作者自身的確注意到「從本土到世界」力求擴大視域的問題。

那麼，何謂「立足本土」？所謂本土，毋庸置疑自然指涉臺灣在地關懷，甚或是前已言及的客家認同與對臺灣認同的國家意識，令人玩味的卻是

52 黃秋芳：〈放眼四方林柏燕〉，《風飛沙》（新竹縣：新竹縣文化局，2004年），頁231。

53 黃秋芳：〈向林柏燕說再見——快意人生〉，頁7。

54 林柏燕：《北國之秋》，頁9。

「立足」的位置和姿態，亦即牽涉到林柏燕的觀看視角和觀點想法，而這往往會在其筆尖流露出某種特別的口吻。如《北國之秋》〈舞影〉所記：

> 直到有一天，忽然發現：自由本身並不含內容。自由祇是一種空氣，當空氣中充滿孤寂和空虛，自由便和虛脫沒有兩樣。[55]

前列書寫是作者渴望找到理想境界的夢想破滅後，所發出的感慨話語，他不滿臺灣政治社會和現實環境，忍不住慨嘆臺灣到底要什麼樣的自由？自由究竟意味著什麼？在面對種種糾紛與困厄後，林柏燕本身都在字裡行間留下了迷惘。

而另一個可再思考的是，林柏燕雖然主張本土和主體的臺灣國族認同，但他對政治領導人蔣經國的評述，卻是耐人玩味的：

> 臺灣小而複雜，對一個老人而言，可謂心力交瘁，不勝負荷。而他身邊，老實說，能分憂的很少，想分錢的很多；有才幹的很少，有野心的很多。大部份是勾心鬥角、騙來騙去、敷衍鬼混的混蛋。[56]

林柏燕的政治立場與蔣經國或有不同，但他仍以悲憫的角度出發，為這位試圖力行革新臺灣政治文化的主政者感到惋惜，並藉此對政壇陳痾提出諷刺。最後，他還將蔣經國的遭遇與日本武田信玄的壯志未酬相連結，使讀者對知名人物與所處歷史進行反思，他進而指出臺灣當下問題，難以在短時間內解決，尚有一段漫長的改革之路：

> 武田信玄遠征江戶，竟以五十幾歲的英年，病死於征徒。為了怕敵軍知聞，乘機來襲。武田軍另派一小隊，將武田的屍體另走隱蔽荒野予

55 林柏燕：《北國之秋》，頁209。

56 林柏燕：《北國之秋》，頁42。

以火化，拾取骨灰後，再快馬加鞭，追上撤退中的大軍。……蔣經國雖無沙場焚屍的悲壯，卡在歷史的洪流裡動彈不得，前不能進，後無退路，處境完全一樣。

人，畢竟就這樣複雜的生、孤獨的死呀！[57]

此處作家透過聯想與觸發，替讀者開啟一個跨時間、跨地域的人物類比，而他從一代名人武田信玄、蔣經國的身上，更加體會出「複雜的生，孤獨的死」的人生境遇。林柏燕透過蔣經國這位領導人，看到他周邊政治人物的貪婪，臺灣小而複雜的面貌，最終則是有感於蔣氏的心力交瘁，遂不免對於人的生死情景大家感嘆，回歸到人生、人性，而這何嘗不是文學創作世界的通則？他所謂「立足臺灣，放眼世界」寫出了在臺灣生活的人物故事，但無論是書寫在地或認同問題，當他對國共戰爭、世界戰爭，或是人的生死、世界和平有所反思時，他所執筆書寫的作品就有了與世界共通、共鳴和串連的可能了。

於是，當我們再三閱讀林柏燕筆下人物形象與錯綜複雜故事，自能深刻體悟，立足於臺灣本土、成長於客家原鄉的林柏燕，在其四方之作的移動書寫中，除了臺灣與域外之間多空間位移之外，尚且描寫出飄泊的滄桑、人性的反思與政治的醜陋，且他更透過小說，建構了一個屬於自我、跟隨這個世界躍動的書寫，此等具有強烈反思力、共感性的文學成就彌足珍貴，相信他所創作的文學與文化意涵，對於臺灣文學或是客家文學，乃至與世界的接軌，均有其重要性。

五　結論

本文以新竹縣客籍作家林柏燕的「四方小說」為分析對象，汲取移動理論觀點作為論述輔助，剖析林氏在這些作品中的移動書寫及其文學、文化意

57 林柏燕：《北國之秋》，頁43。

涵。透過文本的細讀，發現林氏的移動書寫，可以分為空間移動和時間移動兩個層面加以說明。空間部份，林氏藉著自身的出國經驗，或是想像式的建構，帶領讀者由臺灣出發，體驗各個不同空間的景緻之外，也為讀者形構出各式異國、異地情調，促使本土與世界的連結。至於時間移動方面，配合空間的異地書寫，幾百年、幾千年的對話與描述，林柏燕打破僵化的線性思維，讀者可跟隨林氏的書寫，穿梭於不同時間的旅程中，體驗林氏博覽史料後的有趣想像，經由時空的交替與疊合，展演了林氏「四方小說」最為人所重視的寫作技巧。

而除了時空移動的書寫手法令人矚目外，林氏在小說中所表現出對政治黑暗的抨擊、族群與國族問題的反思，以及思鄉遊子的孤寂感，亦是小說中別具魅力之處。尤其，立足本土、放眼世界的文學視野和思考視域，更使其成為李喬心中，會在當代作家群體中佔有特殊「位置」之人，而這顯然也成為區辨他和當代作家的重要差異。由於學界目前對於林柏燕其人其作研究仍少，本文的初步探討，目的在於表達對於這位文學前輩的緬懷，期盼其文學成就在日後能得到更多關注與探討。

參考書目

一　專書

彼得・艾迪（Peter Adey）著　徐苔玲、王志弘譯　《移動（mobility）》　臺北市　群學出版社　2013年

林柏燕　《策馬渡河》　臺北市　聯經出版社　1988年

林柏燕　《南方夜車》　新竹縣　新竹縣立文化中心　1997年

林柏燕　《北國之秋》　新竹縣　新竹縣立文化中心　1999年

林柏燕　《西線戰事》　苗栗縣　苗栗縣文化局　2002年

林柏燕　《風飛沙》　新竹縣　新竹縣文化局　2004年

林柏燕　《東城檔案》　新竹縣　新竹縣文化局　2007年

黃恆秋　《臺灣客家文學史概論》　臺北縣　客家臺灣文史工作室　1998年

黃秋芳編　〈林柏燕老師年表簡編〉　收錄於《快意人生——林柏燕》　無出版項

二　學位論文

楊全瑛　《六〇年代臺灣小說死亡主題研究》　南華大學文學研究所碩士論文　2002年

三　期刊文章

林柏燕　〈宮本武藏的風貌(評柴田錬三郎之《決鬥者宮本武藏》與小山勝清之《嚴流島後的宮本武藏》〉　《書評書目》　第57期　1978年1月　頁79-82

林柏燕　〈從民歌到史詩——評介李辰冬著《詩經通釋》〉　《書評書目》　第37期　1976年5月　頁152-163

黃錦珠　〈世紀末的浮、空與放逐——讀《北國之秋》〉　《文訊》　第167期1999年9月　頁18-19

四　報紙文章

林政華　〈多方位而以小說著稱的客籍小說家──林柏燕〉　《臺灣新聞報》　9版　2002年12月3日

陳秀喜與杜潘芳格的臺灣女性詩歌書寫路向

樊洛平*

摘要

在臺灣文壇，有著「文化母親」之稱的陳秀喜與杜潘芳格，作為「跨越語言的一代」女詩人，是以女性詩歌書寫開創了通往生命夢想和詩歌世界的道路。這種創作路向，或透過女性的日常生活經驗言說，表現女性獨特的生命意識；或在家庭場景中審視婚姻真相，揭示父權制枷鎖的束縛，彰顯女性主體意識的覺醒；或透過女性眼中的社會歷史影像，關注現實變動，憂患島嶼命運，傳達出人間關懷和社會意識。在女性書寫的語言策略和審美方式上，則是透過女性詩心的審美路徑，將女性生命體驗與大自然的花草植物相融合，表達自己對於臺灣鄉土和島嶼人生的感情認知。當然，兩位女詩人的人生成長和性格取向的差異，特別是杜潘芳格的客家背景與宗教信仰，又讓她們的創作同中有異，詩歌風格各有側重。

關鍵詞：女性詩歌書寫、生命意識、婚姻真相、島嶼命運、審美方式

* 鄭州大學文學院、黃河科技學院臺灣文化研究中心，教授。

對於二十世紀二〇年代出生於臺灣新竹的陳秀喜與杜潘芳格而言，她們之所以在「跨越語言的第一代女詩人」、「文化母親」、「臺灣奇女子」這樣的時代標刻上得以匯聚，其走過歷史、走過詩壇、走過新竹故鄉的生命閱歷無疑是重要的背景；但更內在的因素，是女性書寫的情懷與力量，讓她們在經歷與體驗世世代代女性的邊緣生存境遇之後，能夠以女性主體的省思和成長，不斷越出被宰製、被規定的傳統角色，與她們所關懷的時代和腳下的土地相依共存，由此創造了生命的高度和文學的奇跡。

在陳秀喜與杜潘芳格那裡，女性書寫不僅僅是身為詩人的女性言說，還意味著一種生命的支撐和拯救，一種夢想的引領與實現。對於戰後不斷跨越語言障礙、人到中年才開始中文創作出發的她們來說，雖然女性書寫的天窗並非通過學院的閱讀直接打開，而來自作家自身經驗和生命感悟的啟示，與那個時代臺灣出現的婦女運動的時代氛圍相感應，促使她們義無反顧地選擇了女性書寫。沿著這種書寫路線一路走過去，一部臺灣女性的生命歷史，一個凸顯了女性關懷的闊大世界，一片浸潤著女性審美芬芳的詩歌花園，真實而生動地呈現在我們面前。

一　「覆葉」與「女人樹」：女性生命意識的書寫

正如埃萊娜・西蘇所言：「我是女人，我與起源、與親近的關係發自內心地息息相關。」[1]在女性書寫的向度上，陳秀喜與杜潘芳格有著基於女性生命經驗的共同堅持和選擇。從女性自身、從日常生活、從母愛親情，從女人最切近的生活寫起，那種強烈的女性生命意識，奔湧灌注於她們詩歌的字裡行間。而巧妙地將女性生命特徵與大自然的萬千氣象、島嶼上的花草植物相結合，營造出蘊含了鮮明女性情結的詩歌意象，「覆葉」與「女人樹」即成為兩位詩人生命意識的典型寫照，其情感內核，是愛與生命的歌吟，母性

1　〔法〕埃萊娜・西蘇：《從潛意識場景到歷史場景》，張京媛主編：《當代女性主義文學批評》（北京市：北京大學出版社，1992年），頁228。

光輝的照耀。「覆葉」是綠色樹木上飄揚的旗幟，它以歷經風雨的堅韌和豐厚，保護著包容著嫩葉的新鮮、稚嫩，成為母愛精神的形象化身。「女人樹」亦即相思樹，這種植根於島嶼的多產樹種，集婀娜多姿的美麗、相思綿綿的情意和強悍的生命力於一身，是臺灣客家女性形象的一種象徵，它與客家族群的生命意識和情感內涵相融合。透過女人眼中的款款深情和地母力量，詩人抒寫了「覆葉」與「女人樹」所寄託的女性生命情懷，也從中追尋到生命起源和自我存在的詩歌靈感與創作源泉。

其一，生命的孕育，構成詩人身體書寫的特定內容。身體語言是女性主義批評的理論資源之一，它被用來闡釋女性文學作品及女性主體的建構。就某種意義而言，女性的身體是文體的直接泉源。美國女性文學批評家伊萊恩・肖瓦爾特認為：「女性有關自己身體的、性的、生殖機能的觀念，跟她們處身的文化環境有錯綜複雜的關聯。」[2]女性作為「生殖之性」，她帶來人類生生不息的生命繁衍；女人對生命孕育的艱難與喜悅的感同身受，帶來女作家獨特的生命意識和書寫風格；女性在生產、哺育過程中遭遇的傳統社會壓力和現實環境傷害，使得生命意識的探討也構成女性詩歌與女性存在關係的思想交匯點。不僅如此，如同生命的孕育，女性的寫作本身也蘊含著孕育的衝動。「就像寫作的欲望一樣：一種在自我內心活著的欲望，一種對隆起的腹部的欲望，對語言、對熱血的欲望。」[3]通過女性身體特徵與生理體驗的描述，來表現女性獨特而隱秘的生命體驗。在某種意義上講，女人的存在是一種「身體的存在」。諸如月事、懷孕、流產、生殖、哺乳、更年期等，它對於女性心理狀態的深刻影響，對於女詩人情感體驗與風格形成的強烈衝擊，是男性永遠無法抵達的經驗世界。對於生育了四個孩子的陳秀喜和養育了七個子女的杜潘芳格來說，她們對生命孕育主題的表現，主要訴諸母親的經驗，以懷孕和生產作為言說對象。

2 參見鐘玲：〈試探女性文體與文化之關聯〉，載於陳炳良《中國現代文學新貌》（臺北市：學生書局，1980年），頁28。

3 〔法〕埃萊娜・西蘇：《美杜莎的笑聲》，見張京媛主編：《當代女性主義文學批評》，頁207。

杜潘芳格的生育觀，深受客家族群文化的影響，客家婦女對含有生育內容的女性神靈尤其崇拜。從客家山鄉的守護神媽祖，到降福人間的送子觀音；從助產保嬰的臨水夫人，到多子多福、德高望重的女性祖先敬奉，以及樹、藤、石頭等自然神的生殖崇拜，都寄託了客家婦女祈求生命平安的願望。在她們看來，如同客家自古就有「客母」，樟樹有樟樹唉哩（母親），石頭有石頭唉哩，連床也有「床母」，女人與母親、大地與生命可謂無處不在。有感於人類生生不息的生命繁衍，杜潘芳格以樂觀、開朗、包容的態度，透過宗教精神來釋懷，把兒孫看作是上帝交托在世間的產業，用客語詩表達了這種愛與生命的世代傳遞：「一個一個懷孕肚仔裡／一隻一隻上過偃個肩頭。／你兜系上帝交托個產業。／／重重個十字架在肩上個這一世／慢慢一步一步、行、走、登攀。」[4]對於母親來說，伴著蔚藍的天空，翠綠山、太陽光、清風、溪水，在母親肩頭上一個一個成長起來的孩子，與大自然中的鮮活生命交相輝映，一起孕育和成長，可謂一種生命創造的快樂。出於母親的本能，詩人對天地間新生命的孕育寄予了無限期望，當五月清風吹來，相思花開，天底下的有情人，「星星月月日隔夜／不斷編織人類個世世代代／後生男佬後生女／相親相愛後又產出了新個生命來」。[5]

而在陳秀喜看來，生育給予女性的經驗，往往是身體和心理的雙重痛苦。長子豐志出生的時候，隨夫寄寓上海、在大家庭擠壓中備嘗為人妻為人媳痛楚的陳秀喜，一人留在醫院孤單待產，前置胎盤的出血症狀，艱難分娩的身體煎熬，讓她經歷著初產的劇痛：

如爆發前的火山
子宮硬要擠出灼熱的熔岩石
陣痛誰能替代？

4 杜潘芳格：〈子孫系上帝交托個產業〉，劉維英編：《杜潘芳格集》（臺南市：國立臺灣文學館，2009年），頁80。

5 杜潘芳格：〈世〉，劉維英編：《杜潘芳格集》（臺南市：國立臺灣文學館，2009年），頁65。

兩條生命只靠女人的天性
醫生和助產士不過是
振作精神的啦啦隊
心欲不如一死
她忽然憶起
媽曾說過：
「結婚就是忍耐的代名詞」

如爆發前的火山
子宮硬要擠出熔岩石
痛苦的極點她必須和子宮合作
忍耐疼痛
忍耐灼熱
忍耐最長的一刻

火山終於爆發
到疲困已極她才體會
「結婚就是忍耐的代名詞」
初產的母親的心內喚著媽！
感恩的淚珠從眼睫流下
她以淚珠迎晨曦[6]

如果說，伴著血與淚、苦與痛，伴著母親的生命風險誕生的新生命，是以母親超越極限的忍耐為代價的；那麼，結婚則是更漫長的忍耐和擔待。女性家庭角色和生育天職的規定，讓為人妻為人母的經驗中有了一種銘刻於心的生命痛感。

---

6 陳秀喜：〈初產〉，《覆葉》（臺北市：笠詩刊社，1971年），頁51-52。

由女性的生命孕育所延伸的思考，讓女詩人進而關注到：孕育子女的女性子宮究竟承擔怎樣的功能？給人類帶來生命的女性主體處於怎樣的社會位置？子宮造就了人類生命的搖籃，母性與母愛被父權社會肯定的是一味奉獻的精神；而在歷經磨難與奉獻的女人那裡，一種被利用的無奈與落寞令人感懷。杜潘芳格重新審視自我與母職：「就有一隻子宮／產出各種各樣個生命／子宮系脈個呢？／就系一隻過路站。」[7]孕育生命的子宮，不過是以生命驛站的方式存在；而擁有子宮的女人價值，是否僅僅被等同於子宮的意義？詩人對父權社會價值體系的反觀，以一種清醒的認知，讓女人在身為母親的角色意識中，更多了一份質疑自我存在的主體意識。

其二，「覆葉」的形象，傾訴著大地之母的情懷。以無私的愛與奉獻，關懷兒女的成長，母愛這份情感在陳秀喜和杜潘芳格筆下，表現得尤為強烈。

透過「覆葉」形象的詩意創造來訴說母親的愛，陳秀喜的詩歌帶給我們無言的感動。詩人在自己五十一歲那年、次女二十二歲生日那天出版她的第一本中文詩集《覆葉》，其中寄寓了她對女性生命成長、世代更替的內在思考。已經進入哀樂中年的時光，使她對女性人生有著切膚感受：「我也曾是脆弱的嫩葉，為人之子，如今已變成被風雨鞭打的覆葉。」[8]女性生命歷程看似相同的重演中，母愛的傳遞是永遠不變的主題。〈嫩葉〉、〈覆葉〉、〈捲心菜2〉、〈復活〉等詩篇，從不同角度表現了「一個母親講給兒女的故事」。在「覆葉」與「嫩葉」相互依存的愛心世界裡，母親是「覆葉」，兒女是「嫩葉」，「風雨襲來的時候／覆葉會抵擋」；而嫩葉，在「催眠般的暖和是陽光／摺成皺紋睡著／」，「看到了比夢中更美而俏麗的彩虹」；「然而嫩葉不知道風雨吹打的哀傷／也不知道蕭蕭落葉的悲歎／／只有覆葉才知道夢痕是何等的可愛／只有覆葉才知道風雨要來的憂愁」。《覆葉》中，由昆蟲侵蝕，任狂風摧殘，「也無視自己的萎弱」的覆葉，其飽經風霜的磨難令人動容，其勇於犧牲奉獻的精神更令人敬仰：「倘若生命是一株樹／不是為著伸向天

7 《子宮》的客語解釋：「個」─的；「系」─是；「脈個」─什麼。杜潘芳格：〈子宮〉，《青鳳蘭波》（臺北市：前衛出版社，1993年），頁62。

8 陳秀喜：〈覆葉後記〉，《覆葉》（臺北市：笠詩刊社，1971年），頁146。

空／只是為了脆弱的嫩葉快快茁長」。儘管春來秋往時光流逝，嫩葉的成長以覆葉的凋零為代價，但生生不息的生命輪回，讓母愛的付出有了真切的生命意義；儘管生命的枝葉可以伸向天空，如同諸多男性熱衷追求的功名事業；但在女性，面對孕育中的新生命、成長中的小兒女，母愛的奉獻往往是最高的生命原則。

〈父母心〉、〈愛的鞭〉、〈歸來〉、〈趕路〉這類詩篇中，母愛的痛感與懲罰成為陳秀喜的另一種表達方式。面對長大了的孩子，一味的呵護已是昨天，成長的教育更為迫切，母愛有了百感交集的複雜內涵。〈歸來〉一詩中，當離家出走的叛逆女兒終於歸來，「如今不是幻影／失意的妳露出笑容奔向我／欣悅的我卻咬著下唇走近妳」，母親在「驚喜和流淚的剎那／衝口說／我做一道妳最喜歡的菜好嗎？（而強忍住欲哭的嚎聲）／／你歸來／整個世紀的春天一起飛進來／淒冷的寒風已從後門溜走」。[9]母親與女兒，出走與歸家，期盼與失望，悲泣與驚喜，寒風與春意，這沁入肺腑的生命痛感與母女糾結，這愛恨交加複雜難言的心理期待，在「我做一道妳最喜歡的菜好嗎」的母心暖情中頓時融化。而以〈愛之鞭〉懲罰不孝之女，原因則在於「自從你未成熟的十八歲曲解了母愛自由民主／忘記了東方美德是／「孝行」／不願讓你背著「不孝順的女兒」的名出嫁／儘管你認為我是老朽的思想／以野蠻的行為／鞭打你」，[10]然而，鞭起淚落，母親的心也在疼痛，罰女與責己，慈愛與怨恨，滿懷沸騰，以「愛的鞭喚妳重回母親的懷抱哭泣」。

對於接二連三養育了七個孩子的杜潘芳格而言，母愛是一副沉重的十字架，母愛的書寫也呈現出女性的多重面影。她要以「樂生」的態度來對待上帝交托給女人的產業，帶領子女們一起成長；她確信「謙虛溫柔是母性／伏下來，伏下來，終於到了父親也不及的高聳處／冬去春來，緋櫻花的紅色，嫩葉雨燦燦」[11]；當然，她也會和普通的母親一樣，在孩子們調皮搗亂、不

9 陳秀喜：〈歸來〉，《覆葉》，頁66。

10 陳秀喜：〈愛之鞭〉，莫渝編：《陳秀喜集》（臺南市：春暉出版社，2008年），頁13。

11 杜潘芳格：〈紗帽山〉，《遠千湖》（臺北市：笠詩刊社，1990年），頁80。

求進取的時候口出怨言：「生你們七個，是捆綁我，使我失去自由，不能寫作看書的主因……你們只知道玩，功課落後也不知羞恥，我真痛苦，沒有自由離開你們。」[12]但無論生活中的母親恨鐵不成鋼的管教多麼嚴厲，深藏的母愛總是縈回在心。如同《兒子》一詩中沉浮在母子杯子裡那「檸檬的切片」，滿滿都是愛的滋味：

考進了夜間部的兒子
穿過街燈的蔭影向我走來，那個行動
猶如昔日的你搶著同樣的風

兒子喲
該這樣，或是那樣
為何反覆著愛的嘮叨與激辯
疏誤的出發就是必然的負數嗎。
你和我從兩級凝視所產生的一點，後退……。

檸檬的切片，靜寂地
沉浮在你我的杯子裡顯得青酸。

又到半夜兒子才如被我胸脯吸住般回來說：
「媽媽，您又等得這麼晚！」[13]

這首詩中，母親與處在青春期的兒子之間，雖然不乏代溝的摩擦甚至激辯，而母親關愛兒女成長的期盼、凝視、欣賞與愛，母親用大地般的胸脯和精神

12 杜潘芳格語，轉引自林鷺：〈信望愛的女人樹——論杜潘芳格的情性與詩蘊〉，《臺灣現當代作家研究資料彙編．杜潘芳格》（臺南市：國立臺灣文學館，2016年），頁125。

13 杜潘芳格：〈兒子〉，轉引自《臺灣現當代作家研究資料彙編．杜潘芳格》，頁126。

的乳汁吸引了兒子的回歸，母與子之間更多達成的理解和感念，全都浸潤在詩人母親的筆下，形成一股溫暖的情感回流。

其三，來自女性生命經驗的死亡震撼與情感認知，呈現出詩人獨特的生命觀。生與死以兩極對峙的存在，完成了人類生命的循環往復，亦構成生命意識的豐富內涵。在陳秀喜和杜潘芳格的書寫中，或向生而死，或向死而生，凝聚著她們對周遭世界生命消逝的人生喟歎，也蘊含了她們坦然面對死亡、尋求精神超越與靈魂重生的生命徹悟。

陳秀喜的生死觀，經歷了人生悲情的雙重洗禮，一是養父母去世帶來的死亡震撼，二是詩人因為婚姻變異絕決赴死刻下的生命創傷。身為養女的陳秀喜，備受養父母呵護，讀新竹女子公學校，放飛文學少女夢想，與養父母感情至深。陳秀喜曾以《爹！請您讓我重述您的故事——獻給去世的父親》、《今年掃墓時》等詩篇，感念養父母慈恩，抒發無盡的哀傷悲慟與生命慨歎。《曬壽衣的母親》是寫比鄰而居的義母，它傳達了天下母親平凡而樸素的生命觀。一生相夫教子、勤勞持家的母親，常常在晴天陽光下曬自己的壽衣。在女兒眼裡，「自己縫製了死的衣裳」的母親，曬的是自己的超然、從容和泰然，曬的是自己的餘生、感謝和純粹的寄託；她的生命哲學是「生沒有嗟歎／死沒有哀怨／已超越了／『欲望街車』」，母親面對死亡的坦然，給女兒傳達了珍貴的生命真諦。而面對天國父親的不舍，每每讓陳秀喜痛徹肺腑：「想抱住父親痛哭一場／卻觸及到／硬且冷漠的碑石／／……蹲在堇花旁／憂思的紫色啊／咬碎了晨間的露珠／心中反覆著：／碑石不是我父親／碑石不是我父親」！[14]人生世事的複雜多變，也會讓現實生活出現難以言說的生命愕然。一九七八年，在丈夫出軌導致三十六年的婚姻生活破碎之際，陳秀喜平靜而果決地以死棄世未果，更讓這種「迫到絕望而走上殺死自己」的生命悲涼無言以對。活轉過來選擇離婚的陳秀喜，日後還能以談笑風生的口吻，談起那場血淚交加的赴死之約；還能以「出走的娜拉」獨居臺南關仔嶺，創建笠園，療傷自救的同時廣結詩友，這不怨不毀的從容和澄明

14 陳秀喜：〈今年掃墓時〉，收入《陳秀喜集》，頁32-33。

中，是穿越生命轟毀的女性所抵達的向死而生的人生境界。

言及杜潘芳格，經歷了人生的世紀風雨，目睹父母、姑丈、丈夫等親人向彼岸世界的先後歸去，飽經滄桑的詩人對生與死的徹悟，充滿了來自生活本身的哲思與基督教信仰的超越，「雖然對死亡也有怵目驚心的憂愁，更多的是對死亡的美好的聯想」。[15]〈信仰〉、〈旅途〉、〈在桑樹的彼方〉、〈悲情之繭〉、〈桃紅色的死〉、〈重生〉等詩篇，表達了一種女性的死亡想像，一種超越生命極致的永恆之美。目睹父親的遺物，詩人這樣想像死亡：「以桃紅色柔軟的絲帶，打著蝴蝶結的我的死。／可再遇見慈祥父親的，高興時刻」。[16]一反葬禮上象徵悲情的黃絲帶和黑絲帶，杜潘芳格所鍾愛的桃紅色絲帶再次出現，它以濃烈的色彩和鮮明的意象構成對比度強烈的詩歌張力，透過莊嚴的死亡洗禮，虔敬的生命仿佛走向溫馨、明媚的靈魂「重生」，詩人坦然面對死亡的生命觀也得到詩意地傳達：「黃色的絲帶／和／黑色的絲帶。／我的死，／以桃紅色柔軟的絲帶／打著蝴蝶結的／重生」。[17]及至〈信仰〉一詩，奇特的想像力帶著女性的生命岩漿奔湧而出，在想像死亡的歸途，為生命的紀念碑鐫刻上女性手筆的墓誌銘；女性與大地、精神與天空、靈魂與信仰，在這一時刻得到了回歸自然的生命詮釋：

把奶罩緊緊拘束
乳房也會垂下，向大地
把內衣緊緊扣上
肚皮還是皺軟地垂下，向大地
只有頭髮，一開始就垂向大地伸長著
不多久，凡是有生的人，都會一個一個頭額向天空，身軀密接大地，
閉上眼瞼永眠

15 李元貞：《女人詩眼》（臺北縣：臺北縣立文化中心，1995年），頁286。
16 杜潘芳格：〈桃紅色的死〉，收入《杜潘芳格集》，頁92。
17 杜潘芳格：〈重生〉，收入《杜潘芳格集》，頁9。

活在地上數十年，抱著心靈的軀殼，之後經過幾個星霜變成石油
心靈跟著靈魂，各自飛向生前信念的方向去[18]

更深刻的生命超越，則是在生與死的對峙中，通過宗教救贖的力量，泅渡生命的痛苦、不幸與悲傷，生長出希望、良善、美好與愛。《悲情之繭》完整地詮釋了杜潘芳格的生死觀：「一切生命，都會絞盡全力奔赴死，／向生命的彼端。／人，／也不例外」；「像春蠶吐盡其絲，包裹自己在光亮的繭包裡」。包括蟲兒、細草、樹木、花蕾、鳥兒，「連吹拂浮雲的風也痛愛悲情之繭」，「用滋潤和藹的眼神和輕柔的語言，加以擦拭使天空明亮。」[19]讀這樣的詩篇，你會有一種樸素的感動。無論是向死而生，還是向生而死，那種來自大地回歸大地的人生，那種從此岸到彼岸的徹悟，帶給我們的正是生命和靈魂的超越。

二　「棘鎖」與「含笑花」：女性婚姻命運的書寫

如果說，父權生活秩序和傳統倫理道德對女人的壓制，讓陳秀喜和杜潘芳格曾經恪守傳統女人的家庭角色；那麼，身為女詩人的生活感悟與女性書寫，則啟迪兩位女詩人從自身的婚姻境遇出發，大膽質疑傳統婚姻模式的真相，從而得以女性主體的覺醒與獨立。

從日據時代一路走來，陳秀喜和杜潘芳格無可逃脫地遵循了臺灣傳統社會規定的女性人生軌道，冠夫姓，主內務，生兒育女，相夫教子，恪守家庭職責，專注夫妻感情，集女、母、妻、婦、媳等疊加扮演的角色於一身，像薪柴一樣為夫家燃燒了一生。如同陳秀喜自述：「自己做了人之媳、人之母，深深體會到養育子女是何等辛苦。當上大家庭的大媳婦，每天四點起床的繁忙家事之外，還要上奉翁婆，下待小叔、小姑，當盡嘗百般委屈。每次

18 杜潘芳格：〈信仰〉，收入《杜潘芳格集》，頁86。
19 杜潘芳格：〈悲情之繭〉，收入《杜潘芳格集》，頁25-26。

想到少女的幸福和今日為人媳婦的境遇，總不禁黯然哭泣。」[20]更讓人不堪回首的是，即便如此辛苦的奉獻與付出，即便曾經擁有自由戀愛的經歷，也不能保證丈夫情感的專一始終。在多年的婚姻生活之後，陳秀喜與杜潘芳格都曾遭遇丈夫一度外遇出軌的事件。所不同的是，陳秀喜以死抗爭棄世未果，選擇離婚與出走；杜潘芳格依靠自我的力量和宗教信仰使這場風暴最終化解，但〈悲哀的一塊〉、〈更年期〉、〈花與蘋果〉等詩歌，仍然記錄下她內心痛苦掙扎的痕跡。

花環與荊鎖、含笑與悲情，會成為日後婚姻生活中的一刀兩面，這是諸多女性無法想像也不曾料到的。陳秀喜和杜潘芳格選擇「棘鎖」與「含笑花」的意象，典型地寫照了女性角色面臨的家庭境遇，再真實不過地道出了傳統婚姻生活的真相。

一方面，作為追求美好婚姻愛情的女詩人，曾經的文學少女的愛情夢幻，日常生活中的婚姻期許，成為陳秀喜與杜潘芳格嚮往的愛情境界，同時比照了現實生活中的情感落差。

陳秀喜的愛情理想，多在文學少女的回眸和暢想中伸展，仿佛青梅竹馬卻無緣道明的少女情結總是揮之不去。「我是你的鄰居怕羞的少女／不知愁只怕羞／更怕穿過牆射來的少年的深情的眸光／追憶往事／你給我的青棗子酸甜的滋味湧上」[21]；十六歲花季的愛情渴望，與進入婚姻圍城後的人生負累形成鮮明反差。「你擁抱歸途，我仍在滂沱大雨路上」，陳秀喜一生的婚姻掙扎與突圍，可以從中窺見一斑。

以杜潘芳格的亮烈的個性和迷人的詩思，從文學少女到人生暮年，她的婚姻期許貫穿了一生。她不斷寫到「你我是雙思樹，生在這島的雙思樹」，[22]讓「夫妻樹」的形象得以定格。呈現日常生活中的愛情，杜潘芳格借客家女子喜愛的含笑花寫出「平平淡淡才是真」的愛情憧憬。含笑花是客家生活中

20 陳秀喜：〈養母的摯愛〉，收入李魁賢編：《陳秀喜全集．文集》（新竹市：新竹市立文化中心，1997年），頁52。

21 陳秀喜：〈重逢〉，收入《覆葉》，頁20。

22 杜潘芳格：〈雙思樹〉，《笠詩刊》第227期（2002年2月），頁17。

最常見的花，生性愛花的客家女子常常被比作含笑花，以一種「客家原香」，代表了客家婦女傾心奉獻的品質。「芬芳／你摘分偓個含笑花／你有來過偓個房間／／倆儕共下食三餐／倆儕共下祈禱／倆儕共下去散步／倆儕共下睡目／生生個含笑花／甜甜香香攬偓／／我家唔識斷香花／你偓唔識斷愛心」。[23]杜潘芳格以〈含笑花〉為題，讓吃飯、祈禱、散步、休息的日常生活得以素樸的呈現，平凡的日子因為有了相濡以沫、互相陪伴的愛情，宛如家中含笑花一樣芬芳不斷。走過婚姻風暴，杜潘芳格以知足惜福、平安喜樂的心情向前看，徹悟並品味人生的晚境。〈婚後四十年〉則以玫瑰花、天空，還有夫妻生命共同體的燃燒，構成了一組奇異的夕陽美景，也輝映了杜潘芳格渴望始終不渝、白頭到老的婚姻理想。

另一方面，對父權制下的男女不平等的深刻感觸，冷眼看自身及周遭世界的婚姻世相，陳秀喜與杜潘芳格的女性書寫解構了傳統婚姻生活的「幸福圖景」，大膽質疑男權中心話語的規範，讓長期被壓抑的女性人生浮出地表，發出女性自我的、邊緣的聲音。

陳秀喜為人稱道的一系列詩歌，〈棘鎖〉、〈連影成三個我〉、〈假像不是我〉〈灶〉、〈未完成的故事更神奇〉等等，以直擊真相的沉痛與坦白，足以令天下女人動容。走過三十六年遵守「三從四德」的婚姻生活之後，陳秀喜突然發現：身後如影隨形的三個「我」，「矮的影子是人之媳婦／高的影子是人之母／另一個呢？／是擁有裸體的心」[24]。而我，到底是其中的哪一個？記得「卅二年前／新郎捧著荊棘（也許他不知）／當作一束鮮花贈我／新娘感恩得變成一棵樹」。[25]是荊棘，還是鮮花？陳秀喜個人的婚姻史，也是從前世代無數女性的歷史寫照：「鮮花是愛的鎖／荊棘是怨的鐵鍊」；「血淚汗水為本分／拼命地努力盡忠於家／揑造著孝媳的花朵／揑造著妻子的花朵／

---

23 杜潘芳格〈含笑花〉中的客語解釋：「倆儕」－倆人；「共下」－一起；「攬」－抱擁；「唔識」－不曾。收入《杜潘芳格集》，頁53-54。

24 陳秀喜：〈連影成三個我〉，收入《樹的哀樂》（臺北市：笠詩刊社，1974年），頁40。

25 陳秀喜：〈棘鎖〉，收入《灶》（臺北市：笠詩刊社，1981年），頁52。

捏造著母者的花朵／插於棘尖／湛著「福祿壽」的微笑／掩飾刺傷的痛楚／不讓他人識破」。[26]回眸來時路，「被服從、容忍的禮俗／套住了卅六年／任勞任怨認為是命運／飽受虛偽的幸福感欺騙／拼命熱演多角色／好媳、好妻、好嫂子／甚至是沒有薪水的女奴」。[27]對女性婚姻境遇的質疑和詰問，打破了女性從來如此的角色規定，揭開被父系傳統秩序遮蔽的女性婚姻幕布，批判矛頭直逼男權中心話語。陳秀喜的主體意識得以猛醒：「天啊讓強風吹來／請把我的棘鎖打開／讓我再捏造著／一朵美好的寂寞／治療傷口／請把棘鎖打開吧！」[28]事實上，尋找女性生存真相，確證女性的真實自我，正是基於沉痛的女性生命經驗的一種覺悟。

從臺灣傳統社會走來的杜潘芳格，冠夫姓生活了一輩子，對父權制下的男女不平等感觸頗深，由此構成她對客家婚姻生活溫情寫作之外的另一面向。《在「向日葵的圖畫」房子裡》，詩人不無悲哀地揭示出隱忍壓抑的女性人生：

> 一枝枝垂下花頭像將要枯萎的向日葵的畫被掛在房子裡
> 儼然要求正義的是你
> 不容許偎依的也是你
> 但完了之後在向日葵的圖畫房子裡安靜地擁抱著我的也是你
> 圍繞著萎縮的黃花瓣和憔悴而蒼白的花蕊夕陽西下一枝枝垂下花頭
> 像將要枯萎的向日葵在掛著那樣圖畫的房子裡
> 你坐在床上我跪在地你輕輕地拿著約翰福音的第八章。[29]

---

26 陳秀喜：〈棘鎖〉，頁53。

27 陳秀喜：〈未完成的故事更神奇〉，轉引自劉維瑛：《陳秀喜評傳》（高雄市：春暉出版社，2010年），頁144-145。

28 陳秀喜：〈棘鎖〉，頁53。

29 利玉芳：〈向日葵的圖畫——杜潘芳格的詩〉，《笠詩刊》第225期（2001年10月），頁10。

這首詩中，看似溫靄、靜謐、守成的婚姻秩序背後，卻是男女不平等的嚴重事實。詩人以夫妻之間「你」「我」對照的畫面，揭示了傳統女性在家庭場景和婚姻生活中的歷史真相：所有的容許和不容許都出自於「你」的主宰，「你」的習慣；「我」以跪姿聽候「你」傳遞上帝的福音，夫權宰製下強勢的男性與弱勢的女性形成巨大落差。妻子雖然葵花向陽般地圍繞丈夫旋轉，但在幽閉的家庭場景中，缺少生命陽光和愛情滋養的女人，無法自主的女性命運恰恰暗合了那幅「垂下花頭」、「將要枯萎」的向日葵圖畫。

透過女兒的視角，杜潘芳格還以清醒的審父意識，對父母親那一代人的婚姻進行了深刻反省：「母親的姿影／在午後靜寂的禮拜堂院子／傲耀的玫瑰花。／／看不見了母親呢？／因為父親的大影子。／／就母親而言／父親是／拔掉花瓣和葉子殘存的枝椏／／馨郁的父親花／母親卻看不見／／住在十字架裡的母親／住在母親裡的父親／／倆人住在傲耀的玫瑰花的一支荊棘。」[30]詩中的玫瑰花意象，原本是美好愛情的象徵，然而由於夫權陰影的遮蔽，母親的玫瑰花不見了，父親亦成為母親眼中殘存的枝椏，背負著情感十字架的父母成了一對怨偶，被玫瑰花的荊棘互相刺痛。杜潘芳格表現婚姻愛情的這類詩歌，常常以生活中的植物花草入詩，含笑花、玫瑰花、向日葵、相思樹，都帶著詩人的情感印記，借花語傳達出詩人心語。

由此可知，對於女性婚姻世相的真實呈現和深度反思，構成陳秀喜和杜潘芳格女性書寫的特質，也讓她們的詩歌以一種抵達真相的穿越力量，為天下女人的自我處境審視提供強有力的警醒和借鏡。

三　「玉蘭花」與「母地」：鄉土關懷的大愛書寫

在女性的傳統角色與詩人的女性書寫之間，在家庭、婚姻、自我的人生格局與時代、國族、鄉土的社會場域之間，陳秀喜與杜潘芳格不同尋常的女性超越，抵達一種時代的高度。陳秀喜心儀的「玉蘭花」，與杜潘芳格鍾情

30 杜潘芳格：〈父母親之住家〉，收入《杜潘芳格集》，頁13。

的「母地」，即成為一種社會關懷的象徵。

陳秀喜與杜潘芳格的社會意識形成，有其深厚的歷史背景，離不開鄉土文化的孕育。一九二一年出生於新竹市的閩南女兒陳秀喜，一九二七年來自新竹北埔的客家女子杜潘芳格，她們在二○年代新竹故里的生命出發，使其人生成長有了某種同構性。日據時代臺灣痛苦的殖民地經驗，新竹作為臺灣抗日重鎮的地域性影響，也曾孕育她們的家國情懷。在杜潘芳格那裡，從頗具中國思想、又身處日本殖民統治時代的父親身上感受到的精神壓抑，由新埔小學校讀書時受日本孩子欺負留下的不平等印象，都啟發了她最初的民族記憶。陳秀喜自新竹女子公學校畢業後，熱愛漢文化的養父聘請家庭教師用河洛語講課，也有助於她認同中國傳統的文化精神。少女時代的陳秀喜，「穿著祖國服的驕傲／翻閱唐詩集的十六歲的少女／小小心胸也夢見祖國」。[31]戰後臺灣世事風雲的多重變幻，戒嚴時代耳聞目睹的政治悲劇，語言轉換的艱難跨越，讓陳秀喜與杜潘芳格的目光伸展到社會大地，女性的視野不乏關懷、奮起、批判的剛性力量，更擁有一份與島嶼鄉土須臾不可分離的情懷。

陳秀喜與杜潘芳格鄉土關懷的形塑，與其詩歌追求以及笠詩社文學同好的聚合有著密切關係。從新竹讀書、接受女子教育，到少女時代開啟的文學夢；從深陷家庭圍城的負累，到堅守女性書寫的突圍，對於兩位女詩人來說，「寫作乃是一個生命與拯救的問題。寫作像影子一樣追隨著生命，延伸著生命，傾聽著生命，銘記著生命。寫作是一個終人之一生一刻也不放棄對生命的觀照的問題。」[32]在陳秀喜心裡，「詩人是真善美的求道者。」「詩擁有強烈的能源，真摯的愛心／也許一首詩能傾倒地球／也許一首詩能挽救全世界的人／也許詩的放射能／讓我們聽到自由、和平、共存共榮／天使的歌聲般的迴響。」[33]對於杜潘芳格而言，「我開始寫詩的動機是一種少女的

31 引自張良澤信第二十六，李魁賢編：《陳秀喜全集・書信集》（新竹市：新竹市立文化中心，1997年），頁135。

32 〔法〕埃萊娜・西蘇：《從潛意識場景到歷史場景》，頁220。

33 陳秀喜：〈也許是一首詩的重量〉，收入《灶》，頁44。

夢。……於是我開始寫詩，追求人生真、善、美。」[34]後來則更強調為「內在自由之追求」而寫作。女性書寫之於生命的意義，女性詩歌觀對其創作的引領作用，激勵了陳秀喜和杜潘芳格終其一生的關懷面向。陳秀喜於一九六七年加入笠詩社，翌年開始擔任社長長達二十年之久，七〇年代中期創建「笠園」，以陳姑媽的地母熱源，打造詩壇的桃花源。杜潘芳格一九六八年加入笠詩社，一九九八年加入「女鯨詩社」，任首屆社長。笠詩社的活動給她們帶來文學的新天新地，也拓展了她們關注女性亦關懷人間的創作視野。

陳秀喜與杜潘芳格鄉土關懷的大愛書寫，主要沿兩條道路伸展。其一，家國情懷的女性書寫。作為肩負使命感的時代見證人，陳秀喜眼睛亮著重視過去，腳步卻向前邁進。歷史沉澱、社會現實、寶島風物，通過女性的審美意象組合，迸發出別樣的詩意光輝。〈臺灣〉一詩創造的寶島形象，以不可企及的經典意義，吟詠傳唱於臺灣大地。詩歌字裡行間迴盪的，是來自遙遠歷史的風聲，是寶島的稻草、榕樹、香蕉、玉蘭花那吸不盡的奶香。以寶島母親堅固、永恆的搖籃意象，喚起她的子民「愛戀母親留給我們的搖籃」的感情。玉蘭花的形象在詩中跳脫出來，突出了寶島的鄉土元素和地域風物標誌，其俏麗碩大的花朵，舒展飽滿的花葉，沁人心脾的花香，迎風搖曳的形象，以一種絢爛之美和孤勇姿態，在早春季節一路領先全然綻放，玉蘭花自然也成為島嶼民眾精神和美好追求的一種象徵。透過以《玉蘭花》命名的詩集，詩人的玉蘭花情結可以從中窺見一斑。〈我的筆〉、〈耳環〉帶給人們的震撼，是以女性的柔美抒發沉甸甸的中國情感。那些司空見慣的女性日常生活意象，在詩人別辟蹊徑的捕捉和描摹中，內含時代風雲變幻，激蕩起歷史的悲情記憶，特別是身為中國人內蘊的民族情愫，猶如那首令人盪氣迴腸的〈我的筆〉：

眉毛是畫眉筆的殖民地
雙唇一圈是口紅的地域

34 杜潘芳格：〈詩的問答〉，《笠詩刊》第20期（1967年8月15日），頁46。

我高興我的筆
不畫眉毛也不塗唇

「殖民地」,「地域性」,
每一次看到這些字眼
被殖民過的悲愴又復蘇

數著今夜的歎息
撫摸著血管
血液的激流推動筆尖
在淚水濕過的稿紙上
寫滿著

我是中國人
我是中國人
我們都是中國人[35]

縱觀杜潘芳格的這類創作，家國情懷的抒發中則更多融進了批判色彩和客家的族群背景。〈一隻叫臺灣的鳥〉、〈無臺的灣〉、〈聲音〉、〈平安戲〉、〈復活祭〉、〈紙人〉等詩篇帶來的心靈共鳴，噴湧而出的感情經歷了理性的沉澱，沉鬱、深刻，角度別致，頗具現實的批判力和知性風格，且不乏客家族群的生活元素和文化底蘊，讀來令人沉思回味。如〈聲音〉一詩的描寫：「不知何時，唯有自己能啼聽的細微聲音，／那聲音牢固地上鎖了。／／從那時起，／語言失去出口。／／現在，只能等待新的聲音，／一天，又一天，／嚴肅地忍耐地等待。」[36]

35 陳秀喜：〈我的筆〉，收入《樹的哀樂》，頁28-29。
36 杜潘芳格：〈聲音〉，收入《杜潘芳格集》，頁85。

其二，鄉土情懷的女性書寫，集中表現在鄉愁、鄉戀及生態憂思的言說中。對於生於斯長與斯的島嶼，陳秀喜和杜潘芳格將一己母愛擴展到大地的母愛，大地之母的形象油然而生。從陳秀喜筆下的〈泥土〉、〈鄉愁〉、〈最後的愛〉、〈榕樹啊，我只想念你〉，可以體會到詩人刻骨銘心的鄉土思戀：「親愛的故鄉啊／接受我最後的思念吧／心靈最傾向的愛／雖是野草的一小葉／一首小詩／是勁草的愛」；[37]「離別時／鞋底夾著／故鄉的泥土／在異鄉的放浪中／黏著心頭／仍然是／故鄉的泥土香好」；[38]「我在異鄉／椰子樹的懷抱裡／還是只想念你。」[39]

及至杜潘芳格，女人詩眼中的鄉土關懷，更多透過生態憂思的傳達來呈現。隨著臺灣社會的經濟轉型和工業化過程的加速，生態環境遭受污染與破壞的問題日趨嚴重，由此引發文學界的強烈關注和生態文學的勃興。女作家馬以工、韓韓、心岱的報導文學首當其衝，最先帶動了臺灣社會環保意識的蘇醒。女性與大自然之間彷彿與生俱來的生命關聯，激發了女作家普遍的生態意識，以女性視角關注人們賴以生存的生態環境，成為八〇年代以來女性寫作的一種切入途徑。杜潘芳格的女性詩歌，傳達了同樣的文學資訊。

來自客家鄉土的記憶和面對現代社會進程的憂思，成為杜潘芳格生態寫作的參照系。就前者而言，有關故鄉、童年、土地、曠野、山川河流、草木鳥獸的描寫頻頻見諸詩人筆下，它浸潤著尊重土地、擁抱天地間萬物生命的生態意識，並以充滿客家情感的自然界原生態面貌呈現，喚起人們對大地的原初記憶。

從客家族群遷徙歷史和墾殖境遇來看，農耕文化背景孕育下的鄉土情懷，帶來了客家對人與自然和諧相處的生命意識。以勞動為本、向土地討生活的客家婦女，原本就是與大地同在的母親。在大自然生生不息、四季循環往復的生命創造力面前，女人相似的生命節律和文化身份定位，讓她們與大

37 陳秀喜：〈最後的愛〉，收入《灶》，頁44。

38 陳秀喜：〈鄉愁〉，收入《灶》，頁20。

39 陳秀喜：〈椰子樹啊，我只想念你〉，收入《灶》，頁80。

自然結盟，並保持了對大自然的親近與虔敬。身為客籍女詩人的杜潘芳格，對此感同身受，著眼於自己賴以生存的客家鄉土環境，寫出了一首首生態環境詩。〈母地〉、〈秋天的故里〉、〈嘴個果子〉、〈菜頭花開囉〉、〈葉子們〉、〈柚子樹下〉、〈月清〉、〈秋深〉等詩篇，從不同角度描摹了故鄉土地上萬物生長的生命景象：「那裡爽朗的翠綠水稻苗長／白鷺鷥的翼膀映照大蕾青桐白花／木棉花盛開滿樹，相思花也綻黃金色了。／綺麗的臺灣，我的母地／綠茵默默地承著春雨」。[40]有感於工業社會迅速推進造成的生態災難，杜潘芳格採用現實批判筆觸，將污染的河流、失去花草的土地、被破壞的鄉土生態憂傷而憤怒地表現出來。當「工廠煙筒似的大旗，威風凜凜矗立，／向翠綠平原席捲」；無法平息憤怒的詩人大聲疾呼：「為住家，為生產，經濟發展正在熱中的臺灣人喲！／別殺綠翠，綠風是生命的根源／抱緊綠翠呼吸，讓生命細胞活下去！」[41]杜潘芳格雖然不以生態女性主義者挑戰現存社會，可她對綠色環境生態理想的表達，在女人與自然的相處和結盟中，同樣具有女性寫作的特質和意義。

總的來看，從傳統女性角色成長為充滿關懷的時代詩人，陳秀喜和杜潘芳格正是通過女性書寫的力量和引領，由女性生命的感悟到大千世界的思索，由女性生存境遇的發現到父權中心秩序的質疑，不斷推進自身主體意識的獨立成長，多方探討女性詩歌的審美表達途徑，從而創造了她們所能抵達的女性詩歌境界。

——原刊於《中州學刊》第5期（2018年5月15日）

40 杜潘芳格：〈母地〉，收入《杜潘芳格集》，頁71。

41 杜潘芳格：〈綠翠呼吸生命風〉，收入《杜潘芳格集》，頁33。

參考書目

一 專書

張京媛主編 《當代女性主義文學批評》 北京市 北京大學出版社 1992年

鮑曉蘭主編 《西方女權主義文學批評》 北京市 生活·讀書·新知三聯書店 1995年

鍾 玲 《現代中國繆斯：臺灣女詩人作品論析》 臺北市 聯經出版事業公司 1994年

李元貞 《女人詩眼》 臺北縣 臺北縣立文化中心 1995年

李魁賢編 《陳秀喜全集·文集》 新竹市 新竹市立文化中心 1997年

阮美慧編選 《陳秀喜》 《臺灣現當代作家研究資料彙編》第30冊 臺南市 臺灣文學館 2013年

莫渝編 《陳秀喜集》 臺南市 臺灣文學館 2008年

劉維瑛 《陳秀喜評傳》 高雄市 春暉出版社 2010年

劉維瑛編 《杜潘芳格集》 臺南市 臺灣文學館 2009年

劉維瑛編選 《杜潘芳格》 《臺灣現當代作家研究資料彙編》第72冊 臺南市 臺灣文學館 2016年

蘭建春 《杜潘芳格生命史》 新竹縣 新竹縣政府文化局 2014年

二 論文

阮美慧 〈母性、女性與國族——陳秀喜研究資料綜述〉 阮美慧編選《陳秀喜》 《臺灣現當代作家研究資料彙編》第30冊 臺南市 臺灣文學館 2013年 頁63-88

陳玉玲 〈臺灣女性的內在花園——陳秀喜新詩研究〉 《台灣文學的國度：女性、本土、反殖民論述》 臺北市 博揚文化公司 2000年

李瑞騰 〈常青樹：從〈覆葉〉到〈樹的哀樂〉〉 《笠詩刊》 第78期 1977年2月

李元貞　〈從「文化母親」的觀點論陳秀喜與杜潘芳格兩位前輩女詩人的精神映照〉　《竹塹文獻》　第4期　1997年7月

劉維瑛　〈如何感知一棵女人樹──以杜潘芳格為中心的文學論述〉　劉維瑛編選《杜潘芳格》　《臺灣現當代作家研究資料彙編》第72冊　臺南市　臺灣文學館　2016年　頁53-72

洪淑苓　〈日常的興味──杜潘芳格詩中的生活美學〉　《當代詩學》　第3期　2007年12月

張珍珍　《陳秀喜及其作品研究》 高雄師範大學國文學系碩士論文　2008年

王瓊芬　《台灣前行代女詩人之研究──陳秀喜和杜潘芳格》　中正大學臺灣文學所碩士論文　2009年

謝嘉薇　《原鄉在召喚──杜潘芳格詩作研究》　淡江大學中國文學所碩士論文　2001年

重現一九九〇年代臺灣之校園青春電影中的性別保守日本

——以《藍色大門》、《九降風》、《那些年，我們一起追的女孩》及《我的少女時代》為例*

赤松美和子
陳允元 翻譯

摘要

本論文的主要目的是在重現九〇年代臺灣的校園青春電影（《藍色大門》、《九降風》、《那些年，我們一起追的女孩》及《我的少女時代》）中，探討日本表象的塑造手法及其意義。在重現一九九〇年代的臺灣校園青春電影中，日本元素扮演了強調男性性或女性性、以及塑造異性戀的保守角色。擁有多元的性別意識、作為性別議題之先進國的現代臺灣，在懷念著充滿希望的一九九〇年代之際，懷舊地回顧日本的次文化的同時，卻也回望著保守的性別意識。因為在這些電影之中，扮演保守的性別角色的，就是日本以及日本的次文化。日本元素可能成為了保守性的懷舊對象。

* 本文是 JSPS 科學研究費助成事業15K16725、17K02658及外交部臺灣獎助金的研究成果之一部分。藉此機會，向曾在第三屆竹塹學國際學術研討會、第80回日本台灣學會台北定例研究會、以及東京台灣文學研究會報告之際給我寶貴意見的諸位，致上深深的感謝之意。

一 重現一九九〇年代臺灣的青春電影

(一)「九降風」與《九降風》

「九降風」又稱「新竹風」，是東北季風所造成之強烈陣風的稱呼。這一詞最早出現於〔清〕康熙三十三年的《臺灣府志》卷七〈風土志〉，文中稱「九月則北風初烈，或至連月，俗稱為九降風」[1]。

林書宇導演（1976-）以「九降風」為校園青春電影《九降風》命名，並在拍攝上獲得二〇〇六年中華民國行政院新聞局輔導金[2]。這部電影於二〇〇八年上映。

林書宇導演一九七六年生於臺北，他的父親在學校教授美國文學。由於父親想一圓博士夢，在申請到博士班獎學金後，便帶著全家一起前往美國。因此導演在美國度過小學時期，國中時才回來臺灣[3]。國、高中就讀於國立新竹實驗中學[4]。

《九降風》的故事以一九九〇年代的臺灣為背景，描述新竹竹東高中七男二女一群九人的高中生青春記事。拍攝場景也以新竹週遭地區和竹東高中為主，場景落在新竹市立中正棒球場、新竹都城隍廟、連家阿婆小吃、竹塹城迎曦門、新竹縣竹東鎮東林路一九四巷、臺灣鐵路新竹車站等等[5]。詳情請查詢 OKA Mamiko 製作的網站「亞細亞與電影與漂泊的人（亞

1 文化部「臺灣大百科全書」http://nrch.culture.tw/twpedia.aspx?id=3312（2018年11月25日確認）

2 鄭秉泓訪問整理：〈後新浪潮初回．訪林書宇〉，《電影欣賞季刊》第137期（2008年12月），頁52。

3 梁璨月：〈「九降風」是抓住青春記憶的一種呈現．專訪導演林書宇〉，《臺灣電影網》http://www.taiwancinema.com/fp_56988_259（2017年9月24日確認）

4 〈後新浪潮初回　訪林書宇（完整版）〉《中時電子報》http://newsblog.chinatimes.com/davidlean/archive/10844（2017年9月24日確認）

5 OKA Mamiko「亞細亞とキネマと旅鴉」http://www.gangm.net/taiwan/windsOfSeptember/index.html（2018年11月25日確認）

細亞とキネマと旅鴉)」。

(二)臺灣賣座電影經常呈現的一九九〇年代

以下是臺灣電影票房排行榜(臺灣國內。統計至2017年)[6]。

1 魏德聖《海角七號》(2008) 5.3億元
2 魏德聖《賽德克・巴萊:太陽旗》(2011) 4.72億元
3 邱瓈寬《大尾鱸鰻》(2013) 4.3億元
4 九把刀《那些年,我們一起追的女孩》(2011) 4.1億元
陳玉珊《我的少女時代》(2015)4.1億元
6 陳玉勳《總舖師》(2013) 3.2億元
7 魏德聖《賽德克・巴萊:彩虹橋》(2011) 3.18億元
8 馮凱《陣頭》(2012) 3.17億元
9 馬志翔《KANO》(2014) 3.1億元
10 鈕承澤《艋舺》(2010) 2.8億元

觀察臺灣電影票房排行榜,可以發現票房名列前茅的電影多集中在二〇〇八年以後。這些電影中,有許多是描寫日本統治時代的電影。此外,我們可以注意到也有不少電影是像《那些年,我們一起追的女孩》、《我的少女時代》、《艋舺》這樣的青春電影。雖然大部分賣座的電影都拍攝於二〇〇八年以後,但若進一步考慮這些電影中呈現的時代背景,除了描繪現在以及日本時代之外,以一九九〇年代為時空舞臺的電影佔了大宗,比如:《那些年,我們一起追的女孩》、《我的少女時代》、《大尾鱸鰻》等等。

我的學術專業是臺灣文學,因此之前讀過了像李昂、朱天心、平路這些

---

6 中華民國剪輯協會:「影視行情－綜合資訊－票房」http://www.eforu.com.tw/www/cost/ticket.htm 參照(2018年11月25日確認)

作家寫於一九九〇年代的小說。不過這些小說中的一九九〇年代，與這些影片中的一九九〇年代是完全不同的。二〇〇〇年以降的臺灣電影中，除了《九降風》外，包含九把刀《那些年，我們一起追的女孩》（2011）、陳玉珊《我的少女時代》（2015）等這些票房大賣的校園青春電影，也都重現了九〇年代的臺灣氛圍。值得注意的是，這幾部電影除了用心置入了九〇年代當紅的臺灣通俗文化，同時也呈現了日本的通俗文化。

本論文的主要目的，是在重現九〇年代臺灣的青春電影中，探討日本表象的塑造手法及其意義。

二　臺灣的校園電影系譜與日本再現

（一）新電影中的校園青春電影

臺灣電影的校園青春電影，並非始自二〇〇〇年代。舉例來看，一九八〇年代新電影運動中即有陳坤厚《小畢的故事》（1983）、侯孝賢《童年往事》（1985）、楊德昌《牯嶺街少年殺人事件》（1991）等。關於這些電影，趙庭輝指出：「這些電影都深具寫實主義（realism）的風格。透過青少年的眼光描繪與觀察臺灣社會與文化的變遷，而且故事的重心通常是以男孩為主要人物，深刻討論男孩與男孩之間的兄弟情誼，而女孩的角色則是居於『陪襯』的地位，因此更不可能探索女孩與女孩之間的姐妹情誼，或是男孩與女孩在面對性傾向（sexual orientation）與情慾流動（sexuality）難題時的焦慮與矛盾」[7]。這些現實主義的悲劇片描寫的都是一九六〇年代，也就是像侯孝賢這樣的導演的青春時代。

7　趙庭輝：〈《藍色大門》：青少年的性別形象與情慾流動〉，《廣播與電視》第22期（2004年），頁26。

（二）描繪一九九〇年代的臺灣校園電影與日本再現

本節依時間順序，列舉二〇〇〇年以降上映的四部以一九九〇年代為舞臺的臺灣校園電影，包括：《藍色大門》（2002）、《九降風》（2008）、《那些年，我們一起追的女孩》（2011）、《我的少女時代》（2015），依次確認其作品概要，並在此基礎上摘取描繪日本相關事物或人物的部分，進行整理。

1 作為二十一世紀的校園青春電影之典範的《藍色大門》與木村拓哉

二〇〇〇年初的臺灣電影市場正處於長期的低迷，然而二〇〇二年上映的易智言導演的《藍色大門》吸引來了新的觀眾。在這篇論文，我將以透過「懷舊」的角度呈現一九九〇年代之高中生的青春作品，作為主要的分析對象。儘管《藍色大門》並沒有明顯標記故事發生的年代，放映的時間點也在二〇〇二年，不過由於劇本早在一九九七年就已完成了，我仍將《藍色大門》列入討論，並認為它構成了臺灣日後的校園青春電影的基準。因此接下來，我先整理介紹《藍色大門》的內容與先行研究狀況。

臺灣法國合作的《藍色大門》由易智言導演拍攝，上映於二〇〇二年。這是一部由三名男女高中生構成的戀愛悲劇。三名男女中的男性角色，是陽光男孩張士豪（陳柏霖飾）；女性角色的部分，一位是個性女孟克柔（桂綸鎂飾）、另一位則是平凡女子林月珍（梁又琳飾）。

故事內容的主幹，是十七歲的「個性女」孟克柔有天接受了摯友林月珍的戀愛故事。林月珍喜歡的是游泳隊的張士豪，而孟克柔本來與張士豪不熟。有個晚上，孟克柔與林月珍一起去找在夜間的學校游泳池秘密練習的張士豪。孟克柔替害羞的林月珍給張士豪打招呼。但意外的是，張士豪開始對孟克柔懷抱著好意。後來林月珍向張士豪告白，卻被他拒絕了。孟克柔知道了這件事，想安慰月珍便親吻了她。接下來，換張士豪向孟克柔告白，不過孟克柔拒絕了他。孟克柔這樣說：「我真的對月珍很好……都幫她的忙。幫她到游泳池找你，幫她送信，還要幫她揹黑鍋……其實我一直幫她，是因為……因為我真的很喜歡她。我想……我喜歡的是女生」。最後張士豪對孟克柔說：「我想說的是……如果有一天，或許一年後，或許三年，如果你開始喜歡男生，你一定要第一個告訴我」。在電影中，三位主角沒有好好地大團圓，不過孟克柔與張士豪並非互相不喜歡，他們騎腳踏車平行而走。

以下簡單整理《藍色大門》相關的先行研究。趙庭輝藉由電影的美學與文化批評方法，指出透過青少年的情慾流動，產生了兩元對立性別位置邊緣的焦慮與矛盾、並創造出挑戰成人主流社會文化價值的可能[8]。馬嘉蘭（Fran Martin）是從跨國化的臺灣 T（Tomboy）及模糊的在地化的角度，來分析這影片的在地化以及性別的特殊性[9]。蔡文晟將《藍色大門》與王家衛電影的拍攝方式進行比較，指出這部片呈現的特徵是時間感的完全脫落。蔡文晟也分析了這部片中出現了兩次的游泳池與體育館的場景並進一步指出：「影像重複移／動稀釋了敘事性，時延驅散時間，內容退居形式之後。沒有故事，只剩印象」[10]。

如趙庭輝、馬嘉蘭都指出的，《藍色大門》的男女三角關係，不僅是異性的情愛，同時也包含了同性的情愛，例如女主角孟克柔是愛女生的女生；馬嘉蘭進一步指出孟克柔是 TOMBOY。在一九九〇年代的臺灣文學界，同志文學接連得到了聯合報文學獎，這引導了同志文學的熱潮。馬嘉蘭指出：「不可否認，一九九〇年代同志運動的發軔是校園女生羅曼史再次出現的一個很重要的脈絡。根據這樣的背景，直到《藍色大門》已是二〇〇〇年代臺灣同志文化爆炸之下的產物」[11]，她也提及女同志已經進入臺灣主流大眾娛樂文化，成為其一部分了[12]。

---

8 趙庭輝：〈《藍色大門》：青少年的性別形象與情慾流動〉，頁26。

9 馬嘉蘭（Fran Martin），吳文薰譯：〈台灣（跨）國電影，或，一個台灣 T 的勇闖天涯：論《藍色大門》〉，《電影欣賞》第122期（2005年），頁85-90。

10 蔡文晟：〈時間之外《藍色大門》與王家衛美學論〉，《電影欣賞》第137期（2008年），頁77-81。

11 馬嘉蘭（Fran Martin），吳文薰譯：〈台灣（跨）國電影，或，一個台灣 T 的勇闖天涯：論《藍色大門》〉，頁87。

12 馬嘉蘭（Fran Martin），吳文薰譯：〈台灣（跨）國電影，或，一個台灣 T 的勇闖天涯：論《藍色大門》〉，頁87。

此外，雖然易智言導演是在美國加州大學洛杉磯分校攻讀電影碩士學位的，不過馬嘉蘭指出：「這部影片很明顯地具有日本式的『泛亞洲』電影美學。它的風格酷似日本的偶像劇（dorama），一位觀眾認為這部片子『看起來像介於日劇和公視節目』。更明確地舉例，當片中的月珍被士豪拒絕後，他輕易地將她迷戀的對象轉移到日本當紅的青少年偶像──木村拓哉身上……（中略）……由於受到這波跨國性的區域文化影響，像《藍色大門》這樣的風格的臺灣電視劇，我們也可以管它們叫『臺版日劇』」[13]。雖然馬嘉蘭這樣說，但她所舉的具體例子只有這一個而已，且並沒有說明什麼是「日本式的『泛亞洲』電影美學」，只提到了月珍本來相信，如果用愛上的那個人的原子筆，一直寫他的名字，直到把水寫乾了，那個人就會愛上自己。所以她一直寫著士豪的名字，不過被士豪拒絕後改寫木村拓哉的名字了。這部片明顯呈現出日本通俗文化的場面，其實也只有木村拓哉而已。

2 描寫男人的友情及其脆弱性的《九降風》與飯島愛

論文開頭我已介紹了二〇〇八年上映的《九降風》。新竹竹東高中的七名男生（鄭希彥、湯啟進、李曜行、林敬超、林博助、謝志昇、黃正翰）以及二名女生（黃芸晴、沈培馨），一群共九個人的高中生青春故事，一九九六年九月在新竹市立棒球場展開。七個男生是超愛棒球與球星廖敏雄的不良少年。七位不同年級的男生，有著不同的個性，而棒球連繫了他們的友誼。他們有時在晚上的游泳池裸泳，有時搭訕女孩子，有時看 AV 寫真雜誌（他們一邊看 AV 寫真雜誌一邊說飯島愛這麼早退休太可惜了啦），有時喝臺灣啤酒，而「職棒簽賭案」也瓦解了那份堅固的情誼。有一天從球場回家的途中，鄭希彥被湯啟進載著卻發生車禍，鄭希彥病危。此後六個人之間的關係也分崩離析，讓人了解青少年的友情很脆弱。

目前似乎沒有專以《九降風》為研究對象的論文。不過鄭秉泓在〈青春的軌跡，時代的印記──《九降風》、《海角七號》、《囧男孩》中的成長課題〉

---

13 馬嘉蘭（Fran Martin），吳文薰譯：〈台灣（跨）國電影，或，一個台灣 T 的勇闖天涯：論《藍色大門》〉，頁88

之中曾提及《九降風》。也就是說，《九降風》是在被視為在象徵臺灣電影起死回生的二〇〇八年，與《海角七號》、《囧男孩》一起上映的青春電影之一。

附帶一提，前述蔡文晟的文章提到了《藍色大門》出現了兩次游泳池與體育館。《九降風》也同樣出現了兩次游泳池與體育館。

《九降風》中出現了四個日本元素。第一個是在新竹都城隍廟前，鄭希彥與湯啟進看電視的棒球節目、同時想起來中華隊打敗日本隊的巴塞隆納奧運會。湯啟進說：「日本人一定覺得我們很賤」。鄭希彥回答說：「屁啦，日本人更賤好不好我跟你講，打不到郭李建夫的球，乾脆把他買到日本去」。湯啟進說：「沒錯！賤」。第二個日本元素，是他們一起看摩托車 NSR。第三個是湯啟進房間的牆壁上貼著《七龍珠》的海報，不過這海報不是很明顯的，而是模糊地呈現出來的。第四個則是飯島愛，他們一邊看寫真集一邊說：「飯島愛這麼早退休太可惜啦」。這部片以男孩與男孩之間的情誼、以及情誼的脆弱為主題，這方面跟「深刻討論男孩與男孩之間的兄弟情誼，而女孩的角色則是居於『陪襯』的地位」的新電影有點像。關於片中設定的時間，與《藍色大門》「脫落的時間感」比較起來，《九降風》明確提到一九九六年以及「職棒簽賭案」。也就是說，這部片的時間感是依靠現實而成立的。

這部電影中，與男性夥伴間的友情相關的部分——包含七人之間的關係——被相當仔細地刻劃。例如，某日，作為七人小組聚會場的鄭希彥的房間，林敬超獨自一人來訪。他主動整理散亂的雜誌。對此，鄭希彥以不耐煩的語氣告訴他說：「你不要每次來都一直整理好不好！」林敬超沉默不語，低著頭聽了之後，就離開房間了。像這樣地，男性夥伴間的友情，特別是包含了超越友情的感情場面在內，被仔細地描繪出來[14]。

3 九把刀《那些年，我們一起追的女孩》與飯島愛

九把刀導演的《那些年，我們一起追的女孩》，是根據二〇〇六年出版的九把刀的自傳小說《那些年，我們一起追的女孩》為底本拍攝的，上映於

---

14 從簡君得到的意見。

二〇一一年。這是一部描寫一九九四年至二〇〇五年間的臺灣的懷舊校園青春電影。主要的拍攝場景在九把刀成長的彰化，他就讀過的位於新竹的交通大學也稍微出現。可惜的是，他投考研究所的清華大學，只在原著小說中才提及。在這部片中飾演柯景騰（九把刀的本名）的柯震東獲頒第四十八屆金馬獎最佳新演員獎。這部電影也創下了二〇一一年臺灣電影的票房紀錄。

故事的開端是二〇一一年，主角柯景騰準備參加初戀對象的婚禮。而後時光回溯到一九九四年的彰化。與主角柯景騰一起就讀精誠高中的五個朋友：曹國勝（綽號：老曹）、謝明和（綽號：阿和，大學就讀清華大學經濟學系）、廖英宏（綽號：廖該邊）、許博淳（綽號：勃起）都調皮又好色，天天胡鬧、歌頌青春。因此高中老師任命班上最優秀女學沈佳宜監視柯景騰他們。但在那之後，他們不知不覺地愛上沈佳宜了。柯景騰追她最勤，她也對柯景騰抱持著特別的感情，但因為柯景騰太幼稚，終究沈佳宜還是跟別人結婚了。

這部電影屬於喜劇。關於日本元素，其實電影裡頭並沒有出現《灌籃高手》，但不知道為什麼有一天柯景騰突然說了：「井上雄彥前幾個禮拜出車禍死了」這句話。井上雄彥是《灌籃高手》的作者。井上雄彥在這部電影中被設定死去的一九就六年，剛好是在少年漫畫雜誌《週刊少年 Jump》上的《灌籃高手》連載結束的那一年。柯景騰成為大學生之後，展開了男子宿舍的四個人的同居生活。有的室友是御宅族，喜歡看漫畫《七龍珠》。他們基本上合不起來，不過他們的共同興趣是看日本 AV，有一天聚在一起閒聊：「飯島愛太老了，小澤圓看起來比較可口，大浦安娜也不錯」。其實在原著小說裡並沒有寫到日本 AV。吳思萱指出：「這個版本的劇情省略了原著小說相當多的內容；另外一方面，卻加上了諸多原作沒有的要素：從許博淳的『勃起』，柯景騰在家『裸奔』的影像到『打手槍』比賽的情節等等。原著小說中並不明顯的性事透過影像呈現」[15]。還有吳思萱也提到，在原著小說

15 吳思萱，〈回頭看《那些年》：論男子漢的戀愛與陽剛氣質〉，《性別平等教育季刊》第71期（2015年12月），頁103。

中，柯景騰比沈佳宜矮三公分，不過在電影卻由一八三公分的柯震東飾演柯景騰，一溜〇公分的陳妍希飾演沈佳宜。也就是說，在電影上更為強調他們的男性性。

在這部電影，除了《七龍珠》並沒有出現其他的日本漫畫。不過在原著小說裡頭出現很多漫畫。比如《櫻桃小丸子》[16]、《灌籃高手》[17]、《H2～好逑雙物語～》[18]、以及《東京愛情故事》與《愛情突然發生》的主題曲[19]等。原著小說也寫道：「我看了太多好萊塢電影，看過太多日劇，看過太多言情小說與少女漫畫等等，這些東西在在教育我們」[20]。「我很熱血，喜歡看格鬥漫畫，《刃牙》、《第一神拳》、《鬥雞》、《功夫旋風兒》、《鐵拳小子》、《柔道部物語》都是我的最愛……（中略）……難道《魁！！男塾》都是騙人的嗎？」[21]。這樣的敘述，可以讓人知道九把刀的閱讀史。

雖然這部片中很少出現漫畫，可是在電影開頭介紹登場人物的時候，以特寫鏡頭好笑地介紹，非常類似漫畫的介紹方式。

附帶一提，這部電影即將在日本改編成日本版的《那些年，我們一起追的女孩》(あの頃、君を追いかけた)，由男星山田裕貴、女團「乃木坂46」核心成員主演齋藤飛鳥，二〇一八年十月上映。

4 陳玉珊《我的少女時代》與內田有紀及《non-no》

電影《我的少女時代》，是曾經製作《敗犬女王》、《命中注定我愛你》、《波麗士大人》等知名偶像劇的電視製作人陳玉珊，首次執導的青春電影。本片獲文化部影視及流行音樂產業局二〇一四年度第二梯次臺灣電影長片輔導金新人組，得到新臺幣七百萬元的輔助。它與《那些年，我們一起追的女

---

16 九把刀：《那些年，我們一起追的女孩》(臺北市：春天出版社，2006年)，頁32。

17 九把刀：《那些年，我們一起追的女孩》，頁59。

18 九把刀：《那些年，我們一起追的女孩》，144。

19 九把刀：《那些年，我們一起追的女孩》，頁156、164。

20 九把刀：《那些年，我們一起追的女孩》，頁234。

21 九把刀：《那些年，我們一起追的女孩》，頁237-238。

孩》一樣，取得了票房上的成功。

片中的時間是二〇一五年。林真心是一個平凡的員工，她有一天回憶起自己的青春及初戀，讓時光回溯到一九九〇年代中期。這部片大部分的故事以一九九〇年代為背景，是一部以校園愛情、青春懷舊為題材的愛情輕喜劇電影。女主角是戴著眼鏡、頭髮亂七八糟的普通女高中生林真心。她暗戀著全校最受歡迎的男生歐陽非凡，不過最後卻愛上了不良少年徐太宇。有一天，林真心打掃游泳池畔的時候，發現歐陽非凡正在與同班校花的陶敏敏祕密交往。傷心的她為了不要被對方發現，就潛入了游泳池。但徐太宇同時也追求著陶敏敏，所以徐太宇與林真心互相幫助，嘗試拆散歐陽非凡與陶敏敏，結果發生了很多好笑的事情。高中時代林真心與徐太宇互相暗戀著，不過沒有互相告白，結果徐太宇離開學校後沒有聯絡了。但二〇一五年因偶像劉德華的演唱會終於再次相見，故事圓滿結束。

這部電影也與《藍色大門》一樣，劇中游泳池與體育館的場景給人留下深刻的印象。只不過這部電影的登場人物都是異性戀者。

在這部電影中出現的日本相關事物大致如下：行李檢查時在男生的包包裡找到 AV 女演員朝倉舞的寫真集、以及任天堂的 Game Boy。在黑板上有《七龍珠》的塗鴉。林真心問徐太宇喜歡什麼樣的女生時，徐太宇這樣回答：「內田有紀還不錯，還有酒井法子」。林真心說：「都日本女生」，徐太宇用日語「はい」來回答。之後林真心在商店裡買了女性時尚雜誌《non-no》，回到家時，在家門口前碰到與《non-no》的封面女郎一模一樣的女生（真心哥哥的女朋友）。她把林真心變成可愛的少女，而讓林真心被歐陽非凡稱讚了。

除此之外，還有嚴肅的新的軍訓教官初到學校的時候，裝飾在他房間裡的日本刀。彷彿是因為快要退出校園了，就要失去往昔的權威，因此掛上日本刀作為一種心理的補償。此外還有林真心的日記上寫著像「喜歡の人──徐太宇」「討厭の人──兄」，用日語片假名寫成的「の」。

在《我的少女時代》中的日本元素，包含了漫畫、AV、偶像、時尚雜誌、日語、還有日本刀等等，種類繁多。但其中最值得注意的是，以偶像及時尚雜誌為典範改造女主角使之變身的重要作用。

上述《九降風》、《那些年我們一起追的女孩》、《我的少女時代》這三部電影都是異性戀的故事，其中能夠得到美好結局的，只有《我的少女時代》。上映於二〇一〇年代後的《那些年我們一起追的女孩》、《我的少女時代》，都是從「現在」的時點開始回溯到一九九〇年代。映画秘宝編集部編輯出版的《漫畫＋電影！——漫畫原作電影的現況》（漫画＋映画！——漫画原作映画の現在地）提到：「21世紀的日本電影中漫畫原著的功勞是什麼呢？用一句來說，就是『Pop 化』（21世紀の日本映画における漫画原作の企画の功績はいったい何か？それはひとことでいうと「ポップ化」だ）」[22]。這四部片雖然都不是以漫畫為原著底本，不過很明顯的都越來越「Pop 化」，登場人物也變成越來越 character 化、變成單純易懂的簡單的故事了。

三　一九九〇年代臺灣的日本大眾文化

（一）選擇以一九九〇年代作為校園電影之舞臺的意義

以上述的討論為基礎，本節接著逐步確認一九九〇年代是什麼樣的年代，並從日本元素的角度分析所謂的異性戀化與「Pop 化」。

首先要探討的是，二十一世紀的校園青春電影為什麼沒有選擇以一九七〇年代、八〇年代為時空，而是選擇了一九九〇年代呢？易智言導演出生於一九五九年，但林書宇導演出生於一九七六年、九把刀導演出生於一九七八年、陳玉珊導演出生於一九七四年。也就是說，對後面三位導演而言，一九九〇年代正是自己就讀高中的時代。此外，在臺灣觀眾的年齡組成上，在一九九〇年代度過青春時代的人比較多[23]。畢竟娛樂電影的製作是一個巨大的

22　映画秘宝編集部：《漫画＋映画！——漫画原作映画の現在地》（東京：洋泉社，2017年），頁8。

23　國家發展委員會「中華民國人口推估（105至150年）」https://www.ndc.gov.tw/cp.aspx?n=AAE231302C7BBFC9（2018年11月25日確認）。

商業行為，為了票房，不可能不考慮電影預設的目標觀眾。

經過一九八七年的解嚴，一九九〇年代的臺灣民主化、多元化了。我覺得對很多人來說，一九九〇年代是讓人不禁想懷念回顧的、充滿希望的時代。實際上像《女朋友．男朋友》、《五月一號》這樣的刻劃在戒嚴令下的八〇年代的校園青春電影中，學校裡還留存著對於學生髮型之限制（台（76）訓字第02889號函）[24]，教官也非常嚴格，比較難描寫青春快樂開朗的樣子，也很難避開嚴格的規律。因此這兩部主要刻劃戒嚴令下八〇年代的校園青春電影，片中除了八〇年代，也加上了九〇年代（《女朋友．男朋友》），或同時也描繪了現在（《五月一號》）。

這些電影之所以不把八〇年代的校園故事完全置於故事中心，是因為全篇若只描繪八〇年代，那麼作為娛樂作品就無法成立了吧。

（二）哈日現象及其變遷

由於一九九三年以降無線電視與有線電視的全面自由化，臺灣的媒體急速多元化，出現了日本專門頻道（日本臺），對於日本大眾文化的關心也逐漸提高。一九九〇年代的臺灣，持續了十年以日本大眾文化為中心的「哈日現象」的高峰[25]。所謂「哈日」一詞，是來自哈日杏子的四格漫畫集《早安日本》（尖端出版，1996）中創造的詞彙「哈日症」（＝極度喜愛日本，到了病症的程度）。

關於日本大眾文化輸入臺灣，已有許多先行研究。其中最為充實的研究——李衣雲的《在台灣的「日本」形象之變化，1945-2003——關於「哈日現象」的展開》（台湾における「日本」イメージの変化、1945-2003——「哈日現象」の展開について），關於哈日現象興起的背景，整理摘要如下。

---

24 楊國鑫：〈台灣的完全解除髮禁案例〉，《應用倫理研究通訊》第35期（2005年），頁40。

25 李衣雲：《台湾における「日本」イメージの変化、1945-2003——「哈日現象」の展開について》（東京：三元社，2017年），頁2。

李衣雲指出：「1992年有線電視頻道開始播放日劇，1993年解除播放日本文化的禁止令之後，日本大眾文化在臺的發展日益蓬勃。原本始終處於地下化、文化邊陲地帶的漫畫、動畫，乃至日本時尚，也隨著大眾媒體的傳播而日益顯在化。這種種不同面相的日本大眾文化匯集起來，遂形成東亞前所未見的『哈日風潮』」[26]。但她也提到了：1990年末，海盜版的大量出現造成日本大眾文化再度地下化；2000年以後，韓劇及臺灣偶像劇等替代商品的出現、消費對象的多元化，日本偶像來臺次數的減少等，都讓支持此類『日本』形象的商品逐漸減少。」[27]

但我想探究的並非一九九〇年代是什麼樣的時代，而是一九九〇年代在電影中是怎麼被描繪的。因為這篇論文分析的四部電影，儘管都呈現了一九九〇年代，但描繪出來的一九九〇年代樣貌都不一樣。又或者說我想知道的，其實是一九九〇年代的日本大眾文化的輸入，對於臺灣的大眾文化產生什麼樣的影響。因為在一九九〇年代度過青春時代的導演們，也一定會接收到當時臺灣的或日本大眾文化吧。

（三）被性別化的日本漫畫

馬嘉蘭曾指出，《藍色大門》是「風格酷似日本的偶像劇」。例如，一九九三年在衛視中文臺播出的《東京愛情故事》，是為臺灣的日劇風潮定下基礎的作品之一，至二〇〇二年為止反覆在臺灣的有線電視重播[28]。刊載《東京愛情故事》原作的雜誌，是男性取向的漫畫誌《Big Comic Spirits》。

此外，關於以神尾葉子的《花樣男子》（1992-2004年連載於半月刊少女

26 李衣雲：《台湾における「日本」イメージの変化、1945-2003——「哈日現象」の展開について》，頁413。

27 李衣雲：《台湾における「日本」イメージの変化、1945-2003——「哈日現象」の展開について》，頁418。

28 李衣雲：《台湾における「日本」イメージの変化、1945-2003——「哈日現象」の展開について》，頁328。

漫畫雜誌《Margaret》）為原作、二〇〇一年在臺灣大為轟動的電視劇《流星花園》，賴昱誠指出其是受到日本文化的創造與想像力的深刻影響。與中國或香港的狀況不一樣，臺灣創造了一種以日本少女漫畫改編成為臺劇「電視偶像劇」的文化型態。[29]的確，《我的少女時代》的林真心，也許在形象上極為類似二之宮知子的《交響情人夢》（刊載雜誌少女漫畫雜誌《Kiss》）中個人生活作風極其懶惰的野田惠。但少年漫畫的影響似乎也不少，因為在九把刀《那些年，我們一起追的女孩》原著小說出現的漫畫，是像《灌籃高手》（《週刊少年 Jump》）、《刃牙》、《第一神拳》、《鬥雞》、《功夫旋風兒》、《鐵拳小子》、《柔道部物語》這樣的少年漫畫。

當然，很多導演都曾留學美國，且臺灣電視天天播放著美國及韓國的電視劇與電影，不可能簡單地將之盡歸於日本的影響。其實這個世界上已經沒有純粹的東西。儘管如此，即使是不太明顯出現日本元素的《藍色大門》，馬嘉蘭也指出其「風格酷似日本的偶像劇」。其實很多的日劇，都是改編自原著漫畫，因此我們可以推測，臺劇或臺灣電影無論直接或間接，也多少受到日本漫畫的影響。

於是接下來的部分，我想簡單整理一下關於日本漫畫的概況。日本漫畫的主要特徵，大體可分為男性導向的少年漫畫、以及女性導向的少女漫畫。一般來說，漫畫會先在雜誌上刊載發表，之後才出版單行本。因此依這些漫畫雜誌的不同，大體可分為少年漫畫與少女漫畫，進而產生這樣的傾向：「對女生或者男生的其中一方來說，容易產生共鳴、容易進入、或是感到愉快，可以說是被創造出來一種幻想的故事（女性または男性の一方にとって，共感が持て，都合が良く，心地よい，一種のファンタジーとでも呼べるものになっている）」[30]。

在日本雜誌協會的網站上，有「雜誌種類及類型區分」。日本雜誌協會

29 賴昱誠：〈日本流行的受容與變容〉，《明道通識論叢》第7期（2009年），頁131。

30 谷口秀子：〈少女漫画における男装：ジェンダーの視点から〉，《言語文化論究》第15號（2002年），頁105。

先把所有的雜誌大體分為：①男、②女、③男女的三種性別分類。其實在①男的種類下有「漫畫雜誌（コミック）」，在②女的種類下也有「漫畫雜誌（コミック）」，可是在③男女的種類下並沒有「漫畫雜誌（コミック）」一類。比如說「給少年看的漫畫雜誌」：五本（《週刊少年 Sunday》等等）、「給男生看的漫畫雜誌」：七十本（《週刊少年 Jump》等等），屬於①男的種類。「給少女看的漫畫雜誌」：十九本（《Ribon》等等）、「給女生看的漫畫雜誌」：五十本（《Kiss》等等）屬於②女的種類。不過並沒有一本漫畫雜誌是屬於③男女的種類下[31]。也就是說，日本雜誌協會目前沒有承認兼具男女讀者導向的漫畫雜誌，漫畫雜誌都附帶了男女其中之一的性別。[32]

（四）日本成人錄影帶與成為傳說的飯島愛

前面提及的李衣雲的研究，儘管其對於日本漫畫與動畫、日劇、偶像進行了詳細的分析，但流行於一九九〇年代臺灣的日本大眾文化中，該書並沒有提及日本的成人影片。

成人影片輸入臺灣，是在一九七〇年代的事。在當時，歐洲與香港的影片佔大多數，它們被稱為「小電影」或是「黃色電影」在電影院等場所上映。其後，進入了一九八〇年代，它們以錄影帶的形式從美國及日本輸入，便開始以現在通行的稱呼「A 片」來稱呼。除了出租，它們在夜市等地也有販賣，因此在家庭與 MTV 等地所都能夠觀看。一九九〇年代，是日本成人影片的全盛期。除了出租錄影帶與 VCD，還有專門的電視頻道等多種媒體，

---

31 一般社団法人日本雜誌協会「雜誌ジャンルおよびカテゴリ区分一覧」http://www.zakko.or.jp/subwin/pdf/genre.pdf#m06（2018年11月25日確認）

32 當然有同性戀的漫畫。比如羅川真里茂畫的男同志漫畫〈ニューヨーク・ニューヨーク〉先刊載於少女漫畫雜誌《花とゆめ》（1995-1998年）。森永みるく畫的女同志漫畫〈ハナとヒナは放課後〉先刊載於少年漫畫《月刊アクション》（2015-2017）。田亀源五畫的男同志漫畫〈弟の夫〉刊載於少年漫畫《月刊アクション》（2014-2017年）。同人誌或網路上的媒體也很多。

甚至連「日本 AV 女優」、「飯島愛」等詞彙都成為了流行用語[33]。二〇〇〇年代，除了日本與歐美的成人 DVD 販賣，個人也能使用網際網路觀看影片或進行下載，臺灣人自身的自拍或偷拍影片，也開始在影片網站上傳發表[34]。

像這樣，一九九〇年代是連「日本 AV 女優」、「飯島愛」等詞彙都成為流行用語的日本成人影片的全盛期。到了二〇〇〇年代以降，甚至在電影中「日本 AV 女優」、「飯島愛」都成為了描繪的對象。拙論列舉的四部作品，《九降風》（2008）中有「飯島愛」，《那些年，我們一起追的女孩》（2011）有「飯島愛」、「小澤圓」、「大浦安娜」，《我的少女時代》（2015）則有「朝倉舞」，這些日本 AV 女優的名字被具體列舉了出來。此外，因拙稿只以一九九〇年代為舞臺的校園電影作為分析對象，下列的幾部電影不在拙稿的列舉範圍之中；但若從臺灣電影中描繪的日本成人影片與 AV 女優的狀況來思考，我們也不應忘記二〇〇五年在柏林國際電影節勇奪銀熊獎（藝術貢獻獎）的蔡明亮導演的《天邊一朵雲》（2005）的存在。《天邊一朵雲》是描繪 AV 男演員之純愛的故事，日本的 AV 女優夜櫻李子也參與演出，在片中擔任 AV 女優的角色。此外，AV 女優波多野結衣也在潘志遠導演的作品《沙西米》（2015）中擔任 AV 女優的角色演出。兩部作品的男性角色，都由臺灣演員擔當演出，而主要的 AV 女優角色，則由日本現役的 AV 女優擔任。

日本的 AV 女優與飯島愛在臺灣的一九九〇年代被如何地傳播與接受，要清楚分析是困難的。然而在二〇〇〇年代以降，AV 女優及飯島愛已作為臺灣男性的集體記憶而存在，甚至在電影中都成為被描繪的對象。究竟其如何地被傳說化？接下來以二〇〇〇年代以降的飯島愛為例進行討論。

在臺灣版《柏拉圖式性愛》（洪慶鐘、張佩偉譯：尖端出版社，2000年12月。原著：《プラトニック・セックス》。小學館，2000年10月）出版翌年的二〇〇一年二月，飯島愛在臺灣舉辦簽名會的時候，據說即使冒雨，也有

33 簡妙如：〈再現的再現——九〇年代台灣A片「常識」的分析與反思〉，《新聞學研究》第58期（1999年），頁121-122。

34 周姒玲：〈從智財權角度論日本 AV 產業在台灣之法治發展〉，逢甲大學財經法律研究所碩士論文，2014年，頁26。

徹夜排隊請求簽名的粉絲。飯島愛的舉手投足，無時無刻都在新聞節目報導，結果與她在同一期間來到臺灣的高行健所受到的注目也減弱了。

飯島愛離世，是在二〇〇八年的十二月十八日。搜尋臺灣主流媒體《聯合報》報導的飯島愛相關消息，發現在二〇〇八年她死亡後的短短十二天之間，就刊登了多達二十八篇報導。此後的二〇〇九年有十八篇，二〇一〇年有三篇，二〇一三到二〇一六年間每年各一篇，飯島愛仍被持續報導著。

舉例來看，在飯島去世八天後的二〇〇八年十二月二十五日的報導寫著：「飯島愛對臺灣4、5年級男性『影響深遠』，昨天許多男性在網上討論熱烈，有人形容『飯島愛是所有臺灣男人的鄉愁』、『我對日本 AV 本來認識破碎，她是啟蒙者』」[35]。同一天也刊載著以〈丁字褲小愛　亞洲男性集體記憶〉為題的報導。[36]

隔天十二月二十六日《聯合報》的《聯合副刊》（相當於日本報紙的文藝欄），作家林文義發表了以〈飯島愛〉為題的詩。詩中寫道：「性幻想的夢中情人告別時／泡沫經濟只讓中年男子更憂鬱」[37]。作家陳栢青在翌年一月的《聯合副刊》發表名為〈許願樹〉的散文，寫下：「那樣一個女子，曾是我們這代男孩想像異性身體的終極樣本。雖然那時誰都搞不清楚這女人到底拍過哪些片，但……（中略）……『飯島愛』三個字就代表整個日本 AV 市場」[38]。此外詩人孟樊在二〇〇九年十月發表於《聯合副刊》的詩作〈如歌的行板——戲擬瘂弦〉寫道：「正正經經在家看飯島愛作愛之偶然／以及村上春樹並非爵士此一認識之偶然」[39]。

像這樣，儘管只確認了《聯合報》中飯島愛的相關報導，便可看到飯島愛對臺灣男性而言作為集體記憶之懷舊、被選作文學素材等等的飯島愛的傳說化軌跡之一斑。

---

35 何定照：〈柏拉圖式性愛　寫力爭上游人生〉，《聯合報》，2008年12月25日。

36 〈丁字褲小愛　亞洲男性集體記憶〉，《聯合報》，2008年12月25日。

37 林文義：〈飯島愛〉，《聯合報》，2008年12月26日。

38 陳栢青：〈許願樹〉，《聯合報》，2009年1月31日。

39 孟樊：〈如歌的行板——虛擬瘂弦〉，《聯合報》，2009年10月15日。

四　日本大衆文化元素與性別

（一）四部作品中的日本大眾文化元素與異性戀・同性戀關係

雖然我們可以推測，臺劇及臺灣電影受到了日本通俗文化及日本漫畫的影響，不過論文的前面已經談過，在臺灣通俗文化中很難具體地分析出那些來自日本的影響，因為技術與藝術都是可以跨國的。因此在這四部電影中，我只能把明確看得出來源自日本的通俗文化、或是跟日本有關的事物標記出來，再按照電影放映的時期進行整理。結果如下所示：

影片名	上映年	日本元素
藍色大門	2002	木村拓哉
九降風	2008	飯島愛 （把郭李建夫買到日本去）
那些年，我們一起追的女孩	2011	井上雄彥・御宅・《七龍珠》・飯島愛・小澤圓・大浦安娜
我的少女時代	2015	朝倉舞・任天堂的 Gameboy・《七龍珠》・內田有紀・酒井法子・「はい」・《non-no》・日本刀・「の」

其實就這四部片來說，日本都不是主題。但這四部片中都呈現了日本的通俗文化。此外，儘管這四部片都呈現了日本表象，但若根據時間順序排列，日本元素則是有越來越增加的趨勢。特別是二〇一〇年代以後的電影，日本元素明顯增多了。造成此等變遷的原因可能在於，在以韓劇與臺劇為文化之中心的臺灣，日本已成為了懷舊的對象。又或者，可能在二〇〇八年《海角七號》將日本殖民的元素也拍成了娛樂片之後，日本描寫成為了娛樂素材之一、或是懷舊素材之一了。

接下來，我想嘗試分析這四部片中的性別關係。首先整理這四部片中的男女關係與故事結局。

《藍色大門》（2002）敘述的是兩女一男的三角關係的故事，其中包含了一位同性戀兩位異性戀角色。月珍愛上士豪、士豪愛上克柔、克柔愛上月珍，三個人當中沒有人能夠得到圓滿結局。

《九降風》（2008）是兩女七男的故事，主要描寫了男性與男性之間的友誼與糾紛，其他則部分呈現了圍繞著女性曖昧的戀慕之情，以及其中一位男性對主人公抱持著同性戀式的情感狀態。就戀愛關係而言，無論何者都無法取得圓滿結局，男性夥伴的友情、以及那樣的友情有時爭吵便脆弱地崩壞的情況，則被重點描繪出來。

至於《那些年，我們一起追的女孩》（2011）是兩女五男的故事。這七位主角都是異性戀，五男追一女。同性情感的相關情節，則藉由大學宿舍浴室的場景被稍微描繪出來。五位男生誰都追不到這位女孩。就這方面而言，故事並沒有圓滿結束。

《我的少女時代》（2015）則是兩女兩男的故事，四位都是異性戀。她們互相暗戀或被暗戀，終於，女主角與男主角得以再次相見，故事圓滿結束。

如上所述，以同性戀為主題的只有《藍色大門》這部電影，《九降風》雖有部分的描繪，但並非全片的主題。這四部電影，儘管沒有一部屬於漫畫原作改編，但這四部電影都可以看到「Pop 化」慢慢推進，透過刻板角色化的角色設定而構成易懂的故事，以及異性戀被強化的傾向。

（二）日本人藝人與異性戀強化

四部作品全體的共通之處是，日本藝人的登場，使得以異性戀為前提的男性性、女性性得到強化。以下進行討論。

在《藍色大門》（2002），異性戀者月珍在被士豪拒絕之後，從現實逃避轉而迷戀幻想的異性戀對象木村拓哉。

在《九降風》（2008），雖然少年們談到郭李建夫加盟日本棒球隊的時候，他們對日本或成人的世界有複雜的無力感，不過他們一邊看日本 AV 寫真集、也談飯島愛的時候，他們不會感覺到無力，反而感覺成人娛樂的幻想似乎很快樂的樣子。

在《那些年，我們一起追的女孩》（2011）中，大學室友們只有一個共通語言，就是日本 AV。也就是說，對他們而言替代追不到的女孩而出現的是偶像日本 AV 女優。在他們的成長過程中，日本 AV 成為成人的異性戀幻想對象，日本 AV 讓這部片的男性性更加強化了。

在《我的少女時代》（2015）中，林真心提問喜歡什麼樣的女生時，徐太宇回答：「內田有紀還不錯，還有酒井法子」。之後林真心在商店裡買了女性時尚雜誌《non-no》，她變成歐陽非凡理想中的可愛少女了。

本章針對各部電影中日本大眾文化被如何呈現、產生什麼樣的作用的相關事項進行了分析。《七龍珠》、《灌籃高手》、《non-no》、木村拓哉、飯島愛及其他 AV 女優、內田有紀、酒井法子這樣的日本大眾文化及日本藝人，是即便在電影上映的當時也難以忘懷的一九九〇年代的共同記憶吧。其中，木村拓哉、飯島愛、內田有紀這樣的日本藝人，作為登場人物們的異性戀式的欲望對象而登場，賦予讓登場人物們得以自現實踏出嶄新一步之契機的功能，這是相當清楚的。也就是說，日本大眾文化與日本的藝人，在臺灣的校園電影中，無論在現實或是妄想層面，都使登場人物們產生了異性戀式的男性性及女性性的欲望，並發揮了滿足其欲望的作用吧。

（三）性別的先進國臺灣

如前所述，《藍色大門》描繪同性戀，而《九降風》只有些許能讓人感覺同性戀的場面，二〇一〇年以降上映的《那些年，我們一起追的女孩》及《我的少女時代》並沒有描繪同性戀。且在所有作品中，可以發現作為異性戀之欲望對象的日本藝人，發揮著一定的作用。

臺灣文學與電影，在臺灣的社會中帶動了作為前衛的 LGBT 文化。現在臺灣無疑是 LGBT 的先進國。二〇一七年五月二十四日大法官會議（相當於憲法裁判所）做出現行民法不承認同性婚姻係屬違憲的決議，行政及立法機關需在兩年內修法承認同性婚姻。

然而同性婚姻合法化預定了之後，以基督教相關團體為中心展開了反對運動。二〇一八年十一月二十四日，與地方九合一選舉同時舉行的公民投票處理的十個議題中，有半數的五個涉及婚姻平等化的規定及義務教育中LGBT 教育的相關議題，然而最終結果，反對票超過半數[40]。在反對票中，推測也含有批判當前政權的批判票數，但無論如何，投票的結果呈顯出亞洲最初承認同性婚姻的臺灣全體步調並不一致的事實。

五　性別先進國臺灣的電影中回望的性別保守日本

本論文的論旨，在於討論一九九〇年代的臺灣校園青春電影中日本表象的塑造手法及其意義。根據以上討論，我認為，隨著時間的流逝，電影中的日本元素越來越多，Pop 化則越來越明顯，男性性或女性性以及異性戀也越來越被強調。日本元素在這些電影中扮演了性別區分化、以及異性戀強化的角色。

臺灣在一九九〇年代以降逐步邁向民主化、多元化的過程之中，似乎也朝向接受主流模式的異性戀之外的所有性傾向的方向前進。然而，儘管大法官會議做出二〇一九年的婚姻平等化的決議，但公民投票卻得出相反的結果，這反而突顯出了臺灣的多數大眾並不期望建構一個 LGBT 友善社會的這個事實。在這四部上映於二〇〇二年至二〇一五年之間的臺灣校園電影中，擔負著與臺灣社會看似正朝向 LGBT 友善的方向相反的異性戀強化之任務的並非臺灣人，而是作為大眾之情感投射與欲望對象的日本藝人及日本大眾文化。這樣的角色分配是必然的吧。

我認為，在重現一九九〇年代的臺灣校園青春電影中，日本元素扮演了強調男性性或女性性、以及塑造異性戀的保守角色。擁有多元的性別意識、

---

40 〈圖表整理包／10大公投結果一覽　7案通過、3案不通過〉，《聯合新聞網》，2018年11月24日。https://udn.com/vote2018/story/12539/3491366（2018年11月25日確認）。

作為性別議題之先進國的現代臺灣，在懷念著充滿希望的一九九〇年代之際，懷舊地回顧日本的次文化的同時，卻也回望著保守的性別意識。因為在這些電影之中，扮演保守的性別角色的，就是日本以及日本的次文化。日本元素可能成為了保守性的懷舊對象。

論李喬書寫中的三層家園建構

許文榮*

摘要

李喬（1943- ）是台灣創作力最旺盛的作家之一，一生從事創作近六十年，至今仍然創作不輟，不時還再推出個人的精神結晶。人類似乎與生俱來一直在尋找家園，或安身立命之所，這似乎與人類感覺如孤兒一般被拋棄來到這世間的觀念有關。不管是伊甸園、烏托邦，或桃花源等的追尋，人類試圖通過文學的形式去建構他們理想的家園，不論是精神的、心靈的、審美的、信仰的、道德的等等，不一而足。本文試圖探入李喬一生的寫作，概括了三層家園觀——即土地家園、文化家園及靈性家園，探索李喬如何通過他的文字書寫，去建構與追尋著三種人世間的理想家園，但又往往超脫人世間的審美與心靈境界。

關鍵詞：李喬、書寫、家園、土地、文化、靈性

* 馬來西亞拉曼大學。

一　前言

家園（英文：Homeland；德文：Heimat）觀念的探討在學術界有多維度的引伸，與比較單一的國家／族（State, Country, Nation）概念相比，輻射出更多元的意涵。家園不只是一個地理／土地的概念，也是一個時間、文化、心靈等的符碼，正如耶路撒冷對於離散的猶太人來說，她不只是一個地理空間的概念，也是他們的歷史文化與屬靈信仰的高層次象徵。家園往往可以超地域、超國界、超民族、超文化，形成一種特殊的共同體標誌。本文嘗試以李喬的的書寫，特別是文學創作與文化評論來論述家園的概念與範疇，在李喬著作中的展現、思索及拓展。本文嘗試從三個層面探勘這論題，即土地的家園、文化的家園及靈性的家園，這三層家園經常情況下是歷時的，但是有時又是共時的，可在某一時間點同時並存。這三層家園觀實際上揭示了人的「三生」，即從生存（土地）、生活（文化）至生命（靈性）的經歷、實踐及感悟。人既「生」於世，不論是「生」存、「生」活或「生」命，都必須有「家園」的安頓，即所謂的安身與立命。畢生致力於文字的李喬，如何為這「三生」尋找安身立命之道，使其書寫涉及完整的人生思考並可能臻至更高的人生境界[1]。

---

1 晚清學者王國維在其著名的《人間詞話》中提出了人生的三重境界：「古今之成大事業、大學問者，必經過三種之境界。『昨夜西風凋碧樹，獨上高樓，望盡天涯路』，此第一境也；『衣帶漸寬終不悔，為伊消得人憔悴』，此第二境也；『眾裏尋他千百度，回頭驀見，那人正在燈火闌珊處』」。個人認為，王氏的第一境，比較傾向於個人為求「生存」，獨自闖蕩，浪跡天涯。第二境比較涉及「生活」（文化）的層次，因尋找到一種文化理想／追求一種文化觀念而在物質上的超然／忘我，或願意忍受飢寒貧乏，甚至是世人的冷嘲熱諷。第三境牽涉到一種神秘朦朧的圖式，這是「生命」（靈性）追求的狀況，最高／深境界往往無法用言語文字來清晰描述，有點像陶淵明《飲酒》詩中的那句「此中有真意，欲辯已忘言」。這三重境界若轉換為人生的三種家園也未必不可，一方面是人為自己尋找安身立命之道，另一方面又是某些人在現實人生的層次之外，追求更崇高、更深奧、更神秘、更圓融的境界。王國維：《人間詞話》（臺北市：台灣開明書局，1955年），頁16-17。

二　土地的家園

古往今來，人與土地有著很微妙的關係，一如人與母親的關係那樣，有時連語言文字也難以準確描述。土地作為家園，它提供了人類或一個民族生存的空間，承載著祖輩的歷史事蹟，蘊含著至親與故友的情感，對個人來說，是生命成長經歷的見證，特別是積存了童年與青少年的記憶，不論是痛苦的或者是甜美的，對一位作家來說那可是彌足珍貴的寫作積累。故此土地對一位作家來說，不只是具有實質的意義，同時也蘊含著豐富的故事脈絡與象徵結構，往往取之不盡，用之不竭。

在土地的家園層面，李喬主要從蕃仔林寫到台灣再到具有終極意義的土地概念。蕃仔林作為李喬的出身地和原鄉，呈現出種種地理、歷史、人事物，乃至具體親情的追憶與戀慕。這些故事以《山女——蕃仔林故事集》（1969）為代表，表達了對土地的親密認同，對故鄉的愛，正如彭瑞金所言：「其實，李喬寫下《蕃仔林故事集》的同時，他已經不但不再想括棄、逃離它，反而已永遠擁抱它、擁有它了。我以〈悲苦大地泉甘土香〉為題論述他這種生命觀的遞變，就是看出『蕃仔林』將成為李喬文學永遠的『原鄉』，人的苦難自原鄉始，終極解脫也在原鄉。」（1993）此外，《寒夜三部曲》則是從更大的家國層次，寫出了從拓荒到開墾到保衛這塊土地的熱情與血淚。這種心理在他的《情歸大地》這部作品中更顯著地展現出來：「美麗的大地，美麗的台灣，我們感謝上天的賜予，我們要珍惜、保護，留給代代子孫。」（李喬，1981c：518）

李喬在《我的心靈簡史——文化台獨筆記》中有一段敘述表明了他與土地的微妙關係：「我來自窮苦階層，我能關心的也必然在這階層的諸貌與苦樂；不必尋找，故鄉蕃仔林便是。那是最接近，匍匐於土地的一群人，不是別人，是家人家族鄰居。所以，土地、大地是我的作品最深切、最根基的部分。」（2010：37）這種傾向近似美國現代作家福克納（W. Faulkner）與美國南方大地的關係，因此李喬自稱當他一接觸福克納的作品時，便被他深深吸引，其理至明。

（一）作為現實家鄉的土地

於一九七〇年出版的《山女——番仔林故事集》是李喬書寫家鄉用情最深也最樸質無華的系列短篇，細膩地描繪了家鄉土地、親情、故友、事物等方面的故事集。可能在一些人的眼光裡，只是在述說故鄉如何的窮苦與悲情，但是，對作者而言，這卻是它最真情最毫不掩飾的告白，當一個人能夠把他最「見不得人」的一面坦露出來，便宣告了他已經能夠超越自己的自卑脆弱，跨向更高的人生境界。因此，我同意彭瑞金的看法：「其實，李喬寫下《蕃仔林故事集》的同時，他已經不但不再想括棄、逃離它，反而已永遠擁抱它、擁有它了。」是的，番仔林在李喬的書寫中是一個無法替代的空間概念、是他文學思考的初始與終結，是他一生念茲在茲的土地家園。這種傾向正如福克納一樣，不但沒有逃避他南方頹廢和坍垮的家園，而是真實的去面對它、表現它，並把它提升為更高的藝術化的土地家園。

在一九六九年發表的〈哭聲〉[2]是較特別的一篇，他引導讀者去探索家鄉的禁區——鷂婆嘴，這個被謠傳生人一去就回不來的地方。這樣的尋幽探秘實際上是要在拓展土地在書寫上的可能，讓那些包括自己與鄉親都不敢跨足的地方展現在文學的場域中，增加故鄉的神秘色彩。通過阿福阿青兩位主人公的引導，進入了別有洞天、如桃花源般的美景；這裡也栽種了富有很高經濟價值的金線蘭，似乎和他描述的窘迫的家鄉背道而馳，形成了一種微妙的文本張力。兩位即將被徵召去南洋服役的主人公最後決定，讓金線蘭保留在這崇山峻嶺中，不去採集它，以便自然生存與成長。作者也在書寫上繼續保存了這鷂婆嘴的神秘性，即「每個晴朗的黃昏，最後一道夕陽盤旋在鷂婆嘴的片刻間，還有月色美好的晚上，從那高山頂巔上，有時會飄下一縷幽怨淒厲而哀切的哭聲……」（1969），沒有試圖去揭穿這哭聲的究竟。其實保留這種神秘感是高明的，可以增加故鄉的朦朧美：一方面哭訴著這片土地的多

---

2 〈哭聲〉後來融入於《寒夜三部曲》的第三部《孤燈》（1981）的第一節裡，主人公阿福和阿青改為彭永輝與劉明基二叔侄，但比原來的文本簡要。

災多難，一方面展示它的神秘感，引起讀者的好奇，達致他書寫的手段。

家鄉番仔林的多災多難，莫過於表現在故鄉的男人似乎都得離開這土地，到一個前景未卜的地方，最遭的當然是被徵召到南洋當軍伕或軍人，或被派遣到台灣或中國各戰役的前後方進行勞役工作，多數兇多吉少！這裡只留下女人、小孩及老人孤苦伶仃，無法延續經濟活動，甚至陷入一種無休止的悲情中。最悲苦的要數〈如夢令〉裡的阿鳳，才新婚二十一天丈夫便被徵召去南洋，她後來生下兒子，經濟無以為繼，只好返回娘家。等候夫婿的歸返是一件令人心碎的經歷，最後雖然日本已經投降，台灣也已經光復了，但是良人仍然沒有音訊，連「白木箱」都始終沒見著！雖然父母勸她趁年輕時改嫁，但她始終不肯，痴痴的等待著丈夫。這又是家鄉女人對丈夫的忠心不二，包括〈母親的畫像〉裡的母親，這個很接近李喬自傳的母親，雖然丈夫經常不在身邊，也不時受到丈夫的家暴，雖然她口裡經常埋怨，但是心裡卻仍然忠於丈夫，心甘情願扮演單親媽媽的角色，含辛茹苦，甚至因為血崩而生命差點賠上的情況下，把三子一女帶大成人。這樣的書寫當然不能以當今女性主義視角去分析，而是應該把它置於四十年代的台灣鄉下的習俗看待，土地雖然貧瘠，但是人情依然是美好的。

他既便講述家鄉的赤貧，有時也是寫得饒有趣味的。在〈番仔林的故事〉這則小說中，述及「我」的母親所養的豬遭染瘟病而死，被地方長官勒令即刻埋葬。雖然他們都很想吃死豬肉，但官命不敢違，母親只好乖乖把死豬埋了。然而「我」無意中卻發現了該死豬被人挖出來，比較有肉的部分都給人割去吃了。留下的殘肉碎骨，仍然還有人再打其主意，其中兩位便是謠傳私通的騷嫫福興嫂和傻安仔。他們一邊把剩餘的肉割出來，一邊還打情罵俏、你推我拉。更有趣的鏡頭是，一只賴皮狗也在當場出現和傻安仔爭死豬肉吃，毫不相讓。看似一副很悲涼的畫面，人怎麼窮到那地步，吃死豬肉已經很不堪了，更何況淪落到和狗搶食！無論如何，在描繪這一幕時，兩位觀看者，「我」以及騷嫫都看得興致勃勃，一點都不覺得厭惡，騷嫫還不時給傻安仔加油打氣，顯然作者要製造趣味性多於悲愴感。而敘述者「我」在講這一幕時，實際上是要向他的小友伴證實騷嫫福興嫂和傻安仔確實有曖昧，不然他們怎會經常在一起，倒不是要突出人狗搶食的場面。

對於故鄉的變化，以及故鄉的前景，在他的書寫中有時又顯得憂心忡忡，尤其是故鄉人口的劇減，老的離世，年輕的又被迫流離他鄉，死的死，失踪的失踪。〈哭聲〉中有句話最能表達這種忐忑不安：「唉！蕃仔林裡，好像人越來越少啦！為什麼年紀不太老的，年輕的，都一個個走呢？走了就沒回來！不，回來的都是裝在白木箱裡……」（李喬：1993：19），這種失落感顯露了他與土地的親密關係，不捨故鄉／土地就此而荒涼與廢棄。土地確實讓李喬有著豐富的寫作素材，同時也藉由土地所引伸出來的人生之悲喜與愛恨，成為他文學與人生思考的總綱領。（2010：41）

大河小說《寒夜三部曲》中的《寒夜》的墾戶為了保衛自己的土地家園，哪怕把生命豁出去也在所不惜。因為對這些窮困的小農來說，土地就是他們賴以為生的唯一資源，沒有了土地，生存也就無以為繼。李喬在《寒夜》中有意突出彭阿強等小農的形象，他們都為了自己和家人的生存而把荒山開墾為良田，但是卻面對死死相逼的大墾戶葉阿添的強佔，他們唯有拿起武器來自衛，但是對方卻具有官府的包庇，一直處於優勢，最後在忍無可忍的情況下，代表弱小群體的彭阿強只有和代表強勢的葉阿添拼死一搏。雙方的武鬥中，作者有意英雄化彭亞強的形象，當強勢的葉阿添手持大刀向他劈來，他卻是赤手空拳迎戰，雖挨了很多刀，血流如注，但對方的喉頭被咬碎了（1981a：437），提前死於非命，雖然最後在葉的眾多爪牙的攻擊下彭也難逃一死，但他卻死得光榮，因為他是為了捍衛土地的家園而死。

另一部《荒村》的主人公劉阿漢也一生為了捍衛自己的土地而長期與日本殖民者與其利益集團抗爭。他控訴日本殖民者的話表明他不惜為土地而鬥爭：「搶我土地，殺我同胞——還無緣無故打得我半死」（1981b：74）；阿漢的戰友大南勢人林華木和劉俊梅家族本來有「十幾甲自己墾殖的山園，過著頗為安定的日子」，可是日本總督府為了讓退職官吏永住台灣島，開始實施所謂的「官有地拂下」，強佔了他們的土地，一夜之間變成一無所有，「處在驚慌失措而又怨恨憤怒之中」（李喬，1981b：8、137）這種怨恨到了一個沸點時，為了捍衛或搶回自己的土地，他們不惜任何代價與庇護資本家的日本當權者械鬥，在在表明了土地對人的重要性。

《草木恩情》可說是李喬對故鄉番仔林這塊土地的情感的延續，具體表現在對花草樹木的珍愛。因此這部作品不單只是表面描述六十二種花草樹木的原貌與特質，更把自己融入其中，描述個人與花草樹木的關係，一如朋友或親人之間，實際上是打破了主體與客體的界限，深入到主客合一的狀況。陳惠齡在〈另一種台灣田野志——李喬《草木恩情》的綠色修辭學〉中對此書有精闢的考察，「草木竟然從被觀看的客體，翻轉為作者生命故事的主導者，兩個物種的邂逅因此有了親密的聯結交織，從而迴旋掩映出諸多生命故事的圖像，諸如自然田野地景、植物劇場和童年成長，以及深山人家的生活經歷與歷史記憶等等。」（2016：55）

（二）作為隱喻的土地家園

一個小小的番仔林也可以具有較大的隱喻意涵，意指整個家國疆土——台灣島。《寒夜三部曲》的最後一部《孤燈》主要敘述台灣人捲入太平洋戰爭的故事，大批台灣青年被強制離開家鄉，流離在台灣其他地方、中國以及南洋等地。小說集中在主人公劉明基被徵派到菲律賓呂宋島擔任軍伕，在槍林彈雨之中，過著非人的生活。日本投降後，他們並沒有被安排回歸故土，反而要想方設法躲避菲律賓本地人的追殺，每個存活者都使盡渾身解數，艱難逃生，只為了保住一條活命能夠回到故國故土。那些性命不保的臨死前都盼望著自己的骨灰能夠落葉歸根，包括那些三腳仔（台奸）如野澤三郎（黃火盛）也具有這種想法。確實，人離開了自己的土地／國家，更加熱愛自己的土地，更加確認自己的國家，更加熱切想要回歸，即便成了亡魂也要魂歸故里，這裡，土地又似乎隱喻了人的最後歸屬。

在李喬的《孤燈》中，另外一種與土地相關的隱喻是高山鱒與銀戒子這兩個意象。高山鱒本來是產自北方的一種鱒魚，但是當他們成群結隊的南下，遭遇地殼板塊的移動，使他們無法遊回自己的故鄉，只好滯留在台灣的山區湖泊。這隱喻了被徵到南洋服兵役或勞役的成百上千台灣青年，死的死，傷的傷，僥倖倖免於難的要回到台灣似乎又千重萬隔，望鄉興嘆，一如這台灣的高山鱒。而銀戒子在《寒夜三部曲》中也是貫穿全篇。先是在《寒夜》中劉阿漢送給燈妹作為定情之物，後在《孤燈》中燈妹把銀戒子給被徵派去南洋的尾子劉明基帶著，作為一種希望的象徵，母親的囑咐是：「你記住，要把戒指帶回來，還給阿媽」（1981c：28、513）。銀戒子確實也成為劉明基的盼望，他不時把銀戒子掏出來「捧在胸前撫著、摸著，也拿出來碰一碰嘴唇。」（1981c：193）；無論如何，在小說的末尾，劉明基突然發覺「戒指，阿媽的戒指丟了」（512），心裡異常慌張，隱喻著回歸家鄉之路似乎已無望了，這就像高山鱒那樣被大陸所阻隔永遠回不去了，令人無限唏噓。

在《荒村》中，李喬也很形象的把土地喻指為革命的領導者。當大小南勢的農民起來維護自己的土地而抗爭時，當中的劉阿漢被巡查問及誰是領導者時，巧妙的回答說：「土地……土地自己，它們不肯落入強權之手，是土地在領導大家哪。」（1981b：146），把土地人格化為抵抗的領導人。土地的觀念使台灣的意識具有質感。李永熾說台灣人沒有共有的質地：「戰前延續下來帶有土地感覺的作品稍微彌補了台灣人的一絲尊嚴……文學的傾向由認同土地的鄉土文學擴大為共同歷史經驗的文學呈現」（1995a：2-3），或許李喬正是要藉著土地的觀念維護這項台灣人的尊嚴與擴展共同的族群歷史經驗。

《泰姆山記》也是如此。故事敘述主人公余石基在涉及二二八事件後被通緝而逃亡的過程，而他獲得了了原住民兄弟瓦興瓦勇兄弟的大力援助，并指引他奔向泰姆山去避難，這是人間最安全的地方，泰姆山自會保護他。通過對這座神山的尋訪，揭示更多山川土地的奧秘，包括原住民的許多神奇的傳說。本來獨自逃入深山，跋涉冰天雪地，跨越原始森林，去尋找一座虛幻的，神秘的山巒，簡直是荒唐的一場怪夢罷了。可是瓦勇卻告訴他：「在山裡，什麼都是可能的。因為山是他們的，他們也是山的。他也可以得到山的呵護。只要他認為自己屬於山的，那麼，山也就是屬於他的。」山在這裡似乎是台灣的隱喻，但是也可能是作者心目中的武陵源，因此主人公雖然也做了最壞的打算「十之八九下場是，他在此朽毀，默默回歸大地。其實這是最好的結果。不是嗎？能回歸大地就是美好的。」人對於土地的家園的最高表現似乎是——回歸土地，從回歸故鄉番仔林，到回歸台灣，再到最高的回歸，回歸自然的山川與大地，這種回歸說實在不是每個讀者都能心領神會。而這種回歸，可能又是另一次重臨的開始：「當我的呼吸停止，就是我回到大地的時候；我的軀體與大地合為一體，我將隨著春天的樹苗，重臨人間。」回歸與重臨在循環往復，而這種迴旋循環則以土地為中心。有了土地的家園，人總是充滿盼望的。

三　文化的家園

在文化的家園層的界域內，李喬有文化評論和文學創作兩種文類的經營。評論方面，以《台灣人的醜陋面》最為具體和尖銳，從文化心理上對台灣人進行剖析，在解構的同時也進行深刻反思，並意圖創建台灣人的新文化。接下來的兩本同性質的著作是《台灣運動的文化困局與轉機》和《台灣文化造型》，繼續進行文化反思與再造。《文化・台灣文化・新國家》是他的「台灣文化概論」前篇，屬於他的台灣文化建構白皮書，企盼建構更美的文化家園。長篇創作《埋冤一九四七埋冤》，雖直襲二二八歷史傷口，但同時也試圖衝破國民黨的文化霸權，通過林志天與葉貞子二人的心理變化和文化歸屬建構文化的多元性與台灣的本土意識。

李喬自述說：「假如不走上創作小說的路，如果不是一生持續寫作，我不會觸及台灣人前程問題。因為從文學出發，所以會從文化層次探討台灣、中國的種種，是水到渠成，自自然然。」（2010：37）從文學到文化的探討，似乎是順理成章，尤其李喬對歷史與民族一直是他內心所系的兩大議題，因此這就很自然牽扯到文化的心臟了。

（一）走出孤兒的悲情

「人間的許多事物、現象，往往呈現一種「象徵結構」，彼此各方存有

「隱喻」的牽連。」（2010：49）如果我們把李喬這句話作為他的文學書寫與文化見解的重要依據，則我們可以從幾部小說裡頭，包括《寒夜三部曲》、《藍彩霞的春天》及《埋冤一九四七埋冤》裡頭，一再出現的女性被強佔、強暴、轉賣等的情節中，去歸納它的國族寓言。《孤燈》裡的日本軍官言而無信，搶占了華子的身體卻沒有實現讓她的男友不必去南洋服勞役的諾言；《藍彩霞》裡的藍彩霞姐妹被父親賣給了人肉集團，並一再的被操控與轉賣；《埋冤》裡的葉貞子也在二二八事件中，被所謂抗暴的軍人所強暴，而且後來還懷了身孕。「女人」在這些作品中可以表徵台灣島，一再的被「強暴」、「強佔」、「轉賣」，情何以堪，隱喻台灣人不幸的歷史傷痕，而這也是讓台灣人心裡上產生了孤兒的心態，不知情歸何處，最典型的是吳濁流的《亞細亞的孤兒》中的主人公胡太明，他的形象在一定程度上表徵台灣人的自我形象。（李喬，1989：39、42、84）孤兒的心態是李喬所極力不認同的，這種心態讓台灣人永遠無法身心健全，就如小說主人公胡太明在日本、中國、本土三面都不討好的情況下，作者讓他因此而發瘋了。

李喬強調台灣人必須要有主人公的心態，敢於立足於本土，以台灣人主體，為家園，向任何權威說不，建構一個強大的文化。因此李喬更加欣賞與推崇呂秀蓮的長篇小說《情》，認為主人公是「正在國際中尋求自立的孤兒，不過這個孤兒已經長大，不再依戀母親，對於傷害台灣的外籍人士敢於反擊，對於不認同台灣的人敢於割捨。……日本已不再是重要的小說背景，大陸縮小到很小的背景，台灣變成了重心。」（1989：218）

李喬在上述所提及的小說中，他都賦予了那些被強暴、壓抑、操控、玩弄的女人具有反抗的決心。反抗是李喬非常推崇的文化內涵，甚至認為「在人間，反抗是人性中最高美德」（2010：55）。《孤燈》中的華子在悲憤之餘，決定化悲憤為力量，申請去南洋當護理，以便可以尋找她的心上人。當她獲悉自己的男友在勞役中不幸身亡後，她以自殺式的方式，炸毀了日本人在菲律賓的火藥庫，以報復日本軍對他們的欺騙（1981c：483）。藍彩霞在歷盡百般折磨之後，決定不再隱忍，為了解救自己、妹妹以及那些雛妓，他毅然決然的以利刃戳死了操控她們的莊國暉莊青桂父子（李喬，1985：317-

327），雖然她最終被判監，但是也好過被人肉販子所折磨與愚弄。葉貞子被強暴成孕，後來生下一個兒子並成為單親媽媽，她不知不覺向強暴者的文化靠攏，想躋身（同時也想讓孩子）成為主導文化的一份子，但是卻在自己的孩子浦實的」喚醒」之後，她驟然醒悟，不再一味的倒向主導者的文化，讓自己以及下一代從文化的桎梏中釋放出來，接受一個文化差異與多元並立的台灣文化。

（二）文化差異但同時也建設共同體

李喬雖然承認台灣文化最早的形式是由原住民九族所建立的，但是發展至今，台灣文化已呈現出多元並存的格局與內涵，對此他進行了很好的歸納：一、台灣原住民民主、開放、敬畏天地的文化特質，達觀率真，團結合作的美德，重視青少年教育的傳統；二、漢人移民社會逐漸形成的「移民精神」，包括冒險患難、熱情浪漫、友愛互助的美德。尤其原漢人最欠缺的浪漫情懷、理想主義、悲劇精神，在「移民的漢人」，也就是台灣人的祖先萌生形成了。這是了不得的創造；三、基督教長老會等百年來在台灣播種的博愛、和平信念，尊重本土、堅持民主精神。四、日本遺留下來的法治基礎、正直性格，歐美影響而來的民主自由，理性法治、科學觀念等。（1989：166、168、199）

這是一個相對完整的一種文化內涵，並具備多元性特徵，因此李喬特別不認同獨尊漢文化。他說「我們自然不排除漢文化中的優良質素，但必須與美日外來文化質素一樣，以『素材身份』納入台灣文化的『形式』而溶融而獲生機——成為台灣新文化肌肉之一。」（1989：199）認為漢文化只能算是台灣新文化中的一個元素，而非核心或主導。他特別反對漢文化中以「人」為中心的取向，認為這種文化實際上是『截頭去尾』的人本主義。『截頭』是欠缺宗教情操、超越的信仰；『去尾』是缺乏對自然物質的珍愛，只關注它們的實用價值。故此他提倡宗教信仰，提倡環保「文化生態學」（1989：167、175、182）。

他在一九九六年寫的《情天無恨──白蛇新傳》(以下簡稱《新傳》)借故事新編的方式，一再駁斥這種文化取向，否定了人的崇高性，同時表述了他對人的悲觀主義色彩。李喬說：「我對中國文化以人為中心的不滿。白素貞不是人，因此便不能享有人的情愛自由！……個人對於人這個存在不滿而存疑，可是自己又是「幸而為人」，然則不得不引頸期盼一位未被污染「新人」出現；白素貞正是理想新人」(1996：22、27)

《新傳》中處處綴入了對「以人為中心」的嘲諷：例如當許宣（被所謂的地方／朝廷命官的誣賴入獄）時說：「是的，這就是人。許宣搖頭又苦笑」、「你家說的就是法，法的解釋與執行，都照你家的意思，我許宣又能怎樣？」小青勸白素貞說：「人，哪是這麼簡單的？不錯，他們開口閉口，全是情理；您知道嗎？他們今天講的情理，和明天守的情理，會不一樣耶！」強調人是善變的動物，導致千年修煉一心想當人的白素貞也產生自我懷疑：「這，就是我白素貞一心追求的人形人性嗎？」當他被法海苦苦相逼時，脫口大罵法海不是人：「不，汝是殘酷惡毒的，一隻老蟾蜍，癩蝦虫莫！」(1996：156、158、188)這可說是對人的徹底絕望了。

林濁水在評論李喬的《新傳》時說，白素貞在批駁法海所謂的「人是人，妖是妖的二分並尊人為中心」時說：「女媧之世，人獸可以雜居，能夠和平共處，人有時以為自己是馬，有時以為自己是牛」，似乎要引導讀者回到文明前的情況，打破人與物的界限，反駁人的自我中心、打破權威的論調、沒有主流正統大一統、沒有萬法唯一的世界。(李喬，1996：417)反映了李喬要建構一個平等、不分彼此、多元但相互尊重的文化思維。故此，李喬表達說，在完成《埋怨》、《新傳》後，我的「台灣思想／意識」已經成型。(2010：46)

李喬書寫中的文化構設雖然強調文化的差異，但是也強調共同體的心態，勿讓差異造成族裔的分裂。他強調建設共同的心、共同的形象、共同的聲響、共同的苦樂與願望(1989：198)，而排斥某族群自大、優越，傷害其他族群的尊嚴與感受。因此他在《台灣人的醜陋面》中，以批評的心態歸納了台灣的三大族群的內在心理：「自大的福佬人、自卑的客家人、自棄的原住民」（1989：185）他極端反對這種局面的繼續延續，反之鼓勵各族群加強文化交流，彼此學習對方的母語，也能以對方的母語表情達意，製造一個多語的文化環境。（1989：151、155）

他要建構的文化不是個人／族群導向的，而是倡導共同體的心態，福佬人、客家人及原住民互相尊重、彼此學習、休戚與共、共同建構更美的文化家園。這種倡導正切合安德申所假定的民族為「想像的共同體」的觀念。無論如何，在這共同體的倡導上，李喬唯獨沒有提到「外省人」，難道他們不屬於台灣民族的一部份嗎？這倒是令人納悶的。

（三）本土化與自主化的文化家園

再者，在文學與藝術方面，李喬的書寫追求本土化、自主化。他提出應以堂堂「台灣文學」為名，與「中國文學」分庭而立。（1989：197）顯然，在建構台灣新文化的過程中，「中國文化」經常成為「阻遏」的力量，因此李喬明確提出「台灣」的旗號，以和所謂的「中國」區別開來，「台灣」似乎已經是一個成長的孤兒，需要學習獨立自主，以便能夠塑造本身的特徵。這種觀念和晚近華語語系論述所提出的抵抗中國性以及建構華語語系文學的獨特性與在地性有共通之處（史書美，2017：73-81）。對李喬來說，華語語系文學的概念他未必非常理解，但他在一九九〇年代前後，就已經提出台灣文學具有本身的發展土壤、歷史經歷以及文化與政治的衝擊，它所產生的特質是與「中國文學」有別的，因此必須把這兩種文學機制分別起來，而台灣文學和藝術應該繼續朝向本土化與自主化的路線邁進，這是建構台灣文化家園的重要工程。

在《我的心靈簡史》中李喬不卑不亢的陳述：「台灣人不是世上最優秀的人，台灣文化也不是，但也絕非很拙劣的一群。從精神層面、傳統文化、文化傳統反省，我們應先承認：台灣人確實身負極多中國文化惡質的部分；在加上 KMT 六十年來施毒放毒，真的「台灣人很像中國人」啦！但是，經由數百年的文化變遷，與世界密切接觸、經濟交流等等相加相乘，台灣、台灣人、台灣文化，確確實實與「原裝中國」大大不同，形成異族異國了！」「可見在那個年代（1990年代）我的「台灣思想」已經成型了。」（2016：48、142）

他在《埋冤一九四七埋冤》中，提出台灣人的文化特點，突破國民黨中華文化復興運動單一文化模式。下冊以林志天與葉貞子二人，作為二二八事變後兩種極端的台灣人心理走向。林志天在事變後，遭到囚禁，在獄外有支持他與特務纏鬥不屈的未婚妻和他一起奮鬥。身體得不到自由的林志天，由於牢房的隔絕，逼著他向內反省，檢討，加上獄中見聞，他逐漸放棄那些虛無飄渺的祖國幻想，回到實實在在的台灣土地上來——「這個政權能囚禁我於鐵牢囚房，可是我身心是如此貼近我台灣的大地……」、葉貞子是中山堂事件唯一的倖存者，被偵訊特務強暴而懷孕，雖然被釋放，身體是自由的，尤其墮胎不成之後，她竟然幻想在外形上改造自己，想把自己變成道地的中國人，改變說話的腔調，穿中國式的服飾，只和中國人交往，甚至把名字改為貞華，想藉「自棄」以擺脫台灣人的屈辱。這種宛如斯德哥爾摩症候群的向敵人靠攏認同「倒錯」，終究是失敗的，反而形成另類「自囚」現象。

小說最後卻讓她那「孬種」的兒子浦實教育她，勸她做回自己／台灣人，要她忘記自己的創傷，因為這都不是他們的錯，這是強權者加諸於他們的不幸，「要取笑，要鄙視，要向傷害我們的惡魔才對；不是我們」，「最要緊的還是我們自己，不要自己也認定自己有罪、羞辱，見不得人」（李喬，1995b：637），孩子最終感化了貞子——做回自己，掃除自卑、自虐、自我罪惡感，堂堂正正做個台灣人。不論是林志天的重新發現台灣，或者葉貞子母子的做回台灣人，都可理解為是台灣本土意識的覺悟，這種覺悟就是李喬的書寫中所總結出的台灣文化朝本土化與自主化的重要推力。

四　靈性的家園

《聖經》〈創世紀〉二章七節中說：「耶和華上帝用地上的塵土造人，將生氣吹在他鼻孔裡，他就成了有靈的活人。」若按著《聖經》的記載，人是有靈的，也因為人是有靈的，人就會去尋找靈性的家園，以安頓人的靈。有些寄託於宗教信仰、有些寄情於山水田園、有些遁入神秘境界、有些陷入苦思冥想，林林總總，這也是人有異於禽獸的特質。耶穌說：「我來了，是要叫人得生命，而且得的更豐盛」(《聖經》〈約翰福音〉十章十節)，這裡所謂的「生命」的意思，所指的實際上就是「靈性」。因為這「生命」已經不是生物性質的，而是超越的生命。李喬書寫中靈性家園的內涵，主要是通過對詛咒、罪行、身體的有限性、撫慰亡靈、屬靈爭戰、悔改、補過、拯救等的鋪陳、展示與探索，從個人到整個民族，從現實到靈界，企圖為靈性尋找安頓之所。這層面的探討，以新世紀之後創作的「幽情三部曲」即《咒之環》(2010)、《V與身體》(2013)及《散靈堂傳奇》(2013)為代表。

《咒之環》開宗明義的宣告：「台灣人是被詛咒的民族」(李喬，2010：35、323)藉著咒詛探入人的罪。歷史上幾次施加於原住民的種族清洗以及族裔之間的殘酷械鬥，尤其是一八一五年郭拜壇屠殺事件(被殺害原住民在一千五百人左右，布農、泰雅活人在埔里幾乎絕跡，慘絕人寰)(2010：63-64)、一七二九至一七三二年大甲割地換水大屠殺、一八六〇年西螺李鍾廖三姓大械鬥等(2010：345)，血跡斑斑。李喬主觀上想要「描述其從詛咒魔環中脫出重生的歷程」，但實際上因為所背負的沉重「原罪」卻無法輕易解脫(彭瑞金，2013b：10-11)，形成了文本中的巨大張力。這暗喻了人想自我拯救但是卻無法達成的無奈。文本賦予主人公林海山具有直觀映像術(Art of Intuition Mapping, A.I.M)(李喬，2016：213，2010：241)，可以直觀過去／歷史，可以透視未來，可以超越物我的區別，可以物我融為一體等，但是最後他自己也從這異能中無奈的觀看到自己走向死亡(靈性的死)。他通過學術、參政、回歸田園成為自耕農(235)、參加社會工作(台灣保衛站)等努力，總是無法獲得靈性的超越，感覺自己還是在一個無形的枷鎖中無法掙脫。不管是作為個人還是群體，似乎都無法擺脫這種無形的束縛，隱隱約約李喬拋出了基督信仰中罪的概念，由於(台灣)人被咒詛，罪進入了人的生命中，這樣的思考可以理解為何文本後尾提出了一些基督信仰的原罪說與救贖論的觀點：「罪在人，非在土地，在台灣人自己」、「上帝要拯救人，還是不能空口白話，必得以獨子潔淨寶血──也就是無罪孽的生命去『質押』人方能脫罪。救贖來自認知有罪，承認罪孽，最重要的要有補過的行動。」（2010：325）這兩句可以是《聖經》的原罪與救贖論的簡要版：「因為世人都犯了罪，虧缺了神的榮耀」（《聖經》〈羅馬書〉三章23節）「神愛世人，甚至將他的獨生子賜給他們，叫一切信他的，不至滅亡，反得永生。」（〈約翰福音〉三章16節）以及「我們若認自己的罪，上帝是信實的，是公義的，必要赦免我們的罪，洗淨我們一切的不義。」（〈約翰福音〉一章9節）林海山在 A.I.M 中預先看到自己無奈的死去，李喬後來談這篇小說時說「下篇之二這樣結束，豈止遺憾而已！」，並期望有人將來會繼續在寫「下篇之三」，從這個線索看，或許我們不難理解為何作者在文本末尾中很突兀的拋出一些基督神學的概念，是否希望（或者引導）接續者按著這條線路去拓展，當然與其期望他人不如反求諸己，因此寫完了《咒之環》，他並沒有閒下來，而是繼續寫下去。

二〇一三年出版的《V 與身體》是一部比較獨特的小說，文本中主人公何碧生的自我／靈魂 V 和身體各個器官之間的對話、互動、甚至爭執等，成了文本最核心的部分，反而人與人之間的交談退居其次。作為一位受洗的基督徒[3]，李喬很有可能是從《聖經》的一段經文中獲得靈感，或得到啟發而設計了這種敘述結構的小說。《聖經》〈哥林多前書〉十二章十二到二十七節說：「身子原不是一個肢體，乃是許多肢體。設若腳說：我不是手，所以不屬乎身子；他不能因此就不屬乎身子。設若耳說：我不是眼，所以不屬乎身子；他也不能因此就不屬乎身子。若全身是眼，從哪裡聽聲呢？若全身是耳，從哪裡聞味呢？但如今，神隨自己的意思把肢體俱各安排在身上了。若

3 李喬在《我的心靈簡史》中說，他在一九九四年（60歲）領洗為基督徒。他說自己是在文化追尋之旅遇見上帝的，祂等在「路邊」那裡，是祂找到我，我哪能找到祂。這個信仰歷程與許多基督徒相似，《聖經》〈約翰福音〉一章18節中說「從來沒有人看見上帝，只有在父懷裡的獨生子將他表明出來。」這也是基督信仰和其他宗教不同的地方。其他信仰一般是「人找神」，基督信仰是上帝自己「找／呼召」人，這涉及複雜的神學問題，無法在這裡詳述。

都是一個肢體，身子在哪裡呢？但如今肢體是多的，身子卻是一個。眼不能對手說：我用不著你；頭也不能對腳說：我用不著你。不但如此，身上肢體人以為軟弱的，更是不可少的。身上肢體，我們看為不體面的，越發給他加上體面；不俊美的，越發得著俊美。我們俊美的肢體，自然用不著裝飾；但神配搭這身子，把加倍的體面給那有缺欠的肢體，免得身上分門別類，總要肢體彼此相顧。若一個肢體受苦，所有的肢體就一同受苦；若一個肢體得榮耀，所有的肢體就一同快樂。你們就是基督的身子，並且各自作肢體。」這一段經文是告誡信徒不要彼此分幫結派，而應該彼此合一，就如身上的肢體一樣，雖然多但是卻扮演不同的角色，以便發揮身子的整體功能。《V 與身體》中有很多「身子」V 與肢體（身體其他器官）的精彩對話，甚至開家族會議來討論重大問題，而很多時候 V 與其他身體器官（特別是腦、中樞神經、感覺器官及生殖器官）激烈爭吵。而 V 到底是什麼？為什麼不具體指稱而使用 V？若根據文本，V 可以是何碧生的靈魂、或自我、或古代哲學中所講的「精、氣、神」等（李喬，2013：42-43、47）。V 與身體（各器官）之間的衝突，實際上是「自己和自己」鬧彆扭（2013：59）。V 與身體的爭執，也可以具有國族寓言，即中央（V）對地方（身體各器官）的過於干涉而引起地方的反彈（2013：66-67），但這種國族寓言沒有展開來敘述，只點到為止。而 V 與身體的矛盾，帶出了人無法脫離身體而「自立」，只要人活著，人就是活在身體中，由於人是活在軀體中，軀體累而求息、寒而求暖、「食色性也」，因此人是無法真正的超越，間接表徵人的有限性。「人有限，那無限呢？那就是神佛的存在」（李喬，2013b：163）為了滿足身體的溫飽與慾望，人往往犯下很多罪惡，故此文本中描述說「人性中潛藏惡與邪惡，所以人類能做的，或追求的是：有限的正義，也就是有限的愛；那無限正義，無限愛，只能由神佛去管。」人的有限性無法讓人跨向無限，只有通過外在的「神佛」的引導或啟示方能超越。無論如何，肉身與主體 V 的內在分裂，也給予主人公何碧生一條生路，展現了拯救意涵，引出了耶穌的救贖計劃。因為麻醉身體的鴉片、大麻、安非他命等，是魔鬼賜下控制人類的產品，使人類對牠頂禮膜拜，而不去親近創造他／她們的上帝（2013：121）。

何碧生與淫友們在海南買春的時候，服用了最強的安非他命來加強「性能力」，結果不只傷害了他的身體，也侮辱了他的心靈。何碧生後來患恐慌症（2013：263），與這經歷不完全沒有關係，雖然真正的病因無可考。而後來他被黑社會大佬鴨母慶冠予「邪惡」之名，只因為自己曾經短時期參政而被標籤為政治人物，這是他非常耿耿於懷的，原來政治人物比黑社會分子的「惡」還要「惡」，因為在「惡」名之前還加上一個「邪」字。他想脫離這「邪惡」之名，因此可以理解為何他後來對鴨母慶的前女人醜女鍾倩足好的緣故，不求回報的又送產業又送現金，幫她渡過難關自立更生，這與他過去的行徑很不同，只能理解為帶著一種贖罪／補過的心理。同樣，他後來過繼一半房產權給太太，各送一對兒女一套房子，都帶有贖罪／補過的心態，只是好像並沒有讓他真正快樂起來，恐慌症還是一直纏繞著他，而且還被診斷患上癌症。（2013：375）。無論如何，就在這近乎絕望的時候，卻產生了一個意想不到的契機，V 與身體從過去的爭爭吵吵，改為「同體共濟」，復歸於一：「V 就是身體身體就是 V，V 就是合一的完整體。（2013：387）。這暗示了人的屬靈的家園其實就是自己的身體，把物質化的身體靈性化。好好的保護這「屬靈的家園」[4]，人就可臻至幸福美滿。因此在小說的後記中，李喬自述說：「依小說結尾看，何碧生還是有希望的……」（389）。

李喬最直接意圖要建構靈性家園的一部小說，要數也是在二〇一三出版的《散靈堂傳奇》了。小說的主人公蕭阿墨，他到人世間來，似乎好像就是為「拯救人類而來」。他被發現棄置於一個嬰兒籃裡，被養母撿回來細心撫養（有點像摩西的出身）。從小就是很屬靈的他，喜歡苦思冥想，喜歡花草樹木，愛護生靈非常具有善心。他的使命好像就是要為人建構靈性家園，祖輩留下來的山林花園宛如人間仙境。他從小受到作為宗教師父親的熏陶，接受民間信仰的訓練，熟悉打齋超度亡靈的事。為追求靈性的全備，他長大後

4 《聖經》也告誡基督徒要好好的保重身體，絕不可糟蹋，因為上帝的靈就住在裡頭。「豈不知你們的身子就是聖靈的殿麼？這聖靈是從神而來，住在你們裡頭的；並且你們不是自己的人」（《聖經》〈哥林多前書〉六章19節），當上帝的靈住在裡頭，那人不再屬於自己，而是屬上帝了。

還向清泉法師學習正式的道教，並通過嚴格的會考，獲取正式的法師資格。這樣的發展使他後來自創靈安教（李喬，2013b：381），也應該是很合理的進境。他有感與台灣人亡靈遍布東亞各地，靈魂無歸所，因此為歷史幽靈解冤，舉辦了規模龐大的「招魂安靈法會」(297)。他平日耕種與研究草藥，並為人治病解難，這樣看來不管是死去者或活著的人都受他的恩澤。他或隱或顯，來去自如，似乎有超越常人的異能。無論如何，主人公蕭阿墨並未達至高的靈性之境，他仍然還是要回到現實中用政黨（創立角鳴黨）的方式去追求社會正義，這條情節線的發展還是讓一些讀者感覺有點意外。當然，從整體的角度窺探，他的一生行跡主要還是以建構靈性家園為己任，特別是細心經營草藥，意在醫治人類的疾病，這也是耶穌在世時所進行的工作之一：讓瞎眼的能看見，瘸腿的能行走，而肉身的醫治可以暗喻靈性上的醫治。蕭阿墨辦的「招魂安靈法會」(297)，也具有特色，除傳統的佛道代表，也有基督教牧師（301-303）與原住民宗教師參與。無論如何，這個靈性的家園，特別是他所創立的靈安教，是一種「混雜體」，類似一貫道[5]的結構，其中以佛教、道教、基督教為主，但似乎是平等並立，沒有最高的超越者／神。無論如何，小說中的李喬[6]，曾經點到為止的說自己即將受洗為基督徒，女主人公日本人靜子（蕭的第二任太太），也宣稱自己是基督徒，這是很有趣的兩筆文字，特別是後者，因為日本人的基督徒的比例非常的低，而且他的父母又是神道教信徒，她怎樣會成為基督徒？敘述者並沒有為讀者解答這問題。後來男主人公曾經鼓勵太太靜子「其實你應該去做禮拜」(261)，而靜子由於丈夫是一名法師，沒有突出自己基督徒的身份以影響丈夫的形象，可說考慮周到，即便她丈夫並不在意世俗眼光，讓她具有信仰的自由，但文本始終沒有讓她自由發展本身的信仰，進而引申出一套基督信仰

5 個人對一貫道的理解是主張「萬教合一」，無論如何，卻主要是「儒教」、佛教、道教的融合，以無極老母為最高的神祇與最終極的拯救者。

6 李喬在本文的論述中，可以具有三個位體，一是現實中的李喬自己，而是作為作家／書寫者的李喬，三是作為小說中人物的李喬，例如《散靈堂傳奇》中的其中一位人物的名字就是李喬，而且也是一位老作家。

的靈性觀。若比較他和北美華裔基督徒作家施瑋[7]的寫作，李喬的表達顯得欲言又止，或猶抱琵琶半遮臉，不像施瑋那樣暢快淋漓的表述她的基督屬靈觀，這難道是因為接受者的不同而形成的差異？實際上，以李喬這樣德高望重的作家，他不必受制於讀者，更不必討好讀者，他大可淋漓盡致的表述個人的屬靈經歷與超驗感悟，因此我估計他有意預留一些線索，以便將來還可有另一部小說去鋪陳些伏筆，真正的、更清晰的建構他的靈性家園，我們只能拭目以待。

從咒詛的溯源到身體的衝突到靈性／魂的如何安頓，三篇小說雖然「各自為政」，但是卻共同展示了李喬對靈性的叩問、探索及尋找靈魂的家園，或者說李喬已經歷了靈魂的拯救，把他的靈性經歷通過文字表達出來，或者說他想要展示給讀者的一個靈魂安頓的居所，至於這個家園蓋造得是否堅固，結構是否牢靠，這或許是超越作者所能掌控的範圍，唯有讀者自己去判斷了。他的這三部小說的共同點很可能是那兩個關鍵詞「謙卑」和「敬畏」，具體表述在《散靈堂傳奇》中的小說人物李喬的一段話：「人有限，那無限呢？那就是神佛的存在——如果我們能夠謙卑於自己的有限，而敬畏那人以上的存在，人的一線希望不就在這裡嗎？」（2013b：163）

五　餘論

李喬強調，因為我書寫，「我」一直活著（2010：21）。李喬一生不斷的書寫，書寫也讓他去思考，由於他不斷的思考，因此他「活著」，就如笛卡爾所說的：「我思故我在」。在這樣持續了超過一個甲子的書寫，從最初對故鄉主題的探討，追溯土地的淵源和長居在那土地人們的生存狀況，土地和生存成為不可分離的題材，書寫這些人們為了生存而堅決而悲壯的抵抗壓迫者

7　施瑋，出生於上海，一九九六年移居美國。從八〇年代中期開始文學創作，主要作品有：詩集《大地上雪浴的女人》、《生命的長吟》、《銀笛》、《被呼召的靈魂》、《十五年》等；詩劇《創世纪》、詩文集《天地的馨香》；長篇小说《柔若无骨》、《柔情无限》、《放逐伊甸》、《紅牆白玉藍》、《叛教者》等。

那可歌可泣的故事，感人肺腑，也是作者深入自己的土地去重新認識自己的身世，土地承載著不只個人的歷史，而是家族／鄉史，一個家族／鄉生存的血淚歷史。中期的李喬的書寫探入更多文化的課題，不只是在文學的創作，也旁及不少的社會文化論述。文化可化約為一種生活方式（the way of life），這生活方式可以是個人的，也可以是民族的。在涉及文化的層次，李喬更多的牽扯到民族的課題，他為讀者展示了形形色色的台灣人的故事，特別是台灣人的創傷史，這些已經不再是生存的問題，而是上升的民族的共同命運。台灣人像一個孤兒般的命運，無法主宰個人的生死，命運總是被他人所操控。無論如何，正因為如此，也形成了一種共同體的心態，特別是「台灣民族」、「台灣文化」的建構，成為李喬書寫所念茲在茲的。值得一提的是，李喬並沒有陷入一些作家的悲觀情緒，而總是在書寫中化悲憤為力量，為民族尋找文化的出路，指引出可行的方向。七十歲之後的李喬的書寫，更多的探入靈性的議題，特別是那三部被稱為「幽情三部曲」的長篇小說，不論是對咒詛的從新探討，或者巧妙地安排自我／靈魂與身體各器官的對話，或者直面靈魂的安頓與歸依，歸納了個人的靈性思考，注入了個人奇異的屬靈經歷——直觀映像術，在在的為靈性尋找安頓之所。縱使這些書寫因某種原因仍然有所保留，但是主要的屬靈觀點已經拋了出來，細心的讀者當可在字裡行間獲得啟發／示。李喬的三重家園觀即便與王國維的三重境界觀有所不同，但是作為嚴肅的文藝作家，他藉著書寫提出了個人的觀點，讓每一位對人生抱持嚴肅態度的讀者去觀照。李喬書寫中的三層家園觀是開闊的，從土地到文化到靈性，對應生存、生活及生命，這方面的探討仍然還有許多可論述的空間。

參考文獻：

陳惠齡 〈另一種台灣田野志——李喬《草木恩情》的綠色修辭學〉 《「自然寫作與環境倫理」海峽兩岸學術研討會論文集》 中國社會科學院文學研究所 2016年

李 喬 《山女——蕃仔林故事集》 晚蟬書店 1970年

李 喬 《寒夜》 臺北縣 遠景出版社 1981年

李 喬 《荒村》 臺北縣 遠景出版社 1981年

李 喬 《孤燈》 臺北縣 遠景出版社 1981年

李 喬、高天生編 《台灣政治小說選》 臺北市 台灣文藝雜誌社 1983年

李 喬 《藍彩霞的春天》 新北市 五千年出版社 1985年

李 喬 《台灣人的醜陋面》 洛杉磯 台灣出版社 1989年

李 喬 《蕃仔林故事》 《李喬集》 臺北市 前衛出版社 1993年

李 喬 《埋冤1947埋冤》上下冊 臺北 海洋台灣出版社（自費出版） 1995年

李 喬 《情天無恨——白蛇新傳 臺北市 草根出版社 1996年

李 喬 〈個人反抗與歷史記憶〉 《李喬短篇小說全集資料彙編》 苗栗縣 苗栗縣立文化中心 1999年

李 喬 《歷史素材小說寫作經驗談》 《文訊》 第246期 2006年

李 喬 《我的心靈簡史——文化台獨筆記》 臺北市 望春風文化事業 2010年

李 喬 《咒之環》 新北市 INK 印刻文學 2010年

李 喬 《V 與身體》 新北市 INK 印刻文學 2013年

李 喬 《散靈堂傳奇》 新北市 INK 印刻文學 2013年

李 喬 《草木恩情》 新北市 出版社 遠景出版社 2016年

李永熾 〈台灣古拉格的囚禁與脫出〉 載於李喬《埋冤一九四七埋冤》（上冊） 臺北市 海洋台灣出版社 1995年

彭瑞金　〈悲苦大地泉甘土香——李喬蕃仔林故事〉　許素蘭主編《認識李喬》　苗栗縣　苗栗縣立文化中心　1993年

彭瑞金　〈招魂、散靈、二〇一二——序李喬《散靈堂傳奇》〉　載於李喬《散靈堂傳奇》　新北市　INK印刻文學　2013年

史書美　《反離散：華語語系研究論》　臺北市　聯經出版社　2017年

王國維　《校注人間詞話》　北京市　中華書局　1955年

臺灣漫畫的先鋒在新竹

洪德麟*

一

漫畫文化在人類史上亦步亦趨，已有數千年之久。幾千年來文明的記錄都有誇張和妙趣的演出。記錄的方式千奇百怪，可是人們不自覺的利用這種妙趣橫生的形式來演繹思想。一如信仰，神佛仙魔妖精靈怪都是想像的誇張「奇異的角色[1]」。由於生活在這個生命力旺盛的藍色星球，造物主的傑作就令人驚異。大自然的一切都賦予其「神」的精神，動植物都擬人化成諸神的化身。古埃及人將動物賦予守護神角色，在神話中扮演人們生命的要角。希臘神話的諸神以家庭的成員主宰人類的命運，中國人以龍為圖騰，女媧和伏羲的造型就是人頭蛇身！（龍體？）《西遊記》的故事也用動物來象徵各個角色。印度神話或古文明的傳說擬人化的現象比比皆是，不只四大文明。所以，卡通式的角色古已有之，不是十九世紀漫畫興行才有的。二十世紀的「米老鼠」、「唐老鴨」、「古菲狗」或「兔寶寶」、「頑皮豹」、「湯姆與傑利」等等卡通人物都是後生小輩了！

歷史圖像的發展，在歐洲幾個洞窟壁畫被發現，人類藝術史又推向三萬五千年，原始人類早就懂得用圖畫來記錄見聞。五千年的人類文明只是將圖畫文明更精簡用符號來象徵意義，使圖像一目了然的傳達訊息。尤其是現代

* 淡江大學通識與核心課程中心兼任教授、世界漫畫博物館負責人。

1 漫畫的造型是誇張、趣味的，自古以來人們在大自然的威脅下為了心安而創造很多守護神做為移情寄情的「神」、「仙」、「靈」、「魔」、「精」、「怪」賦予牠們三頭六臂或千手，形成一般擬人化的力量、勢力。

化的圖像在媒體上、傳播上已發展出「漫畫」創舉。創意、創見、創新的「創作」已是文化的上品。

「漫畫」過去被污名化成不登大雅之堂的「隨意畫」。今天，「漫畫」被推舉為「第九藝術」[2]，二十世紀漫畫已是一門顯學。漫畫人物成了精神上至高的「救世主」，其移情、寄情的功能已凌駕政治人物、電影明星，成為明星、偶像、英雄的角色不勝枚舉，甚至創造了驚異的經濟奇蹟[3]、驚人的社會影響，成現代的神話。

一九六四年法國著名影評人、巴黎大學教授克勞德・貝利（Claude Beylie）宣稱漫畫、電影、電視已成生活的一部分，應當將之列入義大利評論家里喬托・卡努多（RicciottoCanudo）一九二三年的著作《七種藝術宣言》（Manifesto of Seven Arts）之中。這個提案獲得法國媒體的迴響和大眾的共鳴。一九六〇年代法國漫畫已成人們生活的一部分，在殖民戰爭中「阿司特力克斯」（Astérix）可是扮演救世主。

一九三〇年代艾傑（HERGE）的「丁丁」（TINTIN）誕生。很快的成為比利時、法國的英雄。第一部《丁丁在蘇聯》讀者竟然隨媒體連載而「歡迎丁丁歸國」，之後「丁丁」風靡全球至今，二十多部一版再版的印行。一九三〇年代「米老鼠」也在世界各地造成風靡。這是華德迪士尼（Walt Disney）創作的卡通明星，一九三二年就獲奧斯卡金像獎。此後華德迪士尼

---

2 法國的漫畫在人們生活中扮演了要角影響力驚人，學者因此提議列入藝術價值之中。漫畫是一種綜合藝術。集繪畫、戲劇、文化、民俗、創意、思想……於一身。成了敘述故事最佳的媒介。

3 「驚異的經濟奇蹟」二〇一七年止，動漫產業在全球造成一股風潮。影像文化在二十世紀的動漫旋風席捲資本市場。圖像世紀的演出不只是華德迪士尼創造了一個米老鼠王國。一九三〇年代後捲起的超級人類旋風亦越演愈烈。「超人」、「蝙蝠俠」、「女超人」、「蜘蛛人」、「鋼鐵人」、「X 戰警」、「雷神索爾」等，八十多年拍成動畫、真人電影，仍然熱門。影片之賣座十億美元、十一億美元、十五億美元的票房。二十七億美元的賣座記錄的「阿凡達」也充滿漫畫之素用3D 動畫演出。3D 動畫現今亦取代2D 的卡通影片，而且成為主流。這種電腦繪圖的技術日新月異。「怪物史瑞克」、「玩具總動員」、「快樂腳」、「功夫熊貓」、「瓦力」、「冰河世紀」，奇想天外的題材都很受歡迎。

的動畫影片、動畫明星不斷突破並有新作在全球造成影響。一九三〇年，日本的《少年俱樂部》連載少年漫畫《黑狗二等兵》，一九三二年起十二年，《冒險灘吉》六年多，《小熊轉助》、《坦克太郎》、《日之丸菊之助》，中村書店並發行單行本漫畫書，一九三〇年就也有《米老鼠》的日本創作。

中國人的連環畫也在一九三〇年代在租界地盛行，直到一九五〇年，趙宏本、錢笑呆、沈曼雲、陳光隘的四大旦[4]畫出了上海的榮景。張樂平的《三毛》、葉淺予的《王先生》、黃堯的《牛鼻子》都很有名氣。《三毛》在一九四六年至一九四八年甚至以《三毛從軍記》、《三毛外傳》、《三毛流浪記》三部作改寫了中國近代史，其威力可從共產黨國民黨都禁止出版可知。漫畫被視為雕蟲小技，但其魅力可是會動搖國本，一張漫畫抵萬軍可不是誇張說法。臺灣的漫畫在日治就有國島水馬、雞籠生活躍。雞籠生一九三五年出了第一本個人漫畫集，國島水馬在《臺灣日日新報》畫「臺日漫畫」四十四年四千四百枚，一九三五年他畫了《漫畫臺灣50年史》五十幅，介紹日本統治臺灣的每一年大事記；一九四六年，葉宏甲、洪晁明、陳家鵬、王超光就在《新新》雜誌發表評論漫畫，至一九四七年，他們雖不是臺灣最早的漫畫家卻是臺灣漫畫奇蹟的締造者。他們也都是新竹出身的漫畫家，在世界各地的漫畫的現代化，臺灣的漫畫就亦步亦趨。雖然沒有大鳴大放，在二十世紀這個圖像世紀是沒有缺席的。儘管臺灣漫畫環境處在三十八年的戒嚴，二十年的漫畫審查的五花大綁下更見可貴的成績，尤其在一九六〇年前後的漫畫週刊期間新竹漫畫家的強烈漫畫風格更加難能可貴。

一九六〇年臺灣有一波三十多本漫畫週刊的盛況[5]，新竹漫畫家成了這

---

4 中國戲劇中有生、旦、淨、末、丑的角色分類。一九三〇年中國的連環畫興起一股流行熱潮成了庶民的最佳休閒的娛樂。四個畫家在這領域各領風騷而被冠上「四大旦」的名諱。之後又有「四小旦」的新秀。

5 「漫畫週刊的盛況」一九五九年的臺灣有一次漫畫黃金期。也因此將臺灣漫畫的高峰。一九五〇年代漫畫週刊大多是兒童讀物轉型。因為漫畫受歡迎。雖然一百頁左右的二十五開本稍嫌寒酸了點。《漫畫大王》，後易名「臺灣漫畫週刊」、「兒童版漫畫週刊」、《少年》、《少年世界》，由大華出版社創辦出版。模範少年出版社亦有《人文》、《少年之友》及《模範少年》是兩大陣營。由陳海虹的作品掛帥演出。《漫畫天地》、

一波的急先鋒，而且一戰成名。

《漫畫週刊》的葉宏甲畫出氣勢如虹的懸疑劇《諸葛四郎》[6]，令當年的兒童跟著《大戰魔鬼黨》、《決戰黑蛇團》、《大破山嶽城》、《大戰雙假面》、《決戰雙騎士》、《龍虎十劍士》。童年被迷得七暈八素，羅大佑還將之寫進〈童年〉歌詞裡。葉宏甲的老婆經常被左鄰右舍咒罵：「夭壽喔，恁葉宏甲害死囝仔攏不愛讀冊。」不過，有趣的是，一九七三年葉宏甲車禍受傷時昏迷十七天，主治大夫詢之以：「您老可是諸葛四郎兄的父親？」「正是在下！」「啊！恩公。」「恩從何來？」原來，命運註定，醫生醫學院時遇到難關差些想不開。看了《諸葛四郎》遇到了重重的險阻，仍然繼續奮戰。（諸葛四郎吃了巫婆迷魂沙後，又跌進河中，追兵殺到，他又陷入迷魂陣。就這一段，驚心動魄！）他因此醒悟。其實「諸葛四郎迷」於今是總統、校長、教授、律師、醫生、社會中堅份子的大有人在，（個人經驗：一回腰痛去看醫生，他看到名字二話不說拉著痛得要命的我往房間跑，原來他要給筆者看葉宏甲回給他信、簽名照和一張諸葛四郎和真平的親筆畫。可見迷諸葛四郎的不少是醫生。（筆者的專欄、報導他有在看）《諸葛四郎》一九六○年代後那些蒙面的、鐵假面大壞蛋的確迷人。《漫畫週刊》的連載還有陳定國的《呂四娘》、《孟麗君》，這是野臺戲大家耳熟能詳的劇目。歌仔戲在臺灣的酬神賽會上是地方常見的活動。陳定國就著迷那些戲服及飾品，他因此將野臺戲人物的扮相做為創作參考，故事也如法炮製再加料。他小時候就得過大大小小的獎，日本《KING》的徵件他就得過「優勝」，獎金二十大圓可是巡佐一個月薪水呢！一九五三年《學友》上他接下泉機的《三藏取經》。

《良友》、《康樂》、《漫畫王霸王》、《綜合少年》、《新少年》、《大眾之友》等週刊。葉宏甲的「諸葛四郎」、「雙生童子」在《漫畫周刊》、《少年世界》受到熱烈的支持。「諸葛四郎」還出現了盜版、抄襲本，《漫畫周刊》的連載馬上在另一本刊物續，作者連筆名都魚目混珠的取名叫做「葉它申」。有天許松山偷偷告訴洪德麟，此君是臺南藝昇出版社的一個小伙子。

6 一九五九《漫畫大王》創刊。葉宏甲第一部連載漫畫，當年造成的現象無與倫比的大紅特紅。成了家喻戶曉的大英雄。當年孩童欠缺娛樂媒介，連載漫成了兒童寄情的重要娛樂舞臺伴隨成長。

《漫畫週刊》是個大舞臺，大華文化社又有《少年》、《少年世界》形成大陣容，劉興欽自然沒錯過。他是勤奮的客家子弟，小時候長得太醜就送人，他在大山背深山如魚得水，他的小小年紀就得放牛，背著妹妹，校長要他上學還得幫他看牛照顧小孩呢！一九五二年念的是不用繳學費的師範學校，畢業後分發到永樂國小，他開始了漫畫生涯。從一些學生讀物開始，《少年世界》就有《一先生》，《漫畫周刊》也有《反共雙鎗俠》，十多個專欄他畫得不亦樂乎。《小村的故事》、《小青》、《阿欽》、《這一班》、《丁老師》、《石頭神》、《快樂童年》都是他小時候的故事、自傳。每次陪他回新竹，車上他總有說不完的地方風情典故和笑話，毫不無聊。葉宏甲、陳定國、劉興欽都是新竹的子弟，一九六〇年他們各放光芒，在不同的漫畫領域畫出了令人難忘的經典，在四大名家[7]中就佔了三個名額的新竹漫畫家，只有陳海虹是廈門渡臺的基隆人。

陳定國的成就獲四個總統召見為無上的光榮，他是一個地方的小學教師卻在漫畫上名滿臺灣島。陳定國一直住在新竹新埔，在當地小學教書，晚上成了他的創作時間。《孟姜女》、《白蛇傳》、《移山倒海》、《貂蟬》、《王寶釧》、《鎖麟囊》、《呂四娘》、《孟麗君》、《花小妹》、《三國演義》、《西遊記》……，半個世紀他的作品成了後生小輩競相模仿的風格，鳳眼、櫻桃小嘴、雞蛋臉的美女是他的特色，異於日本的大眼睛漫畫。作品在一九六〇年代前後風靡，一九九九年我們去拜訪他隨行的湘秋，就是他未入室的弟子首次見面。劉興欽的漫畫《阿三哥》、《大嬸婆》成代表作，他以自己和母親為模特兒，將鄉下到大都會做一詳述。一九五三年以《尋仙記》處女作回應政府禁止兒童看漫畫的禁令以毒攻毒，竟然受到熱烈的歡迎一發不可收拾，他從此畫漫畫成痴，一部接一部，《小聰明》、《發明大師》、《科學怪人》、《小博士》在自傳漫畫之外又成系列。一九七〇年代他的發明成了最大的樂趣，《機器人與阿金》一畫二十多集，發明在世界各地頻頻奪下大獎。「機器

7 一九六〇年代臺灣三十多本的漫畫期刊以九十六頁的週刊居多。在上面最受歡迎的漫畫家葉宏甲的「諸葛四郎」、陳海虹的「小俠龍捲風」、劉興欽的「阿三哥大嬸婆」、陳定國的「呂四娘」最受歡迎而成四大名家，影響最大。

人」是他的一項發明，一百六十多項的發明，一百四十項的專利，博得發明大王的美名，一生成就非凡。劉興欽出生在新竹橫山鄉大山背，一九三四年出生，一九四〇年代放牛時看到盟軍的紙彈「南瓜大尉」啟發了他的漫畫創作慾望。他的畫風偏向歐美風，沒有日本的調性，筆觸柔美，生動活潑。

葉宏甲在新竹市出生，家庭富足。父親是火車司機，娶有兩房，大房未生子女，葉宏甲是二房所生。公學校時他就在校園遇見同好，在胸前別有一函授學校胸章的同學因此聚在一起，並成立「新高漫畫集團」[8]。林河世、葉宏甲、陳家鵬、洪晁明、王超光在戰後相當活躍。《新新》雜誌在當時的亂局就記錄下了物價飛漲、官商勾結、民不聊生的一九四六到一九四七年的亂象。一九四七年二二八的慘案，在漫畫中就已預告。戰中鄭世璠的引薦，新高的成員見到漫畫家清水崑[9]這個日本戰時漫畫奉公會的成員，在他的測試下五分鐘畫出一則評論漫畫，洪晁明是當時的佼佼者。一九五〇年代洪晁明在《學友》也發明了系列中東的神話漫畫，洪晁明的作品羨煞了葉宏甲，他也急著想表現，卻慘遭陳光熙的退稿。葉宏甲之後在陳家鵬介紹下幫大華文化社畫了系列的民間故事插畫這個機緣。大華文化社的《漫畫大王》、《少年》、《少年世界》一九五九年創刊，他的才華也有了用武之地。《諸葛四郎》、《雙生童子》、《孫悟空》、《蝴蝶童子》、《真假王子》、《青獅城風雲》叱吒一九六〇年代。尤其是「諸葛四郎系列」一路戰鬥，《鐵假面》（魔鬼黨）、《黑蛇團》、《山嶽城》、《雙假面》、《雙騎士》、《龍虎十劍士》……等，直到漫畫週刊結束。他還成立「宏甲出版社」再戰，單行本時代《邊境歷險》、《蛇谷風雲》、《金銀島》二十多部二百五十餘冊，他的工作室慕名而來的徒弟就有十二人之眾也加入了創作。

---

8 一九四〇年代新竹的漫畫風氣鼎盛。公學校的孩子迷上學漫畫。一家川流美術學校的課程吸引臺灣不少學生參與函授課程。新竹的這一群同好就結成了「新高漫畫集團」的同好會，並吸引日本同好來訪。

9 一九三二年六月「新漫畫派集團」成立為了挑戰，一九一二年成立的「東京漫畫會」而大有作為出版《漫畫年鑑》及《漫畫雜誌》由近藤日出造主宰二十多人加入。清水崑之後才入團，但卻在昭和初期表現最為亮眼。

二

一九八〇年代，臺灣漫畫在十多年的「漫畫輔導」[10]下，國立編譯館撲倒了臺灣漫畫。從一九六五年四千多冊送審，一九七二年只剩一千四百冊，只好開放日本稿的審查而造成盜版漫畫的風行。劉興欽的作品則不受審查的影響，一版再版。由興欽出版社、青文、華視到聯經，光是版稅一個月都有五、六萬臺幣。他的發明也是入帳頗豐，據說一項專利授權就是進帳六百萬以上呢！葉宏甲的作品也是有再版，「諸葛四郎系列」宏甲出版社就有兩種版本；一九七三年，為了包裝換封面，中風的他還拖著病體畫新的封面圖；一九九二年葉宏甲去世，家族授權故鄉出版社發行《諸葛四郎全集》全套九部五十五集；二〇〇二年葉宏甲八十大壽的冥誕，大夥漫畫迷籌備紀念展、傳記出版，但卻進行得不順，其子怕葉宏甲的作品被論斤秤兩的批評極力阻攔活動。一九八〇年代世代交替，新竹的新人漫畫家就有十多人之眾躍上了檯面上，但有人很快敗下陣。阿推、曾正忠畫出了名堂，賴有賢也犀利的推出了傑作，也只有幾個人能風光的大紅大紫。阿推本名姜振台，復興美工時期他就有旺盛的企圖心成立《101室》聚集漫畫同好。在《智慧》推出《太極符》後，《歡樂漫畫》連載《九命人》、《新樂園》，《星期漫畫》刊登了《久命人》、《巴力入》、《強力漢子》，之後《喀裂滋》、《純粹》、《公的母的》、《乒乓狗》等作品發表。阿推有滿腔的漫畫熱血，二〇〇六年他和郭守正合作公司《推守文化》出版一本特別的刊物中英文並列的《漫樂》，找來很有個性的一群漫畫家創作，不過只出版幾期就結束了！曾正忠是才華洋溢的年輕人，初見他時，他是一個重金屬男孩。飛機頭、皮夾克、喜愛槍械。他和洪德麟住在臺北市永吉路三十巷，同巷的彭錦陽有天上門說要找曾正忠，也想創辦一本漫畫雜誌，此後，洪德麟和曾正忠互動密切。洪德麟經手的雜誌都有曾正忠，《漫畫街》、《漫畫族》、《漫畫秀》都有他的作品。之後

10 一九六〇年代初臺灣漫畫盛況空前。教育部為控制局面而推出了「漫畫輔導辦法」，實則是控制漫畫創作的內容。一九六六年業務移交國立編譯館。使臺灣漫畫走入死胡同，審查雷厲風行、居功朔偉。

他在《時報周刊》、《歡樂漫畫》、《星期漫畫》以至到日本漫畫界的發展都有參與。他的作品從《狂飆十七》、《變化球》、《陰間響馬》、《尼羅河的女兒》、《十二殺手花心赤狐》、《無膽狗雄 TATATI》，去日本的發展卻敗興而歸。其《石中人》甚為可惜，由於經驗不足，不懂應對，日本多家出版社對他寄予厚望，但都被他搞砸了！

小泉優[11]一九八〇年來臺旅遊看到路邊的漫畫雜誌好奇，收集了臺灣漫畫回日本寫了一本《臺灣漫畫攻略圖》在日本的漫畫情報誌《PAF》介紹。洪德麟去函之後馬上獲小泉優的回應，並決定來訪。他的熱情可以感受到急著了解臺灣的漫畫界，於是由洪德麟、敖幼祥召集了蕭言中、鄭問、黃健和、曾正忠、阿推、陳弘耀在陽明山的土雞城為小泉優接風。是晚，於敖幼祥陽明山宅徹夜閒聊，賓主盡歡。小泉優回到日本寫了十多篇文字在各刊物介紹臺灣的漫畫，隨後十多個日本漫畫誌的編輯長絡繹於途，小泉優之後又和林巧、藤原邦彥等人再來了多次，藤原邦彥的熱心安排了日本出版社的雜誌想一系列的介紹臺灣漫畫家，曾正忠安排第一棒。故事大綱腳本演出，都由洪德麟負責傳真回日本，封面及四頁彩稿刊頭都由洪寄出國，曾正忠也因另家出版社邀約由經紀公司的林先生陪同將去日本，約好將原稿帶去日本交給藤原邦彥，但是人去日本後卻失去音訊。日本那邊急得像鍋中的螞蟻，臺灣這邊也像無頭蒼蠅聯絡不上人。這一事件，讓幫忙的人灰頭土臉，洪德麟和曾正忠也翻臉相向。一九九〇年，洪德麟在芝山岩附近成立漫畫圖書館，這是因為漫畫研究在各大學研究漫畫者增多而設。一九九〇年鄭問的第一本在日本發表的傑作《週刊漫畫早安》連載的《東周英雄傳》第一集發行。他興沖沖的來到芝山岩，送上這本書給洪德麟，這令洪某信心大增，臺灣漫畫有此成果，令人興奮莫名。之後，洪德麟的「乾弟弟」畫了一篇十六頁的作品，本來以為他想在沒有動畫工作時（他是知名的動畫導演）欲一展長才，因此，興之所至就寄給了栗原良幸，他也很快的來到臺灣。《週刊漫畫早

11 一九八〇年代末臺灣漫畫新生代表現亮眼。來訪的日本人肥塚誠次看了雜誌回日本出了一本解讀的小書。經洪總麟連絡他又再次來訪並大肆的推薦，讓日本漫畫界看見臺灣至為重要。小泉優是筆名。

安》的執行編輯新泰幸和翻譯鄭問《東周英雄傳》的德田隆也隨行造訪《漫畫圖書館》[12]，安排臺灣漫畫家見面。洪為栗原良幸安排幾個漫畫家見面，一九九五年，還為《週刊漫畫早安》的增刊號「OPEN」寫了系列的〈臺灣漫畫風雲錄〉，只可惜半年過去了，十多個漫畫家全軍覆沒，沒有一個人交稿，這令我們無臉再見栗原良幸。栗原良幸本來抱著很大希望，他看鄭問在他的第七編集局刊物上表現亮眼，期待更多人在日本開花結果，遺憾的令栗原先生失望了！臺灣的漫畫家仍然欠缺勇氣去挑戰！實在遺憾。雖然，「漫畫圖書館」為幾百個研究生提供諮詢，上百家媒體來訪，上百個學者也光臨指教，有大學老師帶著學生來要求講課，亦迎合學校要求去開了相關課程。「臺灣藝術學院」由於石昌杰擔任所長，我們每週去為動畫所上三小時的課；「私立淡江大學」通識課，我們也開了課多年。其他學校短暫半學期，不過，「遠距教學」[13]倒是很熱門，十多所學校都加入了上課，中正大學都有一百人選修，海洋大學也有五十人加入，而且年年滿額，可見漫畫在年輕人心中有一定地位。

三

一九九二年代臺灣漫畫因日本漫畫的授權而大軍壓境，而有了極大的變

12 一九九〇年代初，臺灣的漫畫進入全新時代，為推廣漫畫及詢問漫畫資訊的研究生日益增加而設的漫畫資料庫。因此引發上百個電視、媒體關注。新聞局的外文刊物介紹也令國際同好注意紛紛要求交流。

13 「遠距教學」科技的發展匪夷所思。智慧型手機主宰了人們的生活。這是一九五〇年代出生的人難以理解的。鄉下人不求甚解。光在自己興趣的領域就暈頭轉向。因此在教學上仍然習慣黑板。二〇〇〇年之後，去上課竟然五所大學的同學都能在各自不同地方的教室上同一課程。這是我們的新體驗。甚至可遠在美國的學校也收視臺灣的課程。我們的漫畫入門課每週有三百個同學選修。有的學校是一百名名額，仍然有人搶在額滿後排隊等退選的遞補。現場在淡江大學的會議廳，七十個同學在這兒聽課。淡江大學之後還將這些課程推上第四校園的網路。可惜時機尚未成熟而無疾而終。今天雲端的舞臺已多元化、多樣性，想上什麼尖端科技的課程只要一指神功馬上就可直達各家的教室。

化。本土漫畫家在這一波的挑戰中證明臺灣漫畫仍是大有可為，大無畏的迎戰強大的日本第一線漫畫家，三十多本雜誌強力上場一九九〇年代日本漫畫來到一次高峰。《週刊少年跳躍》[14]一躍六百萬部發行，鳥山明的《七龍珠》、井上雄彥的《灌籃高手》、冨樫義博的《幽☆遊☆白書》三強鼎立。臺灣漫畫家要在強敵環伺下一較高下純屬不易，但也看到不少人在雜誌上連載出相當亮眼的成績，也闖出了名號，打下了基礎。當年，東立出版社的范社長堅持要給臺灣漫畫一個舞臺，《星少女》和《龍少年》都是一時之選的陣容。賴有賢在《龍少年》的《真命天子》畫了多達十六卷的成績；一九九五年他的《小和尚》接手鳥山明的《七龍珠》在《寶島少年》完結的檔，由此可見東立出版社是多麼有信心。

賴有賢新竹竹東出身，從小就喜愛漫畫，他國小三年級就決定給自己一個「長大以後要當漫畫家」的夢想。一九九二年九月他和兩大出版社簽約，二十五歲夢想成真，新人的幸運賴有賢也「突然想瘋狂的大叫為自己喝彩」。心中難掩的興奮，《大唐遊記》在《神奇地帶》上檔，《真命天子》登上《龍少年》[15]，一九九五年《寶島少年》發表《小和尚》也累積二十八卷的單行本，二〇〇二年完結並賣出十種語文的版本在法國、比利時、荷蘭、中國、馬來西亞、泰國、韓國、新加坡、香港出版。在東立十年締造如此成績，可惜他去了中國發展，創作幾乎停擺，這幾年回到臺灣已半退休狀態，臉書上他已是閒雲野鶴的去西班牙、捷克玩。「這一次賴有賢又接下了新的任務，等著他去創造更大的可能。」二〇一三年十月新竹縣政府的《新竹文

14 一九六八年八月創刊，從半月刊起步，一九七〇年改為週刊。從十萬五千本發行到一百萬部突破因為新人漫畫家發揮了威力而設手塚賞、赤塚賞、梶原賞來挖掘新人。此誌雖然也以老將為陣容出發卻因新人逐漸發展成主力。發行量一路狂飆。二百萬部的一九七七年、三百萬部的一九八〇年、四百萬部的一九八四年、五百萬部的一九八八年、一九九〇年突破六百萬部維持六年之久，一九九五年六百五十三萬部後，狂洩。新人威猛，傑作連連！發行超過億冊的就有六部之多。

15 一九九〇年東立出版社為迎向日本漫畫授權。老闆為主體價值而創刊兩本刊物給本地漫畫家表現。一時之選的漫畫家都賣力的演出。只是日本漫畫勢力龐大...現在只能走進網路做一番的調整和保持生息。東立出版社不只舉辦新人獎，推出《龍少年》、《星少女》給漫畫新人發揮創作的舞臺。但效果不佳而停刊。

獻》第五十五期做了一個「新竹漫畫專題」，賴有賢在自傳上寫了這一段。這四年間，我們沒有看到他的「好戲」。其實，賴有賢一直很努力，去了中國，成立「有閒文化傳播公司」，接任上海電影藝術學院動漫系主任，也在臺北接下「台北市漫畫從業人員職業工會理事長」[16]，推動新聞局的「漫畫金漫獎」、「漫畫雜誌補助計劃」，他犧牲了十多年的時間，停下自己的畫筆為大家服務。

一九九〇年代臺灣漫畫的發展延續了前十年一九八〇年代的氣勢，出版社有心給予極大的推力，但力不從心。由於日本漫畫的出版形成一堵高牆，因此不少人去了中國，但都敗興而歸。但也有人小小收穫，敖幼祥的《烏龍院》在中國的第二春算是臺灣漫畫的成功代表，一百萬部發行卻敵不過盜版猖狂；朱德庸，中國給他一座幽默漫畫博物館，他的作品在中國市場和臺灣的出版相輔相成極為成功；蔡志忠的百家諸子漫畫化之轟動，鄧小平桌上，其女兒說也放了一套，全球四十多種版本算是大成功；鄭問在中關村（北京）加入電玩的製作團隊，十年的歲月就在不屬於自己創作的電玩上是否值得？朱鴻琦在中國上海主編漫畫雜誌，儘管人口數不少，看漫畫的人卻不多而停刊走向網路化；練顏任在臺灣被遺棄，去了上海在網路上也畫出了氣勢如虹，肯畫之外還得懂得門路。二〇一七年，臺灣漫畫二〇一〇年代登場的新秀也各自展示了實力，甚至以團隊方式進軍國際。

彭傑在日本《週刊少年跳躍》登場，現在在《週刊少年跳躍十》[17]網路版也大紅還拍成電視片集；葉明軒的《大仙李白》奪下了「金漫獎」的雙料

16 臺灣漫畫家一九九〇年代有感局勢艱困，敖幼祥、鄭問為首的漫畫家發起了組織工會照顧漫畫家的構想。但並未獲大多數成名漫畫家的支持。因為自己生存都有困難。這個工會由不同個性的理事長做出不同的成績。現任理事長任內做出「鄭問漫畫展」將在「故宮博物院」展出的成果。臺灣有十多個漫畫團體，「中華民國漫畫學會」、「中華漫畫推廣協會」、「亞洲漫畫學會」等等團體。這些協會、學會大多功能不彰。「台北漫畫職業工會」因為是新生代連環畫家為主獲國際同行頗多的照應。

17 《週刊少年跳躍十》在網路時代日本漫畫也走進了雲端的舞臺，每一本雜誌都創刊了數本的網路刊物直通 PC，一點就能看到。臺灣漫畫家已成功在這個舞臺上發功，展示了本領受肯定。

冠軍。《大仙術士李白》是他繼《無上西天》換公司後的新作；洪育府的《前略‧我和貓與天使同居》亦畫得有聲有色，在年輕一輩中已取得了領先的地位。老一輩的漫畫家，現在只能在網路配合一些活動，積極創作的可說沒有幾個，有人已改行。《龍少年》、《星少女》現在也在網路版上繼續，甚至看到了一口氣有好多本，只要你有帳號。和日本一樣紙本的雜誌已逐漸萎縮，進軍無限空間的市場網路世界已是一個重要的選擇，雲端的舞臺，一指滑動在電腦的世界無遠弗屆，只要有作品上線的，全球每一個角落都到得了！《C.C.C》[18]的復活是否代表臺灣漫畫進一步的復甦，這是一本有趣的漫畫刊物，只是畫風尚未臺灣化，這是一本探討臺灣特有風情的一本雜誌和中央研究院某單位的合作，做得有聲有色可惜後繼無力。

一九五〇年代後，陳定國所創作的正是臺灣特別的戲曲文化；劉興欽所創作的也是臺灣進入新時代的風情；陳海虹將武俠小說電影分鏡演出也是華人區特有的，中國所沒有的武俠漫畫；葉宏甲雖將日本的蒙面、假面、懸疑導入《諸葛四郎》卻別有一番風情；徐麒麟的作品也極力融入地方畫出《三斗米》等。《臺灣漫畫博物館》[19]的成立也將創作「臺灣風情畫」作為目標，將臺灣特有文化漫畫化來推廣。

18 《C.C.C》的 Creative Comic Collection 是一本漫畫雜誌，由蓋亞文化有限公司和中央研究院資訊科技創新研究中心合作，數位典藏與數位學習國家科技計劃，數位核心平臺計劃出版。只要上網鍵入關鍵字就可一覽其內容，此誌每期都有企劃的主題。此誌配合電腦作為發展的配套措施。二〇一一年六月的第七期以「百年芳華‧臺灣女姓百年風貌」為主題。此時中央研究院臺灣史研究所承辦「流轉年華‧臺灣女姓檔案百年特展」正在人文社會科學圖書館展出。因而內容延伸探討在《C.C.C》作集配合演出。如「青澀韶光——臺灣女學生圖錄」就有六人的「現代畫」再現當年。

19 「臺灣漫畫博物館」這個名稱廣泛的是要容納臺灣漫畫的全貌的硬體和軟體。我們已書寫了十多本的《臺灣漫畫史》的專書。第二部份我們將要為臺灣漫畫文化資產做一次總理。並為幾個對臺灣漫畫做出巨大貢獻的漫畫家做傳以及創設博物館、紀念館的目標。

四

臺灣漫畫，新竹是個小縮影，其實在全球的漫畫市場是個有競爭力的。光看葉宏甲、劉興欽、陳定國、洪晁明，他們的風情叱吒一時，就值得我們喝采！如果再看看臺灣這五十年來的發表作品，我們不禁要讚嘆，並以行動來向他們致上最高的敬意。不只新竹漫畫家，一九五〇年代後畫出經典的還有不少人值得大書特書的，如陳海虹、徐麒麟、洪義男等等大將。一九九〇年，我們成立漫畫圖書館就許下了心願，要為歷史的大師整理出一套經典文化資產。二〇一七年，一幌二十七年過去了，我們在《時報周刊》寫了三年的《臺灣漫畫家列傳》，可惜未能成書，只出一本《亞洲傑出漫畫家》混合日本、香港漫畫家成冊。當然能出版已是意外的大事，雖然做了上百檔的展覽，出十本的「漫畫史」的書，但總是意猶未盡多有遺珠。因此在成立「世界漫畫博物館」之際再來做一次《臺灣漫畫史》的巡禮，做較完備的整理。從歷史以至大事，個人的成就改寫歷史的部分，開創性的貢獻。諷刺畫從調侃朱毛匪幫到今日可以揶揄總統；幽默漫畫的格局從臺灣走向世界；連環畫也在新生代的新視野，技法也大鳴大放題材也多元化。

《臺灣漫畫博物館》也將是一本全新的漫畫史的整理，從幾個領域來看臺灣漫畫的全貌，一八九五年代起國島水馬，到二〇一七年我們的新生代止二百個漫畫家在這一百二十年間做了些什麼？做較深入的耙疏，做一次不遺漏的探討，也期能將百年來的漫畫風格分門別類保存。

《臺灣漫畫博物館》的構想是將風格強烈的作品採樣二十頁上下的連環畫成冊，並佐以解說四千字介紹漫畫家生平、畫風及影響，也順勢將臺灣一百個風格漫畫家、插畫家、動畫家、幽默畫家及諷刺畫家、藝術家做一次系統的整理，成為一套《臺灣漫畫大百科》[20]初期的構想是：

---

20 「臺灣漫畫大百科」網路時代，網站的功能，將容下我們計劃的每一檔展覽。我們成立「世界漫畫博物館」旨在認識漫畫的百變面貌及世界各地的漫畫歷史並為一萬個漫畫家建立檔案。為《臺灣漫畫史》整個發展策劃展覽。並至世界各地做一交換展覽，以便認識全球漫畫。

第一卷：諷刺漫畫大系——梁中銘、梁又銘、牛哥、梁乃午、陳弓、雞籠生、陳朝寶、國島水馬、葉宏甲、陳家鵬、王花、洪晁明、Co.Co、L.C.C 魚夫、群際動態、獵人、彭錦陽、季青林鑫、王平。

第二卷：連環畫大系——羊鳴、葉宏甲、洪晁明、陳定國、劉興欽、徐麒麟、林大松、黃鶯、簡浩正、山巴、陳海虹、童叟、許丙丁、旭新。

第三卷：連環畫大系（2）——王朝基、洪義男、曹俊彥、許松山、許華良、蔡志昌、紀慶堂、謝翔麟、林文義、劉宗銘、游龍輝、綠田、饅頭、山巴、湘秋、家菊、林晉、小董、錢夢龍、陳朝寶。

第四卷：幽默漫畫大系——蔡志忠、曹俊彥、朱德庸、蕭言中、趙寧、老瓊、廖末林、敖幼祥、葉殊、嘎嘎、孫家裕。

第五卷：插畫大系——張哲銘、王家珠、幾米、李漢文、賴馬、紀膠囊、可樂王、林崇漢、龍思良、高山嵐、凌明聲、吳碧人、李永平。

第六卷：敖幼祥、鄭問、林政德、麥仁杰、任正華、阿推、邱若龍、邱若山、曾正忠、侯勝輝、鄭硯、賴有賢、阮光明、任正華、傑利小子、陳弘耀、廖文彬、鍾孟舜、陳志隆、紀小將、許培育。

第七卷：李崇萍、游素蘭、賴安、林菁慧、張靜差、依歡高永。

第八卷：藝術家大系——洪易、李真、劉其偉、邱錫勳、黃龜理、山巴、高一峰、立石鐵臣、楊英風、洪通、林淵、陳其寬。

第九卷：動畫大系——蔡志忠、蔡明欽、林博良、石昌杰、張鎮忠、郭冰林、侯勝輝。

第十卷：臺灣漫畫博物館——細數臺灣漫畫一百多年來現代化的旅路，從一八九五年日治時代起，二〇一七年之前，諷刺畫、幽默漫畫、連環畫、插畫、動畫、商標、吉祥物、純藝術、漫畫商品化、外來文化的種種現象作一全面性的回顧。漫畫在臺灣百年造成的衝擊和影響、政治、文化經濟的互動作一詳述。

五

臺灣漫畫的未來將隨時代的演變而蛻變，網路的時代將會有何種的進化？大概是難以預料漫畫家何去何從是「世界漫畫博物館」要思考的。創作是我們重要的思考方向，引導大家動起來。《臺灣漫畫博物展》的世界巡迴展是我們計劃的：介紹臺灣漫畫史也展示臺灣的創作實力！二〇一七年八月來自歐洲三國的漫畫家，國際漫畫節顧問來臺訪問，座談展覽、交流等活動。就如這樣的交流，臺灣要走出去，也讓世界走進臺灣，到全球各地展出，也讓各國漫畫史在臺灣呈現。二〇一〇年代起旅居法國的漫畫家林莉菁為臺灣漫畫家鋪路，通往法國安谷蘭漫畫節[21]編了一本《TAIWAN COMIC》[22]，陳弘耀、李隆杰打先鋒，打響臺灣的名號。二〇一二年安谷蘭漫畫節就決定給「臺灣主題國」展，二十多個漫畫家成行在鄭問帶隊出席兒二〇一三年一月活動，阿推也在之後獲邀當貴賓。二〇一六年，敖幼祥、米其鰻擔任駐村的漫畫家三個月，並有一場漫畫馬拉松；二〇一六年、二〇一七年林莉菁在屏東、臺中各策展了「國際漫畫博覽會」，各有五、六個來自歐洲的漫畫家座談，林莉菁還帶他們來到洪德麟臺中烏日住處，看到逃難的一些工具書，這些老外很興奮的猛拍，和洪德麟座談的漫畫研究家菲利浦．卡帕（Philippe C'apart）對洪德麟日本、中國、臺灣漫畫家的收藏很感興趣，隔天還一大早來影印他想看的東西。這也將是未來我們要給漫畫驚喜的部分，一如卡帕對那些作品的興趣那樣。

一九四九年出生在臺灣、臺中、烏日鄉間的筆者，近七十年的歲月，走

---

21 法國漫畫以質取勝。法國安谷蘭漫畫節更是馳名世界。每年一月都有來自全球的漫畫家參與盛會。二〇一六年甚至企劃了國際漫畫村，臺灣就有米奇鰻、敖幼祥參加四個月的駐村活動。這個在法國巴黎幾公里外的酒鄉小鎮不少廢棄建築改成漫畫資訊中心，研究中心獲政府支持。

22 「TAIWAN COMIC」一九八〇年代臺灣漫畫有一波的漫畫熱非常有特色的一批新人，在一九九〇年代日本漫畫授權中逐漸失去重心，但也受國際重視，只是欠缺重心。林莉菁在法國發起進軍安谷蘭漫畫節之議。王登鈺在臺灣執行編一本代表臺灣漫畫的專刊，給國際同好認識臺灣漫畫，此書因此誕生。

過放牛歲月的童年難忘農作的生活特色。從一隻牛的眼中來看農具、農人，以致用人的角度來看那些大地長出來的蔬果、米、麥，如果能用畫筆一一記錄是否有趣，也可以給外國人極感興趣的探究！為什麼？圖畫書或漫畫來描述是一期待。

農作：犁、耙、風鼓、石磨、土礱，從耕田翻土到收成的過程，一粒米怎麼來的值得見識一下。

米食：臺灣米的種類做成的糕餅粽，數百種各具特色的食物，又與節慶息息相關。

民俗：一年四季都有節日，並做了一些有趣的活動，中元、中秋、春節、媽祖生日、七夕……等，都極有特色。這只是個人一個印象，一直以來想將之影像化，這將是一個大工程。每一個主題都可分成幾個子題，廟宇也是一個文化的課題，建築物、供奉神明、地方派系、影響的現象？這也是值得探討的吧！廟宇的活動也是極有特色，祭典的形式百百種，陣頭文化就是一個活動，西螺七崁是否有驚奇。西螺七崁——是一個有趣的「主題」，早年鄉下就有大樹下傍晚練詠春拳的習慣，故事在西螺很精彩。虎尾布袋戲——布袋戲的戲班不知有多少？黃俊雄的《雲州大儒俠・史艷文》[23]大轟動的來龍去脈？宜蘭歌仔戲——在大樹下三五好友就唱起戲來。男扮女、女扮演歌仔戲文化的精彩內幕？其實，不少新秀漫畫家已有不少人注意到家鄉事，將之畫成漫畫，阮光明就已完成多部的作品。《臺灣漫畫博物館》不只將前輩的漫畫風格作一部的保留，成為一套「臺灣漫畫文化資產」，也希望促成臺灣漫畫家能永續經營自己的創作，企劃一套一百個人創作臺灣一版民俗風情，這不是一大創舉。今日雲端的科技之發達，紙本的出版已不是那麼迫切，能在博物館、文化中心或任何學校的每一個角落滲透到每一個人的心中感動每一個人的故事。

---

23 一九七〇年臺視播出黃俊雄演出的布袋戲造成轟動的現象。時間一到電視機前總是擠著滿滿的觀眾。此劇也惹人注目，政府國民黨的憂心，成了限制閩南話的電視政策的主因。黃俊雄是黃海岱的兒子，《小西園》的嫡傳，之後第三代創造了「霹靂布袋戲」也成了話題，風光一時。

六

臺灣的漫畫在二十一世紀的今天，跟得上時代的人就是贏家。光是LINE 的貼圖漫畫、插畫都可一展本事。據報紙報導光是一則貼圖就能為作者月入七百萬元新臺幣，也因此有作者為專有造型告上法院。《諸葛四郎》在「紙風車」的改編下將到國家歌劇院演出，在網路也可看到葉宏甲的電子書；劉興欽就更精彩，作品拍成動畫片集。二〇一七年他時常上電視說故事，雖然移民美國，他將鄉土民情畫成一套水墨畫，牽豬哥、閹雞豬、做福菜、聽古、熱鬧大拜拜等等，無奇不有的鄉下生活點滴畫成圖譜、畫卷，其中一卷〈臺灣喬遷圖〉畫成長卷。他沒閒著，這些民俗圖印成《臺灣民俗鄉土圖集》，在美術家傳記叢書《童心創意劉興欽》一書中也大量用上。這是漫畫家登上這套書八十人中的一個藝術家，雖年事已高（1934年4月13日生）仍然東奔西跑精神奕奕。

在內灣這個鄉下小鎮已沒落的商圈，二〇〇三年劉興欽的《阿三哥大嬸婆》成了觀光大使為內灣帶來生氣勃勃的生意，車站的大樓外牆有浮雕大嬸婆，劉興欽的題字，出口有大嬸婆雕像迎賓站後有《劉興欽漫畫館》[24]，十多座的雕像座落在內灣各個角落。

本來，觀光局預算三億元要為竹東線九驛再生，擬蓋一座漫畫博物館，但新竹縣得標後也未兌現。劉興欽在開會期間成縣政府的招牌，但事成後劉興欽的漫畫紀念館也不見蹤影。在國際上，各地紛紛成立漫畫博物館、漫畫家紀念館，舉辦各類的漫畫展和活動。日本漫畫盛況世界僅見石森章太郎、藤子・F・不二雄、水木茂、赤塚不二夫、手塚治虫、長谷川町子都有紀念館。《史努比》的舒茲[25]、諾曼洛克威爾都有漫畫博物館，在美國這種館設

---

24 二〇〇三年新竹縣橫山鄉九讚頭文化協會有感於劉興欽的對家鄉的貢獻，自籌八百萬元在內灣火車站的鐵路局閒置的員工宿舍成立一個小小的《劉興欽漫畫發明館展覽館》展出他數十年來的成績。雖然迷你，但總算是臺灣第一個漫畫家個人展示空間成立了！

25 一九五〇年出發的幽默漫畫，從七家媒體開始，二〇〇〇年就在舒茲二月去世前已有

已處處可見。臺灣的漫畫成就已很亮眼，是否值得為漫畫家蓋一棟漫畫紀念館？見仁見智。但無庸置疑地將臺灣漫畫寫進「世界漫畫博物館」中已是我們正在進行的工作。「世界漫畫博物館」也正在編纂一套日本、美國、中國、法國、臺灣的漫畫博物館，未來，我們要做的工事、工程不少。紀念臺灣漫畫的偉業，除了一套肯定漫畫成果的大全集之外紀念館是重要的一件大事，刻不容緩之事。「漫畫是民主的溫度計」[26]，在獨裁的地方漫畫是禁忌，或成為宣傳畫，漫畫可成為臺灣漫畫的利器。

蔡志忠的《百家諸子》已有四十多種語言版本，他乘著古人哲學、思想令世界的學界也為之側目、激賞；幾米的繪本也以各種版本在全球出版，他療癒系的圖畫[27]人見人愛，他的作品商品化景觀化亦很成功；鄭問被譽為「亞洲的至寶」，他實驗性的創作在日本，「故宮博物院」二〇一八年三月敲定為他舉辦個展；賴有賢的《小和尚》都可以在十多國家發行，我們期待他再接再厲，要有給你好看的企圖心；敖幼祥的幽默有世界的水平，他可以畫出像《史努比》般迷人的「皮皮」，趁著年紀正值壯年應該再起。其實臺灣漫畫界臥虎藏龍，懷才不遇的人很多，網路的無遠弗屆就是一個好時機，把握好時光，像水木茂、柳瀨嵩那樣畫到九十多歲仍然在創作，日本人「愛漫畫」就像如此。

二千六百家報刊轉載，二〇〇三年他的收入四千萬美元。名列富比士故人收入排行榜第二名。這是一隻最有魅力的小狗。

26 漫畫是一個有趣的東西。一八三〇年代法國杜米埃在報紙上以「高康七」批判皇帝的貪婪，被判入獄六個月，罰款六百法郎。一八七〇年代美國漫畫家湯瑪士・納斯特在《紐約時報》揭發民主黨的一個惡勢力侵吞紐約市庫二億美元。他的漫畫一目了然指控使這個集團的首腦豎起了白旗。他是美國南北戰爭重要的「鼓手」獲林肯的推崇。他在美國有極多的創舉，「驢與象」美國兩黨的吉祥物是他創作的，「聖誕老人」也是他創造出來的。這是由北歐一個樂善好施的主教造型延生出來的人物。「漫畫」在獨裁專制的地方被視為毒蛇猛獸。一九三〇年代後，上海就有一波漫畫熱批判蔣介石不遺餘力。中華人民共和國成立。批判諷刺更絕跡。美、日、歐的民主就可見漫畫的勃興。臺灣解嚴後亦見漫畫盛況。

27 漫畫的賞心悅目，人人喜聞樂見。趣味性高的誇張造型之外，內涵的哲理才是迷人之處。幾米的圖畫書大多有人們鬱鬱的困惑，因此頗得年輕人的激賞。他的作品就如看到自己一樣。

參考文獻

張夢瑞採訪撰述　《吃點子的人劉興欽傳》　臺北市　聯經出版社　2006年

蔡志忠口述、楊豫馨撰稿　《蔡子說：漫畫家蔡志忠的半生傳奇》　臺北市　遠流出版社　1993年

李懷、張嘉驊　《正港臺灣人》　臺北市　遠流出版社　2000年

陳長華　《童心創意劉興欽》　臺北市　藝術家雜誌社　2012年

清水崑　《日本漫畫事典》　東京　三省堂　1985年

坂野德隆　《諷刺漫畫解讀・日本統治下的臺灣》　東京　平凡社　2012年

洪德麟　《臺灣漫畫40年初探》　臺北市　時報出版　1993年

「漫畫專題」　《新竹文獻》　第55期　2013年10月

《現代漫畫博物館1945-2005》　東京　小學館　2006年

《ACCC 浪漫》　新北市　大好世紀創意志業有限公司　2015年

新竹北門鄭氏家族與地方音樂戲曲活動考察*

林佳儀**

摘要

新竹北門鄭氏家族，在清代為科舉望族，開臺黃甲鄭用錫即出於此門；日治時期，鄭如蘭及其子孫，仍為全臺知名豪富之家；及至今日，新竹都城隍廟總幹事鄭耕亞，藉助城隍廟優勢，積極向外拓展，二百年來鄭家以地方望族之身分參贊公共事務，並引領時尚風潮。

本文考察鄭家定居新竹以來，與地方音樂戲曲活動之關係，尤其著重於日治時期；鄭家穩健保守之性格，使其在改隸之後，社交禮儀、國家祀典皆適應新的規訓；而其娛樂，則與時俱進，戲曲劇種從南管、北管而至徽戲、正音，尤其邀請上海京班到府祝壽，最可見其欣賞時尚與經濟實力，而學習西樂，則可視為新式教育薰陶之成果。

鄭家前輩將音樂戲曲視為娛樂，雖然引進新的表演形式豐富地方慶典活

* 本文初稿宣讀於「第三屆竹塹學國際學術研討會」（新竹市：國立清華大學中國語文學系／華文文學研究所、新竹縣政府聯合主辦，2017年11月10至11日）。此為一〇六年中央研究院「獎勵國內學人短期來院訪問研究」（專題名稱「竹塹鄭氏家族與區域音樂戲曲活動研究」）、科技部專題研究計畫「竹塹北管藝術團演出劇目與活動類型考察」（MOST 106-2410-H-007-055-）之部分成果。寫作及發表過程，感謝李孟勳先生、李毓芳小姐、林玉茹研究員、孫致文副教授、許雪姬研究員、鄭德宣先生等之協助，及匿名審查委員之建議。

** 清華大學華文文學研究所副教授兼所長。

動，但多為時短暫，罕見影響；當代的鄭耕亞，則結合城隍廟信眾力量，支持在地的竹塹北管藝術團、新竹青年國樂團，透過教學傳承與活動安排，使北管、國樂成為新竹饒具特色之音樂戲曲活動。由鄭家二百年來接觸之音樂及戲曲種類，亦可折射出音樂戲曲在新竹流播及接受之情形。

關鍵詞：南管、北管、正音、國樂、都城隍廟、新竹

一　前言

鄭家為「新竹累世望族」，[1]且是「本島屈指的名門家程」，[2]來臺這一支，世居福建漳浦，迨至懷仁（1623-1680），遷就外戚，聚族居於泉州浯江（金門）裏洋鄉，為浯江鄭氏始祖；約在清乾隆十九年（1774），[3]因崇和屢試不第，且遭凶饉，第三世之國慶（1720-1783）、第四世之崇吉（1743-1789）、崇和（1756-1827）等，遷居臺灣淡水廳，始居於後壠（今苗栗縣後龍鎮），後遷居竹塹（今新竹市長和宮附近），以經營航運貿易為主，[4]漸次參與周邊山區的墾殖。道光三年（1823）崇和之子用錫（1788-1858），高中進士，為開臺黃甲，竹塹鄭家，遂為地方仕紳。

竹塹為清代北臺灣較早開發之區域，淡新分治以前，為淡水廳設治所在，曾集行政、商業、文學等重心於一身，因尚存淡新檔案、土地申告書等豐富史料，近年歷史、地理、人類學門的學者，於新竹地區已然積累豐富的研究成果，詳見陳志豪〈近二十年來新竹地區的區域史研究之回顧與展望〉。[5]然而，就目前關注的方向而言，拓墾與開發、商業經濟、社會結構與族群等成果較為豐碩，然在文化部分，以文學研究為主，代表作如黃美娥《清代台灣竹塹地區傳統文學研究》，[6]討論竹塹區域社會與文學傳統的關係、文風形成的外在背景、文學社會的內部結構等，建構清代竹塹文學發展

1　〈鄭黃兩姓聯婚〉，《臺灣日日新報》，第4版，1927年6月21日。

2　〈鄭家の葬儀〉，《臺灣日日新報》，第7版，1914年2月27日。

3　據連橫：《臺灣通史》（南投市：臺灣省文獻委員會，1992年），卷三十四，〈鄉賢列傳〉，所載崇和渡臺年紀推算。

4　鄭家雖以航運貿易為主，但不排除兼營店鋪販售，擁有眾多家號。見黃朝進：《清代竹塹地區的家族與地域社會——以鄭、林兩家為中心》（臺北市：國史館，1995年），頁89-93。

5　陳志豪：〈近二十年來新竹地區的區域史研究之回顧與展望〉，「二十年來臺灣區域史研究回顧暨2013年林本源基金會年會」，臺北市：中央研究院臺灣史研究所、林本源中華文化教育基金會主辦，2013年9月26日。

6　黃美娥：《清代臺灣竹塹地區傳統文學研究》，輔仁大學中文系博士論文，1999年。

的歷史面貌與特色；討論音樂戲曲者則較為罕見，如楊湘玲《清季台灣竹塹地方仕紳的音樂活動——以林、鄭兩大家族為中心》，[7]以林家、鄭家為核心，討論仕紳圈內、公共祭典的音樂活動，既有源自大陸的影響，亦具新竹在地特色，並在音樂活動中見其作為財富及品味之象徵、擴張權力之功用。

在區域開發與經濟活動的精采研究成果之後，筆者更感興趣者，為較接近常民生活之文化娛樂、民俗信仰活動，故本研究以音樂及戲曲為研究視角，雖然，音樂及戲曲在當代為不同門類之藝術，但如臺灣民間最流行之北管，其同時具有音樂排場、及陣頭、上棚戲演等活動型態，且就娛樂陶冶、民俗需求而言，音樂或戲曲，其作用與功能相仿，故一併討論。而選擇從鄭氏家族切入，不僅因為鄭家是竹塹望族，鄭用錫為開臺進士，且與其父鄭崇和、族弟鄭用鑑，一門三人入祀鄉賢祠，更因為在楊湘玲的研究中，相較於竹塹另一望族林家，林占梅主導下的音樂戲曲活動，以古琴、南管、梨園戲為主，文人氣息濃厚，而鄭家則是較為大眾化的品味，[8]鄭如梁甚至有小童臺家班，演出徽戲等，而日治時期，福州戲、正音等傳入臺灣，鄭家看戲的劇種也反應時尚變遷。

鄭家為名門望族，黃朝進《清代竹塹地區的家族與地域社會——以鄭、林兩家為中心》，[9]對於家族發展、權力擴張及平衡、地域社會的結構等早有闡釋，然而，關注尚罕者，則為大傳統的菁英文化，卻也不乏與小傳統通俗文化交融之可能，洪健榮關於鄭用錫與風水文化互動的研究，提出仕紳與地方社會連結的一種方式；[10]而筆者則從鄭肇基與族人於大正十三年（1924）倡議修繕城隍廟，至今鄭家仍為城隍廟管理人，覺察出鄭家與地方信仰之互

7 楊湘玲：《清季台灣竹塹地方士紳的音樂活動——以林、鄭兩大家族為中心》，臺灣大學音樂研究所碩士論文，2001年。

8 楊湘玲：《清季台灣竹塹地方士紳的音樂活動——以林、鄭兩大家族為中心》，頁73。

9 黃朝進：《清代竹塹地區的家族與地域社會——以鄭、林兩家為中心》。

10 洪健榮：〈清代臺灣士紳與風水文化的互動：以「開臺進士」鄭用錫為例〉，《臺灣史研究》第19卷第4期（2012年12月），頁49-79。

動，如今城隍爺的駕前曲館竹塹北管藝術團，則維繫北管在新竹之薪傳，而城隍爺中元遶境賑孤，僅至北門街鄭氏家廟休憩，「鄭厝貢燕」由鄭家人奉茶及燕窩，亦可見其氏族地位。

相較於此前對鄭氏家族音樂戲曲活動的討論，限於清代，本研究則試圖將時間從日治時期再向下延伸至當代，做一歷時性的綜覽，以見鄭家在時代推移中，其音樂戲曲活動樂種的穩定與變遷，及其對新竹音樂戲曲活動的影響。鄭氏家族及地方事務的主導人物，亦多涉入音樂戲曲活動，為醒目起見，文末附「浯江鄭氏世系圖」，呈現相關人物親屬關係，並略述如下：第五世的開臺進士鄭用錫（1788-1858）為四房派下，而主持明治書院多年的鄭用鑑（1789-1867）則為五房派下。第六世的領袖人物，為四房派下用錦次子鄭如蘭（1835-1911），其子孫仍主導地方公眾事務，如七世的鄭拱辰（1860-1923）、鄭神寶（1880-1941，螟蛉子），三人在日治時期獲頒紳章，繼而八世的鄭肇基（1885-1937），九世的鄭鴻源（1906-1982），十世的鄭耕亞（1947-）。而本文徵引較多之鄭氏族人回憶或報導內容，尚有五房派下九世之鄭翼宗（1913-），見其《歷劫歸來話半生：一個臺灣人醫學教授的自傳》，第一部〈出身〉；[11]及四房派下十世之鄭德宣（1967-），其雖屬中年，以製作古琴、二胡聞名，但因自小常與祖母在鄭家齋堂淨業院居住，及長又多方詢問長輩族中人事，遂對家族事務頗為熟稔。

二　公眾祭祀之主持賡續

寺廟為一地居民之信仰及活動中心，得以凝聚情感並連結公共事務與相關組織，而地方仕紳擁有相當的財富、地位與聲望，經常主動或被動參與寺廟興修或歲時祭祀，[12]鄭家歷代皆是如此。本節從文獻考察鄭家參與的相關

11 鄭翼宗：《歷劫歸來話半生：一個臺灣人醫學教授的自傳》（臺北市：前衛出版社，1992年），第一部〈出身〉，頁33-122。

12 清代竹塹紳商參與宗教活動之討論，可見林玉茹：《清代竹塹地區的在地商人及其活動網絡》（臺北市：聯經出版事業公司，2000年），頁328-334。

活動，第一部份為其持續參與新竹祠廟修建，雖不涉及音樂戲曲活動，然若非維繫公眾信仰，則酬神之音樂戲曲活動無由展開；第二部分則舉其籌辦祭祀，較具時代風潮或地方特色之音樂、遊藝、戲曲活動等。

（一）參與祠廟之修建

先論鄭家所在北門外的長和宮（外媽祖廟），該廟肇建於乾隆七年（1742），在淡水同知莊年、守備陳士挺等倡議下，由鋪戶興建；嘉慶二十四年（1819）由郊戶同修；此處亦是塹郊「金長和」會館。至道光十五年（1835）重修，共有四位總理，鄭用鑑（1789-1867）為其中之一；[13]同治五年（1866）新建長和宮水仙王殿，[14]總理則為鄭用鑑，三十位董事中，鄭氏至少有三席：鄭恆升、鄭恆利、鄭吉利。[15]大正十二年（1923），鄭拱辰（1860-1923）為管理人，並指定亡故後由其長子鄭肇基（1885-1937）接續。[16]大正十五年（1926）公議長和宮重修，鄭肇基、陳信齋將出面提倡募款。[17]可見早在道光年間，鄭家已孚人望，時任明治書院山長的鄭用鑑總理其事，其後多次重修，鄭拱辰、鄭肇基皆膺重任。

次論城中心之城隍廟，此為乾隆十三年（1748）官修寺廟，此後七次修

13 據〈重修長和宮碑記〉，原碑無題，拓片、碑文及新題，收入何培夫主編：《臺灣地區現存碑碣圖誌．新竹縣市篇》（臺北市：國立中央圖書館臺灣分館，1998年），頁178-180。

14 據《新竹縣採訪冊》，卷五，題〈長和宮碑〉，見〔清〕陳朝龍、鄭鵬雲纂輯，詹雅能點校：《新竹縣采訪冊》（臺北市：行政院文化建設委員會、遠流出版事業公司，2006年），頁251。原碑無題，拓片及碑文及新題〈新建長和宮水仙王殿碑記〉，收入何培夫主編：《臺灣地區現存碑碣圖誌．新竹縣市篇》，頁181-182。

15 據黃朝進：《清代竹塹地區的家族與地域社會──以鄭、林兩家為中心》，「鄭氏家號表」，頁93。按，碑記中另有「鄭同利」，黃朝進認為十分可能是鄭氏家號，但無法確定，見前揭書頁91。

16 〈媽、孔廟管理者〉，《臺灣日日新報》，第3版，1923年10月5日。

17 〈長和宮改築〉，《臺灣日日新報》，第4版，1926年8月27日。

葺，[18]其中三次，鄭家皆為主導者：道光八年（1828）為鄭用錫、鄭用鑑；道光三十年（1850）年為鄭如松（1816-1860，鄭用錫長子）；高掛正殿神龕上之「理陰贊陽」匾，則為咸豐二年（1852）鄭用錫所贈。如今的廟貌，則是大正十五年（1926）重修而成，發起人鄭肇基（1885-1937）、陳信齋、葉文暉等，[19]重修金額十六萬四千餘圓，鄭肇基捐款六千圓為諸家之冠。[20]城隍廟慶成之際，上山總督在新竹共進會開會日巡視新竹城隍廟，並贈金一封，報載鄭肇基引以為榮，[21]後〈重修新竹城隍廟碑〉「寄附金諸芳名」之首，即為「上山總督閣下金壹封」。城隍廟百餘年來的管理人，皆為鄭家一脈父子相承，鄭拱辰之後，一九二三年起為其長子鄭肇基，一九三七年起為鄭肇基長子鄭鴻源，一九八二年起為鄭鴻源長子鄭宏郎，但一九九八年起綜理廟務之總幹事則為其弟耕亞（1947-）。[22]

三為文教重鎮淡水廳儒學，嘉慶二十二年（1817）同知張學溥興造，道光四年（1824）始建成；[23]日治時期，充作守備隊兵營、學校用地，除在除明治三十年（1897）剛改隸之際辦過祭孔典禮，多年未予祭奠，有傷文治，且建築多有毀損，故孔廟修築之事，屢見公議，但言之多年，至一九一○

18 《新竹縣志初稿》，卷三，〈典禮志〉：「城隍廟，在縣署右側。乾隆十三年（1748），同知曾曰瑛建；五十七年（1792），袁秉義修。嘉慶四年（1799），同知清華捐建後進，祀觀音菩薩；八年（1803），同知胡應魁在左側添建觀音廟，以後進祀城隍夫人。道光八年（1828），同知李慎彝修；三十年（1850），同知黃開基重修。光緒十八年（1892），紳董重修通樑。」第七次重修則為日治時期大正十三年（1924）。

19 據〈重修新竹城隍廟碑〉，原碑位於新竹都城隍廟後殿天井左壁，該碑文為修成十一年後，昭和十二年（1937）由羅秀惠題記，拓片及碑文收入何培夫主編：《臺灣地區現存碑碣圖誌‧新竹縣市篇》，頁185-186。

20 據與〈重修新竹城隍廟碑〉並列之「寄附金諸芳名」，拓片及碑文以新題〈重修新竹城隍廟捐題碑記〉收入何培夫主編：《臺灣地區現存碑碣圖誌‧新竹縣市篇》，頁187-193。然鄭肇基捐款當不只此數，第二回募款，又捐四千圓，據〈新竹城隍廟二回募捐〉，《臺灣日日新報》，第4版，1927年12月30日。

21 〈督憲贈金城隍廟〉，《臺灣日日新報》，第4版，1926年12月21日。

22 鄭耕亞口述，2017年8月29日。

23 據〔清〕陳培桂纂輯，詹雅能點校：《淡水廳志》（臺北市：行政院文化建設委員會、遠流出版事業公司，2006年），卷五，〈志四　學校志‧學宮〉，頁206-207。

年，大成殿傾圮，鄭如蘭（1835-1911）、陳信齋等發起改築文廟，並書寫啟事，向淡水廳內勸募，終見實行。[24]文廟為祭孔聖地，更為士子崇敬嚮往之所，鄭如蘭曾經入泮，此際特為倡議重修，以期恢復釋奠禮。大正十二年（1923），鄭拱辰為孔廟管理人，遺命由其長子肇基接續。[25]

四為東寧宮（東嶽廟），位於東門內，今之東寧宮，主祀東嶽大帝、地藏王菩薩，合祀五穀先帝、延平郡王鄭成功。該廟崇祀之神明，幾經更迭，其始建可上溯至清道光八年（1828）由淡水同知李慎彝及守備洪志宏倡建。[26]迨至明治四十二年（1909），當地仕紳鄭如蘭、周家修等倡議改建；民國四十一年（1952），鄭拱辰等又倡議重建，至今廟中正殿高懸之「靈昭泰岳」匾額，上款為「中華民國壬辰三秋」、「光緒三十五年己酉仲春」，下款為「春官第信士鄭拱辰敬獻」、「孫鄭紹棠佛賜重修」，該匾額或為一九〇九年鄭拱辰所獻，一九五二年重建之際，鄭紹棠增題上下款，由此匾可見鄭家累代倡議修建東寧宮，鄭家後裔還表示東寧宮曾由鄭家管理。[27]

五為金闕殿（天公壇），位於客雅庄，據其碑記，耆老相傳肇始於乾隆中葉，同治年間曾重修，久經歲月，傾圮毀壞，遂有明治四十五年（1912）鄭拱辰等發起重修，該次改築共支出四千餘圓，捐贈名單中，居首者為捐地之陳火來，其二為鄭拱辰捐款四百七十圓，其三為鄭肇基捐款四百七十圓。[28]

清領時期以來，與鄭家密切相關之重要廟宇，主要是長和宮、城隍廟與孔廟，此外還有東寧宮及金闕殿，其中城隍廟與孔廟為淡水廳官方祀典，鄭家累代主導其事，可見其在新竹之地位、權力與財力，鄭家於地方宗教相關活動之參與，除了倡議修建並綜理其事，更因其在改築過程的貢獻，往往成為廟宇管理人，或是祭祀活動之領導者。

---

24 〈文廟改造〉，《漢文臺灣日日新報》，第5版，1910年2月16日。〈文廟後聞〉，《漢文臺灣日日新報》，第4版，1910年10月2日。

25 〈媽、孔廟管理者〉，《臺灣日日新報》，第3版，1923年10月5日。

26 〈東寧宮沿革〉，民國四十九年（1960）立，鐫石嵌於廟左壁。

27 鄭德宣口述，2017年10月7日。

28 據天公壇碑記，位於廟埕左側牆壁；拓片及碑文以新題〈重新金闕殿碑記〉，收入何培夫主編：《臺灣地區現存碑碣圖誌‧新竹縣市篇》，頁194-199。

（二）傳統祭典的時代風貌

本段談祭典相關活動，以日治時期為主，包括傳統祭典，著重在其儀式及音樂的使用，及祭典活動的藝陣。

（1）祭孔

新竹在一九〇〇年之後，因孔廟頹圮，祭典闕如，至一九一六年才又重新恢復，委員長陳信齋，副委員長鄭拱辰、葉文暉等，「其議禮，則折衷於新舊之間；所用祭品，則純粹乎樽俎之設」，儀式的新舊，當是指介乎傳統釋奠禮及日人神社禮之間，祭品則一如舊式，該次祭孔有二千多人參與，為改隸後罕見之盛況。[29]一九一九年祭孔，由參事兼區長鄭神寶提議：「孔子乃時中之聖，最重日新使祀之者。」於是大行改革，會中決議釋奠禮，改以神社式奉祀孔聖；[30]及期，果按修祓、迎神、獻饌、恭讀祝文、玉串奠供、撤饌、送神等程序簡單舉行，而無三獻及分獻儀注，但侑祭的神樂，則不敢雜用今樂，祭畢，尚有吉野雍堂講授釋奠歷史、儒學盛衰，最終飲福，以遵古禮。[31]

由於祭孔為官方祀典，日治時期，官方雖仍尊孔，並以地方長官主祭，期使改用神社式祭儀，但各地作法不一。如祭孔音樂，臺北孔廟在一九一六年「樂以臺灣神社樂為用定刻」，[32]當是參考神社樂節奏，而新竹孔廟一九一九年，則標舉不用今樂。釋奠禮的祭禮、祭樂、祭品等，各有定制，改隸以來，不得不摻用神社式，但也不願多改，新竹是在鄭神寶的倡議下改用新

29 〈新竹祭孔典禮〉，《臺灣日日新報》，第4版，1916年9月26日。〈新竹祀孔後聞〉，《臺灣日日新報》，第6版，1916年9月29日。

30 〈孔子例祭典禮維新〉，《臺灣日日新報》，第4版，1919年10月20日。報導提及會中共識「改隸多時，勉期同化，遵守古禮，本自當欽，因時制宜，並非無謂。」

31 〈新竹孔子例祭詳聞〉，《臺灣日日新報》，第6版，1919年10月23日。〈新竹孔子釋奠〉，《臺灣日日新報》，第7版，1919年10月23日。

32 〈臺北祭孔典禮〉，《臺灣日日新報》，第4版，1916年9月26日。

式祭儀，但如祭品中的全兔、全羊，新竹孔廟仍長年使用，[33]遂為新舊式交織的祭孔儀節。

鄭家於祭孔之重要性，還在於提供祭器，一九一六年重修後的首次祭典，鄭拱辰捐贈大成殿祭器，鄭翼宗則記得一九二〇年代，每逢祭孔，家中將收藏的祭孔專用銀器取出，並擺上祭品，[34]二處所誌祭器，是否為同一套，不得而知，祭孔一般用銅製祭器，鄭家何以特用銀製，亦頗費解。此後鄭肇基屢任祭聖副委員長或副祭（1924、1926、1927、1929等），且常與其叔父神寶並列（1927、1929），由於釋奠禮為官方祀典，故委員長、主祭多為日籍之新竹街長、參事等，如一九二四年，委員長為新竹街長藏田壽吉，副委員長為鄭肇基、陳信齋。[35]

（2）城隍廟相關活動

鄭家主導之廟會活動，以城隍廟為主，唯一九二三年亦籌辦過諸神聯合繞境的活動，因「東宮殿下御還啟平安並求甘霖救旱」，發起酬願迎神，祈求降雨，公推鄭肇基為委員長，該次活動相當盛大，請出竹蓮寺、內外天后宮等諸佛神繞境，[36]陣頭繁多，大小鼓有四百八陣，藝閣、佛前清曲、音樂、車鼓、採茶等有二百八團，報評「新竹未曾有之熱鬧也」，[37]此次陣頭音樂種類之多，也是其他迎神活動未曾記載者。

日治時期城隍廟不屬官方祀典，鄭肇基曾任城隍爺威靈公生辰祭典之主祭。[38]城隍廟最熱鬧的慶典，則為中元節，傳說都城隍爺奉光緒皇帝聖旨繞

33 鄭翼宗：《歷劫歸來話半生：一個臺灣人醫學教授的自傳》，頁116。書中所記，推算為一九二〇年代。

34 鄭翼宗：《歷劫歸來話半生：一個臺灣人醫學教授的自傳》，頁116。按，該段還提到當時最為特別的供品是全兔及全羊。

35 〈祭聖協議會〉，《臺灣日日新報》，第4版，1924年9月19日。

36 〈準備迎神〉，《臺灣日日新報》，第6版，1923年5月29日。按，一九二三年四月，裕仁皇太子行啟（巡視）臺灣，為當時盛事，四月十九日上午抵達新竹。

37 〈迎神續報〉，《臺灣日日新報》，第4版，1923年6月4日。

38 〈城隍祭典〉，《臺灣日日新報》，第4版，1924年9月19日。

境賑孤，故為他處所無，迎城隍遂為地方年度盛事。相較於祭孔時新舊儀式交錯，雖然同為鄭拱辰主事，但城隍廟的活動則充滿世俗趣味，如一九二一年中元節，新竹迎城隍，「詩意藝閣雖出於各界人士之熱誠，亦半由於當局者鄭拱辰氏之鼓舞。」可見鄭拱辰號召能力，及深諳祭典不宜冷清之民俗，是年已見分等評賞藝閣，還有具有商家自家廣告意味之大旗，如崇文堂以文具品製作，王詩榜則以餅料製作。[39]嗣後的主事者鄭肇基，在辦理節慶活動時，於藝閣也頗費心，如一九二八年中元節，鄭肇基之「陳靖姑收白蛇」及其肇記會社之「董永授巾」藝閣，均獲二等獎，該年入夜之後，城隍廟前，有苗栗子弟園演唱，並有金獅團搭臺演武，延續繞境的熱鬧氣氛。[40]

為了便於演出，繼一九二六重修城隍廟之後，鄭肇基又於一九三一年新建城隍廟戲臺，為「洋漢式折衷戲臺」[41]此臺正對大殿，至今仍存，為平頂戲臺，並無傳統藻井。日治時期城隍廟歷年祭典，佈置最特別的是一九三五年，或許因為當時正逢始政四十年博覽會期間，佈置祭壇的同時，也將新竹城妝點一番，故「新竹驛前建大電飾門；市內建小電飾門，計二十四處；東門城結電燈，改為龍宮，裝置浦島太郎及乙姬。」[42]雖然電燈裝飾，在此前的祭典活動多少可見，但在交通要道火車站等處裝設電飾門，又將古意盎然的東門城，裝置為日本民間故事——太郎龍宮奇遇的場景，入夜之後，城內別有一番璀璨輝煌。

三　社交禮儀與新興活動

本節前二段討論鄭氏家族自身及社交禮儀涉及的音樂戲曲，最後一節則談官方節慶所見的新興活動與既有表演之交錯。

---

39 〈新竹迎神盛況〉，《臺灣日日新報》，第5版，1921年8月21日。

40 〈新竹縣城隍繞境入賞等數〉，《臺灣日日新報》，第4版，1928年9月1日。

41 〈新竹城隍廟戲臺新築工事〉，《臺灣日日新報》，第4版，1931年11月20日。

42 〈新竹城隍祭建設祭壇〉，《臺灣日日新報》，第4版，1935年10月18日。

（一）家族禮儀

（1）演戲

鄭家在家族喜慶及祭典演戲，品味多樣，無論唱唸正音或方言，皆樂於觀覽，故在鄭家輪番登場的戲班，既有臺灣在地南北管戲曲，也有來自中國福州及上海的徽班及京班，可見其娛樂時尚及消費實力，以下依時序闡述鄭家觀劇之內涵。

早在同治三年（1864），鄭用錫次子鄭如梁（1823-1886）成立「小童臺」家班[43]，隔年元宵節在家廟前開臺演唱，並有福州閩班加入，該班「應為來自福州，唱唸正音官話的徽班」，由於此前新竹的人戲僅有梨園戲，不曾有正音／官音及外江戲，偶戲則分南管及北管，[44]故此開啟鄭家欣賞正音戲曲及中國戲班之始。

約一九〇二至一九一一年間，鄭如蘭夫人陳潤過生日，曾聘上海京班在淨業院戲臺演戲。[45]其後，鄭拱辰夫人王氏生日，據說曾邀請上海京班來演出一個月，[46]無論該班究竟是原本就在臺巡迴演出，或者專程渡海來臺，在府中連續一個月，天天有好戲開鑼，鄭家對娛樂活動之講究，鄭拱辰出手之闊綽，可見一斑。

鄭家看戲的品味頗為多元，除了本地的南管七子戲，亦有來自中國的徽

---

43 「小童臺」家班，見怊我氏撰，林美容點校：《百年見聞肚皮集》，〈貓阿棟附王阿玉〉（新竹市：新竹市立文化中心，1996年），頁85-94。按，據林美容〈點校前言〉，關於作者生平及成書年代的推斷，怊我氏「或許同治年間出生，或是更晚」，《百年見聞肚皮集》「為日治時期之作，應無疑義」。

44 關於「小童臺」的研究，見張啟豐：〈清代晚期臺灣文人仕紳之戲曲活動及文獻〉第二部分「文人仕紳家班——以新竹鄭家小童臺為例」，收入張啟豐：《涵融與衍異：臺灣戲曲發展的觀察論述》（臺北市：臺北藝術大學，2011年），頁87-106，引文見頁98-99、104。

45 鄭德宣口述，2017年10月7日。按，此處區之時間區段，始自一九〇二年淨業院成立，至一九一一年陳潤逝世。淨業院為鄭如蘭元配夫人陳潤（禪號普慈）修佛而建志龍華派齋堂。

46 鄭耕亞口述，2017年8月29日。

班、京班。一九一九年，鄭肇基為慶賀雙親鄭拱辰及王夫人之六秩雙壽，請小錦雲班到府演出，《臺灣日日新報》載此次祝嘏會盛況：

> 冠冕堂皇，文星照耀，福林壽宇之中，頗增異彩。他如餘興之音樂隊、正音小錦雲，無不悅人耳目，至於煙火則通霄達旦矣。此竹城近十年之祝嘏，無有出其右者云。[47]

該次參與祝壽活動者幾近千人，冠蓋雲集，除了在地仕紳，亦有來自臺灣各地之友人，其中提及之餘興節目，包括「音樂隊。正音小錦雲」，音樂部分，雖不知其種類，但「正音小錦雲」，則可能是「正音」、「小錦雲」，中間缺了逗斷，因「小錦雲」為當時著名的七子戲班，唱唸為南管，是白字（方言）而非正音（官話），該班雖為新竹香山在地班社，但曾赴大稻埕淡水戲館新舞臺做將近二週之商業演出，頗見名氣。[48]由於清中葉開墾竹塹城者，主要來自福建泉州，據《百年見聞肚皮集》，晚清竹塹已有林豬河、蔡道、胡阿菊等三班梨園班，[49]故竹塹唱泉腔之南管班社及觀覽演出，本有其傳統。

〈新竹鄭氏宗祠祭典〉，載春秋兩季祭典，祭畢後「日夜演唱官音全臺」，[50]唱唸用官音的戲曲，雖可能為京劇或北管戲曲，但族人印象中是北

---

47 雙壽據〈鄭家祝嘏會〉，《臺灣日日新報》，第6版，1919年3月16日。引文見〈鄭家祝嘏會況〉，《臺灣日日新報》，第6版，1919年3月19日。

48 關於小錦雲班在大稻埕淡水戲館新舞臺演出之報導，可見〈小錦雲班開幕〉，《臺灣日日新報》，第6版，1918年8月6日；此後又有多則〈小錦雲班戲齣〉，《臺灣日日新報》，第6版，1918年8月8、9、11、12、14、15、17、18日。按，小錦雲班至遲在一九二三年，因王包購入經營，轉為高甲戲班，稱「泉郡錦上花」，頗受關注，為七子班轉型高甲戲之代表。詳見許亞湘：《史實與詮釋：日治時期台灣報刊戲曲資料選讀》，〈小錦雲班開幕〉（宜蘭縣：國立傳統藝術中心，2009年），頁198-199。林鶴宜：《臺灣戲劇史》（增修版），4-3〈職業「七子班」變身為高甲戲〉（臺北市：臺灣大學出版中心，2015年），頁150-155。

49 見恠我氏撰，林美容點校：《百年見聞肚皮集》，〈貓阿棟附王阿玉〉，頁85-94。

50 鄭家春冬兩季祭祖時間為上元及冬至。〈新竹鄭氏宗祠祭典〉，見鄭鵬雲編輯：《浯江鄭氏家乘》，卷首，1913年成書（臺中市：臺灣省文獻委員會，1978年影印出版）。

管戲曲，可惜因祭祀公業祀產的土地收益大減，[51]約一九八七年之後，祭祖時在家廟對面搭臺演戲的盛況不復可見。[52]而祭祀典禮時之音樂，很長時間由附近的北管子弟軒社「新樂軒」支援，惜因老成凋零，先是改放錄音，近年又因錄音長度固定，不易與典禮流程配合，遂停止播放。[53]

一九二〇年代，徵士第的長輩過生日，可在大庭臨時搭建的舞臺，連演十天「大戲」，據鄭翼宗描述，推測是北管戲曲，[54]唯是由亂彈班或子弟演出，則不得而知。

還有部分家族喜慶，僅寫布袋戲或臺灣芝居，僅知為臺灣本地的戲劇，但樂種或劇種不詳，據其時代，可能是南管或北管：約一九一〇年代「鄭神寶每年請布袋戲班來北郭園演戲」。[55]一九一七年，鄭神寶初獲麟兒，除宴客外，還演戲慶賀，報載是「臺灣芝居」。[56]。一九二〇年代，鄭翼宗讀小學校時，除了觀賞自家戲曲演出，下課後經常去廟口或有喜事的人家，看布袋戲演出，亦可佐證新竹城區的演劇風貌。[57]

一九三五年，鄭肇基與謝介石聯姻，為轟動地方之喜事，連續三個晚上，有上海鳳儀京班演出，該班乃是參與始政四十周年紀念臺灣博覽會（十月十日至十一月二十八日）戲劇活動，應聘從上海來臺，十月五日在臺

---

51 鄭枝田：《竹塹鄭氏家廟》（新竹市：新竹市文化局，2008年），頁13。

52 鄭翼宗：《歷劫歸來話半生：一個臺灣人醫學教授的自傳》，頁53。按，鄭翼宗為鄭用鑑派下子孫，詳見附錄一「五房派下」。

53 鄭德宣口述，2017年8月29日。按，據筆者田野調查，戊戌年上元節鄭氏家廟祭祖，已不播放音樂，2018年3月2日。

54 鄭翼宗原文提及「臺灣的大戲是模仿京劇的，但當然藝術性是較差的」、印象深刻的劇目有《黃鶴樓》；出於北管新路戲有《黃鶴樓》，當時新竹的子弟戲演出頗盛，故推測應以演出北管戲曲為主。出於鄭翼宗僅言為幼時記憶，其於一九一三年出生，故此訂為一九二〇年代。見鄭翼宗：《歷劫歸來話半生：一個臺灣人醫學教授的自傳》，頁64-65。

55 李遠輝、李菁萍編著：《北郭園的孔雀：劉玉英的故事》（新竹市：新竹市文化局，1999年），頁8。

56 〈鄭家の祝宴〉，《臺灣日日新報》，第4版，1917年12月8日。

57 鄭翼宗：《歷劫歸來話半生：一個臺灣人醫學教授的自傳》，頁101。

北第一劇場開館式演出，十一月中旬，當有數天赴鄭家演出。[58]

從鄭家的觀劇經驗，大致可見戲曲劇種從清代以來，進入新竹的先後順序，大抵為南管、北管、徽戲、京戲，而成本最高、最貼近時代脈動，且能彰顯仕紳與眾不同的觀劇品味，則為上海京班的演出，但以鄭家而言，應屬年度盛事，甚至不是年年有，也未必是每房派下都請得起，故北管戲曲，可能包括人戲及偶戲，才是經常可及的觀劇享受。

（2）西樂

鄭氏葬儀在傳統音樂之外，於日治時期中葉之後，可見混用傳統音樂與西樂，如一九二一年，鄭以典（1855-1897，鄭用鑑之孫）正室陳麵出殯時「洋式的樂隊做先導」。[59]又如一九二三年，鄭拱辰遺言「葬儀諸式當從維新」，[60]故拱辰出殯時則「間以新舊式之音樂」。[61]西樂雖然早在十七世紀就隨荷蘭人與西班牙人傳入臺灣，但在日治時期，因推行「西式教育」，[62]西樂更為臺灣人熟悉，亦成為新興流行樂種。

鄭家除在典禮出現西樂，可見其與時俱進之作風，部分子弟亦對西樂癡迷，附記於此。日治中期，鄭家子女進入學校或赴日留學，才有學習演奏之機會，嗣後如：鄭鴻源（1906-1982）喜歡西洋古典音樂，這個興趣應該是一九二〇年代後期，留學東京帝國大學法學部政治學科時培養而成，他曾寄

58 〈謝大使公子結婚式招待官民五百餘名〉，《臺灣日日新報》，第4版，1935年11月16日。按，鳳儀京班赴鄭家演出後，十一月二十日起，因臺博會將結束，臺博演藝公司將門票減價，特煩名角小三麻子排演全本《彭公案》，以刺激票房，最終於十二月十一日返滬。以上乃檢索徐亞湘編：《日治時期台灣報刊戲曲資料檢索光碟》（宜蘭縣：國立傳統藝術中心，2004年），綜合而得，為省目，不註出處。按，謝鄭兩家聯姻，轟動一時，今有作者已佚的報紙連載長文〈臺灣兩大閥閱一代名媛的毀滅〉，收入陳運棟：《內外公館史話》（桃園市：華夏書坊，1994年），頁131-179。

59 鄭翼宗：《歷劫歸來話半生：一個臺灣人醫學教授的自傳》，頁73、75。

60 〈鄭氏葬儀〉，《臺灣日日新報》，第6版，1923年10月6日。

61 〈鄭家公弔及葬儀〉，《臺灣日日新報》，第6版，1923年10月9日。

62 陳郁秀：〈臺灣戰後藝術的發展——音樂〉，有一段論及「西式新音樂」，見《美育月刊》第100期（1998年10月），頁3。

回風琴樂譜給表姐劉玉英練習，[63]還擅長彈奏六絃琴（吉他），[64]是新響俱樂部的代表人物，[65]據說其北郭園洋樓的書房，正中間放著巨型音響，喇叭有二個桌子大，其中二面牆則擺滿了蟲膠唱片。[66]而一九三五年，鄭肇基長女鄭蓁蓁訂親之際，報載「卒業新竹高女，善操風琴」。[67]雖然在家族成員中屬於少數，但可見新式教育之下，薰染而來的新興音樂興趣。

（二）社交時尚

晚清到日治初期，就鄭家社交經驗而言，演戲祝賀仍經常可見，諸如：道光三年（1823），鄭用錫高中進士，為開臺黃甲，返鄉之後，「擇日放帖請客，宴會演戲，音觴助酒。」[68]一九一〇年，鄭拱辰夫人五旬壽誕，「稻紳黃顯昌，擬奏女優三檯奉祝」。[69]一九一〇年，鄭拱辰與李文樵等仕紳，共同贈匾給在新竹街開業的陳玉麟醫師，儀式之外，還演戲祝賀。[70]這些戲的劇種不詳，但演戲助興，則仍是流行的社交方式。而看戲經驗，也從家族空間，延伸到商業劇場，一九一八年，鄭拱辰至臺北新舞臺，欣賞來自潮州的老玉梨香班演出，猶如其他仕紳，對演員加賞。[71]

---

63 李遠輝、李菁萍編著：《北郭園的孔雀：劉玉英的故事》，頁10。

64 章子惠：《台灣時人誌》第一集（臺北市：國光出版社，1947年），頁155。張德南：〈鄭鴻源〉，《竹塹文獻》第42期（2008年11月），頁124-127。

65 菅武雄：《新竹州の情勢と人物》（1938），收入《中國方志叢書》（臺北市：成文出版社，1985年），冊339，頁169。

66 鄭耕亞口述，2017年8月29日。唯其並非親見，乃是轉述一九九八年回新竹擔任城隍廟總幹事時，鄉親所說。劉玉英亦提及鄭鴻源「喜歡西洋古典音樂，書房裡堆滿唱片。」李遠輝、李菁萍編著：《北郭園的孔雀：劉玉英的故事》，頁10。

67 〈謝介石長公子與新竹鄭家締婚〉，《臺灣日日新報》，第4版，1935年4月27日。

68 恠我氏撰，林美容點校：《百年見聞肚皮集》（新竹市：新竹市立文化中心，1996年），頁30。

69 〈稻紳賀戲〉，《漢文臺灣日日新報》，第5版，1910年3月3日。

70 〈掛匾演劇〉，《漢文臺灣日日新報》，第5版，1910年7月31日。

71 〈玉梨香班好況〉，《臺灣日日新報》，第5版，1918年9月24日。

鄭家最受外界矚目的例行社交活動，當屬年度春宴，從鄭如蘭到鄭拱辰，乃是選擇新曆元旦過後不久，在自家宴請新竹最高長官、重要仕紳等官民，如一九一一年鄭如蘭在北郭園宴請五十餘人，[72]鄭拱辰一九一六、一九二一皆在鄭氏家廟宴請，一九一六年席間「本島藝妓歌唱於堂下，內地藝妓則勸飲於堂上」，一九二一年的賓客，甚至高達百人。[73]當時以日籍藝妓侑觴，當是因為席間有高山廳長等日籍官員，而音樂由臺籍藝妓歌唱，因其兼擅南曲、北曲、小曲、日語歌曲等，[74]既能符合在地仕紳的欣賞習慣，或可穿插日語歌曲助興。春宴觥籌交錯的時間點，也耐人尋味，日本自一八七二年改用西曆，而一八九五年在臺灣始政之後，直至一九〇九年廢除太陰曆，改以西曆元旦為一年之始，但民間的過年習俗，實則新舊交融，並有不少交錯與嫁接，[75]鄭家選擇在新曆元旦之際邀集春宴，可見其社交活動之應時流轉。

鄭肇基雖然多接觸傳統音樂及戲曲，但一九二五年始政三十週年之際，聯合鄉紳捐贈給新竹第二公學校留念的，則是洋琴、洋絃各一，[76]明顯可見當時學校音樂教育之西化取向，以及鄭肇基等鄉紳對時局敏銳之覺察，學校是日治時期重要的規訓場所，在始政紀念日贈樂器給學校，其社交場面之順服，不言可喻。

---

72 〈鄭家春宴〉，《漢文臺灣日日新報》，第3版，，1911年1月19日。

73 〈鄭家春宴〉，《臺灣日日新報》，第6版，1916年1月14日。〈鄭家春宴〉，《臺灣日日新報》，第4版，1921年1月11日。

74 藝妓的音樂活動，可參考莊于寬：《1930年代台灣藝旦的音樂活動——以《三六九小報》為主要分析文獻》，臺灣大學音樂學研究所碩士論文，2004年。〈第四章〉，雖然所論以一九三〇年代為主，但仍有相當參考價值。

75 有關日治時期臺灣人過新年的節慶習俗，詳見林玉茹：〈過新年：從傳統到現代臺灣節慶生活的交錯與嫁接（1890-1945）〉，《臺灣史研究》第21卷第1期（2014年3月），頁1-43。該文闡發臺灣人如何適應由舊曆新年改過新曆新年，或反映殖民抵抗精神，皆啟發本段之寫作。

76 按，洋琴為鋼琴，洋絃則為西洋絃樂器，難以確指。〈寄附教具〉，《臺灣日日新報》，第4版，1925年6月15日。

（三）官方節慶

以官方活動泛稱非傳統節俗之活動，在日治時期之報刊，此類節日頗多記載，慶祝活動則兼融新舊表演形式，並屢見日式表演。

一九一三年天長節（大正天皇生日），鄭拱辰為新竹臺籍代表之一，慶祝活動中「官廳及區役場、保正事務所，皆有本島戲十數檯。……夜來提燈行列……鼓亭、樂隊、詩意餘興，計百有餘陣。」[77]其中本島戲、鼓亭、詩意，是廟會中尋常而受歡迎的表演，但各個區域總計十數檯戲，則是平常廟會的數臺戲無法相比的。

一九一八年，新竹神社建成之後的鎮座式（安座大典），鄭神寶為委員長，議決四十八個行業團體，其中與音樂相關者，有第二十六為音樂團，四十六為南管團、四十七為北管團，音樂團因在醫生團之前，推測此音樂為西樂，準此，新竹當時流行之音樂，除了傳統之南管、北管外，日治時期傳入之西樂亦漸成氣候；該次祭典活動雖鼓勵藝閣，但標舉之餘興節目，主要為花車、神田祭、紅葉橋祭等著名的「手踊」表演，為步伐簡單，但手部表演精彩的日式舞蹈，另有「提燈行列」，晚上八時從東門出發，提燈者二千餘名，蜿蜒宛若火龍。[78]這兩種在官方的節慶活動，頗為常見。

一九二五年六月，日治時期始政三十年紀念活動，鄭神寶、鄭肇基邀集協議會員討論奉祝辦法，決議在水道興工日慶祝：「外有內地紅袖跳舞，數檯子弟班開演，並正音戲舉演。連放廣東煙火等。又街商人亦贊助增點臨時電燈，以助熱鬧。」[79]除了來自日本的藝妓表演之外，北管子弟軒社集樂社、同文軒於六月十七日始政紀念日演出，和樂軒、振樂軒於六月十八

77 〈竹城嵩祝聖壽〉，《臺灣日日新報》，第6版，1913年10月30日。

78 〈新竹神社鎮座迎神〉，《臺灣日日新報》，第6版，1918年10月22日。〈新竹の神社祭典餘興の種を盡し　未曾有の大盛況〉，第7版，1918年10月30日。

79 〈協議奉祝〉，《臺灣日日新報》，第4版，1925年6月5日。引文見〈協議狀況〉，《臺南新報》，第5版，1925年6月2日。

日水道興工日演出，[80]至於正音戲，則可能是京班，但因慶祝活動，戶外搭臺，不再是內臺商業劇場之演出，可供更多觀眾一睹為快。

一九二五年十月，神社祭典，鄭神寶、鄭肇基、陳信齋等與祭，夜間則由新竹北管子弟軒社同樂軒演出子弟戲。[81]

一九二六年，「共進會期間，中興行係長鄭肇基氏，擬聘支那菊部假武德殿曠地架設臨時戲園演之。」[82]共進會近似今天的商業展覽，鄭肇基此次邀請正在臺北演出的乾坤京班南下，以二千元包演，[83]且在武德殿旁空地搭臺，使京班在新竹有更多演出之機會，市民亦可親聆正音風采。

一九二八年十一月，昭和天皇登基大典，全臺各地皆有慶祝活動，[84]新竹則一路熱鬧到十八日：登基當天，下午有祝賀會、假裝行列（化妝遊行）等活動，晚間還有各式音樂、戲曲演出：

> 在俱樂部，由神威會，演奏祝壽音樂。並在鄭肇基氏宅前，及基督教會前，各演菊部。兼由鄭神寶氏，在北郭園前開演江雲社女優團。又在北門派出所前，演掌中班。在關帝廟前，藝妓出場唱曲。[85]

菊部之劇種及班社不詳，[86]江雲社為桃園的歌仔戲班。[87]接連十一日晚上、十

80 〈祝賀餘聞〉，《臺南新報》，第5版，1925年6月9日。

81 〈新竹祭典實況〉，《臺南新報》，第9版，1925年11月1日。

82 〈開演菊部〉，《臺南新報》，第6版，1926年11月17日。

83 〈共進會報正音開演〉，《臺灣日日新報》，第4版，1926年11月23日。

84 如淡水從十日的儀式之後，十一至十六日，還安排演劇、遊行等活動，見〈淡水街祝大典〉，《臺灣日日新報》，第6版，1928年11月10日。臺中部分可見黃旺成著、許雪姬主編：《黃旺成先生日記》（十五）（臺北市：中央研究院臺灣史研究所，2015年），註3，頁365。

85 〈新竹奉祝行事〉，《臺灣日日新報》，第6版，1928年11月10日。

86 按，當時並無中國戲班在臺演出。據徐亞湘：《日治時期中國戲班在台灣》（臺北市：南天書局，2000年），頁245。

87 檢索徐亞湘編：《日治時期台灣報刊戲曲資料檢索光碟》，綜合而得，為省目，不註出處。

二日晚上，新竹的六個子弟軒社，分兩晚在武德殿前演出；十六日晚上，鄭神寶邀請之江雲社女優，在北郭園開演；[88]至十八日晚上，從下午起就有假裝行列（化妝遊行），晚上又有提燈行列，有一萬多人參加，熱鬧非凡。[89]

此類官方活動，雖然有內地藝妓的手踊表演，但更多的則是各種戲曲演出，只是較平日更為多樣化，數量增多之外，劇種也多，組合也多，平常雖然演出子弟戲，但能夠二天之內遍覽六個軒社的演出，則是機會難得，這也是日後子弟們津津樂道者；[90]而歌仔戲江雲社、乾坤京班，則是較少親炙的劇種，江雲社全由女優演出，亦是一時風尚，乾坤京班的南下，亦使京班演出不多的新竹，沾染時尚演藝之風采。相較於廟會慶典，官方主辦之活動，亦注重居民之參與，故當時雖有新竹座等商業劇場，但這些活動的演出，皆在戶外，且有提燈行列、假裝行列之類新傳入的餘興活動，可以讓居民從觀眾轉換為表演者，一群人以別於日常的裝扮或舉止，上街遊行，共同營造慶典之熱鬧及和樂氣氛。而從標舉鄭肇基、鄭神寶主導的幾場活動來看，邀集在地居民熟悉的表演形式，乃是較為尋常的作法，如此或能沖淡這些官方節日的政治性，而帶動歡樂氣氛，而鄭氏家族的娛樂活動，當是走在時代尖端，如欣賞京班演出，就較其引入官方活動早了十年以上；最後，「假裝行列」與「詩意閣藝閣」共同參與官方慶典活動，則是日治時期新舊習俗交融之一章。[91]

88 〈新竹・子弟奉祝〉，《臺灣日日新報》，第8版，1928年11月15日。

89 〈新竹街十八日奉祝餘興〉，《臺灣日日新報》，第4版，1928年11月20日。

90 林佳儀：〈竹塹北管子弟軒社活動考察——起源年代、空間分佈及演出盛況〉，《臺灣音樂研究》第18期（2014年6月），頁1-35；收入陳惠齡編：《傳統與現代——第一屆臺灣竹塹學國際學術研討會論文集》（臺北市：萬卷樓圖書公司，2015年），頁273。

91 林承緯論及日治時期，日式的假裝行列與臺灣人的鑼鼓、藝閣等並行。見林承緯：〈日治時期祭典節慶中的神將與假裝行列〉，《臺灣學通訊》第92期（2016年3月），頁12-14。

四　結合信眾支持在地團體

鄭家雖因進士鄭用錫，以及一門三鄉賢（鄭崇和、鄭用錫、鄭用鑑）、[92]科舉登第、朝廷封贈者眾，成為臺灣著名的科舉家族。[93]然而，鄭用錫之後，鄭家領袖當推鄭如蘭，他是用錫之弟用錦的次子，鄭用錦這一脈，經商致富，財力雄厚，據一九〇〇年的《臺灣協會會報》，晚年的鄭如蘭，已是全臺第三富戶，資產總值六十六萬九千，其中土地五百甲，值五十二萬一千圓，[94]一九〇八年〈鄭如蘭立再遺囑書〉，[95]長達六十四頁，土地田產分布在桃竹苗地區；日治時期新竹社會網絡中居於核心的鄭家人物——鄭拱辰、鄭神寶、鄭肇基，[96]乃是其嫡裔子孫。一九三七年，鄭肇基辭世，享年五十三歲，與父祖輩幾乎一脈單傳不同，他共有六子五女，除了長子鴻源擔任過第二屆民選新竹市長（1960-1964），與新竹仍具地緣，其餘子嗣，多往外地發展，如幼子欽仁，為知名歷史學者，[97]但從就讀東海大學歷史系起，即已離家。時至今日，鄭家在新竹最具名望者，則屬擔任新竹都城隍廟總幹事之鄭

92 連橫：《臺灣通史》（南投縣：臺灣省文獻委員會，1992年），卷三十四，〈鄉賢列傳〉，此節鄉賢共五位，鄭家獨佔三位。

93 林文龍：《臺灣科舉家族：新竹鄭氏人物與科名》（南投縣：國史館臺灣文獻館，2015年）。

94 原始文獻為〈臺灣的素封家〉，《臺灣協會會報》38號（1901年11月），頁361-362，鄭如蘭的財力，僅次於板橋林家、霧峰林家。轉引自林玉茹：《清代竹塹地區的在地商人及其活動網絡》（臺北市：聯經出版事業公司，2000年），頁278，該節並對財產計算對象、商業資本與土地資本糾葛，稍做說明。

95 〈鄭如蘭立再遺囑書〉（T0877_03_01_0015），中央研究院臺灣史研究所「臺灣史檔案資源系統」藏數位影像檔，http://tais.ith.sinica.edu.tw/sinicafrsFront/search/search_detail.jsp?xmlId=0000311992（2017年7月6日查詢）。

96 詳見陳百齡：《石碑背後的家族史：近代新竹社會家族研究》（新竹市：新竹市文化局，2015年），頁49-58。該書是以一九〇七年後藤新平題字之「皇恩山重」碑後三十五位紳商所做的考察，鄭肇基位居社會網絡的三位核心人物（陳信齊、鄭拱辰、黃鼎三），在政治經濟圈連結尤眾。

97 吳密察：〈學術與政治之間——鄭欽仁教授〉，《台灣國際研究季刊》第7卷第4期（2011年冬季號），頁25-48。

耕亞。鄭家在二十世紀下半葉，土地資產不如既往，但因為累世擔任城隍廟管理人，以在地信仰中心，提供活動空間、經費挹注、展演機會等，匯聚音樂戲曲團體，遂使新竹的國劇、北管、國樂，得以傳承發展。

1 國劇

鄭家及城隍廟對國劇的支持，始自城隍廟管理人鄭鴻源，由於他對國劇的喜好，約在一九四五年以後，新竹國劇票房就借城隍廟的彌勒殿，定期清唱，直至一九七一年因為大雨壓垮年久失修的屋頂而離開。[98]而一九九九年時，新竹市國劇研究協會理事長陳許福與鄭耕亞洽談，遂以彌勒殿旁新建的明正樓二、三樓為排練、研習班場地，甚至供奉梨園祖師爺唐明皇。[99]國劇協會在城隍廟扶植之下，場地無虞、又得贊助，除了參與城隍廟祭典活動演出，於推演劇目曾有一番盛況：二○○二年一月，城隍爺聖誕推出全本《紅鬃烈馬》，從早到晚，分三場演出；八月推出動員七十人的《楊門女將》，該劇在當時只有復興劇團曾經演出，連國立國光劇團都尚未推出，業餘劇團能夠貼此劇碼，蔚為佳話。[100]城隍廟對國劇的支持，至今依舊，但約二○一三年之後，因老人家上樓不便、環境維護等原因，城隍廟不再提供場地，但鄭耕亞允諾依舊支持演出。

2 北管

鄭耕亞及城隍廟對北管的支持，始自一九九九年，當時「新竹市北管戲曲促進會」[101]理事長莊定財，拜訪城隍廟總幹事鄭耕亞，希望尋求廟方對

98 鄭耕亞口述，2017年8月29日。

99 廖淑惠：〈管理人父親鄭鴻源好國劇都城隍廟供祖師爺唐玄宗〉，《聯合報》，第20版，2001年7月4日，竹苗綜合新聞。

100 新竹國劇票方研究，可參考謝珊珊：《新竹市亂彈子弟與皮黃票房之研究》，中國文化大學戲劇研究所碩士論文，2003年，頁125-135。黎慧琳：〈薪傳國劇票友合演楊門女將〉，《聯合報》，第18版，2002年8月20日，新竹縣市新聞。

101 於一九九五年成立，以振樂軒為班底，匯聚其他軒社子弟而成。

北管的扶持，因為促進會若再找不到固定的廟宇支援，好不容易匯聚而來的軒社子弟，一旦星散，北管戲曲恐將銷聲匿跡。[102]於是，城隍廟提供排練場地，並為了演出子弟戲，到彰化購買鼓、鑼、鈔、大吹等樂器，又斥資百萬，赴上海購置大批戲服，其中竟有一九六○年代以純金金蔥線繡製者。促進會於二○○七年改組為「竹塹北管藝術團」，[103]為城隍廟附屬組織、城隍爺駕前曲館，前場指導老師彭繡靜，原為職業亂彈班新美園旦角；後場指導老師田文光，自小看著父祖輩學習八音及北管，漸長亦開始學習，因到新竹北管軒社參與活動，厚植北管技藝。

此後除了配合廟方活動出陣、排場，演出則於每年元宵節（農曆一月十五日）、中元祭典期間（農曆七月十九日），在廟旁鯉魚池搭臺演出，城隍爺誕辰（農曆十一月二十九日），則於廟前戲臺演出。又赴城隍廟交陪寺廟演出，如二○一五年嘉義的嘉邑城隍廟建廟三百年、二○一七年赴澎湖的闍澎文澳城隍廟，並參與歷屆竹塹國樂節等文化活動演出。一年約有五至六場，成立十年來，累積三十多部劇目，盡量按傳統路子演出大戲，並錄影保存，不僅演出成果為戲曲學者稱賞，[104]且隱然掀起二十一世紀北管子弟戲振興之風潮，使其他子弟團起而仿效。其為文化部文化資產局登錄的三個「北管戲曲」保存團體之一，因其活絡之演出活動、前後場配置齊全、堅持乾生乾旦及湖廣腔演出，兼具地方性、藝術性、特殊性，歷年持續傳承，獲致肯定。[105]

城隍廟除了扶植竹塹北管藝術團，又開班傳承北管音樂，每週五、六晚

102 鄭耕亞口述，2017年8月29日。

103 黃瑞誠：《竹塹北管藝術團的演藝活動與傳習保存之研究》，臺北大學民俗藝術研究所碩士論文，2010年。

104 如林鶴宜即稱讚竹塹北管藝術團二○一六年演出之《紫臺山》，在「下油鍋」一節，行刑者、受刑人，表情生動，戲劇張力、整體表現，比當年新美園之錄影出色。林鶴宜口述，2016年8月6日。

105 據文化部文化資產局「文化資產個案導覽」之指定／登錄理由。查詢頁面：http://www.boch.gov.tw/culturacase_175.html?assetsClassifyId=4.1（2016年12月17日檢索），並於「資產名稱」以「北管戲曲」查詢，帶出「竹塹北管藝術團」頁面。目前北管戲曲保存團體有三：漢陽北管劇團、竹塹北管藝術團、臺中市南屯區景樂軒業餘戲劇研究學會，其中漢陽為文化部主管，其他為地方政府主管。

上十九時至二十二時為嗩吶鑼鼓班，每週日下午十四時至十七時為絲竹、彈撥、唱曲班，並在新竹市成德高中國中部、光華國中、虎林國中等傳習，這些成員，也會參與城隍廟慶典活動，或者竹塹北管藝術團的演出。自二〇〇六年起，鄭耕亞因與團員欣賞臺北藝術大學傳統音樂系北管組的音樂會，促成每年暑假的傳習活動，北藝大學生有十八天在新竹，向彭繡靜老師學習前場表演，由城隍廟支付教學、住宿、交通等費用，並在中元祭典期間，舉辦成果展，慣例下午由竹塹北管藝術團演出、晚上由臺北藝術大學學生演出。[106]

3 國樂

鄭家及城隍廟對國樂的支持，始自二〇〇四年有信徒向總幹事鄭耕亞尋求贊助水源國小國樂團之事，基於支持信徒而贊助一小筆款項，但這一機緣，卻開啟鄭耕亞自二〇〇六年起長期支持新「竹市立青少年國樂團」及「新竹青年國樂團」出國演出，[107]諸如二〇一〇年新竹青少年國樂團到中國北京、天津演出，二〇一一年新竹青年國樂團赴日本京都、岡山、大阪等演出，二〇一七年新竹青年國樂團赴中國山西太原及內蒙古包頭演出，地方業餘國樂團能夠多次出國，除了團員的實力，城隍廟及鄭耕亞個人的經費支持，亦是關鍵，鄭耕亞同時是兩樂團的榮譽團長。[108]

在城隍廟長期支持的團體中，國樂團是與廟方較無淵源者，既不在廟內練習，又非廟宇活動常見的北管音樂，是接受城隍廟及鄭耕亞贊助後，方才參與城隍廟慶典活動。而鄭耕亞願意長期自費支持，原因之一，當與他喜好音樂，且具鑑賞能力有關，少年隨父親鄭鴻源聽西洋古典音樂的薰陶，就讀新竹中學時，著迷古典音樂，夢想當指揮家，但家人認為學音樂會餓死而作罷，改讀商學院；不意中年之後，成為音樂夢想的支持者，聽慣古典音樂之

---

106 然二〇一六年、二〇一七年、二〇一八年，臺北藝術大學參與學生不足，中元祭典期間子弟戲均由竹塹北管藝術團演出。本節「北管」部份，融入筆者近五年來頻繁觀察竹塹北管藝術團活動之經驗。

107 鄭耕亞口述，2017年8月29日。

108 鄭耕亞鼎力支持新竹青年國樂團，其中的因緣際會與人情請託必多，緣非本文重點，不再展開。

餘，驚艷於交響化國樂呈現的效果，某次慶功宴，有感於樂團水準提升，說起應該讓歐洲人也聽聽中國音樂，沒想到卻開啟樂團規劃出訪行程，鄭耕亞有意支持，建議先從大陸開始，能夠被當地音樂家接受，再接著往外走，於是後來出訪亞洲最早西化的日本，到新竹的姐妹市岡山市等地演出，雖然每次出國旅費動輒百萬，但鄭耕亞、城隍廟及文化局，支持的不僅是樂團的夢想，也是新竹在地文化外交，青春實力的表徵。[109]此外，二〇一一年起，新竹市文化局於每年夏天舉辦「竹塹國樂節」，新竹青年國樂團指揮劉江濱為重要推手，為期約一個月，除了是新竹重要藝文活動，亦成為臺灣國樂界盛事，鄭耕亞與城隍廟等贊助支持之新竹青年國樂團，在國樂節必有精彩節目。[110]

4 小結

鄭耕亞致力於推廣新竹市北管戲曲及國樂的紮根工作，並贊助新竹市立青少年國樂團及新竹青年國樂團演出，而於二〇一五年獲選為「新竹市城市英雄」。[111]鄭耕亞自認他是鄭家歷來最支持音樂戲曲者，這一切肇始於他擔任新竹都城隍廟總幹事之際，有團體登門求助，他樂於成就藝術，從動念幫忙，到拓展演出場次、提升演出水準，十餘年來出錢出力出主意，打響國樂團及北管團的名號，成為新竹傳統藝術之代表。

新竹諸多音樂戲曲活動，場地與經費支持，與城隍廟密切相關，每逢農曆十一月二十九日都城隍公爺聖誕，除了該月有多日酬神演戲之外，壽慶聖典前一天「暖壽演出」，[112]在地音樂團體輪番在城隍廟的三川殿演出，如已

---

109 李青霖：〈以國樂作外交新竹青年國樂團赴日義演〉，B2版，《聯合報》，2011年8月17日，竹苗綜合新聞。

110 如二〇一八年第八屆竹塹國樂節之開閉幕節目，皆由新竹青年國樂團擔綱演出。相關報導如林家琛：〈竹塹國樂節　周末　鼓動新竹　開幕〉，《聯合報》，B2版，2018年7月2日，桃竹苗要聞。

111 獲獎新聞可見李青霖：〈竹市愛・分享晚會感謝城市英雄〉，《聯合報》，B2版，2015年12月27日，新竹新聞。得獎原因引自「2015新竹市城市英雄」微電影：https://www.youtube.com/watch?v=_eowhDT0t68（2017年11月7日檢索）。

112 新竹都城隍廟資深工作人員口述，並提供部分海報佐證，2018年1月22日。

丑年農曆十一月二十八日（國曆2010年1月12日），下午至晚上，由新竹市國劇協會、新竹市水源國小與新竹市立青少年國樂團、竹塹北管藝術團接續表演，每個團體的表演時間長達二三個小時。歲次癸巳城隍聖誕（國曆2013年12月31日），活動海報開始標舉「音樂饗宴」，參與的團體日漸增加，以國樂演出、戲曲清唱為主，二〇一五年起，因節目眾多，甚至從早上開始，每個團體表演一小時左右。茲據活動海報，抄錄表演節目最為豐富之丁酉年都城隍公爺聖誕暖壽節目（2018年1月14日）：[113]

09：00 龍山國小（國樂演出）
09：40 光武國中（國樂演出）
10：20 成德高中　國中部（北管排場）
11：00 水源國小（國樂演出）
11：30 建功高中（管樂／國樂演出）
12：00 虎林國中（北管／布袋戲演出）
13：00 培英國中（管樂演出）
14：00 新竹青年國樂團（國樂演出）
17：00 新竹市國劇研究協會（排場清唱）
20：00 竹塹威靈武術隊（武術演出）
21：30 竹塹北管藝術團（排場清唱）
23：10 暖壽團拜

上述表演團體，白天主要是平常城隍廟贊助的新竹市內學校音樂社團，除建功高中有國高中學生參與外，其他為國小及國中學生，以水源國小最早開始參與祝壽活動。晚上則以城隍廟支持的傳統音樂戲曲團體為主，包括新竹市國劇研究協會、廟方的竹塹威靈武術隊、竹塹北管藝術團。表演內容，以傳統音樂之北管、國樂為主，偶有西洋管樂，戲曲部分，除虎林國中布袋

113 新竹都城隍廟都城隍公爺聖誕海報，2018年。

戲演出，北管、國劇則是清唱。城隍廟邀請市內音樂戲曲團體共同為城隍爺祝壽，除了使慶典更為熱鬧，更重要的是經年支持傳統文化累積的成果，新竹喜愛傳統音樂戲曲的學子，有機會從國小國中階段就開始接觸，高中之後，若想繼續參與，社會團體的新竹市立青少年國樂團、新竹青年國樂團、竹塹北管藝術團，皆是卓有聲譽且活動頻繁的團體，足以支撐新竹學子們的興趣，同時也使社會團體代不斷有新生代參與。從學校教育延續到社會活動，是新竹音樂戲曲活動之重要特色。

鄭耕亞與他的團隊，非僅居於經費贊助者，更是活動的籌劃者，在城隍廟中元城隍祭的基礎上，除了與在地文化結合，更希望往外拓展，遂使新竹音樂戲曲風貌多樣且具有名氣。歷年活動較具特色者，如：二〇〇一年恭祝都城隍爺奉旨賑孤遶境遊行一百一十二年，中元祭典期間，連續四晚，以東門城為舞臺背景，配合燈光及舞臺設計，演出四部與城門相關的戲曲作品：京劇《空城計》、北管《黃鶴樓》、北管《天水關》、京劇《古城會》；[114]鄭耕亞因擔任全國城隍廟聯誼會會長，經常帶北管團到交陪的城隍廟演出，藉此讓北管團更為活躍，促進子弟戲的傳承；還在二〇一六年中元祭典期間，舉辦「響遏行雲——全國北管大會師」，這是首次大規模的北管藝術活動，邀集三十多個團體參與，包含出陣、排場、演出、展覽、座談會等活動，熱鬧而難得。而鄭耕亞還邀請堂弟鄭德宣擔任竹塹北管藝術團副團長，綜理團務，將定居臺北的族人找回，共同為在地音樂戲曲活動努力。

五　結語

清廷甲午戰敗，將臺灣割讓與日本，乙未改隸之際，大家族面臨離臺與留臺的抉擇：如板橋林家領袖林維源居清廷二品官銜，闔家避走廈門；[115]

114 林家琛：〈古蹟活背景東門城口演好戲〉，《聯合報》，第17版，2001年9月1日，新竹新聞。

115 許雪姬：《樓臺重起：林本源家族與庭園歷史》（臺北縣：臺北縣政府，2009年），頁25-29。

辜顯榮則是開臺北城門迎日軍入城，且成為日治時期迎送總督活動的領導者；[116]而鄭家雖亦有官銜，則是認清時局，柔順守智，首任臺灣總督樺山資紀上任前，親赴鄭家拜訪，還贈匾「學界山斗」給鄭用鑑（時已故去二十八載），至今仍掛在鄭氏家廟門楣之後，[117]日治時期鄭家視其為守護符。鄭如磻、鄭以典還籌劃安撫居民，[118]並在一定限度內適應日本統治，鄭如蘭及其子孫拱辰、神寶、肇基等，曾獲紳章並歷任新竹州協議員等職務，[119]延續鄭家在地方上的望族地位，雖有鄭神寶在生活中發揮日本情趣，[120]但如鄭如蘭深居簡出，鄭邦紀以遺民自居，不訂官民合辦的《臺灣日日新報》，而從上海訂《申報》及臺灣民眾黨的《臺灣民眾報》，許多族人出外穿西裝或漢服，除非必要場合，不穿日本和服，實則消極抵抗。[121]張炎憲的研究，稱鄭家為保守而穩健的家族，故可在新的政治體系下，安穩的適應和改變。[122]

鄭氏族人，除了欣賞音樂戲曲演出，親身參與學習者，較為少數，音樂方面，上舉鄭鴻源擅長吉他、鄭蓁蓁長於風琴，如今鄭德宣則習古琴。戲曲方面，在京班頻繁至家中演出的年代，家中亦有票房，清唱自娛，鄭肇基則

---

116 王學新：〈從辜顯榮與送迎總督活動談本島人士紳在官方儀式中的角色〉，《臺灣文獻》第62卷4期（2011年12月），頁281-345。

117 「學界山斗」照片及說明，可見鄭枝田：《竹塹鄭氏家廟》（新竹市：新竹市文化局，2008年），頁114-115。

118 據王松：《臺陽詩話》（臺北市：臺灣銀行，1959年），上卷（二）。

119 歷任職務詳見李維修：《從素封家到社會菁英——日治時期新竹地區士紳的社會角色變遷（1895-1937）》（新竹市：新竹市文化局，2015年），頁180。

120 宮川次郎：《新臺灣の人々》（東京：拓殖通信社，1926年），頁316。中文翻譯引自李維修：《從素封家到社會菁英——日治時期新竹地區士紳的社會角色變遷（1895-1937）》（新竹市：新竹市文化局，2015年），頁173。

121 鄭翼宗：《歷劫歸來話半生：一個臺灣人醫學教授的自傳》，頁107、117。鄭德宣口述，2017年10月7日。

122 張炎憲：〈臺灣新竹鄭氏家族的發展型態〉，收入中國海洋發展史論文集編輯委員會主編：《中國海洋發展史論文集（二）》（臺北市：中央研究院三民主義研究所，1986年），頁215-216。

曾在請戲班到家裡演出時，穿著自家戲服，登臺演皇帝、王爺等，[123]以裝扮為樂，如今鄭德宣、鄭武弦，偶爾參與竹塹北管藝術團之演出。

而鄭家與地方音樂戲曲活動之關係，可概括如下：

（1）以望族身份參贊公眾祭祀與慶典：鄭家為地方望族，自清代起即倡議改築廟宇、捐資修建、綜理其事，乃至成為寺廟管理人，日治時期更因為擔任官方職務，而成為官辦活動的主事者，安排活動之際，除了順應部分新規訓（如祭孔儀式）、增添新興而熱鬧的表演（如提燈行列），最主要的還是傳統詩意藝閣、戲曲演出，即使在日式天長節、神社祭等活動，還是有濃厚的臺灣味。

（2）將家族時尚娛樂引入公共領域：鄭家娛樂最能夠彰顯時代風潮及富豪氣度者，除了晚清的小童臺家班（含閩班），則是上海京班的演出，前者鄭如梁同意在後車路演出，後者則是在趁官辦活動，如鄭肇基邀請乾坤京班南下演出，將時尚娛樂以廣場搭臺演出的形式，引入公共領域，雖然偶一為之，亦背離其商業劇場演出模式，但以此號召，則使活動更形熱鬧。

（3）藉助城隍廟推展傳統藝術：鄭家因為一九二四年捐鉅資興修城隍廟，遂歷任管理人，鄭耕亞擔任總幹事期間，以城隍廟之活動場地、經費贊助、節慶演出，支持新竹市國劇研究協會、竹塹北管藝術團，如今竹塹北管藝術團為城隍爺駕前曲館，且是北管戲曲保存團體之一，[124]他個人又出資鼓勵新竹市立青少年國樂團、新竹青年國樂團出國巡迴，持續培養年輕國樂好手，與其父祖輩相較僅及於特定慶典活動，鄭耕亞則長期支持傳統藝術，並在地方紮根；且其支持交響化國樂，相較於父祖輩的京劇、北管，對鄭家及地方而言，乃是二〇世紀後半葉才傳入臺灣的新興音樂形式，由鄭家接觸之音樂戲曲，亦可折射出新竹人對音樂戲曲之接受。

——原刊於《臺灣音樂研究》第26期（2018年5月）

---

123 鄭德宣口述，2017年10月7日。鄭武弦口述，2018年5月29日。

124 竹塹北管藝術團演出劇目與活動情形，因內容豐富，筆者將另文討論。

參考書目

一　古籍

〔清〕　陳培桂纂輯　詹雅能點校　《淡水廳志》　臺北市　行政院文化建設委員會、遠流出版事業公司　2006年

〔清〕　陳朝龍、鄭鵬雲纂輯　詹雅能點校　《新竹縣采訪冊》　臺北市　行政院文化建設委員會、遠流出版事業公司　2006年

二　近人論著

王　松　《臺陽詩話》上卷　收入《臺灣文獻叢刊》　臺北市　臺灣銀行　1959年

王學新　〈從辜顯榮與送迎總督活動談本島人士紳在官方儀式中的角色〉　《臺灣文獻》　第62卷4期　2011年12月　頁281-345

何培夫主編　《臺灣地區現存碑碣圖誌・新竹縣市篇》　臺北市　國立中央圖書館臺灣分館　1998年

吳密察　〈學術與政治之間——鄭欽仁教授〉　《台灣國際研究季刊》　第7卷第4期　2011年冬季號　頁25-48

李維修　《從素封家到社會菁英——日治時期新竹地區士紳的社會角色變遷（1895-1937）》　新竹市　新竹市文化局　2015年

李遠輝、李菁萍編著　《北郭園的孔雀：劉玉英的故事》　新竹市　新竹市立文化中心　1999年

林文龍　《臺灣科舉家族：新竹鄭氏人物與科名》　南投縣　國史館臺灣文獻館　2015年

林玉茹　〈過新年：從傳統到現代臺灣節慶生活的交錯與嫁接（1890-1945）〉　《臺灣史研究》　第21卷第1期　2014年3月　頁1-43

林玉茹　《清代竹塹地區的在地商人及其活動網絡》　臺北市　聯經出版事業公司　2000年

林佳儀　〈竹塹北管子弟軒社活動考察——起源年代、空間分佈及演出盛況〉　《臺灣音樂研究》　第18期　2014年　6月　頁1-35　收入陳惠齡編　《傳統與現代——第一屆臺灣竹塹學國際學術研討會論文集》　臺北市　萬卷樓圖書公司　2015年　頁245-290

林承緯　〈日治時期祭典節慶中的神將與假裝行列〉　《臺灣學通訊》　第92期　2016年3月　頁12-14

林鶴宜　《臺灣戲劇史》（增修版）　臺北市　臺灣大學出版中心　2015年

恬我氏撰　林美容點校　《百年見聞肚皮集》　新竹市　新竹市立文化中心　1996年

洪健榮　〈清代臺灣士紳與風水文化的互動：以「開臺進士」鄭用錫為例〉　《臺灣史研究》　第19卷第4期　2012年12月　頁49-79

宮川次郎　《新臺灣の人々》　東京　拓殖通信社　1926年

徐亞湘　《日治時期中國戲班在台灣》　臺北市　南天書局　2000年

徐亞湘　《日治時期臺灣報刊戲曲資料檢索光碟》　宜蘭縣　國立傳統藝術中心　2004年

徐亞湘　《史實與詮釋：日治時期台灣報刊戲曲資料選讀》　宜蘭縣　國立傳統藝術中心　2009年

張永堂總編纂　《新竹市志》　新竹市　新竹市政府　1997年

張炎憲　〈臺灣新竹鄭氏家族的發展型態〉　收入中國海洋發展史論文集編輯委員會主編　《中國海洋發展史論文集（二）》　臺北市　中央研究院三民主義研究所　1986年　頁199-216

張啟豐　《涵融與衍異：臺灣戲曲發展的觀察論述》　臺北市　臺北藝術大學　2011年

張德南　〈鄭鴻源〉　《竹塹文獻》　第42期　2008年11月　頁124-127

章子惠　《台灣時人誌》第一集　臺北市　國光出版社　1947年

莊于寬　《1930年代台灣藝旦的音樂活動——以《三六九小報》為主要分析文獻》　臺灣大學音樂學研究所碩士論文　2004年

許雪姬　《樓臺重起：林本源家族與庭園歷史》　臺北縣　臺北縣政府　2009年

連　橫　《臺灣通史》　南投縣　臺灣省文獻委員會　1992年

陳志豪　〈近二十年來新竹地區的區域史研究之回顧與展望〉　「二十年來臺灣區域史研究回顧暨2013年林本源基金會年會」　臺北市　中央研究院臺灣史研究所、林本源中華文化教育基金會主辦　2013年

陳百齡　〈石碑背後的家族史：近代新珠社會家族研究〉　新竹市　新竹市文化局　2015年

陳郁秀　〈臺灣戰後藝術的發展──音樂〉《美育月刊》　第100期　1998年10月　頁1-10

陳運棟　《內外公館史話》　桃園市　華夏書坊　1994年

菅武雄　《新竹州の情勢と人物》(1938)　收入《中國方志叢書》　臺北市　成文出版社　1985年

黃旺成著、許雪姬主編　《黃旺成先生日記》(十五)　臺北市　中央研究院臺灣史研究所　2015年

黃美娥　《清代臺灣竹塹地區傳統文學研究》　輔仁大學中文系博士論文　1999年

黃朝進　《清代竹塹地區的家族與地域社會──以鄭、林兩家為中心》　臺北市　國史館　1995年

黃瑞誠　《竹塹北管藝術團的演藝活動與傳習保存之研究》　臺北大學民俗藝術研究所碩士論文　2010年

楊湘玲　《清季台灣竹塹地方士紳的音樂活動──以林、鄭兩大家族為中心》　臺北市　臺灣大學音樂研究所碩士論文　2001年

鄭枝田　《竹塹鄭氏家廟》　新竹市　新竹市文化局　2008年

鄭華生口述、鄭炯輝整理　《新竹鄭利源號典藏古文書》　南投縣　國史館臺灣文獻館　2005年

鄭翼宗　《歷劫歸來話半生：一個臺灣人醫學教授的自傳》　臺北市　前衛出版社　1992年

鄭鵬雲編輯　《浯江鄭氏家乘》1913年成書　臺中市　臺灣省文獻委員會　1978影印出版

鄭鵬雲、曾逢辰　《新竹縣志初稿》　南投縣　臺灣省文獻委員會　1993年
謝珊珊　《新竹市亂彈子弟與皮黃票房之研究》　臺北市　中國文化大學戲劇研究所碩士論文　2003年

三　報紙

《漢文臺灣日日新報》
《臺南新報》
《臺灣日日新報》
《聯合報》

四　資料庫

中央研究院臺灣史研究所　「臺灣總督府職員錄系統」　2012　http://who.ith.sinica.edu.tw/mpView.action
文化部文化資產局　「文化資產個案導覽」　http://www.boch.gov.tw/culturacase_175.html
徐亞湘編　《日治時期台灣報刊戲曲資料檢索光碟》　宜蘭縣　國立傳統藝術中心　2004年
漢珍知識網　「《臺灣日日新報》YUMANI 版」資料庫

五　碑碣文書及其他

〈明治41年12月19日鄭如蘭立再遺囑書〉　中央研究院臺灣史研究所「臺灣史檔案資源系統」　編號 T0877_03_01_0015
「靈昭泰岳」匾額　新竹東寧宮
〈東寧宮沿革〉　新竹東寧宮
新竹都城隍廟都城隍公爺聖誕海報　2010-2018年
〈2015新竹市城市英雄〉　新竹市新鮮事

六　訪談

林鶴宜口述　2016年8月6日

新竹都城隍廟資深工作人員口述　2018年1月22日

鄭武弦口述　2018年5月29日

鄭耕亞口述　2017年8月29日

鄭德宣口述　2017年8月29日、10月7日、10月24日

附錄一：浯江鄭氏世系圖

一世至五世簡圖

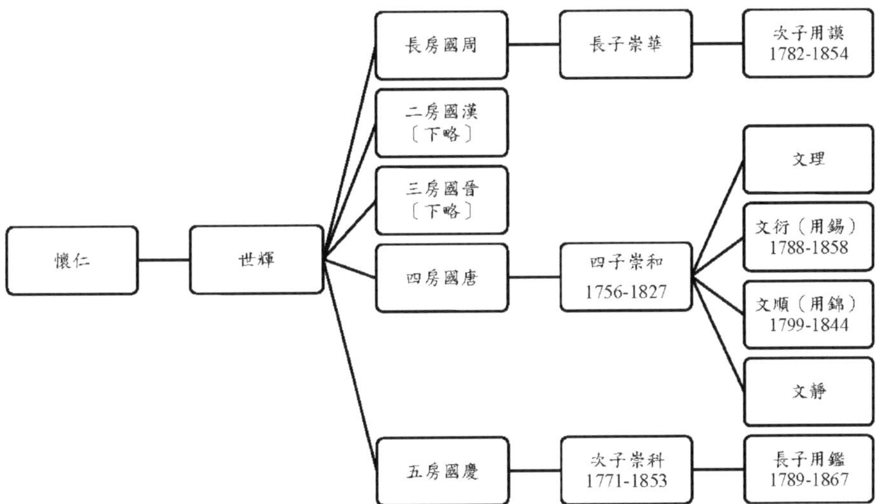

「四房派下」（家號「永承」）五世～十世簡圖

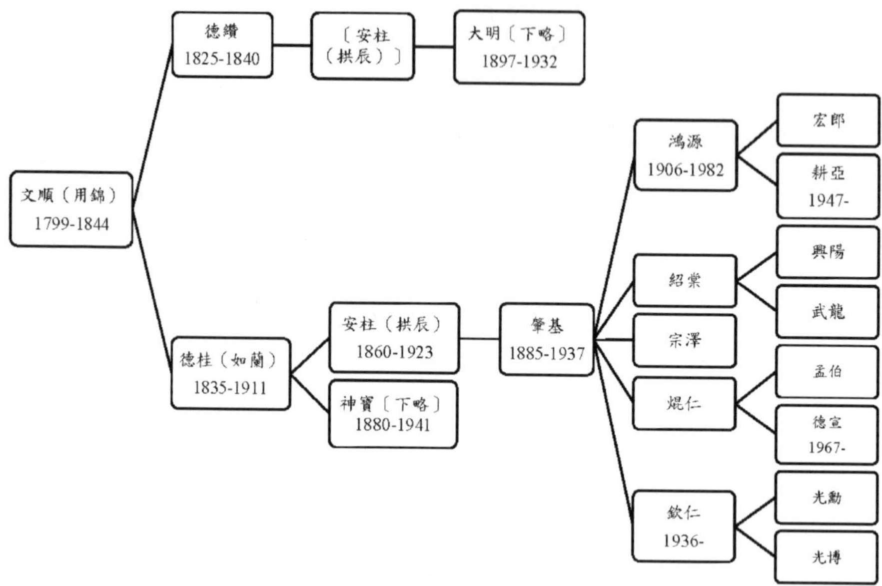

「五房派下」(家號「恆升」) 五世～九世簡圖

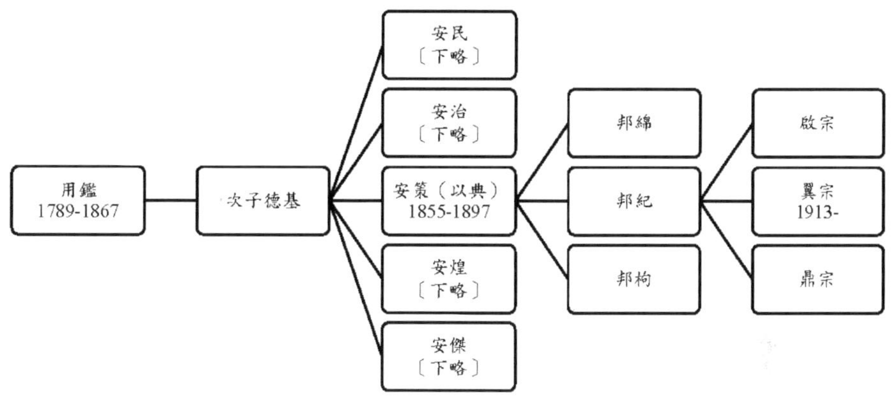

按：

1、四房祖為崇和，崇和次子為文衍（用錫），三子為文順（用錦）。

2、安杜（拱辰）為德腆四子承繼，兼祧德纘。神寶為螟蛉子。

3、大明為大正七年（1918）入籍。

4、肇基長子鴻源為登瀛三子承繼。三子宗澤十九歲亡故，無子嗣。另有五位女兒，長女蓁娘（蓁蓁）嫁給滿洲國首任外交總長謝介石子次子喆甡，次女順娘嫁給霧峰林家林澄堂次子林垂訓，餘略。

資料來源：

鄭鵬雲編輯：《浯江鄭氏家乘》（1913年成書，臺中市：臺灣省文獻委員會，1978影印出版）。

鄭華生口述、鄭炯輝整理：《新竹鄭利源號典藏古文書》（南投縣：國史館臺灣文獻館，2005年），頁19-22。

張永堂總編纂：《新竹市志》（新竹市：新竹市政府，1997年），〈人物志〉，冊七，頁45-46、88-89。

鄭德宣口述，2017年8月29日、10月24日。

「臺灣各區地方學發展特色及省思」
座談會紀錄

時　　間：二〇一七年十一月十日（五）17:00-18:20

地　　點：清華大學南大校區國際會議廳

主 持 人：蔡榮光秘書長

討論學者：陳萬益教授（新竹）、林明德教授（彰化）、顏崑陽教授（花蓮）、江寶釵教授（嘉義）、林秀蓉教授（屏東）

座談內容

蔡榮光秘書長

五位教授，還有在座的所有的同好，也應該是對我們地方學，竹塹學，有興趣的各位學者，各位學者專家，大家下午好。現在時間是五點十分，我奉主辦單位指示，我們這個座談會六點半前一定要準時結束，因為晚上我們還要拉一段路到竹北，在一個非常有臺灣早期特色的餐廳——風城之月去用餐，我們用餐時間是訂在七點整，這個路程大概要二十分鐘，所以我們最慢六點半一定要把座談會告一段落。不過沒關係，現在還有一個小時又二十分鐘的時間，所以我這邊先作一個簡單開場。

我們今天座談會的主題是，臺灣各區域地方學發展特色及省思，各區域地方學發展特色，早上在開幕的時候，我也稍微點到一下，現在不管是中央政府，還是我們地方政府，對地方學都非常重視，也可以說現在是顯學中的顯學，所以很多競爭型的補助，我們要很辛苦寫計畫去爭取經費，通常是要一塊給五毛，但是只要掛上地方學、地方知識學或在地知識學的標題內容，往往是要五毛給一塊，也就是說要錢比較容易。因為剛好跟目前社會的主旋律非常的搭配，所以現在比較方便，所以我們想說搭上這班便車，各地方政府尤其是文化局，在這塊特別重視。就以我們新竹縣文化局為例，我們有一個專屬的縣史館，有兩個科在縣史館辦公。其中一個科是文化資產科，負責硬體的歷史建築古蹟的修繕維護，另外一個科是史料文獻科，史料文獻科其實就是做軟體文獻的資料的蒐集，所以在縣史館裡有軟有硬，其實結合起來不管是軟體還是硬體，都是地方知識學的一個輪廓、範疇理念。所以我們這次非常高興新竹縣文化局有幸跟我們清華大學中文系華文研究所一起來合作，共同主辦竹塹學的國際學術研討會。當然今天是竹塹地方學又是國際學，那我們這場座談會還是 focus 在地方學為主，就是竹塹區域地方學的發展特色及形式。這次我們邀請到參與座談會的五位學者專家，他們在地方學各領域，尤其是竹塹學方面的研究，都有他們的一片天，發展出各自地方學的特色。

今天我們邀請五位與談人，我先介紹名字，背景的部分，輪到他講話的時候我們再來做一個補充說明。那在介紹之前我還是要把遊戲規則先跟大家做個報告，也跟五位老師來做個說明。首先，我們每一個與談人總共有十二分鐘的時間，那我們想說做一個這樣的分配，發表十分鐘，最後留兩分鐘來回應，這樣好不好？每位十二分鐘，五位就一個鐘頭了。我們這邊有按鈴控制時間，那這個五位老師都發表完畢以後，各位提問的時候就可針對五位老師發表的內容，提出一些問題來討論。那各位提問也盡量控制在兩分鐘左右，當然講是原則啦，我們保留一點點彈性沒關係，這樣的情況下我們大概可以維持一個小時又十分鐘左右，應該可以把我們這座談會告一段落。因為我的開場跟收尾大概也只有十分鐘，我已經用掉五分鐘了，所以我不能再講了，現在我就先介紹今天與會的五位與談人。

首先是陳萬益教授陳教授，陳教授是第一位發表的人，他是我們清華大學中文研究所所長，也是文學院院長退休下來。我印象最深刻的是他幫我們新竹縣一位非常有名的前輩文學家──龍瑛宗編撰他的全集，在編輯過程當中，非常的辛苦，最後出版以後，成果我有分享到，現在我家裡還有這一套龍瑛宗全集。那當然還有一點點小小遺憾，他的兒子劉知甫先生一直要為他父親成立一個紀念館。因為有一些土地跟房舍問題沒解決而耽擱了。還好在他過世之前，我在文化局長任內幫他完成一個心願，我覺得稍告慰他的在天之靈，就是把北埔國小校長宿舍指定為歷史建築，而且以龍瑛宗文學館的名義整修，客委會今年撥了兩千五百萬，所以我們在下個月就可以啟動，修好以後，就是以龍瑛宗文學館這樣一個名義對外開放。我想這部分稍微可以告慰劉知甫先生。也可以讓龍瑛宗，他的事跡得以流傳，這個宿舍雖然不算故居，是他以前讀過的北埔公學校的校長日式宿舍，當作龍瑛宗紀念館，我還是覺得有它的意義存在，也算是跟地方學有關係，是不是我們就先掌聲歡迎陳萬益陳教授。

陳萬益教授

謝謝蔡秘書長的介紹，今天要談這個竹塹地區的文化發展的過去、現在，甚至於未來，最適當的一些人選，也就是我們的蔡秘書長，我認識他也很久了自從他在新竹縣的文化中心當主任，後來當文化局的局長，現在繼續當秘書長，恐怕在臺灣的地方的文化局，像這樣長期在這個位子上的耕耘跟努力，實在非常難找，非常難找。那麼，今天要介紹新竹，也就是竹塹地區這個領域，蔡秘書長是最適合的人選。不過，我應該這樣講，竹塹學由，是我們清華大學的南校區，就是原新竹教育大學，來創辦其實是有它的地方性淵源，因為清華大學新竹附小是原新竹師範，就是新竹教育大學的前身所創。所以從某一個觀點來看，清華大學從開始它是一個理工的大學，在理工的發展來講，相對來講，它對於地方的文化，對於地方的事務，參與的非常有限，一九八〇年以後，成立中文系以至於，後來成立這個人文社會學院，這個已經相當晚了。那麼，竹塹學的研究，當然是由新竹師範，也就是新竹教育大學，現在的清華大學的南校區這個發展起來，是有一定的時間發展的歷史因素。當然，我這樣講的意思，還是要肯定我們的主辦幾位老師，持續地經營下來，今年第三屆，從邀請參與的學者，以及講題來看的話，也都是新竹縣現在蔡秘書長，原來文化局長，它的會員跟竹教大這樣子合作，才能夠辦起來，而且越辦越好，我以清華大學的退休教授，跟這個竹塹學有淵源，這三屆都有參與，親眼看到它的發展進步，我感到身有榮焉。

對於竹塹地區相關的文化學術發展，在竹塹學的第三屆中的會議宗旨，上半端清清楚楚的，點出竹塹地區在過去方方面面的成就、表現，同時也把這一屆的論文分成七個場次，大多是涉及到竹塹學，跟一個相關整量的一個領域做了一個詳細的說明，所以參考這個會議宗旨，也就可以對竹塹學過去的發展跟現在的近況有一些了解，甚至於我們要談的一些部分，在這些已經完成的論文裡都可以得到很豐富的資訊。那麼，我以在新竹三十幾年，在清華大學任教的這樣子的一個經驗，過去多多少少參與新竹市或是新竹縣的文化中心、文化局的一些文化事務，回過頭來看，我只用一個點來做我個人的主要的報告點。那也就是蔡秘書長剛剛提到的龍瑛宗的紀念館，在他努力之下，雖然劉知甫先生已經過世，來不及看到這個紀念館的實現。但是這件事情，應該說對於龍瑛宗，對於喜歡龍瑛宗的文學的人，或者說對於新竹市、新竹縣或者說廣義的竹塹的地方文學文化的發展來講，它應該具有重大的意義與未來。那麼，新竹這個地區住民，新竹市大概以閩南人為主，新竹縣基本上是以客家人為主，北埔跟新埔是兩個客家小鎮，那就文學來講這兩個地方出了不少的人物。這次大會安排的三天要走新埔，對，那過去我們的國際會議大多都會是走北埔，所以這兩個客家小鎮，應該說是竹塹地區尤其說是國外學者來的時候，我們會考慮邀請他去參觀的具有地方特色的兩個客家小鎮。新埔已經有吳濁流的故居，兼作新竹文學館，那我就不多說，因為第三天會去參觀，我就不多說，我就說我這麼多年來，比較常常過去的北埔，北埔其實真的是人才濟濟，不僅是人才濟濟，如果從歷史文物去說，譬如說金廣福等等，太多了、太多了。可是這個地方，到現在成為最有名的客家小鎮，一般觀光客來的時候大概也不清楚這個北埔的歷史，也不曉得什麼是金廣福，不曉得這個比如說我們的張如松，我們的一個畫家，張如松出生北埔，啊蕭如松，啊對不起，蕭如松這個畫家的一個緣起，可能相對來講都還陌生的，都還是陌生的，那北埔因為曾經是出產東方美人茶，後來舉辦了膨風節，以茶為號召的一個產業的一個節慶，結果客家小吃大大的興旺，大概假期的時候，北埔塞滿了人，可是產業之後，那就是文化。

在二〇〇〇年的時候我們應北埔農會的邀請，把第一次的龍瑛宗文學研討會在北埔舉辦。可是，現場沒有一個北埔人參與，所以主持人鍾肇政非常的生氣，這麼多的外賓到這個地方來開龍瑛宗的研討會，在地人一個也沒有，這個太不像話了。但是二〇〇〇年到現在，我想情況不太一樣，我剛才已經提到，大概我們辦國際學術會議的時候，都會整團帶過去北埔，在地人也慢慢知道，因為他墓園在北埔，知道有這樣一個傑出的作家，以他為榮。但是，可惜的不只是這個作家，我們要把北埔這個地方的史文化整個結合，加上產業開展起來，這個是一道的。現在通過一部電影賽德克巴萊，我們都知道，一九三〇年的這個「霧社事件」，原住民、漢人對日本抗爭的這個事件，而之前一九〇七年「北埔事件」，也是原住民跟漢人合作的抗爭事件，到現在雖有爭議但是沒有把遺蹟，尤其是五子碑，那個都還在，但是沒有人去好好的看過那個地方還原歷史文化，我的意思是說，雖然有人還有實際上的成績，但是如果要發展的話產業發展起來了文化歷史再加進去，才會真正能夠豐富起來，才會開展出真正的，好的地區文化的一個發展，好，謝謝。

蔡榮光秘書長

有點遺憾，十分鐘實在太短了，講一個故事都不夠，但因為我們這個五位學者在這邊，每一個都有他精華的部分要發表，所以我的話就不用太多了，我還是要補充一下，剛剛講的五子碑，實際上還在，而且我們即將把他登錄為歷史建築，而且是一個非常重要的遺址，它是北埔事件非常最重要也最明顯的一個遺跡，當然為了這個事情，北埔事件故事部分，我們也會把他編成一個劇本，也許會用行動劇的方式表現，大家可以拭目以待。

好，我們第二位要幫我們發表的是林明德林教授，林教授大家這都很清楚，在臺灣民俗界，大家是無人不知無人不曉，他現在從彰化師大國文系教授退休以後，現在是擔任中華民俗藝術基金會的董事長。常常兩在岸之間都會看到他的身影，當然對推廣我們臺灣民俗文化，非常的用心用力，今天我們難得請他來發表半線學的研究心得，彰化舊名叫半線，剛剛是竹塹學現在是彰化學，我們以掌聲歡迎林明德林教授。

林明德教授

主席，各位代表臺灣各地方學的學者，還有在座各位女士各位先生，我為大家提供這樣的議題。在前不久才在北京聯合大學裡面，因為我被推薦過去，就是以臺灣彰化學的建構，提供一個專題報告。剛好這個 PPT，可以作為大會的一個議題，借助這個來分享，我的論文因為有一萬字以上，所以用這簡單來跟大家介紹。

一九七七年臺灣掀起一場鄉土文學論戰，針對過度西化現象進行反思。在一九八〇年代，後殖民思潮蔚為趨勢，主體意識逐漸浮現，引起一些學者，以及在地人文積極搶救瀕臨滅絕的民俗藝術，這是我從一個民俗藝術的觀點來看。當時也是許常惠教授登高一呼，一九八七年臺灣解嚴，各縣市政府紛紛提出文化策略來凸顯區域特色。於是各地的一些所謂的學，比如說金門學、宜蘭學、南瀛學、彰化學等等等，那都相繼推出，成為顯學，因為我在彰化關心了三十多年，所以我就以我所了解的這案例來跟大家介紹。

那彰化學我覺得是一個極為特殊的案例，從一九七〇年代開始到現在，仍然是進行一個文化工程，包括民俗曲藝、音樂史、民間文學、文學史、飲食文化等等面向，二〇〇七年我跟好友啟動彰化學總策畫彰化學叢書，預計十二年出版六十冊，我預計再兩年把它完成。這套書是針對中央不做，地方不做，由民間來做，掌聲鼓勵，我這個口號一喊，是絕對可以為我們民間發聲。那這六十冊的範疇包括宗教、歷史、地理、民俗文學、傳說、傳統建築、傳統表演藝術、傳統工藝與飲食文化等等，我甚至挖到一個民間文學的活化石，想盡辦法要接近他，但他就像那個泥鰍一樣滑溜溜的。如果能找到的話，那可能是臺灣最難得的口述文學，特別是民間文學的一個耆老，那相當程度詮釋了彰化文化三百多年來文化資產豐饒多元的底蘊，為了尋找地方學的永續經營，將資源回饋地方，並轉化為實際總體營造的活力。我們在一九九四年，由當時的申學庸是文建會主委，副的是陳其南由來推動，我們的秘書長當時也是共同在各地方推動，以彰顯地方學的積極意義，這是值得思考的議題，因為學問不是束之高閣，它必須回向社會。

臺灣的位置這很奇特，一五七三年葡萄牙人稱臺灣，他航經這個臺灣，望見島嶼，山玉如畫，樹木青蔥，驚嘆為 Ilha Formosa。那如果轉動地球儀，在地球北半球，沿著北回歸線由西由東，可以發現一件非常神奇的現象，長長的亞熱帶，墨西哥沙漠先入眼，接著是非洲撒哈拉沙漠，再來是阿拉伯沙漠，再來是印度半島的塔爾沙漠，再來就是我們美麗寶島，Formosa。別人都是沙漠地帶，這個島是四季如春。既此百年來，荷蘭、西班牙、清代、日本等外來勢力相繼進出，這不是好的島嶼，並且影響致個移民社會的文化內涵，形塑出一種獨特的海洋性格。

一九四九年國民政府來臺，經過數十年全民共同的努力奮鬥，締造了雙奇蹟，也就是經濟奇蹟、政治奇蹟，我們都寄望有一個文化奇蹟，但是政府還是不作為，民間倒是創出來了，多元宗教、多元飲食的雙奇蹟，這個我是稱之為神仙島。接著剛剛我大概也談了，不過在這裡，在眾多地方學當中彰化學是個特殊的案例。一九七〇年代到現在一直在進行，一九七八年許常惠教授他開風氣之先，鐽下一鋤，發起民俗音樂調查，展開彰化縣的南北管音樂調查，舉辦國際難管音樂學術研討會，累積地方的資源。在一九八四年，進行南管北管的曲譜調查收集，接著往後是規劃彰化縣文化中心的南北管音樂中心跟戲曲管，南管北管的戲曲管的硬體，後來這就實現了。由學者推動，非常成功的案例。一九九七年，他完成了《彰化縣音樂發展史》，一九九四到一九九六彰化縣民間文學在胡萬川教授領導底下，推出了十本的民間文學集，一九九七年彰化縣文學發展史出版，那是由楊翠、施懿琳兩位教授合作寫的，我剛算了一下大概七、八十萬字，那是真的是歹勢（臺語），寫這麼多，酬勞並不多，涵蓋三百多年討論作家一百多人，充分說明彰化優美的文學傳統。

我的因緣是一九九九年，我是一九九六年輔大退休然後到彰師大，個人接受彰化縣文化局的委託進行一年的飲食文化調查，這一本書三十五萬字，見證半線飲食的風華，彰化這一帶舊稱半線是來自於平埔族半線社知名，在地理上是臺中中部黑色土壤是他得天獨厚。那這一本書現在變成暢銷書，彰化縣飲食文化這個因緣。然後，我大概花了四十年激進彰化，探堪他的寶藏，證明他人文內涵的豐容、多元，在因緣俱足下推動的、啟動彰化縣的構想，包括課程的設計、田調、學術會議、籌書出版，透過計劃的說明、遊說，終於獲得一些士紳的贊同跟支持。比如說，跟他們募款，募款了五、六百萬，為這一項工程奠定彰師的基礎，二〇〇七年擬定主題，包括宗教、歷史、地理、文學、建築、表演藝術、工藝、飲食等等同步展開，並請學者專家共同來撰寫，目前已出版五十冊。在這五十冊裡面，包括傳統建築、寺廟民居，還有彩繪書法、水地歌謠，動漫畫以百年老店，因為後面有十冊我預定是這樣，其中有動漫畫是蔡志忠，蔡志忠我等一下還會補充。接著，這是五十冊裡面有三十冊傳統文學跟現代文學，所以我建議彰化縣長卓伯源建議到現在，他最有資格，因為他有軟體，建立彰化縣文學館，到目前我做了。比如說，親近彰化作家十三人，還有 DVD，那是馬英九上任的時候，不是要擴大內區嗎？那一筆錢剩下三個月、四個月花不了，縣政府文化局找我，我說我受不了，但是還是做出來這樣一個工程。有一個工程是歷史彰化一些家族史，特別是鹿港的家族史，一樓還有十一樓。丁家大宅等等的也都陸續出現，特別是一樓他是被郡門買下來維修變成歷史建築，個人花了一億多，這是臺灣民間修護歷史建築的一個案例。百年老店我正帶著學生在做，已經做了六、七年了，在座也有一位彰師大的碩士生在這，那我推動了這個是我親自參與，希望把彰化的百年老店現在已經找出了二十三家，大概今年，到明年可以都完成，民間必須這麼做，否則這些百年老店都散見各地。接著，彰化縣工藝美術這是在今年完成的，找出來的十三類一百三十五人，可以看出來彰化縣的傳統工藝，非常的豐富。

再來，我之後作結語。一九七〇年許常輝教授開風氣之先，解開了地方學，當時不叫彰化學，這樣的一個序幕，到現在已經有四十年。二〇〇七年《彰化學叢書》誕生，歷經十多年，我想這是非常艱辛的工程，民間來做。從人文資源面向設計，學者們邀請以及預算的籌措，美編出版，無不需要費心來擘劃，為了深化地方學，難以有待專案的持續，然後再研究，透過系統的積累、整合、活化，為地方學尋找一個永續經營的大方向，我還是回到一個可以跟社區總體營造，分享這些資源，這才是地方學真正的積極意義。我剛講的那幾個比如說，希望地方政府能怎麼怎麼，說得都比聽得好，唱的比聽的什麼都好聽，但是都沒辦法完成，所以我還是繼續在用輿論來督促，以上，謝謝。

蔡榮光秘書長

好精彩，還是很遺憾，時間還是永遠覺得不夠，不過我想最後我們有些回應會更好一點，好不好？我們林明德老師的結語，基本上就把我們這場座談會主題定調出來了，希望我們跟每一個地方都能發展出自己的地方學，當然這是從社區營造的概念來出發。

接下來第三位幫我們發表的是顏崑陽顏教授。顏教授是我的母校輔仁大學中文系的特聘教授，我太太也是輔大中文系畢業的。顏教授過去在東華大學中文系任教，還兼任人文社會學院院長，所以對這個花蓮地方學——洄瀾有很多著墨，所以我們今天有幸請他來發表洄瀾學，我們掌聲歡迎顏崑陽教授來發表花蓮學。

顏崑陽教授

花蓮學從二〇〇六年第一屆開始，地方政府與學院合作，由花蓮縣政府委託東華大學舉辦，後來慈濟、花師也都參與了。每兩年一屆，到二〇一二年舉辦第四屆，可是後面停頓了，相隔五年，到二〇一七年才又舉辦第五屆。現在可以檢視的成果，就是開了研討會，出了論文集，至於研討會所獲得的結論，對地方行政所做的建議，是否付諸實施，還有待觀察。

如果要了解花蓮學的特色，就要先了解花蓮的地理環境、臺灣開發史、政治結構、族群文化，以及社會風俗的特色。花蓮這個地方，因為自然環境山明水秀，與西部隔著中央山脈，所以花蓮人普遍都抱著桃花源、臺灣最後一塊淨土，這樣的地方意識。這種地方意識會衍生非常強烈的生態環保意識。可是相對的，它又是臺灣開發史所稱的「後山」，開發得比較晚，建設比較落後，被認為是邊陲地帶。因此，花蓮人對經濟生產以及地方的現代化建設、觀光的行銷，都有非常強烈的焦慮感。這兩者之間，淨土意識與經濟開發建設彼此相當衝突；一方面希求開發建設，另一方面開發建設必然破壞生態環境，如何協調、平衡？一直是個難題。

地方學在花蓮來講，過去五屆討論的議題，可以包含地方歷史、地方行政、族群文化、經濟產業，還有自然生態、宗教信仰、文學藝術、社會變遷；其實非常多元，能夠想得到的議題都已經接觸，也都提出論文了。然而，各縣市都在發展地方學，或說是區域學，卻從來很少人去問清楚，所謂的「地方學」、「區域學」的功能、目的是什麼？它和學院關起門來，純粹舉辦學術會議是否不一樣？因為各縣市「地方學」通常都是縣政府拿錢，委託學院辦理，雙方合作。那麼這種合作模式和學院裡平常學者都在進行的學術研究，肯定會有不同的功能與目的。「地方學」的功能與目的主要是「實踐」，而不是純理論；如果有什麼理論，也是作為「實踐」的指導原則，總要做出相當成果。

那麼，花蓮的地方學到底想幹什麼？過去幾屆，最後都有一場座談，好多個教授或研究生都提出質疑，舉辦「花蓮學」研討會究竟想要做什麼？到第四屆為止，大概就定位在所謂「學術理論與地方行政實務經驗的對話」，參與的有學者、地方文史工作者、縣政府的主管。第四屆，縣長傅崐萁在論文集的序文也指出：「花蓮學是想要集思花蓮區域的共生願景」。這句話有個很重要的關鍵詞：「地方區域的共生願景」，因此「花蓮學」必然要落實到地方生活，究竟花蓮地方百姓的「共生願景」是什麼？講「願景」當然很有理想色彩，但是做得到嗎？講「共生」當然很有群體意識，但是群體意識的「共生願景」怎麼訂立出來？由誰來訂立？這些問題都還沒有答案。

花蓮的產業是以「觀光」為主；但是，產業的開發希望能夠兼顧到「文化」。話都講得非常漂亮，做得到嗎？觀察前幾屆真正做到的成果，還是停留在「學術理論」與「行政實務」之間的「對話」。我必須強調，他們只是在「對話」，「對話」基本上就在語言層，嘴巴說說而已，會議開完以後，各自回家；學者回學院去，行政主管回縣政府去，文史工作者回研究室去，過兩年再開一次會議。這兩年做了什麼？還是個問號。這樣的地方學，有意義嗎？不能說沒有，因為就語言層來說，我們還是有知識建構的效果，可以做到把地方歷史、文化的資料收集、保存、研究、解釋，將地方歷史、文化的意義及其特色，經由群體論述而展現出來，這個效果可以肯定；但是，假如放在結合地方行政實務的推展來說，我覺得效果還是很不足，因為幾乎沒有付諸實踐。

第五屆研討會，邀請我去做開幕演講。我對前幾屆的成果做了反思批判，就如我剛才所說的，特別指出「花蓮學」舉辦到第四屆，都還只是在「對話」，對於花蓮地方行政改進了多少？對於百姓的「共生願景」，實現了多少？那麼，這樣的「地方學」，意義何在？因此，我除了肯定前面所說的效果之外，更建議跨學院、政府機構、個人文史工作室，建置常態性的研發單位，彼此密切配合，理論做為實務經驗的指導，而實務經驗做為理論的實現。這樣的「地方學」才能夠真正對地方社會、文化、經濟等各方面有幫助，而且不會距離百姓太遠，否則一直都只是學院裡的理論，對百姓的現實生活，沒有太大的意義。

蔡榮光秘書長

好，謝謝顏教授的分享，沒有錯，因為要發展一個地方學，真的需要時間，最關鍵的還是要有人，什麼人？有心人，要有心人在前面推動，還有一個很重要的就是需要產、官、學、研各方面配合天時、地利、人和這樣結合起來，才有辦法開花結果，否則舉辦了很多活動或研討會，辦完就束之高閣，很多是這樣，這一點倒是值得我們好好省思一下。我們竹塹學辦了第三屆，無三不成理，我們一定要繼續辦下去，辦久了之後，當然就會產生一點影響力。我們今天是談地方，我們可以開始思考是不是要多一點跟地方做結合，所以這一次我覺得跟我們地方政府、地方文化局來做結合是非常正確的方向，否則就是一直都是在大學的學術殿堂裡面，畢竟跟民眾之間還是有一些隔閡的，跟地方政府結合以後，多少我們跨出去了，那跟地方民眾，或者我們講接地氣，我想這個竹塹學走下去還是很值得我們期待的。

那我們第四位要幫我們發表嘉義學的是江寶釵老師，江老師現任是中正大學臺灣文學與創意應用研究所的教授兼所長，她的著作最特殊就是嘉義地區古典文學發展史，所以今天來發表嘉義學當之無愧，我們掌聲來歡迎江寶釵江教授。

江寶釵教授

謝謝惠齡教授的邀請。然後現在在座有幾位老師是我的啟蒙老師，在座的嘉賓，各位好。我現在要談一下嘉義地區文學的發展，其實不只是談他的發展以及我們做了什麼，也要談趨勢，也就是說我們邁向未來做了什麼。

這是我們學校的空拍圖（指 ppt）。我開始做嘉義文學，大概從田野調查開始，啟蒙老師就是清華大學的胡萬川老師，文學史的部分就是顏崑陽老師，其實都從他們那裡受惠非常多。那麼那個是什麼，那個在文化研究裡面其實我是外行，是從呂思聰老師的音樂、他的一些跨領域的研究，我也受益很大。我原則上先從民間文學開始，大概出版了十幾種，後來就寫了嘉義地區各種文學發展史。那時候嘉義縣政府每二十年編一次縣志或市志，剛好我在二〇〇二年做了《嘉義市志》的〈文學篇〉，接下來二〇〇八、〇九年就完成《嘉義縣志》的〈文學篇〉，一個是市志、一個是縣志。我想這三個地方的研究對我來說是非常重要的。作家作品研究我也要很感謝的說，嘉義在目前的作家其實都凋零，而且分散各地，在地的嘉義作家或作品其實是不多的，可是我運氣很好，在一九九七年我就做了張李德和的研究，二十年後的今年張李德和聽說要進高中課本、課綱、教材。那麼何其有幸，個人可以參與這樣臺灣文學經典化的過程，這個人還是我發掘的。

我怎樣做張李德和？一九九七年我做了一次以後，幫他開了研究展，我還自費到美國去，然後幫做了他的年表，去找他的女兒。三年前我突然靈光一動，覺得我已經到了凋零的人生，我的人生快到了結束，我應該要回顧過去我做了什麼，繼續昇華。所以我今年用三年科技部的計劃，完成了應該明年可以出版的張李德和研究。張李德和的作品集的校注、張李德和的傳記、張李德和的書畫冊，還有張李德和的過去作品的補佚。我認為嘉義地區的作家在古典文學最具特色，最具突出性的古典文學是張李德和，新文學是張文環，可是我們在推張文環的時候就遇到非常多的挫折，不過我們還是繼續在努力。接下來我們一直在做的是文化研究，琳瑯山的周邊的一些東西，這個琳瑯山和河就是張李德和的故居。

我基本上就是從文學，地方文學這樣的研究。我從一九九四年開始做，一九九七年出第一本書，到了二〇一〇年左右，開始發現語言文學的大危機，然後就思考文學轉向有沒有可能。這個可能性是從中正大學臺文所所面對的困境開始，我們野地處偏鄉，缺乏與中央各部會對應的窗口，校園內各系所、行政部門各任其事，資源分散、力量分散，缺乏對社會近期潮流相應的熱門科系，沒有設計系，沒有農業相關系所，沒有生技，沒有醫療，什麼感覺都沒有。我們臺灣文學最需要的人文學的關懷，在我們的這麼年輕的校園，今年才二十八歲也沒建立什麼，我們也沒有人文學關懷，一無所有。那在這樣的狀況下，我們應該要怎樣去做？我自己就定了一個綱領，就是人文核心深植在地文化，就我們過去做的那些東西，繼續昇華，譬如說，張李德和我們就有學生投入論文的研究，去做他們的故居，然後到中小學去教學。我們要與勞動文學投入社區的耕耘，我們也要用另類的書寫邁向國際。這個就是我所說的新的趨勢，我認為想要走出這個人文學的困境，或者說臺文所的困境，我自己中正臺文所的困境，那就要有一種另類書寫。

我基本上還是惦記於地方，我們就開始做這些，邀請國際志工來做一個地方，嘉義這座城市的美學是什麼？他的性格是什麼？從國際志工的角度、外國人的角度來看我們自己都市缺少什麼？那有什麼特色？我們也邀請作家到嘉義市去住是一年、兩年，後來就出版了《穿越世界的時光》。假如我們玩地方學都自己玩的話，那還是有點困難，所以後來我們把作家的作品、註釋的一些地景和書寫結合，就是文學和景觀結合，把他擇要譯成英文。我們也做飲食的調查，做地方飲食的食譜。我想我，認為假如我們要把一個學科做得好，而且在學院裡面他有存在的空間的話，特別是在我們中正這所學校，如果他都說好，其實你沒有論文也沒什麼關係，可是如果沒有論文的話，講話根本就沒有人聽。那即使有論文，人文學還是非常弱勢。在這樣的一個環境裡面，要做什麼？就是要去做比較深刻思考、要去理解、要去想像、要去跟西方的這些人文地理學者形成對話，甚至跟存在主義學者，我四十年前很迷存在主義，再回來思考怎麼樣，怎麼思考地方如何存在、個人如何存在，那我們應該形成怎樣的一個著陸。

所以我們後來就一直幫地方畫那個導覽地圖，幫他們寫導覽，就山海一條路。我們幫他們導覽，幫他們的風景線命名，這個是我們去做的。我們希望每個人都可以 in place 去作努力。那〈邁向梅山〉，這個是我們同學的作品。可以看到為地方（導覽）做中英日文版。阿里山的部分，因為時間已經到了，所以我大概不能講到最後。我覺得非常有價值的是，因為我對地方的這樣的關懷，最後讓我可以全面走進部落，從部落裡面去學習，跟他們訂定互助合作。但是他們過去很多東西是沒有文字記載，我們怎麼樣去協助他們？剛開始的時候，是同學，我們學生是主要（參與者），可是最後，我們認為原住民族自己才是主要（參與者），所以我們還訂了一個應如何做的一個綱領。所以我們有文化採編、文化導覽，也有導覽解說人員、人才培力、文化推廣等。我們也去做小農介紹，也跟他們一起做教具。我認為，在文化保存的支撐下面，我們要去尋找那個族群主體性的相互作用、甚或是與地方的交互作用。這裡面有我的一些反省，我們做的導覽都在旁邊。我相信文學結合產業會是一直重返文學適用的契機，持續發揮創意加值。我們一直要向部落學習，把那個臺灣的創意基礎擴到最大。所以我一直向店家輔導，我大概看到，像林老師，也跟我一樣，我也做了很多店家輔導。寫了很多關於店家輔導的一些東西，未來我們會走向出版。那誰在寫？就是學生跟老師。我想我沒有辦法在這邊完成報告。不過，我認為，人文學的危機要走出去還是必須最後找到產業的基礎，而且要找到存在的價值。謝謝，不好意思。

蔡榮光秘書長

看到江老師介紹這些美食，還有在這個用餐前的時間，好想去吃哦！很好，非常感謝江寶釵江教授，介紹嘉義的文史跟美食給我們。下一次去嘉義，我們就去找您好不好？今天壓軸的最後一位，是我們的林秀蓉林教授。林教授現在是屏東大學中文系的教授。當然她在屏東長期耕耘，今天要來跟我們報告屏東學，我們掌聲歡迎林秀蓉林教授。

林秀蓉教授

主持人蔡秘書長及與會先進，大家好！首先，感謝主辦單位惠齡老師的邀請。謹代表屏東文學團隊，來這邊跟大家分享這幾年來共同努力的成果。剛剛聽了前面四位師長的報告，我們尚有諸多可以努力的方向，特別珍惜有此機會向師長請益及學習。

講到屏東，大家可能會想到墾丁的山水之美，魏德聖《海角七號》的拍片美景，或者是黑珍珠蓮霧的多汁甜美等，其實屏東是個人文薈萃的寶地。屏東舊名為「阿猴」，〔清〕道光十六年（1836），阿猴始建城，至今已一百八十年的歷史。屏東地處國境之南，面積大約有二千七百多平方公里，為臺灣第二大的平原，山水秀麗，物產豐富。即便擁有偌大的土地面積，然而位處臺灣之南，長期以來地方文學發展鮮被關注。實際上，就歷史文化古蹟來看，「屏東書院」（1815建造，現今的孔廟），是臺灣目前保留較為完整的十二座書院之一；「屏東內埔昌黎祠」（1803建造），是臺灣唯一祭拜韓愈的廟宇，清代時期這兩座書院的講學，見證了阿猴城文教風氣的興盛。日治時期，屏東也有不少知識分子透過教書授課、交遊酬唱的方式，讓吟詩作詩形成風氣，並出現「六合詩社」、「礪社」、「屏東詩會」、「東港詩會」等文社詩社，建立古典漢學基礎。其中「礪社」是第一個成立的左翼文學社團，孕育了第一個為維護臺灣話文與鄉土文學而發聲的文人黃石輝（1900-1945），還有活躍於臺灣新詩萌芽期的詩人楊華（1900-1936），於一九二七年一月二十三日《臺灣民報》第一四一期發表〈小詩〉五首，詩集《黑潮集》結合監獄經驗與歷史經驗，具有抗議意識與人道關懷，顯現時代的投影。值得一提的是，黃石輝與楊華曾一起參加新詩徵文活動，成為屏東地區最早獲得新詩獎項的殊榮者。除此，稍晚出現的劉捷（1911-2004），曾參與《福爾摩沙》雜誌、加入「臺灣文藝聯盟」，曾有詩〈鹽分地帶頌〉，可見與鹽水地帶詩人較有互動關係。在臺灣文學發展的過程中，屏東詩人黃石輝、楊華與劉捷皆具有一定的影響力。戰後，新埤萬隆的陳冠學以《田園之秋》呈現人與自然的親密對話，被譽為「臺灣文學史上最光輝燦爛的田園隨筆」。至於閩南作家沙卡布拉揚、許思、郭漢辰，客家作家曾寬、曾貴海、利玉芳，原住民作家奧威尼・卡露斯、利格拉樂・阿烏等等，也都在屏東這片土地上記錄生命的記憶和感動。由此可見，屏東人文薈萃，地方文學創作的成果值得被記錄與整理。

屏東文學的整理與研究過程，是從個人走向團隊。二〇一〇年我個人開始申請國科會計畫，聚焦於屏東地景詩的議題。之後逐漸結合系上相關領域的師長、地方作家，並擴及本校人社院各系專業特色，跨領域方式建構「屏東學」的課程開設與學術研究。國立屏東大學做為臺灣最南方城市的綜合大學，重視與地方進行連結，因此因應教育部之「特色大學試辦計畫」，二〇一六年提出「屏東 UGSI 教育、文化與產業在地深耕計畫」，以「走讀屏東，在地文史與屏東學的社區實踐」作為特色大學試辦計畫之一，發展成「屏東學」與「屏東文學」兩主題。以下針對二〇一一年以來「屏東文學」的整理與研究，說明執行成果：

一、定期舉辦「屏東文學」學術研討會

自二〇一一年起舉辦「第一屆屏東文學學術研討會」，二〇一二起確立主題為「第二屆屏東文學學術研討會：陳冠學研究」，二〇一三「第三屆屏東文學學術研討會：曾貴海研究」，二〇一四「第四屆屏東文學學術研討會：文學地景與地方書寫」，二〇一六「第五屆屏東文學學術研討會：原住民文學與文化」，歷屆發表論文皆經嚴謹審查，並正式出版。

二、編撰《屏東作家小百科》（2016年9月完成初稿）

收納近一百五十位屏東作家，選錄標準方面，（一）作家：含籍貫／曾居住，至少出版一部現代文學作品。純報導式的書寫暫不納入。（二）學者：籍貫屏東，至少出版一部現代文學評論著作。撰述內容方面，（一）生卒年代、籍貫、出生地、學經歷等個人基本資料（二）文學活動（含文學獎獲獎、參與文學社團等）（三）創作觀點（四）創作歷程、整體風格、評價（五）文學作品（依各文體分別羅列）。文字稿完成後，再請作家親自確認，以求資料之正確性與完整性。

三、錄製「屏東作家身影：曾寬、曾貴海、邱金士、李敏勇、張曉風」（2016年1月完成）

拍攝屏東作家身影，兼顧作家年紀與多元族群。這五部紀錄短片在Youtube上面與臺灣、國際朋友分享。

四、編撰《屏東文學青少年讀本》（2016年10月完成）

動機在於培養青少年學子的文學素養，植根家園情感與地方認同，合力編撰《屏東文學青少年讀本》：（一）《新詩卷》（傅怡禎、林秀蓉），（二）《散文卷》（郭漢辰），（三）《小說卷》（王國安），（四）《兒童文學卷》（楊政源），（五）《民間文學卷》（黃文車）。編撰完成後進行推廣工作，邀請在地作家至校與青少年學子對話。

五、編撰《屏東文學史》（進行中，預計2019年12月完成）

運用教師社群方式，邀請撰寫臺南文學史的龔顯宗老師、臺中縣文學史的廖振富老師，以及高雄市文學史的彭瑞金老師，分享撰寫過程的寶貴經驗。

屏東地處國境之南，其豐富的人文底蘊，希望透過我們團隊的努力被看見。感謝本校人社院、屏東文化處、臺灣文學館的大力支持與協助，讓我們的理想逐一落實。今天在此向各位師長學習，明示具體方向，並吸收正能量，獲益匪淺。謝謝大家！

蔡榮光秘書長

謝謝林秀蓉老師，介紹屏東學。剛剛提到要五毛給一塊的事情，我特別要強調：針對客委會的部分，屏東有四分之一是客家人是吧？我記得如果是客家文化重點發展區的話，向客委會爭取經費就真的可以要五毛給一塊，尤其是符合當前顯學的部分。最大的顯學就是「浪漫臺三線」。只要提出與浪漫臺三線相關的計畫，基本上絕對不會空手而回。所以這邊特別跟各位說明，如果是要寫地方學計畫，最好是要套得到政府的上位計畫，這樣就可以事半功倍。那我以新竹縣史館為例，當年我們縣史館在爭取興建經費的時候，剛開始要跟內政部申請，內政部說沒有錢；後來想跟客委會爭取，可是以縣史館的名義寫計畫，客委會說沒這個科目。後來我們把名字改一下，改為「新竹縣客家發展史料館」，客委會就補助兩億。蓋好以後，又有人認為我們不能這麼窄化只有客家史料，所以又回復成縣史館的名稱，最後客委會也能接受。總之我們還是達到目的了，只是要運用一些技巧罷了。

因為時間只剩十二分鐘，剛剛陳萬益教授有說，他對於北埔的部分還有一點點要補充，是不是給陳教授兩分鐘時間補充好不好？

陳萬益教授

因為剛剛有幾位老師提到產學結合視野，我剛剛講北埔這個個案，後面幾句話我補充一下：我提到龍瑛宗文學紀念館，它的成立會有相當的影響。因為這個紀念館，是利用北埔公學校，就是現在的北埔國小的宿舍，建起來的，因為龍瑛宗後期寫了很多有關北埔的事情。還有就是有關北埔事件的事情，我會特別提到北埔事件，是因為它牽涉到原案以及抗日的糾葛問題。事發後逮捕與屠殺的恐怖，使在地人以及原住民——牽涉其中的原住民——與漢人之間，長期隱忍沉默；後來可以講話了，結果彼此的講法很不同。這個變得很麻煩。在北埔事件一百年以後，挖到了骸骨，但這些事件到現在，雖然有幾個學者的研究，彼此也意見不一樣。所以，如果把殘存的古蹟，包括北埔國小裡面的安部校長紀念碑，把這些整合起來，在地方學的研究之後，把這些遺跡跟文學整理出來，那麼，當我們介紹地方的產業，我們在強調觀光的時候，不要只是飲食的或者景色的參觀，而加進歷史文化，我想它會更豐富，可以更長久更吸引人，更落實地方學研究。謝謝。

與會來賓：我現在想問林明德教授。

蔡榮光秘書長

對！林教授，您中獎了。

與會來賓

他剛才有講到，你現在在進行半線的六十部書，六十冊書，對不對？六十冊、六十本書要出版。那我是想問的話，像現在我們在新竹的詩學，我想說半線的話有詩社好像五六個，那這個詩學有沒有包括在你們的六十部書當中？謝謝。

林明德教授

謝謝這個問題。我把彰化學重述一遍。去挖掘，有施文炳、施文杞先生，我稱他們為臺灣末代傳統文人。因為彰化學，彰化地方的詩社他們各自在主導，所以我用民間力量來，那如果已經出版的，我就不出版。是找那些被挖掘出來的地方文化資產，是這樣。

蔡榮光秘書長

還有六分鐘，還可以再提兩三個問題。有沒有？如果沒有，我看幾位老師好像有點意猶未盡，是不是再補充一下？剛才江老師，您在報告嘉義學的時候，後半部分跳得很快，應該還有一些補充？可以嗎？再兩分鐘好嗎？

江寶釵教授

我們進到社區群最成功的，到目前為止，在梅山很不錯，在阿里山也不錯，特別是現在我們特別要針對部落設計茶，竹炭泡茶，我們也幫他們編。第一年他們有蝴蝶，第二年有什麼，編完以後就請攝影師拍照，也許他們自己拍照，然後我們就去看，把這些攝影放在一起，然後再做明信片。山美社區的朋友們，就很信任我們，所以第一個就是取得信任；第二個，我們的合作未來可能發展成山美的研究基金，未來可能會在臺文所互為支持。那為什麼這個很有前途？因為這個山美社區有自己的一個博物園區，他們是自己自設門票可以收費，一年大概可以收到一千多萬。可是現在門票只有一百塊，所以我們就設計流程，然後讓他加成，目前計畫是要幫他們加到一百八十塊門票，然後贈送很多禮物。所以我覺得，跟他們合作最好的效益是他們願意聽我們的規勸，願意把鐵皮屋違建一層一層拆掉，也許這個部落未來會變成很美的部落，當然還有別的，以後有機會再說。

蔡榮光秘書長

謝謝。還有三分鐘。還可以再提一個問題。有沒有？我想大家歸心似箭，應該肚子也餓了，那我就做結論好了，我很喜歡用這句話做結論，也常常以此提醒自己，「不要為了追逐遠在天邊的彩霞，而踩碎了近在腳邊的玫瑰」。我們腳邊的玫瑰非常美麗，斯土斯民都值得我們來關切。我想各位都是對在地文化在地研究有興趣的，請大家多多關照我們週邊的人、事、時、地、物。當然我們也必須要具備一些國際視野，再加上一些學術理論的支撐，這樣建構出的「地方知識學」，才能可大可久。好，我們今天的第一場，臺灣各區域地方學發展特色及省思座談會，在這邊告一段落，非常謝謝各位，也謝謝五位教授，再給五位教授一次掌聲好不好？謝謝！

二〇一七年第三屆竹塹學國際學術研討會會議議程

第一天，2017.11.10（五）	
時　間	議程
8：30－9：00	報　到
9：00－9：15	開幕式 新竹縣政府邱縣長鏡淳 清華大學林副校長聖芬 新竹縣政府蔡秘書長榮光 新竹縣政府文化局張局長宜真 清華大學人文社會學院蔡院長英俊 清華大學竹師教育學院林院長紀慧 竹塹城鄉賢林占梅嫡裔林校長事樵 新竹沛錦科技公司宋總經理智達 清華大學中國語文學系林主任佳儀
9：15－9：20	與會嘉賓團體合照
9：20－10：20 專題演講	華語語系臺灣與帝國間性 **專題演講：史書美教授** （美國加州大學洛杉磯分校比較文學系） **引言人：蔡英俊院長** （清華大學人文社會學院）
10：20－10：40	茶　　　　敘

第　一　場：琴詩藝文與文人社群				
時　間	主持人	發表人	特約討論人	論文題目
10：40 |	廖振富 (臺灣文學館)	徐慧鈺 (長庚大學通識中心)	李貞慧 (清華大學中國文學系)	林占梅琴詩探微

12：30		游騰達 (清華大學中國語文學系)	陳逢源 (政治大學通識中心)	論張純甫「消極退守」的文化觀與修養論
		程玉凰 (世新大學通識中心)	黃雅莉 (清華大學中國語文學系)	行吟常伴鶴，坐嘯不離琴——林占梅的琴鶴情緣
		蔣興立 (清華大學中國語文學系)	鍾正道 (東吳大學中國文學系)	世紀末的城市魅影：論《恐怖時代》的身體裂變、幻異時空與邊緣敘事
12：30－13：40		午　餐		

第　二　場：地誌文史與學術傳播				
時　間	主持人	發表人	特約討論人	論文題目
13：40 ｜ 15：10	黎湘萍 (中國社會科學院文學研究所)	張　泉 (北京社會科學院)	許俊雅 (臺灣師範大學國文學系)	臺灣日據期精英的跨域流動與地方／世界的新視／域——從新竹風雲人物謝介石談起
		陸卓寧 (廣西民族大學文學院)	蕭義玲 (中正大學中國文學系)	在擁抱與逃離之間：里慕伊．阿紀的《懷鄉》
		曾慈慧 (清華大學環境與文化資源學系)	蘇碩斌 (臺灣大學臺灣文學研究所)	新竹市城鄉景觀變遷之探討
15：10－15：30		茶　敘		

第　三　場：書畫藝文與綜合藝術				
時　間	主持人	發表人	特約討論人	論文題目
15：30 ｜ 17：00	林啟屏 (政治大學中國文學系)	吳桂枝 (明新科技大學外語學系)	賴芳伶 (東華大學中國語文學系)	文學家眼中的陳進
		武麗芳 (地方文史學者)	馮曉庭 (嘉義大學中國文學系)	不器君子護邦家——黃驤雲與林占梅翁婿的儒行探析
		邱琳婷 (東吳大學歷史學系)	蔡長盛 (李澤藩美術館)	斯土斯景：李澤藩作品中的新竹情懷

17：00－18：20	座談：臺灣各區域地方學發展特色及省思 蔡榮光秘書長主持： 陳萬益(新竹)、林明德(彰化)、顏崑陽(花蓮)、江寶釵(嘉義)、林秀蓉(屏東)
18：20－	迎賓晚宴(縣長主持)

第二天，2017.11.11（六）				
時　間	議　程			
9：00－10：00 專題演講	文學中的地域性與記錄性 徐仁修先生 (知名作家、荒野基金會董事長) 引言人：李　喬先生 （知名作家）			
10：00－10：10	與會嘉賓團體合照暨茶敘			
	第　四　場：區域地理與在地文藝			
時　間	主持人	發表人	特約討論人	論文題目
10：10 | 11：10	林淇瀁 (臺北教育大學臺灣文化研究所)	莊雅仲 (交通大學人文社會學系）	吳泉源 (清華大學社會學研究所)	新疆界：科學城的誕生
		柯榮三 (雲林科技大學漢學應用研究所)	楊玉君 (中正大學中國文學系)	新竹黃錫祉（1866-1938）及其文藝活動考論
第　五　場：地方知識與部落文化				
時　間	主持人	發表人	特約討論人	論文題目
11：10 | 12：40	史書美 (美國加州大學洛杉磯分校比較文學系)	黎湘萍 (中國社會科學院)	蔣秋華 (中央研究院中國文哲研究所)	地方知識與文化傳統——從鄭用錫的經學到龍瑛宗的文學看竹塹文化之變遷
		趙洪善 (韓國濟州大學中語中文學科)	朱惠足 (中興大學臺灣文學與跨國文化研究所)	《亞西亞的孤兒》和《火山島》之比較

		陳芷凡 (清華大學臺灣文學研究所)	魏貽君 (東華大學華文文學系)	「泰雅性」的建構與重構： 一個原住民文學的視角
12：40－13：50		午餐		

第六場：客家族群與地方書寫				
時間	主持人	發表人	特約討論人	論文題目
13：50 | 15：40	李瑞騰 (中央大學文學院)	黃美娥 (臺大臺灣文學研究所) 林以衡 (佛光大學中國文學與應用學系)	翁聖峰 (臺北教育大學臺灣文化研究所)	放眼世界、立足本土——林柏燕「四方」小說的移動書寫及其文學／文化意涵
		樊洛平 (鄭州大學文學院)	李癸雲 (清華大學臺灣文學研究所)	以玉蘭花與相思樹的島嶼形象—— 陳秀喜與杜潘芳格詩歌的女性書寫
		赤松美和子 (日本大妻女子大學比較文化學系)	柳書琴 (清華大學臺灣文學研究所)	重現一九九〇年代青春電影中的日本表象——以《九降風》為中心
		陳惠齡 (清華大學中國語文學系)	黃美娥 (臺灣大學臺灣文學研究所)	作為隱喻性的竹塹符碼——在「時間－空間」結構中的地方意識與地方書寫
15：40－16：00		茶敘		

第七場：客家文學與地方曲藝				
時間	主持人	發表人	特約討論人	論文題目
16：00 | 17：50	陳芳明 (政治大學臺灣文學研究所)	許文榮 (馬來西亞拉曼大學)	蔣淑貞 (交通大學人文社會學系)	論李喬書寫中的三層家園建構
		詹雅能 (東南科技大學通識中心)	施懿琳 (成功大學中國文學系)	游移於臺／閩之間的流轉人生—— 新竹文人鄭鵬雲及其作品

		洪德麟 (淡江大學通識中心)	何明星 (六家國小)	臺灣漫畫文化的先鋒在新竹
		林佳儀 (清華大學中國語文學系)	孫致文 (中央大學中國文學系)	新竹北門鄭氏家族與地方音樂戲曲活動考察
17：50－18：20		竹塹地方曲藝表演		
18：20－18：40		閉幕式 新竹縣政府邱縣長鏡淳 清華大學林副校長聖芬 新竹縣政府蔡秘書長榮光 新竹縣政府文化局張局長宜真 清華大學人文社會學院蔡院長英俊 清華大學竹師教育學院林院長紀慧 清華大學中國語文學系林主任佳儀 清華大學中國語文學系陳教授惠齡		
18：40－		閉幕晚宴		

第三天，2017.11.12（日） 09：00－16：00	
參訪活動行程 （新埔－關西）	新竹縣縣史館－柿餅遊（新埔衛味佳柿餅觀光農場）－吳濁流故居／新竹文學館－劉家莊燜雞－豫章堂羅屋書院－仙草博物館－賦歸

二〇一七年第三屆竹塹學國際學術研討會與會學者名錄

專題演講者：

史書美：美國加州大學洛杉磯分校比較文學系教授

徐仁修：知名作家、荒野基金會董事長

專題演講引言人：

蔡英俊：清華大學中國文學系教授兼人文社會學院院長

李喬：知名作家

會議主持人：（依姓氏筆劃排列）

史書美：美國加州大學洛杉磯分校比較文學系教授

李瑞騰：中央大學中國文學系教授兼文學院院長

林啟屏：政治大學中國文學系教授

林淇瀁：臺北教育大學臺灣文化研究所教授

陳芳明：政治大學臺灣文學所特聘教授

廖振富：臺灣文學館館長

黎湘萍：中國社會科學院文學研究所首席研究員

特約討論人：（依姓氏筆劃排列）

朱惠足：中興大學臺灣文學與跨國文化研究所副教授兼所長

何明星：新竹縣六家國小校長

吳泉源：清華大學社會學研究所副教授兼人文社會學院副院長

李癸雲：清華大學臺灣文學研究所教授兼所長

李貞慧：清華大學中國文學系教授兼系主任

施懿琳：成功大學中國文學系教授

柳書琴：清華大學臺灣文學所教授

孫致文：中央大學中國文學系副教授

翁聖峰：臺北教育大學臺灣文化研究所教授兼所長

許俊雅：臺灣師範大學國文學系教授兼系主任

陳逢源：政治大學中國文學系教授兼通識中心主任

馮曉庭：嘉義大學中國文學系副教授

黃美娥：臺灣大學臺灣文學研究所教授兼所長

黃雅莉：清華大學中國語文學系／華文文學研究所教授

楊玉君：中正大學中國文學系教授

蔡長盛：李澤藩美術館館長

蔣秋華：中央研究院中國文哲研究所副研究員

蔣淑貞：交通大學人文社會學系副教授

蕭義玲：中正大學中國文學系教授

賴芳伶：東華大學中國語文學系教授

鍾正道：東吳大學中國文學系副教授兼系主任

魏貽君：東華大學華文文學系副教授

蘇碩斌：臺灣大學臺灣文學研究所教授

座談主持人及與談人：（依姓氏筆劃排列）

蔡榮光：新竹縣政府秘書長

江寶釵：中正大學臺灣文學與創意應用所教授兼所長

林秀蓉：屏東大學中國語文學系教授

林明德：彰化師範大學國文學系教授

陳萬益：清華大學臺灣文學所教授

顏崑陽：輔仁大學中國文學系特聘教授

發表人：（依姓氏筆劃排列）

赤松美和子：日本大妻女子大學比較文化學系副教授

吳桂枝：明新科技大學應用外語系助理教授

林以衡：佛光大學中國文學與應用學系助理教授

林佳儀：清華大學中國語文學系／華文文學研究所副教授兼系主任

武麗芳：中華民國古典詩研究社理事長、地方文史學者

邱琳婷：東吳大學歷史學系兼任助理教授

柯榮三：雲林科技大學漢學應用研究所副教授

洪德麟：淡江大學通識與核心課程中心兼任教授

徐慧鈺：長庚大學通識教育中心助理教授

張　泉：北京社會科學院研究員兼北京當代文學主編

莊雅仲：交通大學人文社會學系教授

許文榮：馬來西亞拉曼大學副教授

陳芷凡：清華大學臺灣文學研究所助理教授

陳惠齡：清華大學中國語文學系／華文文學研究所教授

陸卓寧：廣西民族大學文學院教授

曾慈慧：清華大學環境與文化資源學系副教授

游騰達：清華大學中國語文學系／華文文學研究所助理教授

程玉凰：世新大學通識教育中心助理教授

黃美娥：臺灣大學臺灣文學研究所教授兼所長

詹雅能：東南科技大學通識教育中心副教授兼主任

趙洪善：韓國濟州大學中語中文學科教授

樊洛平：鄭州大學文學院教授

蔣興立：清華大學中國語文學系／華文文學研究所助理教授

黎湘萍：中國社會科學院文學研究所首席研究員

二〇一七年第三屆竹塹學國際學術研討會籌備作人員名單

組別	負責人員	工作職掌
統籌	陳惠齡老師 林佳儀老師 楊雨蓉 黃品勳	1.邀稿函與報名表之撰寫。 2.貴賓名單之研擬與邀請。 3.研討會議程之內容安排。 4.專題演講、發表人、主持人及評論人邀請排定及聯絡。 5.新聞媒體之聯繫及新聞稿發佈。 6.飯店預訂。 7.工作進度表之擬訂／分組與協調／敦促各組組長準備工作分配表。 8.工作會議通知及記錄整理。
文書組	**指導老師** 蔣興立老師 **組長** 徐新雅 **組員** 陳雅筑 杜妁芸 羅　煜 陳敬鴻	1.協助製作邀請函及海報寄送標籤地址。 2.論文編纂、排版與校正。 3.與印刷店聯繫論文集、會議手冊印製。 4.論文集裝袋。 5.研討會當天支援會場。 6.專題演講、座談會逐字稿整理。
美工組	**指導老師** 陳淑娟老師 **組長** 楊雨蓉	1.紀念品 LOGO 設計、下訂及取貨。 2.宣傳海報設計、印製及寄送。(含一、二屆回顧展海報) 3.邀請函設計(內含議程)、印製及寄送。 4.議程海報設計。

組別	負責人員	工作職掌
	組員 黃品勳 吳俞儒	5. 論文集封面、會議手冊封面設計。 6. 大型輸出之訪價。 7. 紅布條、彩色布條製作。
會場組	指導老師 丁威仁老師 吳貞慧老師 組長 李泰峰 邱茹敏 組員 謝明衡 吳添楷 楊淨崴 溫嘉翔 李盈慈 洪以恩 魏郁庭 陳姞芳 陳郁妏 刁小棣	會前 1. 協助搬運資料提袋、布條。 2.【餐券】製作。 3. 調查所需器材設備及借用。 4.【鮮花】預訂。 5.【便當】數量統計及預訂。 6.【會場指標】製作。 7.【雜項】購買（衛生紙、紙杯等）。 8. 場佈規劃。 9. 會場洗手間之環境清潔確認。 會中 1. 竹塹叢書攤位佈置、管理及清點書目。 2. 中午便當發放／貴賓休息室服務／用餐地點引導。 3. 支援便當發放／茶點供應、補充。 4. 清理垃圾、廚餘及環境整理。
公關組	指導老師 黃雅莉老師 邴尚白老師 組長 吳語庭 黃品勳 組員 陳慧貞	1. 協助資料提袋訂購。 2. 學者、貴賓【桌牌】製作。 3. 與會學者、貴賓、報名者【名牌】製作。 4. 論文集、名牌、紀念品裝袋。 5. 設置報到處：簽到、停車代幣發放、發表者授權書簽名。 6. 貴賓、與會者接待。 7. 協助場佈及場地回復。 8. 支援會場庶務組。

組別	負責人員	工作職掌
	翁崇桓 全唐鈺津 李家蓁 周家安 鄭凱云 廖紫甯 方明珊 吳旻陵 劉琪媛 黃婉軒	9. 飯店駐點支援。 10.設置飯店報到處／飯店報到處—學校之校車接送引導。 11.桃機、臺鐵、高鐵、校園交通接送、聯繫。
資訊組	**指導老師** 林保全老師 劉宜君老師 **組長** 馮馨元 **組員** 陳圓智	1. 網頁設計規劃／網站設置／系統管理。 2. 網路資料庫建置與維護、線上網頁報名系統設置。 3. FB 臉書粉絲專頁管理。 4. 統計報名人數、提供文書組、會場組報名名單。 5. 會場 PPT 製作。 6. 研討會當天支援會場。 7. 【簽到單】製作。 8. 【研習證明】製作。 9. 所有筆電借用、場內電腦操作。
攝影組	**指導老師** 游騰達老師 **組長** 黃裕洲 **組員** 馬薇妮 董育馨 賈卡爾 張以琳	1. 攝影。 2. 照相。 3. 照片整理及挑選、寄送學者。 4. 燒錄 DVD 光碟。 5. 向資訊組領取筆電（傳輸影片、照片）、會前檢測、備用。 6. 整理一、二屆回顧海報照片及文字說明。

<table>
<tr><th>組別</th><th>負責人員</th><th>工作職掌</th></tr>
<tr><td rowspan="6">議事組</td><td>指導老師</td><td rowspan="6">1. 場內司儀宣讀議事規則。
2. 依議事規則計時、按鈴，確保會議順利進行。
3. 製作會議時間提醒告示牌。</td></tr>
<tr><td>曾美雲老師</td></tr>
<tr><td>司儀</td></tr>
<tr><td>王文伶</td></tr>
<tr><td>計時／按鈴</td></tr>
<tr><td>邱湘晴
陳雅筑</td></tr>
<tr><td rowspan="4">財務組</td><td>指導人員</td><td rowspan="4">1. 統籌所有經費工作及收據製作。
2. 會議當天設置收據簽收處。</td></tr>
<tr><td>陳純玉</td></tr>
<tr><td>組員</td></tr>
<tr><td>劉佳欣
林孟萱</td></tr>
</table>

學術論文集叢書 1500011

竹塹風華再現

——第三屆竹塹學國際學術研討會論文集

總 策 劃 國立清華大學（華文文學研究所、南大校區中國語文學系）
主　　編 陳惠齡
作　　者 史書美等著
編　　輯 杜姁芸、楊雨蓉、徐新雅
責任編輯 陳胤慧
指導單位 行政院科技部人社中心
主辦單位 國立清華大學（華文文學研究所、南大校區中國語文學系）
新竹縣政府文化局
協辦單位 國立清華大學人文社會學院、王默人周安儀文學獎座

發 行 人 林慶彰
總 經 理 梁錦興
總 編 輯 張晏瑞
編 輯 所 萬卷樓圖書股份有限公司
臺北市羅斯福路二段 41 號 6 樓之 3
電話 (02)23216565
傳真 (02)23218698
發　　行 萬卷樓圖書股份有限公司
臺北市羅斯福路二段 41 號 6 樓之 3
電話 (02)23216565
傳真 (02)23218698
電郵 SERVICE@WANJUAN.COM.TW
香港經銷 香港聯合書刊物流有限公司
電話 (852)21502100
傳真 (852)23560735

ISBN 978-986-478-320-5
2019 年 10 月初版
定價：新臺幣 1000 元

國家圖書館出版品預行編目資料

竹塹風華再現——第三屆竹塹學國際學術研討會論文集 / 史書美等著 ; 陳惠齡主編. -- 初版. -- 臺北市 : 萬卷樓, 2019.10
面 ; 公分. (學術論文集叢書)
ISBN 978-986-478-320-5(平裝)
1.臺灣文學 2.文集

863.07 108017489